BASTEI
LÜBBE

Die Saga vom magischen Land

XANTH

PIERS ANTHONY

DÄMONEN-SPIELE

Fantasy-Roman

Ins Deutsche übertragen
von Ralph Tegtmeier

BASTEI
LÜBBE

BASTEI-LÜBBE-TASCHENBUCH
Band 20 253

Erste Auflage:
April 1995
Zweite Auflage:
Oktober 1996

Deutsche Lizenzausgabe 1995
Bastei-Verlag
Gustav H. Lübbe GmbH & Co.,
Bergisch Gladbach
Originaltitel:
Demons Don't Dream
Lektorat:
Wolfgang Neuhaus/Stefan Bauer
Titelbild: Don Maitz
Umschlaggestaltung:
Quadro Grafik, Bensberg
Satz: Fotosatz Schell, Hagen a.T.W.
Druck und Verarbeitung:
Brodard & Taupin,
La Flèche, Frankreich
Printed in France

ISBN 3-404-20253-8

1

Gefährten

Dug war wütend. »Schlag es dir aus dem Kopf, Ed! Ich interessiere mich nicht für doofe Computerspiele. Alle Leute behaupten, die wären ganz leicht zu spielen und so unheimlich aufregend. Dabei muß man jedesmal erst jede Menge bekloppter Sachen tun, bis man endlich loslegen kann. Und dann geht's immer nur um irgendwelche tolpatschigen Gestalten vor schlecht gepinselten Kulissen. Außerdem bekommt man davon das Darf-ich-Syndrom.«

»Das was?«

»Du weißt schon: Egal, was du tust, ständig kriegst du irgendwelche Fehlermeldungen und mußt wieder von vorn anfangen, nur weil du vergessen hast, ›Darf ich?‹ oder irgendwas ähnlich Idiotisches zu fragen. Darin sind Computer ganz groß! Die gehen immer davon aus, daß du schon alles weißt, bevor du anfängst, und sie lassen dich alles immer und immer wieder tun – solange, bis du schließlich kapiert hast, was sie überhaupt wollen. Aber bis dahin hängt es dir schon zum Hals raus. Ich hab' keine Lust, meine Zeit zu verschwenden.«

Doch sein Freund Edsel hatte den ärgerlichen Charakterfehler, viel zu beharrlich zu sein. »Ich bin sicher, daß ich ein

Spiel auftreiben kann, das auch dir gefallen wird. Ohne Darf-ich-Syndrom. Ohne langweilige Kulissen. Das totale Abenteuer, in das du ganz leicht einsteigst und das du nie wieder verlassen willst.«

»Und ich halte voll dagegen! Solche Spiele gibt es nicht, weil sie nämlich nicht von normalen, richtigen Menschen programmiert werden, sondern nur von irgendwelchen Computerwissenschaftlern, die schon vor Jahrzehnten jeden Bezug zur Wirklichkeit verloren haben.«

»Die Wette gilt«, erwiderte Ed sofort. »Um was wetten wir?«

Dug weigerte sich, die Sache ernst zu nehmen. »Meine Freundin gegen dein Motorrad.«

»Abgemacht! Ich hab' deine Freundin schon immer gemocht. Gib mir eine Woche Zeit, um das Spiel zu besorgen, du kannst ihr ja bis dahin schon einen Abschiedskuß verpassen.«

»He, so hab' ich das doch gar nicht ...«, protestierte Dug. Doch Edsel war schon wieder verschwunden. Na gut. Es war ja nicht so, als wäre die Sache wirklich riskant. Und außerdem würde Dug seinem Freund sowieso nicht das Motorrad wegnehmen.

Inzwischen war es Zeit, sich an seine Schulaufgaben zu machen. Also rief er statt dessen lieber Pia an. »Hör mal, ich habe gerade mit Ed eine Wette abgeschlossen. Dich gegen sein Motorrad.«

Sie lachte auf. »Dann kannst du nur hoffen, daß du verlierst, denn dieses Motorrad macht echt Arbeit.«

»Ich weiß. Ich würde es sowieso nicht nehmen.«

»Aber Ed wird mich nehmen, wenn du verlierst. Er mag mich nämlich.«

Plötzlich wurde Dug nervös. »Du meinst, wenn ... du würdest ...?«

»Wette ist Wette. Die muß man einhalten. Das weißt du doch.« Sie legte auf.

Erschüttert musterte er seine vor ihm liegenden Bücher. Pias Stimme hatte kaum überrascht geklungen und alles andere als verärgert. War er etwa reingelegt worden?

Es dauerte keine Woche: Edsel hatte das Spiel bereits am Samstagvormittag aufgetrieben. »Das kannst du dir in deinen Computer laden und mich anrufen, wenn du es leid bist. Falls du mich in einer Stunde nicht angerufen hast, lade ich Pia zum Rendezvous ein. Dann weiß ich, daß ich gewonnen habe.«

»Willst du nicht hierbleiben und mir helfen, das Ding zu laden? Du weißt doch, daß es eine ganze Weile dauert, um es auch nur zu ...«

»Nö. Die Wette besagt, daß du das allein schaffst, ohne große Schwierigkeiten, und daß es dir gefallen wird. Sollte ich recht behalten, wirst du mich gar nicht brauchen. Dann wird's dir auch nichts ausmachen, wenn ich nicht da bin. Liege ich falsch, wirst du schon im Laufe einer Stunde anrufen, um es mich wissen zu lassen.«

»Eher in einer halben«, versetzte Dug grimmig.

»Von mir aus. Dann versuch es mal und überzeug dich selbst.« Ed ging wieder fort.

Wie siegessicher er doch war! Aber Dug war noch nie auf ein Computerprogramm gestoßen, das ihm gefallen hätte, abgesehen von dem einen, das nach fünf Minuten den Bildschirm abstellte, und er zweifelte ernsthaft daran, daß ihm dieses Spiel hier gefallen würde. Doch wenn es sich leicht installieren ließ, würde er die Sache ehrlich überprüfen; dann würde ihm immer noch Zeit genug für den Telefonanruf bleiben.

Er musterte das Paket, während er nach oben in sein Zimmer ging. DIE GEFÄHRTEN VON XANTH. Es schien wieder so ein blödsinniges Fantasy-Spiel zu sein, genau von der Sorte, wie Dug sie nicht besonders mochte. Wie konnte Ed nur glauben, daß er darauf reinfallen würde, selbst wenn der Einstieg nicht allzu schwierig sein sollte? Dann sah er noch einmal hin. Auf dem Karton war eine junge Frau mit einem wunderhübschen Gesicht und einer super Figur abgebildet, noch dazu in ein Etwas gekleidet, das an die fließenden Konturen einer Schlange erinnerte. Das wäre vielleicht ein Ding, einem solchen Wesen mal persönlich zu begegnen! Aber wahrscheinlich war die Frau nur der Lockvogel; vermutlich glaubten die Hersteller, daß irgendein armer Wicht wie er das Spiel in der Hoffnung kaufen würde, daß sie darin vorkam. Doch selbst wenn – die Frau wäre nichts weiter als ein flaches Bild. Es handelte sich also um eine Art geistigen Nepp.

Dug nahm vor seinem Computertisch Platz und startete das System. Während es sein übliches Ritual der Anfangsprüfungen und Konfigurationsroutinen absolvierte, öffnete er das Paket. Es befand sich keinerlei Anleitung darin, nur eine Diskette. Nicht einmal das übliche Verbot, sie zu kopieren. Nur die Aufschrift: DISKETTE IN LAUFWERK EINLEGEN – EINGABE A: /XANTH EINGABETASTE BETÄTIGEN. Dug mußte zugeben, daß das ziemlich einfach war.

Er schob die Diskette ins Laufwerk, tippte das geheimnisvolle Wort und drückte die Eingabetaste. Auf dem Schirm erschien für kurze Zeit ein wirrer Strudel. Dann tauchte ein kleiner Mann auf, der fast wie eine Zeichentrickfigur aussah. Die Gestalt schaute Dug an und sagte irgend etwas. Die Worte erschienen in einer Sprechblase über seinem Kopf. »Hallo! Ich bin Grundy Golem. Ich komme aus dem Land Xanth und spreche deine Sprache. Ich bin dein vorläufiger Begleiter. Wenn du mich nicht magst, kannst du mich sofort wegschicken. Aber hör mir erst mal ein Weilchen zu, ja? Ich bin nämlich hier, um dich ins System einzuführen. Solltest du irgendwelche Fragen haben, dann stell sie mir, indem du die Q-Taste drückst, oder indem du deine rechte Maustaste betätigst. Nur zu – frag schon!«

Warum nicht? Dug betätigte die Taste ›Q‹.

Ein Glockenschlag ertönte. Dann erschien ein riesiger Menschenfinger und stupste Grundy so fest an der Schulter, daß er zur Seite torkelte. »He, nicht so wild!« Dug mußte lächeln. »Na schön, du hast also eine Frage. Du hast doch eine von diesen primitiven mundanischen Tastaturen, nicht wahr? Dann gibt es zwei Möglichkeiten, die Frage einzugeben. Du kannst die Frage tippen, damit ich sie sehen kann, oder du kannst die Eingabetaste drücken und bekommst eine Liste der in diesem Stadium am häufigsten gestellten Fragen. Dann kannst du mit den Pfeiltasten die gewünschte Frage anwählen und wieder die Eingabetaste drücken. Es läßt sich aber abkürzen, indem du einfach nur die Nummer der jeweiligen Frage eingibst. Ich werde warten, bis du dich entschieden hast. Wenn ich weitermachen soll, ohne zu warten, betätigst du die ESCAPE-Taste.« Grundy trat einen Schritt zurück und ließ die winzigen Daumen kreisen.

Dug ertappte sich dabei, wie er trotz seiner Skepsis fasziniert war. Er drückte die Eingabetaste.

Grundy beugte sich vor und erwischte ein Stück Bindfaden am unteren Teil des Bildschirms. Als er den Faden hochzog, spulte eine Schriftrolle ab. Darauf standen numerierte Fragen.

1. WIE KANN ICH DIESES VERRÜCKTE SPIEL WIEDER VERLASSEN? 2. GIBT ES EINE ABKÜRZUNG, UM SOFORT EINZUSTEIGEN? 3. WER IST DIESES WESEN AUF DEM UMSCHLAG? 4. BEKOMME ICH MEIN GELD ZURÜCK, WENN ICH JETZT AUFHÖRE? 5. WIE BEKOMME ICH EINEN BESSEREN GEFÄHRTEN? 6. WIE KANN ICH MEINEN SPIELSTAND SICHERN, UM MAL EINE PINKELPAUSE ZU MACHEN UND DANACH AN DERSELBEN STELLE WEITERZUSPIELEN? 7. WAS BEWEGT SIE ZU DEM GLAUBEN, DASS DIESES SPIEL ETWAS GROSSARTIGES IST? 8. KANN ICH AUCH ZUSAMMEN MIT EINEM FREUND SPIELEN? 9. WELCHER PREIS WINKT DEM SIEGER? ›/‹ WIEVIEL GEDRUCKTE FRAGEN SIND HIER GESPEICHERT, UND KANN ICH SIE ALLE JEDERZEIT ABRUFEN?

Dug lächelte. Offenbar hatten die Hersteller schon einiges an Spielerresonanz bekommen. Er drückte auf die ›/‹, von der er annahm, daß sie für die ›10‹ stand; er begriff, daß sie nicht als ›10‹ angeführt werden konnte; denn wenn der Spieler in diesem Fall als erstes die Ziffer 1 eingab, würde ihn dies sofort zur Frage 1 führen, ohne daß er Gelegenheit bekam, die Zahl zu vervollständigen. Das war auch so eine Sache, die Computer gern taten; so zu tun, als wüßten sie nicht, was der Spieler wirklich wollte.

Die gewünschte Frage war hervorgehoben. Grundy erwachte zum Leben. »In dieser Ausgabe des Spiels *Die Gefährten von Xanth* gibt es etwa einhundert Fragen. Und in späteren Versionen können es noch sehr viel mehr werden, wenn wir erst einmal Feedback von Spielern erhalten. Du kannst die Liste jederzeit aufrufen, indem du die HILFE-Taste drückst und blätterst. Bei zweistelligen Zahlen kannst du die erste Taste gedrückt halten, während du die zweite Ziffer eingibst; dann werden beide Zahlen registriert. Aber wahrscheinlich ist es das einfachste, mich selbst zu fragen.«

Das dürfte wohl stimmen. Doch Dug beschloß, noch ein wenig mit der Liste zu spielen. Die Fragen waren immer noch auf der Schriftrolle zu erkennen. Also gab er ›1‹ ein.

Grundy erwachte erneut zum Leben. »Um dieses Spiel zu beenden, gibst du ALT-ESCAPE ein und schaltest das System aus. Aber ich hoffe, daß du noch nicht gleich aufhören willst; du hast uns ja noch gar keine richtige Chance gegeben. Wir kennen dich ja kaum.«

Sie kannten ihn ja kaum? Als wären sie wirklich und er nur ein simulierter Spieler! Das fand Dug doch ziemlich arrogant. Aber auch faszinierend. Er gab die ›2‹ ein. »Direkt ins Spiel gelangst du mit der Abkürzung SHIFT-ESCAPE. Aber ich rate dringend davon ab. Denn du mußt vorher noch einiges erledigen – dich anmelden, zum Beispiel. Außerdem sitzt du dann mit mir als Gefährten fest. Wenn du den Vorgang erst einmal kennst, kannst du diese Szene gleich überspringen. Aber tu es bitte noch nicht sofort.«

Das leuchtete ein. Bisher war alles ohne Verwirrung abgelaufen, und Dug hatte noch gar nicht mit dem eigentlichen Spiel begonnen. Er könnte diese Stufe zwar überspringen, um es sich anzusehen, doch schien es vernünftiger, dem Golem eine Chance zu geben. Also drückte er die ›3‹.

»Das Wesen auf dem Umschlag ist Nada Naga, die üppigste aller heiratsfähigen Prinzessinnen von Xanth. Sie gehört zu den verfügbaren Gefährten.« Grundy warf ihm einen Blick zu. »Vielleicht wird es mal Zeit, nach den Gefährten zu fragen, falls das noch nicht klar sein sollte.«

Also tippte Dug: WAS IST MIT DEN GEFÄHRTEN?

»Ich freue mich ja so, daß du mich nach den Gefährten fragst!« sagte Grundy. »Das ist natürlich auch der Name dieses Spiels. Dadurch unterscheidet es sich in erster Linie von den anderen. In diesem Spiel wirst du nie hilflos im Stich gelassen, um zu erraten, wie es weitergeht. Statt dessen hast du einen Gefährten, der dich weiterführt. Alles, was du wissen mußt, kannst du deinen Gefährten fragen. Wenn er (oder sie, falls du dir einen weiblichen Gefährten aussuchen solltest) die Antwort nicht weiß, wird er immerhin eine Vermutung äußern. Er warnt dich auch, wenn du etwas Falsches tust, und benimmt sich überhaupt wie ein richtiger Freund. Du kannst deinem Gefährten blind vertrauen – bis auf eins. Gib ›Y‹ oder EINGABE ein, wenn du das erfahren willst.«

Dug war zwar versucht, statt dessen die ESCAPE-Taste zu drücken, aber die Sache ließ ihn nicht los. Also betätigte er EINGABE.

»Das ist sehr klug von dir«, meinte Grundy. »Du mußt nämlich wissen, daß dein Gefährte dein treuester Freund ist – normalerweise. Aber die Chancen stehen eins zu sieben, daß es sich um einen Falschen Gefährten handelt. Der wird zwar so tun, als wäre er dein Freund, wird dich aber in Wirklichkeit in Unheil und Verderben führen. Solltest du einen solchen Gefährten bekommen, mußt du auf der Hut bleiben und darfst seinen Rat nicht befolgen. Leider kann man einen Treuen Gefährten nicht so ohne weiteres von einem Falschen Gefährten unterscheiden, weil sie genauso aussehen und sich auch gleich verhalten – bis zu irgendeinem entscheidenden Punkt im Spiel, da der Falsche Gefährte dich verraten wird. Du darfst dein Urteil also allein an der Qualität seiner Ratschläge festmachen und mußt einen schlechten Rat als solchen erkennen. Wenn es dir gelingt, deinen Falschen Gefährten zu identifizieren, kannst du ihn nicht gegen einen anderen eintauschen; wenn du dir erst einmal einen Gefährten ausgesucht hast, gilt dies für das ganze Spiel. Du kannst ihn zwar fortschicken, aber dann bist du ganz allein auf dich gestellt und wirst höchstwahrscheinlich von einem Drachen gefressen oder erleidest ein noch schlimmeres Schicksal. Da ist es besser, du behältst den Gefährten bei dir, bleibst aber auf der Hut vor ihm. Es ist durchaus möglich, das Spiel mit einem Falschen Gefährten zu gewinnen – nur ist es eben sehr viel schwieriger.«

Der Golem machte eine Pause, und so gab Dug eine verwandte Frage ein. UND WENN ICH DAS SPIEL EINFACH BEENDE UND NEU ANFANGE?

»Wenn du das Spiel verläßt und zurückkehrst, um dir einen neuen Gefährten zuzulegen, wirst du feststellen, daß sich der Spielaufbau verändert hat. Dann kannst du dir nicht mehr sicher sein, ob dein nächster Gefährte ein Treuer oder ein Falscher ist. Du weißt nicht einmal, ob vormals sichere Wege immer noch ungefährlich sind oder nicht. Wenn du im Spiel schon ein gutes Stück fortgeschritten bist, ist es besser, einfach weiterzumachen. Aber natürlich hast du die Wahl.«

Statt abgeschreckt zu werden, war Dug von dieser Warnung geradezu gefesselt. Er konnte seinem Gefährten also nie ganz vertrauen. Das versprach zusätzliche Spannung, die sonst ausgeblieben wäre. Er betrachtete die Frageliste und gab schließlich ›9‹ ein.

»Wenn du das Spiel gewinnst, was alles andere als leicht ist, erhältst du ein magisches Talent, das dir bei späteren Runden zur Verfügung steht. Wir wissen zwar nicht, welches Talent es ist, aber es ist ganz bestimmt ein gutes, das dir sehr nützlich sein wird.«

Eine Art Fragespiel also. Dug zuckte die Schultern. Da er es ohnehin nicht so sehr mit Fantasy hatte, war ihm dies kaum ein Anreiz. Langsam wurde ihm die Sache langweilig; also gab er die ›5‹ ein.

Grundy furchte die Stirn. »Ich hatte eigentlich gehofft, du würdest dich für mich entscheiden. Ich kann die Sprachen von Tieren und Pflanzen sprechen und Dinge in Erfahrung bringen, die anderen vorenthalten bleiben.« Dann lächelte er. »Aber vielleicht entscheidest du dich ja doch noch für mich. Hier sind die sechs anderen Gefährten, unter denen du wählen kannst.« Er zog eine weitere Schriftrolle hoch.

Darauf standen sechs Namen: Goody Kobold, Horace Zentaur, Jenny Elfe, Mark Knochen, Metria Dämonin und Nada Naga. Den letzten Namen erkannte Dug wieder: Das war das üppige Geschöpf auf dem Umschlag. Die anderen brauchte er gar nicht erst zu überprüfen. Er wählte Nada Naga aus, worauf ihre Beschreibung zusammen mit einem Bild erschien.

NADA NAGA, PRINZESSIN DES VOLKES DER NAGA VON XANTH, EINE MISCHRASSE, HALB MENSCH, HALB SCHLANGE, DIE JEWEILS DIE EINE ODER DIE ANDERE GESTALT ANZUNEHMEN VERMAG ODER AUCH EINE MISCHFORM. 21 JAHRE ALT, UNVERHEIRATET, INTELLIGENT, NETT, SCHÖN. VORZÜGE: REIFE UND KAMPFKRAFT. MÄNGEL: DIE EINSCHRÄNKUNGEN EINER PRINZESSIN.

Prinzessin zu sein bedeutete also einen Mangel? Dug mußte lachen. Damit würde er schon zurechtkommen. Was für ein Vergnügen es doch sein würde, eine solche Frau zur Gefährtin zu haben! Ohne zu zögern betätigte er die Eingabetaste.

Das Bild vergrößerte sich, und Nada Naga trat auf den Hauptschirm hinaus. »Danke, Grundy«, sagte sie mit lieblicher Stimme. Tatsächlich war es nur eine Sprechblase, aber Dug konnte sie fast hören. »Ich mache jetzt weiter.«

Grundy seufzte und verschwand vom Schirm. Nada wandte sich an Dug. »Bitte, stell dich vor«, sagte sie allerliebst. »Gib einfach deinen Namen und deine Beschreibung ein, damit ich weiß, mit wem ich es zu tun habe.«

Nur zu bereitwillig tippte er: DUG. MÄNNLICH. ALTER – SECHZEHN. Gut, sie war fünf Jahre älter als er – aber wen interessierte das schon? Es war ja nur ein Spiel.

»Hallo, Doug«, sagte sie. »Ich bin sicher, daß wir gut miteinander auskommen werden.«

Hoppla! DUG, tippte er ein. OHNE ›O‹. DAS IST AUCH NICHT DIE ABKÜRZUNG FÜR DOUGLAS. EINFACH NUR DUG.

Sie hob eine zierliche Hand an den Mund und errötete betörend. »Ach, Entschuldigung, Dug! Bitte verzeih mir.«

Im Grunde war es ihm egal, ob sie ihn Doug oder Douglas nannte. Aus ihrem Munde würde sich beides gleichermaßen toll anhören.

KEINE URSACHE, tippte er schnell. ICH BIN NOCH NIE EINER PRINZESSIN BEGEGNET. Es war zwar nur ein Spiel, aber ein interessantes, und er wollte es damit versuchen. Zwar war ihm klar, daß er im Begriff stand, seine Wette mit Edsel zu verlieren, aber das war ihm schon nicht mehr wichtig. Er wollte einfach nur weiterspielen.

»Es ist ein Nachteil, Prinzessin zu sein«, fuhr sie fort. »Und es ist nett von dir, daß du mich trotzdem ausgesucht hast. Ich werde versuchen, dir eine nützliche Gefährtin zu sein.«

»ICH BIN SICHER, DASS DU DIE VOLLKOMMENE GEFÄHRTIN SEIN WIRST«, tippte er und sprach die Worte gleichzeitig dabei aus. So langsam war er richtig hingerissen.

»Dug, darf ich dir einen Rat geben?« fragte sie.

»Was immer du möchtest«, erwiderte er, und seine Finger flogen über die Tastatur, um Schritt zu halten.

»Es wird einfacher sein, wenn du zu mir hereinkommst. Damit wir ein wenig unmittelbarer eine Beziehung aufbauen können. Weißt du, wie das geht?«

»Ich würde nur zu gern zu dir kommen«, willigte er ein. »Aber du befindest dich auf einem Computerschirm, und ich bin hier draußen im wirklichen Leben.« Vielleicht war es ja töricht, sich gefühlsmäßig so hinreißen zu lassen und sie wie eine wirkliche Person zu behandeln, aber es machte Spaß. Dug konnte nur staunen, wie anpassungsfähig sie war.

»Das stimmt. Aber wenn ich auch nicht zu dir hinauskommen kann, kannst du immerhin zu mir. Du mußt nur deinen Unglauben für eine Weile zur Seite schieben und die Augen anders ausrichten.«

»Ich werde es versuchen.« Er wünschte sich, er könnte vergessen, daß es sich um ein Fantasy-Spiel handelte, um die Fantasie einfach auszuleben: er selbst in Gesellschaft dieser wunderschönen Frau.

»Weißt du, der Schirm sieht für dich flach aus, weil du ihn flach betrachtest. Aber wenn du versuchst, den Blick auf etwas hinter dem Schirm zu richten, als wäre er ein Fenster zu einer anderen Welt, wirst du bemerken, daß er sich rundet. Versuch es mal.«

Rundet? Sie war schon so wunderschön gerundet, daß ihm der Rest fast völlig gleichgültig war. Aber er tat ihr den Gefallen und versuchte, den Blick ein Stück jenseits des Schirms auszurichten. Nadas Bild wurde ein wenig unscharf – das war aber auch schon alles. »Irgendwie kriege ich das nicht richtig hin«, meinte er schließlich.

»Siehst du die beiden Punkte da oben?« fragte sie und deutete darauf. Jetzt sah er die Punkte direkt über ihrer Sprechblase schweben. »Versuch mal, sie zu drei Punkten werden zu lassen. Dann hast du den richtigen Abstand. Kann sein, daß es nicht sofort passiert, aber wenn es klappt, wirst du es sofort merken.«

»Also gut«, tippte Dug ein. Er war froh, es mit den Fingern tun zu können; denn so konnte er ihr antworten, ohne den Blick vom Schirm zu nehmen. Er richtete die Augen neu aus und versuchte, die beiden Punkte zu dreien werden zu lassen. Dug glaubte zwar nicht, daß dabei etwas herauskam, aber er wollte alles, was sie ihm riet, so genau befolgen, wie er nur konnte.

Das Bild verschwamm, wurde wieder scharf, verschwamm aufs neue. Aus den beiden Punkten wurden erst vier, dann wackelten sie ein wenig und verschmolzen zu dreien. Und dann kam, ganz unauffällig, die Dreidimensionalität.

Dug gaffte. Das Bild war ja tatsächlich dreidimensional! Und dabei trug er gar keine gefärbten Brillengläser oder eins von diesen Stereoskopiegeräten; vor ihm befand sich immer noch der Computerschirm. Der hatte sich allerdings inzwischen in eine Glasscheibe verwandelt, in ein Fenster, das auf eine dahinterliegende Szenerie zeigte. Vorn stand Naga; hinter ihr war das Gras der Lichtung, während noch ein Stück weiter hinten der Fantasy-Dschungel zu sehen war. Alles wirkte so echt, daß Dug nur staunen konnte.

»Das ist schon besser«, meinte Nada lächelnd. »Jetzt sehe ich dich in gerundeter Form, Dug.«

Sie sah *ihn* in gerundeter Form? Dabei war sie doch die Frau mit den schönsten Rundungen, die er sich hätte träumen lassen! Doch das tippte er lieber nicht ein. Statt dessen entschied er sich für eine etwas unverfänglichere Feststellung. »Das ist ja ganz erstaunlich! Wie ist das passiert?«

Mit einem süßen Stirnrunzeln fragte sie: »Ich nehme an, du würdest mir wohl kaum glauben, wenn ich dir erklärte, daß es sich dabei um Magie handelt?«

Er schüttelte den Kopf. »Ich glaube nicht an Magie.«

»Das ist wirklich zu schade. Das ist nämlich der zweite, ja, der größere Schritt. Wenn dir das gelungen ist, nimmst du erst richtig an dem Spiel teil.«

»Den Unglauben beiseite schieben«, bestätigte er. »Ich wünschte ehrlich, ich könnte es! Aber ich bin nun mal durch und durch Skeptiker. Wie man so sagt: Ich bin aus Missouri.«

Sie blickte ihn verständnislos an. »Ich dachte, du wärst aus Mundania.«

Mundania. Hübsche Vorstellung. »Ich glaube, Missouri ist ein Staat in Mundania. Die Leute dort müssen eine Sache erst mit eigenen Augen gesehen haben, bevor sie daran glauben. Wenn du mir also Magie vorführst, werde ich daran glauben. Ansonsten ...«

Sie lächelte. Dann machte sie einen sehnigen Schlenker – und hatte sich plötzlich in eine Schlange mit Menschenkopf verwandelt. »Das ist meine Naga-Gestalt. Es ist übrigens meine natürliche Form. Meine Magie ermöglicht es mir, die menschliche oder auch die vollständige Schlangengestalt anzunehmen.« Sie wurde zu einer zusammengeringelten Python, deren Reptilaugen Dug fixierten, als sie aus den nunmehr am Boden liegenden Kleidern schlüpfte. Doch er fühlte sich davon nicht abgestoßen. Schlangen zeigten keine besondere Wirkung auf ihn; er wußte, daß es nützliche Tiere waren, und so ließ er sie normalerweise in Ruhe. Die Sache machte ihm überhaupt nichts aus. Er wußte, daß es Nada war, noch dazu im Zusammenhang mit dem Fantasy-Spiel. Es würde nützlich sein, ein derartiges Reptil an seiner Seite zu haben, sollte sich irgendeine Gefahr zeigen, womit er ohnehin fest rechnete.

»Mir ist schon klar, daß es in einem Fantasy-Spiel Magie gibt«, sagte er vorsichtig. »In Zeichentrickfilmen und so weiter kommt das ja ständig vor. Da werden Leute von einer Dampfwalze überfahren, um wieder mit Luft aufgepumpt und rund gemacht zu werden. Danach sind sie wieder ganz normal. Man könnte also sagen, daß ich in einem solchen Zusammenhang durchaus an Magie glaube. Aber niemals im wirklichen Leben.«

Die Schlange glitt hinter eine Abschirmung, den Kleiderstapel der Frau im Maul. Kurz darauf erschien wieder die Menschengestalt hinter dem Schirm, äußerst anziehend gekleidet. »Aber wenn du in Xanth bist, wird die Magie wirksam. Wenn ich hingegen nach Mundania käme, könnte ich meine Gestalt nicht wechseln. Da wäre ich bloß eine hilflose kleine Schlange.« Sie runzelte die Stirn. »Das weiß ich genau. Es ist mir nämlich schon einmal passiert. Aber hier leben wir nach *unseren* Regeln. Wenn du es also schaffst, daran zu glauben, wirst du auch Magie erfahren.«

»Wenn ich das glaube, bin ich verrückt«, meinte Dug säuerlich.

»Nein, du bist dann einfach nur in einem anderen Reich. Aber du brauchst nicht unbedingt daran zu glauben, um das Spiel spielen zu können. Sei dir einfach nur bewußt, daß hier unsere Regeln gelten.«

»Das will ich beherzigen«, erwiderte Dug und staunte über ihre Reaktionsfähigkeit. Es hatte wirklich den Anschein, als wäre sie eine echte Person, die durch die Barrikaden seines Unglaubens hinweg mit ihm kommunizierte. »Wie spielt man dieses Spiel denn nun?«

Sie lächelte wieder. Dabei hellte sich die Lichtung auf – sie wurde tatsächlich immer heller, als wäre eine träge Glühbirne aufgeflammt. Auch wenn es ein blöder technischer Effekt war – es gefiel Dug. Diese Frau war so schön, daß er sich den ganzen Tag in ihrem Lächeln würde sonnen können.

»Nimm meine Hand«, sagte Nada, »dann führe ich dich hinein.« Sie streckte ihren wunderschönen Arm nach ihm aus.

Dug griff nach dem Schirm; dann gebot er sich selbst Einhalt. Statt dessen tippte er: »Ich nehme deine Hand.«

Das Bild vergrößerte sich. Nun schien er sich *auf* der Lichtung zu befinden, Nada neben ihm, ungefähr einen halben Kopf kleiner als er. Sie wandte sich ihm zu. Ihr Busen hob und senkte sich sanft, und die braungrauen Augen harmonierten wundervoll mit den graubraunen Zöpfen. Plötzlich war Braungrau zu Dugs Lieblingsfarbe geworden. »Danke, Dug. Es ist so schön, dich hierzuhaben.«

»Es ist auch schön, hier zu sein«, erwiderte er und machte die Entdeckung, daß der Unglaube sich immer leichter beiseite schieben ließ, zumindest in diesem Zusammenhang. Er wußte, daß er im wirklichen Leben niemals an eine solche Frau herankommen würde. Da war es das Beste, es statt dessen auf diese Weise zu tun. Ganz ohne Zweifel aber war es erstaunlich, wie lebendig plötzlich alles geworden war.

»Diese Lichtung hier ist ein sicherer Ort«, erklärte Nada. »Aber sobald wir sie verlassen, steigen wir ins eigentliche Spiel ein, und da gibt es jede Menge Herausforderungen und Schwierigkeiten. Ich will dich zwar nicht mit langatmigen Erklärungen langweilen ...«

»Du langweilst mich nicht«, warf Dug hastig ein. Sie hätte ihm auch die langweiligste Vorlesung über Shakespeares allerlangweiligstes Historiendrama halten können (was ziemlich genau einer normalen Englischstunde entsprach) – es hätte ihn dennoch fasziniert. Er war es zufrieden, einfach nur auf dieser Lichtung zu verweilen und Nada beim Reden zu beobachten. Weil sie sich nämlich *wirklich* für ihn zu interessieren schien. Das war sicherlich nur die Gaukelei der Spielprogrammierung; aber es war ganz hervorragend gemacht. Dug erinnerte sich an eine technische Herausforderung, die zur Zeit die Runde machte: Mehrere Firmen arbeiteten an der Entwicklung eines Computers, der einen derart täuschend echten Dialog mit einem Menschen führen konnte, daß dieser gar nicht erst auf die Idee kam, es mit einem Computer zu tun zu haben. Der Computer befand sich in einem versiegelten Raum, damit man ihn nicht sehen konnte, und die Testperson mußte raten, ob sie mit einem Rechner oder mit einem Menschen kommunizierte. Bisher war es zwar noch keinem Computer gelungen, einen echten Experten hereinzulegen; aber man kam der Sache schon ziemlich nahe. Für eine Computeranimation war Nada Naga schrecklich lebensnah. Sie wirkte äußerst lebendig, und das lag nicht nur an ihrem Aussehen.

Sie lächelte wieder, genau, wie Dug es sich erhofft hatte. »Danke, Dug. Ich muß dafür sorgen, daß du begreifst, was hier vorgeht, weil es meine Aufgabe ist, dich so weit durch das Spiel zu führen wie möglich. Solltest du also die Siegesprämien nicht erringen, soll es nicht meine Schuld gewesen sein. Aber meine Fähigkeiten sind begrenzt, und außerdem triffst du die Entscheidungen. Ich kann nur auf deine Fragen antworten und dir Ratschläge geben. Den Weg zum Sieg kenne ich auch nicht. Aber ich kenne Xanth. Deshalb bin ich in der Lage, dich um die meisten seiner Gefahren herumzuführen.« Sie hielt kurz inne und musterte ihn. »Kennst du Xanth?«

»Nie gehört«, erwiderte er fröhlich. »Ich lese keine Fantasy. Ich nehme an, es handelt sich dabei um eine aufgemotzte Fantasy-Kulisse mit schönen Prizessinnen, häßlichen Kobolden, wandelnden Skeletten und qualmenden Dämoninnen.« Darauf war er durch die Liste möglicher Gefährten gekommen. »Ich nehme an, ich werde Berge und Schluchten und tosende Wildbäche überwinden müssen, gegen feueratmende Drachen kämpfen, und wahrscheinlich muß ich auch besondere magische Amulette ausfindig machen, mit deren Hilfe ich Zugang zu den magisch versiegelten Gewölben bekomme, wo der Schatz liegt. Und ich glaube, daß dort so viele Gefahren auf mich lauern, daß ich schon sehr früh wieder aus dem Spiel fliege und wieder von vorn anfangen muß – wodurch ich beim nächsten Mal weiß, was oder wem ich ausweichen muß; zum Teil jedenfalls. Ehrlich gesagt würde ich lieber hierbleiben und mich einfach nur mit dir unterhalten.« Sein Blick schweifte zu ihrem Busen hinüber und prallte davon ab, denn nun, auf diese nahe Entfernung, konnte er bis ins tiefste Innere sehen. Zwar gefiel ihm der Anblick, doch wollte er nicht, daß sie ihn beim Gaffen erwischte. Dann zog sie sich nämlich möglicherweise eine Jacke über, und das würde den ganzen Anblick zunichte machen.

»Du scheinst schon eine recht genaue Vorstellung von dem Spiel zu haben«, pflichtete sie Dug bei. Sie zog die Luft ein, worauf er sich beinahe auf die Zunge gebissen hätte. »Aber du kannst nicht gewinnen, indem du hierbleibst. Deshalb müssen wir uns bald auf den Weg machen. Normalerweise würde man als erstes den Guten Magier Humfrey um Rat ersuchen. Leider verlangt er aber pro Antwort einen Jahresdienst. Weil das für dich kaum machbar wäre ...«

»Stimmt. Es hat also keinen Zweck, dorthin zu gehen. Unterhalten wir uns lieber. Gehst du schon mal mit Mundaniern aus?«

»Ich werde gleich mit dir nach Xanth hinausgehen, um dir den besten Weg zu zeigen, der ...«

»Ich meinte eigentlich, ob du was mit ihnen unternimmst. Ins Theater gehen, zum Beispiel. Oder Essen gehen. Sich unterhalten. Spaß haben.«

Ihre wunderschöne Stirn furchte sich. »Wir werden die Queste zusammen durchführen und feststellen, was Xanth uns unterwegs zu bieten hat. Wir werden uns soviel unterhalten wie nötig. Ich hoffe, das ist dir nicht unangenehm.«

Sie verstand ihn einfach nicht. Also versuchte er es ein weiteres Mal. »Beispielsweise, zusammen tanzen und sich küssen.«

Nada musterte ihn mit einem seltsamen Gesichtsausdruck. Endlich hatte sie begriffen! »Ich glaube nicht. Ich bin als deine Gefährtin hier. Ich bin nicht deine Geliebte. Bitte versuch nicht, mich zu küssen.«

Dug lachte erneut, diesmal jedoch, um seine Verlegenheit zu überspielen. Nada hatte ihn eindeutig genug abblitzen lassen. Wenn er versuchte, sie zu küssen, würde sie sich in eine Schlange verwandeln und ihn verschlingen. »War ja nur eine Frage. Also, was muß ich noch alles über das Spiel wissen?« Denn wenn das Spiel bedeutete, daß er Nada bei sich hatte, wäre es die Sache schon wert.

Dann mußte er über sich selbst lachen. Nada war doch nur eine Spielfigur auf seinem Bildschirm! Er hätte sie sowieso nicht küssen können. Und doch hatte er ein ernsthaftes Interesse daran entwickelt, in der vagen Hoffnung, daß sie vielleicht einwilligen könnte. Langsam begann ihn die Sache zu vereinnahmen.

Aber es wäre wirklich toll, wenn es möglich wäre und Nada tatsächlich einwilligte! Sie war viel umwerfender als die Freundin, die er gerade an seinen Freund verloren hatte. So töricht es auch war – er würde sein Äußerstes tun, um ihr zu gefallen – in der Hoffnung, daß sie vielleicht irgendwann doch noch damit einverstanden wäre, daß er sie küßte, selbst wenn es nur symbolisch sein konnte.

Nada kam zur Sache. »Es ist so gut wie unmöglich, den Preis sofort zu gewinnen, weil wir ja nicht einmal wissen, wo wir danach suchen sollen. Also werden wir doch den Guten Magier aufsuchen müssen und können nur hoffen, daß du irgendwie handelseinig mit ihm wirst, um seinen Rat zu erhalten. Ich kenne den Weg dorthin und werde dich führen. An manchen Stellen ist es allerdings gefährlich, und wir wissen nicht, was alles passieren kann. Deshalb müssen wir sehr vorsichtig sein. Es gibt zwar auch sichere, verzauberte Wege; aber die sind den richtigen Einwohnern Xanths vorbehalten. Wir dagegen müssen querfeldein gehen.« Mit kurzem Lächeln hob sie den Blick. »Das bedeutet, daß wir eben jenen Bergen, Schluchten, Wildbächen und Drachen begegnen werden, die du ja schon beschrieben hast, und daß wir es möglicherweise nicht einmal bis zum Schloß des Guten Magiers schaffen.«

»Und wenn wir es gar nicht erst tun und ich aus dem Spiel

fliege? Kann ich dann beim nächsten Mal wieder nach dir verlangen?«

»Das kannst du. Aber dann werde ich dir auch nicht besser helfen können als beim erstenmal, weil dann die Gefahren ausgetauscht worden sind. Möglicherweise würdest du dich also besser stehen, einen anderen Gefährten auszusuchen, der dir bessere Dienste erweisen kann.«

»Wirst du dich denn im nächsten Spiel an mich erinnern?«

»Ja. Aber es könnte bedrückend für mich sein, weil ich dann vielleicht schon einmal mitangesehen habe, wie du von einem Drachen aufgefressen wurdest. Das wäre für mich eine sehr traumatische Erfahrung.«

»Dann werde ich eben versuchen, mich gar nicht erst auffressen zu lassen«, erwiderte Dug galant. »Gibt es irgendeine wirksame Methode, um Drachen abzuschrecken?«

»Das hängt vom Drachen ab. Einen kleinen könnte ich schon vertreiben. Aber vor einem großen sollte man lieber gleich das Weite suchen.«

»Gibt es denn gar keine Abwehrmittel, keine Waffen oder so etwas? Damit ich mich entsprechend ausgerüstet auf die Reise machen kann?«

»Vielleicht gibt es welche, wenn du schlau genug bist, sie ausfindig zu machen. Das ist übrigens einer meiner Mängel: Ich verstehe nicht viel von Menschenwaffen oder davon, wie man sie benutzt. Wenn du mich gegen einen Gefährten austauschen möchtest, der das vermag, beispielsweise Horace Zentaur ...«

»Nein, danke. Ich will es lieber allein schaffen.« Dug schaute sich um. »Gibt es hier in der Nähe irgendeine Stadt, wo wir uns Waffen oder Vorräte beschaffen können? Dort sollten wir vielleicht zuerst hingehen.«

»Es gibt das Dorf Isthmus. Ich könnte dich dorthin bringen. Aber die Bewohner mögen keine Fremden. Wahrscheinlich wäre es besser, das Dorf zu meiden. Unterwegs gibt es genügend Obst- und Nußbäume, und auch Eier- und Pastetenbüsche, so daß die Versorgung mit Lebensmitteln kein Problem ist. Vielleicht könntest du dir ja einen Stock oder eine Keule machen, um dich damit zu verteidigen.«

Doch Dug war zur Zeit in störrischer Laune. »Nein, versuchen wir es als erstes mit dem Dorf Isthmus. Ein komischer Name. Warum heißt es denn so?«

Nada beugte sich vor, um in der Lichtungsmitte eine Karte ins Erdreich zu zeichnen. Dies gewährte Dug einen betörenden Blick in ihren Ausschnitt. Doch ließ er sich klugerweise nichts anmerken, obwohl er schon fürchtete, die Augen könnten ihm aus dem Kopf fallen. Von wegen Dreidimensionalität!

»Das ist eine Skizze von Xanth«, erklärte Nada. »Und hier stehen wir, am Rande des Isthmus. Daher der Name.«

Dug riß den Blick von ihrem Dekolleté los, um kurz die Karte zu betrachten. »Aber das ist ja der Staat Florida!« sagte er überrascht. »Soll das heißen, daß wir uns im Pfannenstiel von Florida befinden?«

»Wenn du es so nennen willst. Es ist unsere Hauptstrecke von und nach Mundania. Deshalb empfangen wir die Mundanier auch hier. Aber es ist nicht euer mundanischer Staat. Hier sind wir in Xanth, und das solltest du lieber nicht vergessen. Denn hier gibt es Dinge, die du in Mundania kaum finden dürftest.«

Auf einige davon hatte Dug schon einen Blick geworfen, aber das durfte er natürlich nicht laut sagen. »Na schön, gehen wir.«

Nada stand auf und nickte. Sie ging auf den Lichtungsrand zu, und es war offensichtlich, daß Dug ihr folgte, weil sich zusammen mit seinen Bewegungen die Szenerie änderte. Das war äußerst interessant, und sei es nur wegen der lebensnahen Darstellung. Die Siegesprämie war Dug egal. Er wollte einfach nur hierbleiben.

2
Ogersumpf

Jenny Elfe wartete nervös in dem Zimmer, das den zur Verfügung stehenden möglichen Gefährten zugewiesen war. Sammy Kater schlummerte unbekümmert auf ihrem Schoß. Sie mußte dem Guten Magier Humfrey ein Jahr zu Diensten sein, weil sie ihm eine Frage gestellt und auch eine Antwort erhalten hatte. Doch Humfrey hatte sie statt dessen an den Dämonen Professor Fetthuf verliehen, und so war sie nun Teil dieses merkwürdigen Spiels für Mundanier. Die Dämonen allein mochten wissen, weshalb sie ausgerechnet ein Spiel für Mundanier veranstalteten; aber sie war nun einmal gezwungen, dabei mitzumachen.

Nada Naga war gerade fortgegangen. Ein mundanischer Spieler hatte sie zur Gefährtin gewählt. So waren nur noch die Dämonin Metria, das Skelett Mark Knochen, der Zombie Horace Zentaur und die höfliche Goody Kobold da. Einen Augenblick später traf noch jemand ein, um die Reihe wieder aufzufüllen. Es war eine Frau, ebenso schön und gut gewachsen wie Nada. Sie trug ein Kleid so braun wie Baumrinde, und ihr Haar war grün wie Laubwerk.

»Hallo«, sagte die Frau. »Ist hier das Gefährtenheim?«

Die anderen warfen mit Blicken um sich, stellten aber keinen Kontakt zu der Frau her. Jenny begriff, daß es an ihr lag, zu antworten. »Ja, das ist richtig. Komm und gesell dich zu uns. Ich bin Jenny Elfe und leiste hier meinen Dienst für den Guten Magier ab.«

Die Frau trat ein. »Ich bin Vida Vila, eine Wildnymphe. Ich bin dem Professor einen Gefallen schuldig.« Sie nahm Platz.

»Vida Vila«, sagte das Skelett. »Wir kennen uns! Ich bin Mark Knochen. Ich habe vor einigen Jahren Prinz Dolph durch dein Gebiet geführt.«

Vida nickte. »Du kamst mir gleich bekannt vor. Aber mein Gedächtnis läßt mich manchmal im Stich, was Skelette angeht. Irgendwie sehen die für mich alle gleich aus. Dieser Prinz dürfte wohl inzwischen erwachsen sein, stimmt's?«

»Ja. Er hat Electra geheiratet, und sie haben Zwillinge bekommen.«

»Ach, bäh!« erwiderte Vida enttäuscht. Das war ziemlich beeindruckend, weil sie dabei für einen Augenblick zu einem knurrigen Bären wurde. Doch sie fing sich schnell wieder. »*Ich* hatte eigentlich gehofft, ihn zu heiraten, wenn er alt genug sein würde. Schließlich wachsen die Prinzen nicht gerade auf Bäumen, mußt du wissen, sonst hätte ich mir schon selbst einen gezüchtet.«

ALLES HERHÖREN, plärrte eine Stimme. ES IST ZEIT, DEN FALSCHEN GEFÄHRTEN AUSZUWÄHLEN.

»Das haben wir doch schon getan!« protestierte Jenny. Sie war sehr erleichtert gewesen, als das Los nicht auf sie gefallen war, weil sie zu niemandem falsch sein wollte.

GIB DIR MAL MÜHE, DEN SCHADEN IN DEINEM KOPF NICHT ALLZU OFFENSICHTLICH WERDEN ZU LASSEN, erwiderte die Stimme streng. Das war natürlich der Professor, der hier das Sagen hatte. VOR JEDER GEFÄHRTENWAHL DURCH EINEN SPIELER MUSS EIN FALSCHER GEFÄHRTE AUSGEWÄHLT WERDEN. VERGESST NICHT: NUR DERJENIGE, DER DAZU BESTIMMT WIRD, BEKOMMT DAS ZEICHEN. UND ER MUSS SEINEN STATUS VOR ALLEN ANDEREN GEHEIMHALTEN.

NIEMAND DARF DAVON ERFAHREN, BIS ES SCHLIESSLICH IM LAUFE DES SPIELS OFFENBAR WIRD.

»Ach, mach schon endlich, Fetthuf!« murrte Metria.

HABE ICH DA GERADE EIN MURREN GEHÖRT? fragte die Stimme in gefährlichem Tonfall.

Metrias Mund schnappte zu. Sie war zwar selbst eine Dämonin, wußte aber nur zu gut, wen sie besser nicht verärgern sollte. Vom Professor erzählte man sich nämlich, daß er direkt aus der Hölle stammte.

AUSWAHL – BEGINNT!

Jenny blieb stocksteif sitzen. Sie bekam kein Zeichen. Wieder war sie der Auswahl entgangen. Was für eine Erleichterung!

Kurz darauf musterte sie die anderen – und bemerkte, daß auch diese sich umblickten. Jeder versuchte herauszufinden, auf wen die Wahl wohl gefallen war, doch keiner vermochte es zu sagen. Es hätte jeder der sieben sein können; denn auch Grundy Golem war ein potentieller Gefährte. Vielleicht war das Los ja auf ihn gefallen.

»Achtung – Spieler kommt«, sagte Metria mit einem Blick aus dem Fenster.

Sofort setzten sie sich bewegungslos hin, damit ihre Bilder bereit waren, wenn der Spieler die zur Auswahl stehenden Gefährten zu sehen wünschte. Sie konnten den Spieler zwar durch das Einwegfenster erkennen; er aber konnte sie nicht sehen, bevor er nicht darum gebeten hatte.

Er? Sie! Es war ein Mädchen. Sie sah ziemlich unscheinbar aus, aber das galt ja für alle Mundanier. Ihre Hände schwebten über der Tastatur, die den unbeholfenen Zugang der Mundanier zur Magie darstellte, und sie hatte den Blick auf ihre Seite des Fensters geheftet.

Grundy Golem war der Zeremonienmeister, und das machte er sehr gut. »Hallo! Ich bin Grundy Golem. Ich bin aus dem Land ...«

»Hallo, Grundy!« rief das Mädchen. »Das freut mich aber, dich zu sehen! Wie geht es Rapunzel?«

Das nahm selbst dem großmäuligen Golem den Wind aus

den Segeln. »Der geht es gut. Sie ist zu Hause und erwartet ihre Niederkunft am ...« Er machte eine Pause. »Magst du mir verraten, wie alt du bist?«

»Sechzehn«, antwortete das Mädchen fröhlich. »Ich weiß alles über die Erwachsenenverschwörung. Ich gehe nämlich auf eine progressive Schule.«

»Äh, na klar«, meinte Grundy, der sich noch immer nicht so recht gefangen hatte. »Dann bist du also gekommen, um unser Spiel *Die Gefährtin von Xanth* zu spielen. Und heißen tust du wie ...?«

»Kim. Ich habe an einem Talentwettbewerb teilgenommen, und das war der Preis. Die allererste Kopie des neuen Xanth-Computerspiels. Ich liebe Xanth. Und deshalb bin ich hier.«

»Äh, da liegt vielleicht ein Irrtum vor. Du bist nämlich schon die zweite, die mitspielt.«

»Die zweite? Ach, Mist! Wer ist denn der erste?«

»Ein Junge namens Dug. Wir wußten nicht, daß man dir das allererste Spiel versprochen hatte.«

»Na ja, so richtig versprochen haben sie es mir auch nicht. Aber das Spiel ist noch nicht offiziell auf dem Markt, und da dachte ich ... Na, egal. Ich bin es gewöhnt, immer die zweite zu sein.« Sie machte einen traurigen Eindruck.

Aus irgendeinem Grund begann Jenny dieses Mädchen zu mögen. Vielleicht, weil sie so unscheinbar aussah, aber eine so große Persönlichkeit hatte. Der Junge, Dug, hatte zwar gut ausgesehen, aber kaum Charakter aufgewiesen, und Jenny war froh, daß er sie nicht zur Gefährtin gewählt hatte. Natürlich hatte er sich für Nada entschieden; das hätte jeder Menschenmann getan. Aber dieses Mädchen Kim war anders, und zwar in vielerlei Hinsicht.

»Dann weißt du also von Xanth«, sagte Grundy und versuchte, wieder den Faden aufzunehmen, nachdem er mit seiner Einleitung so schnöde aufgelaufen war. »Aber weißt du auch etwas über dieses Spiel?«

»Na klar doch! Jedenfalls alles, was ich wissen muß. Ich muß mir eine Gefährtin aussuchen, und die wird mir alles erklären.«

»Du kannst dir auch einen männlichen Gefährten aussuchen, wenn du möchtest«, erläuterte Grundy. »Ich bin zufälligerweise noch frei.«

»Echt, Grundy? Das wäre ja großartig! Du kannst ja mit allem und jedem reden. Aber vielleicht sollte ich mir für alle Fälle auch die anderen einmal anschauen.«

Nun wurde das Fenster von beiden Seiten durchsichtig, und Kim konnte die sechs verfügbaren Gefährten sehen.

»Ach, da ist ja Jenny Elfe!« rief Kim entzückt. »Und Sammy Kater! Hallo, Jenny, ich habe dir einen Brief geschrieben!« Jenny war hocherfreut, von Kim erkannt zu werden. »Allerdings habe ich keine Antwort darauf bekommen.« Jenny zog eine Grimasse. »Aber ich weiß ja, wie das ist. Du hast haufenweise andere Dinge zu tun – beispielsweise, gesund zu werden. Damit meine ich natürlich die mundanische Jenny. Natürlich könnte ich gar keinen Brief aus Xanth bekommen.«

Kim wandte sich an Grundy. »Tut mir leid, Grundy. Ich hab' dich ja wirklich gern. Aber Jenny Elfe ist meine Lieblingsfigur, und Sammy kann überall hinfinden, außer nach Hause. Ich muß einfach mit ihr gehen.«

»Das ist schon in Ordnung«, sagte Grundy großmütig. Etwas anderes blieb ihm auch nicht übrig. Und so verließ er die Lichtung.

Jenny stand auf und trat durch das Fenster in die Hauptszene hinaus, wobei sie Sammy mitnahm. Sie war wirklich froh, daß das Los auf sie gefallen war, denn Kim schien ein nettes Mädchen zu sein, das schon einiges über Xanth wußte. Und noch froher war Jenny darüber, daß sie nicht die Falsche Gefährtin sein mußte. Jetzt spielte es keine Rolle mehr, wer dazu auserkoren worden war; denn die Spielerin hatte ihre Wahl getroffen und würde ab sofort nur noch mit Jenny zu tun haben.

»Hallo, Kim«, begrüßte Jenny sie. »Danke, daß du mich ausgewählt hast. Ich werde versuchen, dir eine Gute Gefährtin zu sein.«

»Ach, das bist du ganz bestimmt!« meinte Kim begeistert.

»Ich wünschte nur, das hier wäre alles wirklich und nicht nur so ein olles Spiel. Aber ich vermute, daß du mir nicht verraten kannst, wie man in das wirkliche Xanth hineinkommt?«

»Na ja, nicht so ganz«, antwortete Jenny bedauernd. »Aber ich kann dir zwei Schritte nennen, die dich ein gutes Stück weiterbringen. Als erstes mußt du deine Augen anders ausrichten. Siehst du diese beiden Punkte?«

»Ja.« Von Jenny angeleitet, gelang es dem Mädchen binnen kürzester Zeit, Dreidimensionalität herzustellen. Jetzt war Kim kein flaches Bild jenseits des Schirms mehr, sondern plastisch gerundet, während der Schirm nun eher wie ein Fenster wirkte. Es war fast so, als würden sie gemeinsam auf der Lichtung stehen. »Ach, das ist ja wunderbar!« rief Kim.

»Der zweite Schritt ist ein wenig schwieriger. Du mußt nämlich deine Ungläubigkeit überwinden. Wenn du das schaffst, wird es dir so vorkommen, als wärst du tatsächlich mittendrin, hier in Xanth, weil du dann nämlich daran glaubst.«

»Ach, nur zu gern möchte ich das glauben!« erwiderte Kim. »Ich würde alles dafür geben, wirklich in Xanth zu sein! Aber tief in meinem Innern werde ich doch immer wissen, daß es nur ein Spiel und nicht Wirklichkeit ist.«

Jenny war traurig, das zu hören. Wie konnte sie das Mädchen nur davon überzeugen, daß Mundania tatsächlich die unwirklichere der beiden Welten war? Doch aus ebendiesem Grund war das ja die schwierigere Herausforderung: Die Leute konnten sich einfach nicht dazu bringen, an etwas zu glauben, was sie nicht glaubten.

»Na ja, wir können das Spiel trotzdem spielen«, meinte Jenny schließlich. »Wenigstens die visuelle Magie funktioniert. Allerdings weiß ich nicht, um welche Siegesprämie es geht oder wo sie zu finden ist. Deshalb wirst du wohl den Guten Magier Humfrey aufsuchen und ihn danach fragen müssen, sofern du nichts dagegen hast.«

»Etwas dagegen haben? Mit Vergnügen werde ich den

Guten Magier kennenlernen! Darf ich mich auch in sein Schloß vorkämpfen?«

»Ja. Ich fürchte, das mußt du sogar.«

»Wie schön! Ach, ist das alles aufregend! Ich kann es ja gar nicht erwarten, endlich anzufangen.«

Soviel Begeisterung brachte Jenny doch ein wenig aus der Fassung. Sie selbst hatte sich weitaus schwerer damit getan, sich an das Land Xanth zu gewöhnen, das doch so ganz anders war als die Welt der Beiden Monde, wo sie vorher gelebt hatte. Andererseits war Kim natürlich Mundanierin. Da war es nur zu verständlich, wenn sie es schon aufregend fand, überhaupt einmal woanders hinzukommen. »Wir können sofort loslegen, wenn du möchtest. Sammy kann uns einen sicheren Weg suchen, der am Ogerdorf vorbeiführt.« Denn jeder Spieler begann seine Reise an einem anderen Ausgangspunkt in Xanth, damit sie einander nicht in die Quere kamen. Dug hatte am Isthmus angefangen, dieser Ort hingegen lag ein Stück weiter östlich. Die Dämonen verlagerten jedesmal den Ausgangspunkt.

»Ach, dann sind wir also in der Nähe von Oger fen Oger? Bekommen wir dann vielleicht auch mal einen richtigen Oger zu Gesicht?«

»Wir *wollen* überhaupt keinen richtigen Oger zu Gesicht bekommen!« protestierte Jenny. »Oger sind nämlich gefährlich. Wenn wir denen in die Quere kommen, zermalmen sie uns vielleicht zu Brei und werfen uns in den Kochtopf. Oder sie stellen sogar noch Schlimmeres an, wenn sie gerade schlecht gelaunt sein sollten.«

Kim wirkte enttäuscht. »Na ja, könnten wir uns denn nicht wenigstens so anschleichen, daß sie uns nicht sehen können, nur um mal einen Blick auf sie zu werfen? Das würde mir so viel bedeuten!«

Jenny begriff, daß sie ein gemeinsames Problem zu haben schienen. »Hör mal, Kim, du magst es ja gewöhnt sein. Von Xanth zu lesen, wo den Hauptfiguren niemals etwas wirklich Schlimmes passiert. Manchmal erschrecken sie sich zwar fürchterlich, doch am Schluß geht dann alles gut aus.

Du bist aber keine Xanth-Figur. Du bist eine Spielerin. Und wenn ein Oger dich erwischen sollte, wird er dir irgend etwas Böses antun – dir den Kopf abbeißen, zum Beispiel, und dann fliegst du aus dem Spiel. Und noch was kommt hinzu. Solltest du danach ins Spiel zurückkehren, mußt du nicht nur ganz von vorn anfangen, wobei alles wieder neu und ganz anders ist als beim letzten Mal. Der Oger wird sich außerdem noch an dich erinnern und dich sogar noch schneller erwischen. Wieder von vorn anzufangen, macht das Spiel also nicht etwa leichter, sondern schwerer. Deshalb solltest du lieber keinen Ogern in die Quere kommen. Die machen deine Siegeschancen zunichte. Auch wenn du natürlich nicht richtig stirbst, wenn sie dich in Stücke reißen und aus deinen Oberschenkelknochen Zahnstocher machen. Ich bin sicher, daß Sammy für uns einen Weg finden kann, der am Ogerdorf vorbeiführt – einen Weg, auf dem wir keinen Ogern begegnen. Und genau das sollten wir tun!«

»Aber ich will mich doch gar nicht von Ogern erwischen lassen«, wandte Kim ein, »ich will sie nur mal sehen. Damit ich zu Hause erzählen kann, daß ich mal einen echten, lebenden Spieloger gesehen habe. Was soll denn das ganze Spiel, wenn ich mir nicht anschauen kann, was ich so gern sehen möchte?«

»Na ja, ich dachte eigentlich, du wolltest gewinnen und den Preis einheimsen.«

»Natürlich möchte ich auch den Preis einheimsen! Aber der Spaß liegt doch auch im Spielen selbst. Ich möchte jeden Teil von Xanth erleben und bis zur Neige auskosten. Es ist ja so schon ganz toll, Xanth dreidimensional zu erleben und mich mit dir zu unterhalten, als gäbe es dich wirklich.«

Die Sache war ja noch viel schlimmer, als Jenny befürchtet hatte! Trotz all ihrer Kenntnisse um Xanth glaubte Kim in Wirklichkeit überhaupt nicht daran. Deshalb nahm sie die Sache auch nicht ernst genug. Ihr Problem war ihre Einstellung. Das würde mit Sicherheit ins Unheil führen. Andererseits war Kim nun einmal die Spielerin, die auch die Entscheidungen zu fällen hatte. Jenny konnte sie dabei nur unterstützen und beraten.

»Na schön, wenn du darauf bestehst, dir einen Oger anzuschauen, gehen wir eben einen Oger anschauen«, meinte sie schließlich. »Dann lasse ich Sammy einen Weg suchen, der uns zu einer Stelle führt, von wo wir sie beobachten können, ohne selbst gesehen zu werden. Aber ich halte es immer noch für eine schlechte Idee.«

»Es ist eine ganz furchtbare Idee«, pflichtete Kim ihr bei. »Aber sie macht Spaß! Abenteuer sind doch die Würze des Lebens. Gehen wir!«

Also setzte Jenny Sammy ab. »Such uns einen Weg, der zu einer Stelle führt, wo wir einen Oger sehen können, ohne daß irgendwelche anderen Oger uns dabei aufspüren«, trug sie ihm auf. »Aber lauf nicht voran, sondern such uns nur die Stelle, wo der Weg anfängt.« Sie hatte im Laufe der Zeit gelernt, richtig mit dem Kater umzugehen, damit sie nicht ständig wie wild hinter ihm herrasen mußte, wenn er sich auf die Suche nach irgend etwas machte. So war sie überhaupt nach Xanth gekommen: Als Sammy davongejagt war, um eine Feder zu suchen, war Jenny ihm gefolgt, damit er sich nicht verirrte, hatte sich dabei aber selbst verlaufen. Seitdem saß sie in Xanth fest. Aber sie hatte es schon bald lieben gelernt, auch wenn sie ihre Familie auf der Welt der Beiden Monde vermißte. Und nun wollte sie nicht, daß Sammy in irgendeine andere Welt hineinlief, von der aus sie nicht mehr nach Xanth zurückfinden würden.

Sammy lief los. Jenny hielt die unsichtbare Leine fest, welche die Dämonen ihr gegeben hatten, damit sie am Zug stets feststellen konnte, wo der Kater sich gerade aufhielt. Sammy konnte die Leine nicht spüren, ja, er wußte nicht einmal von ihr. Sie dehnte sich so weit aus wie nötig und zog sich unsichtbar in die Länge; sie zog sich aber auch wieder zusammen, wenn Jenny den Kater eingeholt hatte. Deshalb brauchte sie auch nicht mehr Hals über Kopf hinter der Katze herzujagen, um das Tier ständig in Sichtweite zu haben. So hatte sie den Kater stets buchstäblich im Griff.

Damit aber waren keineswegs alle Probleme gelöst, weil der Kater nämlich immer den direktesten Katzenweg zum Ziel nahm. Handelte es sich dabei um einen richtigen Pfad, war alles in Ordnung. Doch der richtige Weg konnte ebensogut in einen Dornenstrauch, einen Baumstamm hinauf oder durch einen Fluß führen. Oder auch direkt vor der Nase eines schlafenden Drachen entlang. Sammy konnte zwar vorbeihuschen bevor der Drache erwachte, Jenny aber war langsamer und größer und roch nach Elfe – alles Dinge, die einem Drachen viel bedeuteten. Deshalb mußte sie noch immer Vorsicht walten lassen.

Diesmal jagte der Kater lediglich durch das dichteste Gestrüpp eines Maisfelds. Der Mais explodierte förmlich, als sie hindurchtrampelten. »Oh, Knallfrösche!« rief Kim entzückt.

»Nein, gewöhnlicher Puffmais«, widersprach Jenny. »Ich hoffe nur, daß der Lärm die Oger nicht warnt!«

Dann spürte sie etwas Klebriges an sich. Als sie hinschaute, entdeckte sie karamelisierte Maiskörner. Sie waren überreif und klebrig; das Ganze war also eine ziemliche Ferkelei. Jenny versuchte, die Körner von ihrer Kleidung zu pikken, doch sie waren festgeschmolzen und gingen nicht mehr ab. Na ja, das gehörte eben zu den ärgerlichen Dingen, die nun einmal passierten, wenn sie Sammy hinterherjagte.

Bald darauf hatten sie den Kater erreicht, der am Beginn eines Pfads saß und sich die Karamelmasse aus dem Fell leckte. Das also war der gesuchte Weg.

Jenny warf einen Blick auf Kim. Kim war nicht wirklich hier; statt dessen sah Jenny das quadratische Fenster nach Mundania und das Mädchen selbst, wie es an seiner Tastatur saß. Das Fenster war immer ganz deutlich zu sehen, so daß die Spielerin stets die jeweilige Spielszene beobachten konnte; das Fenster bewegte sich zusammen mit Jenny weiter. Und so ließ sich leicht vergessen, daß sie körperlich gesehen eigentlich ganz allein reiste. Kim würde erst dann richtig in die Szene eintreten, wenn sie den zweiten Akt des Glaubens vollzogen hatte und überhaupt an Magie glaubte.

Doch das würde im Laufe des Spiels schon von allein geschehen. Manche Dinge brauchten eben ihre Zeit.

Jenny nahm den Kater wieder auf. Dann folgten sie dem Weg immer tiefer durch den gefürchteten Ogersumpf. Jenny war froh, wenn sie hier wieder rauskamen; denn das war genau die Gegend, wie Oger sie liebten. Die Bäume waren verunstaltet – Opfer des Ogerunwesens. Manche waren zu Knoten verschnürt, andere sahen wie Brezel aus. Einige waren sogar völlig zerfetzt: Zeugnis eines übelgelaunten Ogers, der hier vorbeigekommen war. Auch der Boden war in keinem besseren Zustand; er entwickelte sich allmählich von einem Matsch- zu einem Sumpfloch und würde schon bald zu einem richtigen Moor werden. Glücklicherweise war der Weg selbst trocken, weil die Oger die schlechteren Wege bevorzugten und diesen hier nicht benutzten. Und so hatte Sammy ihn als sicheren Pfad abseits der Oger ausfindig gemacht. Zumindest war der Weg ein bißchen weniger gefährlich; denn es gab keinen Pfad, der vollkommen sicher vor Ogern war.

Sie kamen an einigen Bändern vorbei, die von den Ästen herabhingen, die den Pfad überdachten. Jenny stieß eins der Bänder mit dem Ellenbogen an. Es schepperte laut. Sofort stimmten die anderen Bänder ein, und es entstand ein regelrechtes Quartett, als würden mehrere Leute gleichzeitig singen.

»Was ist das denn?« fragte Kim erschrocken.

»Ein Stimmband«, erklärte Jenny. »Ich hoffe, es macht die Oger nicht auf uns aufmerksam.«

Doch als sie weiterzugehen versuchte, stieß sie wiederum gegen eins der Bänder, was erneuten Lärm auslöste. Ein Schauer lief ihr über den Rücken. Mit Sicherheit würden die Oger diese Musik vernehmen!

Doch sie hatten Glück – kein Oger eilte herbei. Jenny atmete erleichtert auf. Andererseits wußte sie aber auch, daß die Gefahr keineswegs gebannt war. Sie mußten unbedingt so bald wie möglich das Ogerland hinter sich bringen.

Nun gelangten sie an einen riesigen, breitgefächerten

Baum, dessen Stamm wie Hartgummi aussah, während sich Gummiringe um seine Äste wanden. Die Astspitzen mündeten in dünnen Drähten, die sich ihrerseits durch das Astwerk anderer Bäume davonschlängelten. Von den Drähten ging ein leises Summen aus, ab und zu auch ein Knistern.

»Was ist denn das für ein Baum?« wollte Kim wissen. »Der ist ja echt komisch!«

Jenny musterte ihn. Sie hatte einen Schnellkurs über die Flora Xanths absolvieren müssen, um für ihre Rolle als Treue Gefährtin gewappnet zu sein und alles bestimmen zu können, was hilfreich oder gefährlich sein mochte. »Das ist eine Elektro-Tanne«, sagte sie. »Ich glaube, die strotzt nur so vor Kraft.«

Kim lachte. »Ganz bestimmt! Vielleicht kommt unsere Elektrizität daher. Wie ich sehe, führen die Drähte von hier fort. Wir sollten nicht allzu lange bleiben. Das elektrische Feld könnte schädlich für uns sein.«

Jenny sah noch einmal genauer hin. Tatsächlich, die Wurzeln des Baums mündeten in einem schimmernden Feld. Darunter befand sich Wasser, doch das Drahtgras wuchs hier sehr dicht. So etwas war ihr im Laufe ihrer Studien nicht untergekommen; vielleicht hatte sie aber auch nur im Unterricht gedöst. »Ein elektrisches Feld soll schädlich sein?« fragte sie.

»Na ja, ganz genau wissen wir es noch nicht. Aber die Leute wohnen nicht sonderlich gern in der Nähe solcher Felder, nur für alle Fälle, eben.«

Da vernahmen sie ein unheilvolles Stampfen, und der Boden erzitterte. »Die Oger kommen!« rief Jenny bestürzt. Offenbar hatten die Oger die Stimmbänder doch gehört. »Wir müssen uns in dem Baum verstecken.«

Also kletterte Jenny daran hoch, wobei Sammy ihr voranhuschte, und das Bildschirmbild, das ihre Verbindung zu Kim darstellte, kam stets mit. Keinen Augenblick zu früh – schon kam das erste der furchtbaren Ungeheuer in Sicht.

»Oooh, ein Oger!« rief Kim.

»Ruhe!« zischte Jenny ihr geschockt zu. Oger verfügten

über ein durchaus leistungsfähiges Gehör – leistungsfähig genug, um alles zu orten, was sie zerquetschen oder plattstampfen oder mit ihren Mäulern in zitternde Stücke zerreißen wollten.

»Was machen die da?« fragte Kim, schon etwas leiser.

Jenny begutachtete das Geschehen. Vor ihnen war ein ganzer Ogerstamm zu sehen, Männer und Frauen. Es hatte den Anschein, als würden sie nach irgend etwas suchen. Und da hatten sie es auch schon entdeckt: eine glühende Kugel, die in dem elektrischen Feld ruhte. Einer der Oger stampfte aufs Feld hinaus und grapschte danach – worauf er sich prompt die Hände verbrannte. Er ließ die Kugel fallen und stieß einen kleinen Fluch aus, wodurch sich das umstehende Gras entzündete. Vielleicht war es aber auch die Feuerkugel selbst, die das Feuer ausgelöst hatte. »Ich glaube, sie sammeln gerade eine Blitzkugel ein, um ihren Kochtopf damit zu erhitzen«, flüsterte Jenny. »Oger sind nicht klug genug, um ihr eigenes Feuer zu machen. Deshalb sind sie darauf angewiesen, es dort mitzunehmen, wo sie welches finden.«

»Eine Blitzkugel! Wie beim Kugelblitz!« rief Kim. »Typisch Xanth!«

»Nicht so laut!« mahnte Jenny.

Doch es war zu spät. Einer der Oger horchte schon in ihre Richtung. »Ich kann hören, Dinge stören«, sagte er. Gräßliche Furcht packte Jenny. Dann richtete er ein Auge auf sie. »Sieh mal, sieh, eine Sie!«

Die Katastrophe! »Wir müssen fliehen!« rief Jenny.

Doch ihr einziger Fluchtweg war derselbe, den sie gekommen waren, viel zu dicht an den Ogern. Schon stampfte der große Oger auf ihre Elektro-Tanne zu. Sie saßen in der Falle.

Der Oger streckte den Arm aus und klatschte mit seiner Riesenfaust gegen den Ast, auf dem sie saßen. Der ganze Baum erzitterte; der Ast begann heftig zu beben. Jenny verlor den Halt und stürzte schreiend in die Tiefe.

Doch der Oger fuhr mit seiner Riesenpratze herum und erwischte sie am Kragen. »Sieh die Sie!« jubelte er und schwenkte sie herum, damit auch die anderen sie begutachten konnten.

»Laß sie in Ruhe!« schrie Kim. »Sie gehört zu mir!«

Als er ihre Stimme vernahm, legte der Oger den Kopf schief. Dann erblickte er den Fenster-Schirm und dahinter Kim. »Eine Wachtel in der Schachtel«, grunzte er und ergriff den Schirm. Er riß ihn hoch, um ihn sich verkehrtherum dicht vor die Schnauze zu halten.

»Huuuuch!« kreischte Kim, als das Bild plötzlich kopfstand. Ihr Haar hing von ihrem Körper herab, als der Schirm umgedreht wurde. Dann drehte der Oger ihn erneut herum, und ihr Haar fiel zurück an die richtige Stelle. »Laß sofort den Schirm los!« kreischte sie ängstlich. »Einbildungskraft beim Spielen ist ja ganz nett, aber das ist einfach albern!«

Der Oger lachte. »Ich klatsch in Matsch«, verkündete er und schleuderte den Schirm ins Sumpfwasser.

»Oh!« schrie Kim, als ihr Bild darin eintauchte. »Blubb!« Jetzt war ihr Haar schon klatschnaß. »Hör auf damit!«

»Euch koch ich noch«, erwiderte der Oger und trug Jenny samt dem wieder aus dem Wasser gefischten Schirm zu einem riesigen Topf hinüber, den eine Ogerin soeben aufstellte. Die Blitzkugel lag bereits darunter, und das schlammige Sumpfwasser schlug erste Blasen.

Jenny wollte irgend etwas unternehmen, doch ihr fiel nichts ein. Sie waren gleich zum Einstand in die schlimmste nur erdenkliche Lage geraten: Gefangene von Ogern zu werden. Sie hatte ja versucht, Kim zu ermahnen, vorsichtig zu sein und sich ruhig zu verhalten; aber das Mädchen hatte dem keine gebührende Aufmerksamkeit geschenkt.

Inzwischen hatte Kim sich jedoch wieder gefaßt. »Das könnt ihr doch nicht machen«, sagte sie zornig.

Der Oger hielt verwirrt inne. Offensichtlich versuchte er, die Frage nach dem Warum zu formulieren, wußte diese aber nicht zu reimen, und so stand er einfach nur blöde da. Das konnten Oger sehr gut. Doch schließlich gelang es ihm. »Wieso nicht machen solche Sachen?«

Jenny fiel immer noch keine Antwort ein. Als Gefährtin war sie wirklich eine Niete! Sie hätte sich irgend etwas ausdenken müssen, um Kim davon abzubringen, unbedingt hierherkommen zu wollen.

Aber Kim wehrte sich jetzt schon selbst. »Ihr könnt uns nicht einfach so abkochen! Schließlich sind wir Menschen. Ihr müßt uns erst in einem Wettstreit gewinnen.«

Alle Oger sahen einander verwirrt an. Von so etwas hatten sie noch nie gehört. Was wiederum bedeutete, daß sie sich nicht sicher sein konnten, ob es wirklich verboten war. Aber auch Jenny war verwirrt. Was für ein Wettstreit? Ein Oger konnte so gut wie jeden Wettkampf gewinnen, vor allem, wenn dabei Kraft gefordert war. Oger waren im allgemeinen völlig zu Recht stolz auf ihre Kraft und Häßlichkeit. »Wie die?« fragte der Oger, der sie gerade festhielt.

»Wir müssen einen Dummkampf veranstalten«, erklärte Kim. »Um festzustellen, wer der Dümmste ist.«

Das gefiel den Ogern. Am allerstolzesten – und dies am allergerechtfertigsten – waren sie nämlich auf ihre Dummheit. Einen solchen Wettkampf mußten sie geradezu zwangsläufig gewinnen. »Nach welchen Regeln wir uns kregeln?« fragte der Oberoger und brachte damit etwas hervor, was einem etwas klügeren Kopf nur als schlechter Reim und noch schlimmere Logik erschienen wäre.

»Es ist wie bei einem Spiel«, erläuterte Kim. »Du bist der Ger und ich bin die Lich. Das sind unsere Namen. Aber wir müssen erst den Rest unseres Namens herausfinden. Wenn wir das tun, wissen wir, wer von beiden klüger ist und verloren hat.«

Die Oger reagierten verwirrt. Das war nicht sonderlich überraschend, denn Jenny erging es nicht anders. Was hatte Kim nur vor? Sie war doch offensichtlich nicht dümmer als die Oger und würde es sehr schwer haben, das Gegenteil zu beweisen – vor allem einem Oger gegenüber.

»Ich Ger«, sagte der Oger. »Sie Lich.« Er war so durcheinander, daß er nicht einmal mehr reimte.

»Setz uns erst einmal ab«, warf Kim ein. »Mit vollen Händen kann man nicht spielen.«

Der Oger stellte den Bildschirm neben den blubbernden Topf. Dann setzte er Jenny ihrerseits neben den Schirm. Die anderen Oger gingen in die Hocke, um abzuwarten, wie sich die Dinge entwickeln würden.

Kim strich sich ihr langsam trocknendes Haar zurück. »Jetzt benennen wir einander abwechselnd so lange, bis wir passende Namen gefunden haben.«

»Wer weiß wann heiß?« fragte der Oger mit erneut gequältem Reim.

»Das ist ganz einfach, die anderen Oger werden es wissen«, antwortete Kim fröhlich. »Wenn sie einen Namen hören, der einen Sinn ergibt, verkünden sie das laut.«

Die anderen Oger blickten zweifelnd drein, was durchaus angebracht war – sie waren kaum klug genug, um in irgend etwas überhaupt einen Sinn zu erkennen, selbst wenn sie die Spielregeln verstanden, was hier nun eindeutig nicht der Fall war.

»Ich fange an«, entschied Kim. »Du bist Län-Ger. Ich bin Län-Lich. Sind das schöne Namen?«

Der Oger grübelte noch heftiger. Ein Dampfwölkchen stieg von seinem Kopf auf, als sich ein Gedanke gegen schwerste Widerstände durchkämpfte. Doch er gelangte zu keinem Schluß. Die anderen Oger ebensowenig.

Jenny erkannte, daß der Name des Ogers jetzt ein Wort ergab: Länger. Das hätte als Name durchgehen können. Aber er schien nicht allzu dämlich zu sein. Vielleicht erkannten die Oger ihn deshalb nicht. Was hatte Kim nur vor?

»Na gut«, meinte Kim. »Dann müssen das also schlechte Namen sein. Jetzt bist du dran.«

Jenny befürchtete schon, daß sich das Haar des Ogers bei dem Versuch nachzudenken entzünden könnte. Doch gerade als das erste Rauchwölkchen erschien, hatte er es: »Klopf.«

»Gut«, willigte Kim ein. »Du hast mich also herausgefordert, gute Namen daraus zu bilden. Dann bist du folglich Klopf-Ger und ich bin Klopf-Lich. Sind das gute Namen?«

Der Oger blickte zweifelnd drein. Jenny auch. Es waren völlig unsinnige Namen.

Kim wirkte enttäuscht. »Mit deinem Vorschlag hast du also keinen guten Namen bilden können. Dann werde ich einen für dich basteln. Hun. Kannst du daraus gute Namen machen?«

Langsam begriff der Oger. »Ich Hun-Ger«, sagte er. »Sie Hun-Lich.«

Geraune machte sich unter den anderen Ogern breit. »Hun-ger«, sagte eine Ogerin. »Hunger! Guter Name.«

»Ach, herrje«, meinte Kim und machte dabei einen äußerst unglücklichen Eindruck. »Du hast einen guten Namen gebildet! Wahrscheinlich ist es auch noch ein wirklich grimmiger, furchtbarer Hunger.«

Erfreut klatschten die Oger in die Bratpfannenhände. Mittlerweile begannen sie das Spiel zu kapieren. Nur Jenny nicht: Sie hatte keine Ahnung, wie Kim ihren Bildschirm damit vor dem sicheren Kochtopf retten wollte. Allerdings wußte sie auch, daß Kims Bild, sollte es gekocht werden, dies nicht *wirklich* erleiden würde. Statt dessen würde sie nur aus dem Spiel ausscheiden.

Da runzelte Kim die Stirn. »Aber ist das wirklich ein so dummer Name?« Und als sie die Verwirrung der Oger bemerkte, ergänzte sie: »Hirnlos?«

Die Oger dachten darüber nach und gelangten langsam zu dem Schluß, daß er nicht ogerhaft hirnlos war.

Jetzt oblag es wieder dem Oger, einen Namen vorzuschlagen. »Stampf«, sagte er.

Kim konzentrierte sich. »Mal sehen. Du bist Stampf-Ger, und ich bin Stampf-Lich. Sind das gute Namen?«

Es stellte sich heraus, daß dem nicht so war. Wieder hatte sie ihr Glück vertan.

Doch nun war sie selbst an der Reihe. »Däm«, schlug sie vor. »Kannst du damit gute Namen zusammensetzen?«

Der Oger versuchte es. »Ich Däm-Ger«, sagte er. »Sie Däm-Lich.«

Eine Pause. Dann ein Ausruf. Sie hatten einen Namen erkannt! »Sie Däm-Lich!« rief eine Ogerin. »Sie Däm-lich! Dämlich!«

Dann wiederholten es alle im Chor. »Dämlich! Dämlich!«

Endlich hatte Jenny einen leisen Schimmer, was das Ganze überhaupt sollte.

Kim seufzte. »Du hast es wohl geschafft. Du hast einen guten Namen für mich gefunden. Ich bin Dämlich.«

Nur zu gern stimmten die Oger ihr zu.

»Aber für ihn haben wir noch keinen guten Namen«, meinte Kim einen Augenblick später. »Habt ihr vielleicht einen anderen, mit dem man es versuchen könnte?«

Die Oger waren nicht dazu in der Lage, so schnell umzuschalten, und so brachten sie auch keinen Namen zustande.

»Schön, dann versuchen wir es doch mal mit klü«, schlug Kim vor. »Ob das klappt?«

Der Oger schaffte es, die beiden Silben zusammenzubringen. »Sie Klü-Lich. Ich Klü-Ger.«

Die nächste träge Reaktion. Die Oger hatten ein Wort erkannt! »Klü-Ger! Klü-ger! Klüger!«

»Ja, das ist er«, pflichtete Kim ihnen bei. »Das muß sein Name sein. Klüger.«

»Klüger! Klüger! Klüger!« riefen die Oger im Chor.

Kim furchte die Stirn. »Jetzt haben wir beide einen Namen. Er ist Klüger. Ich bin Dämlich. Wer von uns beiden ist also der dämlichere?«

»Sie dämlich!« faßte der Oger die Sache zusammen.

»Dann ist er also Klüger, und ich bin Dämlich«, sagte Kim. »Also bin ich dämlicher als er.«

Sie stimmten ihr im Chor zu.

Plötzlich dämmerte es Jenny. »Und deshalb gewinnt sie! Weil sie die dämlichste ist!«

Die Oger sahen einander betroffen an. Wie war das nur geschehen? Kim hat tatsächlich den Dummkampf gewonnen! Jetzt mußten sie das Mädchen ziehen lassen.

Doch als Jenny sich anschickte, davonzugehen, hielt der Oger sie auf. »Elfe nicht dämlich«, sagte er. »Elfe in den Topf.« Er packte sie im Genick und schwang sie dem heißen Topf entgegen. Sammy Kater, der auf Jennys Schulter ruhte, schien panikerfüllt abspringen zu wollen.

O weh! Nun hatte Kim zwar ihre eigene Freiheit zurückgewonnen, aber nicht Jennys. Und ohne Jenny als Gefährtin würde sie in dem Spiel nicht besonders gut abschneiden. Jenny würde zwar nicht wirklich sterben, wenn die Oger sie in den Topf warfen; die Dämonen würden sie schon in den

Figurenspeicher zurückzaubern. Aber für diese Sitzung wäre sie erledigt.

»Dann müssen wir eben auch einen Wettkampf um die Elfe stattfinden lassen«, entschied Kim. »Aber dazu brauchen wir neue Namen.« Sie überlegte kurz. »Mal sehen, dich nennen wir jetzt einmal Gent. Und sie sollten wir Use nennen. Können wir dafür gute Namen finden?«

Als dem Oger keiner einfiel, machte Kim einen Vorschlag. »Strin.«

»Ich Strin-Gent«, machte der Oger. »Sie Strin-Use.«

Stringent? Jenny begriff, daß Kim damit erneut den Sieg angepeilt hatte. Doch es funktionierte nicht, weil die Oger das Fremdwort nicht verstanden.

Dann schlug der Oger einen Namen vor und versuchte, damit den Sieg auf seine Seite zu bringen: »Trans.«

Kim überlegte sorgfältig. »Dann bist du also Trans-Gent, und die Elfe ist Trans-Use.«

Wieder diese langsame, träge Reaktion. »Trans-Use! Transuse! Transuse! Sie Transuse!«

Kims Kieferlade klappte bestürzt herab. »Och, du hast ihr einen Namen gegeben! Sie ist wirklich eine echte Transuse, das stimmt!« Jenny war klug genug, den Mund zu halten.

Die Oger stimmten Kim zu. Doch das Spiel war noch nicht vorbei; denn der Oger hatte schließlich noch keinen Namen bekommen. Kim schlug Intelli vor. Und zur Verwunderung aller bildeten sie daraus tatsächlich ein ihnen verständliches Wort: nicht Intelli-Use sondern Intelli-Gent. Intelligent!

Nach weiterem Grübeln erkannten die Oger, daß sie erneut hereingelegt worden waren. Jetzt mußten sie auch Jenny Elfe ziehen lassen.

Hastig machten die beiden sich davon. Kim hatte für heute offensichtlich mehr als genug echte Oger zu Gesicht bekommen. Aber Jenny mußte einräumen, daß sie sich recht geschickt aus der Klemme manövriert hatte. Vielleicht entwickelte Kim sich doch noch zu einer guten Spielerin.

Doch das Spiel war noch lange nicht zu Ende, und nicht alle Geschöpfe, denen sie noch begegnen sollten, würden so dumm sein.

3

Isthmus

Nada erhoffte sich zwar das Beste, war aber darauf gefaßt, sich mit weniger begnügen zu müssen. Sie war tatsächlich ausgerechnet von einem männlichen Mundanier im Teenageralter zur Gefährtin auserkoren worden, was für Nada die schlimmste aller erdenklichen Möglichkeiten darstellte. Schon hatte er anzüglich zu werden versucht, und wenn sie irgend etwas als fade betrachtete, dann männliche Anzüglichkeit. Und was beinahe genauso schlimm war: Er wußte so gut wie nichts über Xanth und glaubte nicht mal an Magie. Das würde wirklich noch die schiere Plackerei werden.

Als der dämonische Professor Fetthuf Nada ursprünglich den Vorschlag unterbreitet hatte, war ihr die Geschichte sehr viel romantischer vorgekommen. Fetthuf hatte erklärt, daß Clio, die Muse der Geschichte, im Begriff stand, einen weiteren Band ihrer Geschichte Xanths zu verfassen. Die Produktionsarbeiten hatte sie den Dämonen überantwortet. Diese rechneten mit einer guten Story, in der auch Platz für Charakterrollen sein würde. »Vorausgesetzt, sie haben nicht nur Brei im Kopf«, hatte er gesagt.

Nada hatte kein Interesse gezeigt. Das Geschäft der

Musen kümmerte sie recht wenig, noch weniger aber das der Dämonen, und schon gar nicht konnte die Aussicht auf eine Charakterrolle sie reizen. »Als ich das letzte Mal eine Hauptrolle gespielt habe, bin ich nur knapp der Zwangsheirat mit einem Kind entgangen«, hatte sie ihn erinnert. Sie hatte gehofft, ihren Ruhestand in aller Bequemlichkeit zu genießen und andere die Bürde der Berühmtheit tragen zu lassen.

»Ach ja, ich erinnere mich«, hatte der Professor gesagt. »Du hast einen Prinzen zum Heiraten gebraucht, aber es standen nur zwei zur Verfügung. Der eine war minderjährig, und der andere war dein Bruder Naldo Naga. Inzwischen sind beide in den sicheren Hafen der Ehe eingelaufen, und du bist mit Abstand Xanths heiratsfähigste Prinzessin.« Er hatte sie durch seine beeindruckenden Brillengläser gemustert. »Hast du dir schon einmal überlegt, daß eine solche Episode hervorragend dazu geeignet wäre, um dich neuen Anwärtern vorzustellen?«

Das hatte Nadas schlafendes Interesse aufgestachelt. »Anwärter?«

»Falls überhaupt irgendwo einmal ein neuer geeigneter Prinz im richtigen Alter auftreten sollte, dann nur in einem derartigen Band. Ich hätte eigentlich gedacht, daß du dann eigentlich lieber bereit sein würdest.«

Langsam hatte der Dämon sie um den Finger gewickelt. Nada befand sich inzwischen in ihrem heiratsfähigsten Jahrzehnt und wurde auch nicht mehr jünger. Es wäre äußerst bedauerlich, wenn ein geeigneter Anwärter entkommen sollte, nur weil sie die Szene nicht im Auge behielt.

»Aber weshalb sind die Dämonen in diese Sache verwikkelt?« hatte sie gefragt. »Dämonen sind doch niemals Hauptrollen. Und die Geschicke der Menschen interessieren sie nur, wenn sie sich gerade mal darin einmischen wollen.«

»Bist du bereit, einen Prinzessinneneid der Geheimhaltung darauf zu schwören?« fragte der Professor. »Auf deine Frage gibt es zwar eine Antwort, aber die ist nicht für bloße Menschen bestimmt.«

»Ich bin nur zur Hälfte menschlich«, hatte Nada eingeworfen. »Und mich hat auch noch nie jamand als ›bloß‹ bezeichnet.« Sie atmete tief ein. Das hatte normalerweise eine ganz besondere Wirkung auf alle Erwachsenen männlichen Geschlechts in ihrer näheren Umgebung; es ließ sie vernünftiger und aufmerksamer werden, vor allem dann, wenn Nada sich dabei auch noch vorbeugte.

»Ganz genau«, erwiderte Fetthuf gähnend. Auf diese Weise demonstrierte er, daß er gegen solche Magie immun war.

Jetzt war auch ihre weibliche Neugier geweckt. Möglicherweise ging es hier um etwas phänomenal Wichtiges. »Also gut. Es sei beeidet.«

»Es ist in Wirklichkeit eine wahrhaft dämonische Angelegenheit«, vertraute Fetthuf ihr an. »Der Dämon $E(R/D)^{e}$ will die Herrschaft über Xanth an sich reißen. Natürlich hat der Dämon $X(A/N)^{th}$ etwas dagegen. Deshalb tragen die beiden ihren Streit nach Art der Dämonen aus: durch einen Wettkampf von Unschuldigen im Traum.«

»Aber Dämonen träumen doch gar nicht«, hatte Nada protestiert.

»Weil sie auch nicht schlafen«, hatte Fetthuf bestätigt. »Bis auf einige verwirrte Exemplare wie Metria. Statt dessen begeben sie sich einfach in einen Ruhezustand und denken nach. Sterbliche dagegen schlafen sehr wohl und träumen auch, was das Kürbisreich beschäftigt hält. Sterbliche haben auch Wachträume. Und so werden sie auch für die Dämonen träumen. Das Spiel *Die Gefährten von Xanth* stellt die Animation eines solchen Traums dar, an dem Sterbliche teilhaben können, als wäre es Wirklichkeit. Einer von ihnen wird die Siegestrophäe gewinnen, der andere nicht. Der ganze Band der Musengeschichte soll diesem Entscheidungskampf gewidmet sein. Deshalb obliegt es auch den geringeren Dämonen, alle Vorkehrungen zu treffen, und dem Volk der Sterblichen, die Sache auszutragen. Wir wissen zwar nicht genau, wie ein Sieg des Dämons $X(A/N)^{th}$ im einzelnen aussehen könnte, sind uns aber sicher, daß diese Angelegenheit uns zutiefst betrifft.«

Nada hatte entsetzt reagiert. »Wenn der Dämon X(A/N)th unterliegt, wird die Magie aus Xanth verschwinden!«

»Das auch, ja. Deshalb obliegt es uns auch allen, dabei mitzumachen, in der Hoffnung, daß unsere Bemühungen seinem Erfolg förderlich sind.«

»Aber was ist, wenn wir ihn ungewollt in die Niederlage treiben?«

Der Professor hatte eine Grimasse geschnitten. Das konnte er sehr gut, nachdem er Generationen von unglücklichen Studenten an der Dämonenuniversität für Magie terrorisiert hatte. »Das wäre höchst bedauerlich«, hatte er bemerkt, und sein Tonfall hatte bewirkt, daß Nada sich wie eine kleine Studentin vorgekommen war.

Sie hatte es nicht gewagt, die Angelegenheit weiter zu verfolgen. Statt dessen hatte sie sich dazu bereiterklärt, an dem Geschichtsband mitzuwirken. Danach hatte sie fleißig die Proben besucht, weil der Professor ihr versichert hatte, daß sie zur Gefährtin eines Mundanierspielers gewählt werden würde.

»Ein Mundanier!« hatte sie entsetzt aufgekreischt. »Ich will mit keinem Mundanier etwas zu tun haben!«

Der Professor konnte bemerkenswert vernünftig sein, wenn er es versuchte. »Grey Murphy war auch Mundanier.«

Und Grey Murphy war der Gehilfe des Guten Magiers Humfrey, ja, war sogar selbst ein Magier. Wenn Nada keinen Prinzen heiraten sollte, könnte sie auch einen Magier ehelichen; beide nahmen einen ähnlichen gesellschaftlichen Rang ein. Natürlich hatte Prinzessin Ivy den Magier Grey Murphy bereits eingesackt, doch das Beispiel machte deutlich, worum es eigentlich ging. Es war theoretisch durchaus möglich, daß ein Mundanier sich als würdig erweisen würde.

»Vor allem dann, wenn der Dämon X(A/N)th unterliegen sollte«, hatte Fetthuf gesagt, als hätte er Nadas Gedanken gelesen. Auch darin hatte er generationenlange Übung, nämlich die schuldbewußten Mienen von Studenten zu deuten. »Dann würde Mundanias Bedeutung beträchtlich wachsen, und du wärst gut beraten, Beziehungen zu einem Mundanier zu unterhalten.«

Also hatte Nada eingewilligt, die Gefährtin eines Mundaniers zu werden. »Aber ich werde ganz bestimmt nicht zulassen, daß er mich irgendwie im Sinne der Erwachsenenverschwörung berührt«, hatte sie erklärt.

Der Dämon hatte ihren Oberkörper gemustert, der zu den prächtigsten in ganz Xanth gehörte. »Natürlich nicht«, hatte er ihr zugestimmt. »Aber er wird höchstwahrscheinlich sowieso minderjährig sein.«

»Minderjährig!« hatte sie geschrien, und all das Entsetzen vor wenigen Minuten war erneut erwacht. »Ich habe die Nase voll von minderjährigen Männern!«

»Das liegt einfach an der Natur der Mundanier, die sich für Fantasy-Spiele interessieren«, hatte er zur Beruhigung erklärt. »Das sind nämlich alles rebellische Teenager. So steht es im Großen Buch der Regeln.«

Sie hatte sich tatsächlich von ihm beschwichtigen lassen. »Aber woher willst du wissen, daß gerade ich als Gefährtin ausgesucht werde? Gibt es denn keine anderen Kandidaten?«

»Aber gewiß doch. Sechs oder sieben sogar. Aber stell dir mal vor, einer von ihnen wäre dein Bruder Naldo, und die mundanischen Spieler wären alle weiblichen Geschlechts. Wen würden die wohl allesamt aussuchen?«

»Naldo«, antwortete sie ohne zu zögern. »Denn der ist Xanths bestaussehender und geachtetster Prinz, und bis vor kurzem war er auch noch Xanths begehrtester Junggeselle.«

»Und wenn es sich nun bei dem Mundanier um einen männlichen Spieler handelt?«

Nada sperrte den Mund auf, dann schloß sie ihn wieder. Auf seine unwiderlegbare Professorenart hatte er seinen Standpunkt unter Beweis gestellt.

Daher also die Proben, bei denen männliche Dämonen die Rollen ungezogener mundanischer Teenager mit Grapschhänden gespielt hatten. Nada hatte gelernt, wie sie sich dieser erwehren konnte, ohne ihnen gleich den Kopf abzubeißen. Denn in ihrer großen Schlangengestalt hätte sie das mühelos gekonnt, und der Professor hatte keinen Zweifel daran gelassen, daß dies auf keinen Fall geschehen dürfe. Die Gefährten durften den Spielern in keinerlei Weise Schaden zufügen. Tatsächlich war es sogar ihre Aufgabe, dafür Sorge zu tragen, daß ihr jeweiliger Spieler überhaupt nicht zu Schaden kam, ja, ihn im Spiel zu unterstützen und ihm dazu zu verhelfen, den Siegespreis zu erringen.

»Aber wenn er nun widerlich ist?« hatte Nada wissen wollen. »Darf ich ihn dann wenigstens auffressen?«

»Nein. Du mußt dir irgendeine unverfängliche Möglichkeit ausdenken, seine ungewollten Aufmerksamkeiten abzuwehren.«

»Aber mundanische Männer sind doch berüchtigt für ihre ungehobelte Sturheit angesichts höflicher Ablehnung!«

»Das stimmt. Dann betrachte es eben als Herausforderung.«

»Ich werde nichts dergleichen tun! Ich kündige per sofort meine Mitarbeit an diesem dämlichen Spiel!«

Der Professor hatte eine gequälte Miene aufgesetzt. »Bitte zwing mich nicht dazu, disziplinarische Überzeugungsarbeit leisten zu müssen.«

»Das schlag dir gefälligst aus dem Kopf! Ich bin keiner von deinen Dämonenstudenten! Schließlich bin ich Prinzessin! Ich werde auf der Stelle dieses Gelände verlassen.«

»Das kann ich dir nicht erlauben.«

»Wen schert es schon, was du erlaubst oder nicht! Du hast keinerlei Verfügungsgewalt über mich.«

»Unglücklicherweise habe ich sehr wohl Verfügungsgewalt über dich.«

»Ach ja? Dann nenn mir doch mal einen einzigen belanglosen Grund, weshalb ich gegen meinen Prinzessinnenwillen hierbleiben sollte.«

Fetthuf hatte eine kleine Dampfwolke hervorgeseufzt. »Erinnerst du dich daran, wie du zusammen mit Electra durch das Kürbisreich gereist bist? Dort habt ihr von rotem Wein gekostet.«

»Gewiß, ich habe roten Wein probiert!« hatte sie bestätigt. »Ich wollte feststellen, worum es sich handelt. Und?«

»Und jedes Geschöpf, das von der Nahrung des Kürbisreichs kostet, bleibt von diesem Augenblick an den Kürbis gebunden. Hast du das vergessen?«

Nada hatte die Hände vors Gesicht geschlagen, um ihr äußerst unprinzessinnenhaftes entsetztes Gaffen zu vertuschen. »Ach du liebe Güte! Das habe ich tatsächlich vergessen.«

»Folglich bist du dem Kürbisreich verpflichtet. Die Dämonen haben die Option auf diese Verpflichtung erworben. Du mußt an unserem Projekt teilnehmen. Das wird dich entbinden.«

Nada hatte begriffen, daß die Angelegenheit für sie aussichtslos war. Der dämonische Professor war dafür berüchtigt, daß er nichts dem Zufall überließ. Niedergeschlagen war sie zur Probe zurückgekehrt.

Inzwischen war sie froh über diese langweiligen, mühseligen Proben; denn jetzt war sie gut damit vertraut, widerliche männliche Annäherungsversuche abzuwehren, ohne ihrem Ansehen als Prinzessin oder ihrer jungfernhaften Anziehungskraft zu schaden. Sie hatte sich selbst im Griff. Das machte die Sache zwar auch nicht spaßiger, aber wenigstens wurde sie dadurch erträglich.

Dieser Dug versprach genau der Typ zu sein, für den diese Proben überhaupt stattgefunden hatten. Er war hochgewachsen, gutaussehend, halbwegs klug und ein völliger Bauerntölpel, was das Wissen um Magie anging. Außerdem juckte es ihn förmlich in den Fingern, einen Annäherungsversuch zu machen. Er hatte sie inmitten der anderen erspäht, und seine Augen fielen ihm seitdem noch immer aus dem Kopf. Was für eine öde Tätigkeit doch vor ihr lag!

Aber wenn sie diese Sache erst einmal hinter sich gebracht hatte, war sie auch ihrer Verpflichtung gegenüber dem Kürbisreich entledigt. Möglicherweise würde sich der ganze Aufwand, so betrachtet, doch noch lohnen.

Sie erreichten das Dorf Isthmus. Weil Dug sein Privileg ausgeübt hatte, Entscheidungen zu fällen, und das war natürlich eine schlechte. Dug stammte aus Mundania, wo die Nahrung offensichtlich nicht auf Bäumen wuchs. Er glaubte, daß sie sich erst noch Vorräte besorgen müßten. Sogar Waffen. Wie sollte er denn eine Waffe von der anderen Seite des Schirms aus benutzen? Er brauchte hier weder Nahrung noch Waffen, solange er sich weigerte, an Magie zu glauben. Solange er die ganze Sache nur für ein Spiel hielt.

Das verschaffte ihr wenigstens eine Verschnaufpause. Solange er nicht glaubte, konnte er nicht wirklich teilnehmen und sie daher auch allenfalls verbal belästigen. Natürlich würde Nada die Reaktion der Dorfbewohner selbst handhaben müssen, wenn diese den Bildschirm herumschweben sahen.

Es dauerte nicht lange, da hatten die Dorfbewohner sie bemerkt. Ein knurriger Dorfältester kam auf sie zu. »Was haben denn eine schöne Nadaprinzessin und ein merkwürdiger Zauberschirm hier in unserem verlassenen Dorf zu suchen?« wollte er wissen. Natürlich knurrig.

»Wir wünschen, Vorräte und Waffen zu erwerben«, erklärte Nada pflichtbewußt. »Wir sind unterwegs zum Guten Magier und fürchten Unbill auf der Reise.«

»Warum benutzt ihr nicht einfach den magischen Weg?«

»Das können wir nicht. Es geht um eine Herausforderung, weshalb uns der Schutz der verzauberten Wege verwehrt bleibt.«

»Na, hier werdet ihr jedenfalls keine Unterstützung bekommen. Wir sind ein zorniges Volk, das keine Außenstehenden mag. Wärst du nicht so schön, hätten wir nicht übel Lust, dich zu züchtigen.«

»Hör mal zu, du Penner, so kannst du nicht mit ihr reden!« rief Dug vom Schirm aus.

Wie zu erwarten, brachte er sie in Schwierigkeiten. »Das ist schon in Ordnung, Dug«, murmelte Nada. »Die können uns nichts anhaben.«

»Ja, das möchte ich auch mal sehen!« versetzte er zornig.

Der Älteste schnitt eine Grimasse. »Diesem Wunsche kann entsprochen werden, Erscheinung. Tritt aus dem Wandschirm heraus, dann wird es uns eine Freude sein, dir eine Tracht Prügel zu verabreichen.«

»Junge, Junge, das würde ich wirklich zu gern mal sehen, du alter Ziegenbock!«

Nada trat einen Schritt beiseite, um den Schirm so gut sie konnte zu verdecken und Dug den Blick abzuschneiden. »Wir werden sofort wieder gehen. Danke, gütiger Herr«, sagte sie dem Ältesten.

»Nein, das werden wir nicht!« rief Dug, während der Schirm sich an ihr vorbeistahl, um das Geschehen wieder verfolgen zu können. »So gern ich mir auch dein Hinterteil anschaue.« Das vorletzte Wort kam etwas unscharf hervor, ein Hinweis darauf, daß die magische Übersetzung auf Schwierigkeiten gestoßen war. Offensichtlich hatte er ein anderes Wort verwendet, das entweder dasselbe heißen konnte, oder eben auch nicht. Nada wurde den Eindruck nicht los, daß Dug, hätte er nur durch den Schirm greifen können, etwas getan hätte, auf das sie nur mit einem Schlag in sein freches Gesicht hätte antworten können.

»Ach, glaubst du, du erbärmlicher Versteckling?« antwortete der Älteste, während sich weitere Dorfbewohner um sie zu scharen begannen, von denen einer mürrischer aussah als der andere. »Nur weil du dich hinter einer schönen Frau verstecken kannst, glaubst du wohl, du dürftest uns beleidigen.«

»Nein, nein!« warf Nada verzweifelt ein. »Er versucht doch gar nicht, euch zu beleidigen! Er begreift nur nicht, was los ist.« Wieder versuchte sie den Bildschirm zu verdecken, wobei sie diesmal sorgfältig darauf achtete, ihm nicht ihr Hinterteil zu zeigen. Doch das machte leider alles nur schlimmer. Nicht nur, daß sie nun den Eindruck hatte, Dug würde ihr vorn in den Ausschnitt spähen – nun inspizierten auch noch die Männer des Dorfs ihr Hinterteil. Was für eine verzwickte Situation!

»Den *pieps* verstehe ich nicht!« brüllte Dug. Das Wort *›pieps‹* war stark verzerrt – ein Hinweis darauf, daß die Erwachsenenverschwörung den Originalausdruck unterdrückt hatte. Was an sich schon ziemlich seltsam war. Zum einen waren keine Kinder in der Nähe, und Dug war mit sechzehn immerhin berechtigt, sich seinerseits der Verschwörung anzuschließen. Deshalb hätte es eigentlich keine Streichung geben dürfen. »So sehr es mir auch gefällt, deinen *pieps* von nahem zu sehen.«

Wütend auf sich selbst, trat Nada vom Schirm zurück und verschränkte die Arme vor der Brust. Jetzt würde sie sich nicht mehr in den Wortwechsel zwischen Dug und den Dörflern einmischen. Sie hatte getan, was sie konnte, um Ärger abzuwenden, aber da beide Parteien es nun einmal offensichtlich darauf abgesehen hatten, würde sie nichts mehr dagegen unternehmen.

»Verschwindet aus dem Dorf!« schrie der Älteste zurück. »Wir wollen mit Leuten wie euch hier nichts zu tun haben! Wir haben schon genug Ärger.«

»Nicht ohne unsere Vorräte«, versetzte Dug.

Der Älteste setzte einen gerissenen Gesichtsausdruck auf. »Und wie wollt ihr für Vorräte bezahlen?«

Das ließ Dug kurz innehalten. Er hatte ja nichts, was er durch den Schirm hätte überreichen können. Doch kurz darauf schoß er zurück: »Mit Informationen, du *pieps*. Was möchtest du denn gern wissen? Was für eine häßliche Visage du hast? Wie groß deine Füße sind?«

»Wir brauchen keine Informationen, wir wollen bloß die *Zensur* loswerden«, erwiderte der Älteste. »Was könnt ihr dagegen tun?«

»Zensur!« rief Dug. »So etwas habt ihr hier?«

»Und ob! Es ist einfach furchtbar. Sie wird ständig mächtiger. Schon bald hat sie uns völlig versklavt. Dann sind wir vollends am Boden und nicht mehr bloß frustriert wie jetzt.«

Das war Nada neu. Aber möglicherweise bot es eine Lösung für diese Krise. »Was ist denn das, die *Zensur*?« fragte sie.

»Ein Schiff, das jeden Tag in unseren Hafen einfährt. Dann überschütten seine Zensoren unser ganzes Dorf mit Zensuren und üben auch Zensur aus. Deshalb sind wir doch die ganze Zeit so wütend.«

»Zensur – ein Schiff!« rief Dug lachend. »Das ist es also! Ich dachte schon, es wäre was Ernstes.«

»Wir finden das gar nicht komisch«, versetzte der Älteste. »Wir wollen es nur loswerden.«

»Aber das ist doch bloß ein Kalauer. Wo ich herkomme, ist es dagegen eine ernste Sache. Da holt man Bücher aus den Büchereien und hindert das Volk daran, die Wahrheit über die Regierung in Erfahrung zu bringen; und in den Ländern, wo die Zensur wirklich streng ist, endet es sogar in Gedankenkontrolle.«

»Ganz genau. Am Anfang schien das alles noch ganz harmlos zu sein, ja, sogar richtig gut. Zum Schutz unserer Kinder nämlich. Dann aber wurden immer mehr Dinge und Leute geschützt, und jetzt sind wir fast ihre Sklaven. Aber wir sind machtlos dagegen und können das Joch nicht abschütteln.«

Dug überlegte. »Also gut, ich sehe ein, daß ihr wohl doch ein ernstes Problem habt. Ich mag keine Zensur. Ich möchte selbst entscheiden können, was ich lesen oder hören darf. Ich nehme an, euch geht es nicht anders.«

»So ist es«, bestätigte der Älteste säuerlich.

Nada war immer noch verwirrt. »Warum schickt ihr das Schiff nicht einfach weg?«

»Das hätten wir gleich zu Anfang tun sollen«, pflichtete der Mann ihr bei. »Aber wir ließen uns von dem verführen, was es uns zu bieten schien. Es hat uns Vorteile versprochen, sogar die Vorherrschaft über andere. Der blanke Wahnsinn, wie wir zu unserem Leidwesen erfahren mußten. Es gibt eine ganze Reihe solcher Schiffe, und manche verschwinden auch wieder, wenn man sie dazu auffordert. Aber dieses hier gibt sich zwar ganz nett, ist aber in Wirklichkeit das schlimmste von allen. Und wenn es erst mal irgendwo die Kontrolle an sich gerissen hat, gibt es sie nie wieder freiwillig ab.«

»Wenn *Zensur* eine Schiffsklasse ist, wie heißt dann das Schiff selbst?« wollte Dug wissen.

»Das ist das gefürchtete Schiff *Bigotterie*. Wenn wir doch wenigstens einem anderen Schiff zum Opfer gefallen wären, beispielsweise der *Politik* oder der *Literatur*, oder auch der *Prüderie* oder der *Sozial*, wären wir dem Unheil vielleicht entkommen. Wie ich höre, geht es einigen Schiffen tatsächlich um das Wohlergehen ihrer Opfer. Aber diesem hier nicht. Dieses Schiff schließt alle anderen Weltanschauungen aus und ist vollkommen intolerant, was abweichende Ansichten angeht. Wir bereuen es zutiefst, daß wir uns von seiner scheinbaren Sorge um unser Wohlergehen haben trügen lassen. In Wirklichkeit geht es ihm nur um sein eigenes Wohlergehen.«

Dug nickte. »Das seht ihr völlig richtig! Also gut, offensichtlich handelt es sich hier um eine Spielaufgabe, die ich erst bewältigen muß, bevor ich weiterkommen kann. Also werden wir euch helfen, das Schiff loszuwerden. Wäre das eine gute Gegenleistung für unsere Vorräte?«

Der Älteste vergaß seinen Zorn. »Wir würden alles darum geben, wenn wir uns nur dieses Schiff vom Hals schaffen können.«

»Also abgemacht!« sagte Dug. Und dann: »Wie funktioniert das überhaupt?«

»Es sind Dämpfe mit schwachem Eigengeruch, aber wo immer dieser Rauch kreist, unterdrückt er alles, was ihm mißfällt. Es ist ein puritanisches Schiff, das es nicht zuläßt, irgendwelche *pieps*, *pieps*, oder auch *pieps* Gedanken offen auszusprechen.« Der Mann wandte den Kopf ab und spuckte aus, angewidert von seiner eigenen Unfähigkeit, die gewünschten Worte hervorzubringen. »Das wirkt sich natürlich katastrophal auf unseren Fischfang aus, auf die Bautätigkeit, auf das gesellschaftliche Leben und sogar auf die Freizeitunterhaltung. Denn es ist einfach unmöglich, schwere körperliche Arbeit zu leisten, ohne einen gelegentlichen *pieps* von sich zu geben, oder um ein Mädchen zu werben, ohne *pieps* zu machen, oder auch nur eine Würfelpartie zu spielen, ohne ab und zu mal *pieps* zu sagen.«

»Mann!« meinte Dug. »Soll das heißen, das Schiff hindert euch daran, *pieps* zu sagen?« Er blickte überrascht drein, als er sein eigenes Wort vernahm. »Ja, das tut es wohl. Junge, Junge, da kann ich es euch nicht verübeln, daß ihr sauer seid! Niemand läßt sich gern zensieren.«

»Allerdings«, pflichtete der Älteste ihm bei. Inzwischen sah er nicht mehr ganz so wütend aus. »Viele Schiffe tun das, und dieses hier war am Anfang durchaus anziehend. Wir glaubten, wir könnten damit unsere Sprachlichkeit verbessern. Aber wir hatten ja auch gedacht, daß unser Wunsch nach freier Rede der Maßstab dafür sein würde. Doch statt dessen mußten wir die Feststellung machen, daß nur *seine* Regeln galten. Und es geht nicht allein um die Rede. Das war ja nur der erste Schritt. Schon bald wird das Schiff unser Handeln kontrollieren, und schließlich auch unser Denken. Aber wir konnten uns den heimtückischen Zensurdünsten nicht entziehen. Und was noch schlimmer ist, die Definitionen werden ständig erweitert. Ursprünglich hat es nur das Fluchen unterbunden; inzwischen dürfen wir nicht einmal mehr *pieps* sagen.«

Dug nickte. »Ich glaube, ich habe verstanden. Ich habe in Staatsbürgerkunde davon gelesen. Wie nennt ihr ein weibliches Schwein?«

»Eine *pieps*.«

»Das dachte ich mir. Es wird nicht mehr lange dauern, dann lenkt es euer gesamtes Leben, weil Zensur von ihrer eigenen Macht zehrt, ihre Regeln durchzusetzen. Die müssen übrigens auch einen Sinn ergeben. Darum geht es gar nicht. Regeln müssen nur befolgt werden, sonst setzt es was. Früher oder später werdet ihr nicht einmal mehr frei atmen können, ohne an den Dünsten zu ersticken. Und dann wird das Leben nicht mehr lebenswert sein.«

»Ganz genau. Wir sind jetzt schon ein wenig kurzatmig.« Die anderen Dorfbewohner nickten zustimmend, einige husteten.

Nada staunte. Dug kam ja tatsächlich mit den Dorfbewohnern zurecht. Er hatte Verständnis für ihr Problem. Vielleicht hatte sie ihn doch falsch eingeschätzt.

»Also gut. Was muß ich tun, um dieses Schiff für euch loszuwerden?«

»Das ist sehr schwierig. Deshalb können wir es auch nicht aus eigener Kraft. Aber vielleicht könnte ein Außenstehender es schaffen, der noch nicht vollkommen von den Dämpfen kleingemacht wurde. Du mußt die Lösung besorgen.«

»Die will ich auch haben, die Lösung«, stimmte Dug zu. »Und wie sieht die aus?«

»Es ist eine magische Flüssigkeit, mit der sich die Rauchschwenker löschen lassen. Das kann nur diese Flüssigkeit allein bewirken. Sind sie gelöscht, gibt es keinen Rauch und keine Dämpfe mehr. Dann kann uns das Schiff nichts mehr antun und muß verschwinden.«

Dugs Mundwinkel zuckten. Nada merkte, daß er die Sache immer noch nicht ganz ernst nahm. Doch sie beschloß, sich herauszuhalten, solange das Gespräch vorankam.

»Und wo finde ich diese magische Lösung?«

»Die ist im Eimer.«

»Im Eimer«, wiederholte Dug. »Natürlich.«

»Du mußt den Eimer beschaffen und die Lösung hierherbringen. Anders geht es nicht.«

»Ich werde es versuchen. Aber wo ist denn diese Lösung nun im, äh, Eimer?«

»Das wissen wir nicht. Wir wissen nur, daß sie im Besitz der Fee Err ist.«

»Fair?«

»Genau. Wenn du sie dazu bringen kannst, dir die Lösung zu geben, wird alles wieder gut.«

»Das werde ich tun. Und in welcher Richtung liegt dieser Eimer?«

»Dort entlang«, sagte der Älteste und zeigte zur Seite.

»Schön, dann gehen wir«, entschied Dug forsch. »Ich komme wieder.«

Nada hatte nicht die leiseste Ahnung, wo sie diesen Eimer würden auftreiben können, ganz zu schweigen von der Fee Err. Ebensowenig wußte sie, wie sie zu der Lösung finden sollten. Aber das alles war immer noch besser, als sich mit den Dorfbewohnern zu streiten. Und so ging sie in die angezeigte Richtung, während der Schirm an ihrer Seite folgte. Bald darauf erblickten sie den Eimer. Er war himmelblau und sah sehr hell und hübsch aus. Doch als sie darauf zugingen, wich er zurück und blieb außer Reichweite.

»Langsam begreife ich, weshalb die Dörfler ihn nicht holen konnten«, bemerkte Dug. »Aber wir müssen beweisen, daß wir schlauer sind als die. Kannst du ihn irgendwie überholen, damit ich ihn dir zutreibe?«

Als Antwort nahm Nada eine kleine Schlangengestalt an und schlüpfte aus ihren Kleidern. Da fiel ihr ein, daß sie das wohl besser nicht getan hätte: Wie wollte Nada die Sachen wieder anlegen, ohne daß Dug sie dabei beobachtete? Eine Prinzessin konnte es doch nicht zulassen, daß ein ganz gewöhnlicher Mann ihren Oberkörper oder ihre Höschen zu Gesicht bekam. Vor allem kein Mundanier. Doch darüber würde sie sich später Sorgen machen müssen. Schließlich hatte sie sich bereits verwandelt. Schnell glitt sie seitlich durchs Unterholz davon. Sie umrundete den Eimer ein ganzes Stück; dann wollte sie wieder ihre menschliche Gestalt annehmen – bis ihr einfiel, daß sie ja gar keine Kleider dabei hatte. Andererseits würde sie den Eimer ohne Hände nicht zu packen bekommen. Also glitt sie durchs Unterholz zu einem Deckenbusch hinüber, nahm wieder Menschengestalt an, legte sich eine Decke um und ging zurück, um den Eimer abzufangen. Versteckt legte sie sich auf den Boden, nahm wieder Schlangengestalt an und ließ die Decke an Ort und Stelle liegen, damit sie greifbar war, sobald sie sich zurückverwandelte.

Jetzt bewegte sich Dugs Schirm auf den Eimer zu. Der wich zurück, neckte ihn. Doch als er zu der Stelle kam, an der Nada lag, nahm sie abrupt wieder Menschengestalt an, packte den Griff des Eimers mit einer Hand und die Decke mit der anderen. »Erwischt!« rief sie mit unprinzessinnenhafter Begeisterung.

Der Eimer schwang hin und her, vermochte sich aber

nicht zu befreien. Einen Augenblick später hing er geschlagen und bewegungslos da.

»Großartig!« rief Dug, und sein Schirm kam auf die Stelle zugeeilt. »Jetzt können wir weitergehen.«

»Einen Moment noch«, warf Nada ein. »Bleib hier, ich komme gleich wieder.« Sie eilte zu der Stelle zurück, wo ihre Kleider lagen. Dann verschwand sie damit unter einem großen Geradebaum und schlüpfte hastig wieder in ihre Menschenbekleidung. Dabei achtete sie sorgfältig darauf, den Eimer nicht loszulassen; denn sie wußte, daß sie ihn mit dieser List kein zweites Mal würde einfangen können. Dann kehrte sie zu Dug zurück. Sie hatte diese mehr zufällige persönliche Krise zwar ganz gut gemeistert, doch das nächste Mal würde sie ein wenig überlegter vorgehen müssen, falls sie sich noch einmal umziehen mußte.

Sie gingen weiter – und entdeckten Schnee, der den ganzen Pfad bedeckte und bis in den Wald hineinreichte. »Da kann irgend etwas nicht stimmen«, meinte Nada. »In Xanth ist es doch warm. Schnee gibt es nur auf den Berggipfeln. Manchmal auch bei ungewöhnlichen Stürmen. Aber hier hat es keinen Sturm gegeben, und kalt ist es auch nicht.«

»Vielleicht sieht es ja nur aus wie Schnee«, erwiderte Dug.

Nada kauerte nieder und berührte ihn mit dem Finger. Er war kalt und ein wenig klebrig. Dann leckte sie den Finger ab. »Schreischnee!« rief sie überrascht.

»Schreischnee?«

»Schreischnee«, schrie sie und zeigte dabei auf ihren aufgesperrten Mund.

»Ach so, Schreischnee. Was hat der denn hier zu suchen?«

»Ich weiß auch nicht. Er muß von irgendwo herkommen. Sieh mal! Er scheint zu fließen und zu schmelzen.«

»Dann laß uns feststellen, wo er herkommt. Vielleicht können wir ihn umgehen.«

»Oder ihn wenigstens überqueren«, ergänzte sie. Ihre Sandalen waren schon völlig verklebt. »Er scheint von irgendwo weiter vorn auf uns zuzuströmen.«

Je weiter sie gingen, um so kälter und fester wurde der

Schreischnee, bis ihre Füße nicht mehr daran hafteten. Dafür war ihnen jetzt kalt. Geschützt hinter seinem Schirm, hatte Dug allerdings keine Probleme damit. Er schwebte einfach darüber hinweg.

Da entdeckte Nada glücklicherweise einen Schuhbaum. Sie pflückte ein warmes Paar Stiefel und legte sie an. Jetzt fühlten ihre Füße sich wieder wohlig an, und die Decke über ihrem Kleid bewahrte ihre Körperwärme. Trotzdem hoffte sie sehr, daß sie den Schreischnee bald hinter sich gebracht hatten; denn sie wußte, daß ihr rasch wieder kalt wurde, sobald sie sich nicht mehr bewegte.

Da gelangten sie zu einem Schloß aus gepreßtem, zuckrigem Schnee. Es war kein sonderlich großes Schloß. Das lag aber nur daran, daß nicht so viel Schreischnee zur Verfügung stand. Es hatte hübsche Fenster aus dünnem Eis. »Vielleicht weiß der Bewohner, was das alles zu bedeuten hat«, meinte Nada. Sie trat an die Tür aus gefrorener Schokolade, um anzuklopfen. Da machte sie die Entdeckung, daß sich davor eine Bildschirmtür befand.

In den Schirm war ein großes Auge eingelassen. »Wer bist du?« kreischte das Auge.

»Ich bin Nada Naga, die Gefährtin von Dug Mundanier. Er ist ein Spieler in diesem Spiel. Wir suchen die Fee Err. Aber die wohnt hier wohl nicht mehr, oder?«

Das Schirmauge blinzelte kurz. »Nein, die wohnt natürlich am Feenweg. Aber ihr werdet nicht dorthin gelangen, wenn ihr euch nicht vorher mit meiner Schloßherrin ins Benehmen setzt.«

Vom Herumstehen wurde Nada langsam kalt. »Wer ist denn diese Schloßherrin?«

»Die Schneekönigin, natürlich.« Das Auge schrie immer noch. Offenbar konnte es sich nicht anders ausdrücken.

»Können wir denn einmal mit der Schneekönigin reden?« fragte Nada und versuchte, einen Kälteschauer zu unterdrücken.

»Genaugenommen ist die Herrin gerade nicht da«, vertraute das Auge ihr mit verschwörerischem Zwinkern an.

»Ihr Klon ist da. Die sieht allerdings genauso aus wie die Königin.«

»Klar doch.« Das Auge drehte sich in seiner Höhle, um hinter der Tür zurückzuschauen. »He, Herrin!« schrie es. »Hier ist eine leckere Augenweide von einem Mädchen, das dich sprechen möchte.«

»Hast du sie schon beäugt?« erwiderte eine Stimme.

»Ja, habe ich«, schrie das Auge. »Und sie wird von einem Bildschirm begleitet.«

»Und sind sie auch angemessen von Ehrfurcht erfüllt?«

»Das Mädchen zittert, und ihre Zähne klappern.«

In Wirklichkeit zitterte Nada natürlich vor Kälte, doch sie zog es vor, die Sache nicht richtigzustellen.

»Dann schick sie in den Kegelraum.«

Die Tür ging auf. »Folgt meinem Blick«, schrie das Auge und schaute in den Gang. Eine gestrichelte Linie markierte seinen Blick.

Nada trat ein, dicht gefolgt von dem Schirm. Der Kegelraum war wie ein riesiger Kegel geformt, was nicht weiter überraschte. In der Mitte befand sich eine alte Frau in einem Schneeschleier. »Ich bin die Schneekönigin Vettel«, verkündete sie.

Nada begriff, daß der Klon natürlich nicht zugeben würde, eine Kopie zu sein. Deshalb gab sie sich für die echte Vettel aus. »Ich bin Nada Naga und ...«

»Ja, ja, ich habe das Auge schreien gehört«, versetzte sie ungeduldig. »Ihr wollt zur Fee Err. Aber erst müßt ihr etwas für mich erledigen, sonst verwandle ich euch in köstlichen Schneematsch. Oder war es schneematschige Köstlichkeit?«

»Ach ja?« erwiderte Dug. »Das wollen wir doch mal ...« Er geriet ins Stocken, als die Schneekönigin Vettel einen kalten Finger hob, bereit, ihren Zauber zu verhängen. »Ich glaube, das wird nicht nötig sein. Was wünschst du von uns?«

»Ich will ein neues Eiscremearoma haben. Eins, das es noch nie gegeben hat. Was habt ihr zu bieten?«

Nada blickte sie verständnislos an. Doch Dug eilte ihr zu

Hilfe. »Kein Problem. Wie wäre es mit Spinatsoufflé-Eiscreme, für das Kind, das sein Gemüse nicht aufißt?«

»Das ist ja wunderbar!« rief die Schneekönigin Vettel. »Ich liebe es, Kinder zu quälen! Ich werde sofort einen Topf vollmachen.«

»Hauptsache, ich brauche es nicht selbst zu essen«, meinte Dug. »Läßt du uns jetzt zur Fee Err weiterziehen?«

»Natürlich. Immer dort den Feenweg entlang.« Sie wies auf eine Tür in der Kegelseite. Als sie hinauskamen, lag sonnenbeschienenes Grün vor ihnen. Es war kein Schnee mehr zu sehen. »Das ist ja ein Golfplatz«, sagte Dug überrascht.

»Für mich sieht es eher aus wie ein gepflegter Rasen«, erwiderte Nada ebenso erstaunt.

Beim Gehen wurde Nada immer wärmer, bis sie die Decke und dann auch die Stiefel abnehmen mußte. Aber das war immer noch angenehmer als der Schnee.

Nach der Hälfte des Feenwegs gelangten sie zu einem Ausstellungs- oder Marktplatz, wo sich ausgestellte Dinge befanden. »Das ist ja ein Jahrmarkt«, meinte Nada. »Vielleicht sind wir bald am Ziel.«

Und tatsächlich befand sich mitten auf dem Jahrmarktsplatz auch der Stand der Fee. Sie bot einen geradezu feenhaft schönen Anblick mit ihren schillernden Flügeln. Trotzdem wirkte sie traurig.

Als sie näherkamen, stellte Nada fest, daß die Fee nicht etwa weiblichen, sondern männlichen Geschlechts war. Er war so zart gebaut, daß er aus der Ferne eher weiblich wirkte. Auf seinem Stand stellte er Karaffen und Flaschen aller Größen und Formen aus, und alle waren sie mit bunten Flüssigkeiten gefüllt.

»Bist du Fee Err?« fragte Nada zögernd.

»Was geht dich das an, Schlangenschwanz?« schnauzte er. »Kannst du nicht lesen?« Er zeigte auf das Schild mit der Aufschrift FEE ERR.

»Hör mal zu, du geflügelte Mißgeburt! Red gefälligst nicht in diesem Ton mit ihr!« warf Dug ein.

»Und weshalb nicht, Schirmhirn?« wollte der Fee wissen.

»Weil sie eine schöne und gute Person ist und nur ihre Pflicht tut. Deshalb, du androgynes Scheusal!«

Nada konnte nicht anders – einige Eigenheiten von Dug Mundanier wurden ihr sympathisch. Sie hielt den Mund.

»Na, auf dich trifft das jedenfalls alles nicht zu, du zwerghirniger Mundanier«, versetzt der Fee. »Also, weshalb bist du gekommen?«

»Wir brauchen eine Lösung«, erklärte Dug. »Gib uns einfach einen Eimer voll, dann gehen wir dir aus den Augen.«

»Und was willst du mir für diese Lösung geben, du Flüchtling aus dem Reich der Öde?«

Dug hielt inne. »Zahn um Zahn, wie?«

»Nein. Das ist der nächste Stand.«

Sie blickten zum Nachbarstand hinüber, wo einige barbrüstige Nymphen saßen und lachend das Gebiß bleckten. Ein Mann kam gerade darauf zu. In der Hand hielt er einen Sack mit der Aufschrift ZAHN. Nada beschloß, der Sache lieber nicht weiter nachzugehen.

Dug hingegen schien von den Nymphen durchaus fasziniert zu sein. Seine Augen begehrten danach, immer wieder in diese Richtung zu huschen und seinen Kopf gleich mitzureißen. »Vergiß nicht, weshalb du gekommen bist«, murmelte Nada.

»Was sind das für Geschöpfe?« fragte Dug.

»Nymphen, natürlich. Weibliche Wesen, die fast hirnlos sind und nur für das Vergnügen des Augenblicks existieren.«

»Aber was für ein Vergnügen!« hauchte er.

»Wenn man es gern hirnlos hat«, stimmte sie zu.

»Ja.« Er schien ihren Unterton nicht zu bemerken.

»Das dürfte auch ziemlich genau deine Kragenweite sein«, bemerkte der Fee.

Damit erregte er wieder Dugs Aufmerksamkeit. »Was geht dich das an, Err? Und überhaupt, was willst du für deine Lösung haben?«

»Ich will nicht länger ein Objekt der Verkennung sein.«

»Und dafür hast du keine Lösung?«

»Meine Lösungen wirken nur bei anderen.«

Dug überlegte. »Was ist das überhaupt für eine Verkennung, deren Objekt du bist?«

»Die Leute bestehen darauf, mich als fröhliche Schwuchtel zu bezeichnen, obwohl ich, wie du deutlich sehen kannst, alles andere als fröhlich bin. Ich will endlich als das säuerliche Individuum anerkannt werden, das ich bin.«

»Mal sehen, ob ich das richtig verstanden habe. Du bist ein Fee, und deshalb nennen die Leute dich fröhliche Schwuchtel?«

»Ganz genau. Ich habe keine Ahnung, weshalb die Leute glauben, daß alle Feen fröhlich sein müssen.«

Dug schürzte die Lippen; er schien verborgenen Gedankengängen nachzuhängen. »Vielleicht ist das ein Problem, dem man besser aus dem Weg gehen sollte«, meinte er schließlich. »Wie schreibt sich dein Name denn genau?« Dug hätte es zwar auch am Schild ablesen können, doch aus irgendeinem Grund wanderte sein Blick gerade wieder zurück zu den Nymphen.

»Eff Ee Ee. Ee Err Err.«

»Versuch doch mal, es WEH zu schreiben.«

»Das soll was ändern?«

»Könnte sein.«

Err blickte ziemlich skeptisch drein, und genauso fühlte Nada sich auch. Wie sollte eine derart belanglose Veränderung die Einstellung anderer Leute beeinflussen?

»Na schön.« Er berührte das Schild, worauf sich die Buchstaben verschoben. Nun trug es die Inschrift WEH ERR.

Da erschien wieder jemand am Stand. »Was verkaufst du da, Err?« fragte er ernst.

»Nichts, was dich interessieren könnte, Klumphirn«, schnauzte Weh Err.

»Was für ein knurriger Miesepeter!« sagte der Mann und ging davon.

Err gaffte ihm nach. »Das ist ja Magie!« hauchte er.

»Richtig«, bestätigte Dug. »Jetzt wissen die Leute, daß du nicht fröhlich bist. Wie steht es jetzt mit unserer Lösung?«

Err machte eine wegwerfende Bewegung.

»Nehmt euch irgendeine Flasche.«

Nada suchte sich eine hübsche Karaffe mit purpurfarbenem Elixier aus, nahm den Stopfen heraus und goß sie in den Eimer. Als sie die Karaffe auf den Tisch zurückgestellt hatte, füllte sie sich von allein auf. Sie schob den Stopfen wieder hinein. »Danke, Err«, sagte sie.

»Das habt ihr euch verdient«, erwiderte der Weh mißmutig.

Nun machten sie sich auf den Rückweg. Als sie an das Schloß der Königin Klon gelangten, wichen sie aus – und fanden sich prompt in einem Schneesturm wieder. Nada hatte vergessen, ihre Stiefel und die Decke mitzunehmen, und sie fror plötzlich wieder.

»Versuch es doch mal mit einem Tropfen von der Lösung«, schlug Dug vor.

Nada tauchte den Finger in den Eimer und schnippte einen Tropfen der Flüssigkeit auf den Schnee. Sofort legte sich der Sturm, und ein freier Weg öffnete sich vor ihnen. Die Lösung wirkte!

»Du begreifst langsam wirklich, wie die Dinge hier funktionieren, Dug«, sagte sie beeindruckt.

»Na ja, eine rasche Auffassungsgabe hatte ich schon immer«, meinte er. »Nachdem ich die Regeln des Unsinns erst einmal begriffen hatte, mußte ich sie nur noch anwenden.«

Das stimmte offenbar. Er war zwar jung, arrogant und Mundanier, hatte aber auch seine Vorzüge.

Sie kehrten in das Dorf Isthmus zurück. »Wir haben die Lösung«, verkündete Dug. »Wo ist das Schiff?«

Der Älteste führte sie nach Süden zum Hafen. Dort lag das böse Schiff vor Anker. Mit riesigen Lettern war der Name an Bug und Heck gemalt: BIGOTTERIE. Nada verspürte einen Anflug von Entsetzen, als sie es vor sich sah. Das Schiff war ja aus dem widerwärtigen Holz des Heuchelbaums gefertigt! Kein Wunder, daß es so schlimm roch. Eine Aura der Unterdrückung umgab es; es war völlig unmöglich, in seiner

Nähe Freude oder Freiheit zu empfinden. Es schienen keine Seeleute an Bord des schrecklichen Schiffs zu sein: ein Gespensterschiff ohne lebende Mannschaft. Aber wer hätte es auch an Bord ausgehalten?

»Sieht gut aus«, meinte Dug. »Dann gehen wir mal an Deck und löschen diese Schwenker.«

Das bedeutete, daß Nada es tun mußte, weil Dug nicht wirklich Teil dieser Szene war. Er war durch seinen Schirm geschützt.

Sie seufzte stumm und stieg in die Nußschale von einer Nußschale, die der Älteste ihnen zeigte. Sie setzte den Eimer zwischen den Knien ab und nahm die Ruder auf. Dann zog sie daran. Die Ruder waren schwer, aber ihr Zug war kräftig, und sie setzte das Boot in Bewegung. Der Älteste beobachtete, wie sie hinausfuhren. Nun war Nada allein, von dem Schirm einmal abgesehen.

»Mädel, du siehst wirklich großartig aus, wenn du dich so bewegst«, meinte Dug, den Blick auf ihre Körperfront geheftet.

Als wenn nicht so schon alles schlimm genug wäre! »Warum übernimmst du nicht auch noch ein Ruder?« keuchte sie. Und weil sie doch eine Jungfer war, sprach sie den Rest ihres Gedankens lieber nicht laut aus: *Und schiebst es dir irgendwo hin, wo es guttut.* Ja, weil sie eine Prinzessin war, konnte sie es sich noch nicht einmal in allen Einzelheiten ausmalen, so frustrierend das auch war. Sie litt unter derselben Niedergeschlagenheit, die das Zensurenschiff über den Isthmus gebracht hatte, nur daß es für sie keine Lösung gab. Sie sehnte sich danach, wenigstens einmal aus ihrer Rolle fallen zu können, um etwas ganz und gar Unprinzessinnenhaftes zu tun.

In der Zwischenzeit verstärkte sich die gedrückte Stimmung um das Schiff noch. Es verbreitete eine Atmosphäre der Düsterkeit, des Hasses und des Abscheus.

Das Schiff war in zerstörerischer Absicht hier. Es wollte nicht nur alle Lebensfreude ausmerzen, sondern schlußendlich sogar das Leben selbst. Die totale Unterdrückung, bis selbst das Atmen unmöglich geworden war und die Opfer nur noch dahinsiechen und verfaulen konnten. Was für eine bösartige Fracht! Nada wurde immer kurzatmiger, und das lag nicht nur an der Anstrengung des Ruderns; ihr war, als würde eine niederdrückende Last auf ihr ruhen und ihr die Kraft und den Willen aus dem Leib pressen. Wie lange würde sie das noch durchstehen?

Das Ruderboot berührte die düstere Schiffshülle. »Schön, dann zurr mal das Boot fest und bring die Lösung hinauf«, wies Dug sie an. »Die Sache ist ja nicht annähernd so schwierig, wie ich erwartet habe.«

Nada versuchte, eine zornige Antwort hervorzupressen, doch die überwältigenden Dämpfe der Räucherschwenker gestatteten ihr gerade einmal das Atmen. Also nahm sie den Eimer in eine Hand und ergriff mit der anderen eine Strickleiter. Dann kletterte sie Sprosse um Sprosse hinauf, bis sie schließlich auf dem Deck stand.

»Großartig!« meinte Dug. »Was für ein alter Kahn das doch ist! Ich wünschte, ich hätte ein Modell davon.«

Nada dagegen wünschte sich lediglich, daß Dug körperlich hier sein könnte, um einmal am eigenen Leib die Auswirkungen dieses Fahrzeugs des Verderbens zu erleben. Sie schleppte sich über die dunklen Planken zu dem nächsten Schwenker. Es kam ihr vor, als würde sie einen Berg erklimmen; es wurde von Schritt zu Schritt mühsamer. Sie mußte die Beine durch einen unsichtbaren Sumpf zerren, der wie fauliger Schleim an ihr haftete. Mit jedem Atemzug schien sie einen großen Schwaden Dampf aufzunehmen, der ihr empfindlichstes Innerstes befleckte. Sie schloß die Augen und mühte sich weiter.

»Komm schon, Nada, du bist ganz dicht dran«, sagte Dug ermutigend. »Nur noch ein paar Schritte, dann den Eimer heben, und ein wenig vom Inhalt hineinschütten.«

Nur noch zwei Schritte? Es hätten auch zwei ganze Welten sein können! Nada konnte kaum noch auf den Beinen stehen. Der Gestank des über ihr hängenden Schwenkers lähmte den letzten Rest ihrer Entschlußkraft, und sie begann zu stürzen. Der Eimer legte sich schräg. Im nächsten Augenblick würde sich die kostbare Lösung über das Deck ergießen und wäre verloren.

Da wurde Nada samt Eimer von kräftigen Händen gepackt. »Komm schon, wir müssen es hinter uns bringen«, sagte Dug. »Wir dürfen jetzt nicht aufgeben.« Er hustete. »Pfui! Was für ein Gestank!«

Er nahm ihr den Eimer aus den erschlaffenden Fingern und kämpfte sich vor. Sein Atem ging keuchend. Er zitterte am ganzen Leib und schien von einem üblen Wind zurückgeweht zu werden. Doch er kämpfte sich noch ein kleines Stück vor, schloß die schmale Lücke zwischen Eimer und Schwenker. Dann hievte er den Eimer hoch, kippte ihn ein wenig und verspritzte etwas von der Flüssigkeit in den Schwenker.

Mit einem *Puff*! wallte eine gräßliche Dampfwolke auf. Sie verdarb die ganze Luft. Dann dünnte sie aus und löste sich schließlich wieder auf. Das Räucherwerk war gelöscht. Zum erstenmal konnte Nada die Inschrift auf dem Schwenker erkennen: HASS.

Ein Schwall frischer Luft traf sie. Nada, die inzwischen auf dem Deck lag, atmete tief ein. Wie wunderbar! Sie hatten es geschafft! Sie hatten das Zensurschiff überwältigt. Jetzt würde der Isthmus wieder frei werden!

Da fuhr ihr ein erneuter Stoß verpestete Luft entgegen. Nada hob den Blick – und bemerkte den Schwenker am anderen Ende des Schiffs. Sie hatten ja erst einen der beiden gelöscht! Ihre Aufgabe war also erst zur Hälfte bewältigt. Sie schleppte sich hoch. Sie hatte keine Vorstellung, wie sie es jemals zum anderen Ende des Schiffes schaffen sollte, aber sie mußte es unbedingt versuchen.

»Junge, Junge, da ist ja noch einer«, sagte Dug, den Blick auf den zweiten Schwenker geheftet. »Ich glaube, das schaffe ich nicht mehr.«

Als sie wieder ein wenig klarer denken konnte, fiel Nada plötzlich etwas auf. »Dug! Du bist ja Teil der Szene!«

Verblüfft sah er sich um. »Du scheinst recht zu haben. Wie ist das denn passiert?«

»Das bedeutet, daß du glaubst«, sagte sie.

»Ich glaube keineswegs! Ich konnte es nur nicht mitansehen, wie du dich abgeplagt hast, während ich doch derjenige war, der uns überhaupt in diese Lage gebracht hat. Das war einfach unfair.«

»Du mußt aber glauben, daß ich wirklich bin, sonst würde dir das nichts ausmachen.«

Er gaffte sie an. »Hm, vielleicht stimmt es ja doch.« Er schüttelte den Kopf, konnte nicht so recht an seinen eigenen Glauben glauben. »Vielleicht mußte ich einfach daran glauben, als mir klar wurde, wie ernst die Sache ist. Ich durfte nicht zulassen, daß die Zensur die Oberhand behält, nicht einmal in einem Witzland wie diesem.« Er lächelte. »Na ja, vielleicht schaffen wir es ja zusammen zu dem anderen Schwenker.«

»Vielleicht«, pflichtete sie ihm bei. »Nimm meine Hand.«

Das tat er. Dann schritten sie gemeinsam über das Deck. In der Einheit lag viel mehr Kraft, als Nada sich vorgestellt hatte. Außerdem wußte sie nun, daß die Lösung tatsächlich funktionierte, was ihr neuen Mut einflößte. Was sie hier taten, war also nicht sinnlos; sie mußten es nur richtig machen, dann würden sie die Zensur besiegen.

Die Dämpfe wurden dichter, hatten aber nicht mehr dieselbe überwältigende Wirkung. Die beiden drängten weiter, wurden dabei nicht einmal langsamer. Als sie den schlimmen Schwenker erreicht hatten, hob Dug den Eimer und goß wieder etwas von der Lösung hinein. Die Dämpfe verrauchten. Von dem Schwenker ging plötzlich ein Glühen aus, aber das stammte nicht von brennendem Räucherwerk: Es war das Leuchten des klaren Tageslichts. Die düstere Wolke, die das Schiff umgab, verteilte sich, und das Deck hellte sich auf. Den zweiten Zensurschwenker hatten sie sehr viel müheloser besiegt als den ersten.

Nada musterte ihn genauer. Er trug die Inschrift UNWISSENHEIT.

»Haß und Unwissenheit«, murmelte Dug beeindruckt. »Die beiden Stützpfeiler der Heuchelei. Und ich gehe jede

Wette ein, daß das hier auch das Narrenschiff ist. Denn nur Narren würden zulassen, daß so schlimme Dinge die Herrschaft an sich reißen.«

»Und nur Narren würden versuchen, alle anderen daran zu hindern, zu sagen oder zu denken, was sie wollen«, ergänzte Nada. »Glücklicherweise gibt es davon nicht allzu viele in Xanth.«

»In Mundania gibt es davon leider reichlich«, antwortete er. »Ich schätze, das dürfte der Grund sein, daß der ganze Laden so trostlos ist.« Er blickte sich um. »Verdammt! Ich bin froh, hier zu sein!« Dann lachte er lauthals los. »He! Ich habe ja gerade geflucht! Und es ist gar nicht ausgepiepst worden. Wir haben die Zensur tatsächlich geschlagen.«

»Das haben wir«, bekräftigte sie. »Fürs erste. Aber sie wird mit Sicherheit zurückkehren, sobald das Schiff an seinem Ursprungsort die Schwenker wiederhergestellt hat.«

»Das stimmt wohl. Eigentlich schade. Aber gehen wir von Bord und kehren in das Dorf Isthmus zurück. Wir haben noch ein ganzes Abenteuer vor uns.«

Und das taten sie auch. Dies war erst der Anfang.

4
Wasser

Kim war froh, aus den Ogersümpfen herauszukommen. Sie wußte ja, daß sie ein kluges und demzufolge unattraktives Mädchen war, aber es hatte ihre ganze Raffinesse gekostet, diese dummen Oger reinzulegen. Sie hatte keine Lust auf weitere Begegnungen dieser Art. Schließlich sollte dieses Spiel doch eigentlich Spaß machen.

»Also, und welches ist nun der kürzeste Weg zum Schloß des Guten Magiers?« fragte sie Jenny Elfe.

»Na ja, es liegt zwar im Süden, aber in diese Richtung sollten wir lieber nicht gehen.«

»Was soll das heißen, wir sollten nicht in diese Richtung gehen? Warum denn nicht?« Kim erinnerte sich, wie Jenny sie vor Begegnungen mit Ogern gewarnt hatte, und im nachhinein wußte sie diesen Rat weitaus mehr zu schätzen, als sie es im vorhinein getan hatte. In Zukunft würde sie die Ratschläge ihrer Gefährtin besser beherzigen.

»Wegen der Elemente.«

Da fiel es Kim wieder ein. »Ach, ja! Die fünf Regionen im nördlichen Zentralxanth. Luft, Feuer, Wasser, Erde und das Nichts, die von Süden nach Norden führen.«

»Was?« fragte Jenny verwirrt.

»Was gibt es da für Probleme?«

»Das ist nicht die richtige Reihenfolge.«

»Natürlich ist es das! Das habe ich doch im Bildführer gelesen. Da ist auch eine Karte drin.«

»Dann irrt der Führer sich eben. Ist das ein mundanisches Buch?«

»Natürlich.«

»Das erklärt die Sache. Mundanier verstehen nichts von Magie.«

»Na, das muß ich selbst sehen, um es zu glauben. Wir müßten doch eigentlich dem Nichts am nächsten sein, und südlich davon liegt die Region der Erde.«

»Was das Nichts betrifft, hast du zwar recht, aber die daran anschließende Region ist das Wasser. Der Wasserflügel hat die Gestalt ...«

»Kapiert! Er hat auch kleine Wellenlinien. Und die Region des Feuers hat die Form von Flammen, und die Luft sieht aus wie eine kleine Wolke. In Xanth ist eben alles verkalauert. Also schön, dann umgehen wir also das Nichts und suchen den Wasserflügel auf.«

»Du glaubst mir gar nicht wirklich«, meinte Jenny.

»Das habe ich nicht gesagt.« Aber es stimmte. Kim glaubte nicht, daß die Karte falsch war. Schließlich war sie gedruckt.

»Vielleicht sollten wir nach Osten bis zum Fluß gehen«, schlug Jenny vor. »Da sind zwar die Vögel. Aber die werden uns nichts tun, wenn wir sie nicht verärgern.«

»Weshalb sollten Vögel uns überhaupt etwas ausmachen? Wir können sie doch ganz einfach verscheuchen.«

»Da sind aber auch ein paar ziemlich mächtige Vögel drunter.«

»Mächtige Vögel? Ist das schon wieder ein Kalauer?«

»Ich glaube nicht. Ich meinte Rokhs.«

»Rokhs? – Ach so, der Vogel Rokh! Der größte aller Vögel! Wie Roxanne Rokh, im Namenlosen Schloß.«

»Ja. Rokhs wollen wir lieber nicht stören. Die wissen zwar, daß wir beim Spiel mitmachen. Trotzdem sollten wir lieber kein Risiko eingehen.«

Am Ogersee waren sie Risiken eingegangen und wären dabei fast vernichtet worden. Kim hätte schwören können, daß ihr Haar tatsächlich naß geworden war, als der Unhold ihren Bildschirm ins Wasser warf. Das war natürlich nur Einbildung gewesen, aber trotzdem ungemütlich. Und sie wollte auch nicht, daß noch einmal jemand ihren Schirm auf den Kopf stellte; ihr war richtig schwindlig gewesen, als die ganze Landschaft sich umdrehte. Sie wußte selbst nicht so recht, wie es passieren konnte, daß ein Oger ihren Schirm zu packen bekam; sie hatte lediglich ein Stück Xanth auf dem Bild gesehen. Aber in Xanth passierten ja ohnehin ständig seltsame Dinge.

»Na gut, gehen wir also zu den Vögeln«, willigte Kim ein. »Ich würde auf dieser Reise sowieso gern einen Rokh sehen, aber nur aus der Entfernung.« Sie verspürte kein Bedürfnis mehr, irgendwelchen Ungeheuern aus der Nähe zu begegnen, weil sie sich davor fürchtete, daß die ihren Bildschirm zertrümmern oder auffressen könnten, und dann würde alles dunkel werden, und sie würde aus dem Spiel fliegen. Dazu aber war sie noch lange nicht bereit!

Sie fanden einen Weg, der nach Osten führte. Kim hatte begriffen, daß diese Wege nicht verzaubert und gesichert waren, weil die verzauberten Pfade den Einheimischen von Xanth vorbehalten blieben. Das war natürlich nur eine Ausrede des Spiels, um die Spieler an entlegene Orte zu treiben, wo sie in Schwierigkeiten geraten würden. Hätte man den Spielern erlaubt, die verzauberten Pfade zu benutzen, wäre es mit der Herausforderung nicht allzu weit her gewesen. Wie auch immer, auf jeden Fall war es auf den Nebenwegen sicherlich interessanter.

Ein gutes Stück später erreichten sie ein Flußufer. Kim war enttäuscht; sie hatte auf ein echtes Fantasy-Spektakel gehofft. Statt dessen war es nur ein mäandernder Strom, wie es sie auch in ihrer eigenen Welt zuhauf gab. Dafür waren die Pflanzen an der Uferböschung um so interessanter. Sie entdeckte einen Kissenstrauch und einen Pastetenbaum. Wenn sie hier doch nur eine Mahlzeit zu sich nehmen und die Nacht zubringen könnte, um diese Dinge auch zu verwenden! Doch als bloße Spielerin war es ihr Schicksal, niemals *wirklich* im Land Xanth sein zu können. Kim verabscheute diese Einschränkung.

Einige Pflanzen hatte sie allerdings noch nie gesehen. Sie sahen aus wie hohle Halme, die aus dem Unterholz hervorwuchsen. »Was sind denn das für welche?« fragte sie.

Jenny betrachtete die Pflanzen. »Ach, die – Strohbeeren. Daraus trinken wir Soda.«

Strohbeeren. Das hätte sie sich eigentlich denken können. Ein Stück weiter lag ein merkwürdiger Stock auf dem Boden. Jenny nahm ihn auf und zeigte ihn Kim. Die entdeckte ein rotes Lippenpaar auf seiner Oberfläche. »Sag nichts! Laß mich raten«, sagte sie. »Ein Lippenstift.«

»Natürlich«, bestätigte Jenny. »Manche Mädchen verwenden ihn, damit ihre Lippen länger an irgendwelchen Dingen kleben können. Ich bin mir nicht sicher, warum sie das tun. Vielleicht befürchten sie, ihre Küsse könnten zu kurz sein.«

Da erbebte der Boden. Irgend etwas Großes, Stämmiges näherte sich. Jenny ging hinter einem Baum in Deckung, und Kim spähte über ihre Schulter.

Es war ein Tier mit einem rindähnlichen Körper, Hörnern und einem merkwürdigen, breitmäuligen Kopf. Es schnüffelte, nahm Jennys Witterung auf und musterte sie mit seinen Glubschaugen. »Krächz!« dröhnte es.

»Krächz?« fragte Kim.

»Na ja, das ist ein Ochsenfrosch«, erklärte Jenny.

Das Wesen sprang in den Fluß, was einen riesigen Platscher verursachte, und verschwand unter der Wasseroberfläche. Wirklich ein echter Ochsenfrosch!

Sie folgten dem Fluß. Kim hoffte insgeheim, daß sie vielleicht einen Wasserdrachen zu Gesicht bekommen würde, doch das geschah nicht. Es war wie in Mundania: Die Lebewesen waren zwar da, aber nur selten zu sehen. Vielleicht war es ja auch besser so.

»Sind wir schon südlich vom Nichts?« fragte Kim nach

einer Weile. »Vielleicht sollten wir dann wieder ein Stück nach Westen gehen.«

»Das glaube ich nicht«, meinte Jenny vorsichtig.

»Ach, komm schon, sehen wir doch mal nach.« Kim entdeckte einen Weg und schlug ihn sofort ein.

»Nein, nicht!« rief Jenny. »Der ist nicht sicher!«

Aber Kim war wieder die schiere Willkür. Es war ihr zwar selbst bewußt, andererseits war ihr aber auch klar, daß sie es leid war, immer nur dem Fluß zu folgen. Sie wollte endlich den Wasserflügel besichtigen – oder die Region der Erde, um sich davon zu überzeugen, daß ihre Karte doch stimmte.

Plötzlich stand sie vor einer Grenzlinie. Die Bäume des Waldes sahen noch einigermaßen normal aus – und dann schien da mit einemmal gar nicht mehr viel anderes zu sein. Es war keine richtige Wand oder Schlucht; sie schien sich einfach nur nicht darauf konzentrieren zu können. Wie seltsam!

»Halt!« rief Jenny von hinten. »Geh keinen Schritt weiter!«

»Ach, sei doch nicht albern«, versetzte Kim. »Ich kann hier doch überhaupt keinen Schritt weitergehen, selbst wenn ich wollte. Ich sehe die ganze Sache doch sowieso nur durch den Schirm.« Nur daß sie eigentlich nichts richtig sah, sondern *versuchte*, zu sehen.

Und so trat sie vor. Plötzlich erblickte sie vor sich eine Landschaft. Ein sanft gewelltes Tal mit üppigem, grünem Graswuchs, übersät von hübschen kleinen Blumen in vielen Farben. Darüber trieben angenehm anzuschauende, flauschige Wölkchen. Über einem See stiegen zarte Nebelsäulen auf, und die Luft war lieblich. »Ach, ist das schön!« hauchte sie.

Dann kippte der Anblick plötzlich und glitt zur Seite. Furchterregend wirbelte der Boden in die Höhe. »He!« schrie Kim. »Was ist hier los?«

Szenenwechsel: Plötzlich war Jenny Elfe da, die Arme weit ausgebreitet, die Hände in irgend etwas verkrallt. Die idyllische Landschaft war verschwunden.

»Was tust du da?« wollte Kim wissen. »Ich habe einen

wirklich wunderschönen Ort gesehen und will sofort wieder dorthin zurück.«

»Ich zerre dich gerade aus dem Nichts«, erklärte Jenny. »Du kannst von Glück sagen, daß ich den hinteren Teil deines Bildschirms zu packen bekommen habe. Sonst wärst du jetzt hin. Weil nämlich nichts aus dem Nichts zurückkehren kann, wenn es diese Grenze erst einmal überschritten hat.«

»Aber ich habe doch bloß hingeschaut!« protestierte Kim. »Ich kann mich doch gar nicht einfangen lassen! Für mich ist doch alles bloß ein Bild!«

»Nun, dein Schirm hat sich aber einfangen lassen!« versetzte Jenny. »Und was passiert wohl erst mit deiner Spielerrolle, wenn du ins Nichts stürzt?«

Das ernüchterte Kim. »Dann verliere ich«, räumte sie ein. »Und muß wieder ganz von vorn anfangen. Und die Gefahren sind mindestens genauso schlimm wie beim ersten Mal. Nein, das ist nicht gut. Selbst wenn ich beim ersten Mal irgendwann ausscheiden sollte, möchte ich doch so weit kommen, wie ich nur kann, damit ich weiß, worauf ich beim nächsten Mal achten muß. Danke, Jenny. Du hast das Richtige getan.«

»Schon in Ordnung«, erwiderte Jenny. Doch sie sah erschüttert aus, und Kim wußte auch, warum: Es war schon das zweite Mal, daß Kim sie aus purer Willkür in Schwierigkeiten gebracht hatte.

»Ich will versuchen, mich besser zu benehmen, ganz ehrlich«, sagte Kim reumütig. Doch Jenny blickte immer noch mißtrauisch drein.

Sie kehrten zum Fluß zurück und gingen weiter nach Süden. Plötzlich fuhr ein riesiger Vogel vor ihnen in die Höhe, vielleicht durch ihr Nahen erschreckt. »Das muß ein Rokh sein!« rief Kim. Doch dann sah sie, daß er vier Beine mit Hufen hatte, dazu einen Pferdekopf. »Nein – das ist ein geflügeltes Pferd!«

»Ein Alicorn«, erklärte Jenny. »So eins habe ich noch nie gesehen!«

»Ein was?«

»Ein Alicorn. Ein geflügeltes Einhorn. Es gibt nicht viele davon, aber manchmal begegnen sich ein Greif und ein Unicorn an einem Liebesquell ... Na ja, ich weiß zwar nicht so genau, was dann passiert, jedenfalls kommt am Schluß dabei ein Alicorn raus.«

»Was soll das heißen, du weißt nicht genau, was dann passiert?« fragte Kim in scharfem Ton. »Ich habe doch selbst gelesen, wie du mit vierzehn Jahren in die Erwachsenenverschwörung eingeweiht wurdest, und inzwischen mußt du fünfzehn sein. Nur ein Jahr jünger als ich – und *ich* weiß genau, was dann passiert.«

»Du bist auch aus Mundania«, versetzte Jenny. »Die Mundanier haben seltsame Vorstellungen. Aber was dieses Spiel betrifft, bin ich noch ein Kind, mit allen Einschränkungen eines Kindes. Das hat Professor Fetthuf so bestimmt. Deshalb kann ich auch nichts von dem wissen, was sich innerhalb der Erwachsenenverschwörung abspielt, auch wenn ich es draußen im wirklichen Xanth wissen mag.«

»Weshalb bist du denn als Kind definiert worden?« fragte Kim überrascht.

»Damit ich über die Unschuld eines Kindes verfüge. In manchen Situationen ist das von Vorteil, weißt du. So kann ich dir vielleicht auf eine Weise helfen, irgendwo hinzukommen oder etwas zu tun, wie kein Erwachsener es könnte.«

»Das hört sich interessant an«, meinte Kim. »Also gut. Sprechen wir nicht darüber, wie Alicorne entstehen. Die werden wahrscheinlich vom Klapperstorch gebracht, oder so was.«

»Genau.«

So gingen sie weiter. Kim bekam zwar keinen Wasserdrachen zu sehen, begriff aber, daß es noch einiges in Xanth zu erkunden gab.

Der Himmel bewölkte sich allmählich. Ein Gewitter braute sich zusammen. »Ach je«, sagte Jenny. »Bleib möglichst außer Sichtweite. Das sieht mir nach Fracto aus.«

»Wer?«

»Cumolo Fracto Nimbus, die bösartigste aller Wolken. Der

bläst immer einen schlimmen Wind. Sobald irgendwo irgendwas Interessantes passiert, kommt er vorbei und läßt Wasser.«

»Igitt!« machte Kim. Plötzlich erinnerte sie sich wieder an Fracto, und voller Verachtung sagte sie: »Vor so einer ollen Wolke fürchte ich mich nicht!«

Die Wolke bildete ein undeutliches Gesicht aus. »Daaas haaaabe ich gehöat!« schnaubte Fracto.

»Na und? Du bist doch bloß ein Windbeutel!«

»Hör auf«, murmelte Jenny. »Stachle ihn nicht noch an.«

Doch es war zu spät. Die zornige Wolke blähte sich auf wie eine Kröte und schwebte nun über ihnen. Schon folgten die ersten kalten Windstöße und führten die ersten dicken Wassertropfen mit sich, Fracto schürzte die Lippen und stieß einen noch viel heftigeren Wind hervor, der dazu noch mit Hagel gespickt war. Jetzt waren sie dran.

»Tut mir leid«, sagte Kim, als ihr klar wurde, daß dies tatsächlich Unheil bedeuten könnte. »Mein großes Maul hat uns offenbar wieder mal in Schwierigkeiten gebracht.«

»Schon in Ordnung«, erwiderte Jenny ohne allzu große Begeisterung. »Mal sehen, ob wir vielleicht ein Baumversteck finden, damit wir nicht weggespült werden.«

»Es ist *überhaupt nicht* in Ordnung«, versetzte Kim. »Du hast versucht, deine Pflicht zu erfüllen. Aber ich bin bloß ... Na ja, ich weiß selbst, daß ich keine Schönheit bin. Deshalb versuche ich, meine Klugheit durch ein loses Mundwerk wettzumachen. Das ist eine reine Schutzstrategie. Nur daß ich es auch manchmal tue, wenn ich es lieber lassen sollte. Jetzt, zum Beispiel. Und damit mache ich *dir* auch noch das Leben schwer. Deshalb will ich versuchen, mich zu beherrschen. Einverstanden?«

»Einverstanden«, antwortete Jenny und lächelte sie anerkennend an.

Jetzt mußten sie erst einmal Fractos Zorn über sich ergehen lassen. Jenny suchte nach einem geeigneten Baum, um daran hochzuklettern, aber alle Bäume um sie herum erwiesen sich auf unterschiedlichste Weise als unbrauchbar.

Manche von ihnen hatten hohe, glatte Stämme, die sich nicht leicht erklimmen ließen, andere besaßen Dornen, und viele waren einfach zu klein. »Sammy, such uns in der Nähe einen Baum, den wir hinaufklettern können«, sagte Jenny zu dem kleinen Kater.

Sammy huschte davon. »Warte auf mich!« rief Jenny und jagte ihm nach. Kim folgte. Ihr Bildschirm schien sich überall hinzubewegen, wohin sie gerade sah, ganz so, als befände sie sich selbst in der Szene, und allzu oft vergaß sie sogar, daß dem nicht so war.

Kim vernahm eine leise, gespenstische Musik. Es klang betörend, war aber zu weit entfernt, um verständlich zu sein.

Sie überquerten eine Schonung. Kim erblickte einen riesigen, gespreizten Eichelbaum auf der gegenüberliegenden Seite, der leicht zu erklettern war. Dort konnten sie sich ohne Mühe einrichten. Der Kater wußte ganz genau, wohin er mußte. Doch just in diesem Augenblick entschied sich Fracto, mit voller, vernichtender Gewalt zuzuschlagen. Eine geradezu greifbare Regendecke stürzte auf sie herab, um sie niederzustrecken. Das Wasser klatschte gegen Kims Schirm und ließ das Bild verschwimmen; jetzt wünschte sie sich, Scheibenwischer zu haben.

»Sammy!« rief Jenny und ging in Deckung. Der Kater war von einem plötzlich entstandenen Strudel davongespült worden, der sich gerade anschickte, ein Gefälle auszunutzen, und das Tier seitlich fortriß. Jenny griff nach ihm – da stürzte sie selbst in die Strömung.

Immer heftigerer Regen schüttete auf sie herab und zerschnitt das Panorama. Kim griff nach einem Taschentuch und versuchte ihren Schirm abzuwischen, doch ihre Hand drang nur wirkungslos hindurch. Wie töricht von ihr zu glauben, sie könnte an einer Szene in einem Computerspiel etwas ändern.

»Oh!« rief Jenny, als sie von dem tosenden Gewässer fortgerissen wurde. Sie schlug mit einem Arm um sich, konnte sich aber nicht befreien, weil sie mit der anderen Hand den

Kater festhalten mußte, während das Wasser von allen Seiten auf sie einströmte.

Fracto stieß ein zufriedenes Grollen aus. Sein Vorhaben, ihnen gründlich in die Parade zu fahren, schien zu gelingen.

Kim folgte. Sie konnte Jenny keine Hilfe leisten und empfand echte Reue, weil sie es schließlich gewesen war, die die reizbare Wolke erzürnt hatte, während Jenny nun dafür büßen mußte. »Jenny!« rief sie, obwohl sie wußte, daß es zwecklos war.

Vielleicht könnte sie ihr aber doch noch helfen. Sie könnte schon vorangehen und nach geeigneten Stellen Ausschau halten, an denen es möglich war, sich aus dem Sturzbach zu befreien und an Land zu steigen. Dann könnte sie Jenny davon Mitteilung machen, und diese könnte die Chance dann nutzen.

Doch das Gewitter schien sich noch zu verschlimmern, und außer Stücken von herabhängenden Ästen und Wasser konnte Kim nichts mehr ausmachen. Die ganze Welt schien nur noch aus Wasser zu bestehen!

Wieder vernahm sie diese gespenstische Musik. Es war, als würde irgend jemand singen und dabei ein Saiteninstrument spielen. Es war von ätherischer Lieblichkeit, aber immer noch zu leise, um es deutlich zu vernehmen.

Der Sturzbach wurde zu einem Strom, und der Strom zu einem Fluß. Kim versuchte ein Ufer ausfindig zu machen, oder auch nur eine seichte Stelle. Doch selbst die Bäume waren zurückgewichen, einen breiten Wasserlauf zurücklassend, der vom herabprasselnden Regen immer mehr aufgewühlt wurde. Jenny wurde ja in ein regelrechtes Meer davongerissen!

Dann vernahm sie ein drohendes, rauschendes Geräusch. Es hörte sich an wie ... ein Wasserfall! Unmittelbar vor ihnen!

Sie eilte zu Jenny zurück, die sich mit der Katze mühsam über Wasser hielt. Haare und Kleidung waren klatschnaß und ihre Brillengläser vollkommen beschlagen. »Du mußt raus!« rief Kim. »Gleich kommt ein Wasserfall!«

Sammy stellte ein Ohr hoch. Er miaute. Jenny lächelte. »Er sagt, es sei nur ein Katzarakt«, meldete sie.

Ein Katz-arakt. Natürlich würde die Katze sich deswegen keine großen Sorgen machen. Aber für andere blieb es eine ernste Gefahr. »Du darfst da nicht durch«, sagte Kim. »Wer weiß, wohin der führt!«

»Ich habe keine große Wahl«, erwiderte Jenny traurig. »Es tut mir leid, daß ich dir keine bessere Gefährtin gewesen bin. Aber wenn du dich immer gen Süden hältst, findest du den Guten Magier ja vielleicht doch noch und kannst das Spiel fortsetzen.«

»Sei nicht albern«, versetzte Kim. »Ich werde dich hier nicht hängen lassen.«

Aber wie konnte sie sich noch nützlich machen?

Das Getöse des Katarakts wurde immer lauter. Aus seinem Innern schien die seltsame gespenstische Melodie zu erklingen, die nicht völlig vom Rauschen übertönt wurde und auf eine irritierende Weise vertraut war. Als säße irgendwo dahinter eine Damsell mit einem Scheitholz. Doch zwischen ihnen war nur rauschendes Wasser. Kim trieb dahin und mühte sich verzweifelt, einen Ausweg zu finden – vergeblich. Der Regen goß noch immer auf sie herab, und eine steife Brise trieb Jenny unerbittlich dem Verderben in die Arme.

Vielleicht aber war es gar nicht so schlimm. Vielleicht war es ja nur ein kleiner Sturzbach, so daß das Wasser schon bald zur Seite absickern würde und Jenny im Seichten ans Ufer klettern konnte. Kim bewegte sich ein Stück vor, um sich alles noch einmal anzuschauen.

Tatsächlich war es aber noch viel schlimmer, als sie hatte befürchten müssen. Ein nebliger Schleier, und dahinter ein jäher Absturz in ein dunkles Meer. Die Sache schien hoffnungslos.

Sie wandte sich um, wollte zu Jenny zurückkehren – und da war die Elfe schon, trieb direkt auf den Abgrund zu. Sie stieß einen Schrei aus, als sie über die Kante schoß.

Kim sprang ihr nach. Ihre Hände bekamen irgend etwas

zu fassen. Dann wurde auch sie über die Kante gespült. Anstatt Jenny zu retten, hatte sie sich jetzt auch noch selbst in Schwierigkeiten gebracht!

Sie stürzten in die Tiefe. Der Fall schien kein Ende nehmen zu wollen. Überall um sie herum war Wasser, und unter ihnen gähnte ein schrecklicher Strudel.

Sie stürzten hinein. Jenny wurde davongewirbelt. Kim holte Luft, wollte schreien, atmete aber Wasser ein und würgte.

Dann riß etwas an ihr. Sie wehrte sich matt, doch ohne Erfolg. Was immer es war, sie war ihm hilflos ausgeliefert.

Sie fiel auf eine warme, grasbewachsene Böschung. Sie blinzelte, als sie Kopf und Schultern eines Mannes erblickte. Sie war gerettet worden!

»Jenny!« keuchte sie. »Jenny Elfe! Sie ist da drin ...«

Der Mann sprang ins Wasser. Als er untertauchte, blitzte eine Flosse auf.

Eine Flosse?

Kim setzte sich auf, hustete schwallweise Wasser aus. Sie war völlig erschöpft, aber in Sicherheit, und der Regen hatte auch plötzlich aufgehört. Aber wo war sie?

Dann erschien Jenny Elfe, immer noch Sammy im Arm. Sie schien äußerst schnell dahinzuschwimmen, aber ohne sich anzustrengen, fast so, als würde sie über das Wasser gleiten. Kim blinzelte, dann begriff sie, daß Jenny von dem Mann getragen wurde, der seine Arme offensichtlich nicht zum Schwimmen benutzen mußte. Wie seltsam!

Der Mann setzte Jenny neben Kim auf der Uferböschung ab. Sie war kleiner, als Kim geglaubt hatt, nur zwei Drittel ihrer eigenen Körpergröße. Aber sie war ja schließlich eine Elfe. Die anderen Elfen in Xanth waren sogar noch kleiner.

Der Mann wollte sich gerade aus dem Wasser stemmen. »Iiiieeek!« kreischte Jenny. »Du kannst dich hier nicht verwandeln! Ich bin nicht in die Erwachsenenverschwörung eingeweiht!«

»Hoppla«, machte der Mann. »Dann werde ich fürs erste meine Meergestalt beibehalten.« Er ließ sein Unterteil emporschnellen, und es war tatsächlich ein grüner Schwanz! Das war ja ein Triton! Ein Mann mit einem Fischschwanz. »Danke, daß du uns gerettet hast«, sagte Jenny. »Ich bin Jenny Elfe, und das hier ist Kim, eine Spielerin in unserem Spiel. Ich bin ihre Gefährtin. Wenn ich mal fragen darf ...«

»Ich bin Cyrus Meermann«, antwortete der Mann. »Der Sohn von Morris Meermann und der Sirene. Meine Mutter macht wunderschöne Musik, aber nicht mehr für Fremde.«

»Die Musik!« rief Kim. »Dann war das der Sirenengesang!«

Cyrus wirkte bestürzt. »Ach, dann hast du ihn also doch gehört! Wir haben gedacht, es wäre niemand in der Nähe. Die Musik meiner Mutter bringt Fremde immer in Schwierigkeiten, und deshalb vermeidet sie ...«

»Das konnte sie nicht wissen«, warf Jenny ein. »Wir kamen gerade zufällig vorbei, da hat uns Fracto zugesetzt. Er hat einen Sturm herbeigepustet und uns in den Wasserflügel gespült.«

»Der Wasserflügel!« fiel es Kim wieder ein. »Dort wollten wir doch hin.«

»Da habt ihr aber einen tückischen Weg genommen«, bemerkte Cyrus. »Ein Glück, daß ich gerade in der Nähe war. Natürlich war ich nur deshalb in der Nähe, weil ich der Musik meiner Mutter gelauscht habe. Ich habe nämlich keine Frau, die mich ablenken könnte, müßt ihr wissen.«

»Ich dachte, die Sirene hätte mit ihrer Musik aufgehört«, warf Kim verwundert ein. »Ich habe doch gelesen, wie Chester Zentaur ihr Instrument zerstörte, in dem die Magie steckte.«

»Ja, sie hat sich lange Zeit geweigert, noch einmal zu singen oder zu spielen«, bestätigte Cyrus. »Aber im Wasserflügel leben so wenige Leute, daß es ihr ungefährlich erschien. Deshalb hat sie ihr magisches Scheitholz wiederhergestellt, und jetzt tun mein Vater und ich nichts lieber, als ihr zuzuhören. Die Musik tut ja niemandem weh, sie wirkt einfach nur unglaublich betörend auf Männer, die dann unbedingt herbeieilen müssen, um ihr zu lauschen. Das Problem dabei ist nur, daß sie dann alles andere vergessen und mit ihren Schiffen gegen Felsen prallen oder andere törichte Dinge tun. Aber mein Vater und ich sind daran gewöhnt. Und außerdem ist es höchst unwahrscheinlich, daß wir ertrinken. Deshalb lauschen und genießen wir.«

»Ach, ich würde gern noch mehr davon hören, bevor wir weiterziehen«, meinte Kim. »Was ich gehört habe, war schrecklich leise, aber es hat mir sehr gut gefallen.«

»Das Talent meiner Tante, der Gorgone, hat auch nur auf Männer gewirkt, solange sie jung war«, fuhr Cyrus fort. »Aber mit zunehmender Reife wuchs auch ihre Macht, bis schließlich alle davon betroffen waren, sogar Tiere. Ich glaube, für das Talent meiner Mutter gilt dasselbe.«

»Dann sollten wir es uns anhören, bevor wir gehen«, sagte Jenny. »Denn Kim möchte auf ihrer Reise alles in Xanth kennenlernen.«

Cyrus richtete seinen anziehenden Blick auf Kim. »Was ist das für ein Spiel, das du da spielst?« wollte er wissen. »Für mich siehst du aus wie eine attraktive, ansonsten aber ganz normale junge Frau.«

Kim sperrte den Mund auf, zögerte aber zu sprechen. Attraktiv?

»Sie ist Mundanierin«, erklärte Jenny. »Sie hat in einem Talentwettbewerb gewonnen, und der Preis bestand darin, als allererste das Dämonenspiel *Die Gefährten von Xanth* zu spielen. Aber jemand anders hat sich vorher ins Spiel eingeschlichen und ist nun der erste, so daß Kim jetzt nur die zweite ist; trotzdem macht sie mit. Wir wollen den Guten Magier fragen, wie wir fortfahren sollen, da wir nicht wissen, wo der Siegespreis ist, ja, um was es sich dabei überhaupt handelt. Ich meine, es ist zwar ein magisches Talent, aber wir wissen nicht, welches.«

Cyrus überlegte. »Ich vermute, daß es ein gutes Talent sein dürfte, um die Spieler auch entsprechend anzuspornen. Und ich denke mir, daß die Mundanier es besonders reizen dürfte, weil die ja sonst nie an Magie herankommen würden.«

Endlich fand Kim wieder Worte. »Das spielt wohl kaum eine Rolle, da ich ja sowieso nie wirklich in Xanth werde leben können. Ich kann meine Rolle nur von der anderen Seite des Schirms aus wahrnehmen.«

»Des Schirms?« fragte Cyrus verständnislos.

»Der hier.« Kim streckte die Hand vor, um ihn zu berühren. Und erstarrte vor Verblüffung.

»Dein Schirm ist weg!« rief Jenny. »Jetzt fällt es mir wieder ein: Du hast nach meiner Hand gegriffen, damit ich nicht in den Wasserfall gerissen werde. Statt dessen habe ich dich mit in die Tiefe gerissen. Dabei muß ich dich aus dem Schirm geholt haben!«

»Aber das ist doch gar nicht möglich!« wandte Kim ein. »Es gibt doch überhaupt keinen richtigen Kontakt.«

Cyrus lächelte. »Willst du damit behaupten, daß ich mir nur eingebildet habe, dich ans Ufer gebracht zu haben? Für mich hat sich das durchaus wie ein richtiger Kontakt angefühlt.«

Kim griff nach unten, um den Boden zu berühren. Er war völlig fest. Sie berührte Jenny an der Schulter. Die war tatsächlich da. Sie wollte schon nach Cyrus greifen, da stockte sie.

»Bitte, du darfst mich gern berühren«, lud der Meermann sie ein. »Du brauchst dich nur über das Wasser zu beugen, dann werde ich dich sogar küssen. Das dürfte dann wohl Kontakt genug sein.«

Wollte er sie etwa herausfordern? Oder sie nur necken? Kim beschloß, ihn auf die Probe zu stellen. Schließlich würde sie nie wieder Gelegenheit bekommen, einen echten Meermann zu küssen.

»Äh, ich glaube nicht ...«, fing Jenny besorgt an.

Kim beugte sich vor, und Cyrus tat es ihr gleich. Dann trafen sich ihre Gesichter. Sie küßten sich. Es war wunderbar.

»Du bist eine sehr wirkungsvolle Küsserin«, bemerkte Cyrus lächelnd.

»Ich muß wohl tatsächlich hier sein«, meinte Kim verträumt.

»Du mußt den zweiten Schritt getan haben«, meinte Jenny. »Jetzt glaubst du an Magie.«

»Es scheint alles sehr wirklich zu sein«, stimmte Kim zu. »Dabei weiß ich doch, daß dem gar nicht so ist.«

»Aber in Xanth ist die Illusion Teil unserer Wirklichkeit«, erläuterte Cyrus. »Wenn du also die Illusion hast, daß du hier bist, genügt mir das schon. Du mußt unbedingt mitkommen und meine Eltern kennenlernen.« Jenny blickte beunruhigt drein. »Ich weiß nicht ...«

»Aber ich möchte doch die Sirene singen hören«, widersprach Kim. »Es wird mir ein Vergnügen sein, deine Eltern kennenzulernen, Cyrus.«

»Hervorragend. Dann gestatte mir, mich umzuziehen. Wenn meine Mutter mich verwandelt, kann sie gleichzeitig ein Maschenkleid ausbilden, aber diese Fähigkeit habe ich selbst nie gemeistert. Ich komme gleich wieder.« Dann schwamm er davon.

»Verwandlung?« fragte Kim.

»Sie können ihre Schwänze in Beine verwandeln«, erklärte Jenny. »Aber dann sind sie nackt. Und als Heranwachsende soll ich keine nackten Männer sehen. Deshalb mußte ich ihn auch vorhin daran hindern, sich zu verwandeln.«

»Ach so. Eine Verwandlung von der Meer- in die Menschengestalt«, erwiderte Kim. Dann fiel ihr noch etwas anderes ein. »Warum warst du so beunruhigt, als er mir vorgeschlagen hat, mich seinen Eltern vorzustellen?«

»In Xanth treffen sich die Leute meist so, wie sie sind«, erläuterte Jenny. »Aber sobald sie ihre Eltern ins Spiel bringen, bedeutet das, daß sie es möglicherweise ernst meinen.«

»Ernst?«

»Daß sie zum Beispiel heiraten wollen.«

»Heiraten!« rief Kim erstaunt.

»Er mag dich. Er ist nicht verheiratet. Also ...«

»Aber ich bin doch erst sechzehn!«

»Dann wird er vorher vielleicht erst deine Eltern kennenlernen müssen. Prinz Dolph war noch fünfzehn, als er

Electra heiratete.« Jenny lächelte. »Wie ich höre, haben sie eine Weile gebraucht, bis sie herausbekommen hatten, wie man den Storch ruft; denn vorher wußte das keiner von ihnen. Aber schließlich haben sie es doch geschafft.«

»Das ist lächerlich! Ich habe überhaupt nicht vor, zu heiraten. Und ganz bestimmt nicht, irgendeinen Storch herbeizurufen! Das ist doch alles nur ein Spiel.«

»Für ihn ist es vielleicht keins. Vergiß nicht, daß du ihn geküßt hast. Das ist ein ziemlich deutliches Zeichen.« Jenny zuckte die Schultern. »Ich gehöre ja nicht zur Erwachsenenverschwörung; deshalb kann ich mich auch völlig irren.«

Kim war verblüfft. Sie war sich überhaupt nicht sicher, daß die Elfe sich getäuscht hatte. Zwar mochte sie den Meermann, aber langsam wurde die Sache albern. »Dann sollten wir vielleicht besser von hier verschwinden.«

»Ja, das sollten wir wohl«, stimmte Jenny ihr zu.

Sie standen auf, und Kim wurde sich zweier Dinge bewußt: Ihre Kleidung war klatschnaß und scheuerte, was von ihrem unfreiwilligen Bad herrührte. Und außerdem war Jenny nicht nur kleiner als sie, sie hatte auch Spitzohren und vierfingrige Hände. Sie war also nicht nur anders als Kim, sondern unterschied sich auch von den anderen Einwohnern Xanths. Doch inzwischen war Cyrus zurückgekehrt. Jetzt besaß er Beine und war mit Hemd und Hose bekleidet. Nun sah er gleich doppelt so anziehend aus wie vorher. Es war zu spät, um jetzt noch wegzugehen, und es wäre ohnehin unhöflich gewesen. Jedenfalls begriff Kim, daß sie es nicht allzu eilig hatte, sich wieder von ihm zu trennen. Auch wenn er Unheil heraufbeschwören mochte, hatte dieser Kuß doch Spaß gemacht. Zu Hause hatte noch kein Junge sie so geküßt und ihr solche Komplimente gemacht wie der Meermann.

»Bitte hier entlang, meine Damen«, sagte Cyrus förmlich. »Meine Eltern erwarten euch bereits.«

Das vernahm Kim mit ziemlich gemischten Gefühlen. Andererseits wollte sie zu gern die Sirene kennenlernen, von der sie schon gelesen hatte.

Sie folgten Cyrus über einen hübschen Weg. Schon bald kamen sie zu einem netten kleinen Haus. Es schien aus Glas zu bestehen. Aber das Glas schimmerte, als wäre es nicht ganz feststofflich.

Cyrus bemerkte ihren neugierigen Blick. »Wasserziegel«, erklärte er. »Lacunas Ryver hat sie für uns gemacht.«

Wasserziegel? »Darf ich mal einen davon anfassen?« fragte sie zaghaft.

»Aber gewiß doch. Sie sind hart. Es ist nur seine Magie. Mit Wasser kann er gut umgehen. Ein Talent, das wir hier im Wasserflügel respektieren.«

Mit großer Vorsicht faßte Kim einen Ziegel an. Er war weich, aber widerstandsfähig. Er gab nur ein kleines Stück nach, bis er Gegendruck aufbaute. Wie ein mit Samt bezogener Felsblock. Ryver konnte tatsächlich gut mit Wasser umgehen.

Die Tür ging auf, und eine schöne ältere Frau kam heraus. Es war die Sirene. »Kommt herein! Kommt herein!« sagte sie. »Der Tisch ist bereits für euch gedeckt.«

Der Tisch gedeckt? Kim wußte doch, daß sie nichts essen konnte, weil sie gar nicht wirklich hier war. Oder vielleicht doch? Es gab nur eins: ausprobieren und sehen, was passierte.

Dann musterte die Sirene sie genauer. »Ihr seid ja klatschnaß, ihr beiden. Aber es dauert nicht lange, dann seid ihr wieder trocken und habt euch umgezogen.«

Drinnen war es angenehm warm. Das Brennholz war durchsichtig und farblos: Das waren natürlich Wasserscheite. Ryver war nicht der einzige, der gut mit Wasser umgehen konnte.

Als nächstes bugsierte die Sirene sie in ein Bad, dessen Wände glücklicherweise aus undurchsichtigen Wasserziegeln gemauert waren, zog ihnen die triefende Kleidung vom Leib und reichte ihnen hübsche, frische Wäsche. Jenny bekam der Wechsel sehr gut. In ihren gewöhnlichen Hosen und der Jacke hatte sie ausgesehen wie ein Kind, während sie nun viel mehr von einer jungen Frau hatte. Einer nach menschlichem Standard zwar sehr zierlichen Frau, aber doch recht damenhaft.

»Du siehst wunderbar aus, Kim!« sagte Jenny.

Genau das hatte Kim eigentlich als erste zu Jenny sagen wollen. »Du auch«, setzte sie nun nach. Doch ein verstohlener Blick in den Eisspiegel überzeugte sie davon, daß sie jetzt, verglichen mit ihrem alltäglichen Erscheinungsbild, tatsächlich recht hübsch wirkte. Vielleicht machte die Magie Xanths sie ja schöner. Zu schade, daß sie in Mundania nichts davon hatte!

Dann gesellten sie sich zu der Familie. Kim versuchte, sich daran zu gemahnen, daß dies ja nur im Spiel stattfand. Doch alles wirkte genau so wie bei einer freundlichen Hinterwäldlerfamilie, und es gefiel ihr. Möglicherweise hatte Fracto ihnen ja einen Gefallen getan, indem er sie hierher trieb, so daß Cyrus sie hatte retten können.

Morris Meermann war ein gutaussehender älterer Herr, der zur Feier des Tages ebenfalls Beine ausgebildet und sich entsprechend gekleidet hatte. »Du bist also Cyrus' junge Frau«, sagte er liebenswürdig.

Kim war klar, daß sie hätte widersprechen müssen, doch sie fand nicht die richtigen Worte. Statt dessen blickte sie hilfesuchend Jenny an.

Jenny versuchte es. »Kim ist nur auf der Durchreise. Für sie ist es ein Spiel ...«

»Ein Spiel!« rief Morris. »Der Kuß war aber durchaus ernst!«

Kims Gefühlshaushalt geriet so stark durcheinander, daß es ihr vorkam, als hätte irgend jemand mit einem großen Holzlöffel darin herumgerührt. Sie liebte zwar Komplimente, wußte andererseits aber auch, daß sie es sich nicht erlauben durfte, ernst genommen zu werden.

»Ich wollte sagen, sie ist Mundanierin, die nur zu Besuch in Xanth ist und ...«

»Eine Mundanierin!« wiederholte die Sirene.

Alles schien nur noch schlimmer zu werden. »Vielleicht können wir uns ja später noch darüber unterhalten«, sagte Kim verlegen.

Doch hinter ihrer Verlegenheit tobte die wilde Erregung über die jüngsten Ereignisse. Sie hatte den riesigen zweiten Schritt vollzogen und schien nun wirklich in Xanth zu sein – und ein attraktiver magischer Mann hatte sie geküßt und anziehend genannt. Wer brauchte da noch einen Siegespreis? Das war schon Spaß genug.

Die Sirene trug Wasserkresse auf, Wasserkastanien, Wasserlimonen, Wasserreis und Wassergeflügel, alles auf Wasserlilienblättern serviert. Als Getränk reichte sie Sprudelwasser. Schließlich waren sie ja im Wasserflügel.

Nicht ohne Vorbehalte probierte Kim den ersten Happen – und er erschien ihr durchaus wirklich. Also war ihr Glaube inzwischen stark genug geworden, so daß es funktionierte. Erleichtert machte sie sich über ihre Mahlzeit her und genoß es.

Dann nahmen sie vor dem Feuer Platz, und die Sirene spielte und sang ihnen vor. Es war unbeschreiblich schön und wunderbar und weckte Gefühle, die Kim nicht zu beschreiben wußte. Am liebsten wäre sie bis in alle Ewigkeit hiergeblieben!

»Jetzt müssen wir uns unterhalten«, warf Cyrus schließlich ein. »Es gibt da etwas, was ich dich fragen möchte, Kim Mundanierin.«

»Ach ja? Ich weiß aber nicht allzu viel darüber, was hier so alles los ist.« Kim hatte zwar ursprünglich geglaubt, viel zu wissen, hatte aber inzwischen schon so viele Fehler gemacht, daß ihr diese Unwissenheit deutlich geworden war.

Doch Cyrus ließ sich nicht beirren. »Wie du weißt, bin ich unverheiratet. Ich bin jetzt achtundzwanzig Jahre alt, und es wird langsam Zeit. Bisher hatte ich nicht viel Gelegenheit, eine geeignete Frau zu finden. Jetzt aber sehe ich eine solche Gelegenheit.«

Ach nein! Das hatte Kim schon fast vergessen. Sie genoß dieses Abenteuer zwar in vollen Zügen, wußte aber, daß sie nicht würde bleiben können; und sie wußte auch, daß sie hier niemanden heiraten konnte. Andererseits wollte sie auch niemandem weh tun. Und erst recht nicht jemandem, der so gutaussehend und nett war wie Cyrus.

Sie sah zu Jenny hinüber, doch es war offensichtlich, daß auch die Elfe keine Antwort wußte. Kim hatte sich mal wieder über Jennys Ermahnungen hinweggesetzt, was den Kuß mit Cyrus und das Kennenlernen seiner Eltern betraf, und auf diese Weise Signale ausgesandt, die sie selbst nicht richtig verstanden hatte.

Wie sollte sie je wieder aus dieser Klemme herauskommen?

5

Com-puter

Dug war froh, daß es weiterging. Auf dem Rücken ein Rucksack voller Vorräte, ausgerüstet mit verschiedenen Waffen. Die Geschichte mit dem Zensur-Schiff war ihm erst wie ein Witz erschienen, hatte sich dann aber als tödlicher Ernst herausgestellt. Vielleicht lag es ja daran, daß es nur zu leicht war, Witze über ernste Dinge zu reißen, um die Konfrontation damit zu vermeiden. Er hatte noch nie viel für Zensur übrig gehabt, hautpsächlich deswegen, weil sie immer gerade jene Passagen wegzuschneiden bemüht schien, die zu lesen oder anzuschauen ihm besonders viel Spaß bereitete. Aber ernst hatte er sie nie genommen. Bis er Nada Naga beobachtet hatte, wie sie sich auf einem Schiffsdeck vorwärtskämpfte, um eine Aufgabe zu erledigen, die er selbst, Dug, auf sich genommen hatte. So etwas war einfach nicht richtig.

Plötzlich hatte er an den Ernst der Mission zu glauben begonnen, und zusammen mit diesem Glauben hatte er offensichtlich auch gleich die Situation insgesamt akzeptiert. Die Erkenntnis, daß hinter all dem komischen Fantasy-Zeug durchaus ernstzunehmende Werte stecken. Er mochte vielleicht nicht an Magie glauben; aber an diese Werte glaubte er durchaus und war auch bereit, Opfer zu bringen, um ihnen Geltung zu verschaffen. Es mochte schon sein, daß die meisten Menschen durchs Leben gingen, ohne jemals solche Werte für sich zu entdecken und sie allenfalls verhöhnten, aber das waren auch nur hohle Leute, die nicht zählten.

Natürlich war er in Begleitung einer schönen Frau, der er imponieren wollte. Das gehörte auch dazu. Sie hatte ihn schon früh wissen lassen, daß sie keineswegs vorhatte, sich auf ein Rendezvous mit einem gewöhnlichen Spieler einzulassen; aber wenn er irgend etwas wirklich Anerkennenswertes tat, würde sie es sich vielleicht noch einmal anders überlegen. Das war ein weiterer Grund, sich zu engagieren. Es mochte zwar sein, daß sie nur eine Fantasy-Gestalt innerhalb ihrer Fantasy-Szenerie war, die zu einer Art von Magie fähig war, an die niemand glauben konnte, der noch ganz bei Trost war; zugleich war sie aber auch das wunderschönste Geschöpf, dem er je begegnet war. Selbst wenn er nie mit ihr zur Sache kommen sollte, ja, wenn sie sich überhaupt nicht näherkämen, war ihm doch an ihrer Gunst gelegen. Er wollte, daß sie ihn nicht nur als einen blöden Teenager aus Mundania im Gedächtnis behielt. Das war ihm wichtig geworden.

Nun begaben sie sich gen Osten und folgten dem Isthmus in Richtung Zentralxanth. Weil dies ja ein Spiel war, würde mit Sicherheit schon bald die nächste Hürde auftauchen. In Spielen ging nie immer alles glatt. Deshalb hatte er auch nach Vorräten und Waffen verlangt, obwohl Nada behauptet hatte, sie wären unnötig. Sie hatte zwar gesagt, daß es unterwegs jede Menge zu essen gäbe und daß es ihre Aufgabe sei, Schaden von ihm abzuwenden, damit er sich gar nicht erst wehren mußte. Doch was die Versorgung anging, mochte er sich nicht auf den Großmut des Landes verlassen. Ein gutes Spiel würde schon dafür sorgen, daß sie irgendwann einmal Hunger leiden mußten. Und schon gar nicht wollte er sich auf den Schutz ausgerechnet jener Frau verlassen müssen, die er doch eigentlich beeindrucken wollte. So mochte sie ihn zwar für töricht halten – in Wirklichkeit aber verhielt er sich sehr klug. Hoffte er jedenfalls.

Genaugenommen hoffte er auch klammheimlich darauf, daß sich möglichst bald ein bißchen Ärger zeigen würde, weil er einen Vorwand suchte, um seine neue Waffe auszuprobieren. Es war ein magisches Schwert, das ihm der dankbare Älteste des Dorfes Isthmus überreicht hatte. Für seinen Besitzer sollte es unendlich leicht, für jeden Gegner jedoch unendlich schwer sein. Das bedeutete im Klartext, daß er niemals ermüden würde, wenn er das Schwert führte, daß es den Hieb eines Gegners jedoch mit der Härte eines Felsblocks abwehren würde. So würde es niemandem gelingen, sein Schwert einfach beiseite zu schlagen, um an ihn heranzukommen. Er war zwar kein Schwertkämpfer, aber dies dürfte ihm doch einen gewissen Vorteil verschaffen, falls er seine Waffe einmal einsetzen sollte. Wenn er doch nur den passenden Anlaß dazu fände!

Sie gelangten an einen Fluß. Der war zwar weder besonders breit noch wild, aber doch groß genug, um keinen Zweifel daran aufkommen zu lassen, daß sie weder ans andere Ufer springen noch hindurchwaten konnten. Der Weg führte bis ans Ufer und setzte sich auf der gegenüberliegenden Seite fort.

»Vielleicht gibt es hier ja ein Boot«, sagte Dug und ließ den Blick die Uferböschung entlangschweifen.

»Ich fürchte, nicht«, antwortete Nada.

»Warum nicht? Sind im Wasser Alligatoren, daß wir nicht hindurchschwimmen können?«

»Ich sehe keine. Aber ich glaube, hier gibt es normalerweise eine Brücke, die irgend jemand entfernt haben muß, bevor wir kamen.«

»Damit die Überquerung des Flusses für uns auch eine Herausforderung darstellt«, ergänzte er. »Na ja, das scheint nichts Besonderes zu sein. Wenn wir hindurchschwimmen können, tun wir das einfach.«

»Ich bin mir nicht sicher, ob das geht. Du mußt nämlich wissen, daß es zu meinen Einschränkungen gehört.«

Er musterte sie. »Wenn du irgendwelche Einschränkungen haben solltest, müssen sie jedenfalls gut versteckt sein.«

»Ich habe die Einschränkungen einer Prinzessin.«

Ach ja, das hatte er schon einmal gehört. »Was denn, zum Beispiel?«

»Ich darf meinen menschlichen Körper keinem Mann zeigen, der nicht mein Ehemann ist.«

»Ach, du darfst dich nicht nackt ausziehen? Weil du eine Prinzessin bist?«

»Ja. Eine gemeine Frau könnte das, wenn sie wollte, vorausgesetzt, daß der Betrachter nicht minderjährig ist. Nun bist du zwar nicht richtig minderjährig, obwohl es Leute gibt, die auch dagegen Einwände vorzubringen wüßten. Aber als Prinzessin muß ich ein vollkommenes Beispiel für Anstand abgeben. Deshalb ist mir menschliche Nacktheit in dieser Situation verwehrt. Und wenn ich es zuließe, daß ein Mann meine, äh, Unterkleider besähe, wäre es noch schlimmer.«

»Schlimmer? Willst du damit sagen, daß dieser Büstenhalter und die Höschen schlimmer sind als ...«

Sie errötete. »Bitte benutze nicht solche Ausdrücke in gemischter Gesellschaft. Die sind immerhin Bestandteil der Erwachsenenverschwörung.«

Dug seufzte innerlich. Ganz nebenbei hatte er sich doch Hoffnungen darauf gemacht, vielleicht einen Blick auf ihren Körper werfen zu können. Während er so tat, als würde er es nicht bemerken. Aber das hatten die Schöpfer des Spiels verhindert. »Was ist denn mit deiner Schlangengestalt? Die gilt doch wohl nicht als Nacktheit, oder?«

»Nein. Schlangen scheren sich nicht um Nacktheit. Meine voll ausgebildete Schlangengestalt und meine natürliche Naga-Gestalt sind beide kein Problem. Aber wenn du mich in meiner menschlichen Gestalt zur Begleiterin wünschst, stehen wir nun einmal vor dieser Schwierigkeit.«

Er bevorzugte tatsächlich ihre menschliche Gestalt. Sie mochte ja die allerschönste Schlange der Welt sein, aber in Sachen Schlangenschönheit war Dug völlig unbedarft. Was menschliche Schönheit anging – die sie in üppigem Ausmaß besaß –, verfügte er schon über größeren Sachverstand. »Also gut ... Und wie wäre es, wenn du den Fluß in Schlangengestalt überquerst, um danach, wenn du wieder trocken bist, die bekleidete Menschengestalt anzunehmen?«

»Ich muß erst meine Menschengestalt annehmen, um meine Kleidung anzulegen. Die kann ich zwar irgendwo zurücklassen, wenn ich mich in eine Schlange verwandle; aber in Schlangengestalt kann ich sie nicht anziehen.«

Also mußte sie erst zur nackten Frau werden, bevor sie zur bekleideten werden konnte. Das leuchtete ein. »Dann drehe ich dir eben den Rücken zu und schließe die Augen, während du dich verwandelst und umziehst. Würde das genügen?«

»Vielleicht. Aber ich befürchte, daß Gefahr auf uns lauert, und ich muß versuchen, dich davor zu beschützen.«

»Du meinst, daß irgend etwas uns angreifen könnte, solange ich die Augen geschlossen halte? Aber du wirst die Augen doch offen halten oder? Dann sind wir auch nicht völlig schutzlos.«

Immerhin nickte sie, auch wenn sie skeptisch blieb.

»Also gut, tun wir das«, entschied er forsch. »Diese Gefahr läßt sich weitaus leichter meistern als ein Drache.«

Sie schien immer noch von Zweifeln geplagt, protestierte aber nicht mehr.

»Und darfst du mich denn nackt sehen?« fragte er. »Ist das dann keine Unschicklichkeit?«

»Wenn du nichts dagegen hast, nicht«, bestätigte sie.

Tatsächlich hätte er normalerweise nicht allzuviel dafür übrig gehabt, sich vor einer Frau nackt zu zeigen. Aber das hier war in vielerlei Hinsicht etwas anderes. Erstens war es nur ein Spiel, geschah also nicht wirklich. Zum zweiten könnte er, wenn *er* sie schon nicht sehen konnte, vielleicht eine Andeutung desselben Gefühls empfinden, indem er sich seinerseits vor ihr zeigte. Das verlieh ihm eine leise Ahnung, wie sich ein Flitzer fühlen mochte. Drittens wollte er ihr vorführen, daß Nacktheit nichts Besonderes war, nämlich in der vagen Hoffnung, sie könnte sich vielleicht irgendwann seiner Meinung anschließen. Doch in allererster Linie wollte er endlich diesen Fluß überqueren, und zwar ohne nasse Kleider oder feuchte Vorräte. Deshalb mußte es einfach sein.

Er fing an, zog sich aus und vermied es, allzu viel darüber nachzudenken. Es war ein komisches Gefühl, sich im Rahmen eines Spiels zu entkleiden, in dem sich alles so durch und durch wirklich anfühlte. Aber irgendwie war es auch erregend. Er fühlte sich frei, ganz so, als würde er zusammen mit seinen Kleidern auch die Hemmungen der Zivilisation abstreifen. Ob Nudisten sich so fühlen mochten? Selbst die merkwürdigsten Situationen lehrten ihn tatsächlich noch etwas über Gefühle!

Als er entkleidet war, sah er Nada nicht mehr an. Ja, er stellte sich auch nicht mit dem Gesicht zu ihr auf. Er stopfte seine Sachen einfach oben in den Rucksack und verschloß ihn fest. Dann watete er ins Wasser, den Rucksack emporhebend. Als es tief genug war, um zu schwimmen, legte er sich auf die Seite und kraulte weiter, um den Rucksack aus dem Wasser zu halten. Das fiel ihm durchaus leicht, und er hoffte, daß Nada entsprechend beeindruckt war.

Schon bald erreichte er das andere Ufer, denn der Fluß war wirklich nicht sehr breit. Als er Halt gefunden hatte, stieg er heraus. Er stellte den Rucksack ab, schüttelte sich trocken und hielt das Gesicht immer noch von der Prinzessin abgewandt. »Gut, jetzt kannst du kommen«, sagte er. »Ich werde nicht hinsehen.«

»Nein, du mußt mich im Auge behalten«, widersprach sie. »Es könnte ja irgendeine andere Gefahr drohen, beispielsweise eine Harpyie, die mich angreift, während ich schutzlos bin. Ich habe dich bewacht, jetzt mußt du das auch für mich tun.«

»Also gut«, antwortete er überrascht. Er zog seine Unterhose an und drehte sich um. Der Rest seines Körpers war noch nicht trocken genug, um sich wieder gänzlich anzukleiden.

Nada hatte inzwischen ihre Naga-Form angenommen: eine Schlange mit Menschenkopf. Die Kleider hatte sie zu einem säuberlichen Bündel zusammengefaltet. Das mußte sie getan haben, als sie noch in Menschengestalt gewesen war, um sich danach zu verwandeln, bevor er sich umgedreht hatte. Aber wie wollte sie das Bündel denn nun herüberbringen?

Dann nahm sie die volle Schlangengestalt an. Das Maul der Schlange klappte auf und verbiß sich in das Bündel. Anmutig glitt die Schlange ins Wasser. Sie trug ihr Bündel ebenso mühelos wie er seins.

Immerhin begriff er jetzt, was sie gemeint hatte: Wenn sie jetzt von irgend jemandem angegriffen werden sollte, könnte sie sich nicht wehren, weil ihr Maul von dem Kleiderbündel voll war. Sollte sie es zum Kämpfen fallenlassen, würde sie sich später in menschlicher Gestalt nicht mehr ankleiden können. Das wäre ziemlich peinlich. Deshalb mußte er sie in diesem Augenblick ihrer Verwundbarkeit auch beschützen. Auf unbestimmbare Weise verlieh ihm das ein gutes Gefühl.

Glücklicherweise kam es zu keinem Angriff. Die Schlange überquerte den Fluß, ließ ihr Bündel fallen, und wurde wieder zur Naga. »Zieh jetzt auch den Rest an«, sagte der Menschenkopf.

Dug folgte hastig. Dann wandte er sich ab, damit Nada sich verwandeln konnte: erst in eine nackte, dann in eine bekleidete Menschengestalt. Er nahm den Rucksack auf, um ihn wieder zu schließen und anzulegen. Da bemerkte er die glänzende Schnalle an dem Tragebehältnis.

Eine glänzende Schnalle. Die spiegelte. Wenn er sie nur ein kleines bißchen hochhielt, könnte er vielleicht einen Blick auf ...

Er rang mit sich selbst. Wäre es denn wirklich so schlimm, einen einzigen, noch dazu verzerrten Blick auf sie zu werfen, von dem sie überhaupt nichts mitbekam? Wie sollte sich ein Geschöpf, das als Spielfigur erdacht worden war, überhaupt daraus etwas machen? Zumal ihrer Auffassung nach doch das wirkliche Verbrechen darin bestünde, ihre Höschen zu zeigen? Ihre Höschen wollte er doch gar nicht sehen!

Er hob den Rucksack, hielt ihn schräg, bis sich die Schnalle drehte. Das Spiegelbild zeigte erst die Baumwipfel, dann den Fluß, dann ...

Plötzlich war das Bild leer. Dug saß wieder in seinem Zimmer und starrte auf einen erloschenen Computerschirm. Systemabsturz? Ganz bestimmt nicht! Das hatte er selbst getan! Er hatte gegen eine Regel verstoßen, und das Spiel hatte ihn hinausgeworfen. Bliep!

Er blickte sich um. Alles sah so furchtbar *mundanisch* aus! Ganz und gar nicht wie die hübschen Farben und magischen Konturen des Spiels. Noch nie war ihm klar geworden, wie schäbig das Alltagsleben doch war.

Warum hatte er das nur getan? Er hatte doch genau gewußt, daß er die Prinzessin nicht unbekleidet betrachten durfte. Er hatte zwar nicht ahnen können, daß das Spiel seinen Regeln ausgerechnet auf diese Weise Geltung verschaffen konnte; aber das spielte letztlich keine Rolle. Es ging vielmehr darum, daß er etwas Verkehrtes zu tun versucht hatte und dafür bestraft worden war.

»Ach, Nada Naga, es tut mir leid«, hauchte er, von bitterer Reue erfüllt.

Da vernahm er etwas. Er legte die Hand hinters Ohr und lauschte. Doch er hörte nichts. Statt dessen erchienen die Worte auf dem Schirm: DUG! DUG! WO BIST DU?

Das war Nada! Sehr schwach, aber eindeutig. Er war doch nicht völlig aus dem Spiel verbannt worden!

»Ich bin draußen in Mundania!« antwortete er. Dann erinnerte er sich an die richtige Verfahrensweise und tippte es noch einmal in die Tastatur.

Nun folgte eine Pause. Ob er überhaupt zu ihr durchdrang? Das Bild blieb dunkel bis auf das matte Glühen, das eine Sprechblase hätte sein können.

DUG! BIST DU DAS? ICH KANN DICH NICHT SEHEN.

»Mein Bildschirm ist erloschen«, sagte und tippte es gleichzeitig.

WAS IST PASSIERT?

Es hatte keinen Sinn, die Sache vertuschen zu wollen. »Ich habe versucht, dich anzuschauen«, tippte er. »In der Schnalle an meinem Rucksack. Es tut mir aufrichtig leid, und ich entschuldige mich dafür. Ich habe meine Strafe verdient.«

Der Schirm hellte sich auf. Nun konnte er Nada wieder sehen, vollbekleidet neben dem Fluß. Neben ihr lag sein Rucksack am Boden.

Sie wandte sich dem Schirm zu. »Aber du hast mich doch nicht wirklich gesehen, oder?« fragte ihre Sprechblase.

»Nein. Aber das spielt auch keine Rolle. Ich habe es versucht, obwohl ich dir das Gegenteil versprochen habe. Jetzt widert es mich selbst an.«

»Wenn du mich nicht gesehen hast, bin ich auch noch nicht kompromittiert«, sagte sie. »Dann kann ich immer noch deine Gefährtin bleiben.«

»Nur, daß ich nicht mehr im Spiel bin«, tippte er. »Ich werde wieder von vorn anfangen müssen.« Irgendwie kam ihm das ganz furchtbar vor.

»Nein! Das war nur eine Warnung. Du kannst in diese Szene zurückkehren, sofern du vorsichtig bist.«

Das hob sofort Dugs Stimmung. »Das kann ich? Großartig! Ich werde auch ganz besonders vorsichtig sein.«

Dug stellte die Augen wieder um, und kurz darauf wurde das Bild erneut dreidimensional. Doch der Schirm blieb bestehen: Er konnte die Szene zwar sehen, befand sich aber nicht selbst darin.

Nada blickte ihn durch den Schirm an. »Was ist denn los?«

»Ich sehe zwar alles, komme aber irgendwie nicht mehr in die Szene zurück«, erklärte er. »Vielleicht ist das meine Reststrafe dafür, daß ich ...«

»Nein, dein Glauben muß Schaden gelitten haben«, widersprach sie. »Kannst du ihn wiederherstellen?«

Wie sollte er einen angeknacksten Glauben wiederherstellen? Das Spiel hatte ihn gleich doppelt bestraft: Erst hatte es ihn hinausgeworfen, und dann hatte es ihn auch noch daran erinnert, daß er nur eine Figur hinter einem Bildschirm war.

Nie wieder würde er gegen eine Spielregel verstoßen! Er war erst wirklich in das Ganze eingetreten, als ihm klar wurde, daß es hinter der Fassade von Kalauern um etwas weitaus Wichtigeres ging. Er war auf dem Seitenweg eingestiegen – nicht, indem er tatsächlich an Magie glaubte, sondern dadurch, daß er *überhaupt* an etwas glaubte. Und an was glaubte er nun?

Dug schloß die Augen und ging in sich. Wie sah es um seinen Glauben aus?

Plötzlich begriff er: Er glaubte an das Spiel. Weil es die Macht besessen hatte, ihn hinauszuwerfen, als er zu mogeln versuchte. Das da war eine wirkliche Welt hinter diesem Schirm! Der Computer stellte lediglich einen beschränkten Zugang her. Vielleicht war es ja nur eine Illusion, Teil eines Spiels zu sein. Aber es war ihm durchaus wirklich vorgekommen. Während er vorhin vielleicht noch gezweifelt haben mochte, glaubte er nun daran.

»Ach, Dug – du bist wieder da!« rief Nada und umarmte ihn.

Umarmte ihn? Er schlug die Augen auf.

Sofort wich sie zurück. »Oh, da habe aber ich etwas ganz Unprinzessinnenhaftes getan!« rief sie bestürzt.

»Ich werde es niemandem verraten«, versicherte Dug galant. Aber vergessen würde er es auch niemals; das war die schönste Umarmung gewesen, die er je erlebt hatte, und möglicherweise die schönste, die er je erleben würde.

»Ach, danke! Ich hatte schon befürchtet, ich hätte mich disqualifiziert!«

»Nein, das habe höchstens ich getan. Beinahe.« Dug sah sich um. Es war alles noch da. Kein Zweifel – er war wieder in die Szene eingetreten. Und er hatte den festen Vorsatz, sein Äußerstes zu geben, um auch darin zu bleiben. Denn egal ob bloße Fantasie – dies war die großartigste Erfahrung seines Lebens.

Sie hatten den Fluß überquert, was auf seine Weise eine weitaus größere Herausforderung gewesen war, als es zunächst den Anschein gehabt hatte.

Nada blickte sich um. »Dahinten ist ein Pastetenbaum«, sagte sie. »Ich habe gute Lust, nach diesem Schreck etwas Verbotenes zu tun. Zum Beispiel etwas essen, das dick macht.«

»Ich kann mir kaum vorstellen, daß du jemals dick sein könntest«, erwiderte Dug und gab sich Mühe, sie dabei nicht allzu eindringlich zu mustern.

»Na ja, prinzessinnenhaft wäre es auch wirklich nicht. Aber ich lasse mich ja auch nicht allzuoft gehen.« Sie schritt zu dem Baum hinüber und pflückte eine üppige Zitronen-Baiser-Pastete. »Möchtest du auch etwas, Dug?« fragte sie zuckersüß. Konnte er denn hier überhaupt etwas essen? Es gab nur eine Möglichkeit, das herauszubekommen. »Ja. Bitte.«

Sie holte irgendwo aus den Tiefen ihrer Kleider ein Messer hervor und fuhr damit über die Pastete. Dug erschrak: Ihr Kleid hatte überhaupt nicht so ausgesehen, als könnte man darin so ein Messer verstecken. Andererseits war sie natürlich ein magisches Geschöpf; vielleicht besaß sie ja auch eine magische Tasche. Hier galten ganz andere Regeln, wie er ja selbst jüngst auf die harte Tour hatte erfahren müssen.

Sie reichte ihm eine Pastetenschnitte. Er nahm sie entgegen und biß hinein. Es schmeckte köstlich. Das wäre wahrscheinlich nicht der Fall gewesen, hätte er nicht daran geglaubt, aber das war ja jetzt kein Problem mehr.

»Ich sollte vielleicht einmal erklären, daß die Gefährten selbst auch eine Herausforderung darstellen«, warf Nada beim Essen ein. »Man darf sich uns durchaus nähern, aber eben nur auf angemessene Weise.«

»Ja, ja, ich habe meine Lektion schon gelernt!« versicherte er hastig.

»Das stimmt. Du warst reumütig und hast dich entschuldigt. Deshalb durftest du auch wieder in das Spiel eintreten. Du hättest mich zwar nicht umarmen können, aber ich durfte es mit dir tun. Weil du mich nämlich dazu bewegt hast, auch wenn es unprizessinnenhaft war.«

»Es war eine großartige Umarmung.«

»Wäre ich keine Prinzessin, wäre es leichter für dich, eine Beziehung zu mir herzustellen.«

Dug begriff, daß sie ihm gerade etwas sehr Wichtiges mitteilte. Nicht direkt, sondern gewissermaßen um die Ecke. Daß er, sollte er sie beispielsweise küssen wollen, dies vielleicht tatsächlich einmal würde tun können, sofern er sie nur hinreichend beeindruckte, um in ihr den Wunsch zu wekken, ihn ihrerseits zu küssen. Es gab also keine absoluten Verbote. Er mußte nur lernen, das Spiel richtig auszusteuern. Das war gut zu wissen.

Schon bald hatten sie die Pastete verzehrt und machten sich wieder auf den Weg. Einige Zeit später wurden sie von einem Flugdrachen bemerkt. Er schwenkte in ihre Richtung und stieß Dampfwolken der Vorfreude aus. Dug wollte gerade sein Schwert zücken, als Nada ihn daran hinderte. »Mit einem Schwert kannst du gegen einen Feueratmer nichts ausrichten«, erklärte sie. »Der würde dich schon grillen, noch bevor deine Waffe überhaupt zum Einsatz kommt.«

Das sah Dug ein. »Dann sollten wir uns wohl besser hinter einem Baum verstecken.«

»Nein, ich werde ihn einfach verscheuchen.« Plötzlich hatte sie sich in eine kleine Schlange verwandelt und schlüpfte aus ihren Kleidern.

Damit wollte sie einen Drachen erschrecken?

Doch kaum waren die Kleider gänzlich abgestreift, als sie sich auch schon in eine große Schlange verwandelte. In eine riesige, um genau zu sein. Dreimal so groß wie der Drache. Dann hob sie ihr Riesenhaupt, riß das gewaltige Maul auf, um eine schier grauenerregende Reihe von Fangzähnen zu präsentieren, und zischte den Drachen heftig an.

Der Drache brachte lieber keine Einwände vor. Mitten in der Luft flog er eine Schleife und floh.

Die Schlange glitt in Nadas Kleider zurück. Dug mußte nicht erst gebeten werden; er hatte seine Lektion tatsächlich gelernt. Außerdem hatte er nun einen kleinen Einblick darin gewonnen, wie sie ihn daran würde hindern können, sie mit

Gewalt zu küssen – indem sie ihm einfach den Kopf abbiß. Also drehte er sich um, legte das Gesicht an den Stamm eines Baums und schloß die Augen. Er wartete so lange, bis Nada ihm meldete, daß er wieder hinsehen durfte.

Sie hatte wieder ihre normale, wunderschöne Menschengestalt angenommen. »Du bist wirklich beeindruckend«, sagte er. Doch damit meinte er nicht ihre Menschengestalt.

»Danke.« Sie wußte schon, was er damit ausdrücken wollte.

Nun setzten sie ihren Marsch fort. Dug war glücklich; nicht nur, daß er ins Spiel zurückgekehrt war – er erlebte jetzt auch das ganze Abenteuer. Hätte es Schöneres geben können?

Der Tag neigte sich seinem Ende zu. »Wir werden bald das Nachtlager aufschlagen müssen«, meinte Nada. »Denn vor Nachtraubtieren kann ich dich nicht so gut schützen.«

»Nacht? Jetzt schon? Es kommt mir eigentlich so vor, als wäre erst eine Stunde verstrichen!«

Sie schüttelte den Kopf. »Vielleicht verläuft die Zeit in Mundania anders. Möglich, daß dort erst eine Stunde vergangen ist. Aber hier ist inzwischen ein guter Teil des Tages verstrichen. Falls du es vorziehen solltest, das Spiel zu verlassen, könntest du ja am Morgen wiederkommen ...«

»Ganz bestimmt nicht! Wenn es nach mir geht, werde ich das Spiel überhaupt nicht mehr verlassen. Es könnte ja sein, daß ich sonst nicht wieder hineinkomme.«

Sie dachte mit ernster Miene eine Weile darüber nach. »Ich glaube, daß du durchaus wieder zurückkehren könntest, solange du nur die Spielregeln befolgst und deinen Glauben beibehältst. Auf jeden Fall wärst du dort sicherer.«

»Muß ich mich denn nicht der Gefahr stellen, anstatt mich in Sicherheit zu bringen? Ich meine, wäre das fair?«

»Ich weiß es nicht. Ich glaube, daß es bei dir liegt. Ich weiß, daß ein Spieler durchaus fortgehen kann, um das Spiel an einem anderen Tag fortzusetzen – und zwar so, als wäre dazwischen überhaupt keine Zeit vergangen. Das ist eine wunderbare Magie, die ich selbst zwar nicht begreife – aber für dich dürfte es sicherlich sehr praktisch sein.«

Dug erkannte in ihrer Beschreibung das Prinzip der Spielstandssicherung wieder. Natürlich würde sich nichts verändern, solange er nicht weiterspielte. »Na ja, als ich von dem Spiel gehört habe, hatte ich nicht erwartet, daß es mir einmal gefallen könnte. Aber es gefällt mir! Und ich möchte es richtig spielen, Tag und Nacht. Wenn ich gewinne, gewinne ich; und wenn ich verliere, verliere ich eben.«

»Du hast nichts dagegen, ein Zelt mit mir zu teilen?«

Dug schaffte es tatsächlich, eine ernste Miene zu bewahren. »Ich habe nichts dagegen. Und ich werde auch den Blick abwenden, wenn du mir sagst, wann ich es tun soll.«

Sie lächelte. Dug merkte, daß er wieder einen kleinen Punkt gemacht hatte. »Dann müssen wir uns eine geeignete Lagerstelle suchen.«

Schon bald hatten sie eine gefunden. Sie war mit den Worten markiert: LAGERSTELLE – VERZAUBERT. Sie sah sehr einladend aus.

»Was bedeutet das denn genau, verzaubert?« wollte Dug wissen.

»Es bedeutet, daß uns hier keine gefährlichen Geschöpfe angreifen können, so daß wir schlafen können, ohne Angst haben zu müssen.«

»Aber ich dachte, wir dürften die verzauberten Wege nicht benutzen.«

»Das ist ja auch kein Weg, sondern nur eine sichere Stelle. Die dürfen von Spielern benutzt werden.«

»Es ist beruhigend, das zu wissen.« Denn inzwischen hatte Dug gelernt, die Fantasy-Gefahren ernstzunehmen. Er wußte, daß er aus dem Spiel fliegen würde, sollte er von irgend etwas aufgefressen werden, das in der Nacht umherpoltert, oder sollte er auf irgend etwas mit Zähnen stoßen. Deshalb war ihm klar, wie gefährlich es sein könnte, ungeschützt zu schlafen.

Ganz in der Nähe wuchs ein großer Stoffstrauch. Sie pflückten einige Decken und Zeltbahnen, und kurz darauf hatten sie aus Eisenholzpfählen einen Rahmen gebaut. Sie fanden sogar eine Schachtel mit magischen Zelthäringen, mit denen sie das Tuch befestigen konnten. Nada wußte sehr viel genauer, was sie tat, als Dug, so daß der sich ihrer Führung überantwortete. Als das Zelt schließlich fertig war, sah es zwar nicht besonders fachmännisch aus, aber auch nicht stümperhaft. Sie bedeckten den Boden mit Kissen von einem Kissenstrauch und legten die Decken darüber.

Dann pflückten sie einige Glückspasteten und Milchkrauthülsen. Inzwischen begann Dug sich daran zu gewöhnen, daß hier aus Kalauern Wirklichkeit wurde; so war das eben in Xanth.

An einer Seite des geschützten Orts strömte ein hübscher Bach vorbei. Nada begab sich dorthin, um sich zu waschen. »Bitte nicht hinsehen«, sagte sie höflich.

Dug ging ins Zelt, legte sich hin, den Kopf auf das Kissen, und schloß ganz fest die Augen. Er hatte schon immer schnell gelernt, und das Spiel hatte ihn bereits gut erzogen. Spieken und Linsen waren absolut verpönt!

Bald darauf betrat Nada das Zelt. »Du bist dran«, sagte sie.

Er erhob sich und ging zum Bach hinüber. Es überraschte ihn nicht, daß sich das Wasser kühl und angenehm auf der Haut anfühlte. Zwar war er unsanft daran erinnert worden, daß es sich hier um ein Spiel handelte, von dem er auch ausgeschlossen werden konnte; ebenso aber war ihm deutlich gemacht worden, daß es immer wirklicher wurde, je länger er drinblieb. Deshalb stellte er die Wirklichkeit dieser Erfahrung auch nicht in Frage, sondern genoß sie in vollen Zügen. Von nun an würde er allen Gesetzen dieses Fantasy-Landes gehorchen, wie immer sie auch aussehen mochten.

Als er zurückkehrte, saß Nada bereits auf ihrem Kissenlager. Sie trug ein schier überwältigend anzusehendes Nachthemd, das in Wirklichkeit viel diskreter war, als es auf den ersten Blick zu sein schien, ohne unnötig viel Fleisch zu zeigen. »Dug, ich muß dich um etwas bitten«, sagte sie zögernd.

»Ich werde sie alle befolgen!« rief er. »Alle Regeln! Ohne Ausnahme!«

Sie lächelte. »Natürlich. Was mich bekümmert, ist folgendes: Normalerweise schlafe ich in meiner natürlichen Gestalt. Aber wenn du es vorziehen solltest, daß ich meine Menschenform beibehalte, werde ich es tun. Ich weiß, daß sich einige Leute in der Gegenwart von Reptilien unbehaglich fühlen.«

Er brauchte gar nicht erst nachzudenken, um zu antworten. »Mach es dir ruhig bequem, Nada. Ich weiß, wer und was du bist. Ich habe ja mitangesehen, wie du dich in eine Schlange verwandelt hast, und sollte ich plötzlich wach werden und eine Schlange neben mir sehen, werde ich schon wissen, was los ist.« Denn so sehr er ihre Menschengestalt auch mochte, wußte er doch inzwischen, daß sie ihm ein für allemal verwehrt blieb, und so wollte er auch gar nicht erst in Versuchung geführt werden. Nur wenn er sich anständig benahm, durfte er darauf hoffen, daß ihm einmal gestattet wurde, genau das nicht zu tun. Deshalb wollte er alles unternehmen, damit sie glücklich war. Zwar war Nada eingentlich *seine* Gefährtin, doch wollte er seinerseits auch für sie den vollkommenen Begleiter abgeben.

»Danke, Dug.« Ihr Gesicht verwandelte sich nicht, nur ihr Körper nahm Schlangengestalt an, und das Nachthemd sackte herab. Sie schlüpfte aus der Bekleidung, kringelte sich lose zusammen und legte den Menschenkopf auf das Kissen.

Es gab einmal eine Zeit, überlegte Dug, da ihn ein solcher Anblick in Erstaunen versetzt hätte. Aber das war schon sehr lange her, mindestens ein paar Stunden. Er zog den Schlafanzug an, den sie für ihn bereitgelegt hatte, und streckte sich auf seinem eigenen Lager aus. Der Schlaf überfiel ihn mit magischer Schnelligkeit und war sehr erquikkend. Dug wußte hinterher nicht genau, ob er acht Stunden oder nur eine geschlafen hatte. Vielleicht war es ja auch nur eine Sekunde gewesen. Weil er sich ja in einem Spiel befand, schien es auch denkbar, daß es nur der Übergang von einer Szene zur nächsten war. Trotzdem kam es ihm vor wie ein Schlummer.

Am nächsten Tag gelangten sie zu einem Schild: ABKÜRZUNG ZUM ERFOLG. Ein Pfeil wies auf einen Nebenweg.

»Sagt dir das irgendwas?« erkundigte sich Dug.

»Davon hat man mir nichts erzählt«, erwiderte Nada stirnrunzelnd. »Ich glaube nicht, daß hier normalerweise so ein Schild stehen würde. Das läßt darauf schließen, daß es eigens für das Spiel aufgestellt wurde.«

»Heißt das, daß wir diesen Weg nehmen müssen?«

»Ganz und gar nicht! Ein Hindernis, das im Rahmen des Spiels eingerichtet wird, dürfte höchstwahrscheinlich ebenso mühsam wie gewinnbringend sein. Vielleicht ist es sicherer, den Weg zu meiden und weiter nach Süden zu gehen.«

Dug dachte nach. »Wie weit ist es denn noch bis zum Schloß des Guten Magiers?«

»Bei unserer jetzigen Geschwindigkeit mehrere Tage. Wir werden auch die Spalte überqueren müssen, und das ist schon ein gewaltiges Hindernis.«

»Und die Abkürzung könnte uns früher dort hinbringen?«

»Ein magischer Pfad könnte uns binnen eines Augenblicks dorthin führen«, erklärte sie. »Höchstens in zwei Augenblicken. Er kann uns aber auch ins Unheil leiten. Ich hege den Verdacht, daß es hier um eine Art Glücksspiel geht, bei dem wir uns entweder sehr viel ersparen oder auch sehr viel Schwierigkeiten einhandeln können, je nachdem, wie wir damit umgehen.«

»Was schlägst du vor?«

Jetzt war Nada an der Reihe, einen Augenblick nachzudenken. »Reist du gern mit mir?«

Dug zwang sich zu einer möglichst gelassenen Antwort. »Ja.«

»Dann würde es dir nichts ausmachen, wenn es ein paar Tage länger dauert?«

»Nein, würde es nicht.« Es würde ihm sogar nichts ausmachen, wenn es noch ein paar *Jahre* länger dauerte, selbst wenn er niemals einen Blick auf ihren Körper werfen dürfte.

»Dann rate ich dazu, diese Abkürzung zu meiden, weil ich dich nämlich auf dem längeren Weg tatsächlich zum Guten Magier bringen kann, während ich mir nicht sicher bin, was auf dieser Abkürzung alles geschehen mag.«

Doch Dug war inzwischen immer raffinierter geworden, was seine wirklichen Ziele anging. »Was würdest *du* denn vorziehen, Nada?«

Sie reagierte überrascht. »Meine Vorlieben zählen hier nicht. Du bist der Spieler. Ich bin hier als deine Gefährtin, um dir dabei zu helfen, dein Spielziel zu erreichen.«

Es sei denn, sein Ziel bestand darin, sie zu packen und zu küssen. Weil das nicht ging, hatte Dug es sich zum Ziel gesetzt, Nada zu gefallen. Es war ihm gleichgültig, ob er das Spiel gewann oder nicht; er wollte nur eins – noch eine Weile in diesem magischen Land mit ihr zusammensein, um ihr gelegentlich ein Lächeln zu entlocken.

»Nur zu gern würde ich länger mit dir zusammensein«, erwiderte er bedächtig. »Aber ich weiß auch, daß es für dich nur eine Pflicht ist, und ich möchte sie dir so leicht wie möglich machen. Ich kann entweder den sichereren, langsamen Weg einschlagen oder den geheimnisvollen, abenteuerlichen. Welchen von beiden würdest du vorziehen?«

»Ich muß gestehen, daß meine weibliche Neugier durchaus von dieser Abkürzung fasziniert ist«, räumte sie ein. »Aber ich bezweifle ernsthaft, daß es klug ist ...«

»Ich bin auch neugierig«, unterbrach er sie. Eins hatte dieses Spiel bewirkt: Es hatte dazu geführt, daß Dug seine wirklichen Anliegen entdeckt hatte. Es war ihm wichtiger, Nada eine Freude zu machen, als etwas mehr Zeit in ihrer Gesellschaft zuzubringen. »Dann also die Abkürzung. Der törichte Mundanier hat mal wieder eine törichte Entscheidung gefällt.«

Sie schoß ihm einen anerkennenden Blick zu, der schon für sich genommen die ganze Sache wert war, wie immer es auch ausgehen mochte. »Vielleicht doch nicht ganz so töricht«, murmelte sie.

Also nahmen sie die Abkürzung. Sie führte sie auf eine

sumpfige Lichtung mit merkwürdig geformten Bodenmulden, ganz dicht an einem steil aufragenden Berg gelegen. Nada schien unbehaglich zumute zu sein, doch sie sagte nichts.

Dug schnüffelte. »Was ist das für ein Geruch? Riecht, als wäre hier ein Wal verendet, nachdem er einen ganzen Berg Weißkohl gefressen hat.«

Nada schauderte. »Igitt! Das gefällt mir aber gar nicht!«

»Mir auch nicht. Wenn das vom Schloß des Guten Magiers herüberwehen sollte, dann muß er wohl noch ein paar hundert Jahre Baden nachholen.«

»Ich fürchte, das ist ein unsichtbarer Riese«, sagte Nada kleinlaut.

»Ach. Wird er etwa gleich auf uns treten? Dann sollten wir uns wohl lieber in den Schutz dieses Berges begeben.«

»Noch schlimmer. Weil ...«

Der Boden erbebte. Selbst die Bäume schienen einen Satz zu machen. Tatsächlich taten einige von ihnen genau das, als hätte ein unsichtbarer Fuß ihnen einen Tritt verpaßt. Dann wurde plötzlich ganz in der Nähe ein Stück Wald plattgedrückt, als hätte sich der Fuß darauf gesetzt. Der Geruch wurde immer stärker.

Dug blickte fassungslos drein. »Unsichtbarer Riese ... Dann hast du wohl gar keinen Witz gemacht?«

»Prinzessinnen scherzen selten.«

Schon mußte das nächste Waldstück dran glauben. »Das Ding kommt auf uns zu!« schrie Dug. »Schnell, zum Berg!«

»Ich fürchte, wir haben keine andere Wahl«, pflichtete sie ihm bei und lief mit. So sehr ihn auch der furchtbare Gestank und die Aussicht ablenken mochten, gleich zertrampelt zu werden, blieb Dug doch nichts anderes übrig als zu bemerken, wie Nada beim Laufen aussah. Er wünschte sich, er hätte zusehen können, ohne abgelenkt zu werden. Aber das würde er ihr natürlich nie sagen. Das wäre unmundanisch.

Endlich erreichten sie den Berg. Vor ihnen lag ein Höhleneingang, der in einen matt beleuchteten Tunnel führte.

Wieder trat ein unsichtbarer Fuß auf und zermalmte ein

ganzes Waldstück. Noch dazu furchterregend nahe. »Wir sollten uns darin verbergen!« sagte Dug.

»Nicht, wenn es sich vermeiden läßt«, wandte Nada ein.

Er stockte. »Weshalb? Schlimmer als hier draußen kann es auch nicht sein.«

»Doch, das kann es sehr wohl«, widersprach sie. »Ich fürchte, das ist Com-Puters Höhle. Eigentlich sollte sie gar nicht hier sein. Sie befindet sich sonst südlich der Spalte. Aber wahrscheinlich hat uns die Abkürzung hierher geführt.«

Schon bildete sich der nächste Fußabdruck aus. Das geschah unmittelbar vor ihnen, und der Boden entwickelte dabei eine Delle, die immer schneller auf sie zukam, als hätte ein riesiger Stiefel erst mit der Hacke aufgesetzt, um nun auch noch Fußsohle und Zehen folgen zu lassen. Aus dem starken Geruch war ein unerträglicher Gestank geworden.

Sie stürzten in die Höhle, wo der Stiefel sie nicht erreichen konnte. Keinen Augenblick zu früh – denn nun erbebte das ganze Gebiet, und überall staubte es, außer an der Stelle, wo sich der Fußabdruck befand.

»Ach, herrje!« schimpfte Nada. »Jetzt sind wir also doch in die Höhle des Com-Puters getrieben worden.«

»Was soll denn an so einem Com-Puter Schlimmes sein? Geflügel ...«

»Das ist Com-Puter, die böseste Maschine von Xanth«, erklärte sie. »Er wurde zwar kürzlich in eine freundliche Maschine umgewandelt, aber im Spiel ist er noch so wie früher. Er verändert die Wirklichkeit in seiner Umgebung, damit alles so wird, wie er es haben will. Jetzt stecken wir wirklich in Schwierigkeiten! Und das ist alles meine Schuld. Nur weil ich dir geraten habe, die Abkürzung zu nehmen.«

Com-Puter. Wieder so ein dämlicher Kalauer. »Nein, ich habe entschieden, daß wir es damit versuchen. Offensichtlich handelt es sich dabei um eine Herausforderung des Spiels. Dann werde ich sie eben bewältigen, damit wir weiter können. Kleinigkeit.«

»Du kannst Com-Puter nicht einfach bewältigen!« protestierte sie. »Der bewältigt dich.«

»Das wollen wir doch mal sehen.« Und Dug marschierte schnurstracks in die Höhle hinein, nachdem er zu dem Schluß gekommen war, daß törichte Kühnheit Nada mehr imponieren dürfte als wirkungsvolle Vorsicht.

Sie gelangten in eine größere Höhle, wo eine Menge Schrott herumlag. Mitten aus dem Haufen ragte ein Bildschirm hervor. WILLKOMMEN, MUNDANISCHER SPIELER, stand darauf.

Das war also die gefürchtete Maschine! Aber Dug hatte inzwischen gelernt, keine magischen Dinge mehr mit Verachtung zu strafen; hier in Xanth konnten sie nämlich durchaus zurückschlagen. »Hallo, Com-Puter. Was kann ich für dich tun?«

DU KANNST MIR AUF ALLE ZEITEN DIENEN, erwiderte der magische Schirm.

»Und davon abgesehen?«

DU KANNST DEIN SPIEL VERLIEREN.

»Und dazwischen gibt es nichts?«

NICHTS.

»Tja, mir gefallen diese beiden Alternativen aber nicht«, antwortete Dug entschieden. »Deshalb werde ich jetzt ganz einfach gehen. War nett, dich kennengelernt zu haben.«

MUNDANISCHER SPIELER ÜBERLEGT ES SICH ANDERS.

Hoppla. »Andererseits ... Vielleicht bleibe ich doch noch ein Weilchen und plaudere mit dir«, sagte Dug und merkte, daß er es sich tatsächlich anders überlegt hatte. Langsam begann er zu begreifen, was Nada gemeint hatte, als sie davon sprach, daß die böse Maschine die Wirklichkeit veränderte.

Möglicherweise war die Situation doch ernster, als er zunächst geglaubt hatte.

»Nun hör mal auf, du böse Maschine«, protestierte Nada. »Es ist dir gar nicht erlaubt, ihm keine andere Wahl zu lassen als zu verlieren! Du mußt ihm die Möglichkeit geben, dich zu schlagen.«

WER SAGT DAS? fragte der Schirm gereizt.

»Der Dämon Professor Fetthuf«, konterte sie. »Der hat die Spielregeln festgelegt. Und wenn du nicht gehorchst ...«

PRINZESSIN-GEFÄHRTIN BEKOMMT HUSTENANFALL UND KANN IHREN SATZ NICHT ZU ENDE BRINGEN, druckte der Schirm aus.

Nada begann zu würgen und zu husten und brachte auch ihren Satz nicht zu Ende.

Doch das genügte Dug schon als Hinweis. »Also ist es dieses hohe Tier von einem Dämon, das dieses Spiel leitet, und nicht du! Und der sagt, daß du mir eine faire Chance einräumen mußt. Was wiederum bedeutet, daß du erlauben mußt, daß meine Gefährtin mich auch berät. Sonst ...«

SONST WAS, IGNORANTER MUNDANIER?

Dug liebte es zwar nicht sonderlich, ignorant genannt zu werden; da dieses Wort in dieser Situation allerdings voll auf ihn zutraf, ließ er es dabei bewenden. Statt dessen riet er einfach ins Blaue hinein: »Sonst verlierst du, Schirmhirn, und ich gewinne. Und jetzt laß Nada in Ruhe.«

MÄDCHEN BEENDET IHRE IRRELEVANTE BEMERKUNG, textete der Schirm widerwillig.

»... macht Fetthuf Brei aus deinem Keramikgehirn«, beendete Nada ihren Satz.

DAS WÜRDE ICH GERN EINMAL SEHEN.

Diese Herausforderung nahm Nada sofort an. »Wenn ich mit den Fingern schnippe, wird er sofort erscheinen«, sagte sie. »Denn das ist das Signal, mit dem ich Fremdeinmischung im Spiel anzeige.«

Sie reckte die Finger hoch.

HAND DER JUNGFER WIRD TAUB.

Nadas Finger senkten sich. Sie konnte nicht mehr damit schnippen.

»Aber ich kann mit meinen schnippen«, versetzte Dug. »Wollen wir wetten, daß er reagiert, wenn hier jemand mit den Fingern schnippt?«

HAND DES IGNORANTEN MUNDANIERS WIRD TAUB.

Plötzlich hatte Dug kein Gefühl mehr in der Hand. Dieser Com-Puter war ganz schön durchtrieben!

Aber nun war Nadas Hand wieder frei. »Meine Hand hat sich erholt«, sagte sie. »Du kannst uns nicht beide gleichzeitig kontrollieren. Also werde *ich* jetzt schnippen.«

NICHT NÖTIG, druckte der Schirm hastig aus. WAR DOCH NUR EIN SCHERZ. HABT IHR ÜBERHAUPT KEINEN HUMOR? DER MUNDANIER WIRD SEINE FAIRE CHANCE SCHON BEKOMMEN.

So etwas hatte Dug schon öfter erlebt; brutale Schläger, die schnell behaupteten, alles sei doch nur ein Scherz gewesen, sobald sie in die Enge getrieben wurden. Diese Sorte hatte er noch nie gemocht. Aber wenigstens hatten sie die bösartige Maschine ein bißchen zurechtgestutzt. »Ich bekomme eine faire Chance«, sagte er, um es offiziell zu machen, da solche Erklärungen hier offensichtlich Wirklichkeitskraft besaßen.

ICH WERDE DIR DREI AUFGABEN STELLEN UND ...

»O nein!« unterbrach ihn Dug. »*Ich* werde die Regeln festlegen.« Er hoffte erneut, sich einfach dadurch durchzusetzen, daß er als erster eine klare Erklärung in den Raum stellte. Denn er wußte genau, daß jede Aufgabe, die die böse Maschine ihm stellen könnte, wahrscheinlich so gut wie unlösbar sein würde. »Wir werden einen Scherzrätsel-Wettbewerb veranstalten. Wer als erster das Rätsel des anderen *nicht* lösen kann, verliert.« Denn Rätsellösen konnte er gut.

NICHTS DA, erschien auf dem Schirm. EINER MUSS RICHTIG ANTWORTEN UND DER ANDERE VERSAGEN. WENN BEIDE ANTWORTEN ODER VERSAGEN, ZÄHLT DIE RUNDE NICHT.

Dug mußte einräumen, daß das nur gerecht war. Aber wenigstens hatte er die Art des Wettkampfs festlegen können. »Also gut. Ich fange an.« Er hielt inne, doch die Maschine machte keine Einwände. »Was ist das: Ist braun, hängt an der Wand und bellt?«

EINE BRATPFANNE, gab der Schirm zum besten. EIGENTLICH HÄTTE ICH JETZT SAGEN MÜSSEN:

»WEISS ICH NICHT«; DANN HÄTTEST DU GESAGT: »EINE BRATPFANNE«, UND ICH HÄTTE GESAGT: »ABER DIE BELLT DOCH GAR NICHT!« DARAUF HÄTTEST DU DANN GEANTWORTET: »DAS IST AUCH NUR, DAMIT ES SCHWIERIGER WIRD.«

Mist! Puter kannte dieses Scherzrätsel also schon! Jetzt war er einen Punkt im Rückstand, und wenn die Maschine ihn nun reinlegte, war er verloren.

WOVOR FÜRCHTET SICH EIN HUND AM MEISTEN?

Dug grübelte. Darauf gab es so viele Antworten ... Schließlich blieb ihm nichts anderes übrig als zu raten: »Vor Hundewetter.«

FEHLER! erschien auf dem Schirm. HI-HI!

Noch war Dug nicht ganz verloren. »Du mußt auch die richtige Antwort nennen«, wandte er ein. »Sonst gilt die Frage nicht.«

»Genau«, pflichtete Nada ihm aufatmend bei.

Doch die böse Maschine blieb unbeirrt.

VOR DEM KATZAPULT.

Jetzt wußte Dug, daß er verloren hatte.

»Also gut, Puter, du hast mich geschlagen«, sagte er. »Und nun?«

DU BEFINDEST DICH IN EINEM TRAUM, DER UNSERE WIRKLICHKEIT IST. DEINE WIRKLICHKEIT IST UNSER TRAUM. KEHRE DORTHIN ZURÜCK.

Com-Puters Schirm zeigte ein neues Bild: Dugs Zimmer, das unordentliche Bett im Hintergrund, auf dem Boden schmutzige Socken. Mundania – plötzlich der trostloseste Ort, den er sich nur denken konnte.

Er sah Nada an. »Es tut mir leid. Ich habe verloren. Ich wollte wirklich gern bei dir bleiben, aber nun muß ich gehen.«

»Ja«, sagte sie traurig. »Ich habe dich im Stich gelassen.«

»Nein, ich habe selbst versagt. Ich habe es einfach nicht geschafft.« Er war entschlossen, einen guten Verlierer abzugeben; etwas anderes blieb ihm nicht mehr übrig.

Er wandte sich dem Schirm zu. »Wie soll ich ...?«

TRITT HINDURCH.

Und so hob Dug einen Fuß und hielt ihn an den Schirm, der daraufhin immer größer zu werden schien. Sein Fuß drang ohne Widerstand hindurch und stellte sich auf seinen Stuhl. Im nächsten Augenblick hatte er den Durchgang geschafft und befand sich wieder in seinem Zimmer.

Er drehte sich um und erblickte Nada auf dem Schirm. »Du kannst aber aufs neue einsteigen, Dug«, sagte ihre Sprechblase gerade. »Wenn du nach mir fragst ...«

RUHE! erschien auf dem Schirm. Dann erlosch das Bild. Nun gab es keinen Zweifel mehr: Dug war unwiderruflich aus dem Rennen.

6 Wasserstoff

Cyrus Meermann war im Begriff, Kim seine Frage zu stellen. Jenny war völlig verkrampft und fürchtete, daß der bisher recht angenehme Abend in schlimmer Peinlichkeit enden könnte. Auch ohne allzu viel über die Dinge zu wissen, die hinter dem Schleier der Erwachsenenverschwörung verborgen lagen, spürte sie doch, daß es hier um etwas äußerst Ernstes ging. Sie hatte versagt, als es darum ging, Kim davor zu beschützen. Also war sie keine Treue Gefährtin gewesen.

»Lieber Junge, vielleicht solltest du ihr einmal den Hintergrund des Ganzen erklären«, sagte die Sirene gerade zu ihrem Sohn. »Vergiß nicht, daß Kim nicht aus Xanth ist und es sonst möglicherweise nicht verstehen würde.«

»Gewiß doch«, willigte Cyrus ein. »Wenn es nicht zu langweilig ist.«

Jenny wußte genau, daß nichts, was die gefürchtete Frage hinauszögerte, Kim würde langweilen können. »Es wird bestimmt ganz interessant«, warf sie hastig ein.

Er lächelte. »Nett von dir, daß du das sagst, Jenny Elfe. Sicherlich ist es interessant für *uns*. Aber schließlich sind wir ja auch in dieser Region heimisch.«

»Oh, wir würden es wirklich gern erfahren«, sagte Kim

mit dem letzten Rest matter Forschheit, den sie aufzubieten vermochte. Die Ironie des Ganzen lag darin, daß sie in dem Kleid, das die Sirene ihr gegeben hatte, tatsächlich sehr hübsch aussah; und wäre sie eine Einheimische Xanths gewesen, hätte eine derartige Verbindung als völlig schicklich und passend gegolten. Sicher, Cyrus war schon achtundzwanzig; aber er sah immer noch gut aus. Ein stattlicher Mann, der gewiß schon wohlerfahren war und für ein Mädchen von sechzehn nur gut sein könnte. Viele Mädchen in Xanth hätten diese Gelegenheit nur zu gern wahrgenommen.

»Dann müssen wir es auch in angemessener Form tun«, entschied Morris. »Denn aus dieser Geschichte ist ein Theaterstück geworden, weshalb wir sie zu wichtigen Gelegenheiten gern vorführen.«

Jenny und Kim tauschten zweifelnde Blicke aus. Wichtige Gelegenheiten? Doch was blieb ihnen anderes übrig, als zuzustimmen und darauf zu hoffen, daß es ihnen auf irgendeine diplomatische Art und Weise gelingen würde, den Kopf aus der Schlinge zu ziehen?

»Wir müssen dazu Rollen übernehmen«, sagte Cyrus. »Denn in dieser Erzählung geht es um die Fluchungeheuer, und die befassen sich hauptsächlich mit Schauspielerei. Ehrlich gesagt, haben wir sogar durch eine ihrer Wanderbühnen davon erfahren. Natürlich wäre es vermessen zu erwarten, daß wir es genauso gut können wie sie, andererseits bereitet es sehr viel mehr Vergnügen, es selbst aufzuführen.«

Kim fand endlich ihre Stimme wieder. »Ein Theaterstück? Ich hatte selbst mal Interesse an der Schauspielerei, aber ...« Mit besorgter Miene brach sie ab.

»Ach, wirklich?« fragte die Sirene freundlich bemüht. »Was hat dich denn daran gehindert?«

»Ich ... ich glaube, ich war für die Rolle nicht so recht geeignet«, erwiderte Kim zögernd.

»Die Rolle?« fragte Cyrus. »Konntest du dir denn keine eigene aussuchen?«

Kim lachte. »Wohl kaum! Bei uns müssen die Leute erst

vorsprechen, und nur ganz wenige Bewerber bekommen die guten Rollen. Ich wollte nicht als Statist in der Menge untergehen, deshalb habe ich mich um das Heimchen bemüht. Wie dumm von mir! Nach dieser Katastrophe habe ich die Finger von der Schauspielerei gelassen.«

»Heimchen?« fragte die Sirene.

»Die Rolle des hübschen, stillen, unschuldigen Mädchens.«

»Aber die war dir doch förmlich auf den Leib geschnitten!« rief Cyrus.

»Es war eine paßformgenaue Katastrophe. Ich bin nämlich ein geschwätziges, herrisches, häßliches Mädchen.«

»Das stimmt ja nun wirklich nicht«, widersprach Morris. »Bisher bist du mir eher etwas zaghaft vorgekommen.«

Jenny wußte auch, warum: wegen seines peinlichen Heiratsantrags. Aber sie wagte nicht, die Sache klarzustellen.

»Und frech wirkst du nun überhaupt nicht«, wandte die Sirene ein. »Bisher hast du dich, wenn ich das mal so sagen darf, außerordentlich wohlerzogen benommen.«

»Und schön bist du auch«, ergänzte Cyrus. »Selbst als du völlig zerzaust warst, habe ich die Schönheitsmale in deinem Gesicht bemerkt.«

»Schönheitsmale!« rief Kim aus. »Das sind doch Pickel!«

Cyrus runzelte die Stirn. »Dienen die denn in Mundania nicht demselben Zweck? So wie Jenny Elfes Sommersprossen ihr Gesicht aufhellen?«

Jenny fuhr zusammen. Sie hatte tatsächlich Sommersprossen, genau wie Electra, die inzwischen Prinzessin war. Bisher aber hatte sie darin noch nie ein Schönheitsmerkmal gesehen. Jetzt sah sie, wie Kim versuchte, ihr Erröten zu unterdrücken. Das Thema war ihr offensichtlich sehr peinlich. Vielleicht glaubte sie ja, daß die Meerleute sie nur aufzogen. Doch selbst wenn es nicht der Fall war, wäre das auch kein Trost, denn es bedeutete, daß die Meerleute sie für heiratsfähig hielten. Irgendwie wurde alles immer nur noch schlimmer, je netter die Meerleute wurden.

»Es ist nicht zu verkennen, daß die Mundanier wenig von

Charakter oder Schönheit verstehen«, meinte Morris. »Aber zufälligerweise handelt es sich hier um eine sehr gewalttätige Erzählung, in der keine weiblichen Hauptrollen vorkommen. Würdest du es vorziehen, die Rolle eines dominanten Mannes zu spielen?«

Kim war verblüfft. »Ach, das könnte ich doch gar nicht!«

Jenny dagegen erkannte darin einen möglichen Ausweg. Eine unweibliche Rolle könnte gerade das Richtige sein, um das Heiratsthema aus der Welt zu schaffen. »Du solltest es versuchen, Kim«, sagte sie. »Es könnte helfen.«

Kim sah sie an und begriff langsam, worauf sie hinauswollte. »Ein herrischer Mann ...«, sagte sie nachdenklich. »Ja, das wäre vielleicht gut.« Dann musterte sie die anderen. »Ich meine, es wäre eine echte Herausforderung, jemanden darzustellen, der so ... so völlig anders ist.«

»Darin liegt ja gerade die Kunst der Schauspielerei«, erklärte Morris. »Eine Rolle anzunehmen, die dem eigenen Wesen überhaupt nicht entspricht, und das auch noch möglichst überzeugend zu tun. Das würde dein Talent ordentlich auf die Probe stellen.«

»Na ja, ich bin eigentlich keine gute Schauspielerin. Ich hatte auch noch nie Gelegenheit, in einem richtigen Stück mitzuspielen.«

»Ja, *bisher* vielleicht nicht«, versetzte Morris. »Ich erkläre euch jetzt mal die Rollen. Da ist erstens Lautsprecher, der Bösewicht. Das ist ein mächtiger Magier.«

»Hm«, machte Kim zweifelnd. Jenny konnte es ihr nachempfinden. Es war schon Herausforderung genug, einen Mann zu spielen, noch dazu einen Bösewicht, erst recht aber einen Magier, wo sie doch so wenig über solche Leute wußte.

»Ich werde gern den Lautsprecher spielen, jedenfalls diesmal«, erbot sich Cyrus. »Es ist wirklich eine herausfordernde Rolle, so völlig anders als ich selbst.«

Morris nickte. »Und dann ist da noch Wasserstoff, ein guter Magier.«

»Gibt es denn gar keine, äh, ganz einfachen Rollen?« fragte Kim in klagendem Tonfall.

»Ein paar«, meinte Morris. »Aber ich dachte, du wolltest eine Hauptrolle haben. Die scheint mir eigentlich ganz gut geeignet zu sein.«

Jenny bemerkte, wie groß die Versuchung trotz aller Verunsicherung für Kim war. Also stieß sie sie an. »Warum versuchst du es nicht mal, Kim? Schlimmstenfalls könntest du die ganze Sache furchtbar versieben.«

Kim hielt inne und überdachte die Angelegenheit, wie Jenny es schon getan hatte. Wenn sie alles versiebte, würde der Meermann sie vielleicht nicht mehr anziehend finden und auch nicht mehr um ihre Hand anhalten. Das mochte zwar peinlich sein, wäre aber nur zum Besten. Und so stimmte sie schließlich zu. »Also gut. Ich übernehme den Wasserstoff.«

»Hervorragend«, sagte Morris. »Gut. Lautsprecher, der ja ein böser Magier ist, hat keine Freunde. Wasserstoff, der Gute, dagegen schon. Zu diesen gehörte auch die junge Frau Bec, die immer bereit steht, um Hilfe zu leisten. Wenn Jenny vielleicht die Rolle dieser treuen Gefährtin und Ratgeberin übernehmen mag ...«

»Aber ja!« rief Jenny. »Dann spiele ich die Bereitschafts-Bec.«

»Dann gibt es da noch eine ganze Anzahl weiterer Männer, alles unbedeutende Rollen, vom Armen bis zum Magier. Dazu ihre Ehefrauen und Familien. Meine Frau und ich werden diese Rollen spielen, und meine Gattin übernimmt auch noch die Hintergrundmusik, damit alles realistischer wird. Es bedarf nur einer gewissen Bereitschaft zur Zusammenarbeit und der Einbildungskraft, dann wird sich die Szene schon vor uns herausbilden.«

Jenny überlegte, wie das sein könnte. Schließlich verfügten die Meerleute doch gar nicht über Illusionsmagie. Aber das war schließlich auch nicht weiter wichtig. Sie hoffte nur, daß die Geschichte Cyrus von Kim ablenken würde, damit dem Schauspiel nicht noch eine unbehagliche Szene folgte. Aber sie war sich alles andere als sicher, daß es tatsächlich so kommen würde.

»Nun muß ich noch erläutern, daß wir uns während dieser Darstellung nicht umherbewegen«, fuhr Morris fort. »Wir sprechen unsere Rollen nur. Du erleichterst dir die Sache vielleicht, indem du dabei die Augen schließt, jedenfalls zu Anfang, bis du richtig in Stimmung gekommen bist.«

Jenny leistete diesem Rat nur zu gern Folge. Sie betrachtete sich selbst ohnehin nicht als große Schauspielerin, und dies machte die Sache doch um einiges leichter. Dann fiel ihr ein, daß sie noch auf andere Weise dazu würde beitragen können: durch Summen. Denn ihr magisches Talent bestand darin, beim Summen einen Traum auszubilden, in den jeder, der nicht darauf achtete, eintreten konnte. Vielleicht könnte sie ja einen Traum schaffen, wie der Meermann ihn beschrieb – dann würden sie alle den Eindruck haben, sich tatsächlich darin zu befinden.

»Aber wo ist denn das Skript?« fragte Kim.

»Welches Skript?« Morris klang verwundert.

»Von dem wir unseren Text ablesen. Damit wir auch wissen, was wir sagen müssen.«

»Ach so! Nein, so etwas brauchen wir nicht. Ich werde eine Einführung geben und den Hintergrund des Ganzen schildern. Dann spricht jeder so, wie es zu seiner Rolle paßt. Es ist nie zweimal haargenau dasselbe Stück. Das macht die Sache immer wieder frisch und lebendig.«

»Aha. Improvisation also«, sagte Kim. »Ja, das kann ich wohl mal versuchen.« Doch war sie sich in Wirklichkeit alles andere als sicher.

»Dann fangen wir jetzt an«, verkündete Morris. Sie lehnten sich in ihren bequemen Wassersesseln zurück und schlossen die Augen.

Die Sirene spielte auf ihrem Scheitholz. Das war sehr schön, genau wie zuvor, aber auch gespenstisch. Jenny spürte, wie ein lauwarmes Kribbeln durch ihre Wirbelsäule fuhr. Diese Musik war wirklich die reinste Magie! Sie bewirkte irgend etwas in ihrer Einbildungskraft, so daß sie plötzlich eine Landschaft vor sich sah. Tatsächlich war es die

Karte Xanths, aus der Perspektive eines fliegenden Rokhs gesehen, mit sämtlichen kleinen Bäumen und Seen, in der Mitte von der zerklüfteten Spalte durchzogen.

Jenny summte leise, formte ihren Traum aus dieser Beschreibung. Zusammen mit der Sirenenmusik ging das ganz leicht.

Morris sprach in ernstem Tonfall und schilderte die Szene.

Im Jahre 378 nach der Erstwelle erfolgreicher menschlicher Kolonisierung Xanths kam die Siebente Welle. Der Menschenkönig Roogna war fast hundert Jahre zuvor gestorben, im Kampf gegen die Eindringlinge der Sechsten Welle, und es hatte eine Zeit großen Leids gegeben. Doch inzwischen war alles verhältnismäßig ruhig. Im Gegensatz zu einigen anderen, war die Siebente Welle friedlicher Art. Ihre Vertreter waren aus ihrem Heimatland geflohen, um der Verfolgung durch mächtigere Gruppen zu entgehen, und sie wollten niemandem ihre eigene Lebensart aufzwingen, ja, sie wollten weder den Menschen noch den Tieren schaden. Anstatt sich mit den berreits ansässigen Menschen zu vermischen, blieben sie unter sich und heirateten auch untereinander – mit der Folge, daß die magischen Talente ihrer Kinder vergleichsweise schwach waren, meist von jener Sorte, die man abfällig als ›Fleck an der Wand‹-Variante bezeichnete: die Fähigkeit, mit Hilfe der Magie einen farbigen Klecks an der Wand erscheinen zu lassen, der jedoch zu nichts nutze war.

Dieser Mangel an bedeutsamer Magie bewirkte unter den Siebentwellern ein Gefühl der Minderwärtigkeit, was wiederum dazu führte, daß sie sich noch mehr absonderten. Sie waren nur spärlich ausgerüstet, um sich gegen räuberische Drachen zu wehren, die sich damit vergnügten, sie erst zu ärgern, indem sie sie angriffen, um sie dann mit ihrem Feuer zu rösten und die geräucherten Teile schließlich an ihren Nachwuchs zu verfüttern. Die begabteren Vertreter anderer Wellen waren oft genauso schlimm. Häufig verschleppten sie sie sogar in die Sklaverei. Also zogen sie sich in die tiefste Wildnis des größtenteils unerforschten Gebiets von Xanth zurück. Doch dort hausten gewalttätige Oger, die ihnen zusetzten, indem sie sie zu Brezeln verbogen, sie in die Umlaufbahn des Mondes schleuderten und ihnen allerlei anderes antaten. Deshalb erbauten sie ein Schloß unter dem Ogersee, um den Strudel herum, der das Tor zur Unterwelt darstellte, und hatten endlich ihr Versteck gefunden – bis die Dämonen aus der Tiefe kamen, ihre Frauen belästigten und die Köpfe der Männer auf ihren Hälsen so gründlich umdrehten, daß sie nach hinten schauten.

»Wir brauchen mehr Magie!« beschlossen sie endlich. Und so hoben sie im Jahr 400 eine Forschungsgruppe aus der Taufe, die dem Geheimnis der magischen Talente auf die Spur kommen sollte. Es war ein ehrgeiziges Vorhaben. Sie wollten nicht erst noch eine weitere Generation abwarten, bis sich unter ihren Nachkommen eine stärkere Magie entwickelte; sie wollten vielmehr lernen, ihre bereits vorhandenen Talente zu beeinflussen, um sie auf der Stelle wirkungsvoller zu machen. Man bezeichnete sie als die Talentforschungsgruppe, die von dem guten Mann Wasserstoff geleitet wurde, dessen Talent darin bestand, schmutziges Wasser wieder sauber zu machen. Dies galt als das großartigste Talent, das die Siebentweller je hervorgebracht hatten, weshalb man ihm auch die Leitung übertrug. Aber etwas so Besonderes war das auch nicht, weil schließlich jeder es ihm gleichtun konnte, indem er Wasser durch einen Sandsack goß und ab und zu den Sand auswechselte.

Morris hielt in seiner Bewegung inne, und es trat Stille ein. Jenny hatte vor ihrem inneren Auge die Leute gesehen, wie sie von Drachen gehetzt wurden, von feindseligen Menschen und Ogern, und wie sie sich schließlich im kleinen Ogersee versteckten und der Magie nachforschten. Jetzt wurde ihr klar, daß dies nur ein Hintergrund des Geschehens darstellte. Nun war es an der Zeit, daß die Mitspieler ihre Rollen übernahmen.

»Ach, Wasserstoff!« sagte sie. »Wie willst du denn das Geheimnis magischer Talente ergründen?«

Kim begriff, daß sie an der Reihe war. »Na ja, äh, wir werden die Angelegenheit einfach erforschen müssen und dann sehen, was dabei herauskommt.« Da ihr klar wurde, daß das nicht genügte, fügte sie hinzu: »Bec, geh und ruf die anderen zusammen. Wir wollen uns beraten und uns gründlich darüber austauschen. Mal sehen, welche Ideen uns dabei kommen. Ohne einen gut durchdachten Plan können wir nichts ausrichten.«

Also rief Bec die anderen zusammen: »He, ihr anderen! Kommt her! Wasserstoff will sich mit euch beraten.«

Nun setzte ein Fußscharren ein, und als Jenny wieder die Augen schloß, schien sie eine Reihe von Leuten wahrzunehmen, die sich nun zu ihnen gesellten. Schon bald wurde ihr Traum plastischer, und sie sah die Leute noch deutlicher. »Wir sind da«, sagte einer von ihnen. Seine Stimme klang nicht einmal allzu sehr nach Morris.

»Ich möchte, daß jeder von euch Vorschläge unterbreitet«, sagte Wasserstoff. »*Irgendwelche* Vorschläge, egal wie albern sie sich anhören. Denn es könnte sein, daß die gute Idee, die wir brauchen, genau jene ist, die allen anderen zu albern erscheint, um sie zu berücksichtigen. Es sind keinerlei abwertende Urteile erlaubt.«

»Ich habe mal gehört, daß in der Einheit die Kraft liegt«, sagte jemand. »Mir ist aufgefallen, daß unsere schwachen Talente sich alle irgendwie gleichen. Ob es wohl möglich ist, daß wir uns zusammentun und unsere Talente gegenseitig verstärken, um daraus ein einziges großes, starkes Talent zu machen?«

»Das ist eine gute Idee«, pflichtete Wasserstoff ihm bei.

»Aber das ist noch nie gemacht worden«, warf jemand ein. »In Xanth wiederholen sich Talente nie.« Und als er die Blicke der anderen bemerkte: »Hoppla! Das war jetzt abwertend formuliert, nicht wahr? Ich ziehe meinen Einwand zurück.«

»Könnten wir unsere Talente vielleicht verändern, indem

wir andere nachahmen?« fragte jemand anders. »Wobei wir uns alle auf dasselbe Talent konzentrieren?«

»Das ist auch eine Idee, die zur ersten paßt«, bemerkte Wasserstoff.

»Wie wäre es mit einem Talent, um die Oger abzuwehren?« fragte ein anderer. »Beispielsweise ein mächtiger Fluch?«

Das schien Wasserstoff ein guter Gedanke zu sein. Und so taten sie sich zusammen und versuchten den einen unter ihnen nachzuahmen, der über ein schwaches Fluchtalent verfügte. Und es funktionierte sogar. Zunächst konnten sie nur eine schwebende Stimme hervorbringen, die **SSSS!** sagen konnte. Doch mit der Zeit wurde dieser vereinte Fluch so stark, daß er das Laubwerk in der Nähe verwelken ließ.

Ein Jahr später führten sie draußen auf dem Feld einen Feldversuch mit ihrem Gruppenfluch durch. Auf dem Feld stand ein Ungetüm von einem Oger. »Hohoho, da ist ein Floh!« rief er, als er auf die Gruppe zukam, bereit, den Floh mit einem Hieb seiner Pranke zu zerdrücken.

»Eins«, zählte Wasserstoff, »zwei, drei!«

Alle warfen sie ihre Teilflüche zusammen und richteten sie gegen den Oger. Der Gesamtfluch explodierte direkt vor seinem Gesicht. **SSSS!** Er versengte seine Augenbrauen und brannte ihm das Fell von der Nase.

Vorübergehend geblendet, torkelte der Oger davon, drosch dabei wild auf die Luft ein. Es war kein Rückzug. So etwas kannten Oger gar nicht. Es war lediglich ein Sturmangriff in die falsche Richtung.

»Es hat funktioniert!« rief Bec jubelnd. »Der Fluch hat den Oger abgewehrt!«

Doch er war nicht stark genug, um eine ganze Gruppe von Ogern zu vertreiben. Und so kehrten sie in ihr Labor zurück und arbeiteten ein weiteres Jahr daran. In dieser Zeit entwickelten sie den Fluch zu einer solchen Stärke, daß er einen Oger davonpusten konnte. Ja, jetzt waren sie sogar in der Lage, die Oger vom Ogersee zu vertreiben, bis diese sich auf ihren langen Marsch quer durch ganz Xanth zu den

Ogersümpfen machen mußten. Die Forschergruppe erwies sich als voller Erfolg.

»Aber es genügt noch nicht, um mit den Drachen fertigzuwerden«, sagte Wasserstoff grimmig. »Wir müssen weiterarbeiten.« Und so beratschlagten sie sich ein weiteres Mal, suchten nach etwas noch Mächtigerem. Außerdem machten sie sich daran, die anderen Siebentweller darin auszubilden, ihre Talente zu vereinheitlichen; denn wenn die Magie jedes einzelnen auch sehr geringfügig sein mochte, war ihre Gesamtwirkung doch sehr groß. Sie fingen an, sich selbst als ›Fluchfreunde‹ zu bezeichnen, doch die Empfänger ihrer Flüche zogen es vor, sie ›Fluchungeheuer‹ zu nennen. Das war ihnen nicht unlieb; immerhin lernten ihre Nachbarn jetzt dank Wasserstoffs Talentforschungsgruppe, sie zu respektieren.

Drei Jahre später erlebten sie ihren zweiten Durchbruch: Sie machten die Entdeckung, wie sie ihre Talente erweitern konnten. Jetzt konzentrierte sich Wasserstoff auf seine ursprüngliche Fähigkeit des Wasserreinigens und lernte, die grundlegenden Elementarkräfte anzuzapfen, um die Eigenschaften jeder Substanz dauerhaft zu verstärken. Lautsprecher, ein Mitglied der Gruppe, war mittlerweile in der Lage, sein Talent der Verstärkung der eigenen Stimme zu erweitern und damit Worte der Macht zu erschaffen. Und auch andere Gruppenmitglieder erweiterten jeweils ihre eigenen schlichten Talente. Im Laufe der nächsten Jahre gelang es insgesamt acht von ihnen, ihre Talente so weit auszubilden, daß sie sich für den Magierstatus qualifizierten. Was für ein Unterschied, verglichen mit ihrer früheren Hilflosigkeit!

Doch nun erfuhren sie auch die unvorhergesehenen Konsequenzen der Macht. Nachdem sie mehr davon gekostet hatten, als sie je für möglich hielten, wollte jeder von ihnen immer mehr davon haben. Es kam zu Streitereien. Manche stellten offen die Frage, weshalb Wasserstoff der Anführer sein sollte, wenn es inzwischen doch so viele herausragende andere Talente gab. Wasserstoff versuchte den Frieden zu bewahren, doch Leute, die einst in ihrer machtlosen Verfassung feundlich und milde gewesen waren, gaben sich nun habgierig und rücksichtslos. Die Macht hatte sie im gleichen Ausmaß korrumpiert, in dem sie angewachsen war.

Dann tat Lautsprecher das Undenkbare: Er setzte seine Worte gegen sein eigenes Volk ein. Er benutzte ein besonders mächtiges Wort, um die anderen Mitglieder der Forschungsgruppe in grüne Chobienen zu verwandeln, die daraufhin zum Ogersee flohen, wo sie sich verirrten. Sie erinnerten sich nicht mehr an ihr menschliches Leben und hatten es nur noch darauf abgesehen, Menschen zu fressen. Sie hatten äußerst lange Münder voller scharfer Zähne, was es sehr gefährlich machte, sich ihnen zu nähern, um vernünftig mit ihnen zu reden. Also gab es keine andere Alternative mehr, als sie in Frieden zu lassen. Allerdings hatte die Sache auch ihr Gutes: Jetzt konnten keine Fremden mehr so ohne weiteres über den See spazieren und das darunterliegende Torschloß ausfindig machen, weil die Chobienen jeden, der es versuchte, ganz einfach auffraßen.

Nur Wasserstoff entkam diesem Schicksal, weil er zum Zeitpunkt des heimtückischen Angriffs fort gewesen war. Er begriff, daß man Lautsprecher aufhalten mußte, bevor er noch mehr Unheil anrichtete. Aber der einzige, der den bösen Magier bremsen konnte, war Wasserstoff selbst – war er doch inzwischen zugleich der einzige weitere überlebende Magier unter den Fluchungeheuern. »Lautsprecher, du hast etwas Schlimmes getan«, sagte er grimmig. »Aber ich werde dich aufhalten.« Als Schwur war das zwar nicht gerade sonderlich beeindruckend; dennoch zollten die Leute ihm Beifall.

Bec rief die anderen Fluch-Schauspieler zusammen. Wasserstoff formte sie zu einer neuen Gruppe, deren Gemeinschaftsfluch sich mit seiner eigenen Elementenenergie aufladen ließ. Nun verfügten sie über eine Waffe, mit der man Lautsprecher vernichten konnte.

Der böse Magier hatte sich inzwischen in ein Gebiet nördlich der Spalte in Zentralxanth begeben. Dort hatte er mit

Hilfe von Wortspaltereien einen Palast für sich errichtet und sich mit weiteren Worten die dort ansässigen Feen, Harpyen und anderen Luftgeschöpfe untertan gemacht, so daß sie ihm gehorchen mußten. Um das ganze Anwesen verlief eine Wortkette, und jedes Wort davon war geladen. So konnte sich niemand dem Grundstück nähern, ohne sich einer wahren Wortkanonade auszusetzen. Die Festung des bösen Magiers schien uneinnehmbar.

Doch Wasserstoff sammelte seine Gruppe und stellte sich mit ihr auf einen Berg, gegenüber vom Palast. Wasserstoff stand oben auf dem Gipfel und rief dem bösen Magier zu: »Lautsprecher, ich verlange, daß du dich ergibst und nichts Böses mehr tust. Sonst sprengen wir dich aus deiner Festung.«

Zur Antwort erhielt er lediglich einen Schwall spitzer Worte. Die sausten wie Dolche durch die Luft und schlugen gegen den Holzschild, den die Helden hastig errichteten. Denn Wasserstoff hatte weiteren Verrat erwartet und war darauf vorbereitet.

»Also gut, du hast es so gewollt!« rief Wasserstoff in edlem, gerechtem Zorn. »Eins – zwei – drei!«

Seine treue Gruppe schleuderte ihren vereinten Fluch, der entsprechend angepaßt worden war, um einen Großteil von Wasserstoffs Magie aufzunehmen. Es war ein Luftangriff. Er traf den Palast und wehte ihn fort. Er wirbelte umher, suchte nach Lautsprecher, doch der war nicht da. Er hatte sich in der Nacht davongestohlen und nur seine spitzen Worte zurückgelassen, um den Palast zu bewachen.

Da er sein Ziel noch nicht vernichtet hatte, blieb der Fluch unerfüllt. Unter heftigem Wirbeln suchte er weiterhin das Gebiet ab. Wasserstoff hatte nicht daran gedacht, für den Fall des Scheiterns eine Selbstauflösung einzubauen. So jagte der Fluch immer weiter umher und kam nie mehr zur Ruhe. Es blieb nichts anderes übrig, als ihn gewähren zu lassen. So hatten Wasserstoff und sein Trupp zwar die Schlacht gewonnen, aber noch lange nicht den Krieg. »Ach, Mist!« fluchte Wasserstoff.

So entstand die Region der Luft, wo der Wind ewig kreiste und nach etwas suchte, was gar nicht mehr da war.

Lautsprecher zog sich nach Norden zurück, wo er wieder ein kleines, böses Reich gründete. Diesmal benutzte er seine Worte, um damit Trolle, Kobolde und andere Erdwesen zu beherrschen. Ganze Bataillone marschierten die Mittelschanze entlang, um jedem, der töricht genug war, in Hörweite zu kommen, die schlimmsten Beleidigungen zuzuwerfen. Auch dieser Fluchort schien uneinnehmbar zu sein.

Wasserstoff sandte Bec aus, um das Gelände zu erkunden. Bec meldete, daß es ein häßlicher Ort war, fast so trostlos wie Mundania.

»Wie Mundania!« rief Wasserstoff. »Was hast du gegen Mundania?« Doch dann überlegte er es sich noch einmal und fügte hinzu: »Ach so. Das habe ich ganz vergessen. Ja, das hört sich ziemlich schlimm an.«

Und so sammelte er seine Streitmacht am Boden, direkt an der Grenze zu dem Reich, und rief sienem Feind wieder zu: »Lautsprecher, gib auf! Sonst werden wir dich begraben!«

Die einzige Antwort war ein Hagel von Speeren, deren Spitzen aus den schärfsten aller Wörter bestanden. Diese schlugen in den Schild ein, den sie hastig mit Ausdrücken errichtet hatten, die ihnen selbst die Schamröte ins Gesicht trieben. Lautsprecher konnte wirklich böse mit Worten umgehen!

»Stock und Stein brechen mein Gebein, doch Namen tun nicht weh!« rief Wasserstoff. Einige Mitglieder seiner Gruppe waren verblüfft. Sie hatten diesen Ausdruck noch nie zuvor gehört, und hier in Xanth, wo Namen verheerend wirken konnten, schien er auch nicht allzuviel Sinn zu ergeben.

Dann ließen sie einen mächtigen Mischfluch los. Der schoß hoch über das Land und ging direkt auf der Erdbefestigung nieder. Bumm! Das Erdreich platzte auseinander; Trümmer schossen durch die Gegend, und glühendes Gestein strömte zerschmelzend über den Boden. Einige

Steinsplitter härteten an der Luft aus und bildeten winzige gläserne Tränen, die für Mundanier große Bedeutung gehabt hätten, hier aber bloße Trümmerstücke waren.

Doch der Fluch fand sein Ziel nicht, weil Lautsprecher einmal mehr feige geflohen war. Der Fluch suchte emsig nach ihm; er wollte nicht aufgeben, bevor er seine Aufgabe nicht erfüllt hatte. Wieder hatte Wasserstoff vergessen, einen Auflösungszauber hineinzugeben. Er war einfach zu beschäftigt gewesen; deshalb war ihm diese Einzelheit entfallen.

So entstand also die Region der Erde, wo der Boden sich ständig bewegte und Berge willkürlich die Lava aus ihren Innereien hervorspien. Es war nicht gerade Xanths lieblichste Gegend.

Wasserstoff schüttelte den Kopf. »Irgendwie habe ich Schwierigkeiten, diese Magie in den Griff zu bekommen«, gestand er.

Lautsprecher hatte sich inzwischen weiter nach Norden begeben und dort mit Worten die feueratmenden Drachen, die Salamander und andere heiße Wesen unter sein Joch gezwungen. Er baute ein Schloß aus flammenden Worten und umgab es mit einem Gürtel feurigster Sprache. Und wieder schien er in unangreifbarer Sicherheit zu sein.

Doch Wasserstoff gab nicht auf. Er führte seine Gruppe an den Rand dieses Gebiets. »Lautsprecher!« rief er. »Hör endlich auf, die Umwelt so zu zerstören, sonst sprenge ich dich in Stücke!«

Die einzige Antwort, die er darauf erhielt, war das hitzige Wort eines Drachen. Die Feuerzunge leckte an dem hastig errichteten Schild und erwärmte ihn, bis er schmolz. Die Männer mußten ihn fallen lassen, um sich nicht die Finger zu verbrennen.

»So geht das also!« sagte Wasserstoff verärgert. »Nun gut, dann werde ich eben Feuer mit Feuer bekämpfen!«

Darauf schoß seine Gruppe einen Fluch ab, der so heiß war, daß er die Luft um sich herum entzündete. Flammend jagte er über den Himmel, schlug in die Festung ein und sprengte sie auseinander, bis nur noch brennende Trümmer übrigblieben. Der Himmel selbst fing Feuer, um auf alle Zeiten zu flackern, was man später Nordlicht nannte. Ein Waldstück am Boden brach in Flammen aus, die so heftig loderten, daß sie sich nie mehr löschen ließen.

Und wieder hatte das eigentliche Ziel sich ihrem Zugriff entzogen. Feiger Anti-Held, der er war, hatte Lautsprecher sich davongestohlen und es seinen glücklosen Gehilfen überlassen, der Wucht des Feuerfluchs zu trotzen. Das Feuer suchte und suchte, brannte dabei alles ab, dem es begegnete, doch der böse Magier war einfach nicht mehr da. Warum aber hatte Wasserstoff den Fluch ein weiteres Mal nicht mit einer zeitlichen Befristung versehen? »Diesmal dachte ich wirklich, wir hätten ihn«, erklärte er verlegen.

Auf diese Weise entstand die Region des Feuers, wo die Flammen ewig loderten und nur Flammenwesen längere Zeit überdauern konnten. Feuerfliegen und Feuerrülpser liebten diese Gegend; gewöhnliche Leute oder Geschöpfe traf man dort kaum an.

»Als Held bin ich ein ziemlicher Versager«, gestand Wasserstoff niedergeschlagen.

Lautsprecher hatte sich inzwischen ins tiefste Innere des unerforschten Xanth zurückgezogen und glaubte, daß niemand ihn dort würde aufspüren können. Er ließ sich an einem hübschen See nieder und zwang die armen Fische, ihm zu gehorchen, während die Wassernymphen ihm zum Vergnügen dienten. Um sein Wasserwerk legte sich ein monströser Wasserdrache, der jeden Eindringling sofort aufgefressen hätte. Wasservögel hielten wachsam Ausschau nach allen feindlichen Kräften. Es schien, als würde niemand Lautsprecher hier etwas anhaben können.

Doch Wasserstoff hatte gelernt, nie aufzugeben. Er führte seine Gruppe ans Ufer des Sees und schickte die treue Bec aus, um alles zu erkunden. Bec war stets rufbereit und führte ihre Aufgabe immer erst zu Ende, bevor sie mit einer neuen begann. Leise durchschwamm sie den See und begutachtete die stattlichen Verteidigungsanlagen. »Das wird ein ziemlich feuchtes Unterfangen«, meldete sie danach.

Und so baute sich Wasserstoff am Seeufer auf und rief: »Lautsprecher, komm jetzt raus und werde endlich zu einem Modell von einem Bürger, sonst spüle ich dich weg!«

Die einzige Antwort, die er erhielt, war ein Schwall Brackwasser, in dem seine Gruppe fast ertrunken wäre. Dann richteten der Wasserdrache und die Wasservögel ihre Aufmerksamkeit auf ihn und zogen sich zum Angriff zusammen.

»Gut, dann wird das eben ein Wasserkrieg«, sagte Wasserstoff flüssig. Seine Gruppe pumpte einen Fluch auf, der so feucht war, daß er selbst die Sonne ertränkt hätte, hätte er sie getroffen. Doch zum Glück war die Sonne klug genug, sich von ihm fernzuhalten. Der Fluch traf die Wasseranlage zielgenau und spülte alles in den See. Dann füllte er den See bis zum Überlaufen und türmte sich schließlich zu einem Berg mit zornig schäumendem Gipfel, während er Ausschau nach seinem eigentlichen Ziel hielt.

Doch Lautsprecher war schon wieder verschwunden. Das Wasser suchte ihn überall, wusch das Land zu einer tiefen Mulde aus, konnte ihn aber nicht aufspüren. So flachte es sich mit feuchtem Schulterzucken wieder ab und strömte in den Westen, wo es zu einem halbverbackenen Sumpfgebiet wurde, und in den Osten, wo es in einem Fluß mündete und verschwand. Denn diesmal – welche Überraschung! – hatte Wasserstoff noch rechtzeitig daran gedacht, den Fluch zeitlich zu befristen.

So entstand der Wasserflügel, eine passive Region, wo Menschen und Tiere zusammenleben und sich vermischen konnten. Es war ein insgesamt recht angenehmes Gebiet, wo sich schon bald eine stattliche Gemeinde von Meerleuten entwickelte, die schonend mit ihrer Umwelt umgingen und denen Besucher stets willkommen waren.

Unterdessen hatte Lautsprecher sich weiter im Norden etabliert. Es war ein ödes Gebiet, wo niemand hinwollte, und eigentlich war Lautsprecher auch nicht allzu begierig darauf; aber ihm gingen nun mal die Alternativen aus. Da Wasserstoff ihn in sämtliche schönen Gebiete verfolgt hatte, mußte er es nun mit einem unangenehmen Landesteil versuchen. Vielleicht würde man ihn dann lange genug in Ruhe lassen, bis er sein Heer und seine Magie entsprechend aufgebaut und weiterentwickelt hatte, um stilgerecht ganz Xanth zu erobern. Denn ebendies war sein übler Ehrgeiz: das ganze Land seiner schieren Willkür zu unterwerfen. Auch wenn seine schiere Willkür alles andere als angenehm war. So sammelte er eine Schar von Gefolgsleuten um sich, die seine Willkür verkörpern sollten; er hatte sogar eine hübsche Willküre gefunden, mit der er sich die Freizeit vertrieb.

Wasserstoff lernte nur langsam dazu, was sich auch daran gezeigt hatte, wie lange er gebraucht hatte, um zu lernen, seine Flüche zeitlich zu begrenzen. Doch mit der Zeit schaffte er es doch. So auch diesmal, als er Bec daransetzte, Lautsprecher die Fluchtwege abzuschneiden, nachdem ihm klargeworden war, daß dieser sich immer zurückzog, bevor ein Fluch ihn treffen konnte. Ja, diesmal sollte es sogar ihr selbst obliegen, den Widersacher offen herauszufordern. Dafür hatte Wasserstoff seine geheimen Gründe.

Also begab Bec sich nach Norden, wo sie sich an der äußersten Grenze des häßlichen Gebiets aufstellte und die Herausforderung herausrief: »Lautsprecher, hör mit diesem Kram auf und entsage deiner bösen Magie, sonst treibt mein Fluch dich in die Nichtigkeit!«

Die einzige Antwort, die sie darauf erhielt, war ein launischer Klumpen Müll, der gegen ihren Schild klatschte. Also rief Bec Wasserstoff herbei und erzählte ihm davon, worauf dieser einen mittelschweren Eid leistete, den Gegner diesmal in Stücke zu reißen. Dann schärfte er den schlimmsten Fluch der Gruppe, eine furchtbare Nichtsbombe.

Lautsprecher, der davon ausging, daß der Angriff von Norden kommen würde, versuchte sich nach Süden davonzustehlen, um sich in dem hübschen See des Wasserflügels zu verstecken. Doch genau dort wurde er bereits von Wasserstoff erwartet. Der schleuderte die Bombe auf ihn. Der Nichtsfluch explodierte und bildete eine gewaltige Kuppel des Chaos aus, die alles in ihrer Reichweite zerstörte, um dann auf singuläre Weise im Boden zu versinken und nie wieder gesehen zu werden. Überhaupt bekam man nie wieder etwas zu Gesicht, was erst einmal in diese Singularität eingetreten war, weil das Nichts ebendort seine letzte Heimstatt eingerichtet hatte.

So entstand das Nichts, das Heim der Nichtigkeit. An seinem Rand verlief ein Ereignishorizont, wo normale Ereignisse endeten und zu Nichts wurden. Nur weitgehend imaginäre Kreaturen wie die Nachtmähren konnten in das Nichts eindringen und unbeschadet daraus wieder hervortreten.

Diesmal war Lautsprecher nicht entkommen. Selbst die Erinnerung an ihn war verschwunden, so daß nur noch einige wenige Geschichtenerzähler überhaupt davon wußten, daß er jemals existiert hatte. Er war zum Nichts geworden, und Wasserstoffs Aufgabe war vollbracht.

Nun begann Wasserstoff nachzudenken. Ihm wurde klar, daß dieser gewaltige Feldzug gegen das Böse großen Schaden angerichtet hatte. Alle Schlachten hatten dem mittleren Xanth Schäden zugefügt. Und er wollte dafür sorgen, daß nie mehr – sei es durch Luftangriff, durch Bodengefechte, durch Feuerkämpfe, Wasserkriege oder Nichtsverletzung – Unheil entstehen konnte. Es wäre besser, wenn das Geheimnis der Umwandlung und Veränderung magischer Talente in Vergessenheit geriete, damit sich nie mehr ein einzelner zu einem bösen Magier entwickeln konnte.

Tatsächlich war Wasserstoff der einzige überlebende modifizierte Magier. Und so schickte er die anderen Mitglieder seiner Gruppe ins Torschloß, mit Ausnahme von Bec, um sich selbst mit ihr im Wasserflügel niederzulassen, wo er sich dem Rest seines Lebens der Entwicklung des Talents widmete, ein Geheimnis zu wahren. Schließlich vervollkommnete er es und setzte es auch ein, und seitdem war nie wieder jemand in Xanth dazu in der Lage, das Geheimnis der Modifizierung von Talenten erneut zu entdecken. Wasserstoffs letzter großer Zauber hatte dies unmöglich gemacht.

Natürlich heiratete Wasserstoff seine Bec, und aus ihren Nachfahren wurden die Meerleute des Wasserflügels. Um Meerleute bleiben zu können, mußten die Generationen abwechselnd Menschen und Fische heiraten. Die Fluchfreunde blieben eine engverbundene Gemeinschaft mit schwachen Einzeltalenten, die allesamt einen Bezug zu Flüchen hatten, und entwickelten sich zu hervorragenden Schauspielern. Die Dörfer um den Ogersee waren stets froh, wenn eine ihrer Truppen eintraf, weil ihre Darbietungen immer einfach großartig waren. Und so umreisten sie ständig das Seengebiet. Schon bald erinnerte sich niemand mehr daran, daß es einmal die Talentforschungsgruppe gegeben hatte oder daß fünfzehn Jahre lang in Zentralxanth Verwüstung herrschte, als man damit beschäftigt gewesen war, alles wieder ins rechte Lot zu rücken. Über zweihundertfünfzig Jahre lange blieb es in Xanth nun einigermaßen ruhig, bis die Achte Welle anrückte.

»Aber das ist eine andere Geschichte«, schloß Morris.

Jenny schlug die Augen auf. Die alte Szene Xanths verblaßte zusammen mit ihren Helden- und Untaten. Sie war wieder in der Gegenwart bei der netten Meerfamilien. Jetzt war sie nicht mehr Bec, die stets in Bereitschaft stehende, sondern Jenny Elfe. Aber dafür wußte sie nun viel mehr über Xanth als vorher.

»Jetzt kennen wir die Hintergrundgeschichte«, erläuterte Cyrus. »Für meinen Vater war es das schiere Glück, als die Sirene hier eintraf; denn dadurch konnte er sie an Stelle eines Fischs heiraten. Und ich würde jetzt gern etwas Ähnliches tun.«

Jenny sah, wie Kim erstarrte. Genau wie Wasserstoff hatte auch Kim sich zu einer recht kühnen, aber fehleranfälligen Heldengestalt entwickelt. Doch jetzt war sie nur noch ein nach wie vor fehleranfälliges Mädchen, das nicht wußte, was es tun sollte.

»Was mich zu der Frage zurückführt, die ich dir stellen wollte, Kim«, fuhr Cyrus fort. »Es geht um etwas, das möglicherweise du allein für mich tun kannst, was mir aber äußerst wichtig ist. Es betrifft meine Ehe.«

»Ich … ich …«, brachte Kim noch heraus, bevor ihre Stimme sie im Stich ließ und floh. Jennys Stimme hatte bereits dasselbe getan. Morris und die Sirene schauten gütig zu.

»Deshalb muß ich dich fragen, Kim«, fuhr Cyrus mit grandioser Geste fort, »ob du mir gestattest, mit dir zu reisen, bis ich irgendwo anders in Xanth eine geeignete Meerjungfrau gefunden habe, die ich heiraten kann. Du mußt nämlich wissen, daß ich nicht damit vertraut bin, mich außerhalb des Wasserflügels zu bewegen, und daher befürchte, daß ich zu Schaden kommen könnte, sollte ich es allein versuchen. Du bist der erste menschliche Reisende, der seit einiger Zeit hier vorbeigekommen ist. Und wie mein Vater schon sagt, scheinst du genau die richtige junge Frau dafür zu sein, weil du nicht aus Xanth stammst und es daher nichts Unschickliches ist, wenn wir einander eine Weile Gesellschaft leisten. Wir Meerleute achten sehr auf Anstand – vielleicht, weil wir von den schauspielernden Fluchfreunden abstammen. Ein männlicher Begleiter hätte natürlich überhaupt keine Probleme mit sich gebracht. Aber es kann noch lange dauern, bis hier einmal ein Menschenmann auf der Reise vorbeikommt.«

Kim sah aus, als würde sie vor Erleichterung gleich in Ohnmacht fallen. Hinzu kam anscheinend noch ein Hauch Enttäuschung. Jenny ahmte Bec die Bereite nach und sprang für sie ein. Sie fand ihre Stimme wieder, die sich unter ihrem Sessel zusammengekauert hatte, und sagte: »Es wird Kim eine Freude sein, mit dir zu reisen, bis du eine geeignete Meerjungfrau gefunden hast, die du heiraten kannst.«

Kim griff krampfhaft nach ihrer eigenen Stimme, bekam sie jedoch nicht ganz zu fassen. Also nickte sie statt dessen heftig und lächelte. In ihren Augen standen Tränen.

»Hervorragend!« sagte Cyrus begeistert. »Das ist mir eine große Erleichterung.«

Endlich hatte Kim ihre Stimme zurück. »Mir auch!« quiekte sie.

»Wir sind ja so froh, daß das klappt«, warf die Sirene ein. »Und jetzt müßt ihr euch über Nacht ausruhen, damit ihr morgen wieder frisch seid.«

Kim und Jenny pflichteten ihr nur zu gern bei.

7

Die Schwarze Welle

Nada blickte Com-Puter wütend an. »Gratuliere! Du kannst stolz auf dich sein«, sagte sie streng. »Erst hast du meinen Spieler mit dieser Abkürzung hierher gelockt und in deine Höhle getrieben, und dann hast du auch noch dein überlegenes Wissen um Xanth ausgenutzt, um ihn in dem Rätselwettkampf zu schlagen. Und jetzt ist er raus.«

GANZ GENAU, druckte der Schirm selbstzufrieden aus.

»Und mich hast du auch noch als Gefährtin zur Versagerin abgestempelt. Ich hoffe, du bist zufrieden.«

BIN ICH.

»Ach, du bist einfach unmöglich!«

ICH BIN EINE BÖSE MASCHINE. HO HO HO!

»Du hast mir besser gefallen, als du eine gute Maschine warst.«

ICH WAR NUR GUT, WEIL LACUNA MICH DURCH EINE LIST ZUM REKOMPILIEREN GEBRACHT HAT. JETZT, IM SPIEL, KANN ICH WIEDER BÖSE WERDEN. ABER DU DARFST GERN DEINE ÜPPIGE SCHLANGENGESTALT ANNEHMEN UND DICH JEDERZEIT UM MEINE HARDWARE KRINGELN, DU NAGA-KREATUR.

»Na ja, Dug wird trotzdem wieder spielen, du Bündel von Spannungsreglern.«

DANN WIRD ER SICH WIEDER MIT MIR MESSEN MÜSSEN, UND ZWAR IN EINEM WETTSTREIT, DER NOCH SCHWIERIGER IST ALS DER LETZTE. UND ICH WERDE DAS FINSTERE VERGNÜGEN HABEN, IHN WIEDER AUS DEM SPIEL ZU WERFEN. ALSO ZEIG IHM LIEBER DEINE HÖSCHEN, SOLANGE DU NOCH GELEGENHEIT DAZU HAST, PRINZESSIN.

»Du unaussprechlicher Schurke!« schrie sie empört.

DU BIST HÜBSCH, WENN DU WÜTEND BIST.

Nada schnippte mit den Fingern. Sofort erschien Professor Fetthuf. Er war ein imposanter alter Dämon, komplett ausgerüstet mit Fangzähnen und Schwanz. »Diese ärgerliche Maschine beleidigt mich!« sagte Nada.

Fetthuf runzelte die Stirn. Das machte seine natürliche Grimasse noch eindrucksvoller. »Du übernimmst diese Aufgabe mit einem Kopf voller Stroh und beschwerst dich auch noch darüber, daß dein Schützling die Sache versiebt hat?«

Für einen Augenblick überkam Nada eine rückhaltlos unheilige Wut. Doch dann merkte sie, daß der Professor sie nur aufzog, wie er es mit jenen zu tun pflegte, bei denen er Hoffnung hegte, sie könnten sich einmal zu ihrem Besseren entwickeln. Tatsächlich war es schon fast ein Kompliment. »Ich hoffe, ich mache es beim nächstenmal besser«, erwiderte sie tapfer.

Ein seltsamer Ausdruck wollte sich in seine Gesichtszüge vorkämpfen, verlor aber den Streit. Nada erkannte, daß es ein Lächeln war, das in dieser Landschaft völlig fehl am Platze gewirkt hätte. »Vielleicht, nur *vielleicht*, schaffst du es ja. Dann könntest du *möglicherweise* zu einem Geschöpf werden, das zu kennen sich lohnt«, knurrte er. Und dann, an Com-Puter gewandt: »Mach weiter, böse Maschine.«

DANKE, erwiderte Puter, offensichtlich hocherfreut über die Belobigung.

Fetthuf zuckte nachlässig mit dem kleinen Finger. Plötzlich befand Nada sich wieder im Gefährtenraum, zusammen mit Grundy Golem, der Dämonin Metria, Goddy Kobold, Horace Zentaur, Mark Knochen und einer weiteren Person – Vida Vila.

»Was ist mit Jenny Elfe?« fragte Nada.

»Sie wurde von Kim Mundanierin zur Gefährtin gewählt«, erklärte Grundy.

»Ach so. Dann ist Vida also hergekommen, um sie zu ersetzen.«

»Nein. Vida ersetzt *dich*.«

»Aber ich bin doch da«, protestierte Nada verwirrt.

Vida lachte. »Ich habe erst dich ersetzt, dann ging Jenny fort, jetzt bist du zurückgekehrt, also ersetze ich jetzt wahrscheinlich Jenny. Macht dir das was aus?«

Nun mußte Nada selbst lachen. »Nein, natürlich nicht. Ich war nur überrascht von dem Wechsel. Ich hätte das eigentlich nicht sein sollen.«

»Wie war es denn?« fragte Grundy höflich.

»Am Anfang eher peinlich, weil Dug versucht hat, grobklotziges männliches Interesse an mir zu zeigen.«

Vida lächelte. »Das liegt an der Landschaft«, meinte sie und holte Luft. Sie war natürlich eine von Xanths hübschesten Geschöpfen. Nada fiel ein, daß Dug, wäre Vida bereits dagewesen, ebensogut sie an ihrer Stelle hätte aussuchen können.

ALLES HERHÖREN, ertönte Professor Fetthufs laute Stimme.

ES IST ZEIT, DEN FALSCHEN GEFÄHRTEN AUSZUWÄHLEN.

Ach ja! Das hatte sie schon ganz vergessen. Sie setzte sich aufrecht hin, um genau wie die anderen keinerlei Reaktion zu zeigen.

AUSWAHL – BEGINNT.

DU.

Nada war viel zu versteinert, um vor Schreck aufzufahren. Das Los war auf sie gefallen! Jetzt war sie die Falsche Gefährtin. Eine Katastrophe!

Aber sie mußte es wahrnehmen, denn zu ihrer Rolle gehörte es auch, dies vor den anderen zu verbergen. Auf diese Weise war gewährleistet, daß niemand den Spieler vor ihr warnen konnte. Sie mußte das Geheimnis wahren und sich genauso verhalten wie eine Treue Gefährtin – bis sie die perfekte Gelegenheit fand, ihn ins ruhmlose Verderben zu stürzen.

Sie sah sich um, tat so als wüßte sie nicht, wer es war, und bemerkte, wie die anderen dasselbe taten. Nur daß die sich nicht verstellten. Dann zuckte sie die Schultern, als hätte sie sich damit abgefunden, es nicht herauszukriegen. Die anderen taten es ihr gleich und schienen erleichtert. Also brachte sie sich dazu, ebenfalls erleichtert dreinzublicken. Ach, wie sie das doch verabscheute! Die Rolle einer schnöden Verräterin zu spielen – das war einfach nicht prinzessinnenhaft.

»Achtung – ein Spieler kommt«, sagte Metria, die genau wie beim letztenmal aus dem Fenster spähte. Nada fragte sich, ob Metria wohl beim letzten Spiel zur Falschen Gefährtin auserkoren worden war; die hätte es genossen, war sie doch ständig auf Unheil aus.

Sie setzten sich gerade hin, um sich betrachten zu lassen. Nada blickte durch den Einwegschirm.

Und erstarrte. Es war natürlich Dug, der gerade aufs neue ins Spiel eintrat. Und sie wußte ganz genau, wen er wählen würde. Weil er sie kannte, sie mochte und ihr vertraute.

Diesmal mußte sie sein Vertrauen mißbrauchen. Ach, welche Qual!

Da ertönte eine zweite Stimme in ihrem Schädel. *Du erhältst noch weitere Anweisungen. Du wirst sie peinlich genau ausführen, ohne dir ein Urteil über ihre Berechtigung und ihren Wert anzumaßen.*

Ja, erwiderte sie unglücklich. Könnte sie sich vielleicht hinter einem der anderen verstecken, damit Dug glaubte, daß sie im Augenblick nicht verfügbar sei?

»Hallo! Ich bin Grundy Golem. Ich stamme ...«

»Klar doch, Grundy«, sagte Dug freundlich. »Kürzen wir die Sache ab, ja? Ich bin ein Wiederholer.«

Vielleicht würde er um der Abwechslung willen auch jemand anderen aussuchen. Beispielsweise Vida, die noch schöner war als Nada, weil sie ihre Gestalt an ihre Stimmung anpassen konnte. Möglicherweise auch Metria, die ihn gerade so weit führen würde, wie ihr unheilvolles Naturell es erlaubte, ja, ihm vielleicht sogar ein kurzes Aufblitzen ihrer Höschen gewähren würde, bevor sie sich in Rauch auflöste. Vielleicht entschied er sich aber auch für einen männlichen Gefährten, um leichter den Fluß überqueren zu können.

»Ich nehme Nada«, sagte Dug, genau wie sie es eigentlich immer gewußt hatte. Damit hatte er sein Schicksal besiegelt, der unschuldige Narr! Er hatte ganz vergessen, daß ein neues Spiel auch einen neuen Falschen Gefährten bedeutete, der in der letzten Runde durchaus auch ein Treuer Gefährte gewesen sein konnte.

Sie stand auf und trat durch das Fenster. »Hallo, Dug«, wiederholte sie die vorgeschriebene Formel. »Ich werde versuchen, dir eine Treue Gefährtin zu sein.« Das war eine Lüge; sie würde nur so tun als ob, in Wirklichkeit aber auf den Augenblick lauern, daß sie ihm den größtmöglichen Schaden zufügen könnte. Vom Falschen Gefährten wurde nicht erwartet, daß er sich schon gleich zu Anfang darum bemühte, Unheil zu stiften, weil er oder sie sich damit möglicherweise zu früh offenbaren könnte und der Spieler dann doch nicht aus dem Spiel flog, weil er ja nun wußte, wie er mit seiner Begleitung zu verfahren hatte. Sie mußte vielmehr einen späten Spielstand abwarten, wenn es um seine Chancen zu gewinnen am besten stand – um ihn statt dessen ins Verderben zu treiben. Damit es für ihn noch viel schwieriger werden würde, erneut ins Spiel einzusteigen und zu siegen. Denn die Hindernisse und Gefahren wurden immer größer, je weiter das Spiel kam, und wenn er in einer Runde etwas nicht bewältigte, mußte er es in der nächsten überwinden – nur daß es dann noch schlimmer war. Das sollte den Spielern die Lust daran vergällen, sich absichtlich hinauswerfen zu lassen, um später mit genauerer Kenntnis um die Struktur des Spiels erneut einzusteigen.

»Es ist schön, wieder bei dir zu sein«, sagte Dug selig. »Ich habe meine Augen bereits auf unscharf gestellt. Es dürfte nur noch einen Moment dauern, dann bin ich wieder ganz im Spiel.« Und tatsächlich, noch während er sprach, wurden seine Umrisse schärfer, und sein Schirm verblaßte. Er hatte einiges dazugelernt und wollte auch an die Magie glauben; deshalb gelang es ihm nun.

»Ich bin froh, wieder deine Gefährtin zu sein«, log sie. Ach, wie sie sich doch wünschte, er hätte diesmal jemand anderen ausgesucht! Aber nun mußte sie ihre neue Rolle spielen. Wenn er sie fragen sollte, ob irgend etwas sich verändert hatte, würde sie ihn belügen müssen. Sollte sie sich ihm offenbaren oder versuchen, ihn möglichst früh ausschalten zu lassen, um ihrem eigenen Auftrag als Falsche Gefährtin ein Ende zu setzen, ohne allzu großen Schaden angerichtet zu haben, würde sie selbst in Schwierigkeiten geraten. Professor Fetthuf würde es merken und verwerfen. Deshalb konnte sie es auch nicht so einrichten, ihn einfach ihre Höschen sehen zu lassen oder irgend etwas anderes in der Art. Natürlich hätte sie das ohnehin nicht getan, da es unprinzessinnenhaft gewesen wäre.

»Dann mal los!« sagte Dug glücklich. »Diesmal werde ich alles beser machen und nicht wieder ins Messer laufen, wie beim letzten Mal.«

Nada verbarg ihr Seufzen. Wie ahnungslos er doch war!

Sie machten sich auf den Weg. »Es spricht nichts dagegen, ins Dorf Isthmus zu gehen, um uns dort mit Vorräten und allem anderen einzudecken«, sagte Dug. »Das ist ja gut gelaufen. Ich meine, schließlich haben wir denen ja einen Gefallen getan, nicht? Und wir haben das Zensurschiff beseitigt. Ich werde also damit nichts vermeiden, sondern es diesmal einfach nur besser machen.«

»Aber die Spielerstruktur wird anders sein«, ermahnte sie ihn. »Und deinem Schicksalsgegner Com-Puter wirst du nicht aus dem Weg gehen können, egal was du versuchst. Denn er wird sich genauso daran erinnern, wie ich es tue.« Inzwischen war sie zwar eine Falsche Gefährtin, mußte sich aber für eine Treue ausgeben – und genau das hätte eine Treue Gefährtin gesagt. Tatsächlich würde sie sich genauso benehmen müssen wie sonst, bis Dug Com-Puter überwunden hatte, weil es sinnlos war, ihn auflaufen zu lassen, solange er das ebensogut allein erledigen konnte. Schließlich sollte sie ihn nicht einfach nur aus dem Spiel werfen, sondern dies gerade dann bewirken, wenn er kurz vor einem Durchbruch oder dem Sieg stand. Damit es am meisten weh tat. Also mußte sie so lange die Treue Gefährtin mimen, bis sie endlich diese gefürchtete Gelegenheit bekam, die vollkommene Falsche zu werden.

»Das ist schon in Ordnung«, sagte Dug in seinem mundanischen Idiom. »Ich möchte sowieso mit Puter abrechnen. Der hat doch bloß Glück gehabt, als er mich in diesem Rätselwettbewerb geschlagen hat. Ich wußte einfach noch nicht genug über Xanth.«

Nada merkte, daß er im Begriff stand, sich durch Übermut selbst zu gefährden. Eigentlich müßte sie ihn warnen – doch die Treue Gefährtin würde es nicht übers Herz bringen, seine Gefühle zu verletzen, während die Falsche Gefährtin seine Haltung begrüßen würde, da sie ihn zu einem leichteren Opfer machte. Also ließ sie es zu, daß er ihr Schweigen mit Zustimmung verwechselte.

Der Weg führte sie in ein fremdes Dorf. Es war anders angeordnet. Auch die Häuser waren nicht gleich, und die Leute ... Nada hatte noch nie solche Leute gesehen. Sie sahen wie gewöhnliche Menschen aus, waren aber schwarz. Oder zumindest dunkelbraun.

»Was ist das denn?« fragte Dug erschrocken, als es ihm ebenfalls auffiel.

»Die Spielstruktur hat sich verändert«, erklärte Nada. »Ich hätte auch nicht gedacht, daß es so dramatisch sein würde. Das hier ist ein völlig anderes Dorf.«

»Das kannst du wohl sagen! Das sind Schwarze.«

»Du erkennst sie wieder?«

»Na ja, nicht individuell. Aber es sind ... ich glaube im Wörterbuch bezeichnet man sie als Neger. Menschen aus Afrika. Wir hatten ... ich meine, in Mundania gab es eine häßliche ... jedenfalls wurden sie als Sklaven herübergebracht, um dann nach einem Krieg freigelassen zu werden. Aber die Weißen haben sie nie wirklich akzeptiert. Inzwischen sollen alle angeblich gleich sein, ohne Diskriminierung, ... na ja, das ist eben wie mit diesem Zensurschiff. Eins von den schlimmen Dingen, die es nun mal gibt.«

Nada war verwirrt. »Weiße Leute haben schwarze Leute in ihr Land geholt und sie dann nicht akzeptiert?«

»Nicht als freie Menschen. Nicht als Gleichberechtigte. Nicht als Nachbarn. Es gab da eine Menge Ärger, als man Schwarze auf die Schulen der Weißen lassen wollte, weil ...« Er bemerkte ihren verständnislosen Blick. »Du kannst es mir glauben: Ich bin selbst weiß, bin aber alles andere als stolz darauf, was mein Volk getan hat. Aber es ist auch nicht ganz leicht, die Dinge wieder gutzumachen. Zum Beispiel war da eine Schulkameradin von mir im Mathematikunterricht: Sie war schwarz, und ich mochte sie einfach gern ansehen, sie war fast so schön wie du, auf ihre eigene Weise, und klug war sie auch. Aber ich wußte, wenn ich auch nur Hallo zu ihr sage, verliere ich nicht nur die meisten meiner Freunde; dann schlagen ihre Brüder mich wahrscheinlich auch noch zusammen. Deshalb durfte ich sie einfach nicht beachten. Ich vermute, daß sie mich für ziemlich rotzig hielt; aber es war den Ärger nicht wert. Vielleicht hat sie mich ja sowieso für einen Penner gehalten. Es ist also nie etwas zwischen uns gewesen, aber ich wünschte ... na ja, ich weiß auch nicht so genau, was ich mir wünsche. Aber irgendwie habe ich immer noch ein schlechtes Gefühl, wenn ich an die Sache denke.«

Nada war zugleich verwundert und erleichtert. Verwundert, weil es nicht zu übersehen war, daß die gesellschaftlichen Sitten und Einstellungen der Mundanier noch viel fremdartiger waren, als sie geahnt hatte; und erleichtert, weil es nichts mit ihrer Rolle als Falscher Gefährtin zu tun hatte, so daß Nada sie für einen Augenblick vergessen konnte. »Du wolltest etwas mit ihr zu tun haben, aber die anderen wollten das nicht zulassen?«

»Ja, so ungefähr war es. Ihr Name war Princilla, nicht Priscilla. Ich fand ihn richtig toll. Verstehst du, was ich meine?«

»Princilla – wie Prinzessin«, sagte Nada anerkennend.

»Ja. Genau wie du. Aber in meiner Heimatstadt gehen Weiße einfach nicht mit Schwarzen aus – jedenfalls nicht, wenn ihnen an ihrer eigenen Gesundheit gelegen ist. Wenn ein schwarzer Mann ein Rendezvous mit einem weißen Mädchen haben möchte, ist es noch schlimmer. Wir gehen zwar alle in dieselbe Klasse, wir spielen zusammen Ball, wir fahren zusammen im selben Bus, aber es gibt eben doch eine gewisse Trennlinie.« Er zuckte die Schultern. »Aber das ist drüben. Jetzt sind wir ja hier. Ich bin sicher, daß es in Xanth so einen Quatsch nicht gibt. Was sollen wir jetzt tun?«

»Wir brauchen das Dorf nicht aufzusuchen«, erinnerte sie ihn. »Wir brauchen keine Waffen, und die Nahrung wächst auf den Bäumen. Es gäbe also höchstens einen Grund, hier haltzumachen: um irgend etwas in Erfahrung zu bringen, was dir im späteren Verlauf des Spiels dienlich sein könnte. Aber das ist recht zweifelhaft.« Das entsprach sogar der Wahrheit.

»Weißt du, in anderen Spielen muß man sich erst einen magischen Schlüssel oder so etwas besorgen, bevor man damit durch eine verriegelte Tür kann, um sich etwas anderes zu beschaffen. Ist das in diesem Spiel denn nicht so?«

»Ich glaube nicht. Ich vermute mal, daß es vielleicht tatsächlich einen Schlüssel geben könnte, aber ich wüßte nicht, wo wir nach einer verschlossenen Tür suchen sollten. Ich weiß wirklich nicht, wie wir an dein Ziel gelangen. Deshalb müssen wir ja auch den Guten Magier aufsuchen.«

»Stimmt. Na ja, vielleicht kann ich ja hier irgend etwas in Erfahrung bringen, das mir hilft. Reden wir mal mit den Leuten.«

»Wie du möchtest.« Es war ganz erstaunlich: Bisher hatte ihr Status als Falsche Gefährtin nicht den leisesten Unterschied gemacht. Bei seinem gegenwärtigen Tempo würde Dug sich schon bald selbst aus dem Spiel manövrieren, egal was sie unternahm oder nicht. Dann hätte sie den Spielregeln entsprochen und zugleich ihr Gewissen entlastet. Es war ironischerweise ein geradezu liebenswürdiger Zug von ihm.

»Hallo!« rief Dug, als sie auf den nächststehenden Mann zugingen. Er war Schreiner. Jedenfalls sägte er gerade Holz. Er schien damit beschäftigt zu sein, ein Haus zu bauen – ganz gemächlich.

Der schwarze Mann hielt inne und musterte sie. Er sagte nichts.

»Hör mal, ich will euch ja nichts Böses«, fuhr Dug fort. »Als ich das letzte Mal hier vorbeikam, war da ein ganz anders Dorf. Ich bin erstaunt, wie es sich so schnell verändern konnte. Wenn du nicht mit mir reden willst, ist das schon in Ordnung. Dann gehe ich eben einfach weiter. Ich will keinen Ärger. Aber neugierig bin ich doch, was hier passiert ist.«

Der Mann wandte seinen Blick Nada zu. Sie lächelte, vorsichtshalber, mit einem gedämpften Leuchten, das die Miene des Mannes aufhellte. So etwas kam manchmal vor. Er mußte ihr Lächeln einfach erwidern. »Da hast du aber eine wirklich hübsche Frau dabei«, sagte er.

»Das ist nicht meine Frau«, warf Dug hastig ein. »Nur meine Gefährtin.« Dann merkte er, daß dies die Sache nicht gerade eindeutiger machte, und so beschloß er, Nada förmlich vorzustellen. »Das ist Prinzessin Nada Naga. Sie führt mich nur durch das Spiel.«

Der Mann nickte. »Muß ja ein tolles Spiel sein.«

»Das ist Dug Mundanier«, sagte Nada. »Er muß eine Siegesprämie suchen, wie wir vermuten. Ich bin in Xanth heimisch; deshalb führe ich ihn. Aber es ist auch nicht zu übersehen, daß es in Xanth Gegenden gibt, die selbst ich nicht besonders gut kenne. Leute wie euch habe ich noch nie zu Gesicht bekommen.«

»Du bist eine magische Frau?« fragte der Mann.

»Ja. Ich kann es dir zeigen, wenn du möchtest.« Sie war jedoch nicht allzu begierig darauf, weil es danach Komplikationen geben würde, in ihre Menschengestalt zurückzukehren, ohne daß man ihren nackten Körper oder ihre Unterwäsche zu sehen bekam. Andererseits war es aber auch ihre Aufgabe, Dug beim Weiterkommen behilflich zu sein. Jedenfalls vorläufig. Und wenn es dazu gehörte, daß sie ihre Magie vorführte, würde sie es tun.

»Zeig es mir«, sagte der Mann.

Also nahm sie Schlangengestalt an und schlüpfte aus ihren Kleidern. Dann verwandelte sie sich in eine Naga. »Wir sind Schlangenleute«, erklärte sie. »Das hier ist meine natürliche Form.«

Inzwischen kamen noch weitere Schwarze auf sie zu. Nada hoffte, daß sie friedlich waren. Sie hatte kein Verlangen, die Gestalt einer großen Schlange anzunehmen und gegen die Leute zu kämpfen, um Dug zu beschützen – was das Spiel im Notfall allerdings von ihr verlangte.

»Du bist wirklich magisch«, entschied der erste Mann. »Also gut, verwandle dich zurück, dann können wir reden.«

Jetzt mischte Dug sich ein. »Sie kann sich nicht einfach zurückverwandeln, weil man sonst ihren nackten Körper sehen würde. Sie braucht dafür einen abgeschiedenen Ort.«

Der Mann nickte. »Bei dem Körperbau sehe ich das ein.« Er drehte sich um und rief in Richtung des halbfertigen Hauses: »He, Mari, Besuch für dich!«

»Ist gut, Jaff«, rief eine schwarze Frau aus dem Haus.

Dug nahm Nadas Kleidung auf, machte ein Bündel daraus und reichte es ihr. »Geh nur, Nada«, sagte er. »Ich komme schon zurecht.«

Sie nahm wieder ihre volle Schlangengestalt an, packte das Bündel mit dem Mund und glitt auf das Haus zu. Offensichtlich hatte sie damit das Eis tatsächlich gebrochen.

Mari öffnete die Tür, und Naga glitt hinein. Dann legte sie das Bündel ab, wechselte in ihre Naga-Gestalt und erklärte: »Ich bin Naga – eine Schlangenfrau. Ich brauche einen abgeschiedenen Platz, um wieder meine Menschengestalt anzunehmen und mich anzukleiden.«

Die Frau zögerte. »Das hier ist das einzige Zimmer im Haus. Wir bauen noch.«

»Du kannst gern bleiben«, sagte Nada. »Solange keine Männer oder Kinder dabei sind.«

»Mein Mann ist draußen. Kinder sind nicht hier.«

Also wechselte Nada schnell wieder in ihre Menschenform und kleidete sich an.

»Das ist aber wirklich eine tolle Menschengestalt!« meinte die Frau.

»Na ja, das wird auch von mir erwartet. Ich bin nämlich eine Prinzessin.«

»Dann gibt es noch andere wie dich?«

»Ja. Wir Naga leben größtenteils in den Bergen, unterirdisch. Wir bekämpfen die Kobolde, wenn sie einzudringen versuchen.«

»Kobolde!«

»Ist nicht abfällig gemeint«, warf Nada schnell ein. »Manche Kobolde sind ganz nett. Einige meiner Freunde sind auch Kobolde. Aber ...«

Die Frau brach in Gelächter aus. »Habe ich irgend etwas Komisches gesagt?« fragte Nada irritiert.

»Die Kobolde plündern unsere Vorräte«, erwiderte Mari. »Wir mögen sie auch nicht besonders. Es ist nur so, daß deine Schilderung sich genauso anhörte wie das, was die weißen Leute über *uns* sagen. Daß wir ganz in Ordnung seien, solange wir bleiben, wo wir hingehören.«

Nada erinnerte sich daran, was Dug ihr vorhin erzählt hatte, über die spannungsgeladenen Beziehungen zwischen den weißen und schwarzen Menschen von Mundania. »Kommt ihr zufälligerweise aus Mundania?«

»So nennt ihr es, ja. Wir sind gegangen, weil ...«

»Weil man euch nicht gleichberechtigt behandeln und keine Mischehen erlauben wollte.«

Die Frau nickte. »So in etwa. Aber hier scheint es auch nicht anders zu sein. Es ist ein recht merkwürdiger Ort, aber die Menschen sind weiß.«

»An manchen Stellen gibt es auch andere farbige Leute«, antwortete Nada. »Grüne, purpurne, graue ...«

»Vielleicht sollten wir uns mit denen mal treffen.«

»Das ginge wohl. Ich weiß zwar nicht genau, wo sie jetzt leben, aber früher wohnten einige von ihnen in der Gegend von Schloß Roogna.«

Inzwischen hatte Nada sich gänzlich angekleidet. Die beiden Frauen traten vor die Tür. Dug unterhielt sich gerade mit einer Männergruppe. Es schien ganz friedlich zu verlaufen.

Da sah er Nada.

»He, ich glaube, wir können ein Geschäft machen«, sagte er. »Diese guten Leute wollen mich mit Vorräten versorgen, wenn einer von ihnen mit uns reisen kann, um zu erkunden, ob es irgendeinen Ort in Xanth gibt, wo sie willkommen sind. Falls du nichts dagegen hast.«

»Das ist deine Entscheidung«, erinnerte sie ihn. »Aber vielleicht sollten wir erst etwas mehr über diese Leute in Erfahrung bringen, bevor wir uns festlegen.«

Die schwarzen Männer blickten einander an; dann sahen sie noch ein wenig länger auf Nada. »Na klar, unterhalten wir uns«, willigte Jaff schließlich ein.

Sie begaben sich ins Dorf, wo es ein größeres, fast fertiges Haus gab. Dort nahmen sie auf einfachen Holzstühlen Platz. Jaff schien der Sprecher zu sein, da sie ja auch als erstes mit ihm geredet hatten. »Wir sind aus dem Land, das ihr Mundania nennt«, sagte er. »Wir sind erst vor zwei Jahren rübergekommen. Es ging uns drüben sehr schlecht. Es gab keine gute Arbeit, alles war ziemlich eng, und dann haben wir irgendwie den Weg in dieses magische Land entdeckt. Da sagten wir uns, was soll's, schlimmer als zu Hause kann es da auch nicht sein! Also sind wir mit unseren Familien ausgewandert. Aber hier gab es einige merkwürdige Dinge, beispielsweise Pasteten, die an Bäumen wachsen, und echte Drachen und Kobolde. Deshalb haben wir uns erst einmal einen Lagerplatz gesucht und uns vorläufig niedergelassen, und jetzt versuchen wir uns zu entscheiden, ob wir gleich hier siedeln oder vorher noch woanders Ausschau halten sollen. Wir haben einige der Menschen hier kennengelernt, und die sind alle weiß. Wir sind uns nicht sicher, wie sie sich verhalten werden. Wir wollen keinen Ärger, wir wollen nur vernünftige Arbeit und ein ruhiges Leben führen. Aber je tiefer wir in dieses Land kommen, um so merkwürdiger scheint alles zu werden. Deshalb wissen wir nicht so genau, was wir jetzt tun sollen.«

»Ihr müßt eine Welle sein!« rief Nada.

»Eine Welle?«

»Eine Kolonisierungswelle. Es hat schon ungefähr zehn davon gegeben. Die meisten Wellen gehen mit viel Gewalttätigkeit einher, aber nicht alle. Dann seid ihr also die Schwarze Welle. Wenn ihr nicht kämpfen wollt, werden die Leute hier auch nicht kämpfen, das weiß ich. In Xanth können wir immer mehr Menschen gebrauchen, und es gibt auch jede Menge Platz hier.«

»Das klingt ziemlich gut«, meinte Jaff. »Trotzdem würden wir die Sache gern erst einmal erkunden, bevor wir etwas Einschneidendes unternehmen.«

»Hört mal,«, warf Dug ein. »Ich bin hier selbst nur zu Besuch, wie ich euch bereits erzählt habe. Wenn mein Spiel zu Ende ist, muß ich nach Mundania zurück. Aber meines Wissens verbieten mir die Spielregeln nicht, jemanden mitzunehmen. Ich werde wohl ziemlich viel herumkommen, bis ich gefunden habe, was ich suchen soll. Außerdem kann ich auch ein paar Abstecher machen, wenn ich möchte. Ich finde, das ist ein ganz guter Tausch. Ihr versorgt mich mit Vorräten und einer Waffe, mit der ich mich wehren kann, und ich nehme dafür einen von euch mit, der dann so viel Fragen stellen kann wie er möchte, und der dabei vielleicht einen Ort findet, wie ihr ihn sucht. Dann kann er zurückkehren und euch alles darüber erzählen.«

Dieser Gedanke bereitete Nada Unbehagen, und zwar nicht allein wegen ihrer eigenen häßlichen Mission. »Ich weiß nicht so recht.«

Dug wandte sich ihr zu. »Hast du Probleme damit?« fragte er mit einem angedeuteten Lächeln.

»Ja. Du bist ein Spieler, und ich bin hier, um dich zu führen und so gut zu beschützen, wie ich kann.« Das war inzwischen nur eine Halbwahrheit, was sie auch entsprechend verabscheute; aber die Spielregeln ließen ihr keine andere Wahl. »Es ist aber nicht meine Aufgabe, einen anderen zu führen oder zu beschützen. Es könnte passieren, daß ich dich vor irgendeinem Unheil rette, das dafür ihm widerfährt – was aber nicht der Fall gewesen wäre, hätte er uns nicht begleitet.«

Jaff musterte Nada. »Du beschützt ihn?« Es war nicht zu übersehen, daß er Zweifel hegte.

»Du hast mich mit eigenen Augen meine Gestalt wechseln sehen«, erwiderte sie gelassen. »Ich kann auch zu einer großen Schlange werden, wenn ich will.«

»Und ob sie das kann«, warf Dug begeistert ein. »Sie hat sogar mal einen Flugdrachen verscheucht! Und weil sie Xanth kennt, kann sie mir auch dabei helfen, nicht in Schwierigkeiten zu geraten, es sei denn, ich bestehe darauf.«

Jaff sah seine Frau an. Mari sagte: »Das ist eine nette Person, Jaff. Sie ist eine Prinzessin ihrer Rasse. Ihr Volk kämpft gegen Kobolde.«

Jaff wandte sich wieder Dug zu. »Wir sind bereit, das Risiko einzugehen, wenn ihr es auch seid.«

»Dann tun wir das«, entschied Dug. »Wer kommt mit?«

Eine Pause. Dann ergriff ein Mann das Wort. Er schien in den Dreißigern zu sein. »Ich denke, das kann ich übernehmen.«

Die anderen nickten zustimmend. »Sherlock kann die Sache übernehmen«, bekräftigte Jaff.

»Ich muß nur noch ein paar Sachen beim Schmied abholen«, sagte Sherlock.

»Nur zu«, erklärte Jaff. Sherlock begab sich in einen anderen Teil des Dorfs.

Nun schafften sie Vorräte heran und überreichten Dug eine handfeste, gute Keule als Waffe, und Sherlock gesellte sich zu der kleinen Gruppe. Er war weder groß noch besonders gutaussehend, machte aber einen wachen Eindruck. Nada fragte sich, ob er möglicherweise vom Spiel selbst eingeschmuggelt worden war und eine zusätzliche Herausforderung darstellte. Schließlich hatte das Dorf Isthmus sie ja auch zu einer beachtlichen Herausforderung geführt, und da an seiner Stelle nun das Schwarze Dorf stand, mußte das Spiel auch Entsprechendes eingerichtet haben. Dug hatte sich zwar dafür entschieden, sich mit den Leuten der Schwarzen Welle ins Benehmen zu setzen, anstatt gegen sie zu kämpfen; dies aber bedeutete nicht zwingend, daß die Herausforderung bereits bewältigt war. Sollte sie ihn deswegen nun warnen oder sich lieber in Stillschweigen üben? Doch sie war ja jetzt eine Falsche Gefährtin. Und so blieb sie still.

Bald darauf machten die drei sich wieder auf den Weg. Doch nun ging der Tag seinem Ende zu, genau wie beim letzten Mal in dieser Gegend. Entschied die Gegend etwa über die Tageszeit, oder war das nur ein Zufall? Nada hatte geglaubt, daß es noch Morgen sei, als Dug den Rätselwettkampf verlor und das Spiel verließ. Vielleicht war es aber auch schon Nachmittag gewesen. Dann war dies möglicherweise der Abend eines anderen Tages. Eigentlich spielte es keine Rolle. Ihre einzige Sorge galt der Aufgabe, Dug sicher durch die Konfrontation mit Com-Puter zu führen, und wenn er kein weiteres Mal gegen die Höllenmaschine verlieren sollte, würde Nada eben etwas Schlimmeres suchen, um ihn scheitern zu lassen. Damit hätte sie sich dann auch ihrer ungeliebten Verpflichtung entledigt. Falls Dug danach ein drittes Mal zurückkehren sollte, um sich erneut für sie zu entscheiden, wäre sie ihm wieder eine Treue Gefährtin.

»Wir werden bald das Nachtlager aufschlagen müssen«, sagte Nada.

»Stimmt«, antwortete Dug. »Und ich weiß auch schon, wo. Am besten, wir begeben uns gleich dorthin.«

»Du weißt schon, wo?« fragte Sherlock. »Ich dachte, hier wäre überall nur Wildnis. Wir haben das Gebiet schon erforscht und keine sicheren Stellen gefunden.«

Nada nickte. »Das wird schon stimmen«, meinte sie. »Dies ist unser zweiter Spielversuch. Beim erstenmal ist Dug gegen Com-Puter, die böse Maschine, ausgeschieden. Deshalb mußte er wieder von vorn anfangen. Die Geographie hat sich verändert. Daher wird der verzauberte Lagerplatz, den wir beim letzten Mal gefunden haben, wohl nicht mehr da sein.«

»Die Geographie hat sich verändert? Wann seid ihr denn das letzte Mal hier vorbeigekommen?«

»Gestern«, erwiderte Dug. »Da stand hier ein anderes Dorf.«

Sherlock schüttelte den Kopf. »Wir sind aber schon seit einem Jahr hier.«

»Natürlich behauptet ihr das. Ihr gehört ja auch zum Spiel.«

»Nein, *du* gehörst zum Spiel. Wir sind aus freien Stücken nach Xanth gekommen, und ich kann dir versichern, für uns ist das alles andere als ein Spiel.«

Dug sah Nada an. »Wirst du daraus noch schlau? Was ist denn nun wirklich: das, was wir gesehen haben, oder das, was die gesehen haben?«

»Das läßt sich leicht beantworten«, sagte sie, als ihr die Lösung klar wurde. »Der Weg ist verzaubert. Nicht um uns zu beschützen, sondern um uns zu den Hindernissen und Herausforderungen des Spiels zu führen. Deshalb muß das Dorf Isthmus an einer Stelle sein und das Schwarze Dorf an einer anderen, und der Weg hat uns mal zum einen, dann zum anderen geführt, so daß es uns so vorkam, als befänden sie sich in derselben Region.«

»Das Dorf Isthmus«, wiederholte Sherlock. »Das kennen wir. Es liegt ungefähr einen Tagesmarsch von hier entfernt. Die Leute dort sind mundfaul und unfreundlich. Und sie weigern sich, irgendwelche ausdrucksstarken Worte zu verwenden.«

»Das hat sich jetzt geändert«, erklärte Dug. »Sie wurden von einem Zensurschiff unterdrückt. Aber wir haben es geschafft, seine Räucherschwenker zu löschen. Jetzt sind die Leute wieder ausdrucksfroh und glücklich.«

»Ich wünschte, es gäbe ein Schiff, das wir beseitigen könnten, um willkommen geheißen zu werden«, warf Sherlock ein.

Nada fiel ein, daß sie zwar dazu verdammt war, Dug zu verraten, daß aber kein Grund bestand, dasselbe mit Sherlock zu tun, ob er nun Teil des Spiels sein mochte oder nicht.

»Ich glaube nicht, daß ihr hier unwillkommen seid«, sagte sie. »Mundania ist ein furchtbarer, trostloser Ort, aber hier sind wir in Xanth.«

»Das mag zwar Xanth sein, und es mag auch magisch sein, aber wir sind durchaus schon auf unfreundliche Tiere und Menschen gestoßen«, widersprach Sherlock. »Die Dorfbewohner von Isthmus, die Drachen, die Kobolde ...«

Nada lachte. »Die zählen doch nicht! Was das Volk von Isthmus angeht, haben wir die Sache ja schon geklärt. Die waren zuerst auch unfreundlich zu uns. Drachen wiederum greifen immer Menschen an. Für die sind wir Beutetiere. Und Kobolde sind zu jedem bösartig, es sei denn, man lehrt sie Respekt. Das bessert sich übrigens gerade, seit Gwenny ihr erster weiblicher Häuptling geworden ist, aber das gilt nur für einen Stamm. Die anderen sind immer noch sehr bösartig.«

»Mir scheint, ihr seid die ersten Reisenden, die bei uns vorbeigekommen sind und uns akzeptiert haben. Die anderen haben entweder einen Bogen um uns gemacht und das Dorf gar nicht erst aufgesucht, oder sie verhielten sich zwar freundlich, weigerten sich aber, etwas mit uns zu tun zu haben. Deshalb waren wir auch so vorsichtig, als ihr kamt.«

»Die anderen waren wahrscheinlich auch vorsichtig, weil sie euch nicht kannten«, erklärte Nada. »Fremde können gefährlich sein. Sogar fremde Bäume können eine Gefahr darstellen.«

Er lachte. »Ja, die Entdeckung haben wir auch schon gemacht. Da gibt es eine Art, die ist voller Fangarme ...«

»Gewirrbäume«, bestätigte sie. »In Xanth gibt es noch viele andere Gefahren. Das ist mit ein Grund, weshalb die Spieler bei ihrem Besuch einen Gefährten bekommen, der sie leiten soll. Ich selbst mag zwar nicht alles über Xanth wissen, aber die offensichtlichsten Gefahren kann ich schon ausmachen.« Sie überlegte. »Da ist zum Beispiel schon eine. Faß diesen Gegenstand dort nicht an.« Sie wies auf etwas, das vor ihnen auf dem Weg lag.

»Das ist doch nur ein altes Horn«, meinte Sherlock.

»Es ist ein Stinkhorn«, widersprach sie. »Wenn man es berührt, gibt es ein übelriechendes Geräusch von sich.«

Dug lachte. »He – das klingt aber spaßig!« Er beugte sich über das Horn, um es anzufassen.

»Nein!« rief Nada, doch sie kam zu spät.

BBBRRRRRRUMMPPPOOOPOOH! es hörte sich wie der schlimmste Gestank an, den er sich vorstellen konnte, als er Dugs Haare zurückwehte und ihm das Gesicht beschmierte. Er taumelte zurück, doch das nützte nichts mehr; jetzt haftete der Geruch an ihm.

»Ach, jetzt müssen wir dich erst einmal wieder sauber bekommen«, sagte sie bestürzt. »Sonst hält es niemand in deiner Nähe aus.«

»Das kann man wohl sagen«, pflichtete Sherlock ihr mit zugehaltener Nase bei. »Sie hat dich ja gewarnt.«

Zum Glück plätscherte nicht weit entfernt ein kleiner Bach. Sie begaben sich dorthin. Doch plötzlich zögerte Nada. »Ich glaube, das ist kein normaler Bach«, sagte sie.

»Ist mir egal, was das für ein Bach ist. Ich will endlich wieder sauber werden«, versetzte Dug. Er tauchte die Hand hinein und sammelte etwas Wasser, um es sich ins Gesicht zu spritzen. »Ah!«

»Deine Kleider wirst du auch auswaschen müssen«, meinte Sherlock. »Vielleicht solltest du lieber frische anziehen. Da drüben ist ein Hosenbaum. Mal schauen, was ich sonst noch auftreibe.«

Dug kauerte nur da und starrte Löcher in die Luft.

»Komm schon, zieh die Sachen aus«, ermahnte Nada ihn forsch.

»Nein, das kann ich nicht tun«, widersprach er. »Du würdest mich sehen, und in dieser Hinsicht bin ich sehr empfindlich, denn du bist eine schöne Prinzessin, die ich gern näher kennenlernen würde, und ich möchte keinen schlechten Eindruck auf dich machen, aber ich würde einen schlechten Eindruck machen, wenn ich mich nackt vor dir zeige, und außerdem weiß ich gar nicht, ob es hier überhaupt etwas anderes zum Umkleiden gibt, deshalb bleibe ich besser bei dem, was ich habe, außerdem muß ich sowieso erst abwarten, was Sherlock auftreibt, wie töricht von mir, dieses Horn anzufassen, das hat mich wirklich zum Stinker gemacht, und ich wünschte mir, ich hätte auf dich gehört, aber ich mußte natürlich einfach vorpreschen und mich in Schwierigkeiten bringen, wie ich es immer tue, denn so bin ich nun einmal, und ich sehe auch den angewiderten Ausdruck in deinem Gesicht, und das tut mir weh, weil ich nicht möchte, daß du so von mir denkst, denn ich würde dich viel lieber küssen, du wunderschöne Kreatur, ja, wenn es nach mir ginge, würde ich noch sehr viel mehr tun, als dich nur zu küssen, aber in diesem komischen Land darf ich ja nicht einmal einen Blick auf deine Höschen werfen, ohne aus dem Spiel zu fliegen, und das ist echt nervig, deshalb muß ich den Mund halten und versuchen, keinen Aufstand zu machen, aber es muß dich inzwischen ja richtig anwidern, bei mir wäre das jedenfalls so, wenn ich in deinen Schuhen steckte, und …«

»Das ist ja ein Bewußtseinsstrom!« schrie Nada bestürzt.

»Und es sind auch recht hübsche Schuhe«, fuhr Dug ohne Unterbrechung fort, »ich muß schon sagen, eigentlich eher wie Pantoffeln, darin sehen deine Füße richtig hübsch aus, und deine Beine sehen natürlich auch hübsch aus, und am liebsten würde ich mit meinen Händen darüber fahren und – he, wieso rede ich eigentlich so?« fragte er plötzlich besorgt. »Ich kann mich nicht mehr einhalten, ich sage einfach alles, was mir durch den Kopf geht, kann überhaupt nichts mehr für mich behalten, und jedesmal, wenn ich dich ansehen, wird das peinlicher, weil …«

»Das Wasser des Bewußtseinsstroms bewirkt, daß du alles aussprechen mußt, was dir durch den Kopf geht«, sagte sie laut und übertönte seine Stimme mit ihrer eigenen in dem Versuch, ihn daran zu hindern, sich und sie in noch größere Verlegenheit zu bringen.

»Ich kann immer nur daran denken, wie köstlich und üppig du aussiehst, und es ist mir völlig egal, daß du eine Prinzessin bist und mehrere Jahre älter als ich, ich möchte dich einfach nur packen und …«

»Ich gehe Sherlock holen!« kreischte sie und floh, bevor sie sich noch mehr davon anhören mußte. Was für eine Katastrophe!

Da stieß sie auf Sherlock, der gerade mit einem Hemd, einer Hose und einem Paar Schuhe zurückkehrte. »Hast du ihn sauber gekriegt?« fragte Sherlock. »Oder willst du, daß ich ihn abschrubbe? Du bist schließlich eine Frau.«

»Das ist ein Bewußtseinsstrom!« schrie sie. »Er plappert alles aus, was ihm durch den Kopf geht!«

Sherlock ließ seinen Blick von oben bis unten über ihren Oberkörper schweifen. »Das kann nur Ärger geben«, meinte er. »Gibt es irgendein Gegenmittel?«

»Ich weiß es nicht! Ich weiß nicht, was ich tun soll!«

»Dann müssen wir ihn eben so lange knebeln, bis uns etwas Besseres einfällt«, entschied Sherlock. »Hier, ich habe auch ein Halstuch gefunden. Damit müßte es gehen.«

Dug sah sie kommen. »Ich will das alles gar nicht sagen!« verkündete er mit verzweifelter Miene. »Es strömt einfach so hervor. Sobald irgend etwas einen Gedanken auslöst, *schwupp*, schon ist er raus! Jetzt werde ich gleich zwangsläufig irgend etwas über Rassenkonflikte sagen müssen, weil Sherlock schwarz ist, dabei möchte ich doch lieber den Mund halten, aber ich kann nicht, und da werde ich bestimmt jemanden beleidigen, obwohl ich das gar nicht will, und überhaupt, was habt ihr mit diesem Halstuch vor! Ihr wollt mich doch wohl nicht erwürgen, oder? Ich will mich wirklich nicht so aufführen, ich kann doch auch nichts dafür, daß meine Leute mich nie mit schwarzen Kindern haben spielen lassen, und daß meine Freunde sie immer nur als Ni ...« Er brachte sich selbst zum Verstummen, indem er sich die Hand auf den Mund klatschte.

»Das ist ein Knebel«, erklärte Sherlock. »Laß mich ihn dir anlegen.« Das tat er auch, und Dug wehrte sich nicht.

Endlich hatten sie ihn zum Schweigen gebracht.

Nada gelangte zu dem Schluß, daß Sherlock schon wußte, was zu tun war. »Ich gehe eine Lagerstätte suchen«, sagte sie und schritt davon.

Sie hatte Glück. Sie fand tatsächlich eine verzauberte Lagerstätte, allerdings an einer anderen Stelle als die erste. Hier würden sie in Sicherheit die Nacht verbringen können. Sie machte sich daran, Obst und Pasteten für das Abendessen zu pflücken, dazu etwas Stoff für ein Zelt.

Kurz darauf gesellten sich die beiden Männer zu ihr. Dug war inzwischen sauber und frisch angekleidet, außerdem war er noch immer geknebelt. Er wirkte eher dankbar als betrübt. Anstatt eine Belastung zu werden, hatte Sherlock sich als echte Hilfe erwiesen.

Welch eine Katastrophe es erst geworden wäre, hätte sie selbst sich von diesem Bewußtseinsstrom benetzen lassen! Sofort hätte sie alles über ihre Stellung als Falsche Gefährtin ausgeplaudert. Sie hoffte nur, daß die Wirkung bei Dug nicht lange vorhalten würde; die Sache war auch so schon schwer genug.

Sherlock sah sich um. »An diesen Ort kann ich mich gar nicht erinnern. Dabei bin ich schon mal hier durchgekommen. Ich bin sicher, daß hier beim letztenmal nur ganz gewöhnlicher Wald war.«

»Wahrscheinlich ist er eigens für das Spiel hier eingerichtet worden«, erläuterte Nada. »Das Spiel ist nämlich auf Xanth aufgepropft worden und reagiert mit ihm; aber wir wollen auch nicht unnötig viele ungewöhnliche Xantheinwohner damit behelligen, die gar nichts davon wissen.«

»Aber euer Weg hat euch doch direkt zu unserem Dorf geführt«, wandte er ein.

»Dann seid ihr entweder Leute, die nur im Spiel vorkommen, oder die Dämonen sind zu dem Schluß gelangt, daß ihr eine echte Spielherausforderung darstellt«, folgerte sie.

»Vielleicht spielt es auch keine Rolle. Hauptsache, wir finden einen guten Ort, wo wir uns ansiedeln können. Wo wir augenblicklich sind, wollen wir nicht bleiben. Andererseits möchten wir dem Ärger nicht unbedingt gleich in die Arme laufen.«

»Solltet ihr tatsächlich die Schwarze Welle sein, werdet ihr schon einen Platz zum Siedeln finden. Das ist bisher noch jeder Welle so ergangen. Vielleicht besteht Dugs Herausforderung ja gerade darin, diesen Ort für euch zu finden. Nach allem, was er erzählt, habe ich den Eindruck, daß einige Mundanier nicht einmal den Versuch unternehmen würden, euch zu helfen.«

»Soviel ist sicher! Ach, falls das hier unser Nachtlager sein sollte ... getrennte Zelte?«

»Wenn du das vorziehst. Ich nehme zum Schlafen meine natürliche Gestalt an. Wenn du nichts dagegen hast, in Gegenwart einer Schlange mit Menschenkopf schlafen zu sollen, wäre es allerdings einfacher, nur ein einziges Zelt zu errichten.«

»Klar doch. Wenn Dug auch nichts dagegen hat.«

Der geknebelte Dug schüttelte den Kopf.

»Dann wollen wir mal sehen, was wir hier haben.« Sherlock öffnete seinen Sack und holte eine Rolle Draht hervor. »Den können wir zwischen zwei Bäumen aufspannen, um das Tuch zu tragen. Ich habe auch Häringe aus Metall; die halten besser als die gedrehten, jedenfalls meistens.«

»Du hast Metallgegenstände?« fragte Nada überrascht. »Wie bist du denn an die gekommen?«

»Schmied stellt sie her. Alles, was wir brauchen, von Schwertern bis zu Pflugscharen. Der kann wirklich mit Metall umgehen.«

»Er hat ein magisches Talent? Er kann die Form von Metall verändern? Meistens haben die Leute aus Mundanien doch gar keine Magie.«

»Das ist keine Magie. Schmied ist nur ausgebildet, das ist alles. Was soll er auch mit Magie, wenn er doch alles mit Feuer und Zangen erledigen kann?«

»Ja. Das hört sich an, als wäre dein mundanischer Schmied durchaus vielseitig genug.«

»Mag schon sein«, stimmte er ihr zu.

Sie bauten das Zelt auf und setzten sich zum Abendessen nieder. Und schon standen sie vor einem neuen Problem: Wie sollte Dug mit einem Knebel im Mund essen?

»Ich glaube«, murmelte Sherlock, »... so wie die Dinge hier funktionieren, könnte es eigentlich hinhauen.«

»Was könnte hinhauen?«

»Ich habe unten am Fluß Bescheidenes Lieschen wachsen sehen«, sagte er und erhob sich.

»Bescheidenes Lieschen!« wiederholte sie. »Ja, das könnte die Lösung sein!«

Also holte Sherlock einen Strauß, mit dem sie dann Dug fütterten. Kurz darauf verstummte Dugs endloser Monolog. Jetzt war er zu bescheiden geworden, um andere mit all seinen Gedanken zu langweilen.

»Wie bist du nur darauf gekommen?« fragte Nada beeindruckt.

Sherlock zuckte die Schultern. »Das ist doch elementar«, sagte er. Offensichtlich hatte er selbst nichts davon verzehrt.

Dennoch war Nada sicher, daß sie gut miteinander auskommen würden.

8

Blasen

Kim hatte das Spiel ohnehin schon sehr genossen, doch jetzt genoß sie es noch mehr. Es gefiel ihr, den Meermann dabeizuhaben, seitdem sie sicher sein konnte, daß er sie nicht heiraten wollte. Erstens kannte er den Wasserflügel gut, so daß sie mit seiner Hilfe sicherlich schnell vorankommen würden, ohne etwaigen Gefahren in die Arme zu laufen. Zum anderen war er ein sehr angenehmer Gesellschafter. Er war reif, klug, höflich und überhaupt ganz nett. Was hätte ein Mädchen mehr verlangen können?«

Sie begannen ihre Reise am Ostrand des Wasserflügels und trieben in einem Wasserboot gen Westen, das sich unterwegs die verschiedenen Strömungen suchte und ihnen folgte. Das war zwar langsam, aber sehr bequem. Die Meerfamilie hatte jeden von ihnen mit einem Rucksack voller Vorräte ausgerüstet. Cyrus brachte ihnen bei, wie man fischte – nicht nur zur Nahrungsgewinnung, sondern auch, wie man exotische Exemplare mit dem Köder fing. Da gab es Regenbogenforellen, deren halbkreisförmige Farbbänder das Wasser in ihrer Umgebung hübsch schillern ließ. Dann waren da winzige weiße Lichtflecken, Sternfische genannt, sowie ein weiterer, der sogar zu hell war, um ihn anzusehen: ein Sonnenfisch. Ein Schwertfisch machte verspielte Finten gegen das Boot.

Doch nach einer Weile verlor die Sache ihren Reiz. Sie befanden sich auf einem schier endlosen Gewässer, trieben zwar einem Ziel entgegen, doch nicht allzu schnell. Kim begann sich zu langweilen; unter einem Abenteuer stellte sie sich eigentlich etwas anderes vor.

Dann sah sie irgend etwas in der Luft glitzern. Es war kein Vogel, sondern eine Blase. Eine glitzernde Seifenblase, die vielleicht in aller Unschuld vorbeischwebte, wobei das Licht sich schillernd an ihrer Oberfläche brach. Wo stammte die her? Wo flog sie hin? Wer hatte diese hübsche kleine Blase aufgepustet? Kim wußte es nicht, und es war ihr auch nicht so wichtig; trotzdem war es interessant, die Blase zu beobachten.

Der ersten folgte eine weitere Blase. Sie war noch ein wenig größer, leuchtender und kräftiger. Und dann eine dritte. Tatsächlich war es eine ganze Blasenkette, die auf einem verirrten Windstoß dahintrieb, am Boot vorbei und dann weiter geradeaus. Jede von ihnen war größer und schillernder als die vorhergehende, beinahe so, als würde der Bläser immer erfahrener und geschickter.

Dann kam eine Blase, in der sich etwas zu befinden schien. Kim mühte sich, es genauer zu erkennen, doch es gelang ihr nicht; vielleicht war es nur eine Spiegelung. Aber eine merkwürdige.

Die nächste Blase war wieder leer, dafür umschloß die übernächste ganz eindeutig irgend etwas. Kim sah noch genauer hin, konnte es aber immer noch nicht richtig erkennen. Also streckte sie die Hand aus und griff nach der Blase.

Die zerplatzte, sobald Kim sie berührte, und der Gegenstand fiel ihr in die Hand. Es war eine verbogene Büroklammer, die nicht mehr ohne weiteres zu gebrauchen war. Wie war die nur in die Blase geraten? Wie hatte es die Blase geschafft, mit einem derartigen Gewicht belastet weiterzuschweben? Das war eine sehr merkwürdige Sache. Kim hatte nicht einmal gewußt, daß es in Xanth überhaupt Büroklammern gab. Das waren doch eher mundanische Gegenstände.

Sie versuchte, die Büroklammer wieder zurechtzubiegen, doch da war nichts mehr zu machen. Sie überlegte, ob sie die Klammer ins Wasser werfen sollte, doch sie wollte kein Schmutzfink sein, der die Landschaft verschandelte. Schließlich hakte sie die Klammer als improvisierten Schmuck in ein Knopfloch ein.

In der Zwischenzeit trieben immer mehr und immer größere Blasen vorbei. Es schien eine lockere Kette zu sein, die sich über den See zog: woher sie auch kommen mochte, wohin sie auch führte. Als Kim sich umsah, erblickte sie in der Ferne immer kleiner werdende Blasen, während sie vorn ihre Größe beibehielten – doch das lag nur daran, daß die Blasen immer größer wurden, was den Perspektivverlust ausglich. Am Ende der Kette mußten ja riesige Exemplare sein!

Kim musterte jede vorbeiziehende Blase. Inzwischen war es schon eine ganze Anzahl, die auch Gegenstände umschlossen. Sie waren alle verschieden; trotzdem hatten sie auch etwas Ähnlichkeit miteinander.

Eine der Blasen enthielt eine abgenutzte Wäscheklammer. In der nächsten befand sich eine angeschlagene Tasse. Eine weitere führte eine leere Flasche mit sich. Und so weiter: ein zerfetztes Bild hier, ein zerfetzter Schuh da, eine stehengebliebene Uhr, ein Buch mit abgerissenem Deckel, ein Paar Socken mit Löchern an den Zehen. Alles war irgendwie beschädigt oder nutzlos. Das war ja alles weggeworfener Plunder! Dinge, die die mundanischen Leute nicht mehr haben wollten. Das erklärte auch die verbogene Büroklammer.

Während die Blasen an Kim vorbeitrieben, ging sie der Sache gedanklich auf den Grund. Dies war ein magisches Land, weshalb es seine magischen Probleme und auch magische Lösungen hatte. Vielleicht sogar kalauernd-wörtliche, dachte sie lächelnd: Irgendwo gab es bestimmt eine Lösung, die magisch war, nämlich ein Getränk oder Elixier. Diese Blasen waren wie Mülltüten. Man konnte seine Abfälle hineintun und davonschweben lassen. Ein Entsorgungsnetz. Die Blasen begaben sich wahrscheinlich zu einem zentralen Müllabladeplatz, wo sie dann zerplatzten und ihre Abfälle abluden. Keine großen Umstände, kein Trara, keine Belästigung. Wie schön es doch wäre, wenn es zu Hause etwas Ähnliches gäbe! Irgendwie mußte sich dieses Zeug nach Xanth verirrt haben und wurde nun beseitigt.

Es kamen immer mehr Blasen vorbei, die ebenfalls immer größer wurde. Eine davon enthielt ein kaputtes Fahrrad. In einer anderen befand sich ein Sessel mit zerschlissener Polsterung. Wiederum eine andere enthielt einen Tretroller ohne Lenkgriff. Dann kam ein großer, alter, zerschundener Hund. Ein …

Einen Moment mal! Kim huschte zu der Blase mit dem Hund hinüber. Was hatte denn ein Lebewesen unter all dem Plunder zu suchen? Denn der Hund war *tatsächlich* lebendig; er lag da, die Schnauze auf die Pfoten gelegt, atmete langsam und blickte ohne großes Interesse hinaus. Er war unscheinbar, hauptsächlich Brauntöne, dazu vereinzelte Flecken mit weißem Rand. Eine Promenadenmischung ohne anerkannten Stammbaum.

Und genau das war vermutlich auch der Grund für das Ganze. Ohne besonderen Stammbaum und schon weit über das Stadium des süßen Welpen hinaus, war der Hund kein begehrenswertes Haustier mehr. Vielleicht war er auch noch krank. Deshalb hatte man den Hund weggeworfen. Kim hatte schon von so etwas gehört. Manchmal ließen die Leute ihre Haustiere einfach auf irgendwelchen Landstraßen stehen und fuhren davon, in der Hoffnung, daß sich schon irgend jemand um sie kümmern würde. Aber das geschah normalerweise natürlich nicht; statt dessen verendeten die armen Haustiere an Hunger und Erschöpfung, ohne je zu begreifen, wie sie sich so hatten verirren können. So etwas machte Kim entsetzlich wütend! Andererseits hatte sie nie ein Haustier besessen, wußte daher also vielleicht nicht so recht, wie das war. Vielleicht würde sie die Sache auch mit anderen Augen sehen, hätte sie die Erfahrung gemacht, ein alterndes oder krankes Haustier zu halten oder zu pflegen. Doch sie bezweifelte es.

Die Blase schwebte hinter ihr davon. Der Hund hob den Kopf und blickte sie an. Ein halbes Schwanzwedeln, dann versank er wieder in Hoffnungslosigkeit. Er wußte, daß er verloren war.

Kim griff nach der Blase, doch sie war schon zu weit entfernt. Aber was hätte sie mit einem müden, alten Hund auch schon anfangen können? Wahrscheinlich hatte er auch noch Flöhe. Es war besser, ihn einfach fortschweben zu lassen. Er würde sowieso bald sterben. Und niemand würde sich darum scheren.

»Nein!« rief sie. Sie stand auf und sprang hinter der Blase her. Ihre Hände berührten die schillernde Oberfläche, worauf sie platzte und Kims Arme sich um den Hund schlossen. Doch war sie gerade selbst im Fall begriffen, weil sie im Eifer des Gefechts aus dem Boot gesprungen war. *Platsch!* Jetzt waren sie zusammen ins Wasser gefallen.

»Hilfe!« rief Kim. Sie konnte zwar schwimmen, nicht aber mit einem großen Hund in den Armen. Und den würde sie auch nicht loslassen, weil sie nicht wußte, ob *er* überhaupt schwimmen konnte.

Dann kam Cyrus auch schon herbei; mit seinem Schwanz schwamm er außerordentlich schnell. Er packte Kim und den Hund und stemmte sie zurück ins Boot, wo Jenny Elfe ihnen dabei half, sich wieder zu entwirren. »Was ist passiert?« fragte Jenny erstaunt. »Bist du aus dem Boot gefallen?«

»Nein, ich bin aus dem Boot gesprungen«, erklärte Kim. »Um die Blase zu fassen zu kriegen.«

»Welche Blase?«

»Hast du denn die Reihe aus vorbeischwebenden Blasen nicht gesehen?«

Jenny schüttelte den Kopf. »Nein.«

Cyrus stemmte sich wieder ins Boot und behielt seinen Schwanz bei. »Da gab es keine Blasen«, sagte er. »Es muß ein

rend er das Tau wieder einrollte. Sie nahmen Wasserpaddel auf und manövrierten das Boot erst in seichtes Gewässer und dann in ein ausgedehntes Sumpfgebiet hinein. »Aber ich dachte, wir würden einen Fluß anfahren«, sagte Jim.

»Den Keks-Dabei-Fluß«, bestätigte Jenny. »Der entströmt dem Halbbackenen Sumpf. Und deshalb müssen wir auch erst einmal durch den Sumpf.«

Ach so. Jetzt fiel ihr die Karte wieder ein. »Wieso heißt er denn halbbacken?« wollte Kim wissen.

»Weil die eine Hälfte davon an die Region des Feuers grenzt«, erklärte Cyrus. »Es ist nicht gerade meine Lieblingsgegend. Aber da der beste Kanal nun einmal dicht daran vorbeiführt, müssen wir ihn auch benutzen.«

Kim sah nur zu bald, was er meinte: Am Horizont stieg Rauch auf, dichte Schwaden, die einer Mauer aus Flammen zu entspringen schienen, und der Kanal führte quer durch den Sumpf darauf zu. Je heißer es wurde, um so heißer wurde auch der grüne Uferbewuchs, bis er sich schließlich braun färbte.

Die Flammenwand kam immer näher. Kim begriff, daß der Kanal deshalb so dicht an der Feuerzone entlang führte, weil es nur dort zu heiß für Wasserpflanzen war, die ihn sonst hätten verstopfen können.

»Wir müssen uns beeilen«, sagte Cyrus. »Ich werde ins Wasser steigen und das Boot ziehen, genau wie Plesio. Das schützt mich vor der Hitze und macht uns schneller. Wenn ihr beiden auch noch paddeln könntet …«

»Wir werden es versuchen«, sagte Kim tapfer. Die Flammenwand war inzwischen schon beeindruckend hoch und äußerst heiß geworden. Ihre Kleider waren längst getrocknet. Kim tauchte die Hände ins lauwarme Wasser und befeuchtete sich. Das Wasser selbst war zwar warm, kühlte sie aber trotzdem ab. Jenny begriff, was Kim da tat, und folgte ihrem Beispiel. Auf diese Weise könnten sie das Feuer leichter überstehen. Schließlich fiel ihr noch ein, auch Bläschen mit Wasser zu bespritzen, die sie dabei zwar ansah, aber nicht protestierte.

Jenny paddelte vorn am Bug, Kim am Heck des Boots, auf der gegenüberliegenden Seite, wo sie versuchte, sich dem Ruderschlag der Elfe anzugleichen. Cyrus hielt ein großes Stück Bootstau zwischen den Zähnen und zog sie mit kräftigen Zügen an. Das Boot kam rasch voran, aber die lodernden Flammen waren außerordentlich heftig. Beide Mädchen mußten häufige Pausen einlegen, um sich und den Hund mit Wasser zu benetzen. Nah der Flammenwand kochte das Wasser beinahe, doch unter der Oberfläche war es kühler.

Jetzt war auch die Quelle des Feuers auszumachen: eine in Flammen stehende Baumreihe. Obwohl sie lichterloh brannte, schienen die Bäume dabei weder an Höhe noch an Masse oder Laubwerk zu verlieren. Wie konnte das sein?

»Das ist Feuerholz«, erklärte Cyrus.

In diesem magischen Land klang das vernünftig. Kim hatte zwar schon immer gewußt, wie verkalauert Xanth war, neigte aber doch dazu, es zu vergessen, wenn sie gerade unter Druck stand.

Kim vernahm ein Knurren. Es stammte nicht von Bläschen, doch der Hund bemerkte es auch. Er stellte die Schlappohren hoch. Das kam ja von der Flammenwand! Aber wie konnte es dort irgendwelche Lesewesen geben?«

»Feuerhund«, keuchte Cyrus. »Beachtet ihn nicht weiter. Sie leben im Schmelztal- und Eisengebiet und belästigen Vorbeikommende, können die Feuerregion aber nicht verlassen.«

Kim paddelte weiter, obwohl sie fürchtete, daß ihre Hände gleich Brandblasen bekommen würden. Das Knurren verstummte, wich dafür aber einem hitzigen Zischen. »Feuerdrachen«, erklärte Cyrus. »Äußerst fiese Vögel.«

Aber auch die Drachen waren auf das Feuerreich beschränkt. Als nächstes kam ein heißes Summen. »Sag nichts«, keuchte Kim. »Laß mich raten: Feuerkäfer.«

»Richtig.«

Nun begann der Kanal sich wieder von der Flammenwand zu entfernen, sehr zu Kims Erleichterung. Dann vernahmen sie ein feuriges Wiehern. Das war wohl ein Feuerpferd. Funkelnde Insekten kamen herbeigeflogen und tänzelten über der Wasseroberfläche: Feuerfliegen.

Bläschen bellte. Kim wollte den Hund erst beruhigen; dann fiel ihr ein, daß er vielleicht etwas gewittert hatte. Sie sah sich um – und erspähte eine schlangenähnliche Gestalt, die sich auf der Wasseroberfläche auf sie zu wand. Plötzlich wußte sie, was es war. »Ein Feuerschlauch!« schrie sie.

Cyrus hob den Kopf und blickte hinüber. »Der wird sich noch durch das Boot brennen!« sagte er bestürzt.

»Dann sollten wir uns beeilen!« keuchte Kim und verdoppelte ihre Anstrengungen. Das Boot fuhr zwar tatsächlich schneller, doch sah sie auch, daß der Feuerschlauch sie gleich einholen würde.

Jenny bemerkte die Gefahr. Sie stand auf und ließ ihr Paddel wirbeln. Dann schlug sie damit auf den Feuerschlauch und verursachte dabei eine hohe Fontäne aus Wasser und Feuer. Erschrocken wich der Schlauch für einen Moment zurück – und schon war das Boot unversehrt vorbeigeglitten.

Sie hörten einen zornigen Schrei. Kim blickte hinüber und sah die flammende Silhouette eines Mannes, der vor seinem Feuerhaus stand und die geballte Faust nach ihnen schüttelte. »Tut uns leid, Feuermann, diesmal kannst du uns nicht verbrennen!« rief sie, während das Boot sich immer weiter davon entfernte. Eine flammende weibliche Menschengestalt erschien. Sie hielt eine Art Feuerstock in der Hand. Den richtete sie auf das Boot. Bläschen bellte.

»In Deckung!« rief Kim und warf sich zu Boden.

Ein Blitz zuckte über das Boot und verfehlte sie nur um Haaresbreite.

»Das war Fräulein Vielfeuer«, erklärte Cyrus.

Als sie die Flammenwand endlich hinter sich gelassen hatten, entspannten sie sich wieder und rangen nach Luft. »Diesmal waren sie überraschend hartnäckig«, meinte Cyrus. »Meistens versuchen sie es gar nicht wirklich. Was sie bloß so angefeuert haben mag?«

»Wahrscheinlich ist es eine Spielherausforderung«,

meinte Kim. »Ich kam einfach zu leicht voran. Da haben sie mir ein bißchen Feuer unter dem Hintern gemacht.«

»Das wird es sein«, stimmte Jenny ihr bei. »Du hast zwar eine Treue Gefährtin, die dir hilft, aber die Herausforderungen werden nach und nach immer schwieriger. Schließlich sollen es auch nur wenige Spieler bis ans Ziel schaffen.«

Cyrus nickte. »Ich sehe schon, das verspricht ein interessanter Ausflug zu werden. Ich muß schon sagen, Kim, du hast wirklich ordentlich deinen Mann gestanden.«

»Nein, das war Jenny, die aufgestanden ist«, widersprach Kim, um ihre Freude über das Kompliment zu vertuschen. »Sie hat sich aufgestellt, um auf den Feuerschlauch einzudreschen, damit wir daran vorbeikommen.«

»Das stimmt. Aber du hast Alarm geschlagen.«

»Nein, das war Bläschen. Sie hat angeschlagen.« Kim kraulte der Hündin den Kopf.

Er zuckte die Schulter. »Deine Bescheidenheit ehrt dich.«

»Ich bin nicht bescheiden. Ich bin herrisch. Ich habe nur meine Pflicht getan, genau wie ihr anderen auch.«

»Natürlich«, stimmte er zu. Aber es klang nicht sehr überzeugt.

Die Hündin wurde unruhig; deshalb paddelten sie ans Ufer und ließen sie an Land klettern, wo sie ihrem Hundegeschäft nachging. Anscheinend war sie stubenrein, was Kim durchaus begrüßte. Sie mochte das Tier sehr gern. Es machte Spaß, ein Haustier zu haben, selbst wenn es nur im Spiel geschah.

Nun setzten sie ihre Fahrt durch den Halbbackenen Sumpf fort. Der war sehr groß, aber mit Paddeln und Staken kamen sie gut voran.

»Es wird langsam spät. Aber wir müssen unbedingt vor Nachtanbruch an der Mündung des Keks-Dabei-Flusses sein«, verkündete Cyrus.

»Weshalb?« fragte Kim. »Können wir denn nicht hier lagern?« Sie war so müde, daß sie keine große Lust mehr verspürte, weiter zu fahren, als unbedingt notwendig war.

»Nein. Erstens gibt es hier kein Festland, nur sumpfige

Inseln. Und im Boot zu schlafen wäre sehr unbequem für dich. Vor allem aber sind da noch die Allegationen.«

»Die was? Allegorien?«

»Vielleicht eine verwandte Art. Die Allegorien finden sich in den Immer-Sümpfen, die Allegationen dagegen hier. Wir können uns erst ausruhen, wenn wir aus ihrer Reichweite sind.«

Kim begriff, daß diese Kalauer möglicherweise ziemlich unangenehme Vertreter haben konnten. »Also gut, dann eben weiter. Ich hoffe nur, daß wir auf keine treffen.« Doch sie hegte den Verdacht, daß das Spiel ihr diese nächste Herausforderung nicht ersparen würde.

Und sie behielt recht. Bläschen bellte, als ein großes Wasserreptil auf sie zuschwamm; es hatte eine gerippte grüne Haut, einen starken, peitschenden Schwanz und ein Maul mit einer viel zu großen Anzahl glitzernder Zähne, als daß Kim sie noch hätte zählen mögen.« »Macht weiter«, murmelte sie Cyrus und Jenny zu.

»Ihr dringt in mein Revier ein!« verkündete die Allegation mit einiger Berechtigung. »Ich muß euch auffressen.«

Cyrus blieb stumm, und Kim wußte, daß er dem Vorwurf nichts entgegenzusetzen hatte. Also war sie selbst gefordert.

»Wir reisen auf offiziellem Kurs«, sagte sie. »Du bist nicht befugt, dich einzumischen.«

Die Allegation überlegte. Offensichtlich war es Kim gelungen, sie zu widerlegen. In der Zwischenzeit bewegte das Boot sich weiter. Da brachte das Wesen eine weitere Anschuldigung hervor. »Ihr transportiert ein ungenehmigtes Tier. Ich muß es auffressen.«

»O nein, das wirst du nicht tun!« schrie Kim und schlang die Arme um den Hund. »Das ist mein Haustier, und wer es fressen will, muß zuerst mich auffressen.«

Wieder hielt die Allegation inne. Offenbar hatte Kim sie erneut widerlegt. Das Boot bewegte sich immer noch still dahin. Doch das Ding hatte noch nicht aufgegeben. »Du bist eine Mundanierin! Du hast keine Rechte in Xanth. Ich muß dich auffressen.«

O weh! Sie stammte tatsächlich aus Mundania, konnte diesen Vorwurf also nicht widerlegen. Was sollte sie tun? Während sie überlegte, kam die Kreatur ein Stück näher, bereit, nach ihr zu schnappen. Doch selbst wenn sie Kim verfehlte, würde sie mit Sicherheit das Boot erwischen und ein Stück herausreißen, bis es sich ganz auflöste.

Aber Kim wußte auch, daß es einen Ausweg geben mußte. Also konstruierte sie, wie sie hoffte, eine gute Widerlegung. »Ich bin eine mundanische Spielerin im Spiel. Solange ich spiele, habe ich auch das Recht, Xanth zu bereisen. Du kannst mich nicht auffressen, es sei denn, ich mache einen Fehler – und hier habe ich noch keinen gemacht.«

»Verflucht!« murrte die Allegation und wandte sich ab. Kim hatte sie erledigt!

Das Boot glitt weiter durch den Sumpf. Bald wurde das Land zu beiden Seiten fester, und hübsche Pflanzen erschienen. »Der Keks-Dabei!« rief Jenny. »Schaut mal – da wachsen ja die Kekse!«

»Die Kekse«, stimmte Kim zu. »Jetzt können wir endlich unser Lager aufschlagen.«

»Ja«, bestätigte Cyrus. »Mit dieser Allegation bist du wirklich geschickt umgesprungen, Kim.«

»Danke«, erwiderte sie und fühlte sich schon mit etwas größerer Berechtigung geschmeichelt. Schließlich konnte man als Mädchen nur eine begrenzte Zahl von Komplimenten eines attraktiven Mannes über sich ergehen lassen, bevor diese Wirkung zeigten.

»Das ist aber merkwürdig«, warf Cyrus ein. »Das war letztesmal noch nicht da, als ich hier vorbeikam.«

Vor ihnen lag ein offenbar verzauberter Lagerplatz. »Bietet das Spiel den Spielern geschützte Orte?« fragte Kim ihre Gefährtin.

»Ja. Aber finden mußt du sie selbst.«

»Es sieht so aus, als hätte ich das getan.« Kim wandte sich an Cyrus. »Das müßte doch ziemlich genau die Grenze deines Reviers sein.«

»Ist es auch. Ich bewege mich ziemlich freizügig und häufig durch den Wasserflügel, aber nur selten in die benachbarten Gebiete. Trotzdem bin ich mir sicher, daß hier früher nur Urwald war.«

»Das war es bestimmt«, räumte Kim ein. »Aber die Eigentümer des Spiels müssen an abgelegenen Stellen Ruheorte eingerichtet haben, und das hier ist einer davon. Ich bin jedenfalls sehr froh darüber.« Was wahrscheinlich ihre Untertreibung des Tages gewesen sein dürfte. Sie hatte zwar ihren Verstand eingesetzt und sich ganz gut durchgeschlagen, aber Glück hatte sie dabei auch gehabt. Sie hätte wetten können, daß dieses Glück nicht mehr allzu lange vorhalten würde.

Sie banden das Boot an und betrachteten den Lagerplatz. Überall wuchsen Kekspflanzen, dazu Obst- und Nußbäume und verschiedene Stoffsträucher. Kim wußte, daß dieser Ort für die Nacht genau das richtige sein würde.

Cyrus begab sich an eine geschützte Stelle, entwickelte Beine und machte sich daran, Stoff einzusammeln und zwei Zelte zu errichten, während Kim mit Jenny Früchte und Nüsse sammelte; dazu Pasteten und Milchkrautstauden, um sie auf dem Picknicktisch auszulegen. Sogar ein Hundholzbaum war da, an dem Hundefutter wuchs. Kim tat etwas davon für Bläschen auf einen Holzteller, und dem Hund behagte es. »Ach, ist das ein Leben!« bemerkte Kim beim Essen.

Cyrus und Jenny sahen sie überrascht an. »Das ist doch Alltag«, versetzte er.

»Für mich nicht. Dort, wo ich lebe, wachsen keine Pasteten an Bäumen, und die Milch kommt auch nicht aus Stauden. Das hier ist wirklich das Land, wo Milch und Honig fließen.«

»Na ja, dort, wo ich herkomme, fließen die auch nicht«, erläuterte Jenny. »Aber so ist das eben in Xanth. Es ist nichts Besonderes dabei.«

Kim schüttelte den Kopf. »Ihr wißt ja überhaupt nicht, wie gut es euch geht. Ihr führt so ein wundervolles Leben, verglichen mit der Umweltverschmutzung und dem Geiz und der Armut, die bei uns herrschen. Deshalb will ja auch jeder, der von Xanth hört, hierher kommen. Und sei es nur für ein paar Stunden im Rahmen eines dämlichen Spiels.«

Cyrus machte einen interessierten Eindruck. »Wie sind denn die Meerjungfrauen so in deiner Welt?«

Kim lachte. »Es gibt dort keine Meerjungfrauen! Na ja, vielleicht ein paar gefälschte bei touristischen Vorführungen. Aber das sind nur gewöhnliche Frauen, die ihre Beine in ein Schwanzkostüm gesteckt haben. Nichts, was dich interessieren dürfte.«

Er schien überrascht. »Dann gibt es dort auch keine Kreuzungen mit Fischen?«

»Keine. So etwas passiert in Mundania einfach nicht. Es kann sogar Ärger geben, wenn zwischen verschiedenen Rassen oder Kulturen geheiratet wird. Das kommt zwar vor, aber nicht sehr häufig. Meistens halten die Leute sich an ihre eigene Art.«

Er schüttelte den Kopf. »Dann ist es wohlgesprochen, wenn es heißt, Mundania sei trostlos.«

»Allerdings«, bekräftigte Kim.

Kim und Jenny ließen sich zur Nacht in einem der beiden Zelte nieder, und Bläschen legte sich vor den Eingang und war es zufrieden, den Wachhund abzugeben. Cyrus, der immer ein Vorbild an Anstand und Sittlichkeit bot, schlief in seinem eigenen Zelt.

Am Morgen wuschen sie sich abwechselnd, aßen und schlugen ihre Zelte wieder ab, um den Lagerplatz für die nächsten Reisenden sauberzumachen. Dann stiegen sie ins Boot und machten sich auf die Fahrt den Keks-Dabei-Fluß hinunter. Zu paddeln brauchten sie nicht, denn der sanfte Strom trieb sie langsam gen Nordwesten.

»Wollen wir nicht eigentlich nach Süden?« erkundigte sich Kim.

»Ja, das stimmt«, erwiderte Jenny. »Aber der Fluß wird uns zum Meer bringen. Dort können wir dann die Küste entlangpaddeln, um dadurch der Spalte und anderen Gefahren wie beispielsweise Com-Puter aus dem Weg zu gehen. Südlich davon können wir an Land gehen und uns dann einen Weg suchen, der ins Innere führt. Dann kommen wir an Schloß Roogna vorbei und begeben uns von dort zum Schloß des Guten Magiers. Das ist zwar keine gradlinige Strecke, dafür aber ziemlich unbeschwert.«

»Com-Puter!« wiederholte Kim. »Diese böse Maschine! Den würde ich gern einmal kennen ...«

»Puter darfst du nicht kennenlernen!« warf Jenny beunruhigt ein.

Kim seufzte. Bisher hatte sich Jennys Rat stets als richtig erwiesen – wie sie gemerkt hatte, als sie ihm nicht gefolgt war. »Keine böse Maschine, nein«, willigte sie daher bedauernd ein.

Die an den Uferböschungen wachsenden Kekse wurden immer vielseitiger. Da gab es Ingwerbündel, Schokoladenstreusel, Banane, Walnuß, Rosine und Kekse mit Melasse, die allesamt auf dem sandigen Boden wuchsen. Drehräder wirbelten an ihren Stengeln. Kim streckte den Arm aus, um eins zu pflücken.

»Nicht!« schrie Jenny, als Kim gerade einen Bissen davon nehmen wollte. Doch sie kam zu spät, wie immer. Kims Mund war bereits in Bewegung. Sie biß ein Stück ab, und es schmeckte sehr gut.

»Weshalb wolltest du nicht, daß ich das tue?« fragte sie. »Mit diesem Drehradkeks ist doch alles in Ordnung.«

»Das ist kein Drehrad, das ist ein Kalauerrad«, berichtigte Jenny sie.

»Ach ja? Was wird es denn bei mir bewirken? Daß ich Worte bewürge? Oder die ganze Zeit auf der Ka-Lauer liege? Schweigen ist Silber, Legben ist Gold, oder wie?« Sie hielt inne. »Was ist denn los?«

»Du kalauerst im Kreis«, antwortete Jenny.

Kim musterte den Keks. Sie hatte einen Bissen zu sich genommen, und der hatte ihre Sprache beeinflußt. »Ich will versuchen nicht zu ziegeln, äh, mich zu zügeln«, versprach sie.

»Vielleicht finden wir ja bald ein Gegenmittel«, brummte Cyrus. Selbst Bläschen versteckte den Kopf unter ihrem Sitz, als wollte sie ihre Ohren schonen.

Kim beschloß den Mund zu halten, bis die Wirkung abgeklungen war. Immer mußte sie ihren Impulsen nachgeben, um es hinterher dann doch zu bereuen!

Im Wasser sahen sie Dinge umherschwimmen, die wie weitere Allegationen aussahen. Auch kleine Schuhe waren im Wasser zu sehen. Kim wußte, was für welche das waren: Wassermokassins. Sie war froh, daß sie sich in der Sicherheit ihres Bootes befanden; denn das hier war nicht gerade der beste Ort, um durch das Wasser zu waten oder zu schwimmen.

Einige Zeit später wurde der Fluß etwas breiter, und am linken Ufer erschien ein Sumpfgebiet. Das Sumpfwasser blubberte perlend.

»Der Sodasee!« rief Jenny. »Ach, ich erinnere mich noch, wie Che, Gwenny und ich dort unseren ersten Sodaspritzwettkampf hatten! Natürlich würde Gwenny heute so etwas nicht mehr tun. Jetzt ist sie ja Häuptling. Und Che ist ihr Gefährte, deshalb muß auch er sich benehmen.« Sie nahm eine leere Wasserflasche und tauchte sie in den See. »Aber ich bin weder ein Häuptling noch die Gefährtin eines Häuptlings. Ich bin nur ein unschuldiges Elfenmädchen, das es nicht besser weiß. Deshalb darf ich es tun.« Und sie hielt den Daumen auf die Öffnung, schüttelte die Flasche heftig und verspritzte im ganzen Boot Sodawasser.

»Dieses Spiel kenne ich!« sagte Kim und schaffte es, ihre Formulierung frei von Kalauern hervorzubringen. Sie ergriff ebenfalls eine Wasserflasche und tauchte sie in den See. »Mir ist richtig spritzig zumute!« Schon bald war eine volle Wasserschlacht im Gange, während Cyrus, der viel zu gute Manieren hatte, um sich daran zu beteiligen, sich in den hintersten Teil des Boots zurückzog und Bläschen sich unter dem Sitz versteckte.

Plötzlich türmte sich vor ihnen etwas Entsetzliches auf. Es stieß ein blasiges Gebrüll aus. Sie hielten inne, um es zu mustern. Das Ding sah wie eine wirbelnde Masse Gelatine aus, die von bunten Blasen durchsetzt war. »Wie geheuer ist dir dieses Ungeheuer?« fragte Kim.

»Das ist das Sodamonster!« rief Cyrus. »Der Lärm muß seine Aufmerksamkeit erregt haben.«

»Na, sag ihm doch, es soll sich gefälligst verspritzen«, meinte Kim.

Aber das Monster griff, vielleicht durch die Kalauer erzürnt, mit einem blasigen Fangarm nach dem Boot. Der Fangarm zischte perlend – und als er das Boot berührte, begann es ebenfalls zu zischeln und zu funkeln.

»Was ist los?« fragte Kim beunruhigt.

»Ich glaube, das Sodamonster hat das Wasserboot in Sodawasser verwandelt«, erklärte Cyrus bestürzt. »Es löst sich auf!«

Das Monster tauchte ab, bis es nicht mehr zu sehen war, doch damit war das Problem nicht gelöst. Das Boot schlug nun immer schneller Blasen und verwandelte sich in eine Art Gelee. Hastig mußten sie aussteigen, bevor es sich gänzlich auflöste. Da standen sie nun an einem ziemlich schwammigen Ufer. Sie waren unversehrt und hatten auch ihre Vorräte gerettet, dafür aber ihr Boot verloren. Jetzt würden sie den Rest der Strecke zu Fuß gehen müssen.

Leider hatte es den Anschein, als befänden sie sich auf einer quietschweichen Insel. Um sie herum kreisten die Allegationen, die Mokassins und andere Dinge mit Rückenflossen, die aus dem Wasser ragten.

Kim sperrte den Mund auf. Es kam kein Kalauer mehr hervor. Das überraschte sie nicht. Schließlich war ihre Lage alles andere als komisch.

9

Keim

Am Morgen ging es Dug schon besser. Weder strömte er noch bewußt, noch litt er an Bescheidenheit. Ab nun würde er sehr sorgfältig darauf achten, was er so alles zu sich nahm!

Der Weg wollte gerade in Richtung Süden abbiegen, als sie an eine äußerste hochgewachsene Baumgruppe kamen. »Ich bin mir nicht ganz sicher«, meinte Nada, »aber ich glaube, das sind Ärgerbäume. Sollte das stimmen, wäre es besser, ihnen aus dem Weg zu gehen.«

»Großen Ärger können wir jetzt nicht gebrauchen«, bestätigte Dug.

»Soweit bin ich noch nie gekommen«, warf Sherlock ein. »Ich hoffe, ihr wißt, wie man die Gefahren dieses Gebiets meistert.«

»Die beste Strategie besteht einfach darin, diese Baumgruppe zu umgehen«, erklärte Nada.

Doch es gab nur einen einzigen Weg, und der führte ausgerechnet durch die Großärgerbaumgruppe. Nada hätte sich zwar in eine Schlange verwandeln und den Weg verlassen können, aber das galt nicht für die beiden anderen. »Dann müssen wir es wohl einfach riskieren«, entschied Dug. »Das Spiel läßt uns keine große Wahl.«

»Für dich mag es ja ein Spiel sein«, wandte Sherlock ein. »Aber für mich ist das eine ziemlich ernste Sache. Ich meine, wenn du verlierst, bist du plötzlich wieder zu Hause in Mundania, nicht wahr? Aber wenn ich verliere, bin ich Drachenfutter oder noch Schlimmeres.«

»Du hast recht«, räumte Dug ein. »Ich schätze, ich habe bei der Abmachung mehr herausgeschlagen als ihr, als ich mir von eurem Dorf Vorräte geben ließ. Wenn du die Abmachung aufkündigen willst, gebe ich dir das Zeug zurück.«

»Aber du gehst weiter, oder,«

»Das muß ich. Ich muß schließlich mein Spiel spielen.«

»Dann gehe ich auch weiter. Aber sei wenigstens vorsichtig, in Ordnung?«

»Supervorsichtig«, willigte Dug ein. »Ich will nicht schon wieder rausfliegen.«

Und so begaben sie sich zwischen die großen Ärgerbäume. Dug befürchtete schon, daß diese gleiche Arme ausfahren und sie angreifen würden, doch blieb ihre Gestalt anscheinend stabil. Sie waren so groß, daß sie das Sonnenlicht aussperrten und der Weg in düsterem Schatten lag. Es waren auch keine Tiere zu sehen.

Da vernahmen sie etwas: Erst war es noch sehr leise, doch je näher sie kamen, um so lauter wurde es. Es war eine Art Stampfen und Wischen, als würde etwas sehr Großes umherhüpfen und dabei schwer atmen. Der Boden zitterte.

Dug und Sherlock sahen sich an. Der schwarze Mann zuckte die Schultern. Der Pfad führte nur in zwei Richtungen: vorwärts oder zurück.

Als sie endlich die Mitte des Waldstücks erreicht hatten, zitterte alles wie bei einem Erdbeben. Es war schon schwierig, auf dem schwankenden Boden genügend Halt zu finden. Aber es war kein Gebrüll zu vernehmen, und auch sonst wies nichts auf ein hungriges Ungeheuer hin. Vielleicht war es ja etwas Unpersönliches, ein Felstrümmer etwa, der im Innern eines Vulkans auf und nieder sprang. Sie bewegten sich beinahe auf Zehenspitzen vorwärts, obwohl sich die Frage stellte, wie sie bei diesem ohrenbetäubenden Getöse überhaupt ein vernehmbares Geräusch hätten machen sollen.

Endlich erspähten sie eine große Lichtung. Das Licht der Sonne fiel dort hinein wie in ein Amphitheater. In der Mitte befand sich eine Vogelschar.

»Vögel?« fragte Dug überrascht. Er mußte regelrecht brüllen, um sich verständlich zu machen.

»Rokhs«, brüllte Nada zurück. »Der Farbe ihres Gefieders nach zu schließen, weibliche Rokhs. Aber was machen die?«

Denn die Vögel standen in einer Reihe da, schlugen mit den Flügeln und traten dabei mit den Füßen aus. Das war die Ursache des Gewisches und Gepolters. Die Tiere waren so schwer gebaut, daß der Boden jedesmal erzitterte, wenn sie den Fuß aufsetzten. Denn Rokhs waren wirklich *äußerst* große Vögel. Jeder von ihnen hätte mühelos einen Elefanten entführen können, wenn er das gewollt und einen entsprechenden Elefanten gefunden hätte.

Es war Sherlock, der dahinterkam. »Das sind Rokheten!« rief er. »Sie üben gerade ihre Nummer!«

»Rokheten«, stimmte Nada ihm zu. »Weibliche Rokhs. Aber was meinst du mit ›Nummer üben‹?«

»Tanzen. Eine Tanztruppe. Hoch das Bein!«

»Ja, so sieht es aus«, bestätigte sie. »Aber was soll das?«

Sherlock und Dug wechselten einen Blick. »Na ja, in Mundania mag man so was«, brüllte Dug.

In diesem Augenblick hörten die Rokhs auf. Es war wie eine einzige Bewegung. Sie setzten die Füße auf den Boden und legten die Flügel an. Das Schweigen senkte sich nieder wie ein Vorhang. Gerade noch rechtzeitig, daß Dugs Gebrüll deutlich zu vernehmen war. Seine Worte hallten laut und klar über die ganze Lichtung.

Sämtliche riesigen Vögel richteten ihren Blick auf ihn.

»Äh, öh«, murmelte Sherlock.

»Sie können nicht durch den Wald fliegen«, bemerkte Nada. »Deshalb können wir auf dem nächsten Pfad fliehen. Folgt mir!« Sie verwandelte sich in eine große Schlange und glitt schnell davon.

Dug nahm sich nur noch die Zeit, ihre Kleider aufzuheben und hastig in seinen Rucksack zu stopfen. Dann raste er mit Sherlock hinter ihr her.

Die Rokhs, die über die Störung offensichtlich verärgert waren, hoben im Pulk ab. Dann stürzten sie sich auf die Flüchtlinge. Aber der Baumkreis, der die Lichtung umgab, war zu eng, und so mußten die Vögel wieder landen, ehe sie dagegen stießen. Also machten sich einige zu Fuß auf die Verfolgung, während andere über den Baumwipfeln kreisten, um den Weg aus der Höhe zu beobachten.

Das ist wirklich ein echtes Problem, dachte Dug.

Nada Schlange glitt von der Lichtung und nahm den nächsten Weg durch den Wald. Dug und Sherlock folgten. Der Rokh, der ihnen am nächsten war, griff mit Klauen und Schnabel nach ihnen. Dabei kreischte der Vogel ohrenbetäubend. Doch bei der ungewohnten Verfolgungsjagd zu Fuß verlor er das Gleichgewicht und stürzte mit dem Schnabel nach vorn zu Boden. Dug spürte die heftige Erschütterung unmittelbar hinter sich und rannte weiter.

Plötzlich bemerkte er, daß Sherlock nicht mehr neben ihm lief. Er warf einen Blick zurück – und mußte feststellen, daß eine der vorgereckten Krallen Sherlocks Rucksack aufgespießt hatte. Der Mann versuchte sich freizukämpfen, doch die Kralle hatte sich tief in den Boden gebohrt und ihn festgenagelt.

Dug blieb stehen, machte kehrt und holte die Keule hervor. Dann rannte er zu Sherlock zurück.

»Paß auf, du Narr!« rief der Mann. »Sie beobachtet dich!«

Tatsächlich hatte sich der riesige Kopf gehoben, und das gewaltige Auge richtete sich nun auf ihn. Selbst jetzt noch, da er flach am Boden lag, konnte der Vogel ihn zu packen bekommen, weil der Fuß dicht neben seinem Kopf ruhte. Was sollte Dug tun? Wenn er floh, wäre Sherlock verloren; tat er es nicht, wären sie es möglicherweise beide. Denn seine Keule war nur ein armseliges Ding, verglichen mit diesem monströsen Schnabel. Wenn er doch nur wieder ein magisches Schwert dabeihätte …

Doch immerhin hatte er ein Messer. Das mußte genügen. Er steckte die Keule wieder weg und holte das Messer hervor.

Der Kopf des Rokhs schwang herum. Der Schnabel öffnete sich.

Da erblickte Dug plötzlich ein Stinkhorn, das fast unmittelbar vor ihm wuchs. Er rammte das Messer hindurch.

BBBBBBBUMMMPPOOPOOHH! Das übelriechende Geschöpf fuhr über die Lichtung und befiel alles. Doch Dug achtete nicht darauf. Er hielt den Atem an, blinzelte und schob das Ding dem klaffenden Maul des Rokhs entgegen. Dann ließ er die Messerspitze zur Seite peitschen, und das aufgespießte Stinkhorn flog davon – direkt ins Maul des Riesenvogels.

Der Rokh schnappte im Reflex danach. Dann bekam das Auge plötzlich einen leicht verblüfften, leicht angewiderten Ausdruck, als ob irgend etwas unvorstellbar schlecht schmeckte. Aus dem Winkel des Schnabel entwich ein Schwall fauligsten Gestanks.

Dug vergeudete keine Zeit. Er konnte sich inzwischen recht gut vorstellen, wie sich der große Vogel fühlen mußte. Statt dessen lief er zu Sherlock und der riesigen Kralle hinüber und schwang seine Klinge. Die fuhr in die Kralle hinein, als wäre sie aus Hartholz. Es war, als wollte Dug einen Baum fällen, nur daß seine armselige Klinge nicht genug Wucht aufbieten konnte, um ernsthaften Schaden anzurichten.

Der Rokh kreischte. Anscheinend hatte Dug einen Nerv getroffen. Das weibliche Tier riß die Kralle aus dem Boden und zerrte Sherlock zugleich hoch in die Luft. Der glitt von der Kralle herunter und landete sauber auf den Beinen. »Los, Mann!« schrie er.

Dug merkte, daß er einfach nur dastand und zusah. So gab er denn Fersengeld und rannte so schnell er konnte auf den Pfad zu. Er rechnete schon fast damit, unterwegs doch noch von einer Klaue aufgespießt zu werden, schaffte es aber unversehrt ans Ziel.

Dann gesellte er sich unter einem Ärgerbaum zu Sherlock. Sie sah zu dem Rokh zurück. Der vollführte gerade einen sehr viel komplizierteren Tanz als vorhin und versuchte offensichtlich, den Stinkhorngeruch aus dem Schnabel zu bekommen. »Das war wirklich raffiniert«, sagte Sherlock anerkennend. »Mit etwas anderem war sie nicht abzulenken. Du hast mir das Leben gerettet.«

»Ich habe Glück gehabt«, antwortete Dug. Das war keine falsche Bescheidenheit, nur eine genaue Beschreibung des Geschehens.

»Na ja, aus meiner Warte sah es jedenfalls recht gut aus«, meinte Sherlock. »Komm schon – wir haben die Schlangendame verloren.«

Und so gingen sie wieder den Pfad entlang. Dort wurden sie bereits von Nada in Naga-Gestalt erwartet. »Was ist passiert?« wollte sie wissen. »Ich dachte, ihr wärt direkt hinter mir.«

»Wir hatten ein kleines Problem«, erklärte Dug. »Gehen wir weiter, bevor der Rokh begreift, daß dieser Weg breit genug für ihn ist, sofern er die Flügel anlegt.«

Tatsächlich gelangte der Rokh soeben zu diesem Schluß. Er prustete den letzten Geruchsrest aus und folgte ihnen auf dem Weg. Zu Fuß war er zwar nicht annähernd so schnell wie in der Luft, aber es war doch ein mächtig großer Vogel, der mit Sicherheit auch nicht langsamer sein würde als sie.

Nada glitt weiter, und sie folgten ihr im Laufschritt. Sie vernahmen das Donnern, als die großen Füße des Rokhs auf dem Boden aufsetzten. Dug warf noch einmal einen Blick zurück und stellte fest, daß der Vogel aufholte.

Zum Glück schlängelte sich der Pfad, was ihre Verfolgerin bremste, weil sie in dieser Enge nicht ganz so frei in ihren Bewegungen war. Dann gelangten sie an eine Wegegabelung. Sie stürmten nach rechts, weil dieser Weg nach Süden führte, und hatten das Glück, daß der Rokh die linke Abzweigung nahm und sie dadurch verlor.

Doch kaum hatten sie sich ein wenig beruhigt, als ein Rokh, der am Himmel seine Kreise zog, lauthals krächzte.

Ein Krächzen am Boden antwortete ihm, gefolgt vom Kreischen bremsender Klauen. Die anderen Rokhs informierten ihre Verfolgerin, daß sie auf dem falschen Weg war!

»Wie sollen wir bei diesen Spionaugen da oben entkommen?« wollte Dug wissen. »Das ist ja schlimmer als eine Satellitenüberwachung!«

Nadas hübsches Gesicht auf dem Schlangenkörper sah ihn verwundert an. »Satte Liten? Wovon sind die denn satt?«

»Ach, egal. Ich habe nur mundanisch gesprochen. Wir können nicht entkommen, solange diese Rokhs uns von oben beobachten.«

»Es sei denn, wir verstecken uns solange zwischen den Bäumen im Wald, bis sie sich verziehen«, widersprach sie.

Sherlock warf einen Blick zur Seite. »Das können wir uns aus dem Kopf schlagen. Ich habe noch nie ein so undurchdringliches Unterholz gesehen.«

Dug schaute ebenfalls hin. Er erblickte eine undurchlässige Mauer aus Dornengestrüpp, Disteln und etwas, das nach giftigem Efeu aussah. Kein Versteck war in Sicht. »Dann müssen wir eben weitergehen und darauf hoffen, daß die Lage sich irgendwann bessert«, erklärte er. Im selben Augenblick wurde ihm zwar klar, daß dies eine ziemlich blutleere Führung war, die er da unter Beweis stellte, doch es war das Beste, wozu er im Moment imstande war.

Sie rannten weiter. Der Rokh brauchte eine Weile, um umzukehren und den richtigen Pfad einzuschlagen; deshalb hatten sie einen gewissen Vorsprung. Vielleicht gab ihnen das Spiel ja doch noch eine Chance.

Dann gelangten sie an einen kleinen, schnellen Fluß. Er war zu breit, um ihn zu überspringen, und die Strömung war viel zu heftig, um hindurchzuwaten. Allerdings führte eine Fußgängerbrücke ans andere Ufer.

Außerdem war da noch ein Schild: STOPP! TROLL BEZAHLEN!

Und tatsächlich kam im selben Augenblick eine hochgewachsene, dünne, brutal häßliche, menschenähnliche Kreatur mit warzigem Gesicht unter der Brücke hervor. Der Troll versperrte den Zugang zur Brücke.

Dug erkannte, daß er es hier wieder mit einem Spielhindernis zu tun hatte. Er mußte unbedingt die Brücke überqueren, bevor der Rokh sie eingeholt hatte. Also ging er das Problem ohne Zögern an: »Wieviel Zoll, Troll?«

»Dein ganzer Reichtum«, erwiderte der Troll knurrig.

»Reichtum? Ich habe keine Reichtümer! Ich bin nur ein armer Spieler. Ich habe mich für ein Stündchen auf diese Bühne gewagt und versuche nun, es zu überleben.«

»Pech.« Der Troll verschränkte die häßlichen, aber nur zu einsatzbereiten Arme und versperrte immer noch den Weg. Da wurde der Lärm des sie verfolgenden Rokhs immer lauter.

»Angenommen, wir schieben dich einfach beiseite und gehen rüber, ohne zu zahlen?« wollte Dug wissen.

»Dann wird mein Freund der Graber die Brücke beiseite schieben und euch gleich dazu, wenn ihr noch drauf seid.«

»Graber?«

Neben ihm schob sie eine gewaltige Schnauze aus dem Boden. Das mußte der riesigste Wurm sein, den sich jemals jemand vorgestellt hatte.

»Der Graber ist der größte unter den Wühlmäusen«, erklärte Nada. »Er bewegt sich durch Gestein und arbeitet nur um eines Ständchens willen. Vielleicht singt der Troll ihm ja ab und zu etwas vor.«

»Aber eine Wühlmaus ist doch ein Säugetier«, protestierte Dug. »Und das hier ist ein Wurm.«

»Äh, Freund, auf ein Wort«, sagte Sherlock. »In Mundania unterscheidet man zwischen Säugetieren und Würmern, sicher. Aber hier in Xanth ist das anders.«

Dug begriff, daß das stimmte. Die alten, vertrauten Regeln griffen hier einfach nicht. Das hatte er schon gesehen, als Nada sich das erstemal von einer Frau in eine Schlange verwandelte.

»Also gut. Der Graber arbeitet also für ein Ständchen. Damit bin ich aus dem Rennen. Denn wie man mir erzählt, bin ich so stockunmusikalisch, daß man ein ganzes Orchester damit erschlagen könnte.«

»Der Graber ist nicht allzu wählerisch«, erklärte Nada. »Aber bitte, versuch nicht zu singen. Ich bin sicher, das würde meine prinzessinnenhafte Sensibilität beleidigen.«

Das ergab durchaus Sinn. Aber Dug hatte ohnehin nicht vor, sich auf diese Weise zu blamieren. Also mußte er sich statt dessen mit dem Troll arrangieren. »Schön. Hier ist mein Geld«, sagte er und grub mit einer Hand in der Tasche danach. Dann zog er eine Handvoll Münzen hervor.

Der Troll musterte die Münzen. »Was für ein Reichtum seid ihr?« fragte er.

»Ich bin nur ein mickriger Zehner«, erwiderte das Zehn-Cent-Stück. »Und ich bin ein schäbiger Fünfer«, antwortete das Fünf-Cent-Stück. »Und wir sind billige Pfennige«, erwiderten die Ein-Cent-Stücke im Chor.

Dug hätte die Münzen vor Schreck fast fallen lassen. Die sprachen ja!

»Geld spricht Bände«, meinte Sherlock lächelnd.

»Seid ihr solider, wahrer Reichtum?« fragte der Troll.

Die Münzen lachten. »Wir? Wir sind doch bloß Kleingeld! Wir sind nicht einmal mehr das reine Metall, das wir eigentlich sein sollten. Die Pennys sind kein reines Kupfer mehr, der Fünfer besteht nicht mehr aus Nickel, und der Zehner enthält überhaupt kein Silber!«

Dug begriff, daß die Münzen es nicht brachten. Also zückte er seine Geldbörse und bot dem Troll eine Dollarnote an.

»Bist du solider, wahrer Reichtum?« fragte der Troll.

Offenbar verfügte er auch über etwas Magie und konnte Geld zum Sprechen bringen.

»Ich? Ich bin ja nicht mal mehr das Papier wert, auf das ich gedruckt bin! Ich bin bloß ein einziger Dollar, der Geringste unter dem Faltgeld. Dieser billige Mundanier versucht, dir das Fell über die Ohren zu ziehen. Aber wo wolltest du mich auch schon ausgeben? In Xanth benutzt man kein Geld.«

»Wie konnte bloßes Papier jemals mit Reichtum verwechselt werden?« wollte der Troll wissen.

»Na ja, ursprünglich war ich durch Gold oder Silber

gedeckt«, erklärte der Papierdollar. »Aber nachdem man erst einmal das Papier durchgesetzt hat, hat man die Dekkung in aller Stille zurückgenommen, und jetzt bin ich nur noch das wert, für das die Leute mich halten, und das ist von Jahr zu Jahr weniger. Außerdem druckt man ständig mehr von uns, und damit verlieren wir zusätzlich an Wert.«

»Ihr seid also wertlos«, faßte der Troll die Sache zusammen.

Der Lärm des nahenden Rokhs wurde immer lauter. Dug wußte, daß er unbedingt eine Möglichkeit finden mußte, den Troll zu bezahlen. »Was nimmst du denn sonst noch an?« fragte er verzweifelt.

Das Wesen sah sich um. »Ist dein schwarzer Diener fleißig?«

Sherlock wurde wütend.

»Das ist kein Diener!« fauchte Dug. »Das ist ein Freund, der mich auf der Reise begleitet. Der ist nicht zu verkaufen.«

»Dann eben deine Naga-Prinzessin.«

Nada fing empört zu zischen an.

»Die ist auch keine Dienerin! Sie ist meine Gefährtin!«

»Ganz genau. Ist sie auch weich in der Nacht?«

»Sie führt mich durch Xanth!« warf Dug hastig ein. »Die beiden stehen jedenfalls nicht zum Verkauf.«

Der Troll zuckte die Schultern. »Dann kannst du den Zoll also nicht entrichten. Verschwinde.«

Jetzt begann der Boden schon von dem nahenden Rokh zu beben. Sie hatten nicht mehr viel Zeit.

Dug blickte sich verzweifelt um. Da waren die Brücke und auch der Fluß in seinem tiefen Kanal. Ein Teil des langen Graberkörpers befand sich in diesem Kanal; offensichtlich mußte er zusammen mit dem Boden auch den Fluß durchbohrt haben. Neben seinem Torso lag ein bißchen Flaum.

Irgend etwas sickerte durch seinen Geist. Das hier war ein Spiel. Da mußte es auch irgendeinen Ausweg geben. Aber der war nicht unbedingt offensichtlich. Alles konnte ein Hinweis sein, so seltsam es auch aussehen mochte. Und dieses bißchen Flaum dort war nun einmal äußerst seltsam. In der unmittelbaren Umgebung gab es keinen weiteren Flaum und auch keine Kissensträucher. Von einem auslaufenden Kissen stammte er also nicht. Es schien fast, als hätte der Graber ihn mit sich geführt, als er sich magisch durch den Boden gebohrt hatte. Aber was konnte dieser Hinweis nur bedeuten?

Na ja, er durfte ja fragen. »Nada, siehst du den Flaum dort? Was hältst du davon?«

Nada sah hin. »Das sieht ja aus wie ein Keim«, meinte sie.

»Ein Keim? Willst du damit sagen, daß der Graber eine Infektion hat?«

»Ich finde, er sieht ganz gesund aus.«

Ihre unvollständige Antwort war möglicherweise ein Hinweis darauf, daß noch mehr hinter der Sache steckte – was Nada ihm aber nicht erzählen durfte. Er mußte es selbst herausbekommen. »Dann infizieren Keime in Xanth also niemanden?«

»Na ja – nicht ganz«, antwortete sie ausweichend.

Plötzlich kam ihm ein ärgerlicher Gedanke. Auf welcher Seite stand sie eigentlich? War es vielleicht möglich, daß sie eine Falsche Gefährtin war? Nein, das konnte nicht sein, dazu hatte sie sich bisher viel zu loyal verhalten. Sicherlich war es wohl eher so, daß sie ihm nichts über Dinge erzählen durfte, die eine Spielaufgabe darstellten.

Der Troll stand unterdessen einfach nur da wie eine deaktivierte Karikatur. Offensichtlich gehörte es nicht zu seinen Aufgaben anzugreifen, sondern nur, ein Hindernis darzustellen, das stets reagierte, wenn man es ansprach. Noch so ein Aspekt des Spiels. Xanth selbst war zwar wirklich geworden, doch die Spielbedingungen wirkten ein wenig fehlerhaft und widersprüchlich, was aber vielleicht Absicht war. Dug beugte sich vor und griff nach dem Flaum. Er hielt ihn in der Hand – und hatte plötzlich eine andere Idee. Mit einemmal bekam das Wortspiel einen Sinn: »Das ist der Keim zu einer Idee!« rief er.

»Ja«, bestätigte Nada. »Ich durfte es dir nicht vorher sagen. Aber jetzt geht es, weil du es ja selbst herausbekommen hast. Wer den Keim besitzt, bekommt schneller neue Ideen. Der Graber muß ihn mitgeschleppt haben, als er am Teich der Gehirnkoralle vorbeikam.«

»Ist das die spielregelgetreue Erklärung für seine Anwesenheit?« fragte Dug, obwohl er die Antwort schon kannte. Er hatte den Schlüssel gefunden, jetzt brauchte er nur noch herauszubekommen, wie er ihn einsetzen mußte.

Da erschien der Rokh. Genau im richtigen Augenblick – natürlich. Dug begriff, daß diese Bedrohung sorgfältig ausgesteuert worden war, damit er gerade noch Vorsprung genug hatte, gleichzeitig aber von Furcht erfüllt blieb. Das gehörte eben zum Spiel. Doch er mußte immer noch den richtigen Zug tun, sonst würde er wieder hinausgeworfen werden.

Er preßte sich den Flaum an die Stirn. »Her damit, Keim. Eine Idee!«

Da kam sie ihm: *Verwende den Graber.*

Diesen riesigen Wurm verwenden? Da dürfte seine Gefährtin Rat wissen. »Wie können wir den Graber dazu benutzen, dem Rokh zu entkommen?« fragte er.

»Na ja, wir könnten ihn fragen, ob er uns mitnimmt«, antwortete Nada und tat, als wäre sie von der Frage überrascht. Sie war keine schlechte Schauspielerin, aber auch nicht gerade vollkommen. »Allerdings müßtest du ihm dafür etwas vorsingen.«

»Du hast doch bestimmt eine bessere Stimme als ich«, konterte er.

»Bestimmt. Aber als Spieler mußt du das schon selbst tun.«

Dug musterte Sherlock. »Du hast doch gehört, was die Dame gesagt hat«, erwiderte der schwarze Mann. »Mich würde er wahrscheinlich gar nicht beachten.«

Verzweifelt wandte Dug sich wieder Nada zu. »Aber was ist dann mit deiner prinzessinenhaften Sensibilität?«

Sie blickte über seine Schulter zu dem heranstürmenden Rokh hinüber. »Vielleicht ertrage ich es ja für eine kurze Weile.«

»Dann mal los!« Er steckte den Keim in eine Tasche. »Graber, dieser Rokh dort wird uns gleich zu einem schmierigen Brei verarbeiten, daß deine hübsche Haut davon ganz klebrig wird. Bring uns fort von hier, ich werde dir vorsingen.«

Der Graber, der so still geblieben war wie der Troll, erwachte zum Leben. Er schob noch ein Stück seines langen Körpers aus dem Boden. Das Ding war so groß, daß sein Oberkörper den gleichen Umfang zu haben schien wie der eines Pferdes. Die drei sprangen auf. Genaugenommen blieb Nada in Naga-Gestalt und schmeigte sich einfach nur an. Dug sperrte den Mund auf und zwang sich zum Singen. »Ich träum von Jeannie mit dem hellbraunen Haar!« sang er furchtbar schief. Er sah, wie Nada und Sherlock zusammenzuckten und Grimassen schnitten.

Der Graber setzte sich in Bewegung. Im selben Augenblick, da der Schnabel des Rokh sich senkte, tauchte der Graber unter – und nahm sie mit. Es gab keinen Aufprall; sie sanken einfach in die Tiefe, als würde der Boden gar nicht existieren, oder als wäre er kaum fester als Wasser, ja, sogar Luft. In der Dunkelheit waren Gesteinsadern zu erkennen. Die Magie des Grabers war jetzt aktiv.

Plötzlich hielt er inne. »Sing, Dug, bevor der Boden gerinnt!« schrie Nada verschreckt.

Ach so. Er hatte ganz vergessen zu singen. »Ich träum von Brownie in der hellblauen Jeans!« sang er noch schräger.

Der Graber setzte seine Bewegung fort, und der Boden gerann auch nicht. Und so sang Dug weiter, während der Graber sich fortbewegte. Hier unter der Erde konnten die Rokhs sie nicht mehr verfolgen. Dug hatte einen Ausweg gefunden.

Er merkte, daß der Graber ziemlich schnell war. Das war wirklich eine zügige Methode, um nach Süden zu kommen!

Da hörte der Graber schon wieder auf. »Aber ich singe noch!« protestierte Dug.

»Aber du wiederholst dich«, erklärte Sherlock. »Das Ding mag zwar musikalisch keinen besonderen Geschmack haben, aber wahrscheinlich langweilt das alte Zeug es.«

»Aber ich kenne doch gar nicht so viele Lieder«, warf Dug ein. »Höchstens noch ein paar Parodien auf Werbegesänge.«

Der Boden zog sich zusammen. Dug spürte, wie er um sie herum immer dickflüssiger wurde. Er wollte aber nicht, daß er sich ausgerechnet jetzt wieder zu einer festen Gesteinsmasse ausbildete. »Schocka Cola macht dich krank!« grölte er. »Ab ins Grab und vielen Dank!«

Der Graber nahm wieder seine Bewegung auf, und der Boden wurde erneut dünner.

Doch schließlich war auch Dugs Parodienvorrat erschöpft. Nun hatte der Ritt ein Ende. »Graber, bring uns an die Oberfläche«, sagte er. »Mir geht gleich die Musik aus.«

»Musik!« brummte Sherlock gequält. Nada murmelte etwas Zustimmendes. Sie hörte sich an, als wäre ihr ein wenig übel, und Dug bezweifelte, daß es an den Bewegungen des Grabers lag. Die beiden hatten ein beträchtliches Opfer gebracht, seinem Gesang so lange zu lauschen.

Der Graber bahnte sich seinen Weg nach oben, während Dug sein letztes Liedchen trällerte. Im selben Augenblick, da es endete, traten sie aus der Oberfläche hervor.

Sie stiegen ab. »Danke, Graber«, sagte Dug ein wenig heiser. »Du warst uns eine große Hilfe.«

Der Graber tauchte wieder im Boden unter, ohne die geringste Spur zu hinterlassen. Das Gestein war völlig fest. »Magie ist wirklich wunderbar«, bemerkte Dug, als er auf den unversehrten Boden blickte.

»Ich glaube, das war ein ziemlich kranker Keim«, brummte Sherlock und rieb sich die Ohren.

»Ich habe ihn noch bei mir«, warf Dug ein. »Vielleicht ist er uns noch einmal nützlich.«

»Wo sind wir eigentlich?« wollte Sherlock wissen.

»Das muß der Keks-Dabei-Fluß sein«, meinte Nada.

»Was ist das überhaupt für ein Name für einen Fluß?« fragte Dug.

»Ein beschreibender. Ich muß mich umziehen«, antwortete Nada. Sie nahm ihre volle Schlangengestalt an, ergriff ihr Kleiderbündel mit dem Maul und glitt davon.

Dug sah sich um. Der Fluß war nicht weit entfernt. Er war zu breit für eine kleine Trollbrücke, und es war auch nichts dergleichen zu sehen. Dafür wuchsen an seinen Ufern alle möglichen Keksarten. Das erklärte den Namen. Das Wasser war ruhig; aber Dug hatte den Verdacht, daß es nicht ratsam war, ihn schwimmend zu überqueren, weil er tief genug war, um auch Ungeheuer zu enthalten.

Und tatsächlich erblickte er schon bald darauf eine lange, flache Schnauze, der eine leise Welle folgte. Dann sah er eine Rückenflosse aus dem Wasser ragen. Schließlich eine kleine Dampfwolke, wie von einem Wasserdrachen, der in aller Stille ausatmete, während er auf der Lauer lag und nach vorbeischwimmender Nahrung Ausschau hielt.

Wie sollten sie nur auf die andere Seite gelangen? Dug holte den Keim hervor und drückte ihn sich an die Stirn. »Hast du noch irgendwelche Ideen?« fragte er.

Benutze die Kaltcreme.

Kaltcreme? Damit konnte doch wohl nicht das Zeug gemeint sein, mit denen Frauen ihre Schminke entfernten!

»Siehst du hier irgendwo Kaltcreme?« fragte er Sherlock.

Sherlock blickte sich um. »Ich sehe nur eine Cremeschnitte – und ich glaube, die werde ich gleich mal zu mir nehmen.« Er ging darauf zu, um sie zu pflücken. Sie schien direkt aus dem Boden zu wachsen. »He – die ist ja noch heiß!«

»Wie kann sie heiß sein, wenn sie noch wächst? Sie ist doch in keinem Ofen gebacken worden.«

»Das hätte auch keinen Unterschied mehr gemacht! Das Ding ist glühend heiß.« Sherlock blies sich auf die Finger, um sie abzukühlen. Die Cremeschnitte blieb am Boden liegen.

Nada kehrte, in Menschengestalt und entsprechend angekleidet, zu ihnen zurück und fragte: »Was ist denn los?«

»Ich suche nach Kaltcreme«, antwortete Dug. »Aber bisher haben wir nur eine Heißcremeschnitte gefunden.«

Sie sah genauer hin. »Von Heißcremeschnitten habe ich noch nie gehört. Die sind doch immer kühl. Und Kaltcreme ist immer kalt.«

»Diese Schnitte hier ist aber tatsächlich heiß«, beharrte Sherlock.

Sie trat darauf zu. »Das ist Kaltcreme. Die kenne ich, weil ich sie gelegentlich selbst verwende.« Sie beugte sich vor, um sie zu berühren. »Hoppla! Die ist ja *wirklich* heiß! Was ist denn los damit?«

»Schaut euch das mal an«, sagte Sherlock. »Hier, direkt daneben, ist eine heiße Kartoffel.«

»Kartoffeln wachsen auch nicht heiß«, widersprach Nada. Doch kurz darauf hatte sie sich von der Richtigkeit seiner Behauptung überzeugt. »Das ist wirklich äußerst verwirrend.«

Dug sah den Umriß einer Kiste mit Metallstäben, die die beiden Gegenstände umgab. »Ob das eine heiße Kiste ist?« fragte er. »Mit Hitzestrahlern an der Seite?«

»Eine heiße Kiste!« rief Nada. »Das erklärt die Sache! Die armen Pflanzen werden auf grausamste Weise davon erhitzt. Die Kartoffeln können wir essen. Und die Cremeschnitte retten. Die kann ich für meine Kosmetik verwenden. Aber sie sind beide viel zu heiß, um sie anzufassen.«

»Du brauchst doch keine Kosmetik«, wandte Dug ein. »Du bist doch schon vollkommen.«

Sherlock griff in seinen Rucksack. »Zufälligerweise habe ich hier ein Paar Isolierhandschuhe«, sagte er. »Die waren für den Fall gedacht, daß es vielleicht zu Handgreiflichkeiten mit einem kleinen Feuerdrachen kommen könnte.« Er streifte sie über und nahm dann die Kartoffel auf. Sie war schön durchgebacken.

Doch als er auch noch die Cremeschnitte aufnahm, geschah etwas Merkwürdiges. »Die wird ja plötzlich kalt!«

»Wahrscheinlich kompensiert sie die ganze Hitze«, meinte Dug. »Es ist ja von Natur aus eine kalte Substanz. Deshalb muß es sie große Anstrengungen gekostet haben, in dieser heißen Kiste kalt zu bleiben. Und jetzt, da wir sie daraus befreit haben, wird sie dafür übermäßig kalt.«

»He!« machte Sherlock. »Das Ding versucht, mir die Hände abzufrieren!«

Mit einemmal wurde Dug klar, was der Ideenkeim mit seinem Vorschlag gemeint hatte. »Bring sie zum Wasser! Laß sie das Wasser gefrieren!«

Sherlock lief zum Fluß hinunter und tauchte die Kaltcreme ein. Sofort bildete sich Eis um die Creme und breitete sich aus. »Darf ich mal fragen, wozu?« fragte er.

»Damit wir auf der gefrorenen Oberfläche ans andere Ufer kommen«, erklärte Dug. »Diese Idee habe ich von dem Keim.«

Sherlock schüttelte den Kopf. »Die ist ja fast noch schlimmer als deine Idee, zu singen«, meinte er.

»Immerhin sind wir damit den Rokhs entkommen«, versetzte Nada. »Und haben ein gutes Stück unserer Reise durch Xanth damit zurückgelegt.«

»Nur daß diesmal kein wütender Vogel Rokh hinter uns her ist«, wandte Sherlock ein.

Wie auf ein Stichwort vernahmen sie plötzlich ein unheilvolles Geräusch aus nördlicher Richtung. *Wie auf ein Stichwort?* Dug erkannte, daß dies wahrscheinlich vom Spiel eingefädelt worden war. Und wahrscheinlich würde diese Bedrohungsnummer noch schlimmer werden als die letzte, wie es sich für ein richtiges Spiel nun mal gehörte.

»Das hört sich nach Werwölfen an«, meinte Nada mit besorgter Miene.

»Warum sollten das keine Feld-Wald-und-Wiesen-Wölfe sein?« fragte Dug, während er auf das Wasser zuging.

»In Xanth gibt es nur wenige gewöhnliche Wölfe und Hunde«, erklärte sie. »Früher waren es mehr, aber sie haben sich zu Tode fortgepflanzt. Genau wie der Mensch in früheren Zeiten.«

»Das ergibt aber keinen Sinn«, antwortete Dug. »Eine Art kann aussterben, indem sie sich *nicht* fortpflanzt. Aber wenn sie sich kräftig fortpflanzt, wird sie dadurch doch nur stärker.«

»In Xanth nicht. Wenn eine Art sich mit einer anderen kreuzt, ergibt das eine Mischform. Das ist an sich nichts Schlimmes, aber die ursprüngliche Art verringert sich dadurch. Meine Naga-Art ist dadurch entstanden, daß Menschen sich mit Schlangen paarten; und die Zentauren sind Kreuzungen zwischen Menschen und Pferden; und die Meerleute stammen von Menschen und Fischen ab, und die Harpyen von Menschen und Vögeln. Es gibt viele solcher Mischformen, aber nur sehr wenige ursprüngliche Arten. Sie haben sich auf geradezu törichte Weise völlig unbekümmert vermischt; es ist ein Wunder, daß die Störche bei den vielen Mischformen nicht durcheinanderkamen. Nur die Tatsache, daß immer neue Einwanderungwellen Menschen an Land brachten, hat es ihnen ermöglicht, ihren Bestand aufrechtzuerhalten.« Sie sah Sherlock an. »Deshalb dürfte eure Schwarze Welle auch willkommen sein. Eure Unterschiede zu anderen Menschen sind für uns trivial.«

Sherlock nickte. »Das ist so ziemlich das erste Mal, daß es mir gefällt, von einem Weißen als trivial bezeichnet zu werden. Aber in Anbetracht eurer Andersartigkeit kann ich wohl kaum etwas dagegen einwenden.«

»Machen wir mit dem Gefrieren weiter«, sagte Dug.

»Na klar.« Sherlock grub den Klumpen Kaltcreme aus seiner Eismulde und tauchte ihn in den nächsten dahinterliegenden, flüssigen Abschnitt. Im selben Augenblick war auch dieser geforen.

Hinter ihnen erschien das Werwolfrudel. Und tatsächlich hatten einige der Wesen Wolfsgestalt; andere hingegen sahen aus wie zottige Menschen, und manche waren irgendwelche Mischformen. Doch alle stießen ein bösartiges Geheul aus.

»Bewegung!« befahl Dug.

»Ich versuche es.« Sherlock kauerte nieder und ließ die Kaltcreme vorwärtsgleiten. Um sie herum gefror das Wasser, und Sherlock trat auf das frische Eis hinaus.

»Du auch, Nada«, wies Dug sie an. »Ich werde uns den Rücken decken.« Er zückte sein Messer.

»Du entwickelst dich immer mehr zu einem Helden«, bemerkte sie anerkennend.

»Ich will nur nicht, daß einer von uns aufgefressen wird!«

Er folgte ihr aufs Eis, das inzwischen eine xanthähnliche Halbinsel bildete, die in den Fluß hinausragte. Er hackte mit dem Messer darauf ein, versuchte, sie vom Festland abzutrennen. Dabei hoffte er inständig, daß die solcherart hergestellte Eisinsel auch auf dem Wasser schweben würde.

Nun trafen die Werwölfe ein. Das erste Untier machte einen Satz, landete auf dem dünnen Eisstreifen – und brach prompt durch, um klatschend ins Wasser zu fallen. Jetzt war das Eisstück endlich vom Land abgetrennt und trieb ungehindert dahin.

Im Wasser war eine Bewegung zu erkennen. Eine grüne Schnauze fuhr mit anmutiger Bewegung auf den Werwolf zu. Doch der war bereits wieder an Land geklettert, bevor die langen grünen Kieferladen sich öffnen konnten, um ihn zu verschlingen. Die anderen Wölfe scharten sich am Ufer und waren zu klug, auch nur eine Pfote ins Wasser zu stekken. Dug und seine Freunde konnten ihre Reise endlich fortsetzen.

Allerdings waren sie nun der trägen Strömung des Keks-Dabei-Flusses ausgeliefert. Wohin würde er sie treiben? Außerdem bemerkte Dug strahlend bunte Flossen, die aus dem Wasser ragten. »Was ist das denn?« fragte er und fürchtete sich schon vor der Antwort.

»Kredithaie«, antwortete Nada. »Wie jedermann weiß, knöpfen sie einem einen Arm und ein Bein ab, wenn man sie läßt.«

»Dann müssen sie eben aus dem Wasser bleiben«, erwiderte Dug. Er hätte eigentlich wissen müssen, daß etwas noch fürchterlich Kalauerhaftes auftauchen würde, um die Situation möglichst zu verschlimmern.

»Wir hätten ein Paddel mitnehmen sollen«, sagte Sherlock, der gerade damit beschäftigt war, ihre Eisinsel immer mehr zu vergrößern. »So kommen wir gegen die Strömung nicht an.«

»Tja, so krümelt der Keks eben«, bemerkte Dug.

»Du kannst doch mit deiner Keule paddeln«, schlug Nada vor.

Dug versuchte es, doch die Keule erwies sich als ein bemerkenswert wirkungsloses Gerät, und er brachte die Insel damit nur zum Kreiseln. »Vielleicht könnte ich einen Kiel anfrieren, damit sie sich nicht mehr dreht«, sagte Sherlock. Er manövrierte die Kaltcreme so, daß sich ein Dorn ausbildete, der wie ein Schwanz hervorragte. Dann tauchte er die Creme weiter ein, damit sie das Wasser auch in noch größerer Tiefe gefror. Und es gelang: Schon bald hatte das Eisfloß sich stabilisiert, und Dug konnte es über den Fluß bewegen.

Da vernahm er eine Stimme, offenbar die eines Mädchens. »He, Nada Naga!« rief sie.

Dort, hinter dem Ufer, stand eine kleine Gruppe von Leuten und winkte.

»Wer ist denn das?« fragte Dug überrascht.

»Jenny Elfe – und die andere mundanische Spielerin«, erklärte Nada. »Und noch jemand. Ein fremder Mann. Das dürfte interessant werden.«

Die andere Spielerin? Dug hatte gar nicht gewußt, daß noch jemand mitspielte. Das dürfte in der Tat interessant werden!

»Oh, oh«, machte Sherlock.

Dug sah ihn an. »Was ist los?«

»Die Kaltcreme läßt nach. Sie kann das Wasser nicht mehr richtig gefrieren.«

Dug erkannte, daß das Spiel ihm soeben die nächste Herausforderung aufgebrummt hatte. Ihr kleines Eisfloß würde schon bald zerschmelzen und sie dem Fluß preisgeben. Er sah, wie die räuberischen Wasserbewohner sie schon hungrig umkreisten.

»Das wird mir langsam *viel zu* interessant«, brummte er.

10

Spalte

Kim beobachtete, wie die merkwürdige Gruppe den Fluß überquerte. Das Gekläff von Bläschen Hund hatte sie vorgewarnt. Ein Rudel Werwölfe heulte. Sie schienen etwas zu hetzen, und es sah so aus, als wäre es eine Gruppe Menschen. Doch die Menschen besaßen eine Art Floß; denn sie trieben draußen auf dem Wasser, wo die Wölfe sie nicht fassen konnten.

Dann drehte sich ein Mitglied der Gruppe zur Seite, so daß Kim das Profil erkennen konnte. »Das ist ja Nada Naga!« rief sie.

»Wer?« fragte Cyrus. Er war im Augenblick auf seine Menschengestalt beschränkt, weil ihn die bösartigen Kreaturen im Fluß und im See sofort fressen würden, wenn er versuchen sollte, die Gesalt zu wechseln und das Wasser zu durchschwimmen.

»Nada Naga. Sie ist die Gefährtin des anderen Spielers. Dann muß das auch die andere Gruppe sein. Deine Konkurrenz, Kim.«

»Na ja, natürlich würde ich ganz gern die Siegesprämie bekommen«, wandte Kim ein. »Aber das Spiel macht mir auch so genug Spaß. Ich mag es ganz einfach, in Xanth zu sein. Wollen mal sehen, ob die genauso neugierig auf uns sind wie wir auf sie.«

Und so legte Jenny die Hände schalenförmig vor den Mund und rief: »He, Nada Naga!«

Kurz darauf ertönte Nadas Antwort. »Jenny Elfe! Bist du das?«

»Ja! Wir stecken fest! Auf einer schwammigen Insel. Und sinken. Kannst du uns helfen?«

»Wir treiben frei. Auf einem Eisfloß. Und schmelzen. Kannst du uns helfen?«

Waren sie dazu verdammt, einander vorbeitreiben zu sehen, ohne zusammenzukommen? Auseinandergerissen zu werden und sich nie wiederzusehen, nachdem sie sich schon so nahe gekommen waren? Oder mitanzusehen, wie sie im Wasser und im Sumpf versanken, zur Beute der Raubtiere wurden? Kim gefiel beides nicht.

»Das ist wieder eine Spielaufgabe«, verkündete sie. »Es muß eine Möglichkeit geben, wie wir einander helfen können, wenn wir nur wollen. Sofern wir noch rechtzeitig darauf kommen.« Sie überlegte.

»Ich könnte ihr Eisfloß ans Ufer ziehen«, schlug Cyrus vor. »Sofern jemand meine Flanke vor Allegationen, Mokassinschlangen und Kredithaien sichert.«

»Das könnte Nada tun«, sagte Jenny. »Sofern jemand dafür *ihre* Flanke schützt.«

Cyrus spähte zu der anderen Gruppe hinüber. »Wie soll dieses herrliche, üppige Mädchen da nur irgend jemanden beschützen?«

»Das ist eine Schlangenfrau«, erklärte Jenny. »Sie kann sich in eine Schlange verwandeln, genau wie du einen Fischschwanz ausbilden kannst.«

Er nickte, als er nach kurzem Nachdenken die Möglichkeiten erfaßt hatte, die in einer solchen Fähigkeit steckten. »Sie treiben zwar auf uns zu, aber wie ich sehe, laufen sie Gefahr, gleich zu versinken.«

»Was können wir tun?« fragte Jenny besorgt.

Sammy sprang von ihrer Schulter auf Cyrus' Rucksack. Er schob die Pfote hinein. Dort ragte das Seilende heraus.

»Kannst du dein Seil so weit werfen?« fragte Kim, die Sammys Plan erkannt hatte.

»Nein. Das ist ein leichtes Tau und müßte erst beschwert werden, wenn es weit fliegen soll.«

Nun sprang Sammy auf Kims Rucksack. »Ich glaube ...«, begann Jenny.

Kim wühlte in ihrem Rucksack und holte ein Paar Ersatzschuhe hervor. »Hier, dein Gewicht.«

Sammy band ein Ende des Seils um die Schuhe, dann warf er es zu dem immer stärker schrumpfenden Eisfloß hinüber. Dort stand ein schwarzer Mann. Der fing das Seil auf und hielt es fest. Nun stützten Jenny und Kim den Meermann ab, während er das Seil einholte und die andere Gruppe zu sich heranzog.

Plötzlich kippte das schmelzende Eisfloß um und schleuderte seine drei Insassen ins Wasser.

Für einen Augenblick waren Sammy und die anderen wie betäubt. Dann sprang Sammy auf Kims Kopf und drosch mit der Pfote auf ihre Stirn ein, als wollte er einen Gedanken hervorlocken. Kim schrie plötzlich Anweisungen – und weil sie die Spielerin war, befolgten die anderen sie auch sofort.

»Jenny, halt das Seil fest. Cyrus, nimm dir eine Waffe und tauch nach ihnen.« Kim selbst griff in ihren Rucksack und packte ein Messer. Bevor Jenny protestieren konnte, war Kim bereits in den Fluß gesprungen. Sammy hüpfte von ihrem Kopf auf Bläschens Rücken. Die Hündin blickte zwar ein wenig erschrocken drein, wehrte sich aber nicht.

Der andere Spieler hatte inzwischen ähnlich reagiert. »Legt das Seil um uns alle!« rief er. »Alles nach außen wenden! Wir wehren uns, wenn sie uns einholen.«

Zweieinhalb Augenblicke später hatte Cyrus die andere Gruppe erreicht; Kim brauchte zwei Augenblicke länger. Sie gesellten sich zu den anderen und vertäuten sich mit ihnen, das Gesicht nach außen gewendet. Die Haie und Allegationen umkreisten sie, doch inzwischen strotzte die Gruppe nur so von Messern und einem Speer. Außerdem gehörte ja eine Schlange mit grauenerregenden Zähnen dazu. Ein weiteres Mitglied hatte einen mächtigen Schwanz und konnte offenbar hervorragend schwimmen, um jede feindselige Kreatur abzufangen.

Jenny zog an dem Seil. Ihre Füße versanken im sumpfigen Boden, gestützt von der Hündin und dem Kater. Aber schließlich gelang es ihr, die Gruppe langsam zu sich heranzuziehen.

Endlich hatten sie die Insel erreicht, versuchten aber gar nicht erst, an Land zu gehen. »Wir müssen uns Festland suchen!« rief Kim aus dem Wasser.

Sammy stand auf Bläschens Rücken und sagte etwas in Katzensprache. Der Hund begab sich zögernd ins Wasser und schwamm auf eine andere Landmasse zu, die Katze auf dem Rücken. Bläschen verstand, was Sammy sagte!

»Sie zeigen uns den Weg!« rief Jenny. »Folgt ihnen!« Dann stieg sie ins Wasser, immer noch das Seil in der Hand. An dieser Stelle war das Wasser ziemlich seicht; deshalb konnte sie bis zu der Gruppe hinauswaten. Sie schlüpfte neben der Schlange in die Schlaufe, damit sie sich ebenfalls gegen die Wesen dort draußen zur Wehr setzen konnte.

Es war zwar ein sehr holpriges, mühseliges Unterfangen, doch sie stemmten sich mit den Füßen ab, machten Schwimmzüge mit den Händen und folgten auf diese Weise ganz langsam den beiden Tieren. Schon bald wurde der Boden unter ihren Füßen fester. Sie konnten gehen, bis sie zuerst brusttief im Wasser waren, dann hüfttief, schließlich nur noch knietief. Und endlich standen sie wieder auf festem Land – und sahen einen Weg vor sich. Es ging weiter!

Aber was für ein bunter Haufen sie jetzt doch waren! Hund, Katze, Schlange, Meermann, drei Menschen und eine Elfe – alle bis auf die Haut durchnäßt und mit Schlamm bespritzt. Nur die Katze war sauber.

»Machen wir uns erst einmal sauber, bevor wir uns vorstellen«, schlug Kim vor. Die anderen willigten nur zu gern ein.

»Sammy, wo ist ein guter Platz, um ...«, fing Jenny an.

Der Kater huschte den Weg entlang. Sie folgten ihm in einer unordentlichen Reihe. Bald gelangten sie an einen größeren, sauberen See, offensichtlich ein Ausläufer des Sodasees. Er funkelte perlendklar. Doch der Kater tauchte eine Pfote ein und entfernte mit gezierter Geste einen eingebildeten Fleck.

Kim kauerte nieder und holte eine Handvoll Flüssigkeit hervor. »Das ist ja Champagner!« rief sie. »Darin sollen wir uns waschen?«

»Na ja, wie das geht, wissen wir ja«, warf Jenny ein. Sie nahm eine leere Flasche und tauchte sie in den See.

Einen dreiviertel Moment später hatten sich alle mit Flaschen ausgerüstet, und schon fand Xanths lärmendste Wasserschlacht aller Zeiten statt. Der Champagnersee mochte danach nie wieder derselbe sein, aber wenigstens wurden sie sauber!

Dann begab sich Nada Naga, die unter Wasser Menschengestalt angenommen hatte, um die Schlacht nicht zu verpassen, in die eine Richtung, um sich einen Kleiderbaum zu suchen, während Cyrus und Sherlock in Gegenrichtung davongingen, um dasselbe zu tun, so daß es Jenny, Kim und Dug überlassen war, gewissermaßen die Festung zu halten. Während der Reinigungsaktion hatten sie sich einander mehr oder weniger vorgestellt. Bläschen und Sammy legten sich zum Schlummern Seite an Seite in die Sonne. Offenbar kamen sie gut miteinander zurecht.

»Du bist also der andere Spieler«, sagte Kim forsch.

»Gefällt es dir bisher?«

»Und ob«, bestätigte Dug. »Und dabei bin ich doch nur wegen einer Wette hier.«

»Wegen einer Wette? Wolltest du denn ursprünglich gar nicht spielen?«

»Ich halte eigentlich nichts von Computerspielen und alberner Fantasy. Aber mein Freund Ed hat mich herausgefordert, es doch mal zu versuchen. Ich habe meine Freundin gegen sein Motorrad gewettet, daß es mir nicht gefallen würde.« Er lächelte verlegen. »Die Wette habe ich verloren.«

»Du hast deine Freundin verwettet?« fragte Kim, die sich nicht sicher war, wie sie darauf reagieren sollte.

»Ja, Pia. Jetzt ist sie Eds Freundin. Ich vermute, daß die beiden mich reingelegt haben. Aber ich konnte nicht einmal mehr böse sein, nachdem ich Nada zu Gesicht bekommen habe.«

»Du stehst auf diesen Typ?« Aus irgendeinem Grund, dem sie lieber nicht nachgehen wollte, blieb Kim zurückhaltend. Vielleicht war es ja auch nur ein Zufall, daß Dug ein recht ansehnlicher junger Mann war.

»Wer tut das nicht? Sie ist doch der reinste Knaller!«

»Aber sie ist eine Naga-Prinzessin«, wandte Jenny ein. »Und sie macht sich nichts aus jüngeren Männern.«

»Das habe ich auch erfahren.« Er spreizte die Finger. »Schaut mich doch nicht so an! Sie ist die schönste Frau der Welt, und ich bin bloß ein sechzehnjähriger Blödmann. Ich will damit doch nur sagen, daß alles, was ich zu Hause verloren haben mag, keine Rolle mehr spielte, nachdem ich erst einmal das hier kennengelernt habe.« Er wandte sich an Kim. »Dieser stattliche Meermann – ich wette, der interessiert sich auch nicht für dich. Und zwar aus demselben Grund.«

»Er sucht nach einer Meerjungfrau«, bestätigte Kim. »Er begleitet uns nur so lange, bis er sie gefunden hat.«

»So wie Sherlock uns begleitet, bis er einen Ort gefunden hat, wo seine Leute siedeln können.« Er machte eine Pause. »Hör mal, Kim, eigentlich sollten wir ja Konkurrenten sein, aber ich möchte dir sagen, daß mir der Preis ziemlich egal ist. Das Spiel macht mir auch so schon genug Spaß.«

»Mir auch«, erwiderte sie, als sie die Feststellung machen mußte, daß sie ebenfalls das Interesse am Preis verloren hatte.

»Dir auch? Ich bin ja nur wegen einer Wette hier, aber ich dachte, *du* wolltest wirklich spielen.«

»Ich will auch wirklich spielen. Aber nur, um in Xanth sein zu können. Ich liebe Xanth. Es ist so viel interessanter als Mundania!«

»Ja, das stimmt. Ich weiß zwar so gut wie nichts darüber; aber seit ich hier bin, habe ich mich keinen Augenblick gelangweilt, und nicht nur wegen Nada. Das ist wirklich ein toller Ort!«

Sie nickte. »Hast du Lust, ein Stück zusammen zu reisen, sofern die Spielregeln das zulassen?«

»Na klar. Vielleicht haben wir beide ja nichts als Mundania gemeinsam. Aber das ist schon Last genug, um sie zusammen zu tragen.« Er musterte Jenny. »Du bist ihre Gefährtin? Weißt du, ob das ginge?«

»Ich wüßte keinen Grund, weshalb nicht«, antwortete Jenny. »Ich glaube, es gibt eigentlich gar keine richtigen Regeln, außer solchen Sachen, wie Mädchen nicht nach den Höschen zu schielen.«

Dug lachte. »Das habe ich auf die harte Tour gelernt! Ich habe es bei Nada versucht, und wurde aus dem Spiel geschmissen. Das heißt, mein Schirm ist erloschen, und ich mußte mich sputen, wieder hineinzukommen. Das werde ich bestimmt nie wieder tun!« Er sah sich um. »Aber da wir gerade dabei sind – wir sollten uns auch umziehen. Nach den ganzen Strapazen werden diese Kleider nicht mehr zu allzuviel taugen.«

»Wir können uns umziehen, nachdem die anderen ihre Kleider gefunden haben«, meinte Jenny. »Im Augenblick halten wir nur Wache, falls irgendeine Gefahr droht. Aber solange Bläschen nicht bellt und Sammy nicht aufwacht, sind wir in Sicherheit.«

»Bläschen?«

Kim erklärte ihm, wie sie an die Hündin gekommen war. »Sie ist wirklich sehr nett«, schloß sie. »Es ist eine Schande, daß jemand sie wegwerfen wollte. Es tut mir so leid, daß ich sie nicht mitnehmen kann, wenn ich nach Mundania zurückkehre.«

»Sie kann ja bei mir und Sammy bleiben«, erbot Jenny sich sofort. »Wir werden sie bestimmt nicht wegwerfen. Und ich bin sicher, daß Professor Fetthuf es erlauben wird.«

»Wer?« fragte Dug.

»Das ist der Dämon, der den ganzen Spielverlauf überwacht. Verglichen mit ihm haben alle anderen nur Stroh im Kopf. Aber er ist gar nicht so übel, solltest du ihn jemals kennenlernen.«

»Dämonen, die das Spiel leiten! Weshalb denn das?«

»Ach, ich glaube, das liegt an dem Dämon $X(A/N)^{th}$. Der ist die Quelle aller Magie in Xanth. Er wollte, daß das Spiel stattfindet. Deshalb kümmern sich die Dämonen eben darum. Mehr weiß ich auch nicht.«

»Was ist denn das für ein Dämon?«

Also mußten sie ihm das auch noch erklären. Als sie damit fertig waren, waren die anderen zurückgekehrt.

Was für eine Überraschung! Kim musterte erst die eine, dann die andere Gruppe. Nada trug Hosen und ein Männerhemd; Cyrus und Sherlock trugen Kleider. »Mehr haben wir nicht auftreiben können«, erklärte der schwarze Mann verlegen.

»Ich auch nicht«, gestand Nada.

»Aber jetzt können wir wenigstens in entgegengesetzte Richtungen gehen und uns umziehen«, warf Cyrus erleichtert ein.

Diesmal gingen Jenny und Kim mit Nada, während Dug sich Cyrus und Sherlock anschloß. Nachdem sie den gesuchten Baum gefunden hatten, wählten sie sich hübsche Kleider aus.

»Plötzlich fühle ich mich sehr weiblich«, meinte Kim. »Das gefällt mir.«

Doch Nada überlegte es sich anders. »Ich glaube, ich werde die Hosen anbehalten«, beschloß sie.

»Bist du es leid, daß man dich ständig anstarrt?« erkundigte sich Kim. »Mit dem Problem hatte ich nie zu kämpfen.«

»Na ja, du bist auch keine Prinzessin.«

Kim nickte wehmütig. »Das muß es wohl sein.«

Sie kehrten ins Lager zurück. Die Männer kamen gerade aus der Gegenrichtung, alle angemessen gekleidet. Dann nahmen sie Platz, um zu essen und einander besser kennenzulernen. Kim fiel auf, daß Cyrus und Nada Interesse aneinander zu finden schienen. Na ja, immerhin waren beide ja auch Angehörige von Mischrassen, und er war fast so attraktiv, wie sie schön war. Das wäre doch etwas, wenn … aber nein, es stand ihr nicht an, darüber zu spekulieren.

Dann besprachen sie sich und machten sich auf den Weg nach Süden. Es war viel interessanter, dachte Kim, in einer größeren Gruppe zu reisen. Und vielleicht auch sicherer. Es sei denn, sie trafen auf etwas wirklich Gewaltiges. Allmählich wurde es spät, und es würde nicht mehr allzu lange dauern, bis sie sich ein Nachtlager suchen mußten.

Sie gelangten in ein Zentaurengebiet. Das erkannte Kim daran, daß der Weg breiter wurde und von Hufen festgetrampelt war. Bald darauf kam ein männlicher Zentaur herangaloppiert. Es war eine beeindruckende Erscheinung, teils Pferd, teils Mensch, mit einem großen Bogen und einem Köcher voller Pfeile. Zentauren waren berühmt und berüchtigt für ihre Treffsicherheit; sie konnten alles treffen, worauf sie anlegten. »Wer seid ihr, daß ihr in unser Gebiet eindringt?« wollte er wissen. Er schien einen leichten Sprachfehler zu haben.

Irgend etwas an ihm wirkte vertraut. Dann wußte Kim, wer es war: Horace, der Zombiezentaur. Einer der zur Wahl stehenden Gefährten. Da er nicht ausgewählt worden war, stand er nun wieder in Bereitschaft, wie Jenny und Nada es sonst an seiner Stelle ebenfalls getan hätten. Deshalb trug er auch ein Kostüm und verbarg damit seine Zombienatur. Trotzdem war sie sich sicher, daß er es sein mußte.

Kim blickte zu Dug hinüber. »Er ist männlich; übernimm du ihn«, murmelte sie. Denn natürlich mußte einer der beiden Spieler die Sache übernehmen. Schließlich konnte es sich dabei um eine Spielaufgabe handeln.

Dug trat vor. »Wir sind Reisende, die an einem besonderen Spiel teilnehmen«, erklärte er. »Wir wollen keinen Ärger. Wir suchen nur einen Platz, wo wir ungestört die Nacht verbringen können.«

»Wenn ihr in Frieden kommt, seid ihr uns willkommen

und könnt die Nacht in unserem Dorf verbringen«, erwiderte Horace.

Dug warf Nada einen Blick zu und Kim sah Jenny an. Nada und Jeny nickten beide; Zentauren durfte man trauen. Anscheinend hatte Dug die Herausforderung richtig gehandhabt, als er ihre friedlichen Absichten kundtat. Kim war erleichtert. Zentauren waren schlimme Feinde, aber gute Freunde, und so würde die nächste Nacht frei von Gefahr sein.

Horace führte sie ins Dorf, das sich aus einer Reihe von Stallungen zusammensetzte. Doch es gab auch einige Menschenhäuser, offensichtlich für die Dienstboten gedacht. Einige andere Zentauren kamen herbei, um sie zu begrüßen, darunter auch zwei Mähren.

Kim sah, wie Dug und Sherlock beim Anblick der barbusigen Zentaurendamen zusammenzuckten. Es waren die üppigsten Brüste, die sie je zu Gesicht bekommen hatte, und Kim hegte den Verdacht, daß dieser Anblick auf die Männer eine noch viel größere Wirkung ausübte. Doch waren beide klug genug, ihre Reaktionen zu verbergen. Kim schaffte es, ihr eigenes Lächeln zu vertuschen. Tatsächlich hätte sie nur zu gern einen solchen Oberbau gehabt, daß den Männern bei seinem Anblick die Augen aus dem Kopf gefallen wären.

Man stellte sich flüchtig vor. Dann führten die Zentauren sie zu ihren Stallungen, die sich als recht hübsche kleine Häuser mit gemütlichen Strohlagern erwiesen. Die drei Frauen teilten sich eins davon, die drei Männer ein weiteres. Bläschen und Sammy suchten sich ein bequemes Plätzchen im Stroh und dösten sofort ein. Die anderen brauchten noch eine Weile, bis sie gegessen und sich zur Ruhe gelegt hatten, doch dann schliefen auch sie bald ein.

Es war also doch keine Herausforderung gewesen, überlegte Kim. Aber sie wußte auch, daß die ganze Gruppe in größte Schwierigkeiten hätte geraten können, hätte Dug die falsche Antwort gegeben. War Dug von Natur aus ein diplomatischer Mensch, oder hatte er diesmal nur Glück gehabt?

Es war wichtig für sie, dies in Erfahrung zu bringen; schließlich war Dug ja ihr Konkurrent. Auch wenn ihr am Siegespreis nicht mehr gelegen war.

Am Morgen machten sie sich erfrischt wieder auf den Weg.

»Hättet ihr Lust, bis zur Spalte zu reiten?« erkundigte sich Horace Zentaur.

Kim wechselte wieder einen Blick mit Dug. Reiten? War das eine weitere Herausforderung? Aber Zentauren waren ja eigentlich vertrauenswürdig. Vielleicht wollte das Spiel sie auf diese Weise nur schneller zur nächsten Aufgabe befördern. In einer anderen Variante könnte es zu einem großen Streit mit Zentauren kommen, oder es würde vielleicht ein Drache auf ihrem Weg lauern. Aber diesmal sollte es die Spalte sein, und so war es das vernünftigste, sich so schnell wie möglich dorthin zu begeben und keine Zeit zu verlieren. Es machte fast den Eindruck, als würde das Spiel ungeduldig, wenn es zu Verzögerungen kam; als wollte es endlich weitermachen und zur Sache kommen.

»Warum nicht?« erwiderte Dug nach kurzer Pause. »Solange unsere Freunde mitreiten können.«

»Eure Freunde sind uns willkommen«, antwortete Horace.

»Wenn ich mal eine Frage stellen darf«, warf Sherlock ein, »gibt es hier vielleicht eine Stelle, wo eine neue Gemeinschaft sich ansiedeln könnte?«

Horace reagierte überrascht. »Was für eine Gemeinschaft?«

»Eine menschliche Schwarzwellengemeinschaft.«

Horace sah die anderen Zentauren an. »Wir könnte noch Dienstboten gebrauchen«, meinte er. »Für die körperlichen Arbeiten.«

Sherlock runzelte die Stirn. »Wir werden es uns überlegen«, sagte er, obwohl ganz offensichtlich war, daß er nichts dergleichen vorhatte. Weshalb hätten seine Leute sich auch derselben Behandlung aussetzen sollen, wie sie sie bereits in Mundania erfahren hatten?

So wurde die Gruppe schnell von sechs Zentauren nach Süden gebracht. Kim hatte Bläschen Hund dabei, und Jenny trug Sammy Kater beim Ritt auf einem anderen Zentauren. Die Landschaft sauste nur so vorbei. Kim hätte es vorgezogen, in einem etwas gemächlicheren Tempo voranzukommen, weil sie sich ein wenig vor der nächsten Herausforderung fürchtete. Es würde mit Sicherheit nicht leicht werden, die Spalte zu überqueren. Sie wußte zwar, daß es dort eine unsichtbare Brücke gab, aber wie sollten sie die ausfindig machen? Und wenn sie versuchten, in die Spalte zu klettern, würde der Spaltendrache sie fressen. Auf diese Weise konnte niemand die Spalte ungestraft durchqueren.

Viel zu früh für Kims Geschmack gelangten sie ans Ziel. Da lag nun die riesige Schlucht vor ihnen, der Boden von Nebelschwaden verschleiert, und schon der bloße Anblick der Steilwände wirkte angsterregend. Natürlich war nirgendwo eine Brücke zu sehen.

Sie stiegen ab, und die Zentauren galoppierten davon. Was nun?

Ohne sich von der furchterregenden Tiefe beeindrucken zu lassen, erkundete Dug den Spaltenrand. Er marschierte ein Stück gen Osten. Schon bald veränderte sich die Spalte. Nun fiel der Boden nicht mehr steil und senkrecht ab, sondern neigte sich in einer Reihe von Halbschlaufen in die Tiefe, so daß ein Abstieg ohne Sturz durchaus möglich schien. »Das bekommen wir schon hin!« sagte Dug forsch.

»Aber da unten ist ein Drache«, warnte Nada.

»Du kannst dich doch in eine große Schlange verwandeln und ihn verscheuchen«, schlug er vor.

»*Den* Drachen kann selbst ich nicht erschrecken. Nicht den Spaltendrachen. Die einzige Gewähr, vor ihm sicher zu sein, besteht darin, ihm aus dem Weg zu gehen.«

»Gut, dann lassen wir uns eben von Sammy Kater einen Weg hinunter und auf die andere Seite zeigen, auf dem wir den Drachen ausweichen können.« Dug wirkte so siegessicher, daß es schon ärgerlich war.

»Vielleicht«, meinte Nada verhalten.

Kim bemerkte, daß die Naga-Prinzessin alle Hände voll zu tun hatte, Dug daran zu hindern, sich ins Verderben zu stürzen. Und wegen des Bekleidungsproblems konnte sie sich in seiner Gegenwart auch nicht mal in die eine, mal in die andere Gestalt verwandeln. Wahrscheinlich machte es ihr nicht sonderlich viel Spaß, seine Gefährtin zu sein. Aber vielleicht hatte Jenny Elfe ja auch kein großes Vergnügen daran, als Kims Begleiterin mitzukommen, weil auch Kim sehr impulsiv war.

»Das könnte Ärger bedeuten«, meinte Cyrus, die Augen zum Himmel gerichtet.

Kim folgte seinem Blick. Im Norden trieb eine häßliche kleine dunkle Wolke. »Ob ich mit meinen Befürchtungen recht habe?« fragte sie.

»Ja, es ist Cumolo Fracto Nimbus«, bestätigte er. »Du bist ihm ja schon einmal begegnet.«

»Und wie! Der verhagelt einem wirklich alles.«

Sie vernahmen Donnergrollen. Nun sahen auch die anderen in die Höhe. Dann wechselten sie bestürzte Blicke.

»He, was soll denn das?« fragte Dug. »Schön, da ist ein Wölkchen. Dann regnet es eben gleich ein bißchen. Das wird uns schon nicht aufhalten.«

»Das ist Fracto«, erklärte Nada.

»Fraktal?«

»Fracto, Xanths schlimmste Wolke. Wir sollten uns besser unterstellen.«

»Was ist denn das für ein Getue wegen so einer winzigen Wolke?« wollte Dug wissen. »Die wird schon bald wieder verschwinden.«

»Wenn du meinen Rat nicht befolgen möchtest, solltest du mich vielleicht lieber gegen Kims Gefährtin austauschen«, erwiderte Nada ein wenig steif.

Dug sah überrascht drein. Dann musterte er nachdenklich Jenny Elfe. »Ich vermute, daß mir da irgend etwas entgangen ist«, meinte er. »Aber so, wie ich die Sache sehe, hätten wir immer noch Zeit, abzuwarten, bis es tatsächlich nach einem Gewitter aussieht.«

Doch die anderen wußten es besser. Sie machten sich bereits eilig daran, Zubehör für ein Zelt zu sammeln. Kim ging zu einem Pastetenbaum, den sie erspäht hatte, um eine ordentliche Mahlzeit zu pflücken, mit der sie sich die Zeit vertreiben konnten, bis der Zorn der Wolke sich wieder gelegt hatte. Jenny suchte nach Kissen. Schließlich konnten sie nicht wissen, wie lange sie warten mußten.

»Es ist doch nicht zu fassen«, sagte Dug. »Alles nur wegen einer einzigen, dämlichen kleinen Wolke!« Da ertönte auch schon das nächste Donnergrollen. Die Wolke wurde größer, blähte sich gewaltig auf. An ihrer Oberfläche bildete sich ein aufgeplustertes Gesicht. Ein eisiger Windstoß fuhr vom Himmel herab.

»Was für eine häßliche Fratze«, bemerkte Dug, als er es bemerkte.

Sammy miaute. Dug blickte sich um. »Dich habe ich doch gar nicht gemeint«, sagte er und ließ ein Lächeln aufblitzen. Der Kater beruhigte sich wieder.

»Wir könnten etwas Hilfe beim Zeltaufbau gebrauchen«, rief Sherlock.

Endlich begriff Dug, daß die Sache ernst wurde. Und so begab er sich zu den anderen, um beim Aufbau des Zelts behilflich zu sein. Nun prasselten schon die ersten dicken Regentropfen herab. Dann veränderten sie sich. »He, das ist ja Eisregen«, rief Cyrus.

Kim streckte die Hand aus. Harte Körner prallten davon ab. »Nur Eisregen? Richtiger Hagel ist das!« sagte sie.

Endlich war das Zelt aufgebaut, und sie huschten hastig hinein, während der Hagel immer heftiger wurde. Bläschen und Sammy gesellten sich zu ihnen. Auch sie wollten mit dem Gewitter nichts zu tun haben. Die Hündin kuschelte sich dicht an Kim; die vielen doch recht fremden Leute machten sie ein wenig unruhig, ansonsten aber machte sie keine Umstände. Nur zu deutlich spürte Kim, daß Dug auf der anderen Seite neben ihr eingekeilt war.

Nun wurde aus Hagel Schnee, der das Zelt wild umwehte. Unter dem Zeltstoff waren sie in Sicherheit, und weil sie

Decken dabei hatten, war es sogar einigermaßen bequem. Kim konnte nicht anders – ständig wurde ihr bewußt, wie dicht sie neben Dug unter einer gemeinsamen Decke lag. Wenn so etwas doch nur Wirklichkeit würde, zum Beispiel bei einem Rendezvous!

»Diese Wolke habe ich aber gründlich unterschätzt«, meinte Dug, ohne Kim zu beachten. »Schneegestöber – an einem warmen Tag?«

»Nicht nur das«, ergänzte Sherlock. »Er ist auch noch farbig, wenn du den Ausdruck bitte entschuldigen möchtest.«

Kim schaute hinaus und erblickte lauter Pastelltöne. Der Schnee schillerte ja in allen Regenbogenfarben! »Der ist aber hübsch«, meinte sie.

»Nichts, was Fracto tut, ist hübsch«, versetzte Nada finster.

Sie verzehrten ihre Pasteten, während das Gewitter tobte. »Ich frage mich nur, wieso Fracto ausgerechnet jetzt kommt«, sagte Jenny schließlich. »Wie konnte er denn wissen, daß wir hier sind?«

»Das Spiel!« rief Kim. »Er ist vom Spiel hierher geschickt worden! Das ist schon wieder eine Herausforderung.«

»Eine Wolke, die geschickt wurde, um uns in Schwierigkeiten zu bringen?« fragte Dug. »Wir brauchen doch nur abzuwarten, bis sie sich erschöpft hat!«

Sherlock schüttelte den Kopf. »Ich verstehe zwar wenig von Wolken und Magie, aber ich wette, daß das schon einen Unterschied machen wird. Zum einen wird es mindestens doppelt so mühsam, die Spalte im Schnee zu überqueren.«

Dug nickte. »Du hast recht. Wenn der Schneesturm vorbei ist, wird dieser komische Schnee übrigbleiben. Und das wird uns mächtig aufhalten.«

»Uns aufhalten?« fragte Kim. »Vielleicht macht er uns ja schneller!«

Die anderen sahen sich an. »Wir dürfen uns nicht blindlings hineinstürzen«, bemerkte Nada. »Der Schnee wird die kleineren Erdrisse bedecken, und die Hänge werden bestimmt trügerisch glatt. Wir sollten lieber warten, bis er weggeschmolzen ist.«

»Aber das könnte noch Tage dauern«, protestierte Kim. »Nein, ich habe eigentlich daran gedacht, auf dem Schnee skizufahren. Das würde unsere mühselige Reise erheblich erleichtern.«

»Skifahren!« sagte Dug. »Das habe ich mal versucht und mir fast das Bein gebrochen. Dabei war das damals nur ein kleiner, harmloser Idiotenhügel. Diese Schlucht ist mindestens eine Meile tief. Selbst ein erfahrener Skifahrer könnte dabei den Tod finden.«

Da hatte er recht. Kim war zwar schon mal skigelaufen, war aber alles andere als eine Könnerin, und so bot ihr Vorschlag tatsächlich keinen Ausweg. »Hm, vielleicht könnten wir ja einen Schlitten nehmen.«

»Und wo sollen wir den herbekommen?«

Sammy rührte sich. Er wollte schon in den Sturm hinausjagen, als Jenny ihn gerade noch zu fassen bekam. »Noch nicht, Sammy!« sagte sie. »Warte erst ab, bis es zu schneien aufgehört hat.«

Dug schürzte die Lippen. »Der kann Schlitten finden?«

»Sammy kann alles finden«, erklärte Jenny stolz. »Nur nicht den Weg zurück nach Hause. Es müssen also Schlitten in der Nähe sein.«

»Bist du ganz sicher?« wollte Nada wissen.

»Eigentlich nicht«, gestand Jenny. »Manchmal sind die Dinge auch sehr weit entfernt. Aber ich weiß genau, daß er den Schlitten finden wird, der uns am nächsten ist.«

»Schön, dann können wir uns also Schlitten besorgen«, fuhr Dug fort. »Aber auch Schlitten können gefährlich sein, vor allem auf einem unbekannten Hang. Ich wollte ja ursprünglich zu Fuß hinunter, aber inzwischen bin ich mir da auch nicht mehr ganz so sicher.«

»Vielleicht kann Sammy einen ungefährlichen Weg nach unten suchen«, schlug Kim vor. »Dann könnten wir ihm auf Schlitten folgen.«

»Ich würde ihn nicht alleine ziehenlassen«, widersprach Jenny. »Aber er könnte vielleicht mit mir im Schlitten fahren und uns ein Zeichen geben, ob es noch sicher ist oder nicht. Ich glaube, so könnte es klappen.«

Endlich ließ der Sturm nach. Fractos Zornesausbrüche waren zwar schlimm, hielten aber nur selten lange an. Doch in dieser kurzen Zeit konnte er außerordentlich viel Schaden anrichten!

Kim und die anderen krochen aus dem Zelt. Der Schnee war mehrere Fuß tief; fast hätte er das Zelt bedeckt. So mußten sie sich ihren Weg an die Oberfläche regelrecht freigraben. Dort empfing sie eine gänzlich veränderte Welt: Überall lag farbiger Schnee und verlieh der Landschaft ein anderes Gesicht. Auf den Bäumen in der Nähe ruhte blauer Schnee, während die Sträucher unter gelbem Schnee begraben lagen. Das flache Land war in Braun getaucht, die Hänge der Spalte dagegen in Schwarz. Aber es war ganz eindeutig Schnee – Kim steckte einen Finger hinein und leckte daran: schwarze eisige Flocken.

Sie machten sich auf die Suche nach dickerer Kleidung. Ganz in der Nähe wuchsen gelbe Jacken, und an einem Stiefelbaum hing eine reiche Auswahl an Stiefeletten und Fellstiefeln. Es dauerte nicht lange, da hatten sich alle kräftig eingemummt, bis sie wie ausgestopfte Puppen aussahen.

Kim gelangte zu dem Schluß, daß das alles wohl kein Zufall sein dürfte. Das Spiel hatt seine Herausforderung vorbereitet. Hatte für Vorräte gesorgt und bei ihrem Eintreffen das Gewitter in Gang gesetzt. Sie mußten weder hungern noch frieren. Sie mußten es lediglich bis hinunter in die Spalte schaffen.

»So, jetzt aber, Sammy«, sagte Jenny. Der Kater sprang davon und hinterließ seine Pfotenabdrücke im Schnee. Die weniger abenteuerlustige Hündin blieb lieber im Zelt.

Jenny folgte der Katze; Kim wiederum folgte Jenny. Schon bald kamen sie an einen Schlittenschuppen, wie Kim an dem Türschild feststellte. Die Katze sprang an der Tür hoch und wartete darauf, daß Jenny sie öffnete. Sie traten ein.

Da standen zwei große, rundliche Geräte. Das eine trug die Aufschrift ROBERT, das andere ROBERTA. »Aber das sind ja gar keine Schlitten«, wandte Jenny ein. »Jedenfalls keine, wie ich sie kenne.«

Nun traf auch Sherlock ein. »Das sind Bobschlitten!« rief er erstaunt.

»Die haben Spitznamen?« fragte Jenny.

Jetzt erkannte Kim den Typ. Sie hatte die Dinger im Fernsehen zur Winterolympiade gesehen. Furchtbar schnelle Drei- bis Vier-Mann-Schlitten. In denen sollten sie die Schlucht hinunterjagen? »Aber wir haben doch gar keine Ahnung, wie man mit einem ... einem Robertschlitten umgeht«, protestierte sie matt.

»Nein, das würde ich nicht sagen«, widersprach Sherlock. »Ich bin mal in einem gefahren. Natürlich nicht sehr weit und auch nicht sehr schnell, nur so einen kleinen Übungshügel hinunter. Ich war der Steuermann. Ich hätte das Ding wahrscheinlich sowieso nicht in die falsche Richtung lenken können, jedenfalls nicht in der Bahn, in der wir fuhren. Aber ein bißchen habe ich dann doch ein Gespür dafür entwikkelt. Keine Frage, das ist der König unter den Schlitten.«

Kim hatte plötzlich ein flaues Gefühl. Sie würden es tatsächlich tun! Auf Bobschlitten in die gefürchtete Spalte rasen!

Sie schleppten die Schlitten zurück ins Lager. »Schaut mal, was wir gefunden haben«, verkündete Nada und wies auf ihre Beute.

Kim blickte sich um. Zwei deutlich erkennbare Pfade führten in die Spalte hinunter; dort, wo sie sich trennten, standen viereckige Schilder.

»Wie sind denn diese Schilder dahingekommen?« wollte Kim wissen. »Ich sehe keinerlei Spuren im Schnee, und bevor es geschneit hat, waren sie noch nicht da.«

»Das muß die Spielmagie sein«, meinte Dug. »Wir müssen also tatsächlich mit den Schlitten diese Pfade hinunter.«

»Aber woher sollen wir wissen, welchen Weg wir nehmen müssen?«

»Wie ich sehe, steht auf den Schildern RECHTS und LINKS«, antwortete er. »Wir brauchen also nur diesen Hinweisschildern zu folgen.«

»Was soll denn das für eine Herausforderung sein?« fragte sie. »Ich traue der Sache nicht.«

»Ach, du traust dich doch nur nicht zu fahren.«

»Ich mich nicht trauen? Das möchtest du wohl gern!« konterte sie verärgert. »Warum machen die sich die ganze Mühe, erst so ein Hindernis aufzubauen, um uns dann mitzuteilen, wie wir es umgehen können?«

»Damit wir möglichst schnell unten in der Spalte eintreffen, wo wir uns dann überlegen müssen, wie wir dem Drachen aus dem Weg gehen.«

Das ergab durchaus einen gewissen makabren Sinn. Trotzdem traute sie der Sache immer noch nicht so recht. Die ganze Angelegenheit erschien ihr viel zu aufwendig.

»Also los, fangen wir an«, sagte Dug. »Sherlock, Nada und ich können Robert nehmen; dann nehmen Cyrus, Jenny und Kim Roberta. Und dann veranstalten wir ein Wettrennen hinunter zum Drachen.«

»Der dann den Sieger auffressen wird, damit der zweite durchkommt«, versetzte Kim ätzend.

Das brachte Dug endlich zum Verstummen. Doch er erholte sich rasch wieder. »Mit dem Problem werden wir uns befassen, wenn wir erst einmal dort sind.«

Dug war ein hoffnungsloser Fall. Und sie war auch ein hoffnungsloser Fall, weil sie ihn so faszinierend fand. Doch Kim ermahnte sich, daß dies ja schließlich nur ein Spiel war. Schlimmstenfalls konnten sie aus dem Spiel fliegen und wieder in Mundania enden.

Wirklich? Was würde aus den anderen, wenn die Spieler verschwanden? Den Gefährten würde ja nicht allzu viel passieren, aber Sherlock, Cyrus und Bläschen wären plötzlich mitten in der Spalte im Schnee gestrandet, leichte Opfer eines tödlichen Drachen.

Das Spiel machte ihr nicht mehr ganz so viel Spaß wie vorher. Aber was sollte sie tun? Eine Herausforderung auslassen? Es blieb ihr nicht anderes übrig, als weiterzumachen.

Sie zogen die Bobschlitten an den Anfang der beiden Pfade. Sherlock zeigte Cyrus, wie man steuerte. »An sich geht es hauptsächlich darum, sich hinauszulehnen«, erklärte er. »Aber das mußt du rechtzeitig tun, und du mußt dabei an diesen Griffen hier ziehen.« Dann bestieg Sherlock den anderen Schlitten. Nada stieg hinter ihm ein, während Dug sich bereitmachte, den Schlitten anzuschieben und dann als letzter aufzuspringen.

Ihr eigener Schlitten faßte Cyrus, Bläschen und Sammy, und Kim selbst machte die Anschieberin. Die anderen nahmen Platz. »Müssen wir denn unbedingt gleich ein Wettrennen daraus machen?« fragte sie. »Vielleicht wäre es besser, wenn es erst einer der beiden Schlitten versucht.«

»Es ist aber alles wie bei einem Rennen aufgebaut«, wandte Jenny ein. »Da ist es wahrscheinlich besser, es auch zu veranstalten.«

Es gab einfach keinen Ausweg. Also machte Kim sich bereit, den Schlitten anzuschieben. Sie sah zu Dug hinüber.

»Auf die Plätze«, rief er, »fertig – LOS!«

Kim schob. Der Schlitten kippte über den Spaltenrand und setzte sich in Bewegung. Sie sprang hinten auf und hielt sich fest. Es fühlte sich genauso an wie beim freien Fall.

Einen halben Augenblick später jagten sie bereits auf die Gabelung zu. Auf dem Schild stand LINKS. »Sammy sagt aber, wir sollen nach rechts!« schrie Jenny. Tatsächlich schien der kleine Kater rechts aus dem Schlitten herauskriechen zu wollen.

Also lenkte Cyrus nach rechts. Sie kamen auf einen schrägen Felsvorsprung, der ganz dicht an einer Steilwand entlangführte; dann schossen sie über eine Kante in eine Art schmales Tal. Dort befand sich die nächste Gabelung, an der ebenfalls ein Schild stand: LINKS.

»Links steuern!« rief Jenny, als die Katze sich nach links warf.

Also taten sie es auch. Kim warf einen Blick zurück und sah, daß der rechte Pfad einen Bogen schlug und dann direkt die Steilwand hinunterführte – eine völlig unmögliche Strecke!

Sie erreichten eine dritte Gabelung, an der ebenfalls ein Schild stand. Auf diesem war schon wieder die Aufschrift: LINKS. »Rechts!« schrie Jenny, und so fuhren sie nach rechts. Die Bahn machte eine Schlaufe, führte durch einen Schacht und mündete schließlich auf einer breiten, ebenen Felskante. Dort kam der Schlitten endlich zum Halten. Sie stiegen aus.

Kims Herz hämmerte. »Zwei von diesen Schildern waren falsch!« sagte sie empört. »Eins davon hätte uns sogar glatt in die Schlucht stürzen lassen!«

Cyrus und Jenny musterten den Weg, den sie gekommen waren. »Du hast recht«, sagte Cyrus. Er wirkte erschüttert. »Wir dürfen den Schildern nicht trauen. Auf allen stand LINKS, dabei mußten wir zweimal nach rechts. Wir konnten nicht einfach nur das Gegenteil tun; denn eins von den Schildern war sogar richtig. Darauf ist also kein Verlaß.«

»Wo bleibt denn der andere Schlitten?« fragte Jenny.

Sammy sprang aus ihren Armen und jagte die Felskante entlang. Sie folgten ihm. Schon bald erspähten sie das Gefährt: eingekeilt in einer Sackgasse, ungefähr auf halber Höhe zwischen Felskante und oberem Spaltenrand. Die Insassen schienen unversehrt zu sein, wirkten aber durchgeschüttelt und ziemlich verärgert.

»Das mittlere Schild war falsch!« rief Kim.

»Das kannst du wohl sagen!« erwiderte Dug. »Ihr habt Glück gehabt, daß eure Schilder stimmten.«

»Haben sie gar nicht. Wir haben sie einfach ignoriert. Sammy wußte den Weg.«

»Ein ganz schön beachtlicher Kater«, meinte Dug. Dann bahnte er sich gemeinsam mit Sherlock und Nada den Weg hinunter zur Felskante. Der Schlitten war hoffnungslos verkeilt und nicht mehr zu gebrauchen. Sherlock blieb jedesmal stehen, um sich die Schilder genau anzuschauen; dann überprüfte er außerdem die Schilder auf Kims Strecke.

Sie beratschlagten sich. Da sie nur noch einen Schlitten hatten, konnte auch nur noch eine Gruppe weiterfahren. Tatsächlich gab es ab hier auch nur noch einen Weg, der von der Felskante in die Tiefe führte. »Ich schätze, bei dieser Herausforderung gibt es wohl nur einen Sieger«, meinte Dug wehmütig.

»Na, von mir aus kannst du ihn liebend gern behalten«, antwortete Kim. »Diese Schlittenfahrerei ängstigt mich, und der Drache dort unten auch. Ich würde mir lieber einen anderen Weg suchen.«

»Es ist durchaus möglich, die Spalte zu umgehen«, warf Nada ein. »Aber es ist ein sehr langer Weg, und gefährlich ist er auch.«

»Das ist mir egal! Dieses Stück Spalte reicht mir für heute!«

»Hört mal, ich denke, ich habe es«, sagte Sherlock, als er zurückkehrte. »Es geht nicht darum, was auf den Schildern steht, sondern *wo* sie stehen. Wenn man nach rechts muß, steht das Schild auf der rechten Seite. Muß man nach links, steht es auch links.«

Kim blickte zu den Schildern hinauf. »Du hast recht! Das ist ja wie bei Schere!«

»Schere?« wiederholte Sherlock, und die anderen blickten ebenso verständnislos drein.

»Ein Spiel. Die meisten Spieler haben es schon einmal gespielt; deshalb kennen sie die Regeln schon. Aber es gibt immer ein paar neue Spieler, die nichts davon wissen. Man setzt sich im Kreis auf Stühle und reicht eine Schere herum. Jeder sagt: ›Ich nehme diese Schere geschlossen und reiche sie geöffnet weiter‹, oder so was, und verändert dabei die Schere entsprechend. Das ist bei jedem anders, unabhängig von der Schere. Aber wenn ein neuer Spieler das tut, wird er es höchstwahrscheinlich falsch machen, und das weiß jeder. Man spielt es so lange, bis er es begriffen hat: Es geht nicht um die Schere, es geht um die Beine. So sitzt beispielsweise jemand mit gekreuzten Beinen da, reicht die Schere offen weiter, behauptet aber, sie sei geschlossen, und alle stimmen zu – bis auf den armen, unschuldigen Neuling, der immer nur auf die Schere schaut.«

»Die Schilder!« sagte Dug. »Das sind die Scheren – und man muß hinschauen, wo sie stehen, und nicht, was darauf steht. *Das* ist die Herausforderung – die Lösung herauszufinden, bevor man reingelegt wird!«

»Und dabei war das nur der Übungslauf, um uns noch

eine Chance zu geben, bevor wir die Sache vollends versieben«, ergänzte Kim. »Obwohl einer von diesen falschen Wegen ganz schön tödlich aussieht, finde ich.«

»Das ist er aber nicht«, widersprach Sherlock. »Ich habe gesehen, daß darunter ein Hang liegt, genau wie bei einer Skischanze. Er endet erst *dahinter.* Es sieht viel schlimmer aus, als es ist.«

»Jetzt wissen wir es also«, warf Cyrus ein. »Aber wir haben nur noch einen Schlitten. Ich für meinen Teil würde ihn lieber nicht mehr verwenden.«

»Dann suchen wir uns eben einen anderen Weg«, sagte Kim dankbar. »Sollen sie doch unseren Schlitten haben, wenn sie unbedingt wollen.«

»Ich bin nicht begierig darauf, hinunterzufahren«, protestierte Nada.

Dug schürzte die Lippen. »Wie siehst du die Sache, Jenny?«

»Mir ist es gleich, welchen Weg wir nehmen, solange Sammy mich führen kann.«

Dug sah zu Kim hinüber. »Magst du Gefährten wechseln?«

Kim reagierte erstaunt. »Können wir das denn?« Sie hatte Nadas entsprechenden Vorschlag vorhin für reinen Sarkasmus gehalten.

»Wir können es ja mal versuchen und sehen, was passiert.«

Kim dachte über diesen überraschenden Vorschlag nach. Jenny war gut, und Sammy war sehr nützlich, aber Nada konnte sich in eine Schlange und damit in eine formidable Leibwächterin verwandeln. Dug würde die Katze brauchen, um sich durch das Spaltental zu schleichen, ohne dem Drachen in die Quere zu kommen. Es schien ein fairer Tausch zu sein. »Also gut, tun wir es«, entschied sie.

Und so gesellte sich Nada Naga zu Kim und Cyrus, während Jenny sich Dug und Sherlock anschloß. Sammy Kater blieb bei Jenny und Bläschen Hund bei Kim. Alles schien ausgeglichen.

Dann nahm Nada ihre große Schlangengestalt an und glitt den verschneiten Hang hinauf. Das fiel ihr als Schlange viel leichter als in Menschenform, und der Schnee bot ihrem sehnigen Körper zusätzlichen Halt. Als sie einen kleinen Baum erreicht hatte, schlug sie die Zähne hinein und ließ Cyrus und Kim wie an einem Seil ihren Körper hinaufklettern. Dann kam das nächste Stück. So erreichten sie in mehreren Etappen, durchgefroren, aber unversehrt, den Spaltenrand. Dann breitete Kim Nadas Jacke aus, während Cyrus sich umdrehte, damit Nada wieder Menschengestalt annehmen und sich schnell anziehen konnte.

»Wir sind oben«, rief Kim den anderen zu, die inzwischen von dem Felsvorsprung verdeckt wurden.

»In Ordnung«, rief Dug von unten. »War nett, dich kennengelernt zu haben! Wir fahren runter.« Dann hörten sie, wie sich der Schlitten in Bewegung setzte.

»Und jetzt müssen wir uns auf unseren langen Marsch um die Spalte begeben«, sagte Kim. »Aber ich bin sehr erleichtert, daß ich keine weitere Rutschpartie vor mir habe.«

Die anderen nickten zustimmend. Ja, es schien fast, als täte Bläschen dasselbe.

11

Drache

Dug beobachtete mit gemischten Gefühlen, wie die andere Gruppe hinaufstieg und die Spalte verließ. Es betrübte ihn zwar, Nada Naga fortgehen zu sehen, denn sie war wirklich das leckerste weibliche Geschöpf, das er sich vorstellen konnte. Andererseits hatte sie ihn abgelenkt. Er hatte sich bisher mehr schlecht als recht durch die Aufgaben und Herausforderungen gemogelt, und das war nicht gut; er mußte sich voll und ganz darauf konzentrieren, was er tat. Er interessierte sich zwar nicht für die Siegesprämie, wollte nur seine Spielzeit in die Länge ziehen. Doch hatte er auch erkannt, daß er dazu weiterhin Aufgaben bewältigen und dem allgemeinen Lauf des Spiels folgen mußte, sonst würde er schon bald wieder hinausfliegen. Und so hatte sich Nada unterm Strich eher als Belastung erwiesen. Das war jedoch nicht ihre, sondern allein seine Schuld.

Jenny Elfe dagegen war keine romantische Gestalt. Dug hatte keinerlei Verlangen danach, ihre Höschen oder ihren Körper zu sehen. Und ihr Kater war ein außerordentlich nützliches Tier. Wie er die Bobschlitten und auch den richtigen Weg den Hang hinunter gefunden hatte – das bedeutete in diesem Spiel einen gewaltigen Vorteil. Und so war Jenny für ihn in jeder Hinsicht die geeignetere Gefährtin, so, wie es Nada eben nicht war. Jetzt müßte er sehr viel besser zurechtkommen.

Doch warum hatte Kim in den Tausch eingewilligt? Sicher, sie hatte nicht mehr schlittenfahren und auch nicht dem Drachen begegnen wollen. Das konnte er durchaus verstehen. Aber Jenny wäre schließlich mit ihr auch aus der Spalte gestiegen. Nada hatte zwar keine Lust mehr auf eine Schlittenfahrt gehabt, hätte es aber dennoch getan, weil sie nun mal ihrem Spieler folgen mußte. Das konnte also nicht der Grund sein. Was hatte Nada Kim also noch zu bieten?

Schutz, natürlich. In ihrer riesigen Schlangengestalt wagte sich niemand an Nada heran. Niemand, wie es schien, außer dem Spaltendrachen. Sie hatte schnell darauf hingewiesen, daß sie dieses eine Ungeheuer nicht würde vertreiben können, und das hatte Dug auch sofort registriert. Und so machte er sich allen schönen Worten zum Trotz jetzt Sorgen. Das da unten war eine echte Gefahr, und es wäre besser, wenn er sich schon vorher etwas überlegte, bevor diese Gefahr akut wurde. Nun verfügte Kim also über diesen Schlangenschutz. War es das, was sie wollte?

Dug drehte sich um und blickte die Schlucht hinunter. Kalte Nebelschwaden verdeckten die Tiefen, so daß er kaum mehr als den Anfang des Wegs ausmachen konnte. Jetzt, da sie die Schilder richtig zu deuten wußten, sollten sie es eigentlich bis nach unten schaffen. Und falls es doch nicht stimmte, würde Sammy Kater es sie schon wissen lassen. Der Abstieg war also eigentlich kein Problem. Doch das würde der Drache mehr als wettmachen.

»Was wollen wir wegen des Drachen unternehmen?« fragte er die anderen.

»Was? Das macht dir Sorgen?« fragte Sherlock in gespielter Überraschung. »Wenn er mich auffrißt, bin ich weg. Wenn er dich auffrißt, sitze ich hier fest und habe keinen Spieler mehr dabei, der den Weg bestimmt. Die Gefährtin ist nämlich nicht verpflichtet, mir zu helfen, mußt du wissen.«

»Wenn Dug gefressen wird, verschwindet er aus Xanth«,

warf Jenny ein. »Dann rufe ich Professor Fetthuf, und er wird mich rausholen. Ich werde ihn bitten, dich mitzunehmen.«

»Weshalb sollte er sich die Mühe machen?«

»Weil das Spiel die normalen Einwohner Xanths eigentlich nicht stören soll. Und du bist ein normaler Einwohner. Deshalb wird der Professor dich wieder dorthin bringen müssen, wo wir dich vorgefunden haben.« Sie zögerte. »Wenn ich dich das fragen darf – weshalb bist du überhaupt mit Dug und Nada mitgekommen?«

»Ich gehöre zur Schwarzen Welle. Ich versuche einen Ort für uns zu finden, wo wir siedeln können und die Leute froh über uns sind, oder wo es wenigstens keine anderen Leute gibt, deretwegen man sich Sorgen machen muß.«

»Ach, wie die Fluchungeheuer!« sagte sie.

»Die was?«

»Das waren die Mitglieder der Siebenten Welle, die sich im Ogersee niedergelassen haben und zu Fluchfreunden wurden – nur daß die *anderen* sie als Fluchungeheuer bezeichneten. Sie sind ein bißchen isoliert geblieben und haben sich mit der restlichen Bevölkerung von Xanth nie richtig vermischt. Dann seid ihr also wohl die Fünfzehnte Welle. Wollt ihr auch für euch bleiben?«

»Nein, eigentlich nicht. Aber wir sind notfalls dazu bereit, falls es nicht anders geht. Diese Fluchungeheuer – das sind doch wohl keine echten Ungeheuer, oder?«

»Nein, es sind gewöhnliche Menschen. Sie betreiben Schauspielerei und gehen auf Tourneen, um andere zu unterhalten. Ich könnte mir vorstellen, daß sie sich vielleicht doch vermischt hätten, aber von niemandem dazu eingeladen wurden.«

»Genau. Vielleicht sollte ich mal mit den Fluchungeheuern sprechen.«

»Wenn wir erst einmal den Drachen hinter uns gebracht haben«, versetzte Dug mit fester Stimme. »Man kann nämlich mit niemandem reden, wenn man vorher aufgefressen wird.«

Sherlock und Jenny tauschten einen flüchtigen Blick. »Der Mann hat recht«, bemerkte Sherlock

»Ich kann Sammy fragen, wir wir dem Drachen entkommen«, meinte Jenny, »aber ich glaube nicht ...«

Und tatsächlich fing die Katze an, den Hang hinaufzulaufen, in dieselbe Richtung, in der auch Kims Gruppe verschwunden war. Jenny mußte dem Tier hinterherlaufen und ihre Anweisung rückgängig machen, damit es seine Suche nach einem Fluchtweg beendete.

Da hatte Dug eine Idee. »Diese miese Wolke, wie heißt sie noch gleich, Fractal – ist die immer noch da?«

Zur Antwort ertönte ein drohendes Grollen aus der Tiefe. Der Nebel war Teil der Wolke; sie war tatsächlich immer noch da.

»Vielleicht sollte man ihn lieber nicht verärgern, indem man seinen Namen falsch ausspricht«, murmelte Sherlock. »Fracto.«

»Fracto«, wiederholte Dug reumütig. »Tut mir leid. Natürlich wollen wir ihn nicht verärgern. Sonst läßt er wieder ein Gewitter aufziehen und begräbt uns im Schnee.«

Sherlock sah ihn an, als würde er den Verdacht hegen, daß Dug irgend etwas Hintersinniges vorhatte. Er sagte aber nichts. Sherlock hatte recht: Dug wußte jetzt, wie sie an dem Drachen vorbeikommen konnten.

Kim rief ihnen von oben zu, daß sie es aus der Spalte geschafft hatten. »In Ordnung!« rief Dug zur Antwort.

Gerade wollten sie in den Schlitten Roberta steigen, als Sherlock zögerte. »Was ist los?« fragte Dug.

»Meine langen Beine. In diesem Schlitten habe ich nicht genug Beinplatz.«

»Ist er denn nicht baugleich mit dem anderen?«

»Nein. Sieh selbst.« Sherlock bestieg den Schlitten – und der hintere Teil seines Körpers ragte bis in den zweiten Sitz hinein. Es sah sehr unbequem aus, und er würde die beiden anderen so weit nach hinten drücken, daß für den dritten Passagier im Heck kein Platz mehr blieb.

»Dann müssen wir eine andere Reihenfolge wählen«, entschied Dug. »Jenny, versuch du es mal.«

Jenny stieg ein, doch ihre Beine waren sehr viel kürzer und reichten nicht bis ans Bug. Dug und Sherlock mit seinen langen Beinen paßten nicht dahinter, so daß einmal mehr für den dritten Passagier kein Platz blieb.

»Dann muß ich es eben tun«, sagte Dug. Er bestieg den Schlitten, und Jenny setzte sich in die Mitte, Sammy Kater auf dem Schoß, während Sherlock sich ans Heck setzte. Jetzt paßte alles.

Sherlock erläuterte ihm das Steuern. Es sei nicht allzu schwierig, versicherte er; der andere Schlitten habe magisch auf die leiseste Bewegung reagiert, so da es den Anschein gehabt habe, als sei er schon durch den bloßen Gedanken zu steuern. Dug brauchte eigentlich nur die Griffe festzuhalten und sich darauf zu konzentrieren, wohin er wollte; dann würde der Schlitten schon den Rest erledigen.

Ob das Spiel es wohl so eingerichtet hatte? fragte er sich – wenn auch etwas spät. Schließlich war er doch der Spieler, der seine Herausforderungen auch selbst zu meistern hatte. Die erste Fahrt hatte nur der Übung gedient, so daß es keine Rolle gespielt hatte, wer den Schlitten lenkte; aber jetzt ging es um die Wurst. Woher hätten die Dämonen wissen sollen, daß Dugs Schlitten zerstört werden würde und daß er den anderen würde nehmen müssen? Sie mußten über magische Informationen verfügt haben. Also bestiegen sie den Schlitten Roberta und fuhren los. Dug wußte zwar, daß es eine richtige Höllenfahrt werden würde, gemahnte sich aber daran, daß alles schließlich nur ein Spiel war. Hier gab es immer einen Ausweg, und sie hatten einen Weg für den Schlitten gefunden. Hoffte er.

In jähem Sturz schoß der Schlitten in die Tiefe und legte so viel Geschwindigkeit zu, daß Dug plötzlich heftige Zweifel überkamen, ob dies tatsächlich der richtige Weg nach unten war. Das konnte doch nur in einem Aufprall enden! Er spürte, wie Jenny sich verspannte; ein kurzer Blick zurück zeigte ihm, daß sie wie gefroren dasaß. Der Kater versteckte den Kopf unter ihren Knien.

Dann machte der Boden eine Kurve nach oben, und die

Schlittenkufen bekamen festeren Halt in der Wirklichkeit. Doch bevor Jenny den Schrei ausstoßen konte, der ihr in der Kehle saß, schossen sie durch eine scharfe Kurve und dahinter schier senkrecht in die Tiefe. Rechts und links war zwar Freiraum, so daß Dug den Schlitten von der Bahn hätte fortlenken können, um der Katastrophe zu entgehen. Aber die Bahn selbst war frei, und es stand nirgendwo ein Schild. Also mußte eigentlich alles in Ordnung sein – allem Anschein zum Trotz. Was sollte er tun?

Er hatte nur Sekunden, um sich zu entscheiden. Er erstarrte. Was bedeutete, daß er gar nichts tat. Der Schlitten jagte die Bahn hinunter. Und schoß über die Kante.

Und plötzlich ragte eine Wand vor ihnen aus dem Nebel, und in der Wand war eine Ritze, und der Schlitten raste in die Ritze hinein und schoß weiter. So hatte die Bahn eine klaffende Lücke übersprungen; aber wäre der Schlitten langsamer gewesen, wären sie unterhalb der Ritze gegen die Wand geprallt und in die Tiefe gestürzt. Hätte er das Gefährt vom Weg fortgelenkt, hätten sie vielleicht anhalten können. Aber dann säßen sie jetzt zwischen den Wänden der Schlucht fest. So aber hatte Dug mehr zufällig die richtige Entscheidung gefällt.

Sie kamen an eine Gabelung. Auf dem Schild stand RECHTS, und es befand sich auch rechts von der Fahrbahn, weshalb Dug auch in diese Richtung steuerte. Der Weg war wieder abschüssig geworden, so daß sie erneut schneller wurden, und wieder galt es, heikle Entscheidungen zu treffen. Denn plötzlich schienen gleich mehrere Bahnen vor ihnen zu liegen, die zwar allesamt ein gutes Stück weiter unten wieder zusammenliefen, so daß es keinen Unterschied zu machen schien, welche davon sie nahmen. Doch manche waren zerklüfteter als andere. Der Schlitten stieß gegen eine Erhebung und schoß in die Luft, und um ein Haar hätte Dug die Kontrolle über ihn verloren. Es machte nämlich doch einen Unterschied, weil sie ja umkippen konnten, sollte er falsch steuern. Deshalb hielt er auf den ebensten Weg zu und korrigierte ihren Kurs, als sie hin und her geschleudert wurden, während zugleich seine Geschicklichkeit wuchs. So gelang es ihm, den Schlitten samt Insassen am Umkippen zu hindern und die Schnauze immer geradeaus in Richtung Ziel zu halten.

Jetzt liefen die Bahnen wieder zusammen. Und plötzlich schoß die Hauptbahn so scharf in die Höhe, daß sie eine Schlaufe bildete. »Was ist denn das? Eine Achterbahn, oder was?« fragte Dug rhetorisch.

»Nein, eine Höllenfahrt«, erwiderte Sherlock, als sie aus der Schlaufe auf eine Schneebank kamen, die sich sofort löste und in die Tiefe stürzte. Der weiße Pulverschnee riß sie mit. Inzwischen hatte er seine Technicolorfärbung aufgegeben und war von schlichtem Vanilleweiß. Als Teil einer Lawine schossen sie hinunter. Aber es war keine unbeschwerte Fahrt; Dug mußte unentwegt durch Konzentration steuern, damit sie sich nicht überschlugen oder seitlich vom Kurs abkamen. Es war eines jener rein menschlichen Computerspiele, die nach unentwegter Fingerfertigkeit und schnellem Urteilsvermögen verlangten, wenn man nicht hinausgeworfen werden wollte. Glücklicherweise hatte Dug früher schon eine ganze Reihe solcher Spiele gespielt, bevor ihre intellektuelle Anspruchslosigkeit ihn zu langweilen begonnen hatte, so daß er nun eine einigermaßen ruhige Hand behielt.

»Wenn das der richtige Weg sein soll«, schnaubte Dug durch den alles umhüllenden Schnee, »dann möchte ich nicht den falschen sehen!«

Auch diese Bahn wurde schließlich wieder eben. Sie kamen zu einem weiteren Schild mit der Aufschrift RECHTS, konnten die Gabelung aber nicht ausmachen; sie war vom Schnee zugedeckt. Welche Richtung sollten sie nehmen?

Dug löste das Problem, indem er am Schild rechts einschwenkte. Der Schlitten prallte dagegen und jagte weiter. Er hoffte, daß die anderen seine Logik würden nachvollziehen können: Sie mußten dem Pfad folgen, den das Schild anzeigte, was wiederum bedeutete, daß das Schild selbst sich daneben befinden mußte. So waren sie jetzt vielleicht nicht *auf* dem Weg, doch würde er nicht allzuweit von ihnen entfernt sein.

Und tatsächlich machte der Schlitten erst einen Satz, um danach in einen flachen Hohlweg abzufallen. Dug hatte den Pfad wiedergefunden. Dann stiegen die Wände wieder in die Höhe, bis sie durch ein U-förmiges Tal sausten. Dug mußte außerordentlich sorgfältig aussteuern, um nicht aus der Kurve zu fliegen. Das war wirklich nervenaufreibende Arbeit! Aber waren sie überhaupt auf dem richtigen Weg? Wie sollte er da sicher sein?

Das Tal machte eine Biegung und führte sie einmal herum, bis sie einen vollständigen Kreis zurückgelegt hatten. Doch nun befanden sie sich unterhalb der ersten Bahn. Es war eine Korkenzieherkurve! Die Wände schlossen sich über ihnen, und sie rasten durch die Dunkelheit.

Dug vernahm rauschendes Wasser. Gab es hier etwa einen unterirdischen Fluß? Dann kehrte das Licht zurück, und er erkannte, daß sie in eine Höhle eingetreten waren, die an der Decke ein Loch aufwies, durch das ein Sonnenstrahl fiel. Vor ihnen lag ein Wasserfall. Das Wasser strömte von der rechten Seite heran und stürzte mitten in der Höhle in die Tiefe, um nach links wieder abzufließen. Der Schlitten bäumte sich auf wie ein junger Hengst, als er den Fluß entlang durch den Schlamm fuhr. Sie konnten immer noch aufprallen!

Ein weiteres Schild erschien: LINKS. Aber es stand rechts von der Bahn. »Wenigstens sind wir jetzt wieder auf dem richtigen Weg«, bemerkte Sherlock. Seine Stimme klang erleichtert, als Dug den Schlitten direkt auf den Wasserfall zusteuerte.

»Wie kannst du dir so sicher sein?« wollte Jenny wissen, die schiere Katastrophe vor Augen.

»Wenn dies hier der falsche Weg wäre, würden sie kein weiteres Schild mehr aufstellen, sondern ihn einfach beenden.«

Dann schossen sie mitten in die herabstürzenden Fluten.

Und wieder hindurch. Dahinter lag ein abschüssiges Stück Boden. Funken sprühten, als die Kufen gegen nackten Fels schabten. Dann kam Sandboden, und schließlich fuhren sie durch ein rundes Loch, das gerade groß genug war, um sie durchzulassen. So kamen sie ins Freie und ans helle Tageslicht hinaus.

Und landeten scheppernd in einem monströsen Kissenstrauch. Kissen zerplatzten und verteilten in hohem Bogen ihre Daunen. Aber wenigstens waren die drei sicher zum Stehen gekommen. Sie hatten den Boden der Spalte erreicht.

Nun stiegen sie aus und blickten sich um. Hinter ihnen lag der steile Hang der Spaltenwand; dicht außerhalb der Reichweite eines aufrecht stehenden Mannes war das winzige Loch im Felsgestein zu erkennen. Vor ihnen lag flaches, freies Gelände. Dahinter die gegenüberliegende Schluchtwand, die sich senkrecht bis zu einem Vorsprung erhob, um von diesem zu einem zweiten hinaufzuführen. Rechts und links von ihnen lag das große Tal und verlor sich mit sanfter Wellung in der Ferne. Eigentlich sah hier alles ganz angenehm aus. Ein kurzes Stück von ihnen entfernt stand sogar ein Pastetenbaum.

In diesem Augenblick begann der Boden zu beben. Und dann noch einmal. Wommpp! Wommpp!

»Der Spaltendrache!« schrie Jenny. »Er kommt auf uns zu – und wir können ihm hier nicht entkommen!«

»Falls du einen Plan haben solltest«, bemerkte Sherlock schiefmäulig zu Dug, »wird es langsam Zeit, ihn in die Tat umzusetzen.«

»Als erstes will ich einmal mit dieser dämlichen Wolke abrechnen. Dieser Wie-heißt-er-noch-gleich, der ja nicht einmal genug Schnee zustande gebracht, um den Hang zu bedecken«, verkündete Dug.

Über ihnen ertönte ein zorniges Grollen. Fracto belauschte sie offensichtlich und reagierte auf Dugs Kritik.

»Aber wir müssen uns doch erst einmal mit dem Drachen befassen«, wandte Jenny bestürzt ein. Das Wommppen wurde immer lauter.

»Nein, mit dieser verweichlichten Wolke«, widersprach Dug. »Wenn Fractal auch nur so viel Mumm wie eine Gemüsezwiebel besäße, hätte er den Schnee so hoch aufgetürmt, daß wir in einem Rutsch hätten hinunterfahren können, anstatt in einer wäßrigen Höhle zu landen. Aber so ist das wohl, wenn man sich auf Leute verläßt, die nichts als heiße Luft in der Birne haben.«

Diesmal ertönte ein etwas lauteres Rumpeln, dem es das näherkommende Wommppen allerdings gleichtat. Noch einen Augenblick, dann würde der Spaltendrache um die Biegung kommen und sie erspähen. »Dug ...«, sagte Sherlock, und er wirkte ziemlich bleich um die Kiemen, was einen hervorragenden farblichen Effekt abgab.

»Tut mir leid«, widersprach Dug beharrlich, »aber Inkompetenz kann ich nicht straflos durchgehen lassen. Dieser Penner von einer Wolke hat seine Pflicht nicht erfüllt, so daß wir in einem Berg von Kissen landen mußten anstatt in einem Schneebett, wie es eigentlich hätte sein sollen. Ich begreife wirklich nicht, warum die Dämonen sich solche Versager aussuchen! Die hätten doch wissen müssen, daß Flacto die Sache versieben wird.«

»Du sprichst den Namen ständig falsch aus«, übertönte Jenny mit ihrem Ruf den verdoppelten Lärm aus Rumpeln und Wommppen. »Damit machst du Fracto nur noch wütender!«

»Na und? Wen schert das schon, ob Pacto wütend wird?« brüllte Dug. »Es wird langsam Zeit, daß man diesem Feigling die Meinung sagt! Außerdem kriegt er hier unten doch sowieso kein vernünftiges Gewitter zustande. Dieser blöde Waschlappen.«

Der Nebel am Hang ballte sich zu einer wütend wirbelnden Wolke zusammen. Blitze zuckten hervor. Das unheilschwangere Gesicht Fractos bildete sich aus und starrte auf sie herab.

Jenny kreischte auf. »Der Spaltendrache!«

»Nein, das ist bloß Lachtod, die mieseste aller Wolken. Das erkennt man doch an dem leeren Gesichtsausdruck.«

»Ich meinte unten, am Boden. Dort!« Sie zeigte mit dem Finger danach.

Dug blickte hin. Tatsächlich, es war der Drache. Eine schlangenähnliche, sechsbeinige Kreatur mit einem riesigen Maul voller Zähne, Dampf hervorstoßend.

Dug blieb standhaft. »Mach dir keine Sorgen«, rief er. »Facto würde es niemals wagen, den Spaltendrachen naßzumachen. Deshalb kann uns dieses armselige Flauschwölkchen auch nichts anhaben.«

Sherlock sperrte den Mund auf, als wollte er auf einen Idioten einreden. Da blitzte es über seinem Schädel, was jedoch nicht von der Wolke stammte. Endlich hatte er begriffen, was Dug vorhatte. »Ja«, stimmte er ihm zu, »Wolken sind eben notorische Feiglinge.«

Fracto explodierte. In sämtliche Richtungen stoben die Wolkentrümmer auseinander; jedes davon zeigte dasselbe wütende Gesicht wie das Original. Zahnstochergroße Blitze sprühten hervor und bohrten sich in den Boden. Einer davon traf den angreifenden Drachen am Schwanz.

Der Drache fuhr herum. Der Blitz hatte ihn zwar nicht verletzt, aber gestochen. Er stieß einen kochenden Dampfschwall gegen das verbliebene Wolkenstück aus. Leider verlieh der heiße Wasserdampf dem Ding aber nur noch zusätzliche Kraft. Der mittlere Wolkenklumpen dehnte sich heftig aus und verleibte sich die Wölkchen in der Umgebung ein. Weitere Blitze. Plötzlich bot Fracto einen recht beeindrukkenden Anblick.

»Ach, alles nur Blitze, kein bißchen Schnee«, rief Dug. »Das Ding ist sowieso viel zu hitzig, um Schnee produzieren zu können.«

Die kochende Wolke wurde grau. Dann setzte der Schnee ein. Im nächsten Augenblick tobte ein Schneesturm, der den Drachen sofort völlig einhüllte.

Dug nahm die anderen hastig bei der Hand. Stumm führte er sie zum Schlitten Roberta zurück, der immer noch in dem Kissenstrauch ruhte. Sie griffen sich Kissen, um sich vor der plötzlichen Kälte zu schützen.

Sie hörten, wie der Drache nach ihnen suchte. Doch im Schneesturm war die Sicht fast gleich Null. Solange sie keinen Laut von sich gaben, würde der Drache allenfalls zufällig auf sie stoßen.

Sherlock drückte Dug anerkennend die Hand. Die List hatte funktioniert. Sie hatten es geschafft, sich vor dem Drachen zu verbergen.

Aber Dug wußte, daß damit noch nicht alles erledigt war. Früher oder später würde die Wolke sich verbraucht haben; dann würde der Schnee wieder schmelzen, und der Drache würde sie erwarten. Deshalb mußten sie noch im Sturm handeln. Lautlos. Was wiederum bedeutete, daß er seinen Begleitern den zweiten Teil seines Plans nicht erläutern durfte; er mußte ihnen also durch sein Handeln eine verständliche Vorgabe liefern.

Er befestigte Kissen an seinem Körper, indem er ihre Zipfel miteinander verknotete. Dann holte er das Seil aus seinem Rucksack und wickelte es ab, damit die anderen sich daran festhalten konnten und ihn nicht aus den Augen verloren. Als nächstes machte er sich auf den Marsch über den Spaltenboden. Er wußte, welchen Weg er einschlagen mußte, weil die Schnauze des Schlittens in die richtige Richtung zeigte. Selbst wenn er dabei ein wenig seitlich abweichen sollte, würde das nicht allzuviel ausmachen, da sie früher oder später schon die Spaltenwand erreichen würden.

Er hörte, wie der Drache noch immer nach ihnen suchte. Es gab ein zischendes Geräusch, als ein Dampfschwall hervorschoß, um den Schnee zu schmelzen, doch es fiel immer wieder welcher nach, weil Fracto sich eben beweisen wollte. Der wirbelnde Schnee versperrte die Sicht und erlaubte dem Drachen auf keine Witterung. Dug schlug einen Winkel ein, der sie von dem Wesen fortführen sollte. Schon der leiseste Fehler könnte sie erst dem Dampf und dann dem Drachen selbst in die Falle treiben. Wenn Dug sich nicht in einem Fantasy-Spiel befunden hätte – er wäre vor lauter Angst wahrscheinlich völlig handlungsunfähig gewesen. Aber auch so war er schon nervös genug.

Plötzlich standen sie ein Stück vor der Wand. Gut! Dug kauerte nieder und nahm stumm zwei Handvoll Schnee auf. Er formte den Schnee zu einem Ball. Dann rollte er diesen über den Boden, bis er noch weiteren Schnee aufgenommen hatte. Als der Ball schließlich so groß war, daß Dug ihn gerade noch bewegen konnte, rollte er in an den Boden der Wand und ließ ihn dort liegen. Dann begann er mit dem nächsten.

Die anderen begriffen, worum es ging. Sie machten ihre eigenen Riesenschneebälle und fügten sie dem ersten hinzu. Der Haufen wuchs schnell an und wurde zu einer Rampe, die sie bald festgetreten hatten. Dann beförderten sie auf dieser Rampe weitere Bälle nach oben, um sie höher zu machen, verkeilten sie und füllten die Ritzen mit zusätzlichem Schnee.

Als der Sturm schließlich nachließ, reichte die Rampe bis zum ersten Felsvorsprung in der Wand, hoch über ihren Köpfen. Sie rollten ihre Bälle auf diesen Vorsprung, um eine zweite, kleinere Rampe bis zum nächsten Abschnitt zu bauen. Dug wußte zwar nicht sicher, ob dieser sie ans Ziel führen würde; aber das ließ sich nur feststellen, indem sie es versuchten.

Der Schneefall hörte auf. Der Nebel klärte sich.

Ein Schnauben – der Drache hatte sie gesehen!

»Schnell, die Rampe hoch!« rief Dug.

Sie ließen die letzten unvollendeten Schneebälle liegen und gaben Fersengeld.

Der Drache wommppte auf sie zu. Doch inzwischen lag eine dicke Schneeschicht auf dem Boden, was seine Aussteuerung stark behinderte. So glitt er zur Seite und überschlug sich. Das gewährte ihnen hinreichend Zeit, bis zum Vorsprung hinaufzusteigen.

Der Drache richtete sich wieder auf und stieß einen dichten Dampfschwall hervor. Verschreckt wich der Schnee zurück. Der Drache hielt auf die Wand zu und brachte den Schnee vor sich zum Schmelzen. Es war ein beeindruckender Anblick.

Da fiel Sherlock etwas ein. »Die Rampe! Die kann er doch auch benutzen!«

»Ach du liebe Güte! Wir müssen sie abschlagen, und zwar schnell«, entschied Dug.

Er setzte sich mit Sherlock an den Rand des Vorsprungs und trat gegen die Rampe, während Jenny das lose Seil einholte und aufwickelte. Doch die Rampe war inzwischen festgestampft und gab nur zögernd nach. »Zuviel Wertarbeit«, brummte Sherlock.

Der Drache erreichte den Rampenboden. Sein Dampf brachte den gestampften Schnee zum Schmelzen. Er hielt inne und überlegte. Es stellte sich heraus, daß er nicht ganz dumm war. Denn nun richtete er seinen Dampf nach oben und machte sich daran, die Rampe hinaufzusteigen.

Dug holte seine Keule hervor und schlug damit auf den Schnee ein. Doch auch das blieb weitgehend wirkungslos, weil er nicht weit genug ausholen durfte, sonst hätte er Sherlock getroffen. »Zurück!« schrie er. »Ich werde das Ding wegprügeln.«

Sherlock gab den Weg frei. Dug sammelte sich und ließ in hohem Schwung die Keule heruntersausen. Sie schlug in den Schnee, verhakte sich – und glitt ihm aus den Händen.

»O nein!« rief Dug und sprang ihr nach. Er erwischte zwar das Ende, verlor dabei aber das Gleichgewicht und stürzte selbst auf die Rampe hinab. Hastig wollte er zurückklettern. Doch es gelang ihm nicht. Er verlor den Halt und fiel von der Rampe herunter. Er griff danach, konnte seinen Sturz aber nur wenig bremsen. Die Keule in der Hand, fiel er unten neben der Rampe auf die Beine.

Jetzt war er fällig! Eine einzige kleine Unachtsamkeit hatte ihn der Katastrophe in die Arme getrieben. Er war sich ziemlich sicher, daß er gegen den Drachen nichts würde ausrichten können; der würde ihn mit seinem Dampf garkochen, bevor er auch nur nahe genug herangekommen war, um ihm etwas anzuhaben.

Aber vielleicht war der Drache ja auch zu träge, um zu begreifen, was gerade passiert war. Vielleicht würde die Kreatur ja ihren Aufstieg fortsetzen und ...

Und was? Die beiden anderen auffressen?

»He, Dampfschnauze!« rief Dug und schwang dabei seine Waffe.

Der Drache erspähte ihn. Wieder überlegte er. Dann glitt er anmutig von der Rampe und hielt auf Dug zu. Er war nicht so stumpfsinnig, als daß er nicht bemerkt hätte, daß das Häppchen auf dem Boden leichter zu erwischen war als die beiden oben auf dem Felsvorsprung.

Dug runnte los. Kurz darauf vernahm er das Wommppen des Drachen hinter sich. Und wieder einmal erwies der Schnee sich als Hindernis; der Drache stolperte über seinen eigenen Oberkörper. Offensichtlich bedurfte er zum Wommppen eines sehr empfindlichen Gleichgewichts, was der Schnee verhinderte. Das gab Dug einen gewissen Vorsprung.

Dug lief einen Kreis, verfolgt von dem Drachen, der sich erst einen Weg freischmelzen mußte. Trotzdem war er alles andere als langsam. Dug schlug einen Haken; dann rannte er die Rampe hinauf.

Doch der Drache peitschte noch viel schneller auf seinem Schwanz herum. Vor ihm lag nun freigeräumter Boden. Als Dug versuchte, den Felsvorsprung zu erreichen, wommppte der Drache los. Sein Vorderteil schoß in die Höhe und stürzte sich auf die Rampe. Mit seiner Masse und seinem Gewicht brachte er ein Stück davon zum Einsturz.

Dug kam schlitternd zum Halten. Beinahe wäre er auf den Rücken des Drachen gestürzt. Schon führte das Ungeheuer mit schlangengleicher Geschmeidigkeit seinen Kopf zurück und schickte sich an, ihn aufzufressen. Ob er ihm mit seiner Keule die Riesenschnauze zertrümmern könnte? Dug hob sie mit beiden Händen – und der Drache stieß eine Dampfschwade aus, die Dug fast garkochte. Ohne den Schutz seiner Kissen wäre er jetzt erledigt gewesen. Dug mußte umkehren und die Rampe hinunterlaufen.

Jetzt war ihm die Rampe als Fluchtweg versperrt. Er saß auf dem Spaltenboden in der Falle. Der Drache begann immer mehr zu sabbern.

Dug fragte sich, ob er denn nun kämpfen sollte oder nicht. Es schien doch geradezu lächerlich, die Keule in den Händen zu halten, aber nicht einmal den Versuch zu unternehmen, sie auch zu benutzen. Wenn er die Dampfstöße zeitlich genau abpaßte, um ihnen auszuweichen, und dann von der Seite angriff …

Er blieb stehen, als der Drache auf ihn zukam. Er wartete auf den Dampfstoß. Der Drache atmete ein, begann auszuatmen – und Dug warf sich zur Seite.

Doch dabei glitt er im matschigen Schnee aus und stürzte mit dem Gesicht zu Boden. Der Dampfstrahl fuhr dicht über seinem Rücken hinweg. Um ihn herum schmolz der Schnee.

Dug stand hastig wieder auf. Er stürmte zur Seite, um einen Ausgangspunkt für seinen Angriff zu bekommen. Doch die Schnauze des Drachen verfolgte ihn, und schon atmete das Ungeheuer wieder ein. Konnte er noch rechtzeitig zuschlagen, bevor der Drache wieder ausatmete und ihn garte?

Er versuchte es. Doch der Drachenkopf wich schnell zur Seite aus und stieß einen Dampfschwall gegen Dugs Füße hervor. Dug machte einen Satz, und der Dampf schmolz den Schnee, wo er gerade noch gestanden hatte. Er stürzte rücklings in den Schnee; die Keule zog wirkungslos einen Bogen in der Luft. Einen tollen Helden gab er ab!

Als er sich wieder aufrichtete, bemerkte er dort, wo der Schnee geschmolzen war, ein Loch im Boden. Es war gerade groß genug, um hineinzufallen. Er konnte von Glück sagen, daß er nicht daraufgetreten war, als der Schnee das Loch noch bedeckt hatte.

Dug versuchte erneut, seine Waffe ins Spiel zu bringen. Doch diesmal peitschte der Drachenschwanz herum und traf ihn an der Hand. Dug ließ die Keule fallen und wich zurück. Seine Hand schmerzte. Das wurde ja alles immer knapper!

Es hatte keinen Zweck, gegen den Drachen kämpfen zu wollen. Das konnte er einfach nicht. Er wußte nicht mit der Keule umzugehen, und so war es sehr wahrscheinlich, daß er sich dabei selbst mindestens ebensoviel Schaden zufügte wie dem Gegner. Möglicherweise stand er sich ohne Keule sogar besser. Aber der Drache war auch besser ausgesteuert als er: Dug konnte ihn nicht ausmanövrieren. Was konnte er noch tun, um zu fliehen?

Dug fuhr herum und rannte einfach vor dem Drachen davon. Aber der wommppte mit gräßlicher Macht hinter ihm her. Dug rutschte wieder aus. Er setzte sich auf – und blickte direkt in die Drachenschnauze.

Langsam öffnete sich das Maul des Drachen. Dug erkannte, daß er erledigt war. Er hatte die ganze Zeit nur herumgestümpert und sich bis auf die Knochen blamiert. Jetzt würde er endgültig aus dem Spiel fliegen. Er widerte sich selbst an. Warum hatte er nicht seinen Verstand benutzt, um sich eine wirkungsvolle Strategie auszudenken, statt einfach nur ziellos durch den Schnee zu irren?

Sein Verstand! Plötzlich, in dieser anscheinend so hoffnungslosen Situation, lief der auf Hochtouren. Er befand sich noch im Spiel. Und es gab immer einen Ausweg. Möglicherweise sogar mehrere. Dieses Loch da im Boden – er hätte hineinkriechen können, um dem Drachen zu entkommen. Natürlich hätten dort unten weitere Gefahren lauern können: bissige Insekten, wilde Ratten oder Kobolde. Vielleicht war es ein Fluchtweg, den er mit Goody Kobold als Gefährtin hätte nutzen können; Goody hätte mit den anderen Kobolden Verbindung aufgenommen und ihn durchgebracht. Hätte er sich Horace Zentaur zum Gefährten erkoren, hätte er möglicherweise einfach davonreiten können; er bezweifelte, daß das Wommppen es mit einem Zentaurengalopp aufnehmen konnte. Wäre er bei Grundy geblieben, hätte der Golem vielleicht mit den Pflanzen hier unten sprechen und Informationen darüber einholen können, wo es einen Geheimgang gab, der durch die Wand führte, oder etwas Ähnliches. Mark Knochen, das wandelnde Skelett, hätte … nun, Dug war sich nicht ganz sicher, was Mark hätte tun können, aber es gab bestimmt irgend etwas. Doch mit all diesen Gefährten war er nicht zusammen, sondern mit Jenny Elfe, deren kleiner Kater keinen Ausweg hatte finden können. Außerdem war er im Augenblick sowieso allein. Es mochte also viele Auswege geben; aber er hatte es geschafft, sie alle zu vermeiden und seine Situation dadurch zu verschlimmern. Denn nachdem er Fracto erst einmal provoziert hatte, sie im Schneesturm zu verstecken, hatte er seinen Verstand nicht mehr benutzt und war einfach nur stumpfsinnig weitergetrottet.

Jetzt wurde ihm auch klar, daß der Drache sehr wohl um das Spiel wußte. Daß er ihn so oft und so knapp mit seinem Dampf verfehlt hatte, war Absicht gewesen. Vielleicht hatte er auch nur so getan, als würde der Schneesturm ihn verwirren. Im wirklichen Leben wäre Dug sofort gefressen worden. Der Drache hatte ihm Gelegenheit zur Flucht geboten – nur daß Dug nicht gewitzt genug gewesen war, sie zu nutzen. Und jetzt hielt der Drache gerade inne, gab ihm noch einmal eine Chance. Die mußte er unbedingt wahrnehmen!

Er griff in seine Tasche, wühlte nach dem Ideenkeim. Er brauchte ihn sich nicht erst an die Stirn zu legen. Er wußte plötzlich, was er in diesem Kalauerreich zu tun hatte. »Drache, paß auf!« rief er. »Ich habe mir einen Keim gefangen. Wenn du mich frißt, holst du ihn dir auch.«

Der Drache zögerte. Also verstand er seine Worte! Und er war vorsichtig, was Keime betraf. Nur wenige Raubtiere fraßen kranke Beute. Wahrscheinlich wußte der Drache sogar, daß es eine ganz andere Art von Keim war. Aber dem Gesetz des Kalauer folgend, mußte er es hinnehmen. Dug hatte endlich seinen Verstand gebraucht und einen Ausweg gefunden.

»Los, mach schon«, sagte er und spielte seinen Trumpf aus, so gut es ging. »Friß mich ruhig. Verschling ihn nur. Vielleicht tut er dir ja nichts.« Denn natürlich würde er dem Drachen nichts anhaben!

Der Drache machte das Maul wieder zu und überlegte. Dann sickerte ein Gedanke durch. Er zielte mit seiner Schnauze und atmete ein. Er würde die Beute erst garen und damit desinfizieren.

Doch inzwischen war Dug wieder auf den Beinen. Er rannte los, was das Zeug hielt, auf die Felswand zu.

Ein Dampfstrahl versengte den Schnee neben ihm. Schon wieder knapp daneben. »Danke, Drachenatem!« murmelte Dug. Aber er wußte auch, daß der Drache sein Ziel nicht mehr allzuoft verfehlen würde; selbst das Spiel hatte seine Grenzen. Entweder er schaffte die Flucht jetzt, oder es würde nie mehr etwas daraus.

Er legte den Keim im Laufen an die Stirn. Schon kam ihm die Idee. »Jenny!« rief er. »Laß das Seil runter! Mach es fest!«

Sofort warf Jenny ein Ende des Seils herunter, während sie das andere an einer Felsnadel befestigte. Dug griff danach, packte es und riß die Beine gerade noch rechtzeitig hoch, um einem weiteren Dampfstoß zu entgehen, der nun statt dessen gegen die Wand klatschte. Er hangelte sich am Seil hoch, stemmte sich mit den Beinen an der Wand ab. Und der Drache ließ es zu. Weil es eine Zulässige Flucht war. Natürlich hätte ihn der Drache im wirklichen Leben sofort erledigt; aber das Spiel verlangte nun einmal, daß dem Spieler jede Chance gegeben werden mußte. Wahrscheinlich war es mit dem Rokh im Ärgerbaumwald dasselbe gewesen, und auch mit dem Zensurschiff. Dug brauchte nur zu lernen, wie man das Spiel richtig spielte.

Er schaffte es bis zum Vorsprung und stemmte sich über die Kante. Keinen Augenblick zu früh – langsam bekam er von der ungewohnten Anstrengung Krämpfe in den Armen. Da spielte es auch keine Rolle, daß es sich nur um ein Spiel handelte und er in Wirklichkeit gar nicht hier war, und daß sein wirklicher Körper wie hypnotisiert vor dem blöden Bildschirm saß. Er hatte sich inzwischen voll und ganz eingestimmt und spürte genau das, was er auch spüren sollte. Und das war im Augenblick überwiegend Freude, weil er nun wußte, was er tun mußte, um an sein Ziel zu gelangen, gleich, welches das sein mochte. Er hatte eine vernünftige Entscheidung gefällt, sich von Nada Naga zu trennen, um sich damit eine törichte Ablenkung vom Hals zu schaffen. Und jetzt hatte er beschlossen, das Spiel richtig zu spielen, nachdem er beinahe den Faden verloren hätte und wieder hinausgeflogen wäre.

Und so stand er nun auf dem Vorsprung und blickte auf den Drachen herab. Der Drache wiederum blickte zu ihm hinauf. Und dann zwinkerte er.

Doch es gab noch etwas, was an Dug nagte. Er war tolpatschig gewesen, selbst wenn man alle hinderlichen Faktoren berücksichtigte. Er war dem Drachen fast direkt vor die Schnauze gefallen. In diesem Augenblick hatte er etwas getan, was eigentlich ein tödlicher Fehler hätte sein müssen – und wofür er dementsprechend hätte büßen müssen. Com-Puter hatte keinerlei Gnade walten lassen, als er den Rätselwettbewerb verlor. Weshalb war der Drache dann soviel großzügiger verfahren?

Dug ging die Sache noch einmal durch, weil er den Verdacht hegte, daß er möglicherweise einen Schlüsselfaktor übersehen hatte. Schlüsselfaktoren waren hier sehr wichtig. Sie ließen sich auf mehr als eine Situation anwenden, so beispielsweise auch der Keim. Und deshalb wollte er diesen ergründen.

Er war herabgestürzt, während er versuchte, die Rampe zu zertrümmern, damit der Drache nicht bis zum Felsvorsprung kam. Dann hatte er am Boden gelegen, während der Drache gerade die Rampe hinaufkletterte. Der Drache wollte die beiden auf dem Felsvorsprung festsitzenden Leute verschlingen. Also hatte Dug geschrien und die Aufmerksamkeit des Drachen auf sich gelenkt.

Und genau das war es auch: Er hatte – im Eifer des Gefechts – selbstlos gehandelt. Er hatte sich in Gefahr begeben, um seine Gefährten zu retten. Dabei spielte es keine Rolle, daß der Drache nicht wirklich hinter ihnen her gewesen war, weil die eine seine Gefährtin und der andere nur ein gewöhnlicher Mitreisender war. Es zählte nur, daß Dug etwas Großmütiges getan hatte. Wahrscheinlich hatte er sich damit einen Bonuspunkt verdient. Deshalb hatte der Drache ihn entkommen lassen – natürlich nur nach einem entsprechenden, angemessenen Theater!

Jetzt war Dug alles klar. Und so zwinkerte er seinerseits dem Drachen zu.

Dann drehte er sich um. »Mal sehen, wie es hier weitergeht«, sagte er. »Ich bin sicher, daß es einen Weg nach oben gibt. Was meint Sammy dazu?«

Die kleine Katze huschte die Stufen aus Schnee empor, welche die beiden bis zu dem höhergelegenen Felsvorsprung angelegt hatten. Sammy wußte, wo es langging – jetzt, da sie den Drachen hinter sich zurückgelassen hatten. Die Gefährtin durfte zwar helfen; aber die eigentliche Herausforderung mußte der Spieler schon selbst meistern. Also gut.

Und was würde die nächste Aufgabe sein? Das konnte er in Erfahrung bringen. »Jenny, was werden wir südlich der Spalte vorfinden?« fragte er das Elfenmädchen, während sie den oberen Felsvorsprung entlanggingen und vor ihnen ein Loch in der Steilwand erschien.

»Ich kenne zwar nicht alle Einzelheiten, aber ich weiß, daß es dort Treibsand und Standsand gibt«, antwortete sie. »Und die Gniemand-Gnome, die Kuhjungen und die Knallknie-Ritter.«

»Wieso werde ich bloß das komische Gefühl nicht los, daß das keine gewöhnlichen Gnome sind, und wohl auch keine jungen Männer, die ein paar Kühe hüten?« fragte Dug.

»Die Kuhjungen haben Stierköpfe«, erwiderte Jenny. »Und die Ritter sind innen hohl. Und außerdem ist da noch Com-Puter irgendwo dazwischen.«

Puter! Genau darauf hatte er gewartet. Auf die Revanche. Jenny Elfe wußte nicht, daß er der bösen Maschine schon einmal begegnet war und noch eine Rechnung mit ihr zu begleichen hatte. Er hätte sich eigentlich denken können, daß dieser Weg ihn dorthin führen würde; denn er konnte das Spiel nicht gewinnen, wenn er nicht vorher neutralisierte, was ihm beim letztenmal den Garaus gemacht hatte.

Nun wußte er also, worin seine nächste große Herausforderung bestand. Doch diesmal wollte er sich vorher darauf vorbereiten. »Puter«, murmelte er, »dir werde ich einen Tritt in den Blechhintern verpassen!«

Dann konzentrierte er sich darauf, aus der Spalte zu klettern; denn inzwischen hatte er gelernt, daß man die Einzelheiten der Gegenwart nicht ungestraft ignorieren durfte. Sammy Kater führte sie zwar an, dennoch könnte es Komplikationen geben. Inzwischen befanden sie sich in einem wurmgleichen Tunnel, der sich in Kurven nach oben schlang und von Spinnennetzen übersät war. Doch der Wurm mußte die Größe eines Grabers gehabt haben. Na ja, vielleicht war es ja auch ein Graber gewesen, der bei der Reise nur vergessen hatte, sich zu entmaterialisieren, so daß ein Loch im Boden zurückgeblieben war. Hauptsache, der Gang führte sie an die Oberfläche zurück.

In der Zwischenzeit wollte Dug nach allem Ausschau halten, das ihm ermöglichte, Puter die Stirn zu bieten. Damit er das Spiel fortsetzen und in Xanth bleiben konnte.

12
Merci

Kim folgte in östlicher Richtung der Spalte. Der Schnee schmolz bereits wieder; offensichtlich konnte die böse Wolke zwar einen Schneesturm herbeipusten, das Land aber nicht wirklich damit auskühlen. Das war aber auch ganz gut so; denn Fracto richtete ohnehin schon mehr als genug Schaden an.

»Ich denke, wir sollten dir wohl besser mal mitteilen, was wir so alles erlebt haben, bevor wir uns jetzt getroffen haben«, meinte Kim, an Nada Naga gewandt. »Jenny und ich sind den Ogern vom Ogersee begegnet. Dann hatten wir einen Zusammenstoß mit Fracto und wurden in den Wasserflügel gespült, wo Cyrus uns gerettet hat. Auf dem Weg hinaus habe ich dann Bläschen gefunden.« Sie tätschelte den Hund. »Cyrus sucht nach einer Ehefrau.«

Nada warf Cyrus einen Blick zu. »Das habe ich schon erfahren. Er ist wohl nicht zufällig ein Prinz, oder?«

»Nein, ich bin nur ein gewöhnlicher Meermann«, antwortete Cyrus. »Warum?«

»Weil ich schon eine Weile Ausschau nach einem Ehemann halte«, sagte sie freimütig. »Allerdings würde ich einen Prinzen vorziehen.«

»Ich käme für dich sowieso nicht in Frage, weil ich nämlich entweder eine Meerjungfrau oder einen Fisch heiraten muß. Die Meerjungfrau würde ich allerdings vorziehen.«

»Das wundert mich nicht. Auch die Naga müssen immer wieder mal entweder reinrassige Menschen oder reinrassige Schlangen heiraten. Aber wir ziehen unsere eigenen Art vor. Trotzdem heiraten wir auch, um Bündnisse mit anderen Arten zu besiegeln. Aber das geschieht nur unter Prinzen und Prinzessinnen.«

»Aber dein Bruder Naldo hat doch Mela Meerfrau geheiratet«, warf Kim ein. »Das war doch auch keine Prinzessin, oder?«

»Mein Bruder, Prinz Naldo, hat ein Auge für die Damen«, antwortete sie gleichmütig. »Er hat zufälligerweise einen Blick auf Melas Höschen geworfen und beschlossen, sie zu heiraten. Mela füllt ihre Höschen ganz ordentlich aus, wenn man ihr Alter bedenkt.«

»Ist sie so jung?« fragte Cyrus.

»Nein, so alt. Aber sie behält ihre jugendlichen Proportionen bei, und die sind sehr großzügig. Das ist meinem Bruder eben aufgefallen.« Sie zuckte die Schultern. »Männer waren noch nie besonders groß darin, sich an Regeln zu halten. Unser Vater war verärgert, bis er die Meerfrau kennenlernte. Dann beschloß er, daß es sich hier um eine vertretbare Abweichung von unserer Politik handele.«

»Hört sich für mich stark nach Sexismus an«, murmelte Kim.

»Sicherlich sind ihre Proportionen nicht großzügiger als deine«, meinte Cyrus diplomatisch.

»Oh, ich glaube schon! Du mußt wissen, daß Meerfrauen nicht ganz dasselbe sind wie Meerjungfrauen. Sie sind viel besser bestückt. Ich vermute, es liegt daran, daß das Wasser im Meer kälter ist als in den Seen und Flüssen. Vielleicht hat ja auch das Salz etwas damit zu tun.« Sie musterte ihn. »Bist du schon mal in Salzwasser geschwommen, Cyrus?«

»Noch nie. Aber ich werde es sicherlich gern einmal versuchen.«

»Soweit ich gehört habe, passen die Meerleute des Meeres und die Meerleute der Seen aus ebendiesem Grund nicht zusammen«, meinte Nada. »Aber das sind bloß Gerüchte.«

Da hörte Kim etwas. »Ist das etwa ein Sturm da unten in der Spalte?« fragte sie.

Nun lauschten auch die anderen. »Das hört sich nach Fracto an«, meinte Nada. »Glaubst du etwa, daß Dug verrückt genug war, um diese Wolke schon wieder zu erzürnen?«

»Na ja, ich war ja auch mal verrückt genug, es zu tun«, warf Kim ein. »Dug ist in mancher Hinsicht so wie ich.«

»Ach ja? Magst du ihn denn?«

»Ja, ich glaube schon«, erwiderte Kim zaghaft.

»Warum hast du denn dann nichts gesagt?«

»Na ja, dort, wo ich herkomme, tut ein Mädchen so etwas eben nicht.«

»Du bist aber nicht dort, wo du herkommst«, versetzte Nada.

Kim zuckte die Schultern. »Trotzdem, er stammt ja auch aus Mundania. Er sieht gut aus, während ich ...« Sie zog es vor, den Satz nicht zu beenden.

»Ja, er sieht wirklich gut aus«, meinte Nada. »Es ist mir gar nicht aufgefallen. Er scheint allerdings Interesse an ...« Sie zögerte. »... reifen Frauen zu haben.«

»Ach, hat er dich etwa angemacht?« fragte Kim mit morbider Neugier.

»Er hat versucht, einen Blick auf meine Höschen zu erhaschen und ist deswegen beinahe aus dem Spiel geflogen. Danach war er dann etwas vorsichtiger.«

»Das erklärt die Sache«, sagte Kim. »Ich fand, daß er für einen Teenager von beachtlicher Höflichkeit war.«

»Höflich ist er erst *geworden*. Er scheint mir durchaus klug genug zu sein, wenn man seine Unreife in Betracht zieht.«

»*Alle* mundanischen Jungen sind unreif. Deshalb brauchen sie auch Mädchen, die sie reifen lassen.«

Nada lächelte. »Darin unterscheiden sie sich nicht sonderlich von den Jungen in Xanth.« Sie spähte in die Spalte hinab. »Ich glaube, das ist schon wieder ein Schneesturm. Ich frage mich, was dort unten wohl vorgehen mag.«

Ein winziges Licht blitzte über Kims Kopf auf und brachte den letzten Schnee in ihrer Umgebung zum Schmelzen. »Ein blendender Schneesturm! Würde sie das vor dem Drachen verbergen?«

»Ich glaube schon«, meinte Nada.

»Dann hat Dug Fracto wohl absichtlich beleidigt, um den Drachen abzulenken«, sagte Kim entzückt. »Damit sie sicher auf die andere Seite kommen.«

»Du magst ihn ja wirklich«, bemerkte Nada.

»Aber er interessiert sich nicht für mich, deshalb spielt es keine Rolle. Machen wir uns jetzt wieder ans Spiel, der Sieg wartet.«

Bläschen führte die Gruppe an, die Rute zu einem vollkommenen Halbkreis hochgebogen. Der Weg war frei, und es lauerten ihnen keine schlimmen Wesen auf. Aber Kim wußte, daß es bis zur nächsten Herausforderung nicht allzu lange dauern würde. Sie hoffte nur, daß sie die Aufgabe würde meistern können.

Als es immer wärmer wurde, mußten sie im Gehen einige Kleidungsstücke ablegen. Es fiel schwer sich vorzustellen, daß diese Landschaft noch vor kurzem aus Schnee und Eis bestanden hatte.

Flecken erschienen am Himmel. Sie tanzten umher und wurden immer größer. Es schienen weder Vögel noch Insekten zu sein, dazu waren ihre Umrisse zu quadratisch und ihre Bewegungen zu ruckartig. »Was ist das denn?« fragte Kim.

Nada blickte hinüber. »Papierdrachen, glaube ich. Die fliegen gern über der Spalte, wegen der Aufwinde.«

»Ach, früher habe ich liebend gern Drachen steigen lassen!« rief Kim. »Sind die hier magisch?«

»Alles in Xanth ist magisch«, erklärte Nada.

»Da ist eine Leine«, sagte Cyrus. Er trat vor und griff danach.

»Das würde ich nicht tun«, ermahnte ihn Nada.

Doch da hielt er sie schon in der Hand. Er holte sie ein und brachte den Flugdrachen damit herunter. Es war ein riesiges, würfelförmiges Ding in grellen Farben.

Der Flugdrachen ging plötzlich in den Sturzflug über und kam immer näher. Er prallte gegen Cyrus und riß ihn von den Beinen. Und dann, wieder freigeworden, segelte er erneut in die Höhe, wo er nicht mehr zu packen war.

Kim rannte zu Cyrus hinüber, um ihm behilflich zu sein. »Alles in Ordnung?« fragte sie besorgt.

Cyrus setzte sich auf und schüttelte den Kopf. Darin flogen gerade drei kleine Vögel herum und fiepten. »Ich glaube, mir ist nur schwindlig, sonst nichts«, sagte er benommen. »Was ist passiert?«

»Du hast die Leine von einem Boxdrachen ergriffen«, erklärte Nada. »Daraufhin hat er dir eins verpaßt.«

Kim war ihm beim Aufstehen behilflich. Er war noch etwas wacklig auf den Beinen, doch die kleinen Vögel waren offenbar zu dem Schluß gelangt, daß alles in Ordnung sei, und waren wieder davongeflogen. »Keine Flugdrachen mehr«, sagte er.

»Keine Flugdrachen«, stimmte Kim ihm zu.

Nada sah sich um. »Das ist aber merkwürdig.«

»Was ist merkwürdig?« fragte Kim besorgt. Sie sah, daß auch Bläschen verwundert dreinblickte.

»Wir scheinen ein gutes Stück weiter gekommen zu sein, als ich erwartet habe. Es sieht wie das Gebiet jenseits des Spaltendorfs aus, vielleicht auch jenseits des Koboldorfs.«

Kim begriff, daß die Landschaft sich verändert hatte, als sie sich von dem Flugdrachen ablenken ließ. Sie befanden sich zwar immer noch nördlich der Spalte und gingen in Richtung Osten, aber das Land hatte sich verändert. »Könnte das ein Mechanismus des Spiels sein, um uns schneller zur nächsten Herausforderung zu befördern?«

»Das muß es wohl sein«, pflichtete Nada ihr bei.

»Professor Fetthuf verfügt über dämonische Kräfte. Immerhin *ist* er ja auch ein Dämon«, bekräftigte Kim.

Beim Weitermarsch bemerkte Kim, daß die Landschaft

nicht nur verschoben war, sondern auch einen gänzlich anderen Typ zeigte. Anstelle der verstreuten Steine am Wegrand lagen nun Kristalle. Diese wurden bald immer phantasiereicher, in hübschen Farben gehalten. Sie sahen aus wie Diamanten, Rubine, Saphire, Smaragde, Opale, Amethyste, Granate und alle möglichen anderen Edelsteine. Manche von ihnen waren klein, andere groß, einige wenige sogar riesig.

Kim betrachtete sie staunend. »Ach, schöne Steine habe ich schon immer gemocht«, sagte sie. »Aber das teuerste, was ich mir leisten konnte, war ein Rauchkristall, der sich zu echten Edelsteinen verhält wie ein Seifenklumpen zu Gold. Eine solche Sammlung hätte ich mir nicht einmal im Traum vorstellen können!«

»Ich glaube, das sind Niemandssteine«, sagte Nada. »Die kann man unmöglich zu irgend etwas gebrauchen.«

»Niemandssteine?« fragte Kim. »Sind die gefährlich?«

»Sie sind harmlos. Aber du kannst sie trotzdem nicht anfassen.«

Bläschen beschnüffelte gerade einen solchen Stein. Kim kauerte nieder, griff nach dem wunderschönen roten Stück von der Größe eines Apfels. »Die verpassen einem doch keinen Schlag oder so etwas?«

»Nichts dergleichen. Aber du verschwendest deine Zeit.«

Kims Finger schlossen sich um den schönen Edelstein. Mit einem anerkennenden *Oooohh!* nahm sie ihn auf und bewunderte seine Facetten.

Da geschah etwas. »Oh, ich habe ihn fallenlassen!« rief sie bestürzt. Und tatsächlich fiel etwas Rotes zu Boden. Doch es sah nicht aus wie ein Edelstein, sondern wie ein Klumpen roter Gelatine. Der Aufprall war lautlos.

Und dann, als ihre Augen sich darauf konzentrierten, sah sie, daß sie sich geirrt hatte. Das war nicht mehr derselbe Stein, den sie noch unversehrt aufgenommen hatte. Aber wie hatte sie ihn denn nur fallenlassen können? Irgendwie hatte sie das Gefühl gehabt, als würde er durch ihre Finger fließen – eine ganz schön gespenstische Situation.

Wieder nahm sie ihn vorsichtig auf. Und wieder fiel er zu Boden. Nur daß sie es diesmal passieren sah. Das Ding verlor seine Form, wurde zu einem großen Tropfen roter Flüssigkeit, glitt zwischen ihren Fingern hindurch, landete am Boden – und formte sich wieder zu dem Edelstein zurück.

Cyrus versuchte einen Diamanten aufzunehmen, und auch der entglitt ihm und landete unverändert auf dem Boden. Verwundert blickte der Mann ihn an.

»Niemandssteine«, wiederholte Nada. »Die lassen nicht zu, daß man sie bewegt.«

»Das ist wie ein Traum«, sagte Kim, stark beeindruckt sowohl von der willkürlichen Magie der Steine als auch ihrer Anzahl, Größe und Schönheit. »Sie wirken so echt, und doch könnten sie Illusion sein.«

»Ein großer Teil von Xanth besteht aus Illusion«, sagte Nada. »Der Rest sind Kalauer und Drachen.«

Sie schritten durch die prachtvolle Ausstellung. Schräg fiel das Sonnenlicht auf die zehntausende Facetten der Edelsteine und brach sich sogar noch bunter darin, so daß sie jetzt durch Luft schritten, die ebenso schön war wie der Boden. Offensichtlich handelte es sich dabei nur um eine kleine Abwechslung und nicht um eine Herausforderung. Es sei denn, sie mußte eine Möglichkeit finden, einen dieser Steine zu entfernen. Ob es darunter vielleicht einen gab, der sich mitnehmen ließ und ihr in Zukunft helfen würde? Doch Kim beschloß, der Sache nicht nachzugehen: Sie zog es vor, diese magischen Steine in Ruhe zu lassen.

Sie kamen um eine Biegung – und hatten plötzlich das weite Meer vor sich. Der Weg führte direkt darauf zu – ebenso aber auch die Spalte. Also gab es nur eine Möglichkeit, die Spalte zu überqueren: indem sie das Meer überquerten, nur daß sie diesmal kein Boot dabei hatten. War ihr langer Marsch etwa vergebens gewesen?

»Vielleicht können wir ja ein Boot bauen«, sagte Kim. »Es ist ja nicht sehr weit bis zur gegenüberliegenden Seite der Spalte.«

»Vielleicht können wir auch hinüberschwimmen«, schlug Cyrus vor. »Ich sehe keine Ungeheuer.«

»Das ist aber Salzwasser«, erinnerte Nada ihn. »Schau mal, direkt am Ufer wachsen Salzblumen.«

»Das ist erst recht ein Grund, es zu versuchen.« Kühn betrat er den Strand und tauchte einen Zeh ein. »Aua!«

»Ich habe dich gewarnt«, bemerkte Nada. »Du bist schließlich ein Süßwassermeermann.«

Cyrus trat bestürzt zurück. »Diese Salzlake ist ja furchtbar! Welches Lebewesen mit einem Funken Selbstachtung würde sie nur anrühren, ganz zu schweigen davon, darin auch noch zu schwimmen?«

Da ertönte ein fröhlicher Ruf über das Wasser. »Ooo-ooo!« Es war eine melodische weibliche Stimme mit Akzent auf der ersten Silbe. »Seid ihr verirrtes Landvolk?«

Sie blickten aufs Meer hinaus. Dort sahen sie den Kopf einer jungen Frau. Sie schwamm im Wasser.

»Wir versuchen, auf die andere Seite der Spalte zu gelangen«, rief Kim zurück. »Aber wir wissen nicht, ob wir hier sicher durchschwimmen können. Und einer von uns mag das Salzwasser nicht.«

Schnell schwamm die Frau näher heran. »Das ist doch absolut makelloses Salzwasser«, sagte sie empört. »Ich habe mein ganzes Leben darin zugebracht.« Um das Gesagte zu unterstreichen, tauchte sie unter und zeigte ihnen ihre Flossen.

Cyrus fielen fast die Augen aus dem Kopf. »Das ist ja eine Meerjungfrau!« rief er.

»Eine Meerfrau«, berichtigte Nada ihn. »Schau dir nur ihr Dekolleté an.«

Kim sah, daß das Wesen wirklich hervorragend bestückt war. Tatsächlich hatte die Frau ein Paar Brüste, die man nur als monumental bezeichnen konnte, und doch waren sie von vollkommenster Kontur. Die Sorte, von der Kim nicht einmal zu träumen gewagt hätte.

Cyrus' Aufmerksamkeit war davon ebensosehr gefesselt wie Kims. »Was für ein Wesen!« hauchte er.

Wieder blitzte ein kleines Licht über Kims Kopf auf. »Das ist möglicherweise deine Frau«, sagte sie.

»Wie war das?« rief die Frau übers Meer.

»Ich bin Kim Mensch, und das hier ist Nada Naga«, erwiderte Kim rufend. »Bist du verheiratet?«

»Nein. Ledige Meermänner wachsen nicht gerade auf Schuhbäumen, mußt du wissen. Meine Mutter mußte sich Beine wachsen lassen und einen endlosen Marsch über Land hinter sich bringen, um einen geeigneten Ehemann zu finden.«

Wieder blitzte ein Licht auf. »Deine Mutter? War das zufälligerweise Mela Meerfrau?«

»Nein. Daran war nichts zufällig. Sie war Melantha, von dem Tag an, da der Storchfisch sie ablieferte, so sicher wie Wasser das Feuer löscht. Ich bin ihre Tochter Merci.«

»Wozu brauchte sie denn einen Ehemann?« fragte Cyrus. »Hatte sie denn nicht deinen Vater?«

Mercis hübsche Stirn umwölkte sich. »Den hat ein dämlicher Drache geröstet, als ich noch auf der Fischschule war. Es ist gerade mal zehn Jahre her. Ich war noch ein Meerkind. Mutter hat sich eine Weile geziert; dann hat sie sozusagen den Sprung ins kalte Wasser gewagt und sich landeinwärts begeben, um sich ihren Mann einzufangen. Ach, war das alles kompliziert! Nicht, daß sie sonderlich wählerisch gewesen wäre. Sie wollte einfach nur den hübschesten, attraktivsten, männlichsten Junggesellenprinzen, der noch zu haben war. Schließlich ist sie bei Prinz Naldo Naga gelandet. Seitdem ist sie so sehr damit beschäftigt, ihn zu unterhalten, daß ich sie kaum noch zu sehen bekomme. Die haben offensichtlich etwas für ausgedehnte Hochzeitsreisen übrig. Deshalb bin ich ziemlich einsam. Und schon gefährlich nahe an einundzwanzig, also kaum noch ein Meermädchen, und weit und breit ist kein Meermann in Sicht.«

Ja, ein Mädchen war sie wirklich nicht mehr! »Es ist sehr wohl einer in Sicht«, sagte Kim. »Merci, ich möchte dir Cyrus Meermann vorstellen.«

Merci richtete ihre wunderschönen dunklen Augen auf Cyrus. »Ach, wirklich? Dann zeig mir doch mal deinen Schwanz.«

»Hier kann ich mich nicht verwandeln«, erklärte Cyrus. »Ich bin ein Süßwasserwesen.«

»Na klar doch!« konterte Merci. »Und woher soll ich wissen, daß du kein ganz gewöhnlicher, heimtückischer Mann bist, der mich nur mit einem Trick dazu bringen will, Beine auszubilden, damit er mich aus dem Wasser fortlocken und dazu zwingen kann, etwas Nymphenhaftes mit ihm zu tun? Ich bin diese Schurken leid, die glauben, man könnte einem Mädchen das Blaue vom Himmel herunterlügen, bloß damit sie ihre keimbefallenen Hände auf ihren unschuldigen Oberkörper legen dürfen.«

Nada zog eine anerkennende Schnute. »Diese Kreatur gefällt mir«, murmelte sie.

»Mir auch«, erwiderte Kim.

»So sehr wie mir«, ergänzte Cyrus. Und dann, an Merci gewandt: »Such mir etwas Süßwasser, dann zeige ich dir gern ein bißchen keimfreien Schwanz.«

»Ein Stück den Strand hoch gibt es eine Süßwasserquelle«, erwiderte Merci.

Also gingen sie den Strand entlang, fort von der Spalte, und Bläschen fand die Quelle. Sie soff etwas von dem Wasser. Es war zwar heiß, aber erträglich. Cyrus tauchte den Zeh ein und erklärte es für geeignet. »Dreht euch bitte um, meine Damen«, sagte er zu Kim und Nada. »Ich muß mich behutsam ausziehen, um meine Kleidung nicht zu beschädigen.«

Pflichtbewußt kehrten sie ihm den Rücken zu. Einen dreiviertel und einen halben Augenblick später vernahmen sie ein Planschen. Als sie sich wieder umdrehten, aalte Cyrus sich gerade im Bach.

»Aber von hier aus kann ich deinen Schwanz gar nicht sehen«, rief Merci.

»Dann komm doch her«, erwiderte er.

Merci schwamm bis an den äußersten Meeresrand. Dann verwandelte sie sich und stand auf, ausgerüstet mit einem Paar Prachtbeinen. Bläschen richtet sich auf und empfing sie mit einem *Wuff!* Merci ging zu Fuß über den Strand bis zum

Bach und blickte hinunter. »Du bist ja *wirklich* ein Meermann!« sagte sie.

»Schieb deinen Schwanz auch hier rein«, lud er sie ein. »Das Wasser ist prima.«

»Werd nicht albern. Ich bin allergisch gegen Süßwasser. Die einzige Möglichkeit, damit umzugehen, ist diese Form.« Und sie wies mit beiden Händen auf ihre Beine.

Er musterte sie anerkennend. »Genaugenommen bist du in dieser Form nicht gänzlich unattraktiv, obwohl sie es natürlich nicht mit deiner natürlichen Gestalt aufnehmen kann.« Offensichtlich war es unter Meerleuten nichts Anrüchiges, eine Meerfrau in Beinen oder einen Meermann im Schwanz zu Gesicht zu bekommen.

»Mir gefällt dieses Wesen«, murmelte Merci.

»Vielleicht kann er ja wieder Beine ausbilden, damit ihr euch an Land kennenlernen könnt«, schlug Kim vor.

»Ich weiß nicht so recht, ob das nicht unanständig wäre«, antwortete Merci.

»Aber ganz bestimmt«, bekräftigte Cyrus. »Wir können es auch aber schicklich machen, indem wir Menschenkleidung anlegen. Vielleicht sind Kim und Nada so nett, dir einen Rock zu besorgen, während ich wieder meine Hose anziehe.«

Also brachten sie Merci zu einem nahe gelegenen Stoffbaum, legten ihr eine Bahn Naturseide um und machten ein recht modisches Kleid daraus. Sie entdeckten auch einen Pömpsstrauch und legten ihren zierlichen Füßen ein paar zarte Sandalen an. Dann bürstete Nada ihr etwas filzig gewordenes Haar und schmückte es mit einer Passionsblume. Nun sah sie aus wie eine wunderhübsche junge Menschenfrau.

Sie kehrten zur Quelle zurück, wo Cyrus sie bereits trokken und angekleidet erwartete. Er sah aus wie ein geradezu perfekter junger Menschenmann. »Ach, ganz gewiß bist du das Geschöpf, das ich heiraten möchte«, sagte er. »Bis auf ...«

»Und du bist gewiß auch das Geschöpf, das ich ehelichen möchte«, stimmte Merci zu. »Bis auf ...«

»Bis auf die Tatsache, daß einer des anderen Wasser nicht ausstehen kann«, ergänzte Nada. »Welch eine Ironie des Schicksals!«

»Was, wenn wir Meerkinder hätten?« fragte Cyrus. »Möglicherweise würden die gleich beide Wasserarten nicht vertragen!«

»Ich fürchte, unsere Liebe ist zum Scheitern verurteilt«, meinte Merci traurig.

Dieses Gefühl kannte Kim. Und reagierte darauf. »Es muß doch einen Kompromiß geben«, meinte sie. »Könntet ihr euch nicht, äh, in menschlicher Gestalt treffen, um in der Zwischenzeit jeweils euren See oder das Meer aufzusuchen?«

»Das wäre unkultiviert«, wandte Cyrus ein. »Beine sind so klobig und unästhetisch.«

»Spaß kann man nur mit Schwänzen haben«, pflichtete Merci ihm bei.

Sie schienen wirklich gut zusammenzupassen. »Es muß aber irgendeine Möglichkeit geben«, wandte Kim ein. »Wir müssen sie einfach nur suchen.«

»Das wäre schön«, meinte Cyrus. »Merci ist genau das, wonach ich gesucht habe, nur daß unsere jeweiligen Medien unverträglich sind.« Wieder warf er einen Blick auf ihren umhüllten Oberkörper. »Ja, das ist möglicherweise sogar noch mehr, als ich mir erträumt habe. Süßwasser-Meerjungfrauen sind meistens etwas schlanker.«

»Ist ja ganz nett, wenn man den Typ mag«, bemerkte Merci.

»Ich denke, ich mag deinen Typ.«

»Na, das werden wir schon irgendwie hinkriegen«, sagte Kim. »Vielleicht gibt es dafür ja einen Zauber. Aber jetzt könntest du uns vielleicht mal helfen, Merci. Wir müssen eine Möglichkeit finden, sicher auf die Südseite der Spalte zu gelangen.«

»Ihr könntet schwimmen, falls euch Wassertemperaturen von fünfzehn Grad und der eine oder andere Kredithai nichts ausmachen.«

Kim hatte mal in achtzehn Grad warmem Wasser geschwommen, und das war ihr schon um einiges zu kühl gewesen. »Ich glaube, Schwimmen kommt nicht in Frage. Außerdem darf Cyrus nicht mit Meerwasser in Berührung kommen. Gibt es vielleicht einen Tunnel oder so etwas?«

Merci überlegte. »Unter der Spalte führt ein Tunnel durch. Aber der ist nicht sicher.«

»Sicherer als haiverseuchtes Wasser muß er doch allemal sein!« versetzte Kim.

»Es ist ein Koboldtunnel«, erklärte Merci.

»Oh!« machte Nada. »Kobolde mag ich nicht. Den einen oder anderen kann ich zwar mühelos verschlingen, aber die treten ja meistens in ganzen Horden auf. Diesen Tunnel sollten wir wohl besser meiden.«

Kim sah sich wieder um, obwohl ihr klar war, daß sie hier nichts Brauchbares finden würde. »Ich frage mich gerade, ob es vielleicht genug trockenes Holz gibt, um ein Floß zu bauen.«

»Ein Floß könntet ihr wohl bauen«, stimmte Merci zu. »Das dauert auch nur ein paar Tage.«

Kim seufzte. »Vielleicht müssen wir dann doch den Tunnel nehmen. Und so, wie ich das Spiel kenne, werden wir uns wohl auf eine Abwehr der Kobolde vorbereiten müssen.«

»Spiel?« fragte Merci.

»Sie kommt aus Mundania«, erklärte Nada. »Sie ist im Rahmen eines Spiels hier, das von den Dämonen organisiert wurde. Ich bin ihre Begleiterin, die sie führen und beschützen soll.«

»Aha. Also gut, dann werde ich euch den nächstgelegenen Tunneleingang zeigen. Aber ich weiß nicht, wie ihr mit den Kobolden klarkommen wollt. Als ich einmal Beine ausgebildet habe, um an Land ein paar Blumen zu holen, habe Kobolde mich einzufangen versucht, um mir etwas Scheußliches anzutun. Seitdem bin ich sehr vorsichtig mit Landgängen, und Kobolde mag ich überhaupt nicht mehr.«

Die Meerfrau führte sie zu einem etwas abseits der Spalte

gelegenen Dickicht. Hier lag der Boden nur knapp über dem Meeresspiegel. Unter dem Laubwerk war ein Loch in der Erde zu sehen. Bläschen schnüffelte daran.

»Ist der trocken?« fragte Kim. »Obwohl er unter das Wasser führt?«

»Er ist trocken«, bestätigte Merci, »obwohl es dort auch Luken geben soll, um ihn notfalls zu fluten. Keine Ahnung, weshalb die Kobolde ihn ausgerechnet auf diese Weise bauen mußten.«

»Das ist Naga-Arbeit«, sagte Nada, während sie den mit Ziegelsteinen eingefaßten Rand des Lochs begutachtete. »Diese Arbeitsweise kenne ich. Wahrscheinlich wurde er von Naga erbaut, die ihn später an die Kobolde verloren. Wir verlieren schon seit Jahrhunderten Terrain an sie.«

»In der Fischschule haben sie uns beigebracht, daß die Kobolde früher einmal auf offenem Land gelebt haben«, sagte Merci. »Aber daß es inzwischen dort nur noch sehr wenige gibt. Die meisten leben unterirdisch.«

»Das stimmt«, bestätigte Nada. »Die Harpyien und Menschen haben Kriege gegen sie geführt und sie aus großen Gebieten vertrieben. Aber jetzt leben sie im Koboldberg, und außerdem gibt es da noch die Goldene Horde, der schlimmste Stamm von allen. Wir wissen nicht viel über die Kobolde, die tief unter der Erde leben, vermuten aber, daß sie sehr zahlreich sein müssen.« Sie wandte sich an Kim. »Halt mal meine Kleidung; ich will der Sache nachgehen.«

Dann verwandelte Nada sich in eine Schlange und glitt aus dem erschlafften Kleiderbündel hervor. Kim nahm die Sachen und faltete sie zusammen. Die Schlange verschwand in dem Erdloch.

»Die müssen weiterziehen«, sagte Merci zu Cyrus. »Aber mußt du unbedingt mit?«

»Es hat für mich wenig Zweck hierzubleiben«, erwiderte er traurig. »Ich kann dein Meeresreich nicht betreten, ebensowenig wie du mein Seenreich. Ich fürchte, unsere Liebe ist zum Scheitern verurteilt, noch bevor sie überhaupt angefangen hat. Deshalb muß ich weiter, um zu sehen, ob ich nicht irgendwo eine Süßwasser-Meerjungfrau finde.«

»Ja, das mußt du wohl«, pflichtete sie ihm bei. »Vielleicht küssen wir uns noch, bevor wir uns trennen.«

»Ja, vielleicht tun wir das«, willigte er ein und wirkte schon deutlich erheiterter.

»Das wird ein bemerkenswertes Erlebnis«, sagte sie verträumt.

»Eine Denkwürdigkeit.«

Kim hatte einen anderen Einfall. »He, wie wäre es denn mit einem Taucheranzug? Die gibt es in Mundania. Wir verwenden sie, damit das Wasser draußen und die Wärme drinnen bleibt. So können wir auch in kaltem Wasser schwimmen. Wenn einer von euch einen Taucheranzug anhätte, könnte er dann im Wasser des anderen schwimmen?«

»Vermutlich«, meinte Merci. »Es wäre zwar nicht sonderlich bequem, aber so könnten wir uns wenigstens gegenseitig zu Hause besuchen.«

»Es wäre allerdings nicht besonders schön, wenn man den Storch rufen will«, sagte Cyrus.

»Und das ist eine Sache, die man sich nicht verderben lassen sollte.«

»Ich fürchte, es wäre wohl kaum besser, als es in Menschengestalt zu tun.«

»Bäh!« bekräftigte sie. »Na ja, im Notfall könnte man es vielleicht noch durchgehen lassen.«

»Das stimmt. Menschen müssen es ja auch ertragen, weil sie nichts Besseres kennen.«

Langsam hatte Kim das Gefühl, einer minderwertigen Art anzugehören. Welch eine Vorstellung, den Storch zu rufen, wie sie es nannten, während man mit unansehnlichen Beinen gestraft war!

Glücklicherweise kehrte Nada in diesem Augenblick zurück. Sie bildete ihren Menschenkopf auf dem Schlangenkörper aus. »Alles frei, obwohl es nach Kobolden riecht. Ich denke, wir kommen durch, wenn wir schnell sind und ein bißchen Glück haben.«

»Aber wie sollen wir in dieser Dunkelheit etwas sehen?« wollte Kim wissen.

»An den Wänden wachsen Leuchtpilze. Im Vergleich zum Tageslicht scheint es dunkel, aber im Vergleich zur Nacht ist es hell. Du wirst schon genug sehen.«

»Na, dann los!« entschied Kim. »Warum kommst du nicht mit, Merci? Du kannst ja auf der anderen Seite wieder ins Meer steigen, wenn du möchtest.«

»Ja, das könnte ich wohl«, bestätigte die Meerfrau. Sie schien alles andere als erpicht darauf zu sein, sich von Cyrus trennen zu müssen, und ihm ging es offensichtlich nicht anders.

Kim kletterte in das Erdloch, begleitet von Bläschen, und die beiden Meerleute folgten ihr. Im Innern war es weder feucht noch modrig, wie Kim befürchtet hatte; es glich vielmehr einem U-Bahn-Schacht mit gekachelten Wänden. Nachdem ihre Augen sich an die Lichtverhältnisse gewöhnt hatten, bemerkte sie das Leuchten an der Wand.

Der Tunnel machte eine Kurve. Sie folgten im in einer abschüssigen Spirale. Jetzt führte Bläschen die Gruppe nur zu gern an; kühn hatte sie die geschweifte Rute aufgestellt. Der Hund war am glücklichsten, wenn er Leute irgendwohin begleiten konnte. Das Leuchten an den Wänden schien immer kräftiger zu werden, je weiter sie kamen, doch Kim wußte, daß es nur an ihren Augen lag, die sich immer besser anpaßten.

Irgendwann hatte sie aufgehört, die Windungen zu zählen. Dieser Tunnel war wirklich sehr tief! Aber schließlich wurde er wieder gerade und führte, wie sie hoffte, in die richtige Richtung. Immer wieder zweigten Seitentunnels vom Hauptstollen ab, und Kim hatte nicht die leiseste Ahnung, wohin sie führten. Vielleicht war dies ja einmal eine unterirdische Naga-Stadt gewesen. Kim fragte sich, was das wohl für eine Gemeinde gewesen sein mochte. Dann verjüngte sich der Haupttunnel, und nun gab es auch keine Abzweigungen mehr.

Bläschen bellte.

Nada, die in ihrer Naga-Gestalt dahinglitt, hob plötzlich den Kopf. »Ich rieche frische Kobolde!« sagte sie beunruhigt. »Vorhin waren sie noch nicht hier.«

»Vielleicht sehen die ja hier regelmäßig nach dem rechten«, meinte Kim. »Können wir uns irgendwo verstecken?«

»Nein. Wir befinden uns jetzt direkt unter der Spalte und dem dazwischenliegenden Meer. Das hier ist die schlimmste Stelle.«

»Dann sollten wir wohl lieber ein Stück zurückgehen und eine Abzweigung nehmen«, meinte Kim. »Vielleicht gibt es ja dort einen Raum oder irgend etwas anderes, um sich zu verstecken.«

»Aber sie kommen doch von hinten auf uns zu«, wandte Nada ein.

»Dann sollten wir besser nach vorn weiterlaufen!«

»Aus der Richtung kommen ebenfalls welche.«

Jenny wußte selbst, wann sie vor einer Spielherausforderung stand. Sie saßen unter der Erde fest, eingekeilt zwischen zwei Koboldhorden. Wie sollten sie da nur wieder rauskommen?

Ihre Konzentration wurde von den eintreffenden Kobolden gestört. »Schaut mal, Frischfleisch!« rief einer in den vorderen Reihen.

»Das siehst du falsch, Müllbart«, rief ein anderer von hinten. »Erst wollen wir uns mal mit den Dämchen ganz tüchtig amüsieren. *Danach* kommen sie in den Topf.«

»Ihr liegt beide falsch«, rief ein anderer. »Erst kochen wir sie, bis sie blutrot geworden sind. Dann benutzen wir sie zu unserem Vergnügen, und danach essen wir sie auf. Habt ihr denn überhaupt keine Ahnung vom Protokoll?«

Bläschen knurrte.

Das wurde ja mit jedem Augenblick schlimmer! Nicht nur, daß sie gekocht werden würden – einige von ihnen wollte man auch foltern. Kim hatte überhaupt nicht gewußt, daß solche Dinge in Xanth vorkamen – aber sie kannte ja auch die Kobolde nicht.

Es mußte doch einen Ausweg geben! Aber welchen? An den Wänden sah sie nur kleine Kletterlöcher, aber weder Werkzeuge noch Waffen.

Verzweifelt ließ sie ihren Blick über die niedrige Decke

schweifen. Dort bemerkte sie eine kreisförmige Einbuchtung. Eine Luke! Sie könnten das Meerwasser hereinlassen!

Aber wie wollten sie dann atmen? Die Meerleute konnten zwar Wasser atmen – doch einer der beiden würde es dann mit der falschen Art von Wasser zu tun bekommen. Alles, was unterm Strich blieb, war Unheil.

Bläschen kläffte. Sie beschnüffelte gerade eine kreisförmige Einbuchtung im Boden, direkt unter jener an der Decke. »Was ist das denn?« fragte Kim. Wilde Hoffnung flakkerte wieder auf. »Ein geheimer Fluchtgang?«

»Der da dient der Markierung zufolge für Süßwasser«, sagte Nada, die Inschrift musternd. »Der obere ist für Salzwasser. Offenbar hatte mein Volk für beides Verwendung, vielleicht zum Reinigen des Tunnels.«

Keine Fluchtmöglichkeit. Hinter beiden Luken nur Wasser. Kims Herz sackte ungefähr auf Magenhöhe hinunter, der Magen dafür in Richtung Unterbauch.

Inzwischen marschierten die Kobolde auf und nahmen sie in die Zange oder, genauer, in die Greifer eines Müllfahrzeugs. Sie waren mit Keulen und Speeren bewaffnet, wedelten aber trotzdem nicht drohend damit herum, wie es ihre Art gewesen wäre, weil sie die Ware nicht schon beschädigen wollten, noch bevor sie ihr Vergnügen damit hatten.

Da hatte Kim einen Einfall. Vielleicht würde es klappen. Sie befanden sich in einem versiegelten Tunnel, was wiederum bedeutete, daß die Luft darin eingeschlossen war. Das wäre möglicherweise ihrer aller Rettung.

»Öffnet die Luken!« rief sie. »Und zwar beide! Laßt das Wasser rein!«

»Aber ...«, sagten Cyrus und Merci im Chor.

»Du machst die obere auf, Merci. Das ist Meerwasser, es wird dir nicht schaden. Du öffnest die untere, Cyrus, das ist Süßwasser. Das wird dir auch nicht schaden. Dann bleibt ihr, wo ihr seid, und haltet euch in eurem jeweiligen Wasser auf. Wäre doch gelacht, wenn wir uns diese Kobolde nicht aus den Haaren spülen könnten!«

»Aber wie sollen *wir* atmen?« wollte Nada wissen.

»In der oberen Hälfte des Tunnels wird noch Luft bleiben. Du mußt nur den Kopf hochhalten. Und dich festhalten. Wir müssen genau hier in der Mitte bleiben.«

Die beiden Meerleute machten sich über die Luken her. Sie drehten die Platten, schraubten sie auf. Kim packte eine der Handhalterungen an der Wand mit der einen Hand, Bläschens Halsband mit der anderen. Nada kringelte ihren Schwanz in einer weiteren Klettermulde ein.

Da ging Cyrus' Luke auf. Wasser rauschte mit Hochdruck hervor und wurde von dem Deckel gebremst und verteilt, der an einer in seiner Mitte eingelassenen Schraube festhing. Unter diesem ging Cyrus in Deckung und hielt ihn gleichmäßig fest, so daß das Wasser in einem großen Kreis herabströmte. Dann ging Mercis Luke auf. Wasser schoß von unten in die Höhe, wurde auf die gleiche Weise umgeleitet. Sie hielt sich an dem verankerten Deckel fest, so daß auch ihr Wasser einen Kreis bildete.

Jetzt gab es kein Zurück mehr.

Die Wassermassen vereinten sich rechts und links miteinander und strömten den Tunnel entlang. Das Wasser war kühl, nicht unerträglich kalt. Die Ströme trafen vorn und hinten auf die Kobolde und preßten sie zurück. Die waren viel zu überrascht, um noch wirkungsvoll zu fluchen. Plötzlich kämpften sie um ihren Halt – und um ihr Leben, da sie nicht im Boden verankert waren.

Schon bald hatten die Fluten den Tunnel ausgefüllt und drückten heftig weiter. Nur eine Luftschicht blieb im oberen Teil der Höhle und konnte nicht entweichen. Kim hielt Bläschen hoch, damit sie atmen konnte, und tat selbst das gleiche. Nadas Gesicht war dicht neben ihrem, und auch sie tat es ihr gleich. Die beste Stelle befand sich in der Mitte, wo keine einheitliche Strömung vorherrschte, sondern nur chaotisches Schäumen.

Schon bald waren die Kobolde verschwunden. Wehrlos waren sie in beide Richtungen davongespült worden. Es war Kim egal, wo sie enden mochten – die Typen hatten keinen glimpflichen Ausgang verdient.

»Luken schließen!« rief Kim.

Die Meerleute drehten die Scheiben in die Gegenrichtung und verschraubten sie wieder in ihren Versenkungen. Das war zwar harte Arbeit, aber dafür hatten sie auch einen Hebelvorteil. Schließlich waren die Luken geschlossen, und dem sprühenden Wasser war der Austritt verwehrt. Das Getöse verstummte, und die Strömungen beruhigten sich wieder.

Nadas Menschenkopf sah sich um. »Das hast du gut gemacht, Kim«, sagte sie. »Du hast die Aufgabe bewältigt. Ich hätte nicht geglaubt, daß du noch rechtzeitig darauf kommen würdest.«

»Es war ziemlich knapp«, räumte Kim ein. »Wenn Bläschen mich nicht auf die zweite Luke aufmerksam gemacht hätte, wäre ich wohl nie darauf gekommen.« Sie küßte die Hündin aufs nasse Ohr, und Bläschen wedelte, so gut es unter Wasser ging, mit dem Schwanz.

»Jetzt wollen wir mal sehen«, sagte Nada. »Ich kann am besten in Menschengestalt durchs Wasser waten. Wir sind hier alle Frauen – bis auf Cyrus, und der ist ein Meermann, dem Nacktheit nichts ausmacht, solange er in seiner natürlichen Gestalt ist.«

»Das stimmt«, bestätigte Cyrus. »Ich möchte ja niemanden beleidigen, aber mein Interesse an Kreaturen ohne Schwänze ist doch ziemlich gering.«

»Dann werde ich mich also verwandeln.« Nada wurde zum Menschen, eine hinreißende Gestalt von einer nackten Frau. »Es ist sowieso in Ordnung, weil ich im Augenblick keine Höschen trage. Jetzt glaube ich auch, daß wir den Weg hinaus finden werden, indem wir nämlich den alten Naga-Zeichen folgen.« Halb gehend, halb schwimmend machten sie sich auf den Weg durch den gefluteten Tunnel.

Cyrus blickte Merci an. »Also das nenne ich nun ein interessantes Geschöpf«, sagte er. »Von Kopf bis Schwanz!«

Merci erwiderte seinen Blick gleichermaßen offenherzig. »Das empfinde ich genauso.«

Da blitzte wieder das kleine Licht über Kims Kopf auf. »Ihr

seid ja beide im selben Wasser – und habt keine Schwierigkeiten damit!«

Die beiden Meerleute reagierten verblüfft. »Wie kann das sein?« fragte Cyrus. »Ich kann Salzwasser doch nicht ausstehen.«

»Und ich vertrage kein Süßwasser«, antwortete Merci. »Das hier ist Brackwasser. Das macht es zwar unbehaglich, aber ich vertrage es wenigstens.«

»Genau«, antwortete Cyrus. »Ich ertrage Brackwasser auch, obwohl es nicht gerade mein Traum ist.«

»Salz- und Süßwasser haben sich vermischt«, faßte Kim zusammen. »Deshalb ist jetzt alles Brackwasser. Halb und halb. Nun können die beiden zusammenkommen.«

»Die beiden können zusammenkommen«, sagte Merci und ging auf Cyrus zu. »Vielleicht schaffen wir es ja doch, in diesem Wasser ...« Sie legte die Arme um ihn.

»Ja, vielleicht«, stimmte er zu und gab ihr einen Kuß. Da erschienen mehrere Herzen und umschwebten sie. Ihre Schwänze schlangen sich umeinander.

Nada kehrte zurück. »Tut das doch nicht hier drin! Wartet gefälligst bis zur Hochzeitsnacht.«

Der Kuß wurde unterbrochen, und die Herzen erblaßten wieder. »Natürlich«, sagte Merci errötend.

»Ihr wißt doch«, pflichtete Cyrus ihr verlegen bei. »Der Anstand muß gewahrt bleiben.«

Kim war insgeheim verärgert. Sie wußte, daß ein Teil dieser Anstandsregeln sich auf sie bezog: Im Alter von sechzehn Jahren hielten die anderen sie für einen Grenzfall und achteten sorgfältig darauf, die Regeln der Erwachsenenverschwörung zu beachten. Kim war neugierig darauf gewesen, wie die Meerleute es taten. Aber immerhin war es schön zu wissen, daß sie eine Möglichkeit entdeckt hatten, zusammenzukommen.

Sie richtete den Blick nach vorn und folgte Nada. Von den Kobolden war keine Spur mehr zu sehen. Wahrscheinlich waren sie aus den Tunnels gespült worden, möglicherweise in eine tiefere Ebene, wo sie sich jetzt vermutlich überlegten, was nur um alles in der Welt passiert sein mochte.

Das Wasser sank langsam, bis es erst hüft-, dann kniehoch stand. Der Tunnel wurde breiter, und nun erschienen weitere Kreuzgänge, die allesamt ebenso überflutet waren. Sie vernahmen das Rauschen von Wasser – ein Hinweis darauf, daß es irgendwo einen Abfluß geben mußte. Der Tunnel würde mit der Zeit schon austrocknen. Sie mußten es jedoch vorher nach draußen schaffen, weil das Wasser das einzige war, was die Kobolde abhielt.

Nada brachte sie zur nächsten Spirale, die diesmal jedoch nach oben führte. Das Wasser blieb hinter ihnen zurück. Bläschen war offensichtlich erleichtert, denn sie zog trockenes Land dem Wasser eindeutig vor. Die beiden Meermenschen mußten wieder Beine ausbilden und sich aus Kims Rucksack bedienen, um sich anzukleiden, während die anderen ihnen den Rücken zukehrten. Schließlich kletterten sie aus einem Loch an die Oberfläche.

Nun befanden sie sich südlich der Spalte. Und dort am Strand lag ein kleines Holzboot. »Das hätte Merci uns ebensogut bringen können, wenn wir gewußt hätten, daß es da ist«, meinte Kim verärgert.

»Ja, das hätte ich«, bestätigte Merci überrascht. »Ich weiß schon seit Urzeiten von diesem Boot.«

Um ein Haar hätte Kim sie gefragt, warum sie ihnen dann nichts davon erzählt hatte, doch sie wußte es selbst: Sie hatte sie ja nicht danach gefragt. So war das eben im Spiel, wo die Spieler selbst alles herausfinden mußten. Kim hatte nach einem Weg gefragt, und Merci hatte ihr auch geantwortet. Ein Boot aber hatte Kim nicht erwähnt. Ein Floß, ja, aber eben kein Boot. Das Naheliegendste hatte sie übersehen.

»Tja, Nada, Bläschen und ich müssen uns jetzt wieder auf den Weg machen«, sagte Kim. »Ich nehme an, Cyrus, du wirst mit Merci hierbleiben wollen. Wenn ihr zusammenkommen wollt, müßt ihr euch nur eine Stelle suchen, wo ein Fluß ins Meer strömt und das Wasser sich vermischt. Vielleicht gibt es aber unter der Meeresoberfläche auch eine Süßwasserquelle, die eine ähnliche Wirkung hat. Ich bin sicher, ihr kommt schon zurecht.«

»Das werden wir bestimmt«, bestätigte Cyrus. »Ich danke dir, Kim Mundanierin, daß du mich hierher gebracht hast. Du tast tatsächlich mein Problem für mich gelöst.«

»Und meins auch«, ergänzte Merci. Sie wandte sich Cyrus zu. »Ich kenne eine Stelle am Ufer, wo es eine Süßwasserquelle gibt. Ich würde dir liebend gern mehr Schwanz zeigen.«

»Und ich bin ganz begierig darauf«, erwiderte er. Sie küßten sich wieder; dann winkten sie den anderen zum Abschied und machten sich eifrig auf dem Marsch über den Strand, die Arme um die Hüften geschlungen.

»Das Abenteuer geht also weiter«, sagte Kim mit gemischten Gefühlen. Sie freute sich zwar für die Meerleute, beneidete sie aber auch um ihr Glück. Sie wußte, daß ein furchtbarer Marsch durch den Urwald vor ihr lag, wo ihr alles mögliche begegnen konnte. So war das eben im Spiel.

13

Virus

Dug mußte blinzeln, als sie aus dem Wühlmausloch ans grelle Tageslicht traten. Um sie herum war dichter Urwald.

Er wandte sich an Jenny. »Wir sind hier ja im Spiel«, sagte er, »und soweit ich weiß, befinden wir uns irgendwo in der Nähe des Horts von Com-Puter, der bösen Maschine. Und ich weiß auch, daß ich erst mit ihm abrechnen muß, bevor ich wirklich weiterkommen kann. Kennst du denn einen halbwegs kurzen, sicheren Weg dorthin? Ich will die Sache endlich hinter mich bringen.«

Sammy rannte einen nur undeutlich auszumachenden Weg entlang, der erst deutlich sichtbar zu werden schien, nachdem er Kater ihn entdeckt hatte. »Warte auf mich!« rief Jenny und stürmte ihm nach.

»Einen Weg gibt es schon«, meinte Sherlock. »Aber bist du auch bereit für die Maschine? Soweit ich weiß, können diese Dinger Leuten, die nicht mit ihnen umzugehen verstehen, das Leben zur Hölle machen.«

»Und ob! Vielleicht sollte ich erst noch ein wenig überlegen.«

»Sammy, halt!« rief Jenny. »Er hat es sich anders überlegt!«

Der Kater blieb stehen, hatte plötzlich das Interesse an

dem Weg verloren. Die anderen schritten auf ihn zu. Der Weg, den die Katze genommen hatte, war deutlich auszumachen; aber vor ihnen schien nichts als Gestrüpp, Dornensträucher und Geäst zu liegen.

»Vielleicht doch lieber ein etwas indirekterer Weg«, meinte Dug lächelnd. »Vielleicht an einem Ort vorbei, wo es etwas gibt, was ich brauche.«

Sammy setzte sich wieder in Bewegung. Diesmal war er langsamer, so daß sie mit ihm Schritt halten konnten, und der Weg selbst verlief gewundener. Aber die Sache mit dem Pfad blieb doch seltsam: Es schien immer erst einen zu geben, nachdem die Katze ihn gefunden hatte.

Sie gelangten auf ein großes Feld voller merkwürdiger Pflanzen. »Hier soll etwas sein, was du brauchst?« fragte Sherlock mit hochgezogener Augenbraue.

»Mit Sicherheit«, antwortete Dug. »Dann werde ich mich jetzt erst mal auf die Suche machen.«

»Wenn du Sammy genau sagst, was es ist, wird er es für dich finden«, warf Jenny ein.

»Ich weiß doch selbst nicht genau, was es ist. Ich hoffe nur, daß ich es auch erkenne, wenn ich es sehe«, erwiderte Dug. »Warum ruht ihr beiden euch nicht ein wenig aus, während ich nachsehen gehe? Es kann eine Weile dauern.«

Jenny und Sherlock blickten verwundert drein. Sammy hingegen nicht. Tatsächlich entschied der Kater sich dazu, Dug auf der Suche zu begleiten.

Dug trat auf das Feld hinaus. Dort sah er, daß die verschiedenen Pflanzen in Reihen wuchsen und jede davon ein kleines Namensschild trug. Das sollte ihm eigentlich eine Hilfe sein!

Die erste Pflanze, die er betrachtete, wies eine Reihe leichter Kegelgewächse auf, die alle so aussahen, als könnte man darin gut Eiscreme servieren. Und tatsächlich trug sie das Schild WAFFELBLUME. Doch das war es nicht, was er brauchte.

Als er sich vor die nächste Pflanze kauerte, juckte es ihn plötzlich an einer unangenehmen Stelle. Er stand auf und kehrte den anderen den Rücken zu, um sich unauffällig kratzen zu können, doch da war das Jucken bereits verschwunden. Also kauerte er sich noch einmal hin – und das Jucken kehrte wieder. Je dichter er sich über die Pflanze beugte, um so schlimmer wurde es, bis er richtig unruhig wurde. Dann sah er das Schild und verstand: KRATZWURZ.

Als er auf die nächste Pflanze zuging, die einem Klumpen Gras glich, schabte etwas in seinem Hosenbein. Er sah an sich herab und bemerkte einige lange, pfeilförmige Dornen, die darin staken. Er entfernte sie vorsichtig und setzte sich wieder in Bewegung – da prasselten die nächsten auf ihn ein. Jetzt schaute er sich das Schild an. Kein Wunder: Das war ja auch PFEILGRAS.

Dann schien seine Kleidung an den Gelenken immer enger zu werden. Da er die nächste Pflanze im Verdacht hatte, daran schuld zu sein, blinzelte er ein wenig, um das Schild aus größerer Entfernung zu betrachten, und tatsächlich stand darauf: SCHNÜRKRAUT. Daneben wuchs ein KNOTENKRAUT, dem er jedoch lieber aus dem Weg ging.

Nun gelangte er in einen etwas angenehmeren Abschnitt, kam vorbei an BUTTERKRAUT, MILCHKRAUT und BONBONFLAUM. Die hätten sich gut als Ergänzung zu einer Mahlzeit gemacht, wenn es nicht schon woanders genug gegeben hätte.

Dann kam er in eine etwas peinlichere Abteilung, wo er LIEBESGRAS, JUNGFERNKLEID, BRAUTSCHLEIER und HEIRATSKRAUT erblickte. Ganz in der Nähe wuchs eine ZWILLINGSBLUME. Das war offensichtlich für Frauen nützlich, wenn sie schneller Nachwuchs wünschten. Sie brauchten nur eine solche Blume ans Storchendepot zu schicken, dann würde der Storch schon wissen, wie viele er liefern sollte.

Im Mittelpunkt des nächsten Abschnitts standen die Tiere. Da gab es KATZENSCHWANZ und KÄTZCHENSCHWEIF, KATZENZEHEN, DRACHENKOPF, HUNDEZUNGE und EICHHORNSCHWANZ. Und auch komplette Tiere waren vertreten: BIENENBLUME, SCHMETTER-

LINGSKRAUT, HÜHNERKRAUT, ZIEGENGRAS, AFFENBLUME und AUSTERNPFLANZE. Doch nichts von alledem konnte er gebrauchen.

Nun kamen verschiedene Nähpflanzen: NADELKISSEN, NADELÖHR, FINGERHUT, LEDERBLUME und SAUMFEST. Letzteres trugen Frauen offenbar zu langen Kleidern, um zu verhindern, daß der Saum sich aufrieb, wenn sie darauf traten. Ein Warnschild war auch dabei: Diese Pflanze durfte nicht eingenommen werden, damit sie nicht die Eingeweide lähmte.

Im nächsten Abschnitt gab es ein dürres SKELETTKRAUT, eine helle STERNSCHNUPPE, eine WANDBLUME und einen MALPINSEL, der auf letztere gerade frische Farben tupfte.

Nun folgten einige Samenarten: STOCKSAMEN, ZEKKENKEIM und KÄFERSAAT. Sammy untersuchte die letzte Pflanze eingehend. »Ja«, murmelte Dug und nahm ihr einige Samen ab. »Das könnte möglicherweise sein, was ich brauche.« Er steckte die Samen in die Tasche und ging unauffällig weiter, weil er keine Aufmerksamkeit erregen wollte.

Da betrat er einen häßlicheren Abschnitt: SCHUMMELGRAS, ARME-LEUTE-KRAUT, NIESKRAUT, TORKELGRAS und WÜRGBEEREN. Er konnte sich daran vorbeistehlen, ohne sich allzu vielen Unannehmlichkeiten auszusetzen.

Doch es kam noch schlimmer: ein Beet voll STINKKRAUT. Er hatte schon genug Ärger mit dem Stinkhorn gehabt, um die Finger davon zu lassen, und so begab er sich klugerweise zum SCHLAUKRAUT und von dort, weise geworden, zum WAISENSTRAUCH weiter.

Die letzte Pflanze in der Reihe trug die Inschrift CRYPTOGRAMMA. Da war ihm ziemlich rätselhaft; er konnte einfach nicht herausbekommen, wozu sie diente, und so ließ er sie schließlich in Ruhe. Sie trug auch die Aufschrift FELSBREMSE, doch wußte er nicht zu sagen, ob sie große, rollende Felsen aufhielt oder sie zu kleinen Kieseln zertrümmerte.

Nun ging er die zweite Reihe entlang zurück. Es gab hier noch zahllose Wunder, doch er widmete ihnen kaum noch Aufmerksamkeit, weil er ja bereits hatte, was er wollte. Da erblickte er eine Gruppe von MONIEN: alte, mittelalte, junge und neue. Das wäre ja vielleicht sogar noch besser! Und so pflückte er eine NEUE MONIE und steckte sie in ein Knopfloch.

Dann kehrte er zu den anderen zurück.

»Hast du gefunden, was du suchtest?« erkundigte sich Sherlock.

Dug hustete. »Ich denke schon.«

»Alles in Ordnung mit dir, Mann? Hört sich an, als wärst du erkältet.«

»Wird schon werden«, erwiderte Dug und versuchte, nicht zu röcheln. Er hätte nicht gedacht, daß die Pflanze so schnell wirken würde. Andererseits konnte in diesem magischen Land alles recht schnell gehen. Also würde er es einfach durchstehen müssen.

Sherlock und Jenny hatten eine leckere Mahlzeit zubereitet, aber Dug hatte keinen großen Appetit. Er fühlte sich fiebrig und schwach, und das Atmen fiel ihm langsam schwer. Aber er tat so, als wäre alles normal. Er hatte einen Grund dafür.

Sie beendeten ihre Mahlzeit und setzten die Reise fort, Sammys bequemen Wegen folgend. Dug mußte sich mühen, um Schritt zu halten. »Hör mal, irgend etwas stimmt doch nicht«, warf Sherlock ein. »Seitdem du dir diesen Garten angeschaut hast, torkelst du herum, als wärst du todkrank. Was ist denn dort passiert?«

»Nichts, was ich dir erzählen könnte«, erwiderte Dug heiser. »Laß mich einfach in Ruhe.«

Sherlock wechselte einen langen und zwei kurze Blicke mit Jenny; dann ließ er die Sache auf sich beruhen. Der lange Blick schlug auf dem Boden auf und zerbrach in Stücke, doch die beiden kurzen Blicke überlebten es intakt.

Aber als Dug dann richtig taumelte, stolperte, und zu Boden fiel, übernahm Jenny das Kommando. »Du bist mein

Schützling«, sagte sie. »Weil ich deine Gefährtin bin. Ich bekomme Schwierigkeiten, weil ich dich nicht genug geführt habe, falls du verlieren solltest, nur weil du zu krank geworden bist, um weiterzumachen. Wir müssen einen Heilquell suchen. Der wird dich kurieren.«

Dug war inzwischen zu krank, um wirkungsvoll Protest einzulegen. Er wußte auch, daß Jenny im Grunde recht hatte. Aber er wußte ebenso, daß er weitermachen mußte, sonst würde er schon wieder gegen Puter verlieren. Er durfte ihnen nicht sagen, warum, damit die böse Maschine nicht durch irgendeinen Spion davon Wind bekam und seinen Plan vereitelte.

Sherlock fertigte eine Tragbahre aus Holz und Schlingpflanzen und polsterte sie mit Kissen aus. Dann hob er Dug darauf und schleppte ihn hinter sich her. Jenny ließ Sammy die nächstgelegene Quelle suchen. Den besonderen Typ konnte sie nicht bestimmen; denn für den Kater war jede Quelle so gut wie alle anderen. Sie konnte ihm nur auftragen, daß es kein gewöhnliches Wasser sein durfte, daß es um eine magische Quelle ging.

Wie sich herausstellte, war eine davon nicht allzuweit entfernt. Als sie sie erreicht hatten, übten sie erst einmal Vorsicht. Dug hörte, wie die Gefährten sich berieten, obwohl er inzwischen zu müde war, um sich in das Gespräch einzuschalten.

»Wir müssen sicher sein, daß es ein Heilquell ist«, sagte Jenny gerade. »Es gibt nämlich verschiedene Arten, beispielsweise Liebesquellen und Haßquellen. Wennwir ihm das falsche Elixier verabreichen, könnte das schlimmer werden, als gar nichts zu tun.«

»Aber wie sollen wir die Wirkung bestimmen, ohne es selbst zu versuchen?« fragte Sherlock. »Wir wollen doch auch nicht von einem Liebes- oder Haßquell trinken.«

»Ganz bestimmt nicht!« pflichtete sie ihm bei. »Ist nicht persönlich gemeint. Denn so ein Liebesquell ist ja nicht nur romantisch; er führt sofort zu einem gewalttätigen Herbeirufen des Storches. Und das wäre ein Verstoß gegen die

Erwachsenenverschwörung, weil ich immer noch ein Kind bin.«

»Nein, wir wollen gegen keine Verschwörung verstoßen«, willigte Sherlock ein. »Aber Nichtstun ist auch keine Lösung. Irgendwie müssen wir das Wasser überprüfen. Könnten wir vielleicht daran riechen, damit wir nur einen kleinen Anflug davon bekommen?«

»Das könnte vielleicht klappen«, meinte sie zweifelnd. »Laß es mich zuerst versuchen. Wenn ich dann plötzlich romantisch oder was auch immer werde, läufst du einfach weg.«

»Diese Quellen müssen ja ziemlich stark sein«, bemerkte Sherlock.

»Ganz genau.«

Also kniete Jenny sich nieder und schnüffelte an der Quelle. »Ach, ich fühle mich vielleicht jung!« rief sie.

»Na ja, du bist ja auch jung. Was ist das nun für eine Quelle?«

»Kein Liebesquell«, entschied sie. »Ich liebe dich nicht, hasse dich aber auch nicht. Aber verändert fühle ich mich schon.«

»Vielleicht bist du ja auch von dem geheilt, was dir zugesetzt hat«, meinte er. »Es muß die Quelle sein, die wir suchen.«

»Vielleicht. Aber ganz sicher bin ich mir noch nicht. Irgend etwas daran ist komisch. Vielleicht solltest du auch mal daran riechen und mir sagen, was du meinst.«

Sherlock kniete nieder und schnüffelte. »Mann! Ich fühle mich gleich zwei Jahre jünger!«

»Du siehst auch ein bißchen jünger aus«, bestätigte sie. »Und, heilt sie dich?«

»Ich hatte einen wunden Zeh, und der ist auch immer noch wund.«

»Vielleicht solltest du ja mal den Zeh hineintauchen und schauen, ob er heilt.«

»Gute Idee!« Sherlock zog den Schuh aus und tauchte den wunden Zeh ein. Als er ihn wieder hervorholte, sah die Haut zwar frischer aus, war aber noch nicht verheilt.

Nun machten sie eine Pause, um sich zu beraten, als ein Insekt herbeiflog und das Wasser kostete. Da verwandelte es sich in eine Larve.

»Das muß ein Wandelquell sein«, meinte Jenny. »Er hat es in ein anderes Insekt verwandelt.«

»Nein, es hat nur seine alte, frühere Form wieder angenommen«, widersprach Sherlock. »Insekten schlüpfen aus Larven. Das ist ihr Jugendstadium ...« Plötzlich brach er ab, als ihm einiges klar wurde.

»Ein Jungborn!« rief Jenny. »Das muß der Jungbrunnen sein! Niemand weiß, wo er ist, und wir sind aus Versehen darüber gestolpert!«

»Sammy ist nicht darüber gestolpert«, konterte Sherlock. »Er hat nach einer magischen Quelle gesucht.«

»Das stimmt. Und was für eine er doch gefunden hat! Aber es ist nicht diejenige, die wir wollen. Dug ist gerade einmal ein Jahr älter als ich. Der will bestimmt nicht noch jünger werden.«

»Fünfzehn bist du?« fragte Sherlock. »Ich dachte, du wärst noch ein Kind.«

»Laut Definition des Spiels bin ich auch noch ein Kind. Aber außerhalb des Spiels werde ich langsam erwachsen, und ich kenne auch das Geheimnis der Erwachsenenverschwörung. Vielleicht wirke ich jünger auf dich, weil ich eine Elfe bin. Schließlich bin ich kleiner als ein Menschenmädchen in meinem Alter.«

»Das muß es sein«, bestätigte er. »Na ja, keiner von uns braucht dieses Elixier, also sollten wir uns lieber wieder auf den Weg machen. Aber es ist schon komisch – viele Leute würden alles darum geben, aus diesem Quell trinken zu dürfen.«

»Leute sind auch komisch«, stimmte sie zu.

Dug wollte ihnen einschärfen, die Stelle unbedingt sorgfältig zu markieren, damit sie die Quelle später wiederfinden könnten, weil ein solches Wissen von unschätzbarem Wert war. Doch inzwischen hatte er schon so schlimme Atembeschwerden entwickelt, so daß er nicht einmal mehr reden konnte.

Sie setzten die Suche fort und folgten dem Kater zu einer weiteren Quelle. Dug konnte einen kurzen Blick darauf werfen, bevor Sherlock die Bahre flach am Boden ablegte. Der Born war rund, mit einer strukturierten Oberfläche, als würde den Wellen die Kraft fehlen, ihn richtig aufzuwühlen. Nachdem Jenny daran geschnüffelt hatte, drehte sie sich um und streckte sich auf dem Wasser aus. »Das muß eine Ätherquelle sein, daß sie dich schlafen legt!« sagte Sherlock entsetzt.

»Nein, ist es nicht«, widersprach sie. »Es ist eine Matratzenquelle. Ach, ich könnte hier ewig herumliegen und schlafen.« Tatsächlich trieb sie mühelos auf dem Wasser. Das Ganze war ein riesiges Wasserbett.

»Tu das nicht!« Sherlock beugte sich vor und hob sie heraus. Dann trug er sie beiseite und wartete, bis sie sich hinreichend erholt hatte, um wach zu bleiben.

»Ich glaube, du hast recht«, sagte Jenny schließlich. »Dies ist nicht die Stunde, sich auszuruhen. Aber es war wirklich das bequemste Bett, in dem ich je gelegen habe.«

Und so machten sie sich wieder auf den Weg. Dug verlor das Bewußtsein; er fiel ins Delirium. Deshalb bekam er auch nicht mit, wie lange es bis zur nächsten Quelle dauerte. Auf jeden Fall war es schon etwas später am Tag.

Jenny schnüffelte am Wasser. Plötzlich erschienen matte Sternchen in ihren Augen. »Ach, Gaststernchen«, sagte sie lächelnd. »Ich liebe sie.« Dann drehte sie sich um und sah Sherlock an. »Tatsächlich liebe ich ...«

»Nichts wie weg von hier!« rief Sherlock. »Das ist ein Liebesquell!«

»Viel, viel besser als ein Haßquell«, erwiderte sie verträumt.

»Weg da!« wiederholte er mit fester Stimme.

»Was immer du meinst, du bezauberndes Geschöpf.« Träge bewegte sie sich davon. »Hast du keine Lust, mich noch einmal zu tragen?«

»Diesmal nicht! Halt dich erst mal eine Weile ein Stück abseits der Quelle an der frischen Luft auf, bis es vorbei ist.«

Das Elfenmädchen gehorchte zögernd. Dug hatte noch nie Grund gehabt, am Anstand des schwarzen Mannes zu zweifeln. Doch selbst wenn das der Fall gewesen wäre, hätten sich jetzt die letzten Anflüge des Zweifels verflüchtigt. Er bekam gerade genug Witterung von dem Quell, um zu begreifen, daß es außerordentlich leicht gewesen wäre, die Situation auszunutzen.

Und so machten sie sich auf die Suche nach einer weiteren Quelle, während der Tag sich zu Ende neigte. Dug hoffte nur, daß es sich bei der nächsten Quelle nicht um einen Haßquell handeln möge, weil Jenny und Sherlock ihn dann vielleicht hassen und allein zurücklassen würden, um zu verenden.

Die Sonne ging gerade unter, als sie den Quell erreichten. Jenny schnüffelte wieder. »Ich glaube, das ist es!« sagte sie erregt.

»Du willst mich doch wohl nicht durch einen Trick dazu bringen, von einem Liebesborn zu kosten, oder?« fragte Sherlock.

»Tauch deinen wunden Zeh ein.«

Er tat es. »He – er ist ja wieder abgeheilt!«

Sie brachten Dug etwas von dem Wasser. Schon als der erste Tropfen seine Lippen benetzte, fühlte er sich besser. Er schluckte, und es ging ihm noch besser. Er atmete den Dampf ein, und seine Lungen wurden wieder frei. Kein Zweifel – es war das Heilelixier.

Nur seine Brust heilte nicht sofort. Und er wußte auch, warum: Er trug noch immer die Neue Monie, und die machte seine Lungen noch immer krank. Er hätte schon längst geheilt sein können, hätte er diese Blume weggeworfen. Doch er weigerte sich. Er mußte sie bei sich tragen, als wäre sie völlig harmlos.

»Mir geht es besser«, verkündete er schließlich. »Aber ich sollte wohl lieber noch etwas von diesem Elixier mitnehmen, falls ich einen Rückfall erleiden sollte.« Er tauchte eine kleine Flasche in den Quell, füllte sie und verschloß sie mit einem Korken. Es war erstaunlich, wie krank er sich gefühlt hatte, auch wenn er wußte, daß alles nur Schein war. Tatsächlich konnte nichts im Spiel sein wirkliches Leben beeinträchtigen. Aber ihm war alles sehr real vorgekommen.

Inzwischen dämmerte es. Sie suchten sich Nahrung und Lagerzeug und richteten sich zur Nacht ein. Hier gab es keinen normalen Campingplatz; offensichtlich waren sie zu weit vom gewöhnlichen Spielweg abgewichen. Aber sollte ihnen etwas zustoßen, würde der Quell sie schon bald wieder heilen.

Dug hatte geglaubt, sich auszuruhen, während die anderen arbeiteten, doch jetzt mußte er feststellen, wie müde er tatsächlich war. Und so fiel er in einen glückseligen Schlaf.

Am Morgen setzten sie ihren Marsch wieder fort, hielten auf Com-Puters Hort zu. Zu Anfang mußten sie sich noch ihren Weg durch dichten Urwald bahnen. Dug fragte sich warum, da es in einem Tal ganz in der Nähe viel unbeschwerlicher, weil weniger walddicht gewesen wäre. Doch dann sah er einen Drachen, der gerade irgend etwas verschlang, und begriff, daß die einfachste Strecke nicht unbedingt auch die beste war. Sammy Kater führte sie auf dem sichersten Weg – und das war eben der, wo keine Drachen auf Jagd gingen. Dugs Begegnung mit dem Spaltendrachen hatte genügt, um ihm Respekt einzuflößen – und dabei war das nur ein Dampfer gewesen, kein Feueratmer.

Plötzlich hörten sie Lärm. Vor ihnen lag eine Lichtung, auf der sich ein riesiger Gegenstand drehte. »Was macht das Ding denn da?« wollte Dug wissen.

»Ich vermute, das ist der Große Kreisel«, erwiderte Jenny. »Der gehört in eine andere Geschichte. Ich glaube, wir sollten uns lieber nicht mit ihm anlegen.«

Dug lernte langsam, solche Warnungen ernst zu nehmen. »Wir lassen ihn in Ruhe«, stimmte er zu.

Jetzt konnten sie auch einige der richtigen Wege benutzen; denn Sammy Kater schien sie für sicher zu halten. Sie kamen in ein anderes Gebiet, wo ein fürchterliches Getöse herrschte. Es schien sich um ein eingezäuntes Feld zu handeln, auf dem viele Tiere eingesperrt waren. »Die Börse«, erklärte Jenny. »Die ist voller angreifender Bullen und Bären. Normale Menschen sollten sich dort lieber nicht hineinwagen. Da werden ständig Leute zertrampelt und ausgelöscht.«

Dug nickte. Echte Bullen und Bären. Das leuchtete ein. Die mundanische Version war ja schon angsterregend genug, wie er gehört hatte. So verspürte er kein Bedürfnis, sich hier einzumischen.

Außerdem kamen sie an einem großen Einkaufszentaur vorbei. Dug fragte nicht einmal, was es damit auch sich hatte.

Endlich gelangten sie in das Gebiet der bösen Maschine. Dug erinnerte sich, wie leicht es beim erstenmal gewesen war, mit Hilfe der Abkürzung dorthin zu gelangen. Aber jetzt hatten sie die Sache viel besser in der Hand. Diesmal würde er sich nicht blindlings in Puters Höhle treiben lassen. Jetzt war er auch dazu in der Lage, zu würdigen, wie raffiniert diese Falle angelegt war. Die Abkürzung zum Erfolg war tatsächlich eine Abkürzung gewesen – jedenfalls für einen Naivling, der nicht danach fragte, wohin sie führte, oder wessen Erfolg damit in Wirklichkeit gemeint war. Es war im Prinzip so etwas wie ein verzauberter Pfad, auf dem ihm keinerlei andere Gefahren etwas hatten anhaben können, was ihn in falscher Sicherheit gewiegt hatte. Und dann war der unsichtbare Riese aufgetaucht, um ihn dem einzigen scheinbar sicheren Ort entgegenzutreiben – der in Wirklichkeit der schlimmste von allen gewesen war.

Dug spürte, wie seine Lungen wieder verklebten. In aller Stille nahm er noch einen Tropfen von dem Heilelixier und fühlte sich prompt besser. Die Neue Monie strahlte immer noch frisch in der Farbe kranken Lungengewebes mit Schleimklumpen; und sie war auch immer noch damit beschäftigt, ihre Aufgabe zu erfüllen. So wollte Dug es auch haben. Trotzdem war er wirklich froh darüber, daß Jenny darauf bestanden hatte, die Heilquelle zu suchen; das rundete alles erst ab. Wenn sein raffinierter, verkalauerter Plan klappen sollte ...

Er mußte eine spontane Entscheidung fällen: Sollte er sich vor dem Riesen hüten und sich heimlich in die Höhle stehlen, um Puter zu überraschen? Oder sollte er so tun, als wäre er verschreckt, wie es sich üblicherweise gehörte, damit die böse Maschine nicht gleich merkte, mit welchem Spieler sie es zu tun hatte? Er entschied sich für letzteres Vorgehen; denn das würde leichter sein und Puter ebensosehr überraschen. Vielleicht sogar noch mehr, weil es dann nämlich den Anschein haben würde, als wäre das neue Opfer mit Gewalt in die Höhle getrieben worden. Eine überraschte Maschine machte sehr viel wahrscheinlicher einen Fehler, und genau das war es, was Dug wollte. Puter war zwar gefährlich; aber das Spiel verlangte, daß er auch zu schlagen war, und so war ein Überraschungsangriff sicherlich die klügste Taktik.

Tatsächlich hatte Dug ja jetzt auch noch eine andere Gefährtin und einen Mitreisenden dabei. Wenn Puter sie das erstemal sah, würde er davon überzeugt sein, daß es sich um einen anderen Spieler handeln mußte. Er würde vermutlich denken, daß es Kim sei, und so würde er sich darauf einstellen, sie ordentlich durcheinanderzubringen, damit sie gar nicht erst dazu kamen, sich eine chancenreiche Strategie auszudenken.

»Äh, Freunde«, murmelte Dug. »Bevor wir weitergehen, muß ich noch etwas erklären. Ich bin Puter schon einmal begegnet, und er hat mich geschlagen. Ich bin deshalb aus dem Spiel geflogen und mußte wieder von vorn anfangen, mit ganz anderen Pfaden und Herausforderungen. Deshalb bin ich jetzt auch so vorsichtig. Er benutzt eine raffinierte Masche, um Leute in seine Höhle zu treiben, und dann verändert er die Realität so, wie er sie eben haben will. Na ja, Sherlock, du bist dazu ja eigentlich nicht verpflichtet. Deshalb solltest du vielleicht lieber hier warten, bis ich mit ihm fertig bin, so oder so. Aber du, Jenny, wirst wohl mitkommen müssen, weil du ja meine Gefährtin bist.«

»Ja«, antwortete Jenny. »Meine Aufgabe ist es, dich vor

Puter zu warnen. Aber ich weiß, daß du ihm nicht aus dem Weg gehen kannst; denn du mußt ihn erst schlagen, um deine frühere Niederlage wettzumachen. Deshalb werde ich versuchen, dir zu helfen. Aber wenn wir erst einmal dort sind, kann ich nichts mehr unternehmen, weil er einfach mein Drehbuch umschreiben wird. Du bist der einzige, der ihn schlagen kann. Aber ich weiß nicht, wie du das schaffen kannst. Und Sammy wird dir dabei auch keine Hilfe sein.«

»Richtig. Die echten Schwierigkeiten muß immer der Spieler selbst meistern. Sofern es sich um eine Spielaufgabe handelt. Meine Erkrankung war im Spiel eigentlich nicht vorgesehen; deshalb habt ihr beide mich auch wieder da rausgeholt.« Er hielt inne. »Ach, übrigens, falls ich mich noch nicht bei euch dafür bedankt habe, möchte ich das hiermit nachholen. Ich weiß es wirklich zu würdigen, was ihr während meiner Erkrankung für mich getan habt, und ich werde versuchen, mich irgendwie dafür zu revanchieren.«

»Ich habe doch nur getan, was meine Pflicht war«, winkte Jenny ab.

»Du hättest für mich dasselbe getan, wenn ich krank geworden wäre«, meinte Sherlock.

»Das weiß ich. Aber eine Falsche Gefährtin hätte mich vielleicht einfach im Stich gelassen, damit ich liegengeblieben wäre. Und es gibt auch jede Menge Leute, die der Auffassung gewesen wären, daß es sie nichts angeht. Ihr aber habt mir beide geholfen, und ich hoffe, daß ich wenigstens einen guten Leistungsbericht über Jenny abliefern kann, oder was immer es sein mag; und ich hoffe auch, daß wir den idealen Siedlungsplatz für die Schwarze Welle finden werden.«

»Laß uns endlich loslegen«, knurrte Sherlock. Dug merkte, daß der Mann nicht allzuviel für Komplimente übrig hatte, und das gefiel ihm.

»Also gut. Dann werden Jenny und ich einfach hineingehen, als würde uns das alles überraschen, und uns von dem unsichtbaren Riesen in die Höhle treiben lassen. Eins könntest du allerdings noch für mich tun, Jenny, wenn du magst: Geh als erste in die Höhle, damit Puter dich als erste zu sehen bekommt. Ich möchte nämlich, daß Puter bis zum letztmöglichen Augenblick glaubt, es sei Kim.«

»Dann hast du also doch einen Plan«, meinte sie anerkennend.

»Ja, den habe ich. Mag sein, daß er nicht funktioniert; aber ich will es trotzdem versuchen.« Dann wandte er sich an Sherlock. »Wenn ich scheitern sollte, werde ich nicht mehr aus der Höhle kommen. Aber wenn Jenny den Dämon Spielleiter ruft und ihm erklärt, wie es dich wegen eines Spielers hierher verschlagen hat, sagt er dir vielleicht, wo du hingehen sollst. Ich meine, vielleicht nennt er dir ja auch einen Ort für deine Welle. Es ist immerhin einen Versuch wert.«

»Mach dir mal keine Sorgen«, antwortete Sherlock. »Ich komme mit. Ich will mir diese gefürchtete Maschine mal selbst anschauen.«

Irgendwie überraschte das Dug nicht. Bisher hatte Sherlock noch nie einen Rückzieher gemacht. »Schön. Wenn du Jenny als zweiter folgst, wird das die Maschine echt überrumpeln. Dann werde ich auftauchen und versuchen, ihr mit meinem geheimen Zug den Garaus zu machen.«

»Mich hast du jedenfalls schon ganz gut reingelegt«, meinte Sherlock. »Gerade warst du noch richtig krank, und trotz dieses Heilwassers bist du noch immer nicht ganz auf dem Damm, und schon willst du dich wieder ins Getümmel stürzen.«

»Vielleicht bin ich ja nur ein verrückter Teenager«, sagte Dug lächelnd.

»Verrückt wie ein Fuchs, vielleicht.«

»Füchse sind doch gar nicht verrückt!« protestierte Jenny. »Die sind sogar ziemlich schlau. Genau wie Wölfe.« Für einen Augenblick wirkte sie nachdenklich.

Keiner sagte etwas. Statt dessen traten sie auf den Weg hinaus, der an der Höhle vorbeiführte.

Schon bald erbebte der Boden. In der Ferne krachten Bäume um. »He, da ist ein Meteor eingeschlagen!« sagte Sherlock.

»Nein, das ist nur der Riese. Ich glaube übrigens nicht, daß er uns wirklch zertreten würde. Vergiß nicht zu erschrecken, wenn er näherkommt.«

Wieder vernahmen sie ein Krachen, und schon erschien ein riesiger Fußabdruck. »Kein Problem!« bemerkte Sherlock trocken.

Sie erschraken. Dann gerieten sie in Panik und rannten den Pfad entlang, fort von den nahenden Riesenschritten. Da erschien die Höhlenöffnung und sie huschten, dem Riesen knapp entweichend, ins Innere. So weit, so gut.

Jenny rannte voran, hielt auf die matte Beleuchtung im Höhleninnern zu. Sherlock folgte ihr. »Gut, daß wir diese Höhle gefunden haben«, rief er. »Dieses Ungeheuer hätte uns fast zermalmt.«

»Das ist Com-Puters Höhle!« schrie Jenny. »Schnell, wir müssen sofort wieder raus!«

Eine kurze Pause. Dann sprach sie weiter. »Nein, wir müssen hinein.«

Dug, der ein Stück abseits geblieben war, lächelte. Puter hatte auf seinem Schirm eine Änderung verfügt.

»Das gefällt mir nicht«, sagte Sherlock. Und dann: »Aber vielleicht ist ja doch alles in Ordnung.«

Leise schritt Dug auf Puters Höhle zu, wo die beiden nun standen.

»Aber Sherlock ist doch gar nicht der Spieler!« protestierte Jenny. »Er ist nur ein Mitreisender.«

Dug erblickte ein großes Fragezeichen auf dem Bildschirm. Puter war überrascht worden! Er hatte angenommen, daß Jenny einen Spieler begleitete, und daß Sherlock eben dieser Spieler sei. Genau, wie Dug es sich erhofft hatte. Die Schaltkreise der bösen Maschine waren durcheinandergeraten. Das war seine Chance.

Kühn trat er vor. »Nein, ich bin der Spieler«, verkündete er. »Ich bin gekommen, um dir die Uhr anzuhalten, du alte Müllkiste.«

Der Schirm flackerte DUG MUNDANIER! SYSTEMFEHLER!

»Kein Systemfehler, Speicherfratze! Ich habe mich wieder vorgekämpft, um mit dir Rostbeule abzurechnen.«

DAS HÄTTEST DU GAR NICHT TUN KÖNNEN. NICHT BEI DEINER GEFÄHRTIN.

»Habe ich aber! Und unterwegs habe ich auch noch die Gefährtin gewechselt. Damit hast du wohl nicht gerechnet, was, du Mattscheibenhirn?«

PROGRAMMÄNDERUNG. ANPASSEN AN KLUGDEFEKATOR VON EINEM MUNDANISCHEN TEENAGER. REKOMPILIEREN. Der Bildschirm erlosch, während die Rekompilierung lief.

Dug ließ der Maschine keine Zeit, den Vorgang ordentlich abzuschließen. »Und so werde ich es jetzt auch tun, du Schraubgewinde von einem Dummbolzen. Auf den Rückweg hierher habe ich einen Ideenkeim aufgelesen, hier ist er.« Er holte das Stück Falum hervor und ließ es auf die Maschine fallen.

ABGELEHNT! druckte der Schirm verzweifelt aus.

»Und einen Käferkeim«, fuhr Dug gnadenlos fort. »Der setzt dir mit Sicherheit einen Bug ins System!«

ABGELEHNT! Jetzt flackerte der Schirm heftig.

»Und nun«, verkündete Dug, »kommt die Kirsche auf die Sahne.« Er nahm die Blume aus seinem Knopfloch. »Mein drittes Angebot an dich, das du nicht mehr ablehnen kannst, weil du schon meine beiden ersten abgelehnt hast.« Er hielt die Blume über den Schirm. »Eine Neue Monie. Die wird dir mit Sicherheit einen Virus verpassen.« Er ließ sie fallen.

EIN VIRUS! NEINNEINNEINNEI ...

»Harte Sache«, bemerkte Dug grausam. »Wer durch den Kalauer lebt, wird durch den Kalauer sterben. Jetzt bist du infiziert, Drahtgehirn. Mit anderen Worten – DU VERLIERST.«

Der Schirm drehte durch. Buchstaben und Symbole strömten in aberwitzigen Mustern hervor. Dann erschienen die Worte ALLGEMEINER SYSTEMFEHLER. Als nächstes purzelten die Buchstaben aus den Wörtern und sammelten sich im unteren Teil des Schirms zu einem Haufen. Dann wurde das Bild schwarz.

»Gehen wir«, sagte Dug zufrieden. »Dieser Schrotthaufen hat uns nichts mehr zu bieten.«

Sie schritten durch den Gang. Gern zeigte Sammy ihnen den Weg. »Was war denn das überhaupt für eine Logik?« wollte Sherlock wissen. »Was ist das für eine Regel, daß man nicht drei Dinge ablehnen darf?«

»Computer sind zwar logisch, aber nicht vernünftig«, erklärte Dug selbstzufrieden. »In Puters verwirrtem Zustand schien das etwas Sinnvolles zu sein. Aber wahrscheinlich hätte ich ihn auch schon mit der Neuen Monie allein kleingekriegt, indem ich sie einfach nur gegen ihn geworfen hätte. Denn ein Virus bleibt ein Virus, und der da war gut und kräftig. Du hast ja selbst gesehen, was er mit mir angestellt hat.«

»Die Blume!« rief Jenny. »Das hätte ich erkennen müssen!«

»Deshalb habe ich ja auch dafür gesorgt, daß sie wie eine bloße Dekoration aussah«, erklärte Dug. »Ich dachte mir, wenn du es schon nicht merkst, wird Puter es auch nicht merken – bis ich es ihm sage. In Mundania sind ein lebender Virus und ein Computervirus zwei völlig verschiedene Dinge, aber in Xanth müssen sie dasselbe sein. Und so habe ich ihn eben zu Tode gekalauert.«

»Das war echt brillant!« sagte Sherlock.

Dug lächelte. »Elementar.«

Der Riese war weit und breit nicht zu sehen. Das hatte natürlich nichts zu bedeuten. Da er aber auch nicht zu hören war, machten sie sich wieder unbehelligt auf den Weg.

»Ich glaube, du wirst in diesem Spiel ganz gut abschneiden«, meinte Jenny.

»Kann sein. Ich achte lediglich darauf, daß ich aus Fehlern lerne. Mein erster Fehler war es, nur noch Augen für Nada Naga zu haben. Mein zweiter war, Kalauer nicht ernst zu nehmen. Deshalb habe ich Nada abgeschoben und bin jetzt im Spiel, um zu gewinnen. Aber in Wirklichkeit bin ich inzwischen eigentlich nur noch wegen der Herausforderung dabei, und weil es Spaß macht. Ich finde, das ist ein großartiges, wenn auch törichtes Abenteuer.«

»Na ja, deine nächste Herausforderung dürfte dann wohl das Schloß des guten Magiers sein«, entgegnete Jenny.

»Da ist noch etwas anderes, was an mir nagt«, warf Sherlock ein. »Vielleicht ist es auch nichts.«

»Nichts ist hier nichts«, versetzte Dug. »Worauf willst du hinaus?«

»Du hast ja von Nada Naga gesprochen. Ich begreife auch, weshalb du sie als Ablenkung empfunden hast. Das ging mir auch so. Aber da war noch irgend etwas Komisches an ihr.«

»Na ja, sie ist eben eine Prinzessin«, meinte Jenny. »Die sind nun mal ziemlich reserviert. Bis auf Prinzessin Electra, die Bluejeans trägt.«

»Das ist es nicht. Sie ist ein wunderschönes Geschöpf und eine gutherzige Dame. Aber sie hatte irgend etwas an sich. Als du erzählt hast, daß eine Falsche Gefährtin dich einfach hätte krank bleiben lassen, da hat etwas an mir zu nagen begonnen. Und schließlich wurde mir klar, was es war: Nada hätte dich nämlich im Stich gelassen.«

»Nein, das hätte sie nicht«, widersprach Dug. »Ich werde nie vergessen, wie sie mir dabei geholfen hat, das Zensurschiff zu löschen!«

»Das was?«

»Das war in meiner ersten Spielrunde. In der ich an Puter gescheitert bin. Aber es war mein Werk; Nada hat die ganze Zeit zu mir gehalten, außer als ich versucht habe, heimlich einen Blick auf ihre Höschen zu werfen, und selbst danach hat sie mich wieder willkommen geheißen. Ich weiß genau, daß sie unter dieser Prinzessinnenmaske echt menschlich ist.«

»Das ist sie bestimmt«, pflichtete Jenny ihm bei. »Sie ist eine gute Person. Sie war bereit, Prinz Dolph zu heiraten, obwohl sie ihn nicht liebte, nur weil er sie seinerseits liebte und ihre Familie die Verbindung zum Menschenvolk brauchte. Dann ist sie in Schwierigkeiten mit dem Kürbisreich geraen, eigentlich nur unversehens. Deshalb leistet sie ihre Zeit nun bei den Dämonen in diesem Spiel ab. Genau wie ich. Aber sie gibt immer ihr Bestes, und sie ist auch immer nett.«

»Das will ich ja auch alles gern glauben«, warf Sherlock stur ein, »und ich habe es auch mit eigenen Augen gesehen. Vielleicht habe ich aber auch gerade deshalb gemerkt, daß da etwas nicht stimmte. Es war so, als würde sie sich irgendwie schuldig fühlen. Deinetwegen, Dug. Es fiel mir auf, als ich beobachtete, wie sie dich immer anschaute, wenn du gerade nicht hingesehen hast.«

»Sie hat keinerlei Grund, mir gegenüber Schuldgefühle zu hegen«, wandte Dug ein. »Schließlich war ich derjenige, der sich heimlich ihren Körper anschauen wollte. Sie hatte mich ausdrücklich ermahnt, es nicht zu tun, aber ich ...« Er zuckte die Schultern. »Ich war einfach jung und töricht. Sie hat nie etwas Falsches getan.«

»Natürlich nicht«, stimmte Jenny zu. »Sie würde überhaupt nie etwas Falsches tun. Schon die bloße Vorstellung würde sie innerlich zerrütten.« Da weiteten sich ihre Augen. »O nein!« hauchte sie.

»Richtig.« Sherlock atmete tief durch. »Wie würde sie dann wohl reagieren, wenn sie in der zweiten Runde zur Falschen Gefährtin auserkoren worden wäre!«

Dug war wie vor den Kopf gestoßen. »Stimmt, das könnte in jeder Runde aufs neue passieren, nicht wahr? Beim ersten Mal könnte sie die Treue Gefährtin sein, beim zweiten Mal die Falsche. Trotzdem fällt es schwer zu glauben, daß sie imstande wäre ...«

»Es ist ja nicht so, als ob sie wirklich die Wahl hätte. Sie muß schließlich den Spielregeln gehorchen.«

»Jetzt fällt es mir wieder ein«, sagte Jenny. »Sie war es doch, die den Vorschlag machte, daß ihr die Gefährten tauscht. Ob sie das vielleicht getan hat, weil sie nicht falsch zu dir sein wollte, Dug?«

Dugs Verstand war in Aufruhr. Plötzlich wurden viele

kleine Dinge erklärlich. Weshalb war Com-Puter sich so sicher gewesen, daß er sich bei seiner Begleiterin nicht wieder bis zu ihm würde vorkämpfen können? Vielleicht, weil die böse Maschine gewußt hatte, daß sie diesmal eine Falsche Gefährtin war, die nur auf die beste Gelegenheit wartete, ihn zu vernichten. Weshalb war Nada in vielen kleinen Dingen so reserviert gewesen, obwohl sie sich doch beim letzten Mal viel offener gegeben hatte? Ihr Verhalten hatte sich *tatsächlich* verändert, als hätte irgendeine geheime Trauer sie gepackt. Genau so, als hätte man ihr abverlangt, jemanden zu verraten, dem sie vorher die Treue geschworen hatte.

Je mehr er darüber nachdachte, um so überzeugter war er, daß es stimmen mußte. Nada war also eine Falsche Gefährtin. Sie hatte nicht versucht, ihn zu sabotieren, weil er noch nicht weit genug gekommen war, als daß es wirklich gezählt hätte. Wäre das nämlich zu früh geschehen, wäre er erneut ins Spiel eingetreten und hätte sich einen anderen Gefährten genommen – oder auch sie, wenn sie nicht die Falsche gewesen wäre. Also hatte sie abgewartet und darauf gehofft, daß er es schon von allein versieben würde. Hätte er das aber nicht getan und wäre er im Begriff gestanden, den Sieg zu erringen, dann hätte sie den Verrat eingefädelt und dafür gesorgt, daß ihm der Sieg verwehrt bliebe.

Jetzt, da er davon wußte, konnte er diesen Verrat in sein Kalkül miteinbeziehen und ihren Rat zum entscheidenden Zeitpunkt verwerfen. Sollte sie behaupten, daß die linke Gabelung zum Sieg führte, könnte er nun die rechte nehmen. Es kam nur darauf an, rechtzeitig zu bemerken, wann sie ihren Verrat ausüben wollte. Gefahr erkannt, Gefahr gebannt; dennoch würde es recht schwierig werden.

Trotz allem tat es ihm jedoch weh zu wissen, daß sie nun seine heimliche Feindin war. Er hatte den Versuch aufgegeben, einen Blick auf ihre Höschen zu werfen, hatte aber gehofft, dafür ihre Gunst zu erringen. Jetzt war das unmöglich geworden. »Mannomann!« brummte er. »Die ist auch wie ein Virus und lauert jetzt darauf, ihre Begleiterin zu vernichten.«

»Gut, daß du die Gefährtin getauscht hast, wie?« meinte Sherlock.

»Das war nicht der Grund für den Tausch«, widersprach Dug. »Ich wußte ja nicht ...« Da begriff er. »Kim! Jetzt hat sie die Falsche Gefährtin am Hals. Sie ist in Gefahr!«

»Das bedeutet, daß sie verlieren wird«, bestätigte Sherlock.

»Es sei denn, sie kann wieder einsteigen. Aber bis dahin habe ich vielleicht schon das Rennen gemacht. Das ist unfair.«

»Und?« fragte Sherlock.

Dug fällte seine Entscheidung. »Ich werde suchen und warnen, oder meine Falsche Gefährtin zürücknehmen! Ich werde es nicht zulassen, daß sie meine Suppe auslöffeln muß.«

»Du wirst Schwierigkeiten haben, sie ausfindig zu machen. Wahrscheinlich wirst du dazu die vom Spiel vorgesehenen Routen verlassen müssen.«

»Ich weiß. Es wird hart. Und ich habe kein Recht, dich dem auszusetzen. Schätze, jetzt ist wohl der Augenblick des Abschieds gekommen. Tut mir leid, daß wir keinen guten Siedlungsort für dein Volk gefunden haben. Aber vielleicht kannst du ja zum Schloß des Guten Magiers weitergehen und den danach fragne. Ich bin sicher, Jenny kann dir sagen, wie man dort hinkommt.«

»Schlag dir das aus dem Kopf«, versetzte Sherlock. »So schnell wirst du mich nicht los. Ich wollte nur sichergehen, daß du auch sagen würdest, was ich von dir erwartet habe.«

»Aber jetzt ist es kein Spiel mehr«, protestierte Dug. »Wenn ich es versiebe, fliege ich nur raus. Aber wenn du in Schwierigkeiten gerätst, muß dein ganzes Volk darunter leiden. Für dich steht sehr viel mehr auf dem Spiel als für mich.«

»Dafür haben wir auch mehr zu gewinnen. Woher wollen wir denn wissen, wo es einen guten Ort für mich gibt? Das kann genausogut mitten in irgendeinem Gebiet sein, das du eigentlich gar nicht hättest bereisen sollen. Da kann ich es mir doch gleich anschauen. Und zu dritt reist es sich leichter als zu zweit.«

»Vor allem, wenn man krank wird«, stimmte Dug ihm erleichtert zu. »Dann bin ich froh, daß du mitkommst.« Er wandte sich an Jenny. »Wohin sind sie deiner Meinung nach wohl gegangen, und wo können wir sie am besten abfangen?«

»Sammy wird es wissen«, erwiderte sie.

Der Kater sprang von ihrer Schulter. »Warte auf mich!« rief Jenny und rannte hinter ihm her.

Sie waren wieder auf dem Weg.

14

Gießerei

Kim war verschwitzt und erhitzt, zerstochen und zerkratzt, erschöpft und ermattet. Das alles mochte zwar nur Spiel und nicht ganz wirklich sein, fühlte sich im Augenblick aber nur zu real an. Bläschen Hund schien es auch nicht viel besser zu gehen, obwohl sie sich nicht beklagte. »Ach, wir müssen uns einfach mal ausruhen«, meinte Kim.

Sie entdeckte einen ausladenden Baum, mit breiten Wurzeln, die in alle Richtungen ausfächerten. Sie nahm darunter Platz, lehnte sich an den Stamm und drückte den Hund an sich. »Wo habe ich dich da nur hineingeritten, Bläschen?« fragte sie rhetorisch. »Du bist schon alt. Du hast gar keine Lust, dich so durch die Wildnis zu plagen! Vielleicht hätte ich dich doch lieber in der treibenden Blase lassen sollen.«

Bläschen winselte und ließ die Rute hängen.

Kim umarmte sie. »Nein, das hätte ich nicht fertiggebracht! Du hast jemanden gebraucht, der dich adoptiert, und ich brauchte ein Haustier. Ich habe noch nie einen Hund gehabt. Ich bin froh, daß ich dich gefunden habe.«

Da erschien eine riesige Schlange. Ihr Kopf verwandelte sich, bis er menschliche Form angenommen hatte. »Ach, da bist du ja«, sagte Nada. »Ich dachte schon, ich hätte dich abgehängt.«

»Wir waren so schrecklich müde«, gestand Kim. »Dieser ewige Urwald! Bist du dir eigentlich sicher, daß es keinen unbeschwerlicheren Weg zum Schloß des Guten Magiers gibt?«

Nadas Miene blieb undurchdringlich. »Möglicherweise. Aber es gibt da ein paar Komplikationen. Der direkte Weg würde uns dazu zwingen, den Küß-mich-Fluß zu überqueren, und obwohl der inzwischen restauriert wurde und seinen alten, freundlichen Lauf eingenommen hat, könnte das beschwerlich werden.«

Kim stellte sich vor, wie sie durch den Küß-mich-Fluß schwamm. Das könnte tatsächlich zu Komplikationen führen! Würden sie dann das Wasser küssen, die Fische oder einander? Wenn sie noch mit Dug unterwegs gewesen wäre, hätte sie es vielleicht riskiert. »Das sollten wir wohl besser vermeiden«, stimmte sie schließlich zu.

»Deshalb habe ich versucht, einen Weg zu finden, der den Küß-mich-Fluß nördlich umgeht«, fuhr Nada fort. »Aber ich kenne dieses Gebiet nicht, deshalb ist es ziemlich schwierig.«

Langsam vermißte Kim Jenny Elfe und ihren Kater Sammy, der immer alles mögliche finden konnte. Der hätte schon einen sicheren, begehbaren Weg für sie aufgespürt. So aber mußten sie sich einfach durchkämpfen. Trotzdem schien es ihr mühseliger als nötig.

In diesem Augenblick erspähte sie etwas durchs Laubwerk der Bäume. Es war eine Wolke am Himmel, aber keine regnerische. Es hätte sogar Rauch sein können. Galt für Xanth dasselbe wie für Mundania, daß es nämlich keinen Rauch ohne Feuer gab? Und wo Feuer war, war doch wohl auch Zivilisation, oder nicht? Begehbare Wege? Im Augenblick erschien ihr alles anziehender als dieser endlose Urwald!

Kim kämpfte sich wieder auf die Beine. »Schauen wir uns diesen Rauch einmal genauer an«, sagte sie.

»Ich weiß nicht, ob das klug wäre«, widersprach Nada.

»Weshalb nicht?«

»Es könnte ein rauchender Drache sein.«

Oh! Daran hatte Kim noch gar nicht gedacht. Doch dann gewann ihr impulsives Wesen wieder die Oberhand. »Möglicherweise ist es aber auch *kein* Drache«, sagte sie. »Schauen wir mal nach, aber vorsichtig.«

Nada zuckte die Schultern, was in ihrer natürlichen Form ein sehr beeindruckendes Schauspiel war, dann glitt sie in Richtung Rauch davon. Kim und Bläschen folgten ihr.

Schon bald wurde klar, daß der Rauch aus dem Kamin eines kleinen Waldhauses aufstieg. »Wenn dieses Haus aus Lebkuchen sein sollte, werde ich eine Spur mißtrauisch«, brummte Kim.

Es stellte sich jedoch heraus, daß es ein ganz normales Haus war, mit Holzwänden und einem Reeddach. Aber das war noch keine Garantie dafür, daß der Bewohner freundlich war. Doch Kim war so müde, daß sie tat, was jetzt das leichteste zu sein schien: Sie hoffte auf das Beste. So ging sie auf die Tür zu und klopfte an, während Nada in Schlangengestalt etwas seitlich von ihr abwartete.

Die Tür ging auf. Eine Frau stand vor ihr. Sie war absolut abstoßend. Sie öffnete ihr warziges Gesicht. »Ja?« fragte sie mit einer Stimme, die sich anhörte wie Kieselsteine in einer Gangschaltung.

Kim sah zu Bläschen hinunter. Die Hündin hatte nicht gebellt. Das war ein Hinweis, daß diese Frau keine Bedrohung darstellte. Vielleicht war sie unter all dieser gebündelten Häßlichkeit sogar ein ganz anständiger Mensch. »Ich bin ... ich bin eine Reisende, die einen leichten Weg zum Schloß des Guten Magiers sucht«, sagte Kim zögernd. »Ich wollte mal fragen, ob ...«

»Ach, du armes Mädchen«, schepperte die Frau. »Du siehst ja vielleicht müde und ausgehungert aus! Du mußt unbedingt reinkommen und einen Happen essen!«

Kim musterte Bläschen wieder. Immer noch keine Einwände. Sie beschloß, dem Urteil des Hundes Vertrauen zu schenken. »Danke«, antwortete sie. »Ich bin Kim. Das hier ist Bläschen. Darf sie auch mit reinkommen?«

»Natürlich, Liebes, wenn sie stubenrein ist.«

Kim fiel ein, daß sie darüber eigentlich nichts wußte. »Ich ...«, fing sie zweifelnd an.

»Ach, ist schon in Ordnung. Sollte es Probleme geben, wische ich eben auf. Ich bin Ma Anathe. Ich habe gern Besuch, aber es kommt nur selten welcher.«

Sie betraten das Haus. Es wirkte von innen viel größer als von außen, was in einem magischen Land durchaus möglich war. Alles war ordentlich und sauber.

»Ich gebe dir ein wenig Brei zu essen«, knarzte Anathe, daß es sich anhörte wie grindende Steine in einer Mühle. »Eine einfache Mahlzeit. Aber es ist alles, was ich habe.«

»Das wird bestimmt genügen«, antwortete Kim zweifelnd. Sie nahm an dem Holztisch Platz.

Anathe setzte ihr eine Holzschüssel voll Brei vor und stellte eine zweite für Bläschen auf den Boden. Die Hündin schleckte anerkennend an ihrer Portion, was Kim einmal mehr beruhigte. Also nahm das Mädchen den Holzlöffel und versuchte es vorsichtig – und es schmeckte gut.

»Und jetzt zu deiner Reise zum Schloß des Guten Magiers«, schepperte Anathe. Sie schien nur zwei Stimmlagen zu beherrschen: Scheppern und Knarzen. »Du mußt den verzauberten Weg nehmen ...«

»Das kann ich nicht«, warf Kim bedauernd ein. »Ich bin ... ich bin eine Spielerin in einem Spiel, und da muß ich Risiken eingehen.«

»Ach so, deshalb bist du hier mitten im Nirgendwo gelandet!« knarzte die Frau. »Und deshalb besuchst du auch die alte Anathe Ma! Du bist verzweifelt.«

Kim überlegte, was sie antworten sollte. Hier schien Diplomatie angebracht zu sein. »Das stimmt. Aber wenn ich gewußt hätte, wie nett du bist, wäre ich auch so vorbeigekommen.«

»Das ist süß von dir, daß du das sagst«, sagte Anathe säuerlich. »Ich weiß zwar nicht viel über dieses Spiel, aber ich weiß, daß man sich lieber nicht mit Dämonen anlegen sollte. Wenn die sagen, daß du die verzauberten Wege nicht benutzen darfst, solltest du einen Bogen darum machen. Das bedeutet aber, daß du Schwierigkeiten haben wirst, den Küß-mich-Fluß zu überqueren.«

»Ja«, bestätigte Kim. Der Brei machte sie schläfrig. Sie bemerkte, daß er dieselbe Wirkung auf Bläschen ausübte, die gerade in einen Hundeschlummer verfiel.

»Leider führt dich dieser Weg an der Gießerei vorbei«, fuhr Anathe fort. »Die Zentauren könnten Schwierigkeiten machen. Die mögen dort keine Fremden.«

Sie redete weiter, aber Kim war einfach zu müde und schläfrig, um noch zuzuhören. Sie legte den Kopf auf den Tisch und schlief ein.

Sie erwachte vom Klang der Menschenstimme Nada Nagas. »Was hast du mit ihr gemacht? Ich warne dich! Wenn du ihr etwas angetan hast – du gehörst nicht zu den Herausforderungen des Spiels, deshalb hast du auch kein Recht ...«

»Ruhe, Frau!« knarzte Anathe. »Deine Freundin schläft gerade. Wie hast du es nur zulassen können, daß sie so müde wird? Und ihr armer Hund genauso – das Tier ist doch viel zu alt für ausgedehnte Abenteuer.«

Kim wollte gerade den Kopf heben, um Nada zu beruhigen, doch etwas hieß sie abwarten. Sie hatte sich Nada nicht als Gefährtin ausgesucht, das hatte Dug getan. Sie hatte zwar eingewilligt, als er den Vorschlag machte, war sich aber nie so recht sicher gewesen, ob das überhaupt zulässig war. Und obwohl Nada eine nette Person und nette Gefährtin zu sein schien, hegte Kim doch leise Zweifel, was sie betraf. Würde Nada für sie das gleiche tun, was sie für Dug getan hatte? Deshalb war Kim neugierig zu erfahren, wie Nada darauf reagieren würde, wenn sie Anlaß zu der Annahme hatte, daß Kim in Gefahr war.

»Hast du ihnen etwa eine Zaubertrank gegeben?« wollte Nada wissen. »Das wird den Dämonen überhaupt nicht gefallen, wenn ...«

»Kein Zaubertrank!« schepperte Anathe. »Einfach nur

einen guten, schlichten Brei mit einem winzigen Tropfen Heilelixier. Es war alles, was ich hatte. Die beiden sind ja fast zusammengebrochen, als sie hier ankamen. Ich konnte doch unmöglich untätig zusehen. Wenn es deine Aufgabe ist, ihnen zu helfen, solltest du dich schämen.«

Nada schoß durch den Raum an den Tisch. »Kim! Ist alles in Ordnung?«

Nun hob Kim den Kopf. Sie fühlte sich ein wenig erfrischt. Es war wirklich ein guter Brei gewesen. »Alles in Ordnung. Ich war nur so müde, ich muß eingeschlafen sein.«

»Bist du ganz sicher?« Nada wirkte verunsichert.

»Ja. Anathe ist sehr nett. Und ihr Brei ist sehr gut.« Kim griff hinunter, um Bläschen zu kraulen, die auch gerade aufgewacht war. Die Hündin wedelte mit der Rute.

Nada unterzog beide einer genauen Musterung. Dann kehrte sie zu Anathe zurück. »Ich glaube, ich muß mich bei dir entschuldigen. Ich dachte ...«

»Mach dir nicht die Mühe«, knarzte die Frau. »Ich verstehe schon. Alle denken sie, ich müßte genauso bösartig sein, wie ich aussehe. Deshalb lebe ich ja allein.«

»Das Äußere kann durchaus trügen«, stimmte Nada verlegen zu.

»Ja. Es würden auch nur wenige Leute glauben, daß du eine Schlangenfrau bist.«

Das verblüffte Nada. »Woher weißt du das?«

Anatha Ma lächelte. Es sah gräßlich aus. »Du hast alte Tannennadeln im Haar, aber keine an der Kleidung, also hast du dich nicht am Boden gewälzt. Du mußt eine andere Gestalt gehabt haben. Ein Werwolf wäre über die Nadeln am Boden hinweggelaufen; aber eine Schlange würde hindurchgleiten. Und ich habe mir auch gedacht, daß eine schöne junge Frau wie du niemanden beschützen würde, wenn sie sich ihrer Macht nicht sicher sein könnte. Ich habe von den Naga gehört. Du mußt in Schlangengestalt gewesen sein und dich gerade erst wieder verwandelt haben.«

»Das stimmt.« Nada holte einen Kamm hervor und fuhr sich damit durch das glänzende graubraune Haar. Dabei rieselten einige Tannennadeln herab, wie auch ein paar Fäden. »Es gibt Leute, die mit Entsetzen reagieren, wenn sie mich in Schlangengestalt sehen.«

»Wenigstens kannst du deine Gestalt verwandeln.«

Nada nickte. »Hast du keine Magie zum Ausgleich?«

»Mein Talent besteht im Kochen von gutem Brei.«

Das schien nicht allzuviel herzumachen. »Na ja, jedenfalls vielen Dank«, sagte Nada. »Wir müssen wieder los.«

»Ja. Ich habe Kim gerade den Weg erklärt. Ihr müßt versuchen, an der Gießerei vorbeizukommen, ohne die Zentauren zu verärgern.«

»Das werden wir«, sagte Nada.

»Aber wie können wir dich für den Brei entlohnen?« fragte Kim, während sie aufstand.

»Das Vergnügen eures kurzen Besuchs ist mir Belohnung genug«, schepperte Anathe. Sie beugte sich herab, um Bläschens Kopf zu tätscheln, und die Hündin duldete es schwanzwedelnd. Und dann, mit einem leisen Murmeln, das nur Kim vernehmen konnte: »Sei vorsichtig, Mädchen. Ich fürchte, das Unheil ist nahe.«

Sie setzten ihren Marsch in Richtung Westen fort. Vom Haus führte ein Weg ab, was alles erleichterte. Kim fühlte sich immer besser, ganz so, als würde der Brei erst mit zunehmender Verdauung seine Wirkung entfalten. Auch Bläschen war viel wachsamer geworden.

Da fiel Kim etwas auf. Die Hündin hatte Ma Anathes Tätscheln hingenommen. Alle anderen hatte sie gemieden, bis auf Kim selbst. Bläschen hatte recht gehabt. Die Frau war gar nicht böse gewesen, und die Hündin hatte sie sogar auf ihre zurückhaltende Weise gemocht. Das war äußerst interessant. Vor allem angesichts der Tatsache, daß Bläschen sich gegenüber Nada ebenso vorsichtig verhielt wie gegenüber allen anderen.

Außerdem hatte Anathe Ma sie vor etwas gewarnt. Kim selbst hätte es vielleicht nicht weiter beachtet, doch sie vertraute dem Instinkt des Hundes. Jeder, dem Bläschen genug vertraute, um sich von ihm tätscheln zu lassen, mußte ernstgenommen werden. Doch wovor sollte sie sich nun in acht nehmen? Sie wußte es nicht, und wahrscheinlich hatte Anathe es ebensowenig gewußt; es war nur Intuition gewesen. Aber die deckte sich nun einmal mit Kims eigener. Irgend etwas ziemlich Unterschwelliges war hier nicht ganz in Ordnung.

Sie konnte lediglich den Rat beherzigen, vorsichtig zu sein.

Der Weg wand sich durch den Wald, als hätte er nicht die leiseste Sorge. Manchmal verlief er nur schnurgerade; dann übte er sich in schlangengleichen Kurven. Er flirtete mit einem großen Gewirrbaum, blieb dabei aber gerade noch außer Reichweite. An einer Stelle hatte er ein paar schlammige Pfützen für unachtsame Füße aufgestellt.

Bläschen zögerte. Sie sah unruhig aus. Langsam begann Kim die Zeichen deuten zu lernen: Die Hündin verhielt sich gegenüber anderen stets scheu, vor allem bei Fremden, und bellte, wenn Gefahr drohte. Die meisten Gegenstände ignorierte sie, mißtraute aber den ungewöhnlichen. Also mußte hier irgend etwas ungewöhnlich sein.

Kim bemerkte ein kleines Blumenfeld neben dem Weg. Doch die Blumen sahen seltsam aus, selbst für xanthische Verhältnisse. Sie waren von grotesker Häßlichkeit und rochen sogar noch schlimmer. Und doch erkannte Kim sie als Rosen. Ihren allgemeinen Merkmalen nach zu urteilen, waren es auch welche, aber sie vermittelten irgendwie den gegenteiligen Eindruck. Vielleicht lag es ja nur daran, daß sie schleimfarben waren und nach Erbrochenem rochen. Dahinter standen gewöhnliche Rosen, hübsch anzuschauen und wohlduftend; nur ein einziges, kreisförmig bewachsenes Stück war häßlich.

Kim hielt inne. Ob das vielleicht ein Garten war, der von Anathe gepflegt wurde? Aber die Frau hatte ja auch kein häßliches Haus oder Wesen gehabt, und ihr Brei war gut gewesen; weshalb sollte sie da häßliche Rosen züchten? Es mußte eine andere Erklärung geben.

Dann bemerkt sie ein winziges Holzstück mitten in dem

häßlichen Feld. Es sah aus wie ein Stück Föhrenmark, wie ihr Vater es benutzte, um den Kamin zu entzünden, weil es so harzhaltig war, daß es wie eine Fackel brannte.

Plötzlich begriff sie. »Umkehrholz!« rief sie. Sie beugte sich vor, um es aufzuheben.

»Vorsicht!« rief Nada. »Das könnte gefährlich werden!«

»Für mich nicht«, erwiderte Kim. »Ich bin Mundanierin. Ich habe keine Magie. Und soweit ich weiß, kehrt Umkehrholz nur Magie um und keine mundanischen Dinge.«

Nada blickte zweifelnd drein, protestierte aber nicht weiter. Kim nahm das Holzstück auf, und es fügte ihr tatsächlich weder Schaden zu, noch veränderte sich ihre Wahrnehmung. Aber die Rosen in seiner ursprünglichen Nachbarschaft veränderten sich bereits und wurden genauso lieblich wie die anderen außerhalb seines Wirkungsradius. Es waren magisch blaue Rosen mit Schokoladenaroma, und ihre Magie war durch das Holz ins Gegenteil verkehrt worden.

Sie hielt Bläschen das Holz vor die Nase, damit sie es beschnüffeln konnte. Die Hündin fürchtete sich nicht davor; anscheinend waren es vielmehr die in ihr Gegenteil verkehrten Rosen, die sie beunruhigt hatten. Bläschen war ganz offensichtlich mundanischer Herkunft, genau wie Kim, so daß das Holzstück sie nicht unmittelbar betraf.

Das brachte Kim kurz ins Grübeln. Wenn Bläschen aus Mundania stammte, wie war sie dann in die schwebende Blase gelangt? Mundania verfügte doch über keine magische Müllentsorgung. Na ja, vielleicht würde sie ja eines Tages die Antwort darauf erfahren.

Kim steckte das Holz in die Tasche. Sie war überzeugt, daß es irgendwann einmal nützlich sein würde. Schließlich war das hier das Spiel, wo nichts zufällig geschah. Vielleicht würde ein Drache versuchen, sie mit seinem Feueratem zu rösten; dann könnte das Holz ihn in kühles Wasser verwandeln. Sicherlich stellte das Stück die Lösung zu einer bevorstehenden Spielaufgabe dar.

Vor sich vernahmen sie ein schwaches Geräusch, das aber immer deutlicher wurde, je näher sie ihm kamen. Es klang wie das Hämmern von Metall.

Sie gelangten zu einem Blockhaus aus knotigen Bäumen. »Das ist ein Ogerhort«, sagte Nada beunruhigt.

Kim hatte schon mehr Erfahrungen mit Ogern sammeln dürfen, als ihr lieb gewesen war. Und so hielt sie Ausschau nach einer Möglichkeit, dem Blockhaus aus dem Weg zu gehen. Doch hier war der Urwald plötzlich wieder besonders dicht, was es unmöglich machte, den Weg zu verlassen. Sie würden es einfach riskieren müssen. »Vielleicht wollen diese Oger ja gar keinen Ärger«, sagte sie mit schwacher Hoffnung.

»Friedfertige Oger? Das ist ein Widerspruch in sich!«

Aber Bläschen bellte nicht, und das war ein gutes Zeichen. Wie Anathe bewiesen hatte, waren nicht alle häßlichen Leute auch schlecht. Außerdem wurde Kim mehr oder weniger hierher geführt, was darauf hinwies, daß es sich um eine Spielaufgabe handeln mußte. Also würde sie sich auch damit befassen müssen. Aber vorsichtig.

Wie sich herausstellte, stammte der Lärm von einem Oger, der gerade Zentaurenschuhe beschlug. Die hatten keine Ähnlichkeit mit Menschenschuhen; vielmehr waren es U-förmige Metallstücke. Mit jedem Hieb sprühten die Funken, und das Metall wurde glühendrot. Es gab keine Esse; die Schläge des Ogers waren so wuchtig, daß sie selbst als Hitzequelle dienten.

Kim wäre am liebsten unbemerkt an dem Oger vorbeigeschlichen, wußte aber, daß ihr das Spiel dies nicht durchgehen lassen würde. Und tatsächlich, schon hob der Oger den Kopf und erblickte sie. »Sieh Sie!« brüllte er.

Aber Bläschen bellte nicht, und so ergriff Kim auch nicht die Flucht. Einen Augenblick später trat eine Ogerin aus dem Haus. Aber war das wirklich eine? Irgend etwas an ihr war außerordentlich merkwürdig, und schon bald erkannte Kim, was es war: Sie war überhaupt nicht häßlich, allenfalls ganz normal! Keine Hauer. Keine haarige Nase. Nur ein einigermaßen durchschnittliches Gesicht. Kim hatte nur von einer einzigen Ogerin in Xanth gehört, die nicht häßlich war – aber die hier war es nicht. Gab es vielleicht zwei davon?

Das Ogertum war wohl auch nicht mehr, was es mal gewesen war!

Die Ogerin musterte Kim. Im selben Moment begann Bläschen zu knurren. Das bedeutete Ärger.

Die Ogerin wirkte gar nicht bedrohlich. Sie lächelte und trat auf sie zu. Aber Bläschen winselte und ging hinter Kim in Deckung.

War dies vielleicht die Gefahr, vor der Anathe sie gewarnt hatte? Lächelte die schöne Ogerin nur, um damit einen heimtückischen Plan zu verbergen? Was könnte es sein? Die Frau machte keinerlei drohende Gesten.

Nada Naga baute sich vor Kim auf. »Stehenbleiben, Ogerin«, sagte sie mit fester Stimme.

Doch die Ogerin blieb nicht stehen, lächelte nur und kam immer näher. Verärgert trat Nada ein Stück vor, um sie abzufangen. »Was hast du vor?« verlangte sie zu wissen.

»Ich will euch berühren«, erwiderte die Ogerin und streckte die Hand aus.

»Weshalb?« fragte Nada mit durchaus verständlichem Mißtrauen.

»Ich muß einfach«, erklärte die Frau. Dann machte sie einen Satz nach vorn und berührte Nada mit der Hand.

Nada verwandelte sich sofort. Nicht in ihre Schlangengestalt, nein, sie wurde vielmehr häßlich. Tatsächlich war sie jetzt genauso scheußlich anzusehen wie Ma Anathe. Die Ogerfrau dagegen war plötzlich strahlendschön geworden.

»Ach du liebe Güte! Bäh!« schrie Nada, als sie begriff, was passiert war. Sie wechselte in ihre Schlangengestalt über, doch das nützte ihr auch nichts – jetzt war sie eben ein häßliches Reptil.

Inzwischen hatte Kim einigermaßen begriffen, wie es um diese Gefahr bestellt war. Doch das war ihr gleichgültig. »He, verwandle sie sofort zurück!« rief sie und trat dabei auf die Ogerin zu.

»Ich kann nicht«, jammerte die Ogerin. »Ich möchte ja, aber ich kann nicht. Das ist mein Fluch.«

»Was soll das heißen, du kannst nicht?« fragte Kim fordernd. »Wenn du jemanden verzaubern kannst, kannst du den Zauber ja wohl auch wieder brechen, oder nicht?«

»Nein, kann ich nicht. Das ist nämlich mein Talent, andere häßlich zu machen. Um mir ihre Schönheit anzueignen. Ich muß einfach! Ich kann mich nicht beherrschen! Dabei ruiniert das mein ganzes Leben, weil kein Oger eine hübsche Ogerin heiraten mag. Vater versucht jetzt schon seit Jahren, mich zu verheiraten. Aber jedesmal, wenn ich langsam wieder einigermaßen häßlich zu werden beginne, kommt ein hübsches Mädchen vorbei und macht alles wieder zunichte.« Sie brach in Tränen aus, was ja nun wirklich etwas sehr Unogerhaftes war.

Kims Verstand raste mit hoher Datenkompression. Ob das eine Herausforderung war? Wenn ja, mußte es auch einen Ausweg geben. Und plötzlich erkannte sie ihn.

»Nimm das hier«, sagte sie und holte das Umkehrholz aus der Tasche. »Und berühr sie dann noch einmal.«

Die schöne Ogerin nahm das Holz entgegen. Sie wirkte sehr verwirrt. Dann stach sie zaghaft mit einem wunderschönen Finger nach der Schlange, als fürchtete sie, er könnte abgebissen werden. Nada, die begriffen hatte, daß Kim eine bestimmte Absicht verfolgte, verhielt sich still und ließ sich anfassen.

Plötzlich war die Schlange wieder wunderschön und die Ogerin nur noch Durchschnitt. Der Effekt war umgekehrt worden!

»Oh! rief die Ogerin entzückt. »Was für eine prima Magie! Was ist denn das?«

»Umkehrholz«, erklärte Kim. »Es verkehrt die Wirkung deiner Magie ins Gegenteil.«

»Du meinst, daß damit jene, die ich berühre, schön werden, während ich selbst häßlich werde? Ach, das würde ja mein ganzes Leben umkrempeln! Ich muß es unbedingt haben. Was verlangst du dafür?«

»Och, das habe ich am Wegesrand gefunden«, sagte Kim. »Du kannst es behalten. Aber ich kann dir noch etwas sagen, was du vielleich tun solltest. Im Osten wohnt in einem Haus eine Frau, die äußerst häßlich ist. Sie ...«

»Ja, Anathe Ma! Ich habe sie immer um ihre Häßlichkeit beneidet.«

»Berühr sie mit dem Holz, dann gehört ihre Häßlichkeit dir.«

»Ja, das werde ich!« rief die Ogerin. »Vater, ich muß mich beeilen. Aber wenn ich zurückkomme, werde ich wirklich ogerhaft aussehen!« Sie rannte davon. Es würde nicht lange dauern, dann würde die Ogerin phänomenal häßlich sein, und eine gütige alte Frau würde schön werden. Das schien nur gerecht.

Kim nahm Nadas Kleider auf und verstaute sie in ihrem Rucksack. Nada setzte den Marsch in Schlangengestalt fort, weil ein Mann in Sichtweite war.

Sie blieben vor dem arbeitenden Oger stehen. Der ignorierte sie. Bläschen wirkte nicht sonderlich beunruhigt, woraus Kim schloß, daß er keine Gefahr darstellte. Sie hatte den Verdacht, daß hier noch mehr in Erfahrung zu bringen sei. Diese Werkstatt mußte Verbindung zur Gießerei haben, und an der würde sie vorbei müssen.

Die Arbeit, die der Oger schuf, war recht beeindruckend. Seine Zentaurenschuhe waren kleine Werkstücke metallischer Kunst und stellten für die Zentauren, die ihrer bedurften, sicherlich eine große Hilfe dar. Doch was konnte Kim hier bei der Gießerei von Nutzen sein?

Der Oger hämmerte. Ein heißes Metallstück sprang ab und bohrte sich unmittelbar vor Kims Füßen in den Boden. Sie sprang zurück, um sich nicht daran zu verbrennen; dann überlegte sie es sich anders und trat wieder näher heran. Sie nahm zwei Stöcke und hob das auskühlende Metall damit auf. Es hatte die ungefähre Gestalt eines Schlüssels.

Ein Schlüssel. Das könnte sein. So wie das Stück Umkehrholz ein Problem gelöst hatte, könnte dieser Schlüssel das gleiche tun, wenn sie erst einmal vor dem entsprechenden Problem stand. Sie hatte die Lösung; jetzt brauchte sie nur noch die Frage. Vielleicht.

Kim suchte sich ein dickes Blatt und legte den Schlüssel darauf. Dann wickelte sie das Blatt ein und steckte alles in die Tasche, wo sie zuvor das Umkehrholz aufbewahrt hatte. »Danke, Oger«, sagte sie.

»Bitte sehr, war nicht schwer«, grunzte er und setzte seine Arbeit fort.

Zufrieden ging Kim weiter. Sie hatte das Gefühl, daß sie im Spiel vorankamen.

Doch hatte sie damit auch schon bewältigt, wovor Anathe sie gewarnt hatte? Da war sie gar nicht sicher.

Nachdem sie erst den Anblick des ungekämmten Oger-schusters hinter sich gelassen hatten, wechselte Nada in Menschengestalt zurück. Jetzt war sie wieder wunderschön. Daran gab es keinen Zweifel, denn sie war nackt. Ihre Reize schimmerten förmlich. Kim reichte Nada ihre Kleider und unterdrückte einen neuerlichen Anflug von Neid. Ach, wenn sie doch auch so aussehen könnte! »Ich glaube, ich habe etwas gefunden, um Anathe für ihre Freundlichkeit zu danken«, sagte sie. »Jetzt wird sie genauso nett aussehen, wie sie ist.«

»Ich bin wirklich froh, daß du dieses Umkehrholz dabei hattest«, bemerkte Nada. »Ich habe nicht das leiseste Verlangen, als unschönes Tier herumzulaufen.«

Kim ebensowenig. Doch die Magie würde sie nie schön machen. Sie würde immer nur ein ganz gewöhnliches, durchschnittliches Mädchen bleiben. Im Spiel und außerhalb.

Sie setzen ihren Marsch fort. Dann standen sie plötzlich vor einem Schild mit der Inschrift: G TI TE TS TS TE TR-TE TI. »Ich hoffe, das ist die letzte Herausforderung, bevor wir endlich das Schloß des Guten Magiers erreichen«, meinte Kim. »Ich mag Xanth zwar, aber so langsam bin ich es leid, ständig Hirn und Körper strapazieren zu müssen.«

»Für mich ist es auch eine Strapaze«, antwortete Nada. »Ist nicht persönlich gemeint.«

»Wie bist du überhaupt Gefährtin geworden?« fragte Kim. Sie hatte zwar alle Xanth-Bücher gelesen, konnte sich aber nicht mehr an diese Einzelheit erinnern. »Hast du dich freiwillig gemeldet?«

»Nein, ich habe mir im Kürbisreich eine Indiskretion zuschulden kommen lassen und muß nun auf diese Weise dafür büßen. Jenny leistet damit ihren Jahresdienst für den Guten Magier ab, nachdem sie einem Freund einen Gefallen getan hat.«

»Na ja, wenigstens dürft ihr in Xanth bleiben. Dug und ich müssen wieder zurück, wenn wir das Spiel beendet haben.«

»Ihr könnt doch wiederkommen und es noch mal spielen.«

»Ja. Aber das ist nicht ganz dasselbe. Ich wünschte, ich könnte immer hier bleiben.«

»Das möchten alle Mundanier.«

Nachdem sie einen Hügel bestiegen hatten, erblickten sie im nächsten Tal die Gießerei: ein riesiges Gebäude, umgeben von Zentauren. Manche von ihnen lagen am Boden; andere standen zwar aufrecht herum, schienen sich aber unbehaglich zu fühlen.

Vorsichtig traten sie auf den nächsten Zentaur zu. »Wenn ich mal fragen darf«, erkundigte sich Kim, »was ist hier eigentlich los?«

»Wir fühlen uns alle wie begossen«, erklärte der Zentaur gequält. »Ist das nicht offensichtlich?«

»Ja, das kann man so stehen lassen«, antwortete Kim. »Ich nehme an, es liegt an der Gießerei?«

»Das sollte eigentlich ebenso offensichtlich sein.«

»Aber warum seid ihr überhaupt hierher gekommen, wenn es so gefährlich für euch ist?«

»Um am ZentaurenCon teilzunehmen, natürlich. Aber dann ist ein willkürlicher Fluchstift vorbeigekommen und hat einen willkürlichen Fluch abgeworfen, der unser Versammlungszentrum in diese schreckliche Gießerei verwandelt hat. Und jetzt können wir nicht mehr weg, wegen unserer empfindlchen Füße.«

»Im Osten ist ein Oger, der fertigt Zentaurenschuhe«, sagte Kim. »Würden euch diese Schuhe etwas nützen?«

»Natürlich. Aber von uns kommt keiner so schnell zu Fuß dorthin. Außerdem gibt es dort wahrscheinlich sowieso nicht genügend Schuhe für alle. Was wir brauchen, ist eine Neutralisierung des Fluchstiftfluchs. Dann verschwindet die Gießerei, und wir brauchen auch keine Schuhe mehr.«

»Es tut mir leid, daß es euch so schlecht geht«, erwiderte Kim. »Aber ich weiß nicht so recht, was ich dagegen tun kann. Eigentlich ist es ja auch nicht mein Problem.«

»Keine Sorge. Wenn du versuchst, an der Gießerei vorbeizukommen – und das mußt du, wenn du weiterwillst –, wird es auch dich zugießen. Und dann *ist* es dein Problem.«

Kim dachte darüber nach. Es hörte sich ganz eindeutig nach einer Aufgabe an. Also mußte sie sich auch damit befassen. »Was kann ich deiner Meinung nach dagegen tun?«

»Da du noch nicht begossen bist, könntest du vielleicht das natürliche Gegenmittel gegen die Gießerei suchen. Das ist natürlich ein Trockensegen.«

»Natürlich«, stimmte Kim zu. In Xanth waren Kalauer schließlich eine ernste Sache. »Der Trockensegen würde das Begießen ausschalten.«

»Ganz genau. Und dann würden wir alle nicht mehr so begossen herumhängen.«

Kim beschloß, das genaue Ausmaß dieser Herausforderung zu ergründen. »Andererseits könnte ich die ganze Geschichte auch vermeiden, indem ich einfach wieder umkehre und mir einen anderen Weg nach Süden suche.«

»Dafür müßtest du aber mitten durch den undurchdringlichen Urwald«, wandte der Zentaur ein. »Ich glaube, das würde dich ziemlich ermüden. Außerdem würdest du unterwegs dem Großen Kreisel begegnen, den Gniemand-Gnomen und Com-Puter. Ich könnte mir vorstellen, daß es dir sehr viel lieber wäre, wenn du auf einem von uns an all diesen Gefahren vorbeireiten könntest.«

Das sah Kim ein. »Ja, das stimmt«, bestätigte sie. »Und wo, meinst du, kann ich den Trockensegen finden?«

»Südlich von hier befindet sich ein Verlorenes-Wachs-Weg, der dich dorthin führen müßte.«

»Verlorenes Wachs?«

»Es ging beim Gießen des Gießereizaubers verloren.«

Das hätte sie sich eigentlich denken können. »Ich werde den Weg nehmen«, beschloß sie.

Sie bogen nach Süden ab. Bald darauf nahm Bläschen die Witterung von Wachs auf. Es sah hier aus, als wäre eine riesige Tonne voll geschmolzenem Wachs umgekippt, ausgelaufen, abgekühlt und erstarrt, um den Weg zu bilden. Das war also die Technik des verlorenen Wachses. Jetzt war es so hart geworden, daß man mühelos darauf gehen konnte.

Am Ende des Wachspfads befand sich ein kleiner See. Das Wachs schien sich über seine Oberfläche ergossen zu haben, war dann ausgekühlt und hatte den See schließlich mit einem dünnen Wachssiegel bedeckt. Das Siegel war sehr kräftig, so daß Kim und die anderen es überqueren konnten, ohne einzubrechen und in den See zu stürzen. Es war durchsichtig, und man konnte bis auf den Boden des Sees hinunterblicken.

Am anderen Ende des flachen Stücks befand sich ein glatter Abhang, an dessen hinterem Ende ein Portal zu erkennen war, ähnlich den Luken, mit denen sie den Tunnel der Naga geflutet hatten. In der Mitte des Portals sah sie ein kleines Schlüsselloch.

Kim holte den Schlüssel hervor, den sie bei dem Oger eingesteckt hatte. Inzwischen war er kalt und fest. Ob das wohl der Schlüssel zu diesem Schloß war? Immerhin war dies ja das Spiel; deshalb mußte es eigentlich der richtige Schlüssel sein. Also würde sie den Schlüssel ins Schloß stecken und das Portal öffnen müssen. Und dahinteer dürfte sich dann auch der Trockensegen befinden.

Doch wie sollte sie den Schlüssel an das Schloß führen? Sie konnte das Schlüsselloch zwar deutlich erkennen; aber das durchsichtige Wachs war so hart, daß sie es nicht einmal anzuritzen vermochte; schon gar nicht konnte sie ein Loch hineinhauen. So war sie gleichzeitig ganz nahe am Ziel und doch sehr fern. »Weißt du etwas darüber?« fragte sie Nada.

»Ich wußte zwar, daß es hier eine Herausforderung gibt, aber nicht, welche«, gestand Nada. »Von Wachs verstehe ich nichts.«

Das leuchtete ein. Die Aufgabe der Gefährten bestand darin, ihre Spieler sicher zu den Herausforderungen und Hindernissen zu begleiten, aber nicht, diese für sie zu lösen oder zu beseitigen. Deshalb hatte Nada sich zwar Anathe in den Weg gestellt, als es so schien, als würde die Frau sich in Kims Angelegenheiten einmischen, war aber trotzdem keine Hilfe bei der Auflösung dieses Rätsels.

»Hast du irgendeine Idee, Bläschen?« fragte Kim.

Die Hündin begann schwanzwedelnd die Wachsoberfläche zu beschnüffeln. Kim war sich nicht sicher, ob Bläschen ihre Frage wirklich verstanden hatte; aber es war nicht zu übersehen, daß das Tier gern helfen wollte.

Kurz darauf hielt Bläschen inne. Sie hatte etwas entdeckt. Kim sah genauer hin und bemerkte ein winziges Loch im Wachs. Vielleicht könnte sie ja den Finger hineinstecken und das Wachs hochheben, um einen Zugang zum Wasser freizulegen.

Doch ihr Finger paßte nicht hindurch; das Loch war zu klein. Und außerdem war das Wachs so fest, daß sie eine Stichsäge brauchen würde, um es durchzuschneiden. Doch in Xanth gab es solche Geräte natürlich nicht. Was hatte es dann mit diesem Loch auf sich?

Dann dachte Kim wieder über den Schlüssel nach. Der war gerade klein genug, um durch das Loch zu passen. Aber wenn sie ihn hindurchschob, würde er im See verlorengehen; dann könnte sie ihn nicht mehr zurückholen. Das schien ihr noch unsinniger zu sein als die andere Möglichkeit.

Aber weil dies ja das Spiel war, mußte es auch einen Ausweg geben. Und auf den brauchte sie nur zu kommen.

Kim strengte ihren Verstand an, konnte aber keine nützliche Idee herausquetschen. Der Schlüssel war da, das Schloß war da, doch beide würden nie zusammenkommen, wie es schien. Es sei denn ...

Wieder blitzte eine Idee über ihrem Kopf auf – allerdings nur sehr matt, weil sie sich nicht sicher war, ob sie sich wirklich auf der richtigen Spur befand. Genaugenommen war es eher ein halbes Blitzen. Sie hatte einmal mit einem Puzzle in einem Buch gespielt, bei dem ein Faden durch kleine Löcher führte und man einen Gegenstand von einer Schlaufe auf die andere befördern mußte, obwohl der Gegenstand zu groß war, um durch die Löcher zu passen. Der Trick hatte darin bestanden, den Faden zu manipulieren, ihn um den Gegenstand herum und durch die Löcher zu führen, bis das Puzzle sich lösen ließ. Hier hatte sie nun einen Schlüssel, ein Schlüsselloch und ein weiteres kleines Loch, das an die falsche Stelle führte. Gab es denn eine Möglichkeit, den Schlüssel indirekt ins Schlüsselloch zu befördern? Sie besaß keinen Bindfaden. Der hätte ihr hier sowieso nichts genützt; aber vielleicht war das Prinzip ja das gleiche.

Sie streckte sich auf dem Wachs aus und blinzelte hindurch, studierte die Lage. Jetzt bemerkte sie, daß am Boden des Sees eine Menge Insekten umherliefen. Sie sahen aus wie Zecken – jene Biester, die man von Menschen und Hunden fernhalten mußte. Aber es mußten wohl Wasserkäfer sein; zumindest konnten sie unter Wasser überleben. Jede trug als Markierung einen Buchstaben des Alphabets auf dem Rücken. Sie schienen nicht viel anderes zu tun als im Halbkreis umherzulaufen, als wären sie Pendel. Und alle zeigten sie in dieselbe Richtung, so, als wären sie aus dem geschlossenen Portal geflohen. Wenn sie sich bewegten, drehten sie sich nicht nach links oder rechts, sondern glitten zur Seite, so daß ihre Ausrichtung immer dieselbe blieb. Jedesmal, wenn sie das Ende eines Halbkreises erreichten, klickten sie. Tick-tack. Das betrachtete Kim als ein reichlich merkwürdiges Verhalten, selbst für so merkwürdige Kreaturen.

Pendel. Klicken. Tick-tack. Wie bei großen Uhren. Kim erinnerte sich jetzt, daß der Gute Magier Humfrey in jungen Jahren auf einer Tickzeckenfarm gelebt hatte und daß er ziemliche Probleme bekam, als die Zecken mutierten und Unheil stifteten. Könnte es sein, daß einige dieser Zeckenirrläufer nie wieder eingefangen worden waren und sich nun hier aufhielten? Und darauf warteten, wieder etwas anzustellen?

Da blitzte die zweite Hälfte ihrer Idee auf. Vielleicht könnte sie die Tier ja dazu bewegen, für sie den Schlüssel ans Ziel zu bringen! Zu dem Schloß, an das sie selbst nicht herankam. Wenn sie doch nur wüßte, wie.

Sie hielt den Schlüssel in der Hand. Was, wenn sie ihn durch das Loch warf und die Zecken darum bat, ihn für sie zu bewegen? Doch warum sollten sie sich damit abplagen – immer vorausgesetzt, daß die Biester sie überhaupt verstanden? Kim brauchte irgend etwas, um sie dazu zu ermuntern. Es *mußte* eine solche Möglichkeit geben; denn das gehörte nun einmal zum Spiel.

Nun zeigten alle Zecken vom Portal und seinem Schlüsselloch fort. Wenn sie die Viecher nun umdrehte? Wenn sie sie dazu bringen könnte?

Wenn das die Tick-Zecken waren, wo waren dann die Tack-Zecken? Doch sie sahen alle gleich aus; es schien gar keine Tacks zu geben. Wo kamen die Tacks dann her? Von einer Tack-Farm hatte Kim noch nie gehört. Tatsächlich war das Tack bei einer Uhr nur die andere Seite eines Ticks. Waren die Tacks in Wirklichkeit nur umgedrehte Ticks? In diesem Fall handelte es sich bei den Wesen dort unten sowohl um Tick- als auch um Tack-Zecken.

Das hört sich zwar verrückt an, machte aber kalauernden Sinn: Ticks konnten ihr vielleicht nicht helfen, Tacks dagegen wohl. Sofern sie diese nur dazu brachte, sich umzudrehen.

Was hatte sie schon zu verlieren? Kim schob den Schlüssel durch das Loch im Wachs. Er schlüpfte hindurch und fiel auf den Boden des Sees.

Sofort änderten die Zecken ihr Verhalten. Sie hörten auf, ziellos hin und her zu pendeln, und bewegten sich statt dessen auf den Schlüssel zu. Doch Kim wußte, daß sie ihn auf diese Weise nur in die falsche Richtung verschieben würden, nämlich fort von dem Schloß. Sie mußte die Richtung irgendwie umkehren.

»Tick-Tack!« rief sie. Doch die Ticks beachteten sie nicht.

Ihr fiel ein, daß niemand auf einen allgemeinen Anruf reagieren würde. Wenn jemand »Leute-Schmeute!« rufen sollte, würde sie ihn auch nicht beachten. Doch wenn er sie beim Namen oder bei ihrer Beschreibung anriefe, sah die Sache anders aus.

»Fran-Tick!« rief sie. Keine Reakton unter den Tick-Zekken. »Fantast-Tick!« Immer noch nichts. »Gigant-Tick!« Die Tick-Zecken hielten weiterhin auf den Schlüssel zu, und die erste von ihnen hatte bereits begonnen, ihn auf einen Graben zuzuschieben, den Kim nun in einiger Entfernung bemerkte. Sollte er dort hineinfallen, wäre er für immer verloren!

So kam sie nicht weiter, und es fielen ihr auch keine anderen möglichen Namen ein. Da begriff sie plötzlich, daß sie die Sache ja auch von der falschen Seite angegangen war: Humfrey hatte sich bereits mit diesen ganzen Ticks beschäftigt. Daher mußte sie sich mit jenen Ticks befassen, die Humfreys Aufmerksamkeit entgangen waren.

Kim zermarterte sich das Hirn. Sie sah eine Zecke, die ein wenig dunkler als die anderen aussah. Der Buchstabe auf ihrem Rücken war ein N.

»Nekro-Tick!« rief Kim.

Die Zecke hielt inne. Sie hatte sie identifiziert!

»Nekro-Tack!« sagte sie. Und schon drehte die Zecke sich um und zeigte in die Gegenrichtung. Kim hatte es geschafft!

»Nekro-Tack, schieb den Schlüssel!« rief sie.

Die Tack-Zecke glitt seitwärts auf den Schlüssel zu. Dabei gab sie ein leises Klacken, und kein Klicken, von sich. Sie stemmte den Kopf gegen den Schlüssel und schob. Der bewegte sich in Richtung Schloß. Kim hatte den Ausweg gefunden – nun war das Schloß nicht mehr vor ihr sicher.

Doch da kamen die anderen Ticks herbei, um in die Gegenrichtung zu drücken. Eins der Tiere verkeilte sich direkt vor dem Schlüssel, was diesen bremste. Dann baute sich die nächste Zecke hinter ihr in der Reihe auf, drückte ebenfalls, und der Schlüssel glitt ein Stück zurück.

Kim fiel auf, daß eine der Tick-Zecken ihre Zweifel zu haben schien. Ihr Buchstabe war A. »Agnos-Tick!« rief sie, und die Zecke machte halt.

»Agnos-Tack. Schieb in die andere Richtung!«

Die Tick-Zecke drehte sich um und befolgte die Anweisung. Nun waren es zwei gegen eine, und der Schlüssel glitt wieder auf das Schloß zu. Jetzt war es nicht mehr weit. »Los, los, los!« flüsterte Kim eindringlich und feuerte ihre Mannschaft an.

Doch da drängte sich eine vierte Zecke in die Lücke, die Agnos-Tack hinterlassen hatte, und schob in die Gegenrichtung. Jetzt waren es zwei gegen zwei, und der Schlüssel blieb wieder liegen. Eine fünfte Zecke traf ein, verstärkte die Gegenmannschaft auf drei gegen zwei, und der Schlüssel setzte sich erneut in Bewegung – in die falsche Richtung.

Diese Tick-Zecke war selbst nicht allzu aktiv, schien die beiden anderen aber aufzustacheln, so daß sie stärker drückten. Ihr Buchstabe war K. Plötzlich wußte Kim, mit wem sie es zu tun hatte.

»Kataly-Tick!« rief sie, und die Kreatur hielt inne. »Kataly-Tack!« Sie drehte sich um. »Schieb den Schlüssel an.« Und sie schob.

Nun wurden Nektro- und Agnos-Tack aufs neue beschwingt und sehr aktiv. Der Schlüssel bewegte sich so schnell vorwärts, daß die anderen Tick-Zecken ihn nicht mehr einholen konnten, und endlich erreichte er das Schlüsselloch. Die Zecken schoben ihn hinein und drehten ihn auch noch herum. Mit lautem Scheppern sprang das Schloß auf.

Das Wasser strudelte hinein. Kim begriff, daß das Portal wie eine Art Schleuse wirkte. Das Wasser würde dort so lange festsitzen, bis es zur nächsten Schleuse befördert wurde.

Als der Teich an Wasser verlor, verlor seine dünne Wachsdecke zugleich an Halt. So brach sie ein, und die drei mußten hastig fliehen, um nicht naß zu werden.

Die Ticks und die Tacks wurden zusammen mit den Wachstrümmern und dem Wasser in die Schleuse gewirbelt. Bald war nur noch eine trockene Mulde zu sehen. Die stiegen sie nun hinunter. Doch hier unten schien es nichts anderes mehr zu geben als ein flaches Stück Erde. Wo war denn nur der Trockensegen? Bläschen blieb stehen und beschnüffelte irgend etwas. Kim schaute genauer hin. Es war etwas Blitzendes, quadratisch oder länglich, und so klein, daß Kim es nicht bemerkt hätte, hätte die Hündin sie nicht darauf aufmerksam gemacht.

Sie hob es auf. Es schien überhaupt keine Masse zu haben; es war nur eine winzige Manifestation, die sich auf der Fingerspitze balancieren ließ. Was mochte das sein?

Da begriff sie. »Das ist ja ein Segen!« rief sie. »Wir mußten erst den ganzen Teich austrocknen, um daranzukommen. Das also ist der Segen, der erst die Gießerei angezettelt hat und dann wieder selbst getrocknet werden mußte. Damit dürften wir den angerichteten Schaden rückgängig machen.«

Nada und Bläschen blickten zwar etwas zweifelnd drein, machten aber keine Einwände geltend. Kim marschierte aus dem Trockenteich zurück auf den Wachsweg, das blinkende Ding auf dem Finger balancierend. Nada und Bläschen folgten ihr.

Schließlich gelangten sie zu der Stelle, wo die Zentauren begossen worden waren. »Ich hab's! Ich hab's«, rief Kim und zeigte ihren blinkenden Finger.

Köpfe fuhren herum, um sie anzusehen. Die männlichen Zentauren runzelten die Stirn. Die weiblichen erröteten. Was war denn nur mit ihnen los? Zentauren waren doch geradezu berüchtigt dafür, daß man sie nie in Verlegenheit bringen konnte.

Dann begriff Kim, was verkehrt war. Es hatte den Anschein, als würde sie mit ihrem Finger ein Zeichen geben. Es mochte zwar in Xanth eine andere Bedeutung haben als in Mundania, aber höflich war es wohl kaum.

Also reckte sie auch die anderen Finger hoch. »Ich habe den Trockensegen«, erklärte sie. »Mit dem man den Fluch neutralisieren kann, glaube ich.«

»Natürlich«, erwiderte der am nächsten stehende Zentaur. »Leg ihn auf die Gießerei.«

Kim ging auf die Gießerei zu. Doch je näher sie kam, um so mehr schmerzten plötzlich ihre Füße. Ihre Schuhe fühlten sich viel zu eng an. Am liebsten hätte sie sich diese schweren Gewichte von den Füßen gerissen. Das war die Wirkung des Fluchs. Sie brauchte ihn nur zu neutralisieren, dann würde es aufhören. Also biß sie die Zähne zusammen und ging weiter.

Der Schmerz wurde immer schlimmer, bis sie das Gefühl hatte, auf einem säuregetränkten Nadelkissen zu gehen. Es war unerträglich, und sie mußte stehenbleiben.

Doch inzwischen war sie schon dicht genug an der Gießerei. Sie streckte den Finger vor. »Nimm dies!« rief sie und stach damit nach dem Gebäude. Der Trockensegen sprang ab und schlug gegen die Gießereimauer.

Ein Lichtblitz – Kim mußte unwillkürlich blinzeln, so grell war es. Als sie wieder etwas deutlicher sehen konnte, stellte sie fest, daß das Gebäude sich verändert hatte. Nun war es wieder zum ZentaurenCon-Zentrum geworden. Sie hatte es geschafft!

Die Zentauren erhoben sich und kamen herangetrabt. »Jetzt können wir dich und deine Gefährtin zum Schloß des Guten Magiers bringen.«

»Danke«, antwortete Kim zufrieden. Sie wußte, daß sie eine weitere Herausforderung mit Bravour gemeistert hatte.

15

Talente

Dug rannte hinter Jenny her, die wiederum hinter Sammy herrannte, während Sherlock ihnen allen folgte. Jenny war inzwischen eigentlich erfahren genug, um Sammy festzuhalten, wenn sie ihm auftrug, irgend etwas zu suchen, doch sie vergaß es immer wieder. Schließlich war sie ja noch ein Kind, erinnerte sich Dug. Da mußte man Zugeständnisse machen. Auf jeden Fall war das Talent ihres kleinen Katers äußerst nützlich.

Das Problem bestand nur darin, daß die Wege, die der kleine Kater nahm, nicht unbedingt auch für Menschen geeignet waren. Schon bald hatten sie sich in Gestrüpp, Strauchwerk und Diesteln verheddert. »Halt, Sammy!« rief Jenny. »Wir kommen nicht mehr mit!«

Der Kater blieb stehen. Jenny nahm ihn in die Arme. Gerade wollte sie ihn auffordern, einen leichten und sicheren Weg für sie ausfindig zu machen, als sie plötzlich innehielt.

Dug und Sherlock waren ebenfalls stehengeblieben. Sie waren bei ihrer Verfolgungsjagd in einen seltsamen Teil des Waldes vorgestoßen. Nicht daß die Bäume hier anders wären – merkwürdig war nur, wie sie wuchsen: Anstatt sich willkürlich über das Gebiet zu verteilen, wuchsen sie in Linien und Kurven, als wären sie Teil eines gewaltigen Ziergartens. Eines Gartens, der vielleicht von einem Riesen angelegt worden war.

»Ich glaube, wir sollten uns möglichst lautlos von hier fortschleichen«, murmelte Sherlock.

Dug stimmte zu. Ihm gefiel das alles auch nicht. Er drehte sich um und wollte auf demselben Weg zurückkehren, den sie gekommen waren.

Doch da hinten war Lärm zu vernehmen. Irgend etwas verfolgte sie. »Ach du liebe Güte«, sagte Jenny. »Ich glaube, wir sind möglicherweise an einem Ort, an dem wir besser nicht wären.«

»Ganz meine Meinung«, sagte Dug und machte wieder kehrt. Er führte seine Gruppe seitlich davon, wollte einen rechtwinkligen Haken schlagen, um dem Ding, das sie verfolgte, aus dem Weg zu gehen. Doch plötzlich stand Dug vor einer dichten Hecke aus miteinander verwobenen Bäumen. Da war kein Durchkommen, und die Dornen an den Stämmen machten auch jedes Klettern unmöglich. »Ich vermute, wir haben es mit einer neuen Herausforderung zu tun.« Das war wirklich das letzte, was er jetzt gebrauchen konnte. Im Augenblick war ihm das Spiel völlig gleichgültig; er wollte nur eins, Kim abfangen, um sie zu warnen, daß sie eine Falsche Gefährtin hatte, die sie im entscheidenden Moment verraten würde. Und je länger er brauchte, bis er sie erreicht hatte, um so größer war das Risiko des Verrats.

Nun ging Dug die undurchdringende Hecke entlang, auf der Suche nach einem Versteck. Doch die Hecke machte einen Bogen und führte ihn wieder in die Mitte des Baumgartens zurück. Inzwischen kam das Ding hinter ihnen immer näher. Flucht schien unmöglich.

»Also gut, wenn es denn sein muß«, brummte Dug. »Dann stelle ich mich ihm eben!« Es war nicht die Furcht vor körperlichem Schaden, die ihn auf die Suche nach einem Versteck getrieben hatte, sondern die Furcht vor Verzögerung. Er hätte das Spiel am liebsten für eine Weile ausgesetzt, bis er Kim gewarnt und möglicherweise wieder Gefährtinnen getauscht hatte, und diese Last wieder an ihrer Stelle auf sich zu nehmen. Etwas anderes kam für ihn nicht in Frage.

Sie blieben stehen und erwarteten das Ding. Und wieder erlebte Dug eine Überraschung; denn es war nicht etwa ein Ungeheuer, es waren zwei Pferde mit Reitern. Und ein Fohlen. Ein halbwegs stattlicher Mann ritt den Hengst, eine schöne Frau die Stute. Der Mann trug ein Schwert bei sich. Am merkwürdigsten aber war das Metall: Jedes Pferd war mit zahlreichen schweren Ketten behängt. Was war hier los?

Der Mann bemerkte sie. Er winkte. »Hallo, Freunde«, sagte er freundlich. »Was macht ihr denn im Garten der Talente? Ich dachte, die Öffentlichkeit hätte hier keinen Zutritt.«

In Xanth konnte der äußere Schein äußerst trügerisch sein. Andererseits sah Dug keinen Vorteil darin, sich allzu defensiv zu geben. Immerhin bestand ja noch die schwache Möglichkeit, daß es sich hierbei um eine rein zufällige Begegnung handelte. Also sagte er die Wahrheit. »Ich bin Dug. Ich mache bei einem Spiel mit. Das hier ist Jenny Elfe, meine Gefährtin, und das dort ist Sherlock, der einen Ort sucht, wo seine Schwarze Welle in Frieden siedeln kann. Wir sind unbeabsichtigt hier hereingekommen und möchten den Garten so schnell wie möglich wieder verlassen.«

»Spiel?« fragte der Mann mit gefurchter Stirn.

»Die Dämonen veranstalten es«, erklärte Jenny.

Das erweckte das Interesse der Frau. »Dann muß es Spaß machen.« Sie wandte sich an den Mann. »Laß uns mehr darüber hören, Jordan.«

Der Mann war einverstanden. »In Ordnung.« Er sprang von seinem Pferd, während die Frau herabschwebte. Dann trat er vor. »Ich bin Jordan der Barbar. Mein Talent besteht darin, daß ich schnell von Wunden genese. Das hier ist meine Frau Renee. Oder Threnodia, falls euch das besser gefällt. Sie ist Halbdämonin. Dies sind unsere Freunde, die Gespensterpferde: Pook, Peek und Puck.« Hengst, Stute und Fohlen nickten nacheinander, als ihre Namen fielen, womit sie auch zeigten, daß sie das Menschengespräch verstanden.

»Ach, euch kenne ich«, warf Jenny ein. »Ich habe in der Zentaurenschule etwas darüber gelernt. Du bist vor über vierhundert Jahren, jedenfalls nach xanthischer Zeitrechnung, hierhergekommen und hast Threnodia kennengelernt ...«

»Im Jahre 677«, ergänzte Threnodia. »Wir hatten erst eine kleine Meinungsverschiedenheit, haben uns später aber wieder zusammengerauft.«

»Das war 1074«, sagte Jordan. Er zählte es an seinen Fingern ab. »Vor achtzehn Jahren. Seitdem sind wir glücklich damit beschäftigt, die Wildnis zu erforschen. Und noch so manches andere.« Er kniff Threnodia in den wohlgerundeten Hintern.

»Barbaren haben ihren eigenen, unverfälschten Charme«, meinte Threnodia lächelnd, als sie ihm gegen das Schienbein trat. »Und so schlechte Manieren!«

»Und Dämonenfrauen umgibt ein gewisses sexy Mysterium«, pflichtete Jordan ihr bei. Er versuchte sie erneut zu kneifen, doch diesmal schien seine Hand durch ihren Körper hindurchzugreifen, als wäre er aus Rauch.

Dug fiel auf, daß die beiden gut zusammenpaßten. Jordan hatte gern eine Frau, die geheimnisvoll und sexy war und über gewisse dämonische Qualitäten verfügte, während Threnodia/Renee gern einen Mann um sich hatte, der wenig menschliche Hemmungen kannte. Wahrscheinlich machte sie ihm keine Schwierigkeiten, wenn er ihre Höschen sehen wollte; aber sie konnte ihn durchaus daran hindern, sie zu begrapschen, wenn ihr danach war.

»Die Dämonen organisieren das Spiel«, wiederholte Jenny. »Es ist für zwei Mundanier gedacht: ein Mädchen, das in einem Wettbewerb gewonnen hat, und ... na ja, ich weiß auch nicht so genau, wie Dug hier hereingkommen ist.«

»Wahrscheinlich mit einer Raubkopie«, meinte Dug. »Ich

hätte lieber fragen sollen. Mein Freund, der meine Freundin haben wollte, hat sie besorgt.«

»Räuber, wie?« fragte Jordan interessiert. »Die sind wie Barbaren.«

»Ich bin aus Mundania«, erklärte Dug. »Ich bin nur zu Besuch in Xanth und nehme an dem Spiel teil. Aber im Augenblick will ich gar nicht spielen. Ich möchte nur Kim abfangen, die andere Spielerin, damit ich ...«

»Damit du sie ausradieren kannst!« ergänzte Jordan erfreut.

»Nicht so ganz. Der Siegerpreis ist mir eigentlich nicht wichtig. Aber ...«

»Aber du magst das Mädchen«, warf Threnodia ein, »und deshalb möchtest du sie einfangen und dich wie ein Barbar benehmen.« Sie kniff Jordan in den Hintern.

»Äh, das eigentlich auch nicht«, widersprach Dug, den das Zwischenspiel der beiden insgeheim durchaus faszinierte. »Ich habe möglicherweise etwas getan, was sie ausradieren könnte, und ich muß sie warnen, bevor es passiert. Damit alles fair bleibt.«

»Fair?« fragte Jordan verständnislos.

Threnodia knuffte ihn in die Rippen. »Du weißt doch, Fairneß. Steht im Barbarenhandbuch. Seite 432, Fußnote F.«

Er blickte verlegen drein. »Schätze, bis dahin bin ich nicht gekommen. Barbaren haben nicht allzuviel für Bücher übrig.«

»Ich zitiere: ›Wenn alles andere versagt, versuch es mit Fairneß. Vielleicht schadet das dem Ruf deines Gegners, und du kannst ihm seine Frau wegschnappen.‹«

Jordans Miene hellte sich auf. »Ach so. Na klar. Jetzt brauche ich nur noch einen Gegner mit einer ...«

Er verstummte, weil sie ein Messer gezogen und ihm den Mund abgeschnitten hatte. Jordan sah überrascht aus. Dann holte er ein großes Taschentuch hervor, tupfte das Blut ab und warf ihr einen tadelnden Blick zu. Sein Mund verheilte bereits wieder. Frische Lippen ersetzten die abgeschnittenen. Nun, er hatte ja gesagt, daß sein Talent darin bestünde, schnell zu heilen. Das hatte er ganz wörtlich gemeint.

»Wie dem auch sei«, fuhr Dug fort und versuchte, sich nicht anmerken zu lassen, wie sehr ihn diese beiläufige Vorführung in Wirklichkeit erschüttert hatte. »Ich möchte jedenfalls nur weg von hier und mich wieder auf den Weg machen. Aber diese große Dornenhecke hält mich auf. Kennt ihr vielleicht irgendeinen Weg, der daran vorbeiführt?«

»Ich könnte mich auflösen und hindurchgehen«, antwortete Threnodia. »Ich kann geradezu dämonisch unstofflich werden, wenn ich möchte. Aber ich schätze, das hilft dir auch nicht viel weiter.«

»Diese Hecke stört uns meistens nicht«, warf Jordan ein. Er lispelte ein wenig, weil sein Mund noch nicht wieder die volle Größe und Bewegungsfähigkeit zurückgewonnen hatte. »Aber wahrscheinlich kommt ihr nicht daran vorbei. Ihr müßt nämlich wissen, daß die Hecke immer nur dann wächst, wenn sie jemanden einfangen will, und zwar wächst sie im Kreis, so daß man nicht herauskommt. Du mußt dir ein magisches Talent suchen, um hinauszugelangen.«

»Dann ist das also eine Spielaufgabe!« sagte Dug. »Aber wie bist du denn selbst darauf gestoßen, wenn du doch gar nicht Teil des Spiels bist?«

»Threnodia hat mir erzählt, daß wir vielleicht eine Statistenrolle in einem Spiel übernehmen müßten«, gestand Jordan. »Ich vermute, das dürfte sie wohl sein. Vielleicht lindert das ja ein wenig die Langeweile, mit einer einzigen Frau festzuhängen.«

Threnodia hob ihr Messer, doch diesmal erwischte Jordan ihre Hand und küßte sie mit seinen neu ausgebildeten Lippen. Dug bezweifelte, daß Jordan sich wirklich langweilte.

»Schön. Kannst du mir dann sagen, wie ich ein magisches Talent finden soll? Ich bin Mundanier; ich verfüge über keine eigene Magie.«

»Na klar. In der Mitte ist eine Kiste voller Talente. Du kannst sie nicht verfehlen. Nur ... die Sache hat einen Haken.«

»Einen Haken gibt es immer«, erklärte Dug ermattet. »Du mußt die Talente nämlich blind wählen. Und du mußt das Talent mindestens einmal benutzen, bevor du es zurücklegen und dir ein anderes nehmen kannst.«

Das schien ihm kein besonders schlimmer Haken zu sein, und so hegte Dug den Verdacht, daß noch mehr dahinterstecken mußte. »Und was ist der Haken bei dem Haken?«

»He, du denkst ja wie ein Barbar!« sagte Jordan anerkennend. Jetzt sah sein Mund wieder genauso aus wie vorher. »Traue nie jemandem, der zivilisiert ist. Der Haken ist der, daß du nicht weißt, welches Talent du bekommen hast. Deshalb wird es auch schwierig sein, es zu benutzen.«

»Aber ohne einen Hinweis kann es doch ewig dauern, bis man das erraten hat«, protestierte Dug.

»Einen Hinweis gibt es schon«, warf Threnodia ein. »Nämlich eine Liste von fünfzig Talenten. Die kannst du überprüfen, während du sie identifizierst. Wenn du alle fünfzig aufgebraucht hast, gibt es eine neue Liste. Wenn du ein Talent bekommst, das es dir ermöglicht, den Garten schon früher zu verlassen, brauchst du das Talent nicht zurückzubringen. Es wird sich sowieso nach etwa einem Tag verflüchtigen.«

So war das also. Wenn er Glück hatte und sein eigenes Glück auch schnell genug bemerkte, könnte er sich schon bald wieder auf den Weg machen. Aber wenn nicht, könnte er hier möglicherweise stundenlang festsitzen. Oder tagelang.

Dug machte kehrt und schritt auf die Mitte der Lichtung hinaus. Sammy sprang auf den Boden, um ihm den Weg zu zeigen. Die anderen folgten.

»Darf ich Pook mal tätscheln?« fragte Jenny und ging auf das Gespensterfohlen zu. »Der ist ja süß!«

Das kettenbehangene Fohlen trat auf sie zu und willigte ein, getätschelt zu werden.

»Weshalb tragen sie denn diese Ketten?« wollte Sherlock wissen.

»So ist das eben bei Gespensterpferden«, antwortete

Jordan. »Ohne ihre Ketten würden sie einfach verblassen. Die Ketten halten sie in diesem Reich fest.«

»Wäre es denn nicht freundlicher, ihnen die Ketten abzunehmen und sie ziehen zu lassen?« fragte Jenny.

»Und worauf sollen wir dann reiten?« konterte Jordan. Sherlock und Jenny entgegneten nichts. Offensichtlich war ihnen klar, daß es nicht allzuviel Sinn hatte, mit einem Barbaren über sanften Umgang zu diskutieren.

Dug betrat die Mitte der Lichtung. Da stand die Zauberkiste. Sie war rund, mit einem flachen Deckel. Dahinter stand ein Plakat mit der Aufschrift: 50 ZAUBER.

Der Deckel wies keine Öffnung auf und schien sich auch nicht ablösen zu lassen. Doch langsam hatte Dug begriffen, wie das mit der Magie funktionierte. Er legte die Hand auf den Deckel, und tatsächlich, sie drang einfach in ihn ein und verschwand dahinter, als wäre es eine Schicht flüssiger Farbe. Seine suchenden Finger bekamen etwas zu fassen. Er zog die Hand zurück, nahm das Ding heraus – doch die Hand war leer. Trotzdem fühlte er sich auf unterschwellige Weise verändert.

Die anderen beobachteten ihn. »Hast du jetzt ein Talent?« fragte Jenny.

»Irgend etwas habe ich jedenfalls«, sagte Dug. »Ich vermute, daß es ein Talent ist. Aber ich weiß nicht, welches.«

»Du kannst ja die Liste ablesen und die Talente nacheinander probieren«, schlug Sherlock vor.

Und so las Dug die Liste:

1. Alles umfärben
2. Ein Lebensmittel in ein anderes verwandeln
3. Geschmack neutralisieren
4. Gerüche verändern
5. Gegenstände haften lassen

Diese Talente wirkten doch recht schlicht und schienen harmlos zu sein. »Also gut, und wie setzt man nun seine Magie ein?« fragte er.

»Ich muß immer erst verwundet werden, bevor die meine funktioniert«, antwortete Jordan. »Dann geht es ganz von selbst.«

»Und ich muß nur wollen, daß ich durchlässig wie Rauch werde«, erklärte Threnodia. »Und danach wieder fest. Das geht zwar langsam, aber es klappt. Eigentlich ist das gar kein richtiges Talent. Ich bin eben teilweise Mensch, teilweise Dämon.«

»Ich brauche nur zu summen«, berichtete Jenny. »Wer nicht darauf achtet, tritt in meinen Traum ein.«

Dug hatte gar nicht gewußt, daß Jenny ein eigenes Talent besaß; bisher war er immer davon ausgegangen, daß es mit ihrer Katze verbunden sei. »Na schön. Dann werde ich mal etwas umfärben.« Er sah sich um. »Der Stein dort drüben: Werde rosa!«

Er konzentrierte sich, um den Stein rosa zu färben. Nichts geschah. »Kein Glück«, meinte Dug schließlich. »Das kann es also nicht sein.«

»Bist du sicher?« warf Jenny ein. »Vielleicht mußt du ihnen ja ›alles‹ rufen.«

»Na schön.« Er wandte sich wieder dem Stein zu. »Ich rufe dich hiermit ›alles‹. Und jetzt werde rosa.«

Wieder geschah nichts. »Dann versuche ich es mal mit dem nächsten.« Er grub in seiner Tasche und entdeckte ein paar Nüsse, die von seinem letzten Imbiß übriggeblieben waren. Er holte die Erdnuß hervor. »Verwandle dich in eine Marshmallow«, befahl er ihr.

Nichts passierte. »Vielleicht ist sie jetzt eine Marshmallow in Erdnußgestalt«, meinte Sherlock.

Dug probierte davon. »Nein, sie hat immer noch Erdnußaroma.« Er musterte die Liste. »Dann versuche ich jetzt mal, ihren Geschmack zu neutralisieren.« Er konzentrierte sich und probierte erneut davon. Sie schmeckte immer noch nach Erde. Also versuchte er es mit dem nächsten Talent: »Du sollst riechen wie eine Rose.« Ohne Erfolg. »Dann sollst du an meinem Finger haften.« Er berührte sie mit dem Finger, doch sie haftete nicht.

Dug seufzte. »Das dürfte ganz schön mühsam werden.« Er las die nächsten fünf Talente vor:

6. Wasser in Dampf oder Eis und zurück verwandeln
7. Rohe Nahrung in gekochte verwandeln
8. Ahnen, wann jemand sterben wird
9. Kleine, heftige Windböen heraufbeschwören
10. Durch Gegenstände hindurchsehen

»Haben wir Wasser dabei?« fragte Dug.

Jordan hatte eine Feldflasche. Er goß etwas Wasser aus. Dug versuchte, es zu verdampfen oder gefrieren zu lassen, doch ohne Erfolg. Dann versuchte er, die Erdnuß zu kochen – kein Glück.

Die Nr. 8 brachte ihn ins Grübeln. »Woher soll ich wissen, wann jemand sterben wird, wenn überhaupt niemand da ist, auf den das zutrifft?«

»Ich kann ja jemanden für dich totschlagen«, erbot sich Jordan fröhlich und zückte sein Schwert.

Dug hätte am liebsten gelacht. Doch er hatte das ungute Gefühl, daß der Mann gar keinen Scherz machte. »Nein, danke! Dieses Talent würde mir sowieso nicht helfen, von hier wegzukommen, deshalb werde ich mal davon ausgehen, daß es nicht das richtige ist. Also versuche ich es mit dem nächsten. Mal sehen, ob ich eine kleine, heftige Böe erzeugen kann.«

»Das ist doch keine Magie«, warf Sherlock ein. »Das kann ich auch, und zwar ganz natürlich.« Er beugte sich vor.

»Das wird gar nicht nötig sein«, versetzte Dug hastig, obwohl die Versuchung, lauthals zu lachen, doch recht groß war. Für Jordan war ›Versuchung‹ ein Fremdwort, und so platzte ein lautstarkes Ha-ha-ha aus ihm heraus.

»So geht es auch«, räumte Sherlock ein.

Pook, das Gespensterpferd, machte sich gar nicht erst die Mühe, zu lachen. Er ließ einfach einen fahren – laut und heftig.

»Danke, Leute«, versetzte Dug. »Aber vergeßt nicht, daß

ich es bin, der hier den Wind fahren, äh, entstehen lassen muß.« Also versuchte er, sich zu konzentrieren, doch es regte sich nicht das leiseste Lüftchen.

Als nächstes versuchte er, durch Gegenstände zu schauen. Es gelang ihm nicht. »Ist auch besser so«, meinte Jenny. »Sonst hättest du durch Threnodias oder meine Kleidung blicken und unser Höschen sehen können.«

Daran hatte Dug noch gar nicht gedacht. Er biß sich auf die Zunge, um nicht loszulachen, denn er wußte ja, daß sie solche Dinge ernster nahmen als er. »Na schön. Knapp vorbei ist auch daneben.«

Nun befaßte er sich mit den nächsten fünf Talenten:

11. Andere verstummen lassen
12. Feuer löschen
13. Schnitt- und Schürfwunden heilen
14. Alpträumen trotzen
15. Jemandes Geschlecht umwandeln

»Also gut, schön der Reihe nach«, sagte Dug. »Darf ich mal einen Freiwilligen haben, den ich stumm werden lassen kann?«

»Klar, versuch es mal mit mir«, meinte Sherlock.

Dug konzentrierte sich. »Sherlock, werde stumm!« deklamierte er. »Und? Hat es funktioniert?«

»Nein.«

Dug ging zum nächsten Punkt über. »Wir müssen erst ein Feuer machen, um zu sehen, ob ich es auf magische Weise löschen kann.«

Jordan trat zu Pook hinüber und holte zwei Steine. Dann kauerte er sich vor ein trockenes Grasstück und schlug die Steine gegeneinander. Ein dicker Funke sprang hervor und entzündete das Gras. So entstand ein kleines Feuer.

Dug konzentrierte sich auf das Feuer, konnte es aber nicht löschen. Also besorgte Jordan ein paar Marshmallows, spießte sie auf einen Stock und begann sie zu rösten.

»Tja, ob ich wohl eine Schnittwunde heilen kann?« fragte Dug. »Ich glaube, wir sollten niemandem eine zufügen, um das zu überprüfen! Außerdem haben wir ein bißchen Heilelixier dabei. Das würde dasselbe bewirken. Lassen wir es also fürs erste.«

»Nein, wir können es durchaus überprüfen«, widersprach Jordan. Er nahm sein Messer, fuhr mit der Spitze Threnodias Arm entlang und kratzte ihn auf. »Laß das hier mal heilen.«

Dug konzentrierte sich auf den Kratzer, doch nichts geschah. »Ich glaube, das ist es auch nicht.«

Jenny holte das Heilelixier hervor und gab einen Tropfen davon auf den Kratzer. Er verschwand sofort.

Der nächste Punkt war schon schlimmer. »Wie soll ich denn feststellen, ob ich Alpträumen trotzen kann, wenn ich gar nicht schlafe? Und angenommen, ich schlafe ein und träume. Was ist, wenn ich dann nur schöne Träume habe? Es kann doch einen ganzen Monat dauern, bis mal ein Alptraum kommt, dem ich trotzen könnte.«

»Vielleicht versuchst du es ja mal mit einem Tagalptraum«, schlug Jenny vor.

»Die würde die Mähre Imbri niemals abliefern«, wandte Threnodia ein.

»Wer ist denn die Mähre Imbri?« erkundigte sich Dug.

»Das ist die Tagmähre, die die guten Tagträume bringt«, erklärte Jenny. »Sie hat Kim den Tagtraum von den treibenden Blasen gebracht, und Kim hat Bläschen Hund aus einer davon befreit.«

Man lernte nie aus. »Na schön, dann werde ich eben versuchen, mir einen Tagalptraum vorzustellen. Mal sehen, ob ich dem trotzen kann«, entschied Dug. Er konzentrierte sich und stellte sich vor, wie er in ein endloses Loch stürzte. Diese Vorstellung hatte ihm schon immer Angst eingejagt, und so war es auch jetzt wieder. »Ich scheine keine besonderen Widerstandskräfte dagegen zu haben«, meinte er schließlich. Doch an der Schwierigkeit des nächsten Punkts war nicht zu rütteln. »Ich *will* niemandes Geschlecht verwandeln!« protestierte Dug.

»Du könntest doch einen von uns verwandeln und hinterher wieder zurückverwandeln«, schlug Threnodia vor.

»Freiwillige vor!« sagte Dug. Er blickte Sherlock an. »Magst du für eine Minute eine Frau werden?«

Der Mann schüttelte den Kopf. Er zeigte auf seine Kehle.

»Das habe ich mir gedacht«, satge Dug. »Das könnte auch eine Einbahnstraße sein. Also werde ich diesen Punkt vorläufig überspringen.« Da fiel ihm etwas auf. »Warum hast du eigentlich auf deine Kehle gezeigt, Sherlock?«

Der Mann antwortete nicht. Er widerholte seine Geste nur.

»Er kann nicht sprechen!« rief Jenny. »Das Verstummungstalent hat funktioniert!«

»Nein, hat es nicht«, widersprach Dug. »Er hat doch gesagt, daß es nicht funktioniert hat.«

Sherlock deutete auf Jordan. »Das hat Jordan gesagt«, erklärte Threnodia.

»Na ja, ich habe nun mal geglaubt, daß es nicht funktioniert hat«, verteidigte sich Jordan. Threnodia warf ihm einen angewiderten Blick zu.

Dug betrachtete Sherlock. »Hat die Magie dich wirklich stumm gemacht?«

Sherlock nickte heftig.

»Na ja, dann haben wir das Talent jetzt wenigstens bestimmt. Aber es ist nicht das, was ich brauche. Mal sehen, ob ich dich wieder entstummen kann.« Er konzentrierte sich. »Sherlock, sprich wieder.«

Kein Ergebnis. Es war ein Einbahntalent!

»In ein paar Stunden müßte das Talent sich verbraucht haben«, warf Threnodia ein.

Sherlock schnitt eine Grimasse. Er war nicht gerade erfreut.

»Ach, das tut mir aber leid«, sagte Dug. »Ich schätze, ich sollte wohl besser keine Experimente an lebenden Leuten mehr durchführen.«

»Ich kann dafür sorgen, daß du dich besser fühlst«, verkündete Threnodia. »Ich werde dir eine kürbisgerechte Entschuldigung für dein Mißgeschick verpassen.« Sie ging auf Sherlock zu, packte ihn und verpaßte ihm einen dämonisch-leidenschaftlichen Kuß.

Dug hätte schwören können, daß die Füße des Mannes für einen kurzen Augenblick den Boden verließen. Sherlock rollte die Augen zurück, und ein verträumtes Lächeln spülte über sein Gesicht. Er sah aus wie unter Narkose. Kein Zweifel, daß er sich deutlich besser fühlte.

»Das ist eben Renees Wirkung«, bemerkte Jordan weitläufig. »Eine Dämonin kann einen Mann glücklich bis zum Delirium machen, wenn sie möchte. Das weiß ich zufällig genau.«

Es stimmte ganz augenscheinlich. Sherlock schien inzwischen jenseits aller Sorgen wegen eines so geringfügigen Ungemachs zu sein, nicht mehr sprechen zu können. Tatsächlich sah er so aus, als hätte es ihm auch sonst die Sprache verschlagen, selbst wenn er nicht stumm gewesen wäre.

Dug kam wieder zur Sache. »Dieses Talent brauche ich also nicht, wenn ich damit an der Dornenhecke vorbeikomme. Es beweist nur, daß die Magie funktioniert, und daß ich noch jede Menge anderer Talente überprüfen muß.« Er sah sich um. »Wo soll ich diesen Verstummungszauber denn abladen?«

»Indem du einfach wieder in die Zauberkiste greifst«, erläuterte Threnodia. »Dann löst er sich von dir, und du kannst dir einen neuen nehmen.«

»Aber laufe ich dann nicht Gefahr, wieder dasselbe Talent zu bekommen?«

»Nein, neue Talente treiben an der Oberfläche; gebrauchte sinken zu Boden. Du darfst nur nicht zu tief hineingreifen.«

Dug griff hinein und spürte tatsächlich, wie irgend etwas von ihm wich. Er fing sich etwas Neues und holte es heraus. Dann las er die nächsten fünf Talente vor:

16. Kann mit anderen verschmelzen
17. Kann jedes gehörte Geräusch neu erschaffen
18. Kann Hitze erschaffen
19. Kann Gegenstände schwebend machen
20. Kann das Gewicht von Dingen anpassen

»O nein, o nein! Ich werde mit niemandem verschmelzen!«

Threnodia seufzte. »Und dabei habe ich mich schon so darauf gefreut!«

Dug sagte nichts, weil er einmal mehr den Verdacht hegte, daß sie nicht scherzte. Sie war das genaue Gegenteil von Nada Naga, mit Ausnahme der Schönheit.

Er versuchte ein Geräusch neu zu erschaffen, doch es gelang ihm nicht. Er versuchte, irgend etwas zu erhitzen, konnte es aber nicht. Er versuchte, etwas schweben zu lassen, und schaffte es nicht. Er versuchte, einen Stein schwerer werden zu lassen, und scheiterte wieder.

Also versuchte er es mit den nächsten fünf:

21. Immunität gegen Gift
22. Kann den Schmerz anderer lindern
23. Kann überall atmen
24. Kann die Magie des Wassers verändern
25. Kann Bäume umstürzen lassen

Dug weigerte sich, das erste Talent zu prüfen. Er war sich nicht sicher, wie er das zweite angehen sollte, als Threnodia ihr Messer an Jordans Arm hielt, bis er blutete. Dug versuchte, den Schmerz des Barbaren verschwinden zu machen, konnte es aber nicht. Glücklicherweise hörte es bald von allein wieder auf, weil Jordan ja so schnell heilte. Die Sache mit dem Atem konnte Dug nicht überprüfen, weil er dafür weder ein Vakuum noch einen tiefen See zur Verfügung hatte. Ebensowenig hatte er Zugriff auf magisches Wasser, um es von Haß in Liebe oder Lethe zu verwandeln. Und er hatte auch nicht die Absicht, mit dem einzigen Fläschen Heilwasser zu experimentieren, aus Furcht, er könnte es verderben. Und die Bäume ignorierten schnöde seinen Versuch, sie magisch zu fällen.

So ackerte er sich durch die restlichen Talente auf der Liste. Nichts paßte. »Wie kann das sein?« fragte er schließlich jammernd. »Es muß doch eins davon sein!«

»Vielleicht ist es ja eins von denen, die du ausgelassen hast«, meinte Jenny.

»Oder eins von den ersten fünfzehn«, schlug Threnodia vor. »Die hast du diesmal nicht überprüft. Du hast einfach mit der Liste weitergemacht.«

Sie hatte recht. Natürlich mußte er jedesmal sämtliche Talente prüfen. Was die Arbeit noch langwieriger machte.

Resigniert versuchte er es mit der Nummer 1, dem Umfärben. Und tatsächlich, es funktionierte: Der Stein wurde rosa.

»Das wären schon zwei«, sagte er. »Jetzt sind es nur noch achtundvierzig.« Langsam begriff Dug, wie lange es dauern könnte, fünfzig Talente jeweils fünfzigmal zu überprüfen. Die Magie erwies sich doch als ein sehr viel mühseligeres Geschäft, als er je geglaubt hätte.

»Vielleicht kann Sammy ja helfen«, sagte Jenny plötzlich.

»Ich wüßte wirklich nicht, wie ...«, fing Dug an. Doch da jagte der kleine Kater bereits auf den Zauberkasten zu. »Warte auf mich!« rief Dug und grapschte nach Sammy, damit er nicht durch den porösen Deckel stürzte.

Doch der Kater fiel nicht durch den Deckel. Für ihn war er fest. Er beschnüffelte die Oberfläche, suchte nach etwas, bis es plötzlich so aussah, als hätte er es gefunden.

Konnte das sein? Dug griff dicht an der Schnauze der Katze vorbei in den Kasten, ergriff den erstbesten Zauber und holte ihn hervor.

War es dieser, den er brauchte? Aber welchen brauchte er denn überhaupt?

Er überflog die Liste. Tiere anziehen. Das Aussehen von Leuten nachahmen. Licht erschaffen. Dunkelheit. Mit jedem sprechen können. Drachen abwehren. Die Zeit verlangsamen. Gewirrbäume beruhigen. Gefühle umkehren. Feuer machen.

Das letzte vielleicht? Würde er damit die Hecke niederbrennen können? Er versuchte Feuer zu machen, brachte jedoch nicht einmal das leiseste Rauchwölkchen zustande.

Die Erde bebend machen. Pusten wie ein Wirbelwind.

Vielleicht könnte er mit einem dieser Talente die Hecke zum Einsturz bringen oder sie wegpusten. Doch ihm gelang weder das eine noch das andere.

Schmerz erschaffen. Gefahr wittern. Tiere beherrschen. Andere einschläfern. Unsichtbaren Schild erschaffen. Dinge ungreifbar machen. Taten anderer umkehren. Haß erzeugen. Talent anderer nachahmen.

»Ich verstehe einfach nicht, wie mich eins davon hier rausholen soll«, sagte Dug frustriert.

Sammy sprang von der Kiste und lief zu Threnodia hinüber, die ihn vom Boden aufhob.

Dug lernte langsam, auch auf unscheinbare Einzelheiten zu achten. Was hatte die Katze vor?

Plötzlich kapierte er es. »Jemandes Talent nachahmen!« rief er. »Threnodia kann durchlässig werden wie Rauch. Wenn ich die Dinge rauchartig durchlässig mache, können wir hinaus.« Er trat auf die Frau zu. »Gib mir bitte dein Talent.«

»Ich dachte schon, du würdest nie fragen«, antwortete sie mit düsterem Lächeln. Sie streckte ihm die Hand entgegen, formte sie zur Schale.

Er nahm, was sich darin befand. Dann wandte er sich der Dornenhecke zu. »Werde durchlässig«, befahl er.

Dann trat er näher heran und versuchte, die Hand hinauszustrecken. »Aua!« Er hatte sich an einem Dorn aufgespießt, aber das war nicht der einzige Grund für seinen Schmerz. Die Magie hatte nicht funktioniert.

Dug überlegte noch einmal. Der Dorn war durch seine Handfläche gedrungen und auf der anderen Seite wieder ausgetreten. Es hatte zwar weh getan, aber nicht so stark, wie es eigentlich zu erwarten gewesen wäre. Und seine Hand blutete auch nicht.

Diesmal berührte er die Hecke ein wenig vorsichtiger, und tatsächlich fuhr seine Hand gegen einen nur leichten Widerstand hindurch, als bestünde die Hecke aus Gelatine. Oder aus einer zähen Flüssigkeit. Die Magie funktionierte! Threnodias Fähigkeit, sich in Rauch aufzulösen, wirkte nur langsam, so daß es bei Dug nicht anders war. Doch mit der Zeit erzielte er doch die erwünschte Wirkung.

Er wandte sich den anderen zu. »Ich habe die Hecke durchlässig gemacht«, sagte er. »Dank Sammys Hinweis und deines Talents, Threnodia. Ich danke euch beiden.«

Threnodia streichelte Sammys Rücken. »Wir haben uns schon so langsam gelangweilt«, bemerkte sie.

Das leuchtete ein. Sie wußten, daß Dug das Talent früher oder später bekommen würde, wollten aber nicht unbedingt noch drei weitere Tage darauf warten. Deshalb hatten sie ihm geholfen. Galt das schon als Schummeln? Im Augenblick war ihm das reichlich gleichgültig. Er wollte nur eins – die Reise fortsetzen, um Kim möglichst noch abzufangen, bevor es zur Katastrophe kam.

»Gehen wir«, sagte er. Er trat durch die Hecke, die sich inzwischen vollends in eine Rauchwand verwandelt hatte. Jenny und Sherlock folgten ihm, und Sammy sprang herunter, um sich ihnen anzuschließen. Jenny blieb noch einmal kurz stehen, um Jordan und Threnodia zum Abschied zuzuwinken; dann eilte sie weiter.

Hinter der Hecke lag dichter Urwald. Und schon bald wurde deutlich, daß sie nicht allzu schnell vorankommen würden. Außerdem roch es nach Drachenrauch, was nichts Gutes verhieß.

Aber Dug hatte eine Idee. »Wenn Threnodias Talent sich auch ohne Schäden auf Personen anwenden läßt, kann ich uns durchlässig machen, und wir können einfach hindurchgehen wie ein Dämon.«

Er versuchte es als erstes an sich selbst. Jenny beobachtete, während Sherlock kleine, dünne Schlingpflanzen einsammelte und sie zu einer Art Muster verwob. Allmählich wurde Dug immer durchlässiger, bis er durch einen Baum hindurchgehen konnte. »Das reicht«, sagte er mit undeutlicher Stimme. »Dann werde ich jetzt euch behandeln, und schon können wir uns wieder auf den Weg machen.«

Da kam eine Brise auf und wehte ihn davon. Er konnte sich nur mit Mühe retten, indem er sich in einem anderen

Baum versteckte, wo der Wind ihn nicht erreichte. »Ich glaube, ich habe es mir anders überlegt«, gestand er.

»Vielleicht solltest du Sherlock und mich durchlässig machen«, schlug Jenny vor, »nur Sammy nicht. Dann könnte er loslaufen, um ...« Sie hielt inne, als sie merkte, daß die Katze schon wieder losrasen wollte. »... um etwas zu tun. Und uns dabei an einem Seil hinter sich herziehen. Wir würden ja nicht mehr viel wiegen. So müßten wir ziemlich schnell vorankommen.«

»Einfach genial!« rief Dug luftig. »Wenn du kein Kind wärst, würde ich dir jetzt einen Kuß geben!«

»Ich bin bloß ein Jahr jünger als du«, sagte sie mit verletzter Miene.

Dug begriff, daß die Altersfrage für eine Elfe ein ebenso wunder Punkt sein konnte wie für einen Menschen. Jenny sah zwar klein aus, weil sie eben eine Elfe war, doch das stimmte eigentlich gar nicht. Ein Kind war sie nur im Rahmen dieser Spieldefinition. »Na schön, dann gebe ich dir jetzt einen Kuß«, verkündete er.

Nachdem die Brise nachgelassen hatte, löste er sich aus dem Baum und schritt zu ihr hinüber. Dann beugte er sich vor, um sie zu küssen. Doch sein Gesicht drang durch ihres hindurch. *Ich wünschte, daß hier noch ein anderer Junge von meiner Sorte wäre.* Dann wich er zurück und versuchte es aufs neue. Diesmal gelang es. Wie ein Hauch streiften seine Lippen die ihren.

Dann fragte er sich, warum er sich ausgerechnet einen Jungen seiner Sorte herbeigewünscht hatte. Das Ganze hatte doch einen romantischen Zug gehabt. So etwas entsprach doch nun gar nicht seiner Vorstellung von Romantik! Außerdem gab es durchaus andere Menschen in Xanth.

Ach so – das war ja Jennys Gedanke gewesen und nicht seiner! Er hatte ihn aufgefangen, als sein Gehirn sich über ihres legte. Sie war eine Elfe von einer ganz anderen Fantasy-Welt, anders als die Elfen von Xanth. Ihre Aussichten auf eine romantische Beziehung waren hier gleich null – es sei denn, sie wollte die Rassenschranken überschreiten. So etwas schien in Xanth verbreiteter zu sein als in Mundania. Dennoch war es nur zu natürlich, sich nach Gesellschaft der eigenen Art zu sehnen.

Xanth schien ein Land der Kalauer und Albernheiten zu sein, doch unter der Oberfläche herrschten hier genau dieselben Sorgen, wie Dugs Leute sie zu Hause hatten. Die Episode gerade eben erinnerte recht handfest daran.

Doch er hatte nicht die Zeit, innezuhalten, um die philosophischen Konsequenzen des Ganzen zu durchdenken. Er mußte schnell handeln, um Kim abzufangen, damit er sie vor der Gefahr warnen konnte, in der sie schwebte.

»Laß mich dich verwandeln«, sagte er zu Jenny, die seine Gedankenpause nicht bemerkt zu haben schien. Vielleicht hatte sie ja selbst eine eingelegt. »Dann verwandle ich als nächstes Sherlock, und wir können uns auf den Weg machen.«

Er konzentrierte sich auf sie, und sie wurde nach und nach durchlässiger. Dug überprüfte dies, indem er immer wieder ihre Hand berührte; als sie ihm feststofflich erschien, wußte er, daß Jenny nun ebenso diffus war wie er selbst. »Laß dich nicht vom Winde verwehen«, ermahnte er sie.

Dann widmete er sich Sherlock. Schon bald war der schwarze Mann genauso durchlässig wie die beiden anderen.

Zu spät fiel Dug nun etwas ein. »Wir hätten uns einen Sack oder ein Netz anfertigen sollen. Irgend etwas, um uns zusammenzuhalten, damit Sammy uns ziehen kann. Irgendeinen festen Rahmen, nichts Durchlässiges, so ...«

Sherlock zeigte auf sein Schlingpflanzengewirr. Er hatte sich bereits ans Werk gemacht, noch bevor Jenny ihren Vorschlag unterbreitete. Er hatte diese Notwendigkeit also vorhergesehen. Da es sich um kleine Schlingpflanzen handelte, war das Netz ziemlich leicht; die Katze würde es mühelos ziehen können.

Dafür gab es nun ein anderes Problem: Sie waren jetzt alle drei zu diffus, um die Schlingpflanzen zu handhaben. Kontaktlos griffen ihre Hände hindurch.

Dug überlegte. »Ich frage mich, wie vielseitig Threnodias Talent wohl sein mag«, meinte er. »Wenn ich beispielsweise unsere Hände etwas fester mache oder einen Teil der Schlingpflanzen durchlässig ...«

Die zweite Lösung erschien ihm als die bessere. Dug konzentrierte sich auf den hinteren Teil des Netzes und machte ihn rauchig. Er überprüfte es, indem er das Ende aufnahm, während seine Hände durch das Zuggeschirr fuhren. Dann arbeitete er sich weiter vor und verwandelte es stückweise. Es klappte tatsächlich!

Sie steckten die Beine durch die Maschen und wickelten das Netz um sich. Es war flexibel genug, um reichlich Platz für alle drei zu bieten.

Dann machte Dug das Geschirrende durchlässig, und Jenny rief Sammy herbei, worauf Dug dem Kater das Geschirr anlegte. Als es sicher saß, machte er es wieder fest, damit Sammy nicht einfach aus dem Geschirr herausspazierte, sobald er sich in Bewegung setzte. Nur die Schlingpflanzen, die unmittelbar mit ihnen verbunden waren, waren jetzt noch durchlässig, so daß sie praktisch nichts mehr wogen. Solange die Durchlässigkeit nur Teile derselben Schlingpflanze betraf, war alles in Ordnung; Probleme hätte es nur gegeben, wenn eine davon durchlässig gewesen wäre und die andere nicht, so daß sie durch diese hindurchgedrungen wäre.

»Ich glaube, jetzt sind wir soweit«, sagte Dug schließlich.

Und Jenny befahl: »Sammy, geh und such Kim.«

Die Katze rannte los. Das Netz folgte, riß sie mit einem Ruck davon. Die Reise wurde fortgesetzt.

Ihre Trennung voneinander war aufgehoben. Jetzt waren sie auf engstem Raum zusammen. Die Welt mochte unstofflich scheinen, füreinander jedoch waren sie durch und durch greifbar. Dug hob die Arme und versuchte, die beiden anderen wegzustemmen, doch es war unmöglich. »Na gut, dann reisen wir eben zusammen«, sagte er und legte die Arme um Jenny Elfe, die sich unmittelbar vor ihm befand. Sherlock, der etwas seitlich von ihnen war, umarmte sie alle beide. Jetzt waren sie zu einer kompakten, stabilen Masse geworden.

Sammy konnte ungehindert seinen eigenen Weg nehmen. Er huschte zwischen zwei dicht nebeneinanderstehenden Bäumen hindurch. Die drei durchdrangen das Hindernis einfach. Die Katze quetschte sich unter eine Wurzel. Die drei fuhren hindurch. Sammy entdeckte einen katzengroßen Tunnel, der durch ein Dornengestrüpp führte. Die drei durchdrangen jeden Dorn, ohne gestochen zu werden.

Ganz in der Nähe war tatsächlich ein Drache. Das Ding bäumte sich auf und rülpste eine Rauchwolke hervor. Sammy flitzte unter den Schwanz des Drachen, der daraufhin herumpeitschte und versuchte, den Kater zu erwischen. Doch er war zu langsam. Statt dessen fuhren seine Klauen durch die drei in ihrem Netz, ohne sie auch nur anzukratzen. Trotzdem zuckte Dug zusammen, und Jenny unterdrückte einen Schrei. Enttäuscht spuckte der Drache einen heißen Schwall wirbelnden Rauchs aus. Der umhüllte sie, bis alles ganz dunkel wurde, doch ohne sie zu ersticken. Schon im nächsten Augenblick schossen sie unversehrt aus der Rauchwolke hervor.

»An diese Art zu reisen könnte ich mich glatt gewöhnen«, sagte Dug in dem Versuch, tollkühn zu klingen.

Jenny nickte. Sie wirkte ein bißchen luftkrank. Sherlock hatte das Vernünftigste getan und die Augen geschlossen. Als Dug es bemerkte, tat er es Sherlock nach. Nun schien er nur durch leise rauschendes Wasser zu schweben.

Während sie sich voranbewegten, überlegte Dug sich etwas. »Threnodias Talent ... das bestand doch darin, sich durchlässig zu machen«, sagte er. »Aber ich habe noch mehr als das getan. Ich habe auch andere Leute und Dinge durchlässig gemacht. Können Dämonen so etwas überhaupt?«

»Ich glaube nicht«, erwiderte Jenny überrascht.

Dug beschloß, der Sache lieber nicht nachzugehen, weil seine Schlußfolgerungen ihrem Weiterkommen abträglich sein mochten. Möglicherweise war er ja auch, wenngleich unbeabsichtigt, durch ein Schlupfloch des Spielprogramms gerutscht.

Nach einer Weile kamen sie zum Stehen. Dug schlug die Augen auf. Sie befanden sich auf einem Weg – und zwei Zentauren kamen soeben im Galopp auf sie zu. Was nun?

»Ich sehe Kim!« rief Jenny. »Und Nada!«

Nun konnte Dug sie ebenfalls erkennen. Sie ritten auf den Zentauren. Er versuchte, sich von Sherlock, Jenny und dem Netz zu lösen, um ihnen ein Zeichen zu geben, daß sie anhalten und mit ihm reden sollten.

Kim schaute in die eine Richtung, Nada in die andere. Nada erblickte sie. Dug bemerkte das erschreckte Aufblitzen des Erkennens in ihren Augen. Sie wandte das Gesicht ab und sagte irgend etwas. Die beiden Zentauren legten noch an Geschwindigkeit zu.

Der Kater, der sich offenbar davor fürchtete, zertrampelt zu werden, machte einen Satz mitten ins Gestrüpp. Die Zentauren galoppierten vorbei und schleuderten mit ihren Hufen hohe Erdfontänen auf. »Wartet!« rief Dug. »Ich muß mit euch reden!«

Zu spät. Die Zentauren waren schon ein gutes Stück entfernt, und keiner von der anderen Gruppe blickte sich noch einmal um.

»Nada ist wirklich falsch«, sagte Dug. »Sie hat uns gesehen und die Zentauren angetrieben, schneller zu laufen, damit Kim uns nicht mehr entdecken konnte. Jetzt werden wir sie nie einholen.«

»Aber wir wissen doch, wohin sie wollen«, wandte Jenny ein. »Zum Schloß des Guten Magiers.«

»Aber der Kater ist müde«, sagte Sherlock. »Da wird es schwierig, sie jetzt noch einzuholen.«

Dug sah ihn an. »Du bist ja gar nicht mehr stumm! Der Zauber läßt nach.«

»Was wiederum bedeutet, daß auch deine Fähigkeit, uns durchlässig zu machen, bald verblaßt sein wird«, ergänzte Sherlock. »Mach uns mal lieber feststofflich, solange du kannst, sonst müssen wir noch als Gespenster weiterleben.«

»Guter Einwand!« Dug machte sich ans Werk. Doch er tat

es nur schweren Herzens. Jetzt mußten sie zu Fuß zum Schloß des Guten Magiers, und es war sehr wahrscheinlich, daß Kim und Nada bereits fort sein würden, wenn sie dort eintrafen. Und da Nada nun vorgewarnt war und wußte, was Dug vorhatte, würde sie Kim höchstwahrscheinlich schon sehr bald verraten, bevor er sie abfangen konnte.

»Ich fürchte, es gibt Ärger«, verkündete Dug mit düsterer Stimme. Jenny und Sherlock nickten.

16

Kürbis

Kim war froh, nach der bisherigen Plackerei nun endlich etwas schneller voranzukommen. Aber so sehr sie Pferde auch mochte – und dementsprechend auch Zentauren –, würde sie doch ebenso froh sein, wenn dieser Ritt vorbei war. Sie verstand nun einmal nichts vom Reiten, wurde ordentlich durchgeschüttelt, und langsam wurden auch ihre Oberschenkel wund. Daher reagierte sie verärgert, als die beiden Zentauren noch an Tempo zulegten. »Was ist denn los?« fragte sie.

»Nada hat etwas gesehen und uns gewarnt. Wir sollen es möglichst schnell hinter uns bringen«, erklärte der Zentaur und wendete den Kopf. »Es sah aus wie ein Gewirr aus Leibern.«

Kim hatte keine Vorstellung, was das hätte sein können, war aber froh, diesem Etwas nicht begegnet zu sein. Trotzdem hätte sie diese Entscheidung lieber selbst gefällt. Nada war offensichtlich eine Spur zu herrisch und vergaß darüber, daß Kim hier die eigentliche Spielerin war. Vielleicht lag es ja auch daran, daß sie eine Prinzessin war. Kim hatte in den Gefährtentausch nur eingewilligt, weil Dug es gewünscht hatte; Jenny Elfe war ihr lieber gewesen.

»Schön, das haben wir ja jetzt wohl erledigt«, sagte sie. »Dann könnt ihr ja wieder etwas langsamer laufen, oder?«

Das taten sie, und die Rüttelei ließ etwas nach. Welch eine Erleichterung! Jetzt konnte sie wenigstens wieder klar denken. Sie machte gute Fortschritte im Spiel. Aber sie wünschte sich doch, daß sie länger mit Dug hätte zusammensein können, in der törichten Hoffnung, daß sie vielleicht durch irgendeine Zufälligkeit doch ein kleines bißchen Eindruck auf ihn gemacht hatte. Sie wußte zwar, daß er höchstwahrscheinlich genauso hohl und oberflächlich war wie jeder andere durchschnittliche Junge seines Alters, und daß sie nicht allzuviel auf die Tatsache geben sollte, daß er sehr gut aussah. Aber so war es nun einmal. Sollte sie Dug wiedersehen, würde sie versuchen, es so einzurichten, daß sie diesmal etwas länger zusammenbleiben konnten. Irgendwie. Wie wenig dabei auch herauskommen mochte. Vielleicht käme ja ein zweiter Schneesturm, den sie dann zusammengedrängt in einem Zelt aussitzen müßten. Vielleicht würde er ihrer auch bewußt werden, so wie Cyrus und Merci einander erkannt hatten. Vielleicht würden sie sich zum Abschied sogar küssen.

Bis dahin war es schön, Bläschen zur Gesellschaft zu haben. Sie hielt den Hund vor sich, was manchmal schwierig war, da Bläschen mehr als halb soviel wog wie Kim selbst. Wahrscheinlich machte dem Hund das Geschaukel ebensosehr zu schaffen wie Kim, aber er klagte nicht. Bläschen war wirklich ein sehr ruhiger, höflicher Hund, einer von der stillen Sorte. Doch Kim lernte allmählich, ihre kleinen Signale zu deuten, den Winkel der halben Schlappohren, das Kringeln des Schwanzes, Bläschen allgemeines Verhalten, und so wurde ihr zunehmend deutlicher, was in dem Hund vorging. Bläschen wollte einfach nur bei Kim sein und ihr bei allem helfen. Sonst nichts. Das war etwas sehr Einfaches, Direktes, das Kim mühelos akzeptieren konnte.

Plötzlich legte sich ein Schatten über das Laubwerk und kam auf sie zu. Bald darauf erblickte Kim einen kleinen fliegenden Drachen. Er legte den Kopf schräg und musterte sie.

Die beiden Zentauren streiften ihre Bögen ab und rissen Pfeile aus ihren Köchern, legten sie ein und richteten sie mit geschmeidiger, fließender, synchroner Bewegung auf den Drachen. Der Drache schwenkte ab, verlor das Interesse. Wieder beförderten Zentauren mit einer einzigen Bewegung die Pfeile zurück in ihre Köcher und schlangen sich die Bögen um die Schultern. Offenbar war wohl niemand gut beraten, sich mit zwei männlichen Zentauren anzulegen, selbst wenn der Weg nicht verzaubert sein mochte. Kim überlegte, ob das vielleicht zum größten Teil nur Bluff war. Doch kurz darauf ergriff ihr eigener Zentaur wieder den Bogen, legte den Pfeil auf die Sehne und ließ ihn ohne jedes Zögern losschnellen. Er durchbohrte eine kleine, häßliche Kreatur, die einer Eidechse mit Flügeln glich. Der andere Zentaur hatte nicht einmal seinen Bogen gezückt, so unbesorgt war er gewesen.

»Aber das kleine Ding hätte uns doch nichts antun können«, protestierte Kim.

»Das war ein Basilisk«, erklärte der Zentaur. »Er wollte uns gerade anblicken.«

Ein eisiger Schauer fuhr Kim über den Rücken. Ein Basilisk! Eine geflügelte Echse, deren Blick tödlich war. Ein einziger schneller Pfeil hatte das Ungeheuer erledigt – und der andere Zentaur war tatsächlich so überzeugt von der Zielgenauigkeit seines Begleiters gewesen, daß er sich nicht einmal die Mühe gemacht hatte zu reagieren!

Nein, Zentauren blufften ganz gewiß nicht. Sie waren einfach nur tüchtig und selbstsicher.

Nach einer ganzen Weile verringerten die Zentauren ihre Geschwindigkeit. »Dort ist das Schloß des Guten Magiers«, sagte Kims Beförderer. »Du wirst drei Herausforderungen meistern müssen, um hineinzukommen. Danach wird der Gute Magier mit dir sprechen. Ich wünsche dir Glück.«

»Danke«, antwortete Kim beim Absteigen. Zentauren hatten nicht viel für Übertreibungen übrig.

Nada stieg mit einem gewissen prinzessinnenhaften Pomp ab. Dann waren die Zentauren auch schon wieder fort; sie machten nicht einmal Rast. Sie hatten ihre Aufgabe erfüllt. Sie wollten zurück nach Hause und beachteten ihre eigene Erschöpfung gar nicht erst.

Kim, Nada und Bläschen standen da und musterten das Schloß. Es war von einem Graben umgeben, in dem sich ein Wasserungeheuer befand, doch dieses Wesen gähnte soeben; es rechnete offenbar nicht damit, daß sie den törichten Versuch unternehmen würden, seinen Graben zu durchschwimmen. Die Zugbrücke war heruntergelassen; da konnten sie ebensogut auch diesen Zugang nehmen.

Nur daß vor der Brücke eine Riesenpflaume lag. Die Frucht war gespalten und gab den monströsen Kern frei, der sich wiederum geöffnet hatte – nur daß sich in seinem Innern ein kleiner Stier befand. Der Stier sah sehr kampflustig aus. Wenn sie zur Brücke wollten, mußten sie an ihm vorbei. Doch er ließ keinen Zweifel daran, daß er es darauf abgesehen hatte, jeden über den Haufen zu rennen, der es versuchte.

»An dem müssen wir vorbei?« fragte Kim zweifelnd.

»Ich kann ja meine große Schlangengestalt annehmen und ihn wegzischen«, schlug Nada vor.

»Ich glaube nicht, daß das bei einer Herausforderung zulässig ist. Und daß es sich hier um eine handelt, ist ja wohl offensichtlich«, widersprach Kim. »Ich muß die Aufgabe irgendwie aus eigener Kraft bewältigen.« Das stimmte zwar, war aber nur die halbe Wahrheit. Kim wollte Nadas Hilfe nicht annehmen, weil sie es einfach lieber selbst schaffen wollte.

»Wie du möchtest«, meinte Nada achselzuckend.

Kim sah sich um. Es gab immer einen Ausweg, sowohl im Spiel als auch bei den üblichen Hindernissen des Schlosses. Doch alles, was sie erblickte, war ein Gegenstand, der wie eine große Pillendose aussah. Wahrscheinlich war es ein Militärprodukt; denn an der Seite trug es die Aufschrift SCHLACHT.

Bläschen lief zu der Dose hinüber, um sie zu beschnüffeln. Die Hündin war ziemlich neugierig, wobei sie sich meistens mit einmaligem Schnüffeln begnügte. Andererseits bewies Bläschens Verhalten, daß die Dose nicht gefährlich war. Kim folgte der Hündin, hob den Deckel hoch und blickte hinein. Im Innern waren Hunderte von Pillen, die alle heftig umherschleuderten. Was hatte das zu bedeuten?

Kurz darauf wurde ihr klar, daß die Pillen kämpften. Jede von ihnen versuchte, auf alle anderen einzuhauen, die ihr in den Weg kamen, um sie zu zermalmen und zu Pulver zu zerstampfen. Deswegen stand außen auf der Dose wahrscheinlich auch SCHLACHT: Sie war voller kämpfender Pillen. Aber was hatte das mit Kims Aufgabe zu tun?

Vielleicht könnte sie es ja herausbekommen. Sie griff hinein und nahm eine der kämpfenden Pillen heraus.

Das war aber ganz schön schwer! Die Pille jagte in Kims Hand hin und her und legte ständig zu, weniger an Heftigkeit als an Größe. Kim hielt sie fest, erst die ganze Pille, dann nur noch ein Ende und schließlich einen kleinen Zipfel davon, als das Ding schon fast die Größe des Hundes angenommen hatte. Jetzt war es gar keine Pille mehr, sondern ein Kissen! Und es kämpfte immer noch, boxte Kim auf den Arm, schlug gegen die Pillendose, ja, drosch auf alles ein, was ihr in den Weg kam. Was für ein Schlagetot! Kim wagte nicht, sie fahrenzulassen, weil das Ding dann vermutlich noch schlimmer um sich schlagen würde.

Plötzlich kam ihr die Erklärung: Schlachtkissen. Kämpfende Pillen. Kissenschlacht.

Wieder blinzelte das vertraute Licht über ihrem Kopf auf. Ja, diese Pillen könnte sie wirklich gebrauchen.

Sie fuhr mit der freien Hand in die Pillendose und nahm so viele davon, wie sie nur konnte. Es kostete Kim große Mühe, sie festzuhalten. Dann lief sie damit zu dem Stier hinüber. »Nimm dies!« rief sie und schleuderte ihm das Schlachtkissen entgegen. »Und dies!« Nun tat sie das gleiche mit ihrer Handvoll kämpfender Pillen.

Mit Begeisterung droschen das große und die kleinen Kissen auf den Stier ein. Peng, peng, peng, PENG! Sie brauchten keinen Hebelpunkt, sondern konnten auch ohne Stütze prügeln. Der verwirrte Stier versuchte, sich zu wehren. Er schaffte es, das große Kissen aufzuspießen. Doch während es seine Füllung verlor, wurden die kleinen immer größer, ihre Schläge härter. Das lenkte den Stier völlig ab.

»Los!« rief Kim. Zusammen mit Bläschen und Nada rannte sie an dem Stier vorbei, der sie nicht einmal bemerkte. So ließen sie das Getümmel hinter sich und erreichten die Zugbrücke.

Und blieben abrupt stehen. Denn mitten auf der Brücke befand sich ein Stuhl, und auf diesem saß ein Vögelchen. Der Stuhl war mit Vogelkot bedeckt. Genaugenommen bestand er sogar selbst aus Vogelkot – ein Amalgam aus kleinen Vogelkotstücken, die schließlich diese Gestalt angenommen hatten. Er stank.

Sobald das Vögelchen sie erblickte, hob es ab, flog hoch über die Brücke und ließ wieder etwas fallen. Und noch einmal. Ja, es hagelte förmlich auf den Stuhl nieder. »Nyaa, nyaa!« krächzte es. »Ich bombardiere euch mit Stuhl, bis ihr so stinkt, daß man euch nicht ins Schloß läßt. An mir kommt ihr nicht vorbei.« Und wieder ließ er etwas fallen; es hatte die Gestalt eines kleinen Stuhls.

»Unter diesem schmutzigen Vogel kann ich nicht hindurchgehen«, sagte Nada naserümpfend. »Das wäre unprinzessinnenhaft. Der hält sich offenbar für eine Harpyie.«

Und obwohl Bläschen keine Prinzessin war, schien sie auch nicht allzusehr darauf erpicht zu sein.

Kim hatte ebenfalls keine Lust, sich beschmutzen zu lassen.

Was war die sauberste Möglichkeit, an dieser widerlichen Kreatur vorbeizukommen? Kim blickte sich um, doch auf der Brücke gab es nichts als Kot. Sie schaute zum Graben hinüber, doch da war nur das Grabenungeheuer. Es beobachtete das ganze Geschehen sichtlich erheitert. Dann schaute Kim den Weg zurück, den sie gekommen war. Aber da war nur der Stier, der immer noch mit den Kissen kämpfte. Anstatt auf ihn einzuprügeln, schien eins der Kissen zu versuchen, den Stier zu Boden zu drücken, doch ohne großen Erfolg.

Ein Druckkissen? Kim rannte zurück, packte es und jagte wieder davon, bevor der Stier sich zu ihr umdrehen konnte. Dann schleuderte sie das Kissen gegen das Vögelchen.

Und tatsächlich fiel es auf den Vogel und drückte ihn in den riesigen Stuhl. Jetzt konnte er nicht mehr in die Höhe fliegen, um sie zu bombardieren. »Bäh!« krächzte der also bestuhlte Vogel.

Sie bahnten sich ihren Weg durch den Schmutz und gelangten auf die andere Grabenseite. Doch das Ende der Brücke wurde von einem Haufen Melonen versperrt. Eine besonders große Melone scheuchte gerade die andere umher. »Liebchen, komm mal hierher«, sagte sie, worauf die angesprochene Melone herüberkam und die anderen verdrängte, die erst ein Stück ausrollten, bevor sie sich wieder niederließen. »Liebchen, geh hoch auf die Brücke.« Die andere Melone rollte auf die Brücke hoch.

Kim stand da, schaute zu und versuchte das Geschehen zu begreifen.

»Scheuchmelonen!« rief sie schließlich. »Sie scheucht die anderen herum. Und sie sind so beschäftigt damit, daß wir an dem Haufen nicht vorbeikommen.«

Nun kannte sie zwar das Problem, doch was war die Lösung?

Kim blickte sich wieder um, fand diesmal aber nichts, was ihr hätte helfen können. Tatsächlich war inzwischen sogar der Rückweg über die Brücke versperrt, weil es dem Vögelchen gelungen war, das Druckkissen aufzupicken, so daß der Druck im Graben versickerte. Der Stier hatte mittlerweile die verbliebenen Kissen aufgeschlitzt; auch diese waren am Verenden. Was immer Kim würde helfen können – es mußte sich also in unmittelbarer Nähe befinden.

Bläschen beschnüffelte gerade vorsichtig die Melone, die ihr am nächsten lag. Das hatte nicht unbedingt etwas zu bedeuten; aber manchmal hatte Kim doch den einen oder anderen Einfall, wenn sie das Verhalten des Hundes beobachtete. Ob hier vielleicht ein Hinweis vorlag?

Sie musterte den sich ständig verschiebenden Melonenhaufen. Es waren Früchte verschiedener Sorten. Fast gänzlich von den anderen verdeckt lag eine, an deren Namen Kim sich nicht so recht erinnern konnte. Aber es hatte etwas zu bedeuten. So zermarterte sie sich das Hirn, bis es ihr schließlich einfiel: eine Kannichtweg.

Und das war wahrscheinlich auch die Antwort. Sofern sie es richtig handhabte.

»Liebchen, in deinem Haufen ist ja eine Kannichtweg«, sagte sie forsch.

Die große Scheuchmelone unterbrach ihren Strom von Anweisungen. »Ja, ich weiß. Ich versuche sie loszuwerden, damit ich endlich abhauen kann.«

»Du meinst wohl, ihr Name würde bedeuten, daß sie nicht weg kann«, erwiderte Kim. »Aber das stimmt gar nicht. Das ist nur ein Liedzitat. Und es ist unvollständig. Der vollständige Text lautet: ›Kann nicht weg? Das gibt es nicht!‹ Sie hat die ganze Zeit versucht es dir zu sagen, aber du hast ja nicht zugehört.«

Die Scheuchmelone war sprachlos, fing sich aber rasch wieder. »Dann nichts wie weg!« rief sie. »Liebchen, es geht los!« Und sie rollte von der Brücke und weiter um das Schloß. Die anderen Melonen folgten ihr.

»Die große Befreiung«, murmelte Kim anerkennend. »Gewissermaßen ein meloncholisches Ereignis.«

Jetzt war der Weg frei. Kim hatte die letzte Hürde genommen. Und so ging sie weiter, bis sie vor dem Haupttor des Schlosses stand.

Das Tor war verschlossen. Sie hob die Hand, klopfte an.

Einen Augenblick später öffnete sich das Tor. Vor ihr stand eine hübsche junge Frau um die achtzehn, deren Haar perfekt zu ihren braunen Schuhen paßte, die Augen dagegen zu ihrem rosa Kleid. Der Anblick dieser Augen brachte Kim ein wenig aus der Fassung. »Kann ich etwas für dich tun?« fragte das Mädchen leise.

»Äh, ja. Ich bin Kim. Ich spiele bei dem Spiel mit und bin gekommen, um den Guten Magier Humfrey aufzusuchen, damit ich erfahre, wo ich die Siegesprämie finde.«

»Natürlich«, erwiderte das Mädchen lächelnd. »Und hast du auch Begleiter?«

Kim reagierte ein wenig verärgert. »Natürlich. Hast du denn keine Augen im Kopf?«

»Nein.« Das Mädchen blickte sie entschuldigend an. »Es tut mir leid, ich hätte es dir sagen müssen. Ich bin Wira, die Freundin von Hugo, dem Sohn des Guten Magiers. Ich bin blind.«

Plötzlich kam Kim sich richtig winzig vor. Sie hatte sich anmaßend und taktlos benommen! Sie merkte, wie sie errötete. »Ich, äh, das ist, äh, Nada Naga, meine Gefährtin, und Bläschen, mein Hund.«

»Ach, ein richtiger Hund?« fragte Wira. »Die kriegen wir hier nicht oft zu sehen. Unser Schloßhund Canis Major ist gerade nicht da. Darf ich sie streicheln?«

»Ich, äh, sie mag Fremde nicht besonders«, antwortete Kim und fühlte sich noch scheußlicher.

Aber Bläschen ging bereits schwanzwedelnd auf die Frau zu. Wira beugte sich vor, um sie am Kopf zu tätscheln, und der Hund ließ es zu.

Kim staunte. Das war erst das zweitemal, daß sie mitangesehen hatte, wie Bläschen so vorbehaltlos auf seine Freunde zuging. »Du mußt gut mit Tieren umgehen können«, meinte sie.

»Das ist mein Talent«, bestätigte Wira. »Ich erspüre Dinge und weiß, wie sie sind und wie es ihnen geht. Tiere sind ähnlich.« Sie richtete sich wieder auf. »Aber ich will dich nicht aufhalten. Ich werde dich zu Ivy bringen.«

»Prinzessin Ivy? Die würde ich gern mal kennenlernen. Ich muß allerdings mit dem Guten Magier reden.«

»Ivy hat die Verwaltung seines Terminkalenders übernommen«, erklärte Wira. »Es ist einfach zu kompliziert für die vielen Ehefrauen, auf dem laufenden zu bleiben, da sie ja ständig kommen und gehen. Ivy wird wissen, wann er einen Termin mit dir hat.«

Oh. Schon wieder hatte Kim sich mit einer ignoranten Bemerkung blamiert. Sie schloß den Mund und folgte Wira, ihrerseits gefolgt von Bläschen und Nada.

Sie kamen in einen Raum, in dem ein Schreibtisch mit einem Buch stand. Da war auch eine junge Frau, die gerade irgend etwas mit einem Bleistift markierte. Sie hob den Blick. »Ja?«

»Du bist Prinzessin Ivy!« rief Kim und vergaß sich schon wieder. »Was tust du dann hier als Sekretärin?«

Ivy lächelte. »Du mußt eine Spielerin sein.«

»Ist sie auch«, bestätigte Nada von hinten. »Hallo, Ivy.«

»Nada Naga!« rief Ivy entzückt. Sie sprang mit unprinzessinnenhafter Eile auf und kam herbeigelaufen, um Nada zu umarmen. »Dich habe ich ja schon monatelang nicht mehr gesehen!«

»Ich leistete meinen Strafdienst ab«, erläuterte Nada. »Das hier ist Kim, die Spielerin, für die ich die Gefährtin mache.«

»Sie muß den Guten Magier sprechen«, fügte Wira hinzu.

»Ach so, ja, natürlich. Mal sehen.« Ivy kehrte zu dem Buch zurück. »Stimmt, in einer Stunde. Dann hast du ja noch etwas Zeit, um dich frischzumachen und einen Happen zu essen.«

»Ich bringe sie zu MähreAnn«, sagte Wira.

»MähreAnn?« fragte Kim.

»Das ist die Ehefrau des Monats vom Guten Magier«, klärte Wira sie auf, als sie ohne jedes Zögern in den Gang hinaustrat. Sie kannte sich im Schloß offensichtlich gut aus, so daß ihr fehlendes Augenlicht kein Hindernis darstellte. »Das war seine erste Liebe, aber seine fünfeinhalbte Frau, weil sie ihn nicht zu früh heiraten wollte. Sie kann Pferdewesen heraufbeschwören.«

»Ach so, ja«, fiel es Kim wieder ein. Sie hatte darüber gelesen, genau wie über Wira. Jetzt erinnerte sie sich auch daran, daß Wira von ihrer Familie schlafengelegt worden war, weil sie das Mädchen nicht gebrauchen konnten. Zum Glück war Wira im Traumreich der Familie des Guten Magiers begegnet, und die hatte sie gerettet. Irgendwie fiel es schwer, eine Brücke von dem Gelesenen zum jetzigen, wirklich erscheinenden Leben zu schlagen. Die Leute, denen Kim hier begegnete, waren viel beeindruckender als jene, die sie aus den Büchern kannte.

MähreAnn befand sich in der Küche, wo sie gerade Tierkekse in Pferdegestalt buk. Kekse mochten zwar auch an den Ufern des Keks-Dabei-Flusses auf Sträuchern wachsen, doch anderswo war es einfacher, sie zu backen, als erst die lange Reise zu unternehmen, um sie am Fluß zu sammeln. MähreAnn war eine angenehme ältere Frau, die alles andere als ungewöhnlich wirkte. Und doch sah Kim vor ihrem geistigen Auge, wie sie in ihrer Jugend ausgesehen haben mochte: mit den wunderschönen braunen Haaren und Augen, die zu den Mähnen und Schweifen der Einhörner paßten, die sie herbeirufen konnte; mit den unglaublich wohlgeformten Beinen – eine Folge des vielen Reitens. Sie hatte Humfrey kennen- und liebengelernt, als sie noch beide Heranwachsende gewesen waren, ja, sogar jünger als die heute sechzehnjährige Kim. Aber MähreAnn war von einer entscheidenden Unschuld gewesen, weshalb die Einhörner sie nicht freigaben, und sie hatte sich geweigert, Humfrey zu ehelichen, obwohl sie ihn doch liebte. Es war ja so eine liebliche Trauer gewesen! Kim sah sie reiten, sah, wie ihr das Haar nachwehte, eine Träne auf der Wange, als sie Humfrey ziehen ließ, um König von Xanth zu werden. Humfrey hatte statt dessen eine Dämonin geheiratet – doch es war immer nur MähreAnn gewesen, die er geliebt hatte.

Kim riß sich aus ihren Gedanken, als sie merkte, daß die anderen sie beobachteten. »Ach ... ich glaube, ich habe mich in einem Tagtraum verloren«, sagte sie, schon wieder verlegen.

»Natürlich«, meinte MähreAnn. »Die Mähre Imbri ist ja auch hier. Sie hat dir einen Tagtraum gebracht. Und sie hat mir auch erzählt, daß sie dir den Traum von den Müllblasen gebracht hat.«

Kim hatte fast den Eindruck, hinter der Frau den Umriß einer kleinen schwarzen Mähre wahrzunehmen. »Ja. Das war wirklich sehr seltsam, und am Schluß wurde daraus auch noch Wirklichkeit. So habe ich Bläschen bekommen, meine Hündin.« Sie tätschelte Bläschen. »Und gerade eben hat sie mir gezeigt, wie du in deiner Jugend gewesen bist. Du warst ja so schön und nett!« Da merkte sie, daß sie sich schon wieder einen Patzer hatte zuschulden kommen lassen. »Ich meine, nicht, daß du das jetzt nicht mehr wärst ...«

»Meine Liebe, ich bin jetzt viel glücklicher als damals«, unterbrach MähreAnn sie. »Auch wenn ich keine Einhörner mehr herbeirufen kann. Aber die anderen Pferdewesen kommen immer noch zu mir.« Sie tätschelte die Mähre Imbri, die daraufhin die Ohren nach vorn stellte. Das Pferd war *tatsächlich* da, wenn auch unsichtbar.

Da schaute die Mähre Imbri in eine andere Richtung, stob plötzlich durch die Wand hinaus und war verschwunden. Für irgend jemanden war ein Tagtraum fällig geworden. Kim empfand einen Anflug von Neid, als sie an den Glücklichen dachte.

Hinter dem Schloß war ein Garten mit Toilettenbäumen, mit deren Hilfe sie sich frischmachten. Als sie zurückkehrten, fanden sie die Kekse auf dem Tisch vor, daneben eine aufgerollte Kette. »Was ist das?« fragte Kim mißtrauisch.

»Eine Nahrungskette, natürlich«, erklärte MähreAnn. »Ein Gespensterpferd hat sie gebracht. Du kannst dir jedes beliebige Glied herausbrechen.«

Sie hätte es wissen müssen. Sie erinnerte sich noch dunkel daran, daß die Gespensterpferde Ketten um ihre Leiber trugen, mit denen sie rasseln konnten, um die Lebenden abzulenken und zu erschrecken. Sie war nur noch nicht auf den Gedanken gekommen, daß solche Ketten auch eßbar sein könnten.

Sie brachen sich Glieder davon ab und verzehrten sie. Es schmeckte sogar sehr gut. Jedes Kettenglied war von einer anderen Beschaffenheit und schmeckte dementsprechend unterschiedlich. Manche waren wie Gemüse, andere wie Brote, wieder andere glichen Fleisch. Im allgemeinen befanden sich die Gemüse am unteren Ende der Kette, die Fleischsorten dagegen am oberen. Kim brach ein Glied vom oberen Ende für Bläschen ab, die es recht faszinierend fand.

Nach dem Essen war der Termin für das Gespräch mit dem Guten Magier fällig. Wira führte sie die steinerne Wendeltreppe zu dem düsteren Kabuff hinauf, das der Magier sein eigen nannte. Kim erkannte, daß es durchaus sinnvoll war, diese Aufgabe einem blinden Mädchen zu übertragen, weil der Lichtmangel ihr nichts ausmachte. Wira könnte den Guten Magier selbst in völliger Dunkelheit finden.

Und da war er auch schon, fast vollkommen versteckt hinter einem monströsen Buch. »Was willst du?« fragte er mürrisch, offensichtlich verärgert über die Störung.

»Das ist Kim, die Spielerin, Vater Humfrey«, sagte Wira. »Sie hat einen Termin.«

»Oh.« Er warf Wira einen Blick zu, und über seinen mißmutigen Mund huschte der leiseste Hauch der Andeutung eines Lächelns. Kim begriff, daß er das Mädchen wirklich sehr gern hatte, obwohl er sich gnomenhafte Mühe gab, es nicht zu zeigen.

»Ich habe eine Frage«, sagte Kim. »Aber ich glaube, ich kann nicht dafür bezahlen. Ich meine, du verlangst ja einen Jahresverdienst pro Antwort. Aber ich bin Mundianerin und kann nicht so lange in Xanth bleiben.«

»Das gehört zu den Dienstleistungen deiner Gefährtin«, erwiderte Humfrey. »Es ist schon mitinbegriffen. Dann frage endlich, damit wir es hinter uns bringen.«

Einfach so! Kim erkannte, daß auch dies eine Herausforderung war. Die naheliegendste Frage wäre natürlich die nach der Siegestrophäe gewesen. Aber inzwischen hatte sie doch einen großen Teil ihres Interesses daran verloren, ungefähr zur selben Zeit, da sie Dug begegnete. Nun wünschte sie sich, sie könnte eine Frage zu einem anderen Thema stellen, das jedoch nichts mit dem Spiel zu tun hatte. Aber das kam natürlich nicht in Frage.

Oder vielleicht doch? Sie *mußte* doch nicht unbedingt um den Sieg kämpfen, oder? Warum das Spiel nicht auf diese Weise spielen? Dann hätte sie, sollte sie verlieren, sich wenigstens in Erscheinung gebracht. Also überlegte Kim einen Zweidrittelmoment; dann fragte sie: »Wie kann ich bekommen, was ich am meisten begehre?«

Humfrey blätterte in seinem Wälzer. »B«, brummte er dabei. »Bankzauber, Bannung, Baldrian, Begehren. Dämliches, dekadentes, falsches ... meist. Affe, Bulle, Chamäleon ... Mensch. Spieler, Spiel. Weiblich. Jung. Kim.« Auf seiner Stirn erschien eine weitere Falte. »Das ist ja interessant.« Er hob den Blick und sah Kim an. »Dein größtes Begehren hat sich vor kurzem geändert.«

Das war ja wirklich ein umfassendes Nachschlagewerk! »Ja, ich glaube schon«, gestand sie schüchtern.

»Macht nichts. Begib dich ins Kürbisreich. Dort wirst du es finden.«

Bläschen wedelte mit dem Schwanz.

»Kürbis?« fragte Kim verständnislos.

»Das ist das Reich der Träume, zu dem man durch eine bestimmte Kürbisart Zutritt erhält«, erklärte Nada. »Ich kann dir einen suchen.«»

Das wußte Kim schon. Ihre Verständnislosigkeit rührte eher daher, daß sie nicht begriff, wie das Reich der Träume ihr zu irgend etwas anderem verhelfen sollte als zu einem Traum, während sie sich doch eigentlich eine schönere Wirklichkeit wünschte. Das Buch der Antworten mußte einen Druckfehler enthalten oder so etwas. Vielleicht lag es auch daran, daß es sich hier um ein Computerspiel handelte, in das eben nur so und soviel einprogrammiert werden konnte. Das Spiel würde natürlich davon ausgehen, daß ihr heißestes Begehren der Siegessprämie galt. Es war töricht zu erwarten, daß das Spiel irgend etwas über ihr wirkliches Leben oder ihre wahren Gefühle wußte oder sich auch nur darum scherte.

»Dankeschön«, sagte sie und versuchte, ihre Enttäuschung zu verbergen. »Dann werde ich das Kürbisreich aufsuchen.«

Humfrey hatte die Nase schon wieder in dem Buch vergraben. Er beachtete sie nicht mehr.

Als sie wieder die Wendeltreppe herabstiegen, ergriff Wira das Wort. »Die Antworten des Guten Magiers mögen zunächst rätselhaft oder unbefriedigend erscheinen, aber sie sind immer richtig. Ich bin mir sicher, daß du dein größtes Begehren im Reich der Träume finden wirst. Bei mir war es jedenfalls so.«

»Danke«, antwortete Kim. Doch ihre Zweifel blieben.

»Der Magier Grey Murphy hat gestern drei frische Kürbisse gebracht«, fuhr Wira fort. »Sie stehen im Gästezimmer.«

»Ihr wußtet gestern schon, daß heute jemand Kürbisse brauchen würde?« fragte Kim. Doch sie war weniger beeindruckt als resigniert. Offensichtlich hatte der Gute Magier eine Standardantwort für Spieler parat, und deren Funktion bestand darin, sie auf die nächste Spielstufe zu bugsieren. Kim hatte inzwischen einen großen Teil von Xanth erkundet, nur den Kürbis noch nicht. Da schien es einleuchtend, daß sie auch diesen noch erforschen mußte. Woher sollte das Spiel denn auch wissen, daß ihr Körper zwar äußerlich immer noch der Queste nachging, ihr Herz aber inzwischen törichten Irrwegen folgte? Nur ein Idiot würde sich aus einem anderen Grund nach Xanth begeben, als um einmal herzlich zu lachen. Doch leider war sie ebenso ein Idiot.

Wira führte sie ins Gästezimmer. Tatsächlich, auf den Matratzen lagen drei Kürbisse. »Ihr müßt euch an der Hand nehmen, während ihr in die Kürbisse blickt«, erklärte Wira. »Sonst findet ihr euch nicht in derselben Region wieder.«

»Wie bist du denn in die Kürbiswelt gelangt, wo du doch blind bist?« wollte Kim wissen.

»Es gibt auch andere Zugänge. Als man mich eingeschläfert hat, lag ich in einem Sarg, und seine Magie ließ meine Seele aus dem Körper schweben, so daß sie sich zu den Seelen der anderen in diesem Reich gesellen konnte.«

Als man Wira schlafengelegt hatte, hatte das also eine große Ähnlichkeit mit Sterben gehabt. Kim wußte von ähnlichen Fällen in Mundania.

Sie blickte zu Nada hinüber. »Du brauchst uns jetzt nicht unbedingt zu begleiten«, sagte sie. »Ich weiß selbst, wie es in der Traumwelt aussieht.«

»Ich bestehe aber darauf«, antwortete Nada mit einem seltsamen Gesichtsausdruck. Wäre Kim nicht in ihre eigenen Sorgen vertieft gewesen, hätte sie sich vielleicht gefragt, was die Naga-Prinzessin wohl denken mochte.

Sie legten sich auf die Matratzen und gaben einander die Hand. Kim lag in der Mitte; mit der linken Hand hielt sie Nadas rechte fest, und sie hatte die rechte auf Bläschens linke Vorderpfote gelegt. Dann drehte Wira Kims Kürbis um, bis das Guckloch genau auf sie zeigte. Obwohl sie blind war, schien sie ganz genau zu wissen, was sie tat. Und Kim begriff auch, daß es durchaus einleuchtete, diese Aufgabe Wira zu übertragen, weil sie unmöglich Gefahr laufen würde, von dem Kürbis hypnotisiert zu werden.

Kim schaute in das Guckloch – und fand sich ohne jeden Übergang auf einem düsteren Friedhof wieder. O nein! Das mußte jener Abschnitt des Traumreichs sein, der den wandelnden Skeletten zugewiesen worden war. Sie würde damit zwar zurechtkommen, hätte aber einen Bonbongarten oder die Weide der Nachtmähren jederzeit vorgezogen.

Einen Moment minus einen Augenblick später erschien Bläschen neben ihr. »Ach, Bläschen!« rief Kim froh. »Ich habe gar nicht daran gedacht, dich zu fragen, ob du überhaupt mit willst. Aber ich freue mich, daß du bei mir bist.« Sie streichelte den Hund, der ihr seinerseits die Hand ableckte.

Dann erschien auch Nada Naga. »Ach, die Friedhofsschicht«, sagte sie. »Nicht gerade meine Lieblingsgegend.«

»Meine auch nicht«, stimmte Kim ihr zu. »Aber vielleicht brauchen wir uns ja gar nicht mit den Skeletten abzugeben. Es ist doch nur unser Ausgangspunkt. Vielleicht liegt der Preis ja woanders.«

»Geschützt durch eine Herausforderung«, stimmte Nada zu. »Und zwar der strengsten von allen.« Die Art, wie sie das sagte, weckte in Kim eine Spur von Unbehagen; aber sie konnte es nicht genauer festmachen. Nada hatte sich die ganze Zeit wie eine korrekte Gefährtin benommen, auch wenn sie ein wenig reserviert gewesen war. Aber das war bei einer Prinzessin ja auch nicht anders zu erwarten.

»Also, dann schauen wir uns mal woanders um«, sagte

Kim. Sie fand, daß die Antwort des Guten Magiers, so vieles sie auch abdecken mochte, ihr keine allzugroße Hilfe war, denn sie wußte auch, daß das Traumreich auf seine Weise ebensogroß war wie ganz Xanth. Der Preis könnte wirklich überall sein. Andererseits war dies natürlich das Spiel, so daß sie bestimmt irgendwo einen Hinweis darauf finden würde.

Doch als sie den Friedhof gerade hinter sich lassen wollte, wurden sie von einem Skelett erspäht. »He-ho!« rief es ihnen zu. »Sucht ihr etwas?«

Kim fiel ein, daß das Spiel es nicht erlauben würde, wenn sie versuchte, den Friedhof zu meiden, wenn der für sie vorgesehene Weg darüber führte. Also drehte sie sich resigniert um. »Ich bin Mundanierin, die gerade das Spiel spielt. Ich suche nach dem Preis.«

Das Skelett stutzte. Sein gesamter Aufbau wies darauf hin, daß es männlichen Geschlechts sein mußte. »Ach so. Und ich dachte, du suchst das, was du am meisten begehrst«, sagte der Knochenmann.

Kim reagierte mit Verblüffung. »Danach habe ich gefragt, ja«, räumte sie ein. »Aber woher weißt du das?«

»Hoppla, das war aber jetzt ein Patzer«, sagte er. »Eigentlich sollte ich dir gar nicht sagen, was ich weiß, sondern dich nur zur Herausforderung führen. Das tut mir aber schrecklich leid!«

Das Licht blitzte über Kims Kopf. »Du bist ja Mark Knochen!« rief sie.

Das Skelett wirkte bestürzt. »Woher weißt du das?«

Jetzt mußte Kim lächeln. »Ich habe gesehen, daß du einer der Gefährten warst, die zur Auswahl standen. Und ich vermute, daß ihr andere Aufgaben erledigen müßt, wenn die Wahl nicht auf euch fällt. Also wirst du wohl hier arbeiten, sozusagen zu Hause.«

»Da hast du natürlich recht«, bestätigte er. »Aber eigentlich sollte ich für diese Rolle eine andere Identität annehmen. Ich hoffe, du entschuldigst diesen Regelverstoß.«

»Aber gern«, erwiderte Kim und fühlte sich schon besser.

»Mir ist, als würde ich dich kennen, weil ich von dir gelesen habe.«

»Das ist aber nett«, meinte Mark verunsichert. »Prinzessin Nada Naga kenne ich natürlich. Schon seit der Zeit, als sie noch ein achtjähriges Kind war.«

»Ich war eigentlich vierzehn«, widersprach Nada. »Ich mußte nur so tun, als wäre ich acht. Prinz Dolph war richtig enttäuscht, als er es erfuhr.«

»Ich glaube, das ist alles zum besten gelaufen«, antwortete Mark. »Electra scheint mir für ihn doch die bessere Partie zu sein. Das ist nicht verletzend gemeint.«

»Ich bin auch nicht verletzt«, wiegelte Nada ab. »Mit jüngeren Männern konnte ich noch nie besonders.«

Das Skelett wandte sich dem Hund zu. »Aber den da kenne ich noch nicht, glaube ich.«

»Das ist Bläschen«, erklärte Kim. »Meine Hündin.« Doch noch während sie sprach, empfand sie tiefstes Bedauern. Sie mochte den Hund wirklich, und es würde ihr sehr weh tun, ihn bei Spielende zurückzulassen und nach Mundania zurückkehren zu müssen. Sie wußte zwar, daß der Hund auch nur eine Gestalt in diesem Spiel war wie alle anderen, und daß er niemals mit ihr zusammen ins Alltagsleben zurückkehren würde, nachdem er seine Aufgabe erfüllt hatte. Und dennoch wünschte er sich, es könnte so sein. Sie vertraute Bläschen auf eine Weise, wie sie es Nada gegenüber nie so recht konnte.

»Na ja, ich fürchte, jetzt wird unsere Aufführung nicht mehr sehr wirkungsvoll sein, da du mich erkannt hast«, fuhr Mark fort. »Eigentlich sollte es eine Herausforderung durch Angst sein, aber Angst funktioniert nicht besonders gut, wenn man ihre Grundlage bereits kennt. Ich weiß nicht so recht, was ich jetzt tun soll.«

»Kein Problem«, meinte Kim. »Ich habe es nicht eilig. Setzen wir uns doch erst einmal eine Weile hin und plaudern wir!«

»Aber das steht doch nicht im Spielprotokoll!« protestierte Nada.

»*Piep* auf das Protokoll«, sagte Kim. »Wenn ich mir schon nicht meinen Herzenswunsch erfüllen kann, möchte ich wenigstens das Abenteuer genießen.« Sie ließ sich auf den nächsten Grabstein plumpsen. Bläschen legte sich zu ihren Füßen nieder. »Mark, wie ist deine Art überhaupt entstanden? Ihr wart doch bestimmt nicht von Anfang an Skelette.«

Mark nahm neben ihr auf einem zweiten Grabstein Platz. »Das ist eine ziemlich degenerierte Geschichte. Ich bin mir nicht sicher, ob sie dir gefällt.«

»Dann versuch es doch einfach.« Kim empfand diebische Freude bei der Aussicht, das allwissende Spiel ein wenig durcheinanderzubringen. Vielleicht könnte sie sogar noch eine Lücke im Programm entdecken.

»Na gut. Vor langer Zeit, noch bevor der Nachthengst die Magie des Kürbisreichs zähmte, pflegten Menschen, die durch die Gucklöcher der Hypnokürbisse spähten, von diesen gebannt zu werden, da sie ja nicht das Geheimnis der Lösung dieses Zaubers kannten – daß man nämlich dafür sorgt, daß ein Freund die Verbindung zwischen Auge und Guckloch unterbricht. Und so blieben viele hier auf alle Zeiten gefangen. Im Traumreich blieben sie lebendig, egal wie stark ihr physischer Körper auch verrotten mochte, solange ihr Augapfel auf das Guckloch gerichtet blieb. Aber ihr Traumkörper selbst siechte ebenfalls dahin und spiegelte den Zustand ihres physischen Körpers wider. Und so wurde das Kürbisreich mit der Zeit von zombieähnlichen Gestalten bevölkert und schließlich von wandelnden Skeletten. Jeder war entsetzt von seinem eigenen Aussehen und dem der anderen. Ich muß dazu sagen, daß sie ein bißchen in ihr Fleisch verliebt waren, vor allem in jene Teile, die ihre männlichen von ihren weiblichen Merkmalen unterschieden. Das war aber noch nicht das schlimmste; bei Kürbissen handelt es sich ja um ein lebendes Gemüse, und wenn einer davon keimte und sich auflöste, wurde die darin gefangene Person freigesetzt. Damals bedeutete das allerdings noch den Tod. Das heißt, daß die Leute innerhalb des Kürbisses sich von diesem Zeitpunkt an auflösten. Das war ihre ganze Perspektive: Gefangenschaft, Abmagerung, Skelettisierung und schließlich die Auslöschung.

Doch eines Tages unterhielten sich ein männliches und ein weibliches Skelett und verliebten sich trotz ihres grotesken Aussehens ineinander. Der Geist des einen paßte zu dem des anderen, und es war auch der Geist, den sie liebten. Doch als sie sich ineinander verliebt hatten, betrachteten sie ihre Körper auch als weniger abstoßend. Und so experimentierten sie und brachten ein Skelettkind hervor. Das war gar nicht einfach, weil sie dazu ihren eigenen Körpern Knochen entnehmen mußten, was sie selbst wiederum beeinträchtigte. Trotzdem war es eine phänomenale Leistung. Denn zum erstenmal konnten sie sich nun fortpflanzen – als belebte Skelette. So hatten sie im Kürbis zu Liebe und Familie gefunden. Nun beeilten sie sich, den anderen Skeletten davon zu erzählen, und die schafften es ebenfalls, eigene Nachkommen hervorzubringen. Sie erzählten den kleinen Skels nichts davon, daß sie schon bald ausgelöscht werden würden; das wäre doch zu grausam gewesen. Statt dessen erfreuten sie sich der Unschuld der Kleinen, die inmitten dieser Hölle ein Abbild des Himmels schufen. Sie paßten ihre Erzählungen und Legenden an das Leben im Kürbis an und schufen neue Mythen, die die alten ersetzten. Sie versuchten, alles in der Begrifflichkeit der Traumrealität zu erklären, um ihren Kindern die schreckliche Wahrheit zu ersparen.

Doch hatten sie damit noch viel mehr erreicht, als sie selbst jemals erfahren sollten. Es geschahen nämlich zwei Dinge. Erstens lösten sich die kleinen Skels nicht in Nichts auf, als ihre Eltern dies taten; schließlich stammten sie nicht aus Xanth, ja, sie stammten nicht einmal von fleischlichen Wesen ab, und so endete ihre Existenz nicht mit dem Verfaulen des Kürbisses. Denn die Kürbisse sind in Wirklichkeit nur Öffnungen; sie befördern den Geist der in ihnen Gefangenen ins Traumreich, ganz so, wie das Auge dem Geist ein Bild zuführt. Die Bewohner des Traumreichs leben ebensowenig im Kürbis selbst, wie die Bilder in den Augäpfeln gespeichert werden. So war also im Traumreich eine neue Art erschaffen worden. Zum zweiten begannen die kleinen Skels zu wachsen. Nicht durch Nahrungsaufnahme; denn sie verfügten über kein Verdauungssystem. Sie nahmen also weder etwas zu sich, noch schieden sie Exkremente aus, wenn du diese ordinären Ausdrücke entschuldigen magst. Statt dessen fanden sie herumliegende verirrte Knochen und fügten sie sich ein, wodurch sie immer größer wurden. Als die überlebenden Eltern das begriffen, wurden sie sehr großzügig, was ihre eigenen Knochen betraf; denn sie wußten ja, daß diese sowieso nur verlorengehen würden, wenn ihre Eigentümer verschieden. So gab es plötzlich einen riesigen Vorrat, und die Skels gediehen noch schneller. Mit der Zeit wuchs so die erste Generation von Traumreich-Erwachsenen heran: Leute, die das Reich der Außenwelt nie kennengelernt hatten und für die es lediglich eine abstoßende Alternativwelt war, die von fleischfarbenen Parodien der Skelette bevölkert wurde. Jeder von uns lernte, seine Knochen auseinanderzunehmen und wieder zusammenzusetzen, um daraus Ketten oder andere Figuren zu bilden. Das war sehr praktisch, wenn wir einmal Steilklippen oder andere Gefahren bewältigen mußten. So begannen wir, uns als die vielseitigsten aller Wesen zu betrachten – was ja auch durchaus seine Berechtigung hatte.

Dann kam der Nachthengst, organisierte das Traumreich und schickte die Nachtmähren mit Träumen aus, die jene schlafenden Leute bestraften, die es verdient hatten. Das erwies sich als beachtlicher Markt; es war ganz erstaunlich, wie viele lebende Leute ein schlechtes Gewissen hatten, das ihnen Alpträume bereitete. Je besser das Traumgeschäft florierte, um so aufwendigere Träume wurden fabriziert, und so suchte man nach Spezialisten für deren Herstellung. Manche Kürbisbewohner wurden Zimmerleute, andere Maler, einige Bildhauer, und sie stellten die Kulissen und Hintergrundszenerien her. Andere wurden Organisatoren und Direktoren, die die Bemühungen anderer koordinierten. Manche wurden auch Schriftsteller und schrieben die einzelnen Szenen. Und einige traten in den Szenen als Darsteller auf. So hatte das Kürbisreich seinen Sinn bekommen.«

Mark Knochen machte eine Pause. Er schüttelte den Totenkopf. »Und so ist es auch geblieben, jedenfalls für die meisten Mitglieder meiner Art. Aber Schicksal und Magie wollten es, daß ich mich im Kürbis verlief, bis ich von Esk Oger aus dem gefürchteten Außenreich gerettet wurde. Ich machte die Entdeckung, daß die fleischlichen Leute, wenngleich abstoßend, doch nicht so gräßlich waren, wie wir geglaubt hatten, und mit der Zeit lernte ich sie so zu nehmen, wie sie sind. Samt Fleisch und allem. Ja, ich habe sogar eine Vorliebe für die Existenz außerhalb des Kürbis entwikkelt; es war eine andere und oft faszinierende Welt. Später wurde Grazi Knochen aus dem Kürbis verbannt, weil sie sich in einen Alptraum eingemischt hatte, den sie für falsch und ungerechtfertigt hielt, und so lernte ich sie kennen, während sie ihrerseits dieses Reich kennenlernte. Jetzt sind wir es beide zufrieden, draußen zu leben, und wir haben auch zwei Kinder, Malma Knochen und Glied Knochen, die uns große Freude bereiten. Auch sie sind es zufrieden, in diesem Reich zu existieren.«

»Das ist ja wirklich faszinierend«, bemerkte Kim. »Aber soweit ich weiß, habt ihr Skelette doch gar keine Seele. Wie könnt ihr dann da draußen existieren?«

»Das ist tatsächlich ein Problem«, räumte Mark ein. »Wir versuchen, Seelen für uns selbst und unsere Kinder zu beschaffen. Aber Seelen wachsen nun mal nicht auf Bäumen.« Er legte den Kopf schräg, um anzuzeigen, daß es sich dabei um eine humoristische Bemerkung handelte. »Es heißt, daß Sterbliche ihre Seele mit einem anderen teilen können, indem sie eine Hälfte abgeben, die sich danach wieder erneuert. Aber bisher haben wir niemanden gefunden, der dazu bereit ist. Wir fürchten, daß jene von uns, die im Außenreich existieren, sich im Laufe der Zeit auflösen werden, ganz ähnlich, wie es unsere fernen menschlichen Vorfahren im Kürbis taten.« Er zuckte die Schultern, daß die

Knochen schepperten. »Aber das soll nun wirklich nicht deine Sorge sein. Du mußt versuchen, dein Spiel zu gewinnen, und ich muß versuchen, dich daran zu hindern, immer den Spielregeln entsprechend.«

»Ja, da hast du wohl recht«, sagte Kim. »Ich wünschte, es ginge anders.« Sie seufzte. »Na schön, machen wir weiter. Was kommt als nächstes?«

17

Esel

Dug blickte den Weg entlang. Er wußte, daß es jetzt nicht mehr die geringste Chance gab, Kim noch einzuholen. Die Zentauren waren einfach zu schnell. Aber aufgeben wollte er auch nicht. Das Schuldbewußtsein trieb ihn weiter. »Dann müssen wir eben zu Fuß zum Schloß des Guten Magiers gehen und können nur hoffen, daß wir Kim noch rechtzeitig abfangen, bevor irgend etwas passiert«, sagte er.

»Nada ist eigentlich richtig nett«, meinte Jenny. »Ich bin sicher, sie ist sehr unglücklich darüber, falsch sein zu müssen.«

»Trotzdem ist sie jetzt der Gegner«, sagte Dug. »Ich möchte in erster Linie Kim einholen, ihr die Gefahr schildern und meine erste Gefährtin wieder eintauschen. Dann kannst du Kim dabei helfen, ihren Preis zu gewinnen, und ich ... na ja, ich weiß auch noch nicht so recht, was ich dann tun werde. Aber wenigstens komme ich mir dann nicht mehr wie ein Schurke vor.«

»Aber du wußtest doch gar nicht von Nada, als du getauscht hast«, wandte Jenny ein. »Es ist doch nicht deine Schuld, daß sie die Falsche Gefährtin ist.«

»Das spielt keine Rolle. Es ist einfach nicht richtig, daß

Kim scheitern soll und ich mir gewissermaßen eine goldene Nase verdiene. Ich fühle mich schuldig.«

»Deine Einstellung gefällt mir«, sagte Sherlock.

»Mir auch«, meinte Jenny.

»Das ist nur eine ganz normale Einstellung, wie sie eigentlich jeder haben sollte. Was ich jetzt brauche, ist der schnellste Weg zum Schloß. Und das bedeutet wohl, im Eilschritt nach Süden zu gehen.«

Dugs Rucksack saß nach der wilden Reise im entstofflichten Zustand etwas unbequem. Als Dug ihn abnahm, entdeckte er zu seinem Erstaunen, daß er von hübscher goldener Farbe war. Es war allerdings kein richtiges Gold. Es war nur goldgefärbt, als wäre er angemalt. »Schaut euch das mal an«, sagte er verblüfft.

»Der hat ja seine Farbe verändert!« sagte Jenny. »Hübsch ist er.«

»Aber wie konnte das passieren?« wollte Dug wissen. »Ich habe ihn am Rücken getragen, deshalb habe ich es nicht gesehen. Einer von euch vielleicht?«

Beide schüttelten verneinend den Kopf. Es war ein kleines Rätsel. Dug jedoch traute Rätseln nicht. Nicht in diesem heimtückischen Spiel. Hier konnten auch kleine Dinge wichtige Entwicklungen anzeigen.

Er öffnete den Rucksack und holte ein ziemlich zerdrücktes Sandwich hervor – und auch das war golden bemalt. Und doch war er sicher, daß dies gerade eben noch nicht der Fall gewesen war. Er berührte ein Hemd zum Wechseln – und sah, wie es seine Farbe veränderte. »Das bin ja ich!« rief er. »Alles, was ich anfasse, wird zu Gold!«

»Ach du liebe Güte«, sagte Sherlock. »Ich habe von König Midas gehört. Das ist aber ein gemeiner Fluch.«

»Es wird ja nicht zu massivem Gold«, stellte Dug richtig. »Nur vergoldet. Guck mal, das Hemd ist immer noch biegsam. Es hat nur die Farbe gewechselt. Und das Sandwich ist immer noch weich; nur die Verpackung ist golden, sonst nichts.«

»Trotzdem erscheint mir das wie ein Fluch«, bemerkte

Jenny. »Vielleicht solltest du lieber niemanden anfassen, bis du weißt, wie man das handhabt.«

»Hm. Mal versuchen«, gab Dug zur Antwort. Er konzentrierte sich darauf, die Farbe *nicht* zu verändern, und berührte einen weiteren Gegenstand im Rucksack. Der aber wurde trotzdem golden. Dug trat an den Wegesrand und berührte das Blatt eines Baumes. Es wurde ebenfalls goldig.

Er begriff, daß dies nicht aus dem Nichts entstanden sein konnte. Andererseits hatte er in den letzten Minuten nichts Ungewöhnliches getan; deshalb glaubte er auch nicht, irgendwelche Magie ausgelöst zu haben. Beispielsweise hatte er kein Stinkhorn aufgehoben. Weshalb lastete dann dieser Zauber auf ihm?

Er musterte den goldenen Rucksack. Den *vergoldeten* Rucksack, um genauer zu sein.

Gold. Goldene Nase. Schuldgefühle. Eine ziemlich willkürliche Querverbindung. Aber er hatte von beidem gesprochen.

Er stöhnte. »Ich bin das Opfer einer Assoziation«, verkündete er.

»Aber wir haben doch gar keine Firma«, wandte Jenny ein.

»Goldene Nase – Schuldgefühle. Ich habe beides erwähnt, und jetzt hat der Assoziationszauber zugeschlagen.«

»Vielleicht kannst du ihn ja abwehren«, meinte Jenny.

»Vielleicht.« Dug stellte sich mit dem Gesicht zum Wald auf. »Ich verweigere die Assoziation mit der Assoziation«, deklamierte er. Dann berührte er einen weiteren Gegenstand in seinem Rucksack. Er veränderte sich nicht. »Ha! Ich habe ihn neutralisiert!«

»Mist«, murrte jemand. »Schon wieder reingelegt.«

Die drei warfen sich einen Blick zu. Keiner von ihnen hatte etwas gesagt. Ein Luftstoß kam auf, wie ein kleiner Wirbelwind. Er wurde erst rauchig, dann fest, und nahm schließlich die Gestalt einer wohlproportionierten, spärlich bekleideten Frau an.

»Metria!« rief Jenny. »Was tust du denn hier?«

Dug erinnerte sich, daß auf der Liste möglicher Gefährten auch eine Dämonin dieses Namens gestanden hatte. Das mußte sie sein.

»Zwei Dinge«, antwortete die Dämonin. »Ich untersuche dein Chaos.«

»Mein was?«

»Konfusion, Unordnung, Mißverständnis, Ferment, Durcheinander, Abfall ...«

»Scheitern?« schlug Dug vor.

»Was auch immer«, bestätigte sie böse. »Was tust du hier mit der Falschen Gefährtin?«

»Wir haben getauscht«, sagte Dug. »Ich bin zu dem Schluß gekommen, daß Jenny Elfe besser für mich ist als Nada Naga.«

»Aber die Herausforderungen sind auf Nada zugeschnitten!«

Dug fragte sich, ob das gut oder schlecht sein mochte. »Du meinst, sie hätte mir hier besser weiterhelfen können – oder auch nicht?«

»Ach, ich weiß auch nicht. Nur daß Fetthuf es auf die eine Weise geplant hat, während du es auf die andere durchführen mußtest. Die Katze zu benutzen, um dich zurechtzufinden! Weiß der Zonk, wie die andere Spielerin mit der Schlangenfrau zurechtgekommen ist.«

»Also gibt es eine Regel, die das verbietet?« fragte Dug.

»Nicht direkt. Es ist einfach niemand darauf gekommen, daß jemand so blöd sein könnte, eine solche Nummer abzuziehen.«

»Wo liegt dann das Problem?«

Die Dämonin zauderte. »Es ist einfach nicht juristisch.«

»Nicht was?«

»Begegnung, Konvergenz, Intersektion, Vereinigung, Verbinden, Beurteilen ...«

»Recht?« Dug konnte auch kalauern, wenn es sein mußte.

»Was auch immer. Es ist einfach nicht recht, alles so auf den Kopf zu stellen. Jetzt muß ich ganz von vorn komplizieren.«

»Du meinst, ich komme ganz gut zurecht, und deshalb wirst du mich sabotieren?« Dug war amüsiert. Er hatte es ja nicht einmal auf den Preis abgesehen. Er wollte lediglich den Schaden wiedergutmachen, den er ungewollt angerichtet hatte.

»So ungefähr«, bestätigte die Dämonin.

»Wartet mal einen halben Augenblick«, warf Jenny ein. »Metria, hat Professor Fetthuf dir ausdrücklich aufgetragen, Dug am Fortkommen zu hindern?«

»Was geht das dich an, Elflein?«

»Ich bin Dugs Gefährtin. Es ist meine Aufgabe, ihn durch unnötige Verwirrung und Komplikationen zu geleiten, damit er nicht glaubt, er wäre in irgendeinem anderen Spiel, wo solche Dinge angeblich Standard sind. Und du kommst mir vor, als wärst du genau diese Art von Unfug. Was hat Fetthuf zu dir gesagt?«

Die Dämonin zögerte schon wieder. »Er hat gesagt, ich soll nachsehen und meine Urteilskraft benutzen.«

»Er hat gemeint, du sollst dir ein Urteil darüber bilden, ob Dug wegen des Durcheinanders in unzumutbare Schwierigkeiten geraten ist«, sagte Jenny. »Das ist er nicht, also brauchst du jetzt nur noch zurückzukehren und zu vermelden, daß alles in Butter ist.«

»Alles in wo?«

»Milch, Sahne, Creme, Schmand, Ruhm ...«

»He!« protestierte Dug.

»Ich meine Muttermilch, H-Milch, Quark ...«

»Öl?« erbot sich Metria.

»So ähnlich, ja. Aber streichfähig.«

»Ach, du meinst, daß alles in Ordnung ist.«

»Genau das«, antwortete Jenny gelassen. »Auf seine eigene, unnachahmliche Weise. Du kannst dich also verdrücken und ihm das melden. Dug ist nicht dein Spielzeug, Metria.«

Dug begriff, daß Jenny versuchte, ihre Aufgabe zu erfüllen. Offensichtlich würde die Dämonin sich sonst in alles einmischen, was er zu erreichen versuchte. Die Haltung der Elfe gefiel ihm.

Metria überlegte. Sie sah erst Dug an, dann Sherlock. Ihr Kleid blitzte durchsichtig, jedoch ohne ihre Höschen zu zeigen. Immer vorausgesetzt, sie hatte überhaupt welche an. »Aber das sind doch so interessante Männer. Ich denke, ich bleibe und prüfe die Sache noch ein wenig nach.«

»Aber du mußt zurückkehren und Fetthuf Meldung machen«, erinnerte Jenny sie.

»Ich soll mir ein Urteil bilden. Und mein Urteil lautet, daß ich hier noch ein bißchen herumhängen sollte.« Für einen kurzen Augenblick nahm sie die Form einer Gestalt an, die mit einer Schlinge um den Hals herumbaumelte, bis sie tot war.

»Aber du darfst dich nicht in meine legitime Gefährtinnentätigkeit einmischen.«

»Eigentlich ist doch Nada Naga Dugs Gefährtin«, versetzte Metria. »Du bist nicht seine legitime Gefährtin. Du bist die von Kim.«

Jenny wandte sich an Dug. »Das gibt wahrscheinlich Ärger«, meinte sie. »Zum Glück ist ihre Aufmerksamkeitsspanne nicht sehr groß. Wenn du sie ignorierst, wird sie nach einer Weile verschwinden.«

Metria lächelte. »Ja, ignoriere mich nur, Dug Mundanier.« Dann trat sie an ihn heran, und ihre Kleidung löste sich auf.

Dug hatte damit gerechnet, daß sie durchlässig und rauchig sein würde. Statt dessen erwies sie sich völlig feststofflich. Erst zu spät fiel ihm ein, daß sie ja gar keine Halbdämonin war wie Threnodia, sondern eine Volldämonin. Deshalb konnte sie sich auch sofort verändern.

Metria preßte sich gegen ihn. Nicht nur, daß sie nackt war, sie war auch äußerst üppig geformt. Sie streckte den Arm aus und zog Dugs Kopf herunter zum Kuß. »Du hättest mich zur Gefährtin wählen sollen«, murmelte sie. »Ich hätte dir ein schwindelerregend aufregendes Leben bescheren können.«

Ihm wurde klar, daß sie recht hatte. Dug hatte einen einzigen Blick auf die schöne Nada geworfen und sie sofort ausgewählt, doch nun bemerkte er, daß die Dämonin sich ebenso schön machen konnte, dafür aber keine Prinzessinnenallüren hatte, die das wieder zunichte gemacht hätten. Ja, er hätte doch wohl besser Metria nehmen sollen. Dann wäre er im Spiel zwar nicht allzuweit gekommen, aber die Ablenkung wäre köstlich gewesen. Jetzt erfuhr er selbst aus erster Hand (nein, aus erstem Mund!), wie es Sherlock ergangen war, als er von einer Dämonin geküßt wurde.

»Es ginge immer noch«, fügte sie hinzu und fuhr beim Einatmen mit ihrem nackten Oberkörper über seinen bekleideten. Es war offensichtlich, daß sie nicht bluffte. Nie hätte jemand dieses Geschöpf mit dem Eigenschaftswort ›unschuldig‹ belegt.

Doch im Augenblick hatte Dug anderes vor. Er mußte Kim erreichen und sie vor ihrer Falschen Gefährtin warnen. Also wappnete er sich gegen die Reize der Dämonin. »Schlag es dir aus dem Kopf«, sagte er. »Vielleicht ein anderes Mal, du höllisches Wesen.«

Sofort wurde ihm klar, daß er einen Fehler gemacht hatte. Metrias Mund verzerrte sich zu einer Grimasse und wurde schließlich zu einer mit Hauern bewaffneten Schnauze. Sie schnappte nach seiner Nase, fuhr aber in ihrer Unstofflichkeit durch diese hindurch. So erschrak Dug zwar etwas, blieb dabei aber unversehrt.

Dann löste sich die Dämonin in Luft auf. »Ich komme wieder«, ertönten ihre Worte.

»Ach, Mäusemist!« schimpfte Jenny. »Ich habe gesagt, du sollst sie ignorieren, nicht beleidigen. Jetzt wird sie richtig ernsthaft Ärger machen.«

»Es wurde mit der Zeit ziemlich schwierig für mich, sie zu ignorieren«, erwiderte Dug zu seiner Verteidigung.

»Sie hat sich dir doch bloß in den Weg gestellt.«

»Sie war wirklich schwer zu ignorieren«, warf Sherlock ein. »So etwas versteht ein Kind noch nicht.«

Jenny zuckte die Schultern. Offensichtlich begriff sie nicht, welchen Reiz eine üppig geformte nackte Dämonin ohne Höschen ausüben konnte. Dug war froh über Sherlocks Unterstützung.

Sie gingen weiter gen Süden. Doch schon bald begegneten sie einem riesigen grauen Esel. »Aha«, sagte die Kreatur. »Seid ihr die drei Leute, von der die Dämonin gesagt hat, daß sie Ärger suchen?«

Schon manifestierte sich das Urteil der Dämonin! Dies war offensichtlich kein gewöhnlicher Esel. Dug dachte schnell nach. In Wirklichkeit handelte es sich natürlich nur um eine weitere Herausforderung, und so ging es darum, wie er das Unheil in etwas Förderliches verwandeln konnte. »Nein, wir sind die drei Leute, die bereits Ärger *haben«*, stellte er richtig. »Wir suchen in Wirklichkeit nach einem Ausweg aus dem Ärger. Die Dämonin muß uns falsch verstanden haben.«

»Iiiaa!« brüllte der Esel. »Soviel ist sicher.«

»Genaugenommen brauchen wir eine Reitmöglichkeit, um aus dem Ärger rauszukommen«, fügte Dug hinzu. »Ein so prächtiges Tier, wie du eins bist, könnte uns einen riesigen Gefallen tun.«

»Iiiaa! Ich bin der Neun-Geschichten-Esel. Ich kann euch überall hinbringen. Aber dafür müßt ihr euch meine Geschichten anhören.«

Dug schaute seine beiden Begleiter an. »Ich finde, das ist nur recht und billig. Kannst du uns zum Schloß des Guten Magiers bringen?«

»Iiiaa! Das kann ich. Springt auf.«

Dug beglückwünschte sich stumm zu seinem Erfolg, eine Bedrohung in einen Vorteil verwandelt zu haben. Genau das Gegenteil einer Eselei!

Jenny blickte zweifelnd drein, protestierte aber nicht. Also war sie zu dem Schluß gekommen, daß es ungefährlich sein mußte, auf dem Riesenesel zu reiten. So half Dug ihr beim Aufsitzen und bestieg hinter ihr das Tier, gefolgt von Sherlock. Es gab mehr als genig Platz für alle. Auch Sammy Kater konnten sie noch unterbringen.

Der Esel setzte sich in Bewegung. »Iiiaa! Natürlich habe ich neun Geschichten«, sagte er. »Als erstes erzähle ich euch die vom Tödlichen Nachtschatten und dem Kuß des Todes.

Es war einmal ein gewisser Nachtschatten, der sich einsam fühlte, weil er keine Verwandten hatte. Er beschloß, daß auch sonst niemand mehr Verwandte haben sollte. Und so wurde er zum tödlichsten Nachtschatten von allen.«

Zu Anfang fand Dug die Geschichte noch interessant. Doch nach einer Weile wurde es langweilig; denn der Esel hatte zwar durchaus seine Stärken auf dem Gebiet des Detailreichtums, nicht aber der Haltung. Er erzählte, wie der Schatten einen Verwandten nach dem anderen umbrachte, indem er ihnen seinen Todeskuß verabreichte, bis sie alle tot waren. Und damit endete auch schon die Geschichte. Es gab keine Auflösung, keine Vergeltung, nur ein unentwegtes Gemetzel. Dug erkannte, daß das Gedächtnis des Esels sehr viel ausgeprägter war als seine Originalität. Andererseits hatte er sich in Mundania schon viele ähnliche Geschichten im Fernsehen angeschaut.

»Dann ist da noch die Geschichte von Rubella und dem Tollmond«, fuhr der Esel fort, nachdem die erste Geschichte in Langeweile verödet war. Er erzählte, wie Rubella den Mond immer mehr piesackte, bis er toll vor Wut war, wobei er jedesmal eine neue Pockennarbe im Gesicht bekam. Nachdem die Geschichte sich etwa eine Stunde hingezogen hatte, war das ganze Gesicht des Mondes von Pockennarben und Kratern übersät; aber der Mond war zu dämlich, um daraus zu lernen, wie er Rubella abwehren konnte. Auch diesmal gab es keine Pointe: Geistlos folgte statt dessen Pocke auf Pocke.

Dann war da noch die Geschichte von Fait Accompli und dem DeOgerant. Fait zog aus, die Oger zu schwächen, indem sie ihren starken Geruch beseitigte. Sie benutzte eine spezielle, mit Rollstift aufzutragende Schmiermasse, um einen Oger nach dem anderen zu deogerisieren, bis keiner mehr stark roch. Leider erreichte sie damit nichts, weil die Oger nach wie vor gräßlich kräftig blieben und immer noch Knochen in großer Zahl zermalmten. Der größte Teil der Geschichte widmete sich der Beschreibung eines jeden der ungefähr einhundert Oger, mit denen Fait sich befaßte.

Dann war da noch die Geschichte von Michael Velli und der Krähenbar. Michael zog voller raffinierter Heimtücke und bar jeder Ethik aus, um die Lieblingskneipe der Krähen in den Ruin zu treiben: eine Bar, wo sie sich an Kornsaft dumm und dämlich saufen konnten. Das tat er, indem er jeder einzelnen Krähe mitteilte, daß die Bar geschlossen sei. Nachdem er im Zuge einer weiteren einstündigen Schilderung etwa dreihundert Krähen einzeln davon Mitteilung gemacht hatte, wurde die Bar tatsächlich mangels Publikum geschlossen. Michael war sehr zufrieden mit seiner List.

Dug nicht. Die langweiligen Geschichten lullten ihn in den Schlaf, während der riesige Esel weiter trottete.

Dug erwachte mitten in der Geschichte von Mutter Henne und ihren Söhnen Vim und Vigor. Doch sollte er nie erfahren, welch eine Prüfung diese beiden Streithähne für Frau Henne darstellten, weil er plötzlich sah, daß sie sich einen Schloß näherten. Ein Glück – sie waren am Ziel!

»Das Schloß des Guten Magiers!« rief er und weckte Jenny, Sammy und Sherlock, die des Esels endlose Geschichten offenbar genauso gelangweilt hatten wie ihn. Sie glitten vom Eselsrücken auf den Boden und reckten die tauben Beine.

»Nein, das ist Schloß Roogna«, erwiderte der Esel überrascht.

»Tatsächlich!« sagte Jenny, als sie es erkannte. »Da ist ja der Obsthain und der Zombiefriedhof.«

»Wir sollten doch zum Schloß des Guten Magiers reiten«, protestierte Dug.

»Keineswegs«, widersprach der Esel. »Ich war unterwegs nach Schloß Roogna.«

»Aber du hast doch eingewilligt, uns zum Schloß des Guten Magiers zu bringen!« Jetzt gesellte sich zu Dugs Verwirrtheit auch noch Verärgerung.

»Iiiaa! Du hast gefragt, ob ich euch dorthin bringen könnte, und das habe ich bestätigte. Ich habe nicht gesagt, daß ich es tun würde, und du hast mich auch nicht darum gebeten. Also bin ich hierher gegangen.«

Dug erkannte, daß der Esel ihn reingelegt hatte. Er hatte

sich tatsächlich nicht eindeutig festgelegt. Es war gewissermaßen eine Vereinbarung per Handschlag gewesen: nicht mal das Papier wert, auf dem sie geschrieben stand. Und das Eselsvieh hatte ihnen ununterbrochen langweilige Geschichten erzählt, bis sie alle drei eingeschlafen waren und die Reiseroute nicht mehr korrigieren konnten. Jenny Elfe hätte die falsche Richtung eigentlich erkennen müssen, und sie hätte sicherlich entsprechend reagiert. Auch Sammy Kater hätte den Weg zum richtigen Schloß gefunden, wäre er nicht ebenfalls eingelullt worden. So aber hatten sie alle den Ansturm der Eselerzählungen verschlafen. Dug kam sich vor wie ein Tollmond.

Die Dämonin Metria erschien. »Ach, das ist aber schade«, sagte sie mit seidiger Stimme. »Wie ich sehe, hat deine Gefährtin versagt und zugelassen, daß man dich zum falschen Schloß gebracht hat. Wie bedauerlich, zumal du doch ohne weiteres eine kompetentere Gefährtin hättest haben können.« Sie atmete wieder tief ein und ließ ihre prall gefüllte Bluse durchsichtig werden, nicht allzuweit von Dugs Gesicht entfernt.

»Iiiaa, Iiiaa!« machte der Esel lustvoll.

Jenny sah so aus, als würde sie gleich ein Wort von sich geben, das nicht unbedingt ins Kinderlexikon gehörte. Dug ersparte ihr die Mühe, indem er zu einer Tat schritt, von der er selbst wußte, daß er sie hinterher bereuen würde: Er schlug der Dämonin mit der Faust ins Gesicht.

Natürlich fuhr seine Hand widerstandslos durch Metrias Kopf. Dann trat sie dicht an ihn heran und pflanzte einen viel zu feststofflichen Kuß auf seinen Mund. Schließlich verblaßte sie zu Rauch und wehte auf der nächstbesten leisen Brise davon. Jetzt hatte sie Rache geübt.

Dug erkannte, daß er diese Herausforderung nicht bestanden hatte. Zum Glück war es keine Spielaufgabe gewesen, sondern nur das von einer eifersüchtigen Fantasy-Frau angerichtete Unheil. Es hatte keinen Zweck, das nun zu bejammern. Ihm blieb nichts anderes übrig, als zurückzukehren und sich wieder auf sein Ziel zu konzentrieren. Und darauf zu hoffen, daß er nicht zu spät kam.

»Wie kommen wir am schnellsten zum Schloß des Guten Magiers?« fragte er.

»Werd doch vernünftig, Mann«, versetzte Sherlock. »Sie war doch schon längst da. Überleg dir lieber, wohin sie von dort aus gegangen ist.«

»Er hat recht«, bestätigte Jenny.

»Und der beste Ort, wo wir das erfahren können, ist Schloß Roogna.«

»Meinst du, der König wird das wissen?«

»Oh, wir sollten König Dor nicht damit belästigen«, erwiderte Jenny. »Ich dachte eigentlich ... na ja, im Augenblick darf ich es nicht sagen, aber vielleicht klappt es ja.«

Dug musterte sie neugierig. »Du darfst nicht sagen, was du erwartest?«

Sie zauderte. »Es ist eine besondere Situation. Ich tue mein Bestes, ganz bestimmt.«

Dug blickte Sherlock an, der es mit einem Achselzucken quittierte. Es bestand kein Zweifel daran, daß Jenny es gut meinte, aber war sie auch kompetent genug? Dug konnte nicht verstehen, was das mit der gefürchteten Erwachsenenverschwörung zu tun haben sollte, die ihr solche Sorgen machte, wußte aber auch keinen anderen Grund, weshalb sie sich so ausweichend hätte verhalten sollen. Wenn sie aber eine nützliche Idee hatte, würde er sie noch brauchen. »Also gut. Dann geh du voran.«

Jenny gehorchte nur zu gern. Sie führte sie vorbei an den verschiedenen Obstbäumen bis zum Graben, wo das riesige, furchtbare Grabenungeheuer sie beäugte. »Soufflé!« rief Jenny. »Was machst du denn hier?«

Das Ungeheuer zischte.

»Ach, du bist hier, um auf die Zwillinge aufzupassen? Wo ist denn Electra?«

Wieder zischte das Ungeheuer.

»Ach, ja? Sie besuchte also zusammen mit Dolph die Zentaureninsel? Was machen sie denn da?«

»Du weißt doch genau, daß er dir das nicht verraten darf!« fuhr Sherlock dazwischen.

Jenny blickte verlegen drein. »Das stimmt, das darf er wirklich nicht!« Dann wandte sie sich wieder dem Ungeheuer zu. »Das ist Dug, ein Spieler in dem Spiel, und das ist Sherlock von der Schwarzen Welle. Sie sind Freunde.«

Soufflé nickte und schwamm wieder durch den Graben zurück. Jenny führte sie über die Zugbrücke. Dug fragte sich, ob sie das Gespräch mit dem Ungeheuer nur erfunden hatte. Vielleicht hatte es sie ja auch nur an ihrer Witterung erkannt und es akzeptiert.

Dann sah er die beiden kleinen Kinder, fast noch Säuglinge, die in rosa Badesachen am Grabenrand spielten. Das Ungeheuer paßte also tatsächlich auf sie auf.

»Aber ist das nicht gefährlich?« fragte Dug. »Das Ungeheuer könnte sie doch im Nu verschlingen.«

»Es ist so ungefährlich, wie es nur sein kann«, antwortete Jenny. »Mit Soufflé als Bewacher wird ihnen niemand etwas antun. Sie mögen ihn, und er mag sie. In letzter Zeit hatte er nicht allzuviel Gelegenheit, mit Königskindern zu spielen.«

Das konnte Dug nachvollziehen. »Ich vermute, daß Electra ihre Mutter ist, nicht? Wer ist sie überhaupt? Ich glaube mich zu erinnern, daß du etwas von einer Prinzessin in Bluejeans erzählt hast.«

»Prinzessin Electra ist die Frau von Prinz Dolph. Sie wurde von einem Fluch getroffen, der eigentlich für eine Prinzessin bestimmt war, und schlief fast tausend Jahre durch, bis Prinz Dolph sie wachküßte. Und jetzt *ist* sie eine Prinzessin. Insofern wußte der Fluch vielleicht sogar, was er tat. Die Zwillinge sind Morgenröte und Abenddämmerung. Wenn sie alt genug sind, um zu sprechen, wird Morgenröte alles über alle lebendigen Dinge erfahren können, und Abenddämmerung alles über alle unbelebten Dinge.«

»Das sind aber gute Talente«, meinte Dug.

»Ja, es sind Talente der Magierklasse. Solche Magie herrscht in der königlichen Erblinie.«

Sie gelangten zum Haupttor. Es stand offen. Dug wunderte sich, daß das führende Schloß des ganzen Lebens so unbekümmert offenstand. Andererseits leuchtete ihm das angesichts eines wachehaltenden Grabenungeheuers auch wieder ein.

Eine junge Frau erschien. Sie hatte jadegrünes Haar und smaragdgrüne Augen. »Hallo, Ivy«, sagte Jenny.

»Ich bin Ida«, berichtigte sie die Frau.

»Ach, immer verwechsle ich euch beide!« Jenny drehte sich zu den anderen um. »Das hier ist Dug, der spielt im Spiel mit; ich bin seine Begleiterin. Das ist Sherlock; er gehört zur Schwarzen Welle.« Und dann, nach einer Pause: »Das ist Prinzessin Ida, Ivys Zwillingsschwester.«

Dug war sprachlos. Er wußte nicht, wie er eine Prinzessin anzureden hatte. Bei Sherlock war das zum Glück anders. »Nett, dich kennenzulernen, Prinzessin. Wir haben bereits die Prinzessin Nada Naga kennengelernt.«

Dug fiel auf, daß er Nada eigentlich nie unter diesem Gesichtspunkt betrachtet hatte, so stark hatten ihre prinzessinnenhaften Beschränkungen ihn frustriert. Weshalb sollte er hier verlegen sein, wenn er es doch in Nadas Anwesenheit auch nicht gewesen war?

»Ach ja, sie und Ivy sind eng befreundet«, meinte Ida fröhlich. »Ich bin hier, um zu lernen, wie man sich als Prinzessin benimmt, weil ich bis vor kurzem noch gar nicht wußte, daß ich eine bin. Und weshalb bist du hier, Sherlock?«

»Ich suche nach einem Ort, an dem mein Volk siedeln könnte. Ich habe mir gedacht, daß man uns irgendwo brauchen kann.«

»Oh, einen solchen Ort gibt es bestimmt«, stimmte Ida ihm fröhlich zu. Sie wandte sich an Dug. »Ich wußte gar nicht, daß Schloß Roogna auch am Spiel teilnimmt. Weshalb bist du denn gekommen?«

»Weil ich ein Esel war«, antwortet Dug. »Ich meine, ich habe mich von einem Esel narren lassen, und so hat er mich zum falschen Ort gebracht. Jetzt bleibt mir nur noch übrig, kräftig daran zu glauben, daß es noch Möglichkeiten gibt, zu tun, was ich tun muß.«

»Oh, die gibt es bestimmt, da bin ich mir ganz sicher«,

sagte Ida im selben Ton wie zu Sherlock. Sie schien eine sehr bejahende Person zu sein.

»Das ist ja wunderbar!« rief Jenny.

Dug und Sherlock sahen sich an. »Was ist wunderbar? Daß die Prinzessin höflich ist?« fragte Dug.

»Ach, Prinzessinnen sind immer höflich«, winkte Ida ab. »Sie meint damit, daß sie froh ist, daß ihr beide euer Ziel erreichen werdet.«

»Ich möchte ja nicht unhöflich sein, Prinzessin, aber woher willst du das wissen?« erkundigte sich Sherlock.

»Das ist mein Talent«, erklärte die Prinzessin. »Die Idee. Wenn ich eine Idee habe, wird sie wahr. Aber sie muß von jemandem stammen, der mein Talent nicht kennt. Und ihr beide habt es nicht gekannt.«

»Meinst du damit, daß wir dir nur unsere Hoffnungen mitzuteilen braucht, um sie Wirklichkeit werden zu lassen?« fragte Dug zweifelnd.

»So habe ich mir das auch erhofft«, sagte Jenny. »Und jetzt müssen wir mal sehen, wie diese Dinge zustande kommen.«

Sherlock musterte Dug. »Findest du das genauso merkwürdig wie ich?«

»Mindestens«, erwiderte Dug. »Ich habe ja nicht einmal erklärt, was ich tun muß. Es geht nicht darum, das Spiel zu gewinnen, sondern Kim rechtzeitig zu warnen. Und dabei weiß ich immer noch nicht, wie ich sie erreichen soll. Aber ich schätze, es wird wohl einen Weg geben.«

»Den gibt es, da bin ich sicher«, antwortete Ida. »Aber kommt doch rein. Ich wollte euch eigentlich nicht hier draußen warten lassen.« Sie drehte sich um und führte sie ins Schloß.

Dug fragte sich, ob die Lage tatsächlich so positiv war, wie andere es zu glauben beliebten. Aber es war ja auch ein magisches Land, weshalb es möglicherweise um die Dinge – magisch gesehen – tatsächlich sehr positiv stand. Sie kamen in einen Mittelraum, in dem ein Mann saß. Er erhob sich, als sie eintraten. »Ach, das müssen ja die Leute sein, nach denen ich suche«, sagte er lächelnd.

»Ich bin sicher, sie sind es«, stimmte Prinzessin Ida ihm zu.

Sherlock nutzte die Gunst der Stunde. »Falls ihr Nachbarn braucht ...«

»Ja. Wir brauchen welche«, erwiderte der Mann. »Wir würden es gern sehen, wenn einige hundert Männer, Frauen und Kinder den Rand des Ogersees besiedeln würden. Wir sind im Augenblick zu sehr mit unseren Aufführungen beschäftigt, um uns die nötige Zeit dafür zu nehmen. Die meisten anderen Xanth-Bewohner sind auch zu sehr mit ihren eigenen Anliegen beschäftigt, um so etwas anzugreifen.« Er hielt inne. »Ich bin übrigens Curtis Fluchfreund. Ich befinde mich im Rahmen einer Werberundreise hier.«

»Die Fluchungeheuer ... äh, Fluchfreunde sind schon in Ordnung«, murmelte Jenny. »Die haben eine lange Geschichte.«

Der Mann musterte sie. »Die haben die Elfen auch. Aber ich habe noch nie eine von deiner Größe gesehen.«

»Ist euch die Hautfarbe dieser Männer, Frauen und Kinder wichtig?« erkundigte Sherlock sich vorsichtig.

»Selbstverständlich. Wir würden es auf jeden Fall vorziehen, wenn sie nicht grün wären, weil sie sich sonst in der Vegetation verirren und verlieren könnten.«

»Nun, wir sind einige hundert schwarze Leute oben am Isthmus, und wir suchen ein Zuhause. Aber es ist eine ganz schön lange Reise, wenn man an die Spalte und das alles denkt, und ich glaube, der Ogersee liegt noch ein Stück weiter südlich. Es könnte einige Zeit dauern, bis sie dort eintreffen.«

»Habt ihr etwas gegen Flüche?«

Sherlock warf ihm einen schrägen Blick zu. »Flucht ihr ohne Grund?«

»Nur, um uns selbst zu schützen, oder um Abfall zu beseitigen.« Curtis hielt inne. »Ich gehe einmal davon aus, daß du weißt, daß es sich hier um explosive magische Flüche handelt, nicht um Harpyiengeschnatter.«

»Ganz genau. Kein belangloses Herumgefluche. Wir stehen zu Flüchen ähnlich wie zu Pfeilen: Wir mögen es nicht, wenn man uns aus dem Hinterhalt damit bombardiert. Wir möchten uns nur um unsere eigenen Angelegenheiten kümmern und gut mit unseren Nachbarn auskommen.«

»Wir hätten eine Reisemöglichkeit für euch«, fuhr Curtis fort. »Wir besitzen einige magische Blasengläser, die wir eingetauscht haben. In jede Blase passen entweder eine große oder zwei kleine Personen, die darin sicher ans benannte Ziel befördert werden. Es würde ungefähr einen Tag dauern, um eine Blasenkette von einem Ende Xanths zum anderen zu befördern.«

Sherlock streckte die Hand aus. »Ich denke, wir sind im Geschäft.«

Curtis drückte Sherlocks Hand. »Damit habe ich gerechnet.« Er holte eine kleine Flasche hervor. »Ach, die ist ja schon fast leer. Das reicht höchstens noch für zwei Blasen.« Dann fischte er in seiner Tasche nach einer weiteren.

»Kann ich die haben?« fragte Jenny. »Ich kenne jemanden, der sie gebrauchen könnte.«

Achselzuckend reichte Curtis ihr die Flasche. Dann holte er für Sherlock eine zweite heraus. »Die hier ergibt einige hundert Blasen, wenn man sie sparsam benutzt. Einfach nur mit diesem Ring eine Blase aufpusten. Dann muß der Passagier innerhalb der ersten Minute, bevor sie sich setzt, einsteigen. Dann teilt man der Blase mit, wohin sie soll. Nicht von außen berühren, bis sie am Ziel ist. Wir werden am Ogersee einen Mann postieren, der die erste Blase zum Platzen bringt. Danach könnt ihr das selbst erledigen.«

Sherlock wandte sich an Dug. »Sieht so aus, als wäre meine Queste zu Ende. Dann werde ich mit dieser Flasche an den Isthmus zurückkehren, sobald ich sicher sein kann, daß bei dir alles in Ordnung ist.«

»Ich werde eine Blase aufblasen, um dich zum Isthmus zu befördern, sobald du bereit bist«, erbot sich Curtis.

»Du kannst auch sofort gehen«, sagte Dug. »Du bist mir eine große Hilfe gewesen und schuldest mir nichts.«

»Nein, ich will die Sache zu Ende führen. Wenn meine Lösung hier war, muß es deine auch sein. Wir müssen sie einfach nur finden.«

»Na ja, wir könnten vielleicht einen magischen Spiegel befragen«, schlug Jenny vor.

»Ich hole einen«, verkündete Ida und eilte davon.

»Das ist wirklich eine nette junge Frau, auch wenn sie Prinzessin ist«, bemerkte Curtis. »Ich bin hergekommen, um ihr mein Anliegen zu erklären, weil ich hoffte, daß ich hier die Antwort darauf finden würde, und sie war sehr zuversichtlich. Ich hatte die Idee, daß es vielleicht möglich wäre, noch heute ein paar Kolonisten zu finden, und sie hat mir zugestimmt. Sie muß gewußt haben, daß ihr kommt.«

»Wir wußten ja *selbst* nicht einmal, daß wir kommen würden«, antwortete Dug. »Das war reiner Zufall.« Dann fiel ihm wieder ein, wie die Dämonin Metria sie reingelegt hatte. »Glaube ich jedenfalls.«

Ida kehrte mit einem gewöhnlichen Spiegel zurück. »Befrag den hier«, sagte sie zu Dug. »Du brauchst zwar nicht unbedingt zu reimen, aber es hilft.«

Dug überlegte sich ein paar Reime. »Spieglein, Spieglein in meiner Hand – wo ist Kim in diesem Land?«

Im Spiegel erschien ein Bild: eine grüne Melone. Das war alles.

»In einer Melone soll sie sein?« fragte Dug verwundert.

»Das ist ein Kürbis!« berichtigte Jenny ihn. »Sie ist im Hypnokürbis. Ach, das ist aber ein Abenteuer!«

»Ich habe schon öfter von irgendwelchen Kürbissen gehört«, warf Dug ein. »Aber wie kann man in die eintreten?«

»Das ist ein ganzes Reich für sich«, erläuterte Jenny. »Du brauchst nur ins Guckloch zu spähen, schon bist du drin. Ich komme mit dir, und Sammy kann Kim aufspüren. Aber ich warne dich! Das wird ein reichlich merkwürdiges Abenteuer.«

»Noch merkwürdiger, als es bisher schon war?« fragte Dug ungläubig. »Merkwürdiger, als sich von einem Geschichtenesel zum Esel machen zu lassen?«

»Viel merkwürdiger.« Sie sah Sherlock an. »Also brauchst du wohl nicht mehr länger zu warten. Wir werden hier schon Kürbisse bekommen, und das war es dann.«

»Ganz sicher?« fragte Sherlock.

»O ja. Der Preis befindet sich offensichtlich im Kürbisreich, also wird sie ihn dort entweder erringen oder verlieren, und dann ist ihr Spiel zu Ende.«

»Also gut.« Sherlock und Dug gaben sich die Hand. »Es war schön, dich kennengelernt zu haben, Dug. Solltest du jemals in die Nähe des Ogersees kommen ...«

»Dann schaue ich mal vorbei«, erwiderte Dug, dem es plötzlich leid tat, den Mann gehen zu sehen. »Ich wollte nur noch sagen ...«

»Ich weiß.« Sherlock hatte ebensowenig für Gefühlsäußerungen übrig wie Dug.

»Wir haben tatsächlich Kürbisse in einem Garten nahe am Schloß«, sagte Ida. »Wir werden drei für dich, Jenny und Sammy bringen lassen.«

»Danke«, sagte Dug. Sein Mund war plötzlich völlig ausgetrocknet.

18

Der Preis

Kim sah sich um. Der Ort, den sie am wenigsten betreten mochte, war der Knochenhof, weshalb der Preis auch mit Sicherheit dort versteckt war. Also nahm sie ihren Mut zusammen und ging los.

Bläschen blieb dicht bei ihr. Kim war nervös, und der Hund schien das gleiche Unbehagen zu empfinden. Kim wußte zwar, daß man von Knochen eigentlich nicht wirklich etwas zu befürchten hatte; sie waren tot, also auch nicht gefährlicher als Steine oder Holzsplitter. Selbst wenn sie mit Magie versehen sein sollten, dürften sie keinen Grund zur Furcht bieten, weil sie sich ja zu Wesen wie Mark zusammenfügten. Und außerdem war dies das Traumreich, wo nichts wirklich körperlich war. Ein Traum in einem Phantasieland, ein Bestandteil des Spiels, das ohnehin von Anfang an nur Illusion war. Dennoch empfand Kim einen abergläubischen Schauer. Sie war froh, daß Bläschen und Nada ihr Gesellschaft leisteten.

Mark war verschwunden, aber Kim wußte, daß er wieder auftauchen würde, und zwar in einer Verkleidung, die sie abstoßen sollte. Sie machte sich auf die Vorführung gefaßt.

Die Landschaft war ohnehin schon schlimm genug. Es

war dunkel, wurde aber noch dunkler. Ein monströser wabbeliger Mond erschien hinter einer Wolke – knochenweiß, mit bleichen Narben. Tatsächlich sah er aus wie ein großer Knochen. Und was noch hinzukam: Der Mond war immer dann wabbelig, wenn irgend etwas Furchtbares bevorstand – wenn ein Mädchen ermordet werden sollte, zum Beispiel, oder wenn ein Vampir zuschlagen würde.

»Vorsichtig«, murmelte Nada.

Kim sah nach vorn. Fast wäre sie in einen Teich hineinspaziert, nur weil sie zum Mond aufgeschaut hatte, statt auf den Weg zu achten. Das Wasser war dunkel, beinahe schleimig, als wäre Eiter hineingetropft und hätte es in Gelee verwandelt. Bäh! Wo nahm sie bloß einen solchen Gedanken her?

Unter Wasser war auch irgend etwas. Kim spähte genauer hin – und erblickte Knochen. Und an den Knochen Fleischstücke. Und jetzt schienen sie sich auch noch zu bewegen. Doppelbäh! Kim wandte den Blick ab und ging weiter.

Nun bestiegen sie einen Hügel und hatten plötzlich ein finsteres Tal vor sich. In seinen fernsten, trostlosesten Tiefen hockte ein wahrhaft häßliches Schloß. Der Alchemie dieses Gebiets folgend, ging der Mond jetzt hinter diesem Bauwerk unter und beleuchtete es, so daß jede Facette seiner mißgestalteten Struktur deutlich auszumachen war. Natürlich gab es auch einen Graben und hohe Schanzen, ebenso ein Torgewölbe, Türme und Zinnen. Doch anstatt irgendwie hübsch mittelalterlich zu wirken, bot das Schloß einen furchterregenden Anblick.

Als sie näherkam, stellte Kim fest, daß alles sogar noch schlimmer war, als sie geglaubt hatte. Das Schloß bestand nicht etwa aus Holz oder Stein – es war aus Gebein erbaut. Große Knochen rahmten das Vordertor ein, kleine Knochen füllten die Ritzen, und spitze Knochen bewehrten oben die Mauern. Eine halbverfaulte Fahne hing von einem Turm herab. Sie zeigte einen Totenkopf mit gekreuzten Schienbeinknochen. Der Torbogen bestand in Wirklichkeit aus einem Riesenschädel mit spitzen Zähnen.

»Vielleicht ist der Preis ja doch nicht dort drin«, flüsterte Kim.

Doch kaum versuchte sie umzukehren und davonzulaufen, als sie die Entdeckung machen mußte, daß ihr die Palisaden auf allen Seiten den Weg versperrten und sie regelrecht auf das Schloß zutrieben. Sie blickte zurück und sah einen fauligen Nebel über der Hügelspitze wabern, der die Sicht versperrte und alles mögliche verbergen mochte. Wenn sie versuchen sollte, durch diesen Nebel zurückzukehren, würde sie höchstwahrscheinlich stolpern und in das mit Leichen gefüllte Wasser stürzen. Es gab also nur eine Richtung – vorwärts. Natürlich!

Je mehr sie sich ihm näherte, um so größer schien das Schloß zu werden, bis es schier unglaublich weit in die Höhe ragte. Die großen Knochen schienen mit einem Brecher zurechtgestutzt worden zu sein, die kleineren sahen angenagt aus. Manche waren der Länge nach gespalten. Das war die Art von Schloß, wie es ein tierhafter Oger in einer schlechten Laune hätte erbauen können.

Die Flüssigkeit im Graben sah noch schlimmer aus als das Teichwasser. Sogar Bläschen hielt sich davon fern. Irgend etwas rührte sich in der grauenhaften Tiefe, doch Kim wollte gar nicht wissen, was es war. Statt dessen kratzte sie die letzten Überreste an Mut zusammen, die ihr noch geblieben waren, und stellte den Fuß auf die Knochenplanken der Zugbrücke. Eine davon rollte unter ihrem Fuß ab, so daß sie das Gleichgewicht verlor und beinahe in das trübe Naß gestürzt wäre.

Sie richtete sich auf und wagte den nächsten Schritt – und wieder geriet einer der Knochen ins Rollen und versuchte, sie seitlich von der Brücke zu stürzen. Also ging sie auf Hände und Knie nieder und spürte die Glätte der Knochenoberfläche, ganz so, als wären sie gerade erst ihres Fleisches entledigt worden. Sie biß die Zähne zusammen und bewegte sich weiter – und spürte etwas, das sich wie ein Bindfaden anfühlte. Als sie genauer hinsah, merkte sie, daß es eine Sehne war, die man noch nicht völlig vom Gelenk abgetrennt hatte. Dreifachbäh!

So schaffte sie es über den Graben, wobei Bläschen seitlich neben ihr kroch. Sie blieb auf dem Knochenpflaster stehen, das offenbar aus Hüftknochen bestand, die in Knochensplittern eingelassen waren, und musterte den furchterregenden Eingang. Würde dieser Riesenkiefer mit seinen Fangzähnen auf sie herabstürzen, sobald sie einzutreten versuchte? Ganz bestimmt.

Da vernahm sie ein Rumpeln hinter sich. Sie zuckte zusammen und fuhr herum. Die Zugbrücke hob sich! Sie wurde von dicken Sehnen gezogen, bis sie senkrecht stand und jede Flucht aus dem Schloß unmöglich machte. Nun konnte Kim es sich wirklich nicht mehr anders überlegen.

»Hier scheint alles eine einzige Einbahnstraße zu sein«, bemerkte Nada. »Der Nebel, die Umzäumung, die Brücke. Es wird dir nicht gestattet, es dir anders zu überlegen.«

»Ja, es gibt nur Sieg oder Niederlage«, pflichtete Kim ihr bei. »Und ich finde, Sieg ist besser.«

»Natürlich ist er das«, bekräftigte Nada nachdrücklich. »Was hat es schon für einen Sinn, an einem Spiel teilzunehmen, wenn es einem nicht um den Preis geht?«

Was hatte es schon für einen Sinn, einer Prinzessin menschliche Gefühle erklären zu wollen? »Wahrscheinlich hast du recht«, sagte Kim. »Aber irgendwie hat es mir schon sehr gut gefallen, einfach nur in Xanth zu sein.«

»Du kannst ja wiederkommen. Und mit dem magischen Talent, das dir als Preis winkt, wirst du beim nächsten Mal noch länger und besser spielen können.«

Kim erkannte, daß Nada vermutlich recht hatte. Und wenn sie schon nicht ihren Herzenswunsch erfüllen konnte, konnte sie sich wenigstens den Preis sichern. »Ja. Gehen wir weiter.«

Sie machte einen Schritt auf das Tor zu. Bläschen winselte.

Kim blieb stehen. Soweit sie wußte, verfügte die Hündin nicht über Magie. Sie war nicht wie Jennys Kater Sammy, der alles finden konnte. Das bedeutete zwar keineswegs, daß Bläschen nutzlos gewesen wäre, nur daß ihre Reaktionen auf magische Einflüsse möglicherweise nicht ganz angebracht waren. Trotzdem – Kim hatte durchaus Gründe für ihre Sorgen. »Was ist los, Bläschen?« fragte sie und legte dem Hund eine Hand auf den Rücken.

Bläschen blickte zu den tödlichen Fängen des Torbogens hinauf und zog die Rute ein.

Ach, natürlich, der Hund wollte nicht unbedingt in den Rachen eines Ungeheuers hineinlaufen müssen!

Kim tat einen weiteren Schritt. Bläschen heulte los, als hätte ihr jemand plötzlich auf den Schwanz getreten.

»Irgend etwas stimmt hier nicht«, sagte Kim. »Meinst du, daß sich dieses Riesenmaul hinter uns schließen wird?« Während sie es sagte, erkannte sie, daß es stimmte – darum ging es ja bei einem Torbogen mit Falltür: um eine Tür, die sich krachend fallen ließ, um Eindringlinge abzuwehren. Notfalls auch *auf* die Eindringlinge, wenn sie sich zu langsam bewegten. »Das Falltor wird tatsächlich auf uns herunterfallen! Schon wieder eine Möglichkeit, sich auslöschen zu lassen.« Würde sie hier ausgelöscht, wäre das ebenso endgültig wie im eigentlichen Xanth, auch wenn dies das Traumreich war.

»So muß es wohl sein«, stimmte Nada ihr zu. »Vielleicht gibt es ja noch einen anderen Weg ins Schloß.«

Sie gingen ein Stück zur Seite, doch sofort drängte sich der Graben heran und quetschte den Boden fort, bis zwischen Wasser und Knochenmauer keine Lücke mehr war. Nein, einen anderen Eingang gab es nicht.

»Dann müssen wir wohl das Falltor nehmen«, entschied Kim. »Vielleicht können wir es ja blockieren, damit die Fangzähne sich nicht auf uns fallenlassen können.«

Doch gab es weit und breit nichts, das sich als Blockade hätte verwenden lassen. »Vielleicht können wir ja an der Mauer bis zu einem Fenster hochklettern«, schlug Nada vor. »In Schlangengestalt kann ich das.«

Kim versuchte, einen herausragenden Knochen zu packen, um sich daran festzuhalten, doch der war sehr glatt; außerdem gab es darüber keinen zweiten. Selbst wenn sie die Mauer emporklettern könnte, würde Kim, das wußte sie genau, irgendwann in Ohnmacht fallen, noch bevor sie eine nennenswerte Höhe erreicht hatte, und dann wäre ihr ein Sturz in die Tiefe gewiß. Und wie sollte der Hund die Mauer erklettern? Das kam also nicht in Frage.

Sie seufzte. »Ich schätze, wir müssen wohl doch durch den Haupteingang. Ich möchte wetten, daß das Tor sehr schnell sein muß. Wir gehen nebeneinander, Seite an Seite. Das Falltor braucht eine gewisse Anlaufzeit. Dann dürfte es eigentlich hinter uns herunterkrachen.«

»Das müßte es«, meinte auch Nada.

Sie stellten sich in einer Reihe auf. »Auf die Plätze, fertig, los!« rief Kim, und schon machten sie einen Satz.

Sie überquerten die Schwelle – und prompt krachte das Falltor herunter. Wumm! Dicht hinter ihren Hacken bohrten sich die Fänge in den Boden. Nun war ihnen der Fluchtweg versperrt. Aber immerhin hatten sie es unversehrt geschafft.

Erst jetzt überlegte sich Kim, was wohl geschehen wäre, wenn sie sich nicht im vollkommenen Einklang bewegt hätten. Was, wenn die Hündin nicht so schnell mitgekommen und draußen ausgesperrt worden wäre? Oder, schlimmer noch, wenn sie draußen aufgefressen worden wäre? Angenommen, die Hündin wäre zu früh losgelaufen und hätte den Auslösemechanismus aktiviert, so daß es Kim und Nada erwischt hätte? Es war wirklich ein äußerst riskantes Unterfangen gewesen!

Kim beschloß, von nun an größere Vorsicht walten zu lassen. Sie blickte nach vorn und bemerkte einen dunklen Gang, der in den mittleren Teil des Schlosses führte. Seine Mauern bestanden aus polierten, fest miteinander verwobenen Knochen. Sie wußte zwar nicht, wie jemand Knochen hatte miteinander verweben können, doch so war es nun einmal. Das Licht reichte gerade noch, um etwas erkennen zu können.

Nun, dieser Gang mußte schließlich irgendwo hinführen. Kim trat darauf zu – und Bläschen winselte.

Magie hin, Magielosigkeit her, sie lernte langsam, dem Urteil der Hündin Vertrauen zu schenken. Irgend etwas an diesem Gang war faul.

Kim ließ den Blick schweifen. An einer Ecke fehlte ein Stück, darunter lag ein Knochenfragment auf dem Boden. Mit der Zeit würde hier wohl irgendeine Skelettmannschaft vorbeikommen und das Stück wieder mit Knochenleim an Ort und Stelle befestigen.

Bläschen lief zu dem Knochenstück hinüber. Das hatte nichts zu bedeuten; der Hund beschnüffelte schließlich alles. So machte er sich mit Dingen vertraut. Doch es erinnerte Kim immerhin daran, daß es im Spiel immer einen Ausweg gab, sowie meist auch einen Hinweis auf das Durch- und Weiterkommen. Dieser heruntergefallene Knochensplitter war hier das einzig Ungewöhnliche. Ob das eine Spur war?

Kim ging hinüber, um den Knochen aufzuheben. Er sah ganz normal aus. Sie versuchte, ihn wieder an der Wand zu befestigen, doch er hielt nicht. Sie hatte keinen Leim dabei, um ihn festzukleben. So konnte sie die Reparatur nicht durchführen.

Da fiel ihr etwas anderes ein. Dies war schließlich Xanth, und eine der verbreitetsten Formen der Magie war hier die Illusion. Die Dinge konnten etwas zu sein scheinen, was sie in Wirklichkeit gar nicht waren. Oder sie waren eben etwas anderes als das, was sie zu sein schienen.

Kim nahm den Knochensplitter und ließ ihn ihm Gang über den Boden gleiten. Der Boden war glatt, weil die Knochen mit Leim oder Kleber verbunden und poliert worden waren. Es war, als würde man einen Eispuck über eine Eisbahn bewegen.

Da verschwand der Knochen plötzlich. Kim lächelte. »Ich glaube, jetzt wissen wir, was an diesem Gang nicht stimmt«, sagte sie.

Sie ging auf alle viere nieder und kroch vorsichtig vorwärts. Bläschen gesellte sich zu ihr. Als Kim die Stelle erreicht hatte, wo der Splitter verschwunden war, streckte sie die Hand aus – und griff ins Leere. Der Boden war verschwunden. Hier war ein Grube! Es sah zwar so aus, als gäbe es sie nicht, doch das war nur eine Illusion, welche die Falle verschleierte.

Kim tastete sich bis an die Kante vor und griff hinunter. Die Grube schien bodenlos zu sein. Das hätte einen schlimmen Sturz gegeben. Möglicherweise wäre es das Ende gewesen.

Doch wie sollte sie die Grube nun überqueren? »Ich werde auf mein Glück vertrauen«, murmelte sie vor sich hin. Sie wühlte in ihrem Rucksack und fand ein Paar Socken zum Wechseln. Sie löste sie voneinander und rollte jede zu einer Kugel zusammen. Dann warf sie eine der Kugeln etwa vier Fuß weit nach vorn. Sie prallte am Boden auf und rollte weiter, bis sie schließlich am Eingang zum nächsten Raum zum Liegen kam. »Es gibt also ein Weiterkommen«, stellte Kim zufrieden fest. »Keine unsichtbaren Gruben mehr.« Dann warf sie die zweite Socke, etwa drei Fuß weit. Auch diese fiel zu Boden und rollte weiter.

Dennoch konnte Kim nicht über die gesamte Grube greifen. Ihre suchenden Finger fanden keinen Halt. Folglich konnte die Grube nicht viel weniger als drei Fuß breit sein. Aber drei Fuß ließen sich durchaus überspringen.

»Das ist wie das Falltor«, sagte sie. »Wir müssen springen. Aber ich glaube, das können wir nacheinander tun.« Sie nahm ihren Rucksack ab und stellte ihn an den Rand der Grube. »Von hier aus müssen wir losspringen. Ich versuch's als erste.« Sie sah den Hund an. »Du wartest.« Sie hoffte, daß Bläschen sie auch verstand.

Dann kehrte sie zum Anfang des Gangs zurück, nahm Anlauf, erreichte den Rucksack und sprang. Auf der gegenüberliegenden Seite setzte sie auf und kam zum Stehen.

»Und jetzt du, Bläschen«, rief sie.

Die Hündin rannte den Gang entlang, sprang neben dem Rucksack ab und landete an derselben Stelle, wo Kim aufgekommen war. Die Hündin war zwar alt und steif und schaffte es nur mit Mühe, doch ihr Kampfgeist war ungebrochen.

»Jetzt markiere die Stelle und wirf den Rucksack rüber«, wies Kim Nada an. »Und dann springst du.«

So überwanden sie die Grube und folgten dem Gang bis

zum Mittelsaal des Schlosses. Der Saal war riesig. An der Seite führten Portale in ungefähr neun Richtungen, und auf der Balkonebene gab es noch weitere. In der Mitte befand sich ein großes Knäuel aus leuchtendrotem Bindfaden.

Als sie eingetreten waren, fiel das Tor zum Gang mit knochenzerrüttendem Scheppern zu.

»Ich glaube, ich habe es«, bemerkte Kim. »Irgendwo in diesem Schloß ist der Preis verborgen. Also muß ich danach suchen. Und jede Tür, durch die ich gehe, wird sich hinter mir schließen, so daß ich nicht mehr umkehren kann. Aber vielleicht haben ja einige dieser Räume mehrere Türen. Also werde ich meinen Weg mit Bindfaden markieren, damit ich erkennen kann, ob ich schon einmal einen der Wege genommen habe. Und wenn ich den Preis finden sollte, bevor ich mich selbst in einer Sackgassenkammer einsperre, gewinne ich.«

»Unterwegs dürfte es auch noch die eine oder andere Gefahr geben«, warf Nada ein. »Jedenfalls wenn das, was wir bisher erlebt haben, ein Maßstab sein sollte.«

»Ja. Die Sache ist heikel. Aber zu schaffen, wenn ich schlau genug bin und genügend Glück habe.« Kim überlegte, während sie losging, um den Bindfaden zu holen. »Bläschen, du bist am vorsichtigsten von uns, wenn Gefahr droht. Also gehst du voraus.« Kim wußte zwar selbst nicht so recht, ob der Hund sie verstand, doch einen Versuch war es immerhin wert. Bläschen schnüffelte in der Gegend herum; dann hielt sie auf eins der Portale zu. Am Eingang blieb sie stehen und wartete auf Kim.

Kim band das Ende des Fadens an einen vorstehenden Knochen und wickelte den Faden dann hinter sich ab, als sie und Nada zu dem Hund hinübergingen. »Schön, Bläschen, du gehst voran, aber sei vorsichtig.«

Die Hündin betrat den Saal, begab sich aber nicht in seine Mitte. Statt dessen hielt sie sich seitwärts. Kaum war sie hineingelaufen, senkte sich irgend etwas von der hohen Decke herab. Es schwang hin und zurück. Ein Pendel. Ein großer, scharfkantiger Knochen an einer langen Sehne, der durch den ganzen Saal schwang. Doch es sollte nicht allzu problematisch sein, daran vorbeizukommen, wenn sie es so abpaßten, daß sich das Pendel gerade am gegenüberliegenden Ende des Saals befand.

Da senkte sich ein zweites Pendel herab, ebenfalls mit einem Messerknochen bewaffnet. Es schwang in die Gegenrichtung und deckte die gegenüberliegende Seite ab, so daß ein Durchkommen jetzt unmöglich geworden war. Allerdings bestand noch die Chance, es zu versuchen, wenn beide Pendel sich an ihrem jeweiligen äußersten Punkt befanden. Dann könnten sie vielleicht durch die Mitte des Saals laufen.

Doch schon senkte sich ein drittes Pendel herab, das so eingestellt war, daß es die Mitte abdeckte, während die beiden anderen nach außen schwangen. Vielleicht könnten sie es ein wenig seitlich davon versuchen, genau gegenüber dem dritten Pendel, während die ersten beiden nach außen schwangen. Dann aber kam ein viertes, wiederum in Gegenrichtung zum dritten. Jetzt war der ganze Saal abgedeckt. Es war ein sich überkreuzendes Muster hin und her schwingender Knochen. Da die Pendel fast die Wände berührten, war auch dort kein Durchkommen mehr.

Nada schüttelte den Kopf. »Ich glaube, wir sollten es lieber in einem anderen Saal versuchen.«

Kim drehte sich um – und mußte feststellen, daß die Tür sich lautlos hinter ihnen geschlossen hatte. Wieder einmal war ihnen der Rückweg versperrt.

»Vielleicht sollten wir über die Sehnen hinwegspringen«, meinte Kim. Doch dann wurde ihr klar, daß die schwingenden Sehnen fast ebenso gefährlich waren wie die scharfen Knochenklingen. Man konnte sich darin verheddern, bis eins der anderen Messer zurückschwang und einen in Stücke schnitt. Der einzige sichere Weg bestand darin, den Pendeln völlig aus dem Weg zu gehen.

Kims Augen wurden glasig. Wohin sie auch schaute, schwang ein Pendel fort oder nahte ein anderes. Es schien keine Möglichkeit zu geben, sicher auf die andere Seite zu gelangen.

Und doch mußte es einen Weg geben. Wenn sie ihn nur fände! Irgendeinen Weg, hindurchzukommen, ohne alles blind aufs Spiel zu setzen.

Kim schloß die Augen und sperrte die verwirrende Anordnung aus. Es gab immer nur Pendelpaare, die gegenläufig schwangen. Während ein Paar die Außenkanten abdeckte, schwang das andere durch die Mitte des Saals. Kim schätzte, daß jedes der Pendel etwa zwei Sekunden brauchte, um den Schwung von einer zur anderen Seite zu vollenden, während man etwa eine Sekunde brauchte, um das abgedeckte Gebiet unbeschadet zu durchqueren. Gäbe es nur zwei Pendel, stünde ihnen diese Sekunde entweder in der Mitte oder an einer der Seiten des Saals zur Verfügung. Doch bei vier Pendeln war es nur noch eine halbe Sekunde. Zu riskant.

Sie öffnete die Augen und studierte noch einmal das Muster. Diesmal schaute sie auf eine Saalseite und zählte dabei die Sekunden. Zu ihrer Überraschung machte sie die Feststellung, daß sich nur jede Sekunde eine Klinge einer Wand näherte, und nicht jede halbe Sekunde. Wie konnte das sein?

Sie zeichnete ein Skizze in den Staub am Fußboden und erkannte, daß sie sich geirrt hatte. Jedes einzelne Pendel brauchte zwei Sekunden, um von einer Seite zur anderen zu gelangen – und zwei weitere, um wieder zurückzuschwingen. Das war ein Zyklus von vier Sekunden. Also reduzierten vier Pendel ihn auf einen einsekündigen Rhythmus. Das war zu schaffen! Fast hätte Kim sich von den einander kreuzenden Klingen ins Bockshorn jagen lassen und hätte bereits aufgegeben, obwohl das gar nicht zwingend erforderlich gewesen wäre.

»Schön«, sagte sie schließlich. »Wir gehen einzeln durch. Es wird zwar knapp, aber es ist zu schaffen.«

»Aber die Klingen ...«, protestierte Nada beunruhigt.

»... decken jeden Punkt auf ihrer Bahn in einsekündigen Intervallen ab, glaube ich. Wir brauchen uns also nur einen Punkt vorzunehmen, beispielsweise die Mitte, um sofort hindurchzuflitzen, nachdem ein Klingenpaar ihn bestrichen hat. Ich glaube sogar, wir sollten schon auf die sich noch kreuzenden Klingen zuhalten. Während wir darauf zukommen, bewegen sie sich nämlich aus dem Weg, und die beiden anderen nähern sich gerade erst. Also sollte der Durchgangspunkt für die Dauer von einer Sekunde frei sein.«

Nada wirkte immer noch äußerst skeptisch.

»Ich gehe als erste«, sagte Kim. »Und diesmal werde ich Bläschen tragen, weil ich nicht weiß, wie ich es ihr erklären soll, alles zeitlich genau abzustimmen. Außerdem will ich keine Verwirrung. Dann kannst du mit dem Fadenknäuel folgen. Komm, Bläschen!« Sie kauerte nieder und legte die Arme um den Hund, nahm ihn auf und erhob sich. Oh, war Bläschen vielleicht schwer! Und wie schaffte das Spiel es wohl, daß sie dieses Gewicht tatsächlich spürte, wenn dies doch alles nur eine Bildschirmanimation war? Doch es war ihr gleich. Sie brauchte nur dafür zu sorgen, daß ihre zeitliche Abpassung stimmte.

Kim trat zu den sich kreuzenden Klingen hinüber. Sie spürte den Luftstrom, als sie vorbeischwangen. Dann begann sie zu zählen. »Eins, zwei, eins, zwei«, als das erste und das zweite Pendelpaar die Mitte durchschnitten. Dann wich sie einen Schritt zurück, nahm all ihren Mut zusammen und rannte los, wobei sie sich darum bemühte, es so abzustimmen, daß sie gerade noch ›zwei‹ sagen konnte.

Und sie schaffte es! Mit einem flauen Gefühl setzte sie den Hund am Boden ab. So heikle Dinge mochte sie ganz und gar nicht!

Nada stimmte sich zeitlich ebenso ab und schaffte es ebenfalls bis zur anderen Seite. Worauf die vier Pendel plötzlich langsamer wurden, anhielten und sich wieder an die Decke zurückgezogen. »Genau wie in ›Der Brunnen und das Pendel‹«, bemerkte Kim. Keine Erklärung, kein Nachspiel. Sie hörten einfach auf, nachdem sie überlistet worden waren.

So begaben sie sich in den nächsten Saal. Der wies in der Mitte eine Grube auf, zu breit, um sie zu überspringen. Auf der gegenüberliegenden Seite hing eine Hängeleiter aus

Knochen, die offensichtlich genauso heruntergelassen werden konnte wie eine Zugbrücke. Auf Kims Saalseite baumelte ein langer Strick von einem Deckenbalken herab. Das war alles.

Kim ging im Geiste die Situation durch. Mit Hilfe des Stricks müßte sie eigentlich die Hängeleiter einfangen und über die Grube zu sich heranziehen können, damit sie auf die andere Seite gelangten. Doch der Strick war fest verschnürt und ließ sich nicht lösen. Kim könnte ihn zwar abschneiden – aber sie kam nicht hoch genug heran, um damit ein Stück von der erforderlichen Länge zu erhalten. Sie könnte den Strick auch packen und versuchen, sich daran über die Grube zu schwingen, doch sie befürchtete, daß er vielleicht nicht stark genug war, ihr Gewicht zu halben. Ebendies hinderte sie daran, bis zum Dachbalken hinaufzuklettern; denn dabei könnte er an irgendeiner Stelle reißen und wäre dann gänzlich unbrauchbar. Aber wozu diente er sonst?

Da blitzte wieder ihre Glühbirne auf. Sie nahm den Rucksack ab, der für den Strick nicht zu schwer sein dürfte, und befestigte ihn am herunterhängenden Ende des Seils. Dann schwang sie den Rucksack über die Grube, um ein Gefühl dafür zu bekommen. Er schlug gegen die senkrecht stehende Leiter. Kim schwang ihn ein zweites Mal, diesmal ein Stück zur Seite, worauf er sich von hinten um die Leiter wikkelte, sich darin verhakte und prompt feststeckte. Nur die Leiter senkte sich nicht.

Jetzt war Kim gründlich in Schwierigkeiten! Der Strick lag nun außerhalb ihrer Reichweite. Wie sollte sie jetzt noch an ihn herankommen?

Sie nahm ihr Fadenknäuel auf, warf es über das auf ihrer Seite der Grube hängende Ende des Stricks und fing es wieder auf. Der Faden war zwar nicht sehr kräftig, aber belastbar genug, um den Strick so weit herunterzuziehen, daß sie ihn mit der Hand greifen konnte. Dann riß sie an dem Strick, bis der verhakte Rucksack krachend die Leiter über die Grube zog. Jetzt konnten sie hinüber.

Der nächste Saal war um einiges schlimmer. Kaum schickten sie sich an, einzutreten, als die Decke sich zu senken und der Fußboden zu heben begannen. Aus beiden Oberflächen ragten messerspitze Knochen hervor. Wehe dem armen Wicht, der versuchen sollte, dort durchzukriechen!

Als sie zurückwichen, unterbrachen Decke und Boden ihre Bewegung, zogen sich wieder zurück und waren erneut bereit, den nächsten unvorsichtigen Besucher ins Verderben zu locken. Kim fragte sich, warum die Knochensplitter sich nicht auf halber Höhe getroffen hatten. Dann wäre der Saal versperrt gewesen.

War das vielleicht eine Spur? Könnte es sein, daß der Weg erst dann vollends versperrt war, wenn der Betreffende tatsächlich zwischen diesen malmenden Kiefern gefangensaß?

Sie nahm ihren Rucksack und stellte ihn am Außenrand des Saals auf den Boden. Der Boden hob und die Decke senkte sich. Kurz bevor sie den Sack zerdrücken konnten, riß Kim ihn wieder fort.

Sie duckte sich schnell und spähte unter den Boden. Der wurde von einer Knochensäule nach oben gedrückt. Sie konnte direkt an dieser Säule vorbei in den nächsten Saal blicken. *Das* war also ihr Duchgang – *unter* dem Fußboden!

Dann senkte sich der Boden wieder, weil ihn nichts mehr belastete. Der Durchgang verschwand.

Kim legte den Rucksack ein weiteres Mal auf die Bodenfläche. »Nada, nimm ihn runter, kurz bevor er zerquetscht wird«, sagte sie. Als der Boden sich hob, ging sie in die Hocke und kletterte darunter. »Komm schon, Bläschen!« rief sie.

Nada schien erschrocken von der Plötzlichkeit und Kühnheit Kims, faßte sich aber gerade noch rechtzeitig, um den Rucksack wieder wegzuziehen.

»Und jetzt wirf ihn mir zu«, wies Kim sie an. »Bevor der Boden sich wieder senkt. Dann werde ich ihn von dieser Seite benutzen, um den Boden für dich zu heben.«

Im nächsten Saal gab es eine Knochentreppe, deren Stufen sich nach unten bewegten, sobald man darauf trat, weshalb man auf der Treppe auch nicht weiterkam. Es gelang Kim schließlich, die Treppe zu überlisten, indem sie sich verkehrt herum darauf aufbaute, als wollte sie hinuntersteigen, so daß die Treppe sie zu ihrem vermeintlichen Ausgangspunkt zurückbeförderte: an die Spitze.

Auf diese und ähnliche Weise bahnten sie sich ihren Weg durch einen Saal nach dem anderen und gelangten schließlich bis ins obere Stockwerk des Schlosses. Jetzt schien nur noch ein Saal übrig zu sein. Dahinter konnten sie eine strahlende goldene Truhe sehen. Das mußte der Preis sein!

Doch der dazwischenliegende Saal hatte einen stark abschüssigen Boden, der zudem noch sehr rutschig war. Wer ihn zu überqueren versuchte, würde unweigerlich in eine der patentierten bodenlosen Gruben dieses Schlosses stürzen. Wie kamen sie hier durch?

Kim warf einen Blick aus dem Knochenfenster. Sie sah, daß sie inzwischen bis ins zweite Stockwerk hinaufgestiegen waren und unten die hochgezogene Zugbrücke ausmachen konnten. Die Landschaft war genauso düster wie zuvor. Doch weshalb spähte sie dann hinaus?

Sie ging der Sache nach. Sie hegte die törichte Hoffnung, daß der andere Spieler, Dug, noch erscheinen würde. Denn dies wäre wirklich ihre letzte Chance, ihn wiederzusehen. Sie hatte keine Ahnung, wo er in Mundania lebte, so daß sie ihn dort unmöglich ausfindig machen konnte, selbst wenn er auch nur das leiseste Interesse an ihr hegen sollte.

Da sah sie, wie sich am Horizont etwas bewegte. Irgend jemand kam den trostlosen Weg entlang! Es war eine kleine Gestalt, die hinter einem noch kleineren Tier her rannte. Das mußte Jenny sein!

»Dug kommt«, sagte Kim aufgeregt.

»Ich kann meine Schlangengestalt annehmen«, schlug Nada vor. »Ich kann mich mit den Zähnen in einem Pfosten verbeißen. Dann könntest du dich an meinem Schwanz hinüberschwingen.«

»Sammy Kater muß den Weg gefunden haben«, warf Kim ein. »Jetzt kommen sie auch hierher.«

»Du mußt schnell handeln, bevor Dug dir den Preis wegschnappt«, ermahnte Nada sie.

Doch Kim ließ sich Zeit und beobachtete statt dessen das nahende Trio. Sie sah, wie sich der häßliche Nebel hinter ihnen aufbaute und sie hierhertrieb, wie die Palisaden sie dem Schloß entgegenführten.

Dann tat sie etwas absolut Törichtes. Sie fischte in ihrem Rucksack nach einem Taschentuch und winkte damit aus dem Fenster. Ganz so, als wäre sie eine Maid in Nöten.

Und Dug bemerkte es! »Kim!« rief er leise.

Das Geräusch erregte sie. »Dug!« rief sie zurück.

»Warte doch! Du darfst jetzt nichts unternehmen!«

Was für wunderschöne Worte! »Ich werde warten«, rief sie froh.

»Was tust du da?« wollte Nada wissen. »Der Preis ist schon greifbar nahe, und da willst du dich noch von ihm einholen lassen?«

»Ja«, antwortete Kim verträumt. »Ich mag ihn. Und wenn das Spiel jetzt zu Ende wäre, würde ich ihn nie wiedersehen. So aber können wir noch einmal miteinander reden, und falls er Interesse haben sollte ...«

»Der will doch nur eins – sich den Preis holen«, versetzte Nada.

»Den kann er von mir aus haben«, meinte Kim. »Ich möchte nur, daß wir noch unsere Telefonnummern austauschen, bevor wir das Spiel verlassen. Ich hatte schon befürchtet, er würde nicht mehr rechtzeitig kommen.«

Sie sah zu, wie die kleine Gruppe dort unten zum Schloß stürmte. Die Zugbrücke war hochgezogen, doch das konnte sie nicht aufhalten. Kater, Elfe und junger Mann stürzten sich in den schmierigen Graben und schwammen ans andere Ufer. Offensichtlich gab es keine Grabenungeheuer, oder Sammy wußte, daß es sich im Augenblick auf der anderen Schloßseite befand und sie nicht einholen können. Was für eine tollkühne Tat!

»Ich habe mich getäuscht«, bemerkte Nada grimmig. »Ich glaube, er will mehr als nur den Preis haben. Er will mich.«

Nun standen die drei am Fuß der Mauer. Die Katze führte noch immer, fand eine Stelle, die sich erklettern ließ und schlug die kleinen Krallen in die sich aufweichenden Knochen. Hier schien die Mauer Griff- und Haltepunkte zu haben, wie es sie ein Stück näher an der Zugbrücke nicht gab. Tatsächlich hatte es den Anschein, als wäre dort eine Leiter ins Mauerwerk eingelassen, was den Aufstieg sehr viel einfacher machte, wobei sie zugleich alle Gefahren im Schlossinnern vermieden. Dug folgte den anderen beiden und stieg höher.

Er legte den Kopf zurück und sah, wie Kim auf ihn herunterschaute. »Kim! Rühr dich nicht von der Stelle! Ich muß dir unbedingt etwas sagen!«

Er wollte ihr unbedingt etwas sagen! Also hatte er doch Interesse an ihr! »Ach, ja«, hauchte sie. Dann bemerkte sie etwas. Sie wandte sich zu Nada um. »Was ist?«

»Er hat mich zur Gefährtin auserkoren, weil er mein Aussehen mag«, erklärte Nada grimmig. »Er wollte meinen Körper sehen. Aber das hat er auf hinterhältige Weise versucht und wäre deshalb fast aus dem Spiel geflogen.«

»Ja, und danach hat er dann das Interesse daran verloren«, bestätigte Kim. »Aber ich bin ja keine Prinzessin, und ...«

»Inzwischen wird er erfahren haben, daß auch die Gefährten selbst eine Herausforderung darstellen. Ein Spieler kann mit seinem Gefährten oder seiner Gefährtin alles tun, was er möchte, sofern er nur die richtige Vorgehensweise findet. Es geht nur darum, *wie* er es anstellt. Wenn er seinen Gefährten mit gebührender Achtung behandelt, kann er sich Respekt verdienen. Er kann seine Gefährtin aber auch zur Mitarbeit zwingen, sofern er nur die richtigen Worte benutzt. Wenn er also den Schlüssel gefunden hat, wie er mit mir umgehen muß ...«

Kim erlitt einen jähen Anfall von Eifersucht. Dug könnte also doch noch an diese schöne, üppige Prinzessin herankommen? Was, zum Teufel, würde er dann noch mit einem Nichts von einem Mädchen wie Kim anfangen wollen? »Den Preis – und dich?« fragte sie bestürzt.

»Ich kann es nicht verhindern«, sagte Nada ernst. »Sofern er dich dazu bewegt, wieder die Gefährtinnen zu tauschen, und sofern er den Schlüsseldialog kennt. Du mußt also schnell handeln, bevor er hier eintrifft. Wenn du dich auf den Tausch einläßt, werde ich dich nicht mehr beraten können.«

Von Zweifeln zermartert, blickte Kim wieder aus dem Fenster. Die Katze war schon fast am Ziel; Jenny folgte dichtauf, dahinter Dug. »Was willst du, Dug?« fragte sie.

»Nada!« rief er keuchend. »Ich muß sie wieder eintauschen, weil ...«

»O weh!« rief Kim, als ihre stille Hoffnung so jäh zerbarst. Er war eben doch nur so ein selbstsüchtiger, achtloser, geiler Junge im Teenageralter. Sie war versucht, ihm den Rucksack auf den Kopf zu werfen, aber der war gerade nicht griffbereit. So wandte sie sich statt dessen vom Fenster ab. »Los, Nada, holen wir uns den Preis!«

Nada nahm sofort Schlangengestalt an und schlüpfte aus ihrer Kleidung. Sie stieß nach dem Knochenbalken über dem schrägen Boden und packte ihn mit den Zähnen. Ihr Leib glitt den Boden herab in die Tiefe, doch schon im nächsten Augenblick hatte sie den Schwanz eingekringelt, damit Kim ihn packen konnte.

Bläschen winselte.

Kim zögerte. Stimmte hier irgend etwas nicht? Ihr fiel ein, daß sie das Rätsel dieses Saals ja selbst lösen mußte, statt ihrer Gefährtin diese Aufgabe zu überlassen. Und doch hatte sie auch Verständnis dafür, daß Nada keine Lust verspürte, wieder zu Dugs Gefährtin werden zu müssen.

Kim blickte zurück, als sie ein Geräusch hörte. Der Kater erschien in der Fensteröffnung und sprang herein. Jenny Elfes Kopf folgte. »Warte, Kim!« rief Jenny.

Doch Jenny diente ja jetzt Dug und würde ihm bei allem helfen, was er wollte. Selbst wenn es bedeutete, wieder eingetauscht zu werden. Sie durfte Jenny nicht trauen, solange sie Dugs Gefährtin war.

Kim packte Nadas Schwanz und bereitete sich vor, über

den abschüssigen Boden zu schwingen. Würde sie auch das gegenüberliegende Ende zu packen bekommen und sich zu der goldenen Truhe hochhieven können?

Bläschen winselte schon wieder. Sie hatte den Schwanz jetzt gänzlich eingezogen. Die Hündin war wirklich beunruhigt. »Keine Sorge, Bläschen«, sagte Kim. »Ich verlasse dich nicht. Ich muß nur mal rüber, um den Preis zu holen.« Doch dann geriet sie wieder ins Grübeln: Was würde mit dem Hund geschehen, wenn Kim gewann und das Spiel verließ?

Plötzlich traf die Erkenntnis sie mit voller Wucht. »Ach, Bläschen, ich will dich nicht verlassen!« rief sie und ließ Nadas Schwanz fahren, um den Hund umarmen zu können. »Aber wie soll ich dich bloß mitnehmen? Was soll denn sonst aus dir werden?«

»Du kannst sie mitnehmen«, warf Jenny ein. »Es gibt einen Weg.«

»Es gibt einen Weg?« Hoffnung flackerte in ihr auf.

»Ich habe ein Glas mit Blasen dabei. Wie die Blase, aus der du den Hund geholt hast. Ich kann dir das Glas geben, wenn du mich wieder zur Gefährtin nimmst.«

Das war doch nur eine weitere List, um sie zum Tausch zu bewegen! Wütend ergriff Kim aufs neue Nadas Schwanzende und trat in den abschüssigen Saal. Gerade ließ sie sich heruntergleiten …

Dann war Dug schon da und schlang die Arme um ihre Hüfte, bevor die Schlange ihr Gewicht aufnehmen konnte. Die Elfe hatte sie gerade lange genug abgelenkt, um erwischt zu werden!

»Laß mich los!« schrie Kim und wehrte sich verzweifelt, um sich aus seinem Griff zu lösen und hinüberzuschwingen. Sie hing schon halb über der Kante, während Dug ihre Arme um ihre Oberschenkel und Hüften geschlungen hatte. Wenn sie sich doch nur freizappeln könnte …

Doch er riß sie an sich, nutzte seine Kraft aus, um sie gefangenzunehmen. »Kim!« rief er. »Ich muß dir sagen …«

»Ich will es gar nicht hören!« rief sie und ließ die Schlange los, um mit den Fäusten auf ihn einprügeln zu können. »Ich war ja bereit, dir den Preis zu lassen. Aber nein, du mußtest ja ...«

»Der Preis ist mir doch völlig egal!« konterte er und preßte ihr die Arme gegen den Leib. Unter anderen Umständen wäre sie froh gewesen, hätte er sie so fest umarmt. »Du kannst den Preis gern haben! Ich weiß, daß du deswegen gekommen bist. Ich will dir nur eins sagen ...«

»Daß du Prinzessin Nada nicht nur als Führerin haben willst!« beendete sie den Satz für ihn. »Ach, wie ich dich hasse!«

Er blickte sie verdutzt an. »Nein. Ich will nur mit dir reden, um dich vor etwas zu bewahren ...«

»Mich?« Wieder flackerte törichte Hoffnung auf. »Du willst mich ...«

»Ja. Um dir zu erklären ...«

»Ach so!« rief sie, nunmehr vom gegenteiligen Gefühl überwältigt. Im Augenblick schwangen ihre Gefühle hin und her wie ein Pendel. »Wirklich?«

»Wirklich. Ich hatte schon Angst, ich würde dich nicht mehr rechtzeitig einholen, bevor ...«

»O ja, schön!« rief sie. Sie hob den Kopf und küßte ihn fest auf den Mund. Es war ein wunderbares Gefühl. »Ich empfinde ähnlich für dich, Dug! Meine Nummer ist Vorwahl T-null-null, 447-4377. Und deine?«

Er schaute sie verwirrt an. »Ich ... ich meine, ich wollte dir unbedingt sagen, daß Nada eine Falsche Gefährtin ist. Sie wollte dich gerade in das Loch werfen. Du kannst sie wieder eintauschen. Dann wird Jenny dir helfen, den Preis zu erringen. Es war einfach nicht richtig zuzulassen, daß deine Bemühungen durch etwas sabotiert wurden, was eigentlich für mich bestimmt war.«

Kim war wie vor den Kopf gestoßen. »Du ... du bist also gekommen, um mich zu warnen?«

Er ließ sie los. »Ja. Ich hatte Angst, dich nicht mehr rechtzeitig zu erreichen. Ich könnte es mir nie verzeihen, wenn du ausgerechnet meinetwegen den Preis nicht bekämst.«

Kim begriff, daß es stimmte. Es gab so viele kleine Dinge

an Nada, die dafür sprachen; und Bläschens Reaktionen ... natürlich, Nada *mußte* eine Falsche Gefährtin sein! Dug hatte getan, was nur natürlich und anständig war, nachdem er es erst einmal herausgefunden hatte. Dadurch, daß er um Nada wußte, konnte er ihre Absichten hintertreiben. Doch diese Mühe würde er sich nicht einmal mehr machen, weil es ihm gar nicht um den Preis zu tun war. Es könnte höchstens sein, daß er ein wenig experimentierte, um festzustellen, wie weit die Prinzessin wohl noch gehen würde, bevor er schließlich aus dem Spiel flog.

Und Kim hatte etwas ganz anderes von ihm geglaubt! Sie spürte, wie die Großmutter allen Errötens sich ihres Gesichts bemächtigte und es in ein grelles Rot trieb. Sie vergrub das Gesicht in den Händen. »Danke«, sagte sie so gefaßt, wie sie nur konnte. »Ich werde ... ich werde mit dir Gefährtinnen tauschen.«

»Gut«, sagte er. Dann ergriff er Nadas Schwanz mit einer Hand. »Laß los, Prinzessin, dann hole ich dich ein. Es sei denn, du ziehst es vor, in dasselbe Loch zu stürzen, das du eigentlich für Kim vorgesehen hattest.«

Die Schlange ließ den Balken fahren, und Dug holte sie ein. Dann kehrte er ihr den Rücken zu. »Verwandle dich und ziehe dich wieder an. Es ist mir egal, ob du mich ins Loch schubst. Du bist jetzt meine Gefährtin und darfst Kim kein Haar mehr krümmen.«

Nada verwandelte sich in eine nackte Frau und streifte hastig ihre Kleidung über. Kim unterdrückte einen Anflug von Eifersucht, als sie Nadas herrlichen Proportionen und den Teint sah.

»Jetzt werde ich dir helfen«, sagte Jenny. »Ich habe einen Blasenmacher gefunden, mit dem man zwei Blasen produzieren kann. Mit der ersten Blase kannst du sicher nach drüben schweben. Dann kannst du die zweite benutzen, um nach Hause zurückzukehren.« Sie zeigte ihr das Glas.

»Aber das ist ja ganz gewöhnliche Seifenlauge«, meinte Kim. »Damit machen Kinder Seifenblasen.«

»Nein, das sind magische Blasen, groß genug, um Leute

zu befördern. Sherlock benutzt sie gerade, um die Schwarze Welle an den Ogersee zu bringen, wo sie sich als Nachbarn der Fluchungeheuer – ich meine, der Fluchfreunde niederlassen werden.«

»Ich bin froh, daß es so gekommen ist«, bemerkte Kim. »Das müssen dann wohl die gleichen Blasen sein wie jene, in der ich Bläschen gefunden habe.« Sie tätschelte die Hündin.

»Ja. Man benutzt sie, um Personen oder Dinge an ein Ziel zu befördern. Deshalb ist es genau das richtige – genau das, was du jetzt brauchst.«

»Nein«, widersprach Kim entschieden. »Ich muß aus eigener Kraft den Preis erringen.« Das hatte zunächst einmal den Vorteil, daß sie sich auf etwas anderes konzentrieren und damit ihre Bestürzung darüber vergessen konnte, daß sie Dugs Motive falsch gedeutet hatte. »Ich danke dir, Jenny, aber ich möchte es lieber selbst tun.«

»Das ist gut«, stimmte Jenny ihr zu.

Kim ließ sich die Lage durch den Kopf gehen. Der Boden neigte sich so scharf nach unten, daß selbst eine Fliege sich kaum darauf hätte halten können. Der Abstand war zu groß, um auf die andere Seite zu springen. Sie bemerkte eine Kerbe an einer Stelle, wo der Boden hineinpassen würde, wäre er nur waagerecht; offensichtlich hing er an Scharnieren. Vielleicht war der letzte Spieler ja daraufgetreten und in die Grube gestürzt, als die Fläche nach unten kippte.

Kim griff hinunter und tastete umher, bis sie die Kante des schrägen Bodens gefunden hatte. Und tatsächlich konnte sie daruntergreifen. Sie zog daran – und der Boden hob sich. So schwang sie ihn wieder in seine ursprüngliche Position zurück! Es ging erstaunlich leicht.

Einen Augenblick später hatte sie ihn wieder waagerecht gezogen und eingerastet. Doch sie wußte, daß sie ihm nicht trauen durfte. Wie sollte sie sicherstellen, daß er ihr Gewicht auch tragen würde?

»Geh rüber, Dug«, sagte Nada. »Du kannst immer noch gewinnen.«

»Du widerst mich an«, antwortete Dug. »Erstens, weil du falsch bist; du versuchst ja immer noch, mich aus dem Spiel zu werfen. Und zweitens, weil ich den Preis sowieso nicht annehmen würde. Er gehört Kim. Sie hat ihn verdient.«

Er war wirklich ein anständiger Mensch, das wußte Kim. Wenn er doch nur ...

Sie brach den Gedanken ab. Sie tastete nach der Kerbe – und entdeckte einen herabhängenden Knochen, mit dem sich der Boden verriegeln ließ. Jetzt war er endlich zu gebrauchen.

Kim sah Dug an. »Ich brauche den Preis auch nicht«, sagte sie. »Wenn du ihn haben möchtest, nimm ihn dir ruhig.«

»Du kannst ihn dir nehmen, Dug«, warf Nada ein. »Sie will ihn gar nicht.«

Er schüttelte den Kopf. »Weißt du, wir haben beide irgendwie nicht die richtige Einstellung, was dieses Spiel angeht. Eigentlich sollten wir nämlich wie verrückt hinter dem Preis her hecheln.«

Kim hatte den Preis ursprünglich durchaus gewollt. Aber der Wunsch war verblaßt, nachdem sie Dug begegnet war. Doch nun, da sie sich in dieser Hinsicht so furchtbar blamiert hatte, blieb ihr doch sowieso nichts anderes mehr als der Preis, oder? »Ich finde, irgend jemand sollte ihn schon nehmen«, sagte sie. Sie trat auf den Saalboden hinaus, rechnete fast damit, daß er doch noch nachgeben und sie in dic Grube befördern würde. Doch der Boden hielt.

Kim blieb stehen und blickte zurück. Dort stand Dug und beobachtete sie. Nada hatte sich abgewendet und ließ den Kopf hängen. Jenny stand im Begriff, Kim zu folgen. Irgend etwas stimmte hier nicht, aber Kim konnte nicht sagen, was es war. Da war eine Erwartung, eine Spannung, als würde gleich die Hölle losbrechen. Was würde nur geschehen, und wer wußte darum?

Sie wollte sich wieder dem Preis zuwenden. Da setzte Nada sich in Bewegung. Die Frau stürzte sich auf die Kerbe mit dem Befestigungsknochen. Doch Sammy Kater kam ihr zuvor und bedeckte ihn. Und Dug verfuhr mit Nada ganz ähnlich, wie er es schon mit Kim getan hatte. So wurde die Schlangenprinzessin ganz dicht vor dem Knochen gebremst. »Geh rüber!« rief Dug. »Bevor sie ...«

Kim machte einen Satz und nahm die kleine Preistruhe auf, als Nada sich gerade in eine riesige Schlange verwandelte. Kim öffnete die Truhe, als die Schlange aus Dugs Griff schlüpfte und auf sie zuschoß. Kim griff hinein und nahm die kleine Kugel heraus, als der Schlangenkopf soeben hochfuhr, um ihr die Truhe aus der Hand zu stoßen.

Ihre Hand glühte, doch es tat überhaupt nicht weh. Die Kugel war verschwunden. Die Schlange erblickte das Glühen und stürzte wie vom Schlag getroffen zu Boden. *Ich bin dein Talent*, sagte eine Stimme in Kims Kopf. *Ich bin das Talent des Ausradierens. Wenn du nach Xanth zurückkehrst, wirst du alles ausradieren können, was du willst. Und jetzt versuch es mal mit mir.*

Unsicher, wie das Talent anzuwenden war, streckte Kim die Hand aus und fuhr mit der Kugel über einen Teil der Wand, als wollte sie Kreide von einer Tafel wischen. Die Wand verschwand unter ihrer Hand und gab den Himmel jenseits der Schloßmauer frei.

Kim gaffte. »Alles?« fragte sie.

Alles, Lebendiges wie Unbelebtes. Verwende mich nur weise.

Weise! Sie wollte es überhaupt nicht verwenden! Das war ja vielleicht ein destruktives Talent!

Nein, du kannst es wieder ungeschehen machen, indem du den Strich umkehrst. Benutze dazu deinen Handrücken.

Kim fuhr mit dem Handrücken über die klaffende Wandlücke, und schon erschien die Mauer aufs neue, bis auf einen kleinen Splitter, den sie übersehen hatte. Trotzdem jagte ihr diese Macht Angst ein. Sie wollte doch nicht ständig irgendwelche unschuldigen Dinge ausradieren!

Dann aber begriff sie. Mit eisernem Willen schaltete sie das Talent ab und fuhr erneut mit der Hand über die Wand. Nichts geschah. Dann aktivierte sie es wieder und berührte die Wand mit dem Zeigefinger. Nun erschien ein fingergroßes Loch im Mauerwerk. Sie deaktivierte das Talent mit einem Willenssatz und strich mit dem Handrücken über das Loch. Nichts geschah. Sie aktivierte es erneut und wiederholte denselben Umkehrstrich. Diesmal füllte sich das Loch wieder. Sie hatte es unter Kontrolle! Es war ein Werkzeug, genau wie eine Waffe – ein Talent von phänomenaler Macht, wenn sie erst einmal gelernt hatte, es richtig zu nutzen. Doch im Augenblick wollte sie es lieber überhaupt nicht anwenden.

Sie richtete ihre Aufmerksamkeit auf die anderen. Nada hatte wieder ihre normale Gestalt angenommen, eine Schlange mit einem Menschenkopf, und schluchzte. »Ich wollte es nicht tun!« sagte sie. »Ich wollte nicht die Falsche Gefährtin sein! Aber mir blieb keine andere Wahl.«

»Aber warum hast du dann versucht, falsch zu *mir* zu sein, obwohl du eigentlich Dugs Gefährtin warst?«

»Weil er wollte, daß du gewinnst.«

Kim musterte Dug, der es mit einem Nicken bestätigte. Doch sie war noch nicht zufrieden. »Da muß doch noch mehr dahinterstecken. Was verschweigst du uns?«

Zu ihrer Überraschung gab Nada tatsächlich Antwort. »Es spielt ja keine Rolle mehr, nachdem nun alles entschieden ist. Jetzt brauche ich nicht mehr falsch zu sein und kann euch die ganze Wahrheit erzählen.«

»Und vorher war es nur die halbe Wahrheit?« fragte Dug.

Nada lächelte und wurde wieder schön. »Nicht einmal ein Viertel der Wahrheit, Dug. Der Dämon $E(R/D)^e$ hat versucht, dem Dämon $X(A/N)^{th}$ dieses Land abzunehmen. Sie beschlossen, die Sache so zu entscheiden, wie es unter ihnen Brauch ist: durch Glücksspiel. Sie haben das Spiel begonnen und sich Figuren ausgesucht. Wenn der Spieler des Dämon $X(A/N)^{th}$ den Preis gewinnen sollte, ging der Sieg an ihn. Und umgekehrt. Doch $E(R/D)^e$ entwickelte eine heimtückische List: Er sabotierte seinen eigenen Spieler und sorgte dafür, daß er bei seiner Wiederkehr eine Falsche Gefährtin bekam. Dann ließ er die beiden Spieler Gefährten tauschen. Er glaubte, auf diese Weise dafür sorgen zu können, daß der Spieler des Dämon $X(A/N)^{th}$ verlieren würde, selbst wenn sein eigener Spieler den Preis nicht als erster erringen sollte. Dann wäre es wenigstens ein Unentschieden, und es müßte ein weiteres Spiel stattfinden. Als dieser Plan an der Eigensinnigkeit des Spielers von $E(R/D)^e$ scheiterte, zwang mich der falsche Dämon zur Tat.«

Kim hatte es die Sprache verschlagen. Dug allerdings nicht. »Was wäre denn geschehen, wenn der andere Dämon gewonnen hätte? Wenn ich den Preis bekommen hätte?«

»Dann wäre die Magie Xanths verlorengegangen, und es wäre genauso geworden wie Mundania.« Nun strömten wieder frische Tränen aus Nadas Augen. »Ach, bin ich froh, daß ich gescheitert bin! Es war ja so furchtbar! Aber ich mußte alles tun, was ich nur konnte, um dich verlieren zu lassen, Kim. Ich schäme mich ja so!«

Kim fand die Sprache wieder. »Dann ging es also um eine ganze Menge mehr, als ich geahnt habe! Xanth ohne Magie ...« Sie brachte es nicht fertig, den Satz zu Ende zu führen.

»Das habe ich auch nicht geahnt«, pflichtete Dug ihr bei. »Ich wollte einfach nur ein faires Spiel.« Er sah Kim an. »Na, dann solltest du jetzt mal mit deinem Preis nach Hause zurückkehren, schätze ich. Beim nächsten Mal wirst du wahrscheinlich eine Zauberin sein.«

»Ja, du mußt gehen«, bestätigte Jenny. »Das Spiel wird gleich verblassen, und wir Gefährtinnen kehren zu unseren alltäglichen Aufgaben zurück.«

»Aber was wird dann aus Bläschen?« wollte Kim wissen. »Ich kann sie doch nicht einfach hier zurücklassen!« Sie kauerte nieder und umarmte den Hund.

»Nimm sie doch mit«, schlug Jenny vor.

»Das geht? Ich kann sie nach ... nach Mundania mitnehmen?«

»Sie ist doch ein mundanischer Hund.«

»Aber in Mundania wird sie spätestens in einem Jahr sterben«, wandte Kim ein. »Sie ist schon alt. Hier in Xanth kann sie weiterleben, wegen der Magie. Ich will nicht so selbstsüchtig sein und sie zum Tode verurteilen.«

»Dann heb dir doch die zweite Blase in der Flasche auf«, empfahl Jenny. »Wenn du sie in Mundania nicht mehr halten kannst, schick sie nach Xanth zurück. Zu irgendwelchen Leuten, die sie mag.«

»Beispielsweise zu Ma Anathe«, schlug Nada vor. »Oder zu Wira.«

Kim fühlte sich erleichtert. »Ja, das werde ich tun! Ach, Bläschen, ich kann dich bei mir behalten!« Bläschen schleckte ihr das Gesicht ab.

»Ich hoffe, du kannst mir verzeihen«, sagte Nada, an Dug gewandt. »Ich wäre ja so viel lieber deine Treue Gefährtin gewesen, so wie beim erstenmal. Wenn du meine Entschuldigung annehmen solltest ...«

»Wie, etwa eine Entschuldigung nach Kürbisart?« fragte er lächelnd.

»Ja.« Sie umarmte ihn und gab ihm einen leidenschaftlichen Kuß.

In ihrer verzweifelten Eifersucht blieb Kim nichts anderes übrig, als sich ihren eigenen Geschäften zu widmen. Sie holte die Flasche hervor, nahm das kleine Pustegerät und tauchte es in die Flüssigkeit. Sie holte es heraus, verschloß die Flasche wieder und blies. Eine Blase bildete sich. Sie wurde immer größer, bis sie das Mädchen und den Hund fassen konnte. Zusammen mit Bläschen trat sie ein. »Bring uns nach Hause«, sagte Kim.

Die Blase hob sich. Sie schwebte an die Schloßmauer und durch diese hindurch. Kim blieb nur noch ein kurzer Moment, um zurückzublicken; dort sah sie Jenny Elfe, wie sie ihr zum Abschied winkte. Dann trieben sie bereits durch die Landschaft und ließen das Knochenschloß hinter sich zurück.

Die Szene verblaßte, und das Zimmer im Schloß des Guten Magiers erschien wieder. Da lagen Bläschen, Nada und Kim und blickten in die Gucklöcher ihrer Kürbisse. Die Blase legte sich über Mädchen und Hund, und die beiden verschmolzen wieder mit ihren mundanischen Gestalten. Als die Blase sich hob, blieb nur noch Nada übrig.

Sie schwebte aus dem Fenster und hoch in die Luft. Unter ihnen erstreckte sich Xanth, bis es schließlich unter einer Wolkendecke verschwand. Es folgte ein Beben.

Wieder veränderte sich die Szene. Kim blinzelte. Sie saß in ihrem Zimmer vor dem Computerschirm, der erloschen war. Sie hatte das Spiel verlassen. War wieder in der Wirklichkeit.

Alles war nur ein Spiel gewesen. Jetzt mußte sie sich wieder der mundanischen Tretmühle von Schularbeiten und Langeweile zuwenden. Wer würde ihr schon glauben, welches Abenteuer sie erlebt hatte? Alle würden nur sagen, daß es ein Spiel gewesen war. Als ob ihre Gefühle nicht zählten. Sie verspürte überwältigende Trauer.

Da stupste sie etwas an der Hand. Sie blickte hinunter. Das war ja Bläschen!

Kim kauerte nieder und umarmte die Hündin wieder. »Ach, Bläschen, ich habe um das gebeten, was ich mir am sehnlichsten gewünscht habe – und ich habe es bekommen! Dich nämlich!« Irgendwie hatte die Magie über das Spiel hinaus gewirkt und ihr dies beschert.

Doch das stimmte nicht so ganz. Da war noch etwas anderes gewesen, was sie auch gewollt hatte. Aber was hatte es schon für einen Sinn, jetzt noch darüber nachzugrübeln? Ob im Spiel oder außerhalb – sie war und blieb nun mal ein unscheinbares Mädchen.

Das Telefon klingelte. Erschreckt nahm Kim den Hörer ab.

»Häng nicht gleich auf, Kim«, sagte eine vertraute Stimme. »Ich bin es, Dug. Ich weiß ja, daß ich mich ziemlich idiotisch benommen habe. Das kann ich in letzter Zeit ganz gut. Aber ich dachte, ich sollte lieber gleich Nägel mit Köpfen biegen, oder wie das heißt. Es tut mir wirklich leid, was passiert ist – ich meine, als du gesagt hast ... und ich habe nicht einmal reagiert ...«

Kim spürte, wie sich die Röte wieder über ihr Gesicht ausbreitete. »Das ist schon in Ordnung, Dug. Ich hätte nicht ...«

»Ich meine, ich war ja schon immer ziemlich dämlich, was

Mädchen anging. Deswegen stehe ich im Augenblick auch ohne Freundin da. Aber diesmal habe ich wirklich total gepennt. Und deshalb rufe ich an, um mich zu entschuldigen und ...«

»Das ist nicht nötig«, antwortete Kim. »Ich war es schließlich, die den Fehler begangen hat.« Ihr Gesicht glühte.

»Und als du mich dann noch geküßt hast, bin ich fast in Ohnmacht gefallen.«

Wollte er denn überhaupt nicht aufhören! »Ich ... ich ...«, sagte Kim und versuchte irgendwie, ihrer Scham zu entfliehen.

»Aber weißt du, ich wäre ja blöd, wenn ich nur von einem einzigen Kuß ausginge«, fuhr Dug gnadenlos fort. »Wenn du mir also verzeihen kannst, daß ich mich wie ein Blödmann aufgeführt habe, würde ich es gern noch einmal versuchen. Ich dachte da vielleicht an eine Entschuldigung nach Kürbisart. Das heißt, ich meine ... na ja, wie wäre es, wenn wir uns mal verabredeten? Damit wir uns wirklich kennenlernen, weißt du, nur um sicherzugehen, daß es kein bloßer Ausrutscher ist. Ich meine, ich weiß ja eigentlich überhaupt nichts von dir, nur daß du teuflisch gut küssen kannst, besser als Nada, und außerdem gibt es dich wirklich! Und dann ... ach, komm schon, Kim, gib mir doch eine Chance! Ich kann eigentlich ganz nett sein, wenn man erst mal meine Aufmerksamkeit errungen hat, und das hast du nun ganz bestimmt. Also, treffen wir uns?«

»Ja«, hauchte Kim und begriff, daß sie schließlich doch noch alles bekommen hatte, was sie am meisten begehrte. Hund *und* Junge. Der Gute Magier hatte es also *doch* gewußt!

ENDE